我的 西海雄鹰 翱翔

懿小茹 著

江苏凤凰文艺出版社

图书在版编目（CIP）数据

我的西海雄鹰翱翔/懿小茹著.—南京：江苏凤凰文艺出版社，2025.5
ISBN 978-7-5594-8437-6

Ⅰ.①我… Ⅱ.①懿… Ⅲ.①长篇小说—中国—当代 Ⅳ.①I247.5

中国国家版本馆CIP数据核字(2024)第008863号

我的西海雄鹰翱翔

懿小茹　著

出 版 人	张在健
责 任 编 辑	张　倩　李龙姣
责 任 印 制	杨　丹
封 面 设 计	叶　春
出 版 发 行	江苏凤凰文艺出版社
	南京市中央路165号，邮编：210009
网　　　址	http://www.jswenyi.com
印　　　刷	南京新洲印刷有限公司
开　　　本	880毫米×1230毫米　1/32
印　　　张	15.625
字　　　数	418千字
版　　　次	2025年5月第1版
印　　　次	2025年5月第1次印刷
书　　　号	ISBN 978-7-5594-8437-6
定　　　价	68.00元

（江苏凤凰文艺版图书凡印刷、装订错误，可向出版社调换，联系电话 025-83280257）

目 录

楔　子	……………………………………	001
第 一 章	选择国，还是家 ……………………	004
第 二 章	初至金银滩 …………………………	011
第 三 章	保密教育 ……………………………	018
第 四 章	国的姓氏，家的名字 ………………	024
第 五 章	尘土飞扬的时光 ……………………	031
第 六 章	惊现高精尖的机器 …………………	037
第 七 章	爱国之名 ……………………………	045
第 八 章	也是一个大家庭 ……………………	053
第 九 章	女扮男装的生活 ……………………	061
第 十 章	共克时艰的岁月 ……………………	069
第十一章	有鱼则灵 ……………………………	076
第十二章	与天斗其乐无穷 ……………………	083
第十三章	新的工作安排 ………………………	091
第十四章	东伯利亚 ……………………………	099
第十五章	专业翻译官 …………………………	106
第十六章	高精尖的技术 ………………………	113
第十七章	精益求精 ……………………………	120

第十八章	学海无涯	127
第十九章	激情岁月	134
第二十章	青春献给了国家	141
第二十一章	归来少年	146
第二十二章	生死之外	153
第二十三章	休养的岗位	160
第二十四章	一枚扣针	165
第二十五章	咫尺天涯	172
第二十六章	擦肩而过的永恒	179
第二十七章	三大纪律八项注意	186
第二十八章	字字句句都是思念	193
第二十九章	关关难过关关过	201
第三十章	承袭使命	211
第三十一章	铁血丹心	217
第三十二章	我以我血荐轩辕	223
第三十三章	只争朝夕	230
第三十四章	科研人的浪漫	237
第三十五章	等风归来	244
第三十六章	代号老邱	251
第三十七章	喜上眉梢	259
第三十八章	照拂她的梦	265
第三十九章	奇怪的电波	273
第四十章	双剑合璧	280
第四十一章	心之所归	287

第四十二章	与狼共舞	294
第四十三章	一举得胜	301
第四十四章	我还能背水一战	308
第四十五章	我心荣耀	315
第四十六章	心怀天下	322
第四十七章	星星之火,可以燎原	330
第四十八章	黎明将至	338
第四十九章	东方荣光	346
第 五 十 章	星光不负赶路人	353
第五十一章	星辰大海	357
第五十二章	团团圆圆	360
第五十三章	别具一格的婚礼	367
第五十四章	执子之手	373
第五十五章	又远又近的距离	380
第五十六章	大国小家	387
第五十七章	一纸婚书	394
第五十八章	不负国家,唯有负卿	400
第五十九章	山河无恙	406
第 六 十 章	鱼和熊掌不可兼得	412
第六十一章	失败的从来不是人	419
第六十二章	相爱是一条遥遥的路	427
第六十三章	相爱隔山海	434
第六十四章	平凡之路	442
第六十五章	生命如歌	450

第六十六章	功在千秋 ……………………………………	456
第六十七章	爱你所爱的世界 ……………………………	463
第六十八章	乘风归去 ……………………………………	470
第六十九章	你好,邱小姐 ………………………………	476
第 七 十 章	盛世如君所愿 ………………………………	484

楔 子

欧阳家老宅的白墙青瓦、雕梁画栋,永远都是那般静谧,就如同外祖母的一生。

外祖母带着遗憾离世,享年94岁。

袁子丹看着这座小院子。她刚整理完外祖母留下的东西,才知道,外祖母这一生,背负着太多太多的秘密。

外祖母总说她这一生是为了他,也为了他。

第一个"他"是一个神秘的人,具体是谁,父辈们都不知道,全世界都找不到那个人的痕迹;第二个"他",就是我们的祖国。

在生命的最后几年,外祖母变得不爱讲话。袁子丹趴在外祖母的膝上,外祖母轻轻地抚摸她的头发,她问外祖母为什么突然不爱说话。

外祖母微微一笑回答道:"怕说得多了,将一些不能说的秘密说出来,那就对不起国家,对不起信仰,对不起党,我是一个老党员,使命比生命更重要。"

像她这样一个普通平凡的老太太,有什么需要为国家保密的?

红木制成的小匣子就在袁子丹的眼前,被一把精致的锁锁住了。

这是外祖母珍藏了一辈子的秘密。袁子丹找来工匠,打开了木匣,只见木匣的钥匙被锁在里面。

也许是害怕泄露了秘密,这才把钥匙锁在匣子里,害怕别人打开,也害怕自己打开,匣子的主人打算将往事彻底尘封。

钥匙的下面,是一封信。

那是外祖母的笔迹,簪花小楷字迹娟秀。她能想象得到,外祖母戴着老花镜,慈祥地坐在窗前,窗外的玉兰花开,清风徐来,香味弥散在信纸上,外祖母的一笔一画与香味一起在纸上留下痕迹。

伴随着玉兰的芬芳,袁子丹把信打开。

孩子们,我这一生温和顺从,若我离开,不必为我哭泣。我是幸运的,我能看见国富民强的盛世,不像他们,永远地活在青春里。当年孤单归来,等候了一世,原本也想了结生命,不再受天人永隔的苦。可是他留下话来,他若在,我们两人此生不离;他若离世,我便是他的眼,替他与他们看这一切。

如果可以的话替我去西海走一走吧,我想在那里,为我的一生画上一个圆满的句号,也希望用我和我们的一生,让你们年轻的一辈铭记,你们今天的幸福生活,是有人负重前行。你们要了解那一段风云岁月,我们的故事也该让后人知道。

这封信的下面,是一些发黄的信件,信封上面没有地址,没有邮编,只有一个数字:221。

这一封封书信,信的内容已经加密,只有"子淳"二字清晰可见。

原来外祖母一生不再婚,是为了这个叫子淳的人。

为什么她和那位叫子淳的人会错过一生,那个子淳还在世吗?

到底是什么秘密,让外祖母在神志不清的时候都要坚守,连亲人都不能说。

又到底是为什么,外祖母会去西海那么一个遥远的地方?"221"到底代表着什么?如果代表某个地方,那么那个地方又是一个怎样的所在?

直到追溯了所有的故事后,袁子丹才明白,世界上这种深沉的情感一直都在。

先辈们的坚守、不屈、无畏、牺牲,充满热血与理想,换来了今天的国泰民安。

她站在221丰碑下高呼,让声音划过天际,如同雄鹰翱翔,穿越时空,告知他与他们:你们没有白白付出,新一代的青年,正在继承你们的精神,继续前行!

第一章　选择国，还是家

1959年秋,从大学的荷塘看过去,荷叶微微泛黄,残荷在曲折的荷塘中随风摇曳,微风轻拂,过往的学生都闻到了淡淡的秋日荷塘气息。

"欧阳铮铮,欧阳铮铮,总算是找到你了,毕业留校还是公费出国然后结婚啊?子淳给你答案了吗?"一个穿着学生装,剪着齐肩发的胖女孩在荷塘的另外一侧跟一个叫欧阳铮铮的女孩打招呼。

欧阳铮铮也穿着学生装,手里捧着几本书,眼里满是柔和。

她迎上那个女孩,微笑着回道:"铁二蛋,我和子淳已经订婚了,他去哪里我就去哪里。他们物理系已经答应他可以公费出国留学,回来就到第九研究所工作。"

铁二蛋高兴地拍拍手:"太好了!走吧,我带你吃饭去,庆祝庆祝。"

"不……不了,我……我先去找子淳……"欧阳铮铮迟疑着,将一封信往书里塞。

铁二蛋取笑道:"你们真是焦不离孟,都快结婚了还总黏在一起,你看,子淳来找你了。"

周子淳迎面而来,一身板正的中山装,看上去不苟言笑的模样极其严肃。他是物理学系最优秀的学生之一,欧阳铮铮是电讯专修科的尖子生,他们俩的结合就是强强联合,也是这所大学里的一段佳话。

快要到铁二蛋和欧阳铮铮跟前的时候,周子淳心虚地将口袋里的信件往里面塞了一下,用余光仔细检查,直到看不出破绽,才露出了难得的微笑。

"你们先聊,我回去收拾东西再去买点特产。"铁二蛋找了个借口离开,"对了,明天我就要回老家任教了。我们那儿特别偏远,没有电话,咱们书信联系,友谊长存。"

铁二蛋恋恋不舍地挥挥手,很多的话到了嘴边又咽了下去,不敢多言,不能多言。

黄昏的霞光洒在荷塘上,欧阳铮铮和周子淳携手踏在夕阳下。

"二蛋可真是……不对啊,她老家不是在广州吗?那么繁华的城市,怎么会是偏远的老家呢?二蛋最近神秘兮兮的。"欧阳铮铮蹙眉,一转眼就毕业了,大家就要各奔东西。

周子淳轻抚欧阳铮铮被风吹过的头发:"兴许她找了一个山区的丈夫,所以到了山区,你们是最要好的朋友,以后多多书信联系。"

欧阳铮铮点点头,想开口询问些什么时又变得满目愁容,她和学校联络人的对话在耳畔不断回响。

"欧阳同志,我代表组织正式通知你,你通过了组织的审核,组织将派你到最艰苦最需要你的地方去,希望你严守组织的秘密,明天出发,祖国为你骄傲。"

"谁都不能说吗?父母爱人呢?"

"不能!上不告父母,下不告子女。"

"可是我……马上就要结婚了……"

"欧阳同志,如果你有困难,组织可以考虑……你要知道,你通过这个考核多么不容易,政审三代啊,很多人都被卡住了。"

"不,我没有困难,我能克服一切困难。"

"我代表组织感谢你。"

…………

"严守秘密"四个字如同一个咒语,紧紧地将她的心门封住。

欧阳铮铮与周子淳一路无话,沿着荷塘走了一圈又一圈,他们都满怀心事,欲说还休。

直到夜幕降临,月光影影绰绰地挂在树梢上,他们已经绕了将近两个小时。

终于,周子淳问道:"欧阳,你决定了吗?是留校任教还是出国?"

"我打算出国,明天就出发,对不起,这个机会实在难得,我希望……你能理解我,对不起,如果你不能等,那……我们可以解除婚约……"欧阳铮铮终于还是鼓起勇气,红着脸道。

她的声音在颤抖,浑身都是汗,内心不断地告诉自己,选择了就不要后悔,没有国哪有家。

当年她家穷得连饭都吃不起,是国家给了她上学的机会,是国家改变了她的命运,报效的机会来了,她不能临阵逃脱,当一个不懂感恩的逃兵。

可是眼前这个,是她的爱人啊,她不得不撒下弥天大谎。

周子淳松了一口气,紧紧地握住欧阳铮铮的手:"我……我当然理解你,我也会支持你,咱们学成回来再结婚,欧阳,我等你,一年,两年,甚至永远,我都等你……"

他们都太紧张了,两双手握在一起的时候,都是湿淋淋的。

初秋的天气,两人都出了一身淋漓大汗。

"记得常给我写信,珍惜这个机会,我等你。"周子淳再次强调。

欧阳铮铮轻声说道:"抱歉,多珍重,马上就要冬天了,给你织了一件毛衣放在你的宿舍,明天……"

"明天我送你。"周子淳不舍地说道,七尺男儿竟然红了眼眶。

"不……不用了,学校安排我们这群留学生统一走,你……你好好的就行。"欧阳铮铮突然落下了眼泪。

她的耳畔再度回响起报名时那位同志说过的话。

"欧阳同志,我们很有必要跟你说清楚,也许去了那儿,三四年不能回家,不能与家里联系,你能做到吗?"

"我能,别说三年,十年都可以。"欧阳铮铮热血沸腾。

对方又道:"欧阳同志,那里条件艰苦,如果草原建设得好,史册上却没有你的名字,你能忍受这样的委屈与冷落吗?"

"为国效劳,吾辈之幸,共和国不会忘记我辈之行动。"欧阳铮铮扬起骄傲的头,落子无悔。

对,落子无悔!

欧阳铮铮靠在周子淳的臂膀上:"等我回来我们就结婚,我们一定要在学校里举办婚礼,让学校的每一块石头都见证我和你终于走到一起。"

"好,如果……如果我们能在一起的话。"周子淳犹豫着答应,也许是他太紧张,没有感受到欧阳铮铮异常的行为。

他们的道别晚饭是在宿舍煮面。

欧阳铮铮笑道:"吃了这碗面,就可以长长久久,就算我不在身边,你也会如常青树一样。"

"好。"周子淳一声不吭,扎扎实实地把一盆面吃完,尽管从不下厨的欧阳铮铮做饭很难吃。

他一边吃,一边落泪,还一边夸赞:"好吃,好吃,这么好吃的面,也不知道下一次吃是什么时候。"

"就四年……等我从德国回来,天天做给你吃。"欧阳铮铮转头,她的眼泪像久蓄而开闸的水一样涌出来。

周子淳帮欧阳铮铮收拾出行的行李,抓了几件很厚的大衣往箱子里塞:"国外很冷,多带点厚衣服,到那儿别只顾着漂亮,要多穿,多吃……"

"你今天怎么那么多话,国外的大街有很多漂亮的衣服,不用带那么多。"欧阳铮铮强颜欢笑。

他往箱子里面塞衣服,她往外面拿衣服。

周子淳又把几个珍藏的罐头放进去:"这些都是你喜欢的,我跟着导师做实验,专门给你挣下的,国外的食物不好吃,你可以吃点猪肉罐头和水果罐头。"

周子淳又把欧阳铮铮的鞋子修好:"到了国外,少穿高跟鞋,那里的土地不平,容易摔倒……去国外不用节俭,我工资多,到时候给你寄……"

"不……不用,我在那儿没有地方花钱……不……我的意思是说……公费留学嘛,我还可以挣奖学金,你……你不必忧虑。"欧阳铮铮语无伦次,好几次转过头抹眼泪,又轻声说道,"如果错过了你,恐怕我这辈子都不会找到一个像你这样的人了。"

"你不会错过我,我等你。也就四年,很快的。"周子淳笑得很温暖,给了她极大的信心。

一整个夜晚,他们都在收拾东西,修理原来坏的东西。周子淳把自己的讲义放进欧阳铮铮的行李箱:"这些都是一些国外著作的翻译件,你平时喜欢读的书,还有你们电讯用的物理知识材料,我都给你整理好了,需要的时候可以查查……"

吃穿住行、学习工作,周子淳事无巨细地帮欧阳铮铮安排好。

周子淳趴在书桌前睡着了,直到天亮,欧阳铮铮提着行李箱离开时,在他的额头上轻轻地抚摸:"珍重。"

他们不敢送别,多少人一次离别就是一辈子,从此分离,他有了妻,她嫁了夫。

不说再见,也许还能再见。

欧阳铮铮悄无声息地提着行李箱往校园外面走,同学们都亲热地打招呼:"欧阳,听说你去国外留学了,真好。是哪所大学?家里人同意吗?"

"我……我还要赶飞机,迟到了。"欧阳铮铮埋怨自己没能编一个好的理由,昨天一夜都在忙着收拾与交代事情,都忘了给自己圆谎。

欧阳铮铮逃离一般地离开学校,上了一辆汽车。

她摸摸口袋,里面放着一个信封,里面装着一沓厚厚的钱,那是周子淳昨天晚上悄悄塞给她的。

信封上写着:"穷家富路,一切安好。"

她期待地往学校门口的方向看,却找不到他的身影。是了,昨天晚上他又是修鞋子、修收音机,又是给她整理讲义,已经累坏了。不来也好，要是发现她是去火车站而不是去机场，她更不知该如何解释。

她不知道，其实周子淳躲在学校的角落里，默默为她送行。

此去经年，不知何时再见，从此以后，暮霭沉沉，没有了彼此，山高水远，谈何风花雪月。

周子淳默默地回到宿舍，将自己的通知书拿出来，收拾自己的行李。组织通知，他先去北京第九研究所报到，随后听从安排，一切事情都需要保密，不得告知任何人。

欧阳铮铮被送到火车站，根据车票找到了自己的座位，那是一辆开往西北的绿皮火车，火车慢慢悠悠地晃啊晃。

一直到下一站，一群人一拥而上。

"起开，起开，不要挤，我的鸡蛋要被挤碎了。"一个熟悉的声音透过人群，穿到欧阳铮铮的耳膜里，她警惕地看着四周，心里无比紧张。

此时此刻，就好像谍战小说里面的情节，她要迅速在脑海里编一个谎，避免被人发现。

不一会儿，一个身影穿过人群出现在她的跟前。

"欧阳，你怎么在这里呢？天啊，你不是出国留学了吗？"铁二蛋兴奋地喊起来，坐在欧阳铮铮的身边，拿出鸡蛋递给她。

欧阳铮铮无奈地拍拍脑袋，都是怎么安排的啊，在火车上看见自己的室友，真是要命了。

她转头甜甜一笑："那个……飞机说今天不飞了，我正好去走亲戚。你呢，你怎么从这里上车，你不是今天回老家吗？"

"我……我也临时有事，去看个亲戚，之前就约好的，我昨天看见电报才想起来，最近越来越糊涂了，哈哈哈……"铁二蛋爽朗的笑声响了起来，一路上两个人故意把话题转移开。

"你什么时候下车？你亲戚在哪里呢？"欧阳铮铮突然问道，她一直盼着铁二蛋下车，却始终没有看见她要下车的动向，一直到了第二天早晨，她们都坐得腰酸背痛，铁二蛋还在车上。

铁二蛋嘿嘿一笑："我亲戚还远着呢，过几站就下车了。你呢？你

第一章 选择国，还是家

怎么一直都在车上?"

"我也下面几站就下车了,呵呵……"欧阳铮铮很尴尬,左顾右盼地赶紧转移话题。

铁二蛋挠挠头:"你知道我为什么叫铁二蛋吗?"

"知道啊,你刚进学校的时候就说过,你爸没文化嘛,你妈生你的时候,他正好吃了两个鸡蛋,所以叫你铁二蛋。"欧阳铮铮故作轻松,此时此刻,只要不聊去向何方,她们还是很要好的朋友。

铁二蛋激动地拍拍欧阳铮铮的肩膀:"对,后来,我妈生我弟的时候,我吃了一块发糕,所以我弟叫……"

"你弟叫铁发糕吗?"欧阳铮铮笑盈盈地问。

"不,我弟叫铁阿干,因为发糕实在是太干了,哈哈哈哈。"铁二蛋又笑起来。火车上的旅客也跟着哈哈大笑,有了这个小胖妞,旅途上的时间似乎过得快了一些。

转眼又过了两天,快要到西宁站的时候,铁二蛋突然起了疑心:"欧阳,你都陪我坐了四五天的火车了,你到底什么时候下车?"

"我这不是怕你一个人太寂寞吗,我陪你坐到底,等你下了车我再往回走。"欧阳铮铮一路上都小心防备,害怕再遇到熟人。

其实到了这个地方,她们已经互相猜出了七八分对方的真实目的地,可是,心中一直都上着一把锁,都不能将那件事宣之于口。

到达西宁站,两人不约而同地下车。

"我的亲戚就在这儿,咱们各自珍重。"欧阳铮铮笑道。

铁二蛋也松了一口气:"早说嘛,我们亲戚在同一个城市,你也保重啊。"

于是,两个人在火车站外分道扬镳。

第二章　初至金银滩

十五分钟后,已经说了"再见"的欧阳铮铮和铁二蛋在一辆破旧的吉普车前再次见面。

此时此刻,这两位朋友已经尴尬到了极点。

"欢迎两位来到我们221厂,相信你们的加入,会让我们厂更上一层楼。接下来会有很多科研人员陆续而至,祖国为你们骄傲。"接车的是一个老师傅,熟练地开着车。

铁二蛋坐在车子后座:"欧阳,我没有想到你会放弃难得的留学机会,跑到这个地方来。其实,我在来的路上有点失落,漫天尘土不说,看不见一棵树,一片荒芜。现在才秋天就已经冷成这样了,还好我带了不少厚衣服。"

"两位姑娘,这里条件是艰苦了一点,可是对比两年前刚兴建的时候,已经好很多了。当时大家都住帐篷里,李将军连帐篷都住不上,跟战士们一起守夜,为前来勘测的研究员们保驾护航。现在221厂有雏形了,这才敢将你们一线的科研人员往这边带。"老师傅笑得很灿烂。

铁二蛋来的路上还笑得意气风发,然而这会儿她的脸色惨白,靠在后座上不敢轻易作声:"欧阳啊,我觉得我呼吸困难,头痛欲裂,我还没有到基地就牺牲了,能不能算为国牺牲啊?"

"糟糕了,这是典型的高原反应啊。刚刚看见你们俩活蹦乱跳的,还以为你们不会有反应。先喝点水,我带你们到目的地适应一下,找个大夫看看。"老师傅递过来一杯水。

铁二蛋喝了两口水,靠在晕车的欧阳铮铮身上闭目养神。

车子一路疾驰,最后停在了某个省会城市的一个招待所门口。虽然这里是个城市,可是一切都灰蒙蒙的。幸而,她们被安排在一个宿舍,还是室友。

整个夜晚,两个人都头疼欲裂,躺在床上无法入眠,看着窗外的月亮,心里特别不是滋味。

铁二蛋问欧阳铮铮:"你后悔不?子淳知道你来这儿不?你害怕不?"

"你呢?你家里人知道吗?"欧阳铮铮反问道。

铁二蛋勉强挤出一个微笑:"怎么能让他们知道?这是多么神秘神圣的事情,我们是来建设西部的,为祖国做贡献。"

"我身边的人也都不知道。当时我也是经过层层选拔,才获得了机会来建设草原的。对了,咱们来这儿具体要做什么呢?"欧阳铮铮问道。初至高原,一切都是新奇的,迄今为止,她们都不知道自己的工作是什么。

铁二蛋惊讶地坐起来:"就是建设草原啊,可能就是挖挖土、放放羊之类的吧。"

突然之间,一阵神秘感袭上心头。来的路上,开车的师傅说得最多的就是欢迎她们参加国家重点工程建设,可到底是什么工程,需要铁二蛋这样的化学系学生?

铁二蛋感觉呼吸越来越困难,仿佛置身于外太空边缘,大脑一片空白,根本分不清楚哪里是天,哪里是地。

欧阳铮铮推了一下铁二蛋,低声呼唤:"二蛋,你没事吧?怎么说着说着就不说话了?"

"欧阳,我可能要交代在这里了,太难受了……"铁二蛋慢慢躺下,闭着眼睛。此时此刻,眼泪落下,滴在枕头上,她不断地做深呼吸,可是越来越难受。

欧阳铮铮吓得赶紧从床上起来,外套都没有穿就去找人。招待所的管理人员带着医务人员急切地过来处理。

医务人员做了一番简单的检查,倒是很轻松地说道:"高原反应,很正常。你们这批人都是大学生,娇生惯养的,以后可是要吃苦头咯。"

医务人员给铁二蛋吃了一些红景天,这是缓解高原反应最好的药了,继续说道:"别担心,过了这段时间就好了。一定要慢慢调整,咱们的厂区在距离省城一百多公里的地方,还要坐几个小时的火车。那里海拔还要高,你们要做好在那儿长期适应的准备。"

欧阳铮铮和铁二蛋木讷地点头,看着手里的药,以及一旁被当作晚饭的馒头,心里特别不是滋味。

她们根本不知道自己来草原是做什么的,又不敢询问,甚至不敢多言语半句。

当时负责召集她们的同志是一个很严谨的人,再三强调"上不告父母,下不告子女",来这里工作的事情只有她们知道就行了。

送走医务人员,铁二蛋拿出纸笔,撑着沉重的脑袋,在纸上赫然写了两个字——遗书。

欧阳铮铮吃惊地问:"二蛋,你开什么玩笑,为什么要写遗书?"

"欧阳,我真的觉得我闯不过这一关,太难受了。我死了没有什么,可恨的是,我带着满腔抱负和一腔热血想为国家出力,来这里参与重点工程,可是我还没有做点什么,就要死了,真是不甘心!"铁二蛋如同铁一样的拳头在桌子上狠狠地捶了一拳,不料,桌子的桌腿应声飞了出去,吓得她们两个连忙去扶桌子。

"快点,把桌子修好,要是被招待所的人发现了,恐怕要扣我们的工资,我家里还有好几个弟弟妹妹等着我养呢。"铁二蛋顾不上头疼了,两个人一人扶起桌子,一人扶着飞出去的桌腿,手忙脚乱地修理好桌子,哪里还想得到要写遗书的事。

忘了高原反应的事情,高原反应好像也没有那么强烈了。

第二天一早,厂区的接待人员张师傅送了早餐过来:"小姑娘,我看你们倒是恢复得挺快的,这可真是不错,年轻人就是身体好。你们不知道,上一批来的人,因为身体不适送回去了五六个。他们走的时候很不甘心,当初信誓旦旦,要来给祖国的建设做贡献,结果还没有到目的地就回去了,这下可就丢脸了。"张师傅拿进来新鲜的牛奶和一些红景天,看她们的眼神充满了敬意。

铁二蛋咬牙回应:"就算有反应我们也不走,就算是死,我们也要死在工作岗位上,此生不悔进草原!"

"对,我们死也要死在工作岗位上!要是让爸爸知道我临阵脱逃,他的灵魂会不安的,我也会一辈子不安的。"欧阳铮铮举起手,仿佛宣誓一般。

要来到这个地方参与重点工程并不容易,不仅要重点考察个人的专业水平、业务能力,还要政审三代,比如个人或家庭成员是否有海外关系。这是多么严密的组织。

张师傅竖起了大拇指,悄悄地将藏起来的肉干拿出来:"好姑娘,你们都是国家的好女儿。这是我攒下来的,可别告诉其他人,我只有这些,你们好好地吃。我的女儿也和你们这般大,当年因为我一时糊涂,鬼迷心窍没让她去读书……你们俩可要好好的啊。"

张师傅眼里满是诚恳,在桌子上留了很多肉干。她们不知道,那是张师傅特意留给小外孙女的口粮。

欧阳铮铮和铁二蛋在这个小小的省城里逛了一圈又一圈,迟迟没有接到转移的通知。突然有一天,张师傅神秘兮兮地带着她们往一个地方走,两人都有些激动,以为终于要去工作地了。

张师傅穿着一身朴素的中山装,脸上挂着神秘的笑容,身后还跟着好几个人。不管风沙有多大,他的步伐总是那么从容淡定。

同行的那几人,其中的一个男同志和一个女同志看起来也像是大学生,还有一位穿着中山装的中年人,他的脸上也挂着平静的笑容。

大家都沉默不语,像是受到了某种默契的训练,时刻谨记:不该问的不要问,不该说的不要说。每个人的神情也略显拘谨,生怕说出一句话,就违背了当初的誓言。

张师傅转身对大家笑道:"不要这么拘束嘛!我们的厂区是沐浴在

阳光下的,你们放松一点嘛。过几天你们还有一个培训,到时候就知道了。"

听见张师傅这么说,欧阳铮铮悬着的一颗心、绷紧的一根弦终于放松下来,不再那么紧张了。

铁二蛋则彻底放松了,甩了甩胳膊:"吓死我了,我还以为要做什么去,我都做好牺牲的准备了。"

"傻孩子,现在是和平年代,哪里有那么多的牺牲,我们现在需要你们用知识报效祖国。"张师傅神情和蔼,带着他们到了厂区的办事处,排在了一列长队的末尾。

铁二蛋问道:"张师傅,我们到底要做什么?排队干吗啊?"

张师傅看着铁二蛋身上穿着的一件学生装,外面套着两件大衣,很是心酸:"你们这些孩子啊,把带来的衣服都穿上了吧……你们来到这儿已经很长时间了,组织上要给你们配上装备啊。"

原来,张师傅带他们领取装备来了。

高原的气候,昼夜温差比较大,中午还可以,一到早晚,他们就恨不得把被子披在身上。欧阳铮铮也顾不得那么多,什么风度什么优雅,在寒冷面前已经荡然无存,只想着要怎么给自己保暖,所以他们身上都穿着两件外套,一件毛衣一件大衣,虽然不美观,多少也能抵御一些寒冷。

倒是一旁穿中山装的中年男子,始终保持着翩翩风度,排队的时候,也主动排在后面,黑框眼镜下的眼睛闪烁着儒雅与沉静。

欧阳铮铮打量了一番中山装男子,低声跟铁二蛋说了一句:"我敢保证,他一定是位伟大的科学家。"

"深表认可,也许是教授,或者是从国外留学回来的。看来这个项目真的是重点工程。"铁二蛋嘀咕道,恨不得能通过外表确定中山装男子的身份与专业。

张师傅主动将四件套递给中山装男子,客气恭敬地说道:"邓教授,这是给您配发的,我们这儿条件有限,您不要嫌弃。"

"先给孩子们吧,他们可能更不适应高原的寒冷天气。当年选址的时候,也只有这个地方比较适合,我们要克服一切困难,不要有情绪。"原来,中山装男子被称为邓教授,具体名字不得而知。

张师傅又把新的四件套递给欧阳铮铮,她连忙拒绝:"谢谢先生,我们再等等。先生是从国外回来的吗?"

"我在国外留学,国家需要我便归国。孩子们,好好干,这是无限光荣的事。"邓教授带着一脸慈爱的笑,主动帮她们几个女生提了四件套。

另外两个女生拆开一看,棉帽、棉大衣、棉裤、棉鞋,样式自不必说,优点是都非常厚实。

欧阳铮铮抚摸着眼前的四件套,心里想的却是别的事情。铁二蛋推了推她:"都什么时候了,你就不要想着漂亮了啊,等以后放假回家的时候,我们再置办两身好看的。"

"只能这样了,得多冷的天气啊,需要穿这么厚。"欧阳铮铮再次感叹。

张师傅连忙说道:"小丫头,你们可别觉得在省城里最冷的时候也就这样,到了厂区,你们可就要受苦受罪咯。"

一旁的邓教授推了推黑框眼镜,笑得很从容:"孩子们,我们既然来到了这个地方,就要做好吃苦的准备。我们在这里努力工作,是为了更多的人能更好地生活,咱们不能辜负党和人民对我们的期望啊。"

"邓教授是在国外留学的文化人,孩子们,你们要听教授的,说不定将来你们还能在一起工作。咱们这个厂区啊,真是人才济济。"张师傅很是自豪,他能参与如此神圣的工作,整个家族都会为他骄傲。

欧阳铮铮和铁二蛋,以及周围的几个大学生模样的人呆呆地点点头。

"我们都是来自五湖四海,大家要互帮互助,早日做出成绩。"邓教授抱着自己的四件套,跟着张师傅往另外一个方向走。

高原的深秋季节与内地的冬天无异,冷风呼啸,卷起满天的尘土,只要出门一趟,回来嘴巴里、头发里,都是看得见看不见的沙尘。

终于有一天,张师傅急匆匆地召集大家:"孩子们,邓教授,你们赶紧去开会,可能这两天就要去厂区了。快去快去,什么都不允许带。"张师傅的最后一句话说得相当严肃。

大家穿上大棉衣,用围巾围住脸,十来个人与邓教授一起,在一片微弱的晨光中走进了一个会议室。

张师傅和欧阳铮铮给大家的搪瓷杯子里面倒了水,众人都十分紧张,安静得能听到心脏跳动的怦怦声。

邓教授和大家一样坐在椅子上,不知道是谁来给他们开会,也不知道组织会派发什么样的任务,只能不断地朝外面张望。

"各位同志,稍后会有同志过来给大家开会,请大家稍作等候。"张师傅说完便拿着水壶离开,又善意地提醒一个女生:"小姑娘,这里不允许带纸笔,我先给你拿着,等会议结束了,我再给你。"

小姑娘吓得脸色煞白,以为自己犯了很大的错误,连忙站起来检讨:"对不起,张师傅,我习惯了,每次开会都要做笔记,我不是故意的。"

"没关系的,快点坐下,一会儿有领导过来给大家开会,都轻松一点,我们虽然是保密性很强的单位,但是我们也要学会放松心情,不要那么紧张。"张师傅安慰道。

第三章　保密教育

铁二蛋和欧阳铮铮屏息凝神，打起十二分精神等待要来开会的领导。

九点整，一个穿着中山装的男子行色匆匆地进了会议室，身上还有沙尘，头发被风吹得有点凌乱。看得出来，在进门之前，他用手稍微梳理了一下头发，一举一动都透露着他是一个一丝不苟的人。

"同志们好，我刚从厂区回来。咱们要开一个会，这个会议的原则是不做笔记，不外传。"中山装男子进门就说道，神色异常严肃。

他特意绕到邓教授的跟前，很激动地给了邓教授一个拥抱："教授，可算是把您请回来了，欢迎欢迎，以后咱们可就有希望了。"

邓教授的笑容依然很和煦，纠正道："邓文，我叫邓文，你现在……"

"我是张衡，现在是厂区的主任，所有的人事都通过我们部门。"张主任也变得很警惕。

他们之间的对话似乎存在很多谜题。

从张主任和邓教授激动的表情来看，他们很显然是认识的，而且是旧相识。邓教授是性情中人，他乡遇故知令他的眼中泛起了泪光，坐下的时候，忍不住用手轻轻擦拭眼角。

欧阳铮铮也觉得奇怪，他们既然是旧相识，为什么又在这里互相介绍自己。

"请坐，邓教授快请坐。我们尽快开会，然后带大家到厂区，厂区初建，正需要大家一起贡献力量，我们争取早日完成上面给我们的任务。"张主任招呼大家坐下，他手里没有任何东西，却能准确地叫出大家的名字,并且对号入座。

从他锐利的眼神中,欧阳铮铮知道这个张主任与邓教授一样不简单。

这个地方,不简单。

以至于他们的工作,都不简单。

张主任对每一个人都给予关心与问候,言辞恳切。

时间在指缝中慢慢流逝,张主任看了看表,当秒针指到12的时候,他才又缓缓地开口:"同志们,我代表组织给大家开会,希望大家能认真听讲,不做笔记,做到会上积极讨论,会上积极发言,会后不讨论。"

众人殷切的目光看向张主任。他的声音虽然压得很低,但一身正气,让人在无形中感受到了希望的曙光。

张主任用坚毅的目光扫视了一圈,随后继续道:"非常感谢大家能在民族危急的关头做出正确的选择,放弃在大城市工作的机会,来到西部建设祖国,我为你们骄傲。但是,既然来到这儿就应该知道,我们从事的行业的特殊性以及保密性。大家来到这个地方经过了三代政审,特别不容易啊,希望大家珍惜机会,为祖国的繁荣富强而奋斗。"

众人都热血沸腾,他们太知道这个过程中淘汰了多少人,不少人因为种种因素止步于这个神秘工厂的大门。

张主任将一份材料发给大家:"各位同志,有一点必须说明,如果将来没有成功,兴许我们的一生就会在这里湮没,如果成功了,功劳簿上也许不会出现你们的名字,大家都知道吗?"

"主任,我们知道,我们鞠躬尽瘁只为了国家能站起来,能不再被人欺负。"邓教授站起来,看着材料上的保密誓词,心也更加坚定了。

欧阳铮铮也站了起来,她毫不犹豫地说道:"我们好不容易才有今天的生活,不留名算什么,那么多战斗英雄也没有留下名字,但是我们知道他们有一个名字叫英雄。"

"好样的,小姑娘,以后,咱们也有一个共同的名字。"张主任赞许地看着大家伙,举起自己的右手,"同志们,我们的工作注定了我们要学会

第三章 保密教育

保密,为了防止国外间谍窃取情报,也为了避免不必要的牺牲,咱们都要宣誓……"

大家站在这个小小的会议室里,外面的狂风依旧,他们心潮澎湃,从今天开始,他们的生命,他们的感情,他们的生活,就属于这个光荣的国家。他们,将是奋战在第一线的科研人员,他们,将与祖国荣辱与共。

"我参加党和国家重要机密单位的工作,这是党和国家对我的信任,我感到极大的光荣,保守党和国家的机密是我的职责和义务,在今后的工作中,不断提高政治觉悟,时常保持高度的革命警觉性,严格遵守保密制度和三大纪律、八项注意,坚决同一切泄密行为作斗争,维护党和国家机密的安全,绝不辜负党和国家对我的信任。"大家字句铿锵地宣誓。

邓教授热泪盈眶,他扶了扶眼镜,激动得声音都在颤抖:"我真希望快点投身工作,我从国外马不停蹄地赶回来,就是为了我们的事业。张主任,咱们什么时候起程?"

张主任看了一眼手表,朝邓教授点点头:"邓教授,我们盼您盼了好久,您一来,我们就更有信心了,关键技术还是要靠您。我们很快就出发去厂区。"

张主任又看看面前的这群年轻人:"孩子们,你们也都是重要岗位上的专业人士,也是各个领域的佼佼者。组织信任你们,你们要加油,我们一定能共克时艰,闯出一片属于自己的天地。"

夜幕降临的时候,张主任带着大家坐上了吉普车,在一阵风沙中远离了城市,往草原的深处疾驰。

一路上,张主任向大家介绍道:"咱们现在要去的金银滩草原,四面环山,草原上就是牧区,呈盆地的地貌,非常隐蔽,也利于我们做保密工作,再加上高原氧气稀薄,利于咱们的……厂区实验。"

邓教授看向外面:"整个厂区的建设都是从零开始,之前来的第一批人可真是辛苦啊。"

张主任沉思了很久,往事历历在目。

那一年他们刚来的时候,这里还是一片荒芜,牧民们刚刚搬迁出去,这一片草原划给了厂区。

可是这儿什么都没有,风来的时候,头发里、嘴巴里,都是沙土,风走的时候,雾蒙蒙得只剩下一片狼藉。

可是他们不能放弃,来的时候可是领了军令状的,只能成功不许失败,他们真的是一块石头一块石头地垒砌了一座厂房,一座城。

刚开始,与天斗其乐无穷,渐渐地,与地斗其乐无穷,现在,与科学斗,与时间斗……其乐无穷……

张主任仿佛看见了刚来的时候,他们住在帐篷里,外面就是军人,他们更辛苦,搂着枪杆子就睡着了。

"咱们的日子会越过越好的,我相信,我们的祖国也会越来越好的。"张主任露出了笑容。他打开车窗,一阵寒风吹进来,他忍不住打了个寒战,吸了吸鼻子继续说:"明天就会给你们安排工作。孩子们,一定要认真工作,不能辜负党和国家对你们的信任。"

他对每一个刚入职的年轻人都这么说。他们的这个厂区,是一个年轻的厂区,年轻人就是厂区的希望与未来。

铁二蛋激动不已地说道:"张主任,你尽管放心吧,我铁二蛋一定听党的话,一定好好工作。厂子对我们太好了,还没开始工作呢,就发了那么多钱,我妈肯定没想过我会挣那么多钱。"

张主任却变得非常严肃:"姑娘,你这么说就不对了,咱们的事业这么神圣,怎么能跟钱混为一谈呢?你这个想法不对,你来之前没有人找你谈话吗?"

"对不起,对不起,张主任,都是我不好,我来之前已经找我谈过了,我就是……"铁二蛋越发解释不清楚,脸憋得通红,几乎要哭出来了。

欧阳铮铮赶紧解释:"张主任,二蛋不是这个意思,她一向说话都是这样,没有恶意。"

"国家对我们这些奋战在草原的科研人才这么好,我不希望你们玷污这神圣的事业。你可知道,为了让我们的厂区能顺利建设,多少牧民

第三章 保密教育

搬离了赖以生存的家园,多少人放弃了国外留学的条件,背井离乡来到我们厂区。孩子们啊,咱们是为了将来,为了子孙后代啊,以后……以后你们就知道了。"张主任欲言又止,很多话不能现在说,但是终究有一天,这些孩子会理解的。

欧阳铮铮和铁二蛋低下头不敢言语,车子内变得异常沉默。

刚到草原上,天上就飘起了雪花。

车子开进厂子宿舍区,张主任先将邓教授安排好,然后带着大家到各自的宿舍。宿舍比较简陋,一张床,一张帘子,就是一个世界。张主任不断地说:"咱们的条件比之前好太多了,孩子们不要介意啊,生活都是人创造的嘛。你们先熟悉一下,明天会有人找你们聊工作的事,今天晚上先好好休息。"

夜半的草原无比安静。从省城到这个地方,他们已经坐了六七个小时的车,有些路不好走,他们还需要下来推车。折腾了一整天,大家都筋疲力尽。

欧阳铮铮刚进宿舍,就觉得如同进了冰窖,她和铁二蛋面面相觑。

铁二蛋将行李放下,又掏出一件棉衣,一边瑟瑟发抖,一边把衣服套在身上。

宿舍里除了她们俩,还住着另外一个年纪比较大的阿姨。她看见有新人进来,连忙从床上起来,架起炉子,冰冷的屋子渐渐有了温度。

阿姨笑容亲切,四十多岁的年纪,穿着一身厚厚的棉衣,脚上蹬着一双雨靴。

"孩子们,你们可算是来了。我在二车间上班,你们叫我郝姨就行。你们刚来可能不适应,这里昼夜温差比较大,晚上特别冷,最好多穿点。"郝姨又在锅里放了少许糙米,慢慢煮了起来。

欧阳铮铮和铁二蛋对视了一下,面对热情的阿姨,实在不知道该说什么才好,只能一个劲儿地道谢。

郝姨给两个姑娘打了一盆水:"我们这儿水比较少,你们凑合洗洗,一会儿吃点热乎的再睡觉。明天就要安排工作了,你们一定要好好休息。"

她们俩木讷地点点头。今天刚刚接受了保密教育,现在什么都不能说,什么都不敢说,对于郝姨的好心好意,她们也不得不防备着。

欧阳铮铮用警惕的眼神看着郝姨:"谢谢郝姨,您去休息吧,我们可以自己煮粥,不用麻烦您了。"

铁二蛋也警醒地盯着郝姨看了好一阵子,马上反应过来:"郝姨,您休息去吧,我们可以自己来的,别忙活了,就算您忙活我们也不会跟您说什么的。"

说完,铁二蛋马上捂住嘴——怎么心直口快地说出来了?她还是不够警惕啊,以后出去或者回家,八成会犯错误。

欧阳铮铮用手轻轻拉扯了一下铁二蛋的衣服,铁二蛋再也不说话了。

郝姨看着这两个姑娘,扑哧地笑出声来:"好孩子,你们都是好样的,我什么也不问,也不打听。你们喝了粥就好好休息,如果头痛不舒服,就喝桌子上的药,都给你们准备好了。"

郝姨把已经煮得差不多的粥从锅里倒在碗里,又将一小碟咸菜放在一旁:"我们的条件比较艰苦,没有桌子,你们就在灶台上吃吧,吃完就赶紧休息。"

她很像一个长者,督促着两个孩子吃饭睡觉。

"我家妮儿也在老家呢,也不知道她怎么样了,唉……"郝姨带着无奈与叹息,摇摇头离开。

两个姑娘三两口喝完了粥。今天在车里摇晃了一路,胃里空空如也,现在能吃上一点东西,终于舒服了很多。

两人将锅碗擦洗干净后,蹑手蹑脚地躺到床上。被子里是冷冰冰的,四周充斥着安静的寒意。

第四章　国的姓氏，家的名字

郝姨已经睡着了，轻轻的鼾声让她们感到安心。

铁二蛋在黑暗中数着手指头，盼望着休假回去的时候，父母和兄弟姐妹们都在等着她。

欧阳铮铮实在是睡不着，打起手电，蒙着被子写信。

她来到这里的第一天，想念的是那个远在天边的人。不知道子淳怎么样了，他是不是已经踏上出国的轮船或者飞机了，不知道在新的地方是否适应。

她的信件经过审查后要先寄回学校，然后由学校统一发到国外，国外的学子们才能收到信件。

欧阳铮铮奋笔疾书，泪水无声地落下。

只有在夜深人静的时候，才会想起远方的爱人，还有以前在学校里那种惬意的生活。那时，总想着专心致志地搞学术研究，将来能为祖国建功立业，遇到困难了，也能够找老师同学们一起解决。

谁也没有想到，她会选择来到这个荒无人烟的地方，四周一片凄凉，这样寂静的夜晚，甚至还能隐约听见狼的号叫声，以及其他一些猛兽的声音。

欧阳铮铮咬着被子默默哭泣，既然选择了远方，就不能放弃当初的梦想。

她不知道什么时候睡着的，睡得不安稳，隐隐约约听到铁二蛋到对面的炉灶上喝药的动静。有些胖的二蛋，突然到了高原上，身体一时间还适应不了。

而铁二蛋这时才知道郝姨的良苦用心,知道她们肯定会不舒服,早早地熬了一锅汤药,起到了预防的作用。

清晨,她们是被铃声唤醒的。欧阳铮铮把信折好,放到枕头下。

她想过了,如果能给子淳寄信最好,如果不能寄,她就留着,等他们可以见面的那天,亲手将信交给他。

守着这份美好,将所有的思念都埋在心底,是她与他共同的秘密。

不管身在何方,只要心中有彼此,他们就一定会重逢。

郝姨早早地煮了一盆稀饭,又拿出一块豆腐乳:"姑娘们,快点吃,吃完就要上班去了。我今天晚上要值夜班,你们自己做点吃的。"

郝姨一边交代着,一边捆紧裤腰带出门,外面的寒风把她吹得缩了下脖子。

欧阳铮铮连连答应,铁二蛋也为昨天晚上郝姨准备的药连连道谢。

"都是离开家,大老远地跑到这里来,我们要互相帮助嘛。得嘞,我来不及了,今天我要早点去。"郝姨看了看表,风风火火地出门了。

铁二蛋松了一口气,却和欧阳铮铮一样不知所措:到底是像那些工人一样赶紧去上班呢,还是在这里等着别人来叫自己?

就算是要去上班,可是她们要去哪里报到呢?

推开门出去,外面的男女老少好像都有自己的活儿,一切都按部就班地进行。

不远处,还有很多警卫员在巡逻。

铁二蛋的神色陡然一紧:"欧阳,你看,咱们这儿真的是很严密,可能真的是有国家重点需要的矿物,要不然不会有那么多警卫守护我们。"

"对啊,国家重要项目,所以才会找你这个化学系的高才生啊。"欧阳铮铮看着警卫们整齐划一的换班动作,心里也是咯噔一下。

"我都没有和你说,已经有好几拨人找我谈话了,话语间说是了解学校情况,可是点点滴滴都是你,审查很严苛的。"铁二蛋喝了一口粥,顿时皱起了眉。也许昨天晚上实在太饿了,完全没有察觉到这粥的味

第四章 国的姓氏,家的名字

道那么差,米还没有煮熟。

欧阳铮铮拍拍铁二蛋的背,柔声安慰道:"别愁眉苦脸的了,在这种时候能有口吃的就不错了。咱们在省城的时候,都是别人让着我们,我们不能不知趣。"

铁二蛋脸上的愁云渐渐散去,叹了一口气:"等我回家了,一定要吃红烧肉。"

两人相视一笑,都觉得心里轻松了一些。

"新来的两位同志,张主任让我带你们去厂区。你们快点把衣服穿好,草原上的风大,如果投入工作的话,你们晚上才能回来,不要感冒了。"来传话的人言简意赅,话语中透着家人般的温暖。

工作人员也不自报家门,只是带着她们在这一片草原上行走。

不远处,一些人正在忙碌,风沙一来,根本分不清楚谁是谁。

工作人员戴上帽子,一边大声地喊道:"两位女同志,在这个草原上,大家都知道是风吹石子跑,你们可不要乱跑,谁也不知道你们下一秒会被吹到哪里,哈哈。"

铁二蛋是自来熟,立马笑出了声:"您大可放心,像我这样的体重,风吹不跑的。"

"嘿嘿,你这小姑娘可真幽默。"工作人员带她们进了已经修建好的厂区。

刚刚进门,就看见了昨天接她们来厂区的张主任。张主任刚从工地回来,身上都是灰土。

"你们先住在郝姐的土窝子吧。她丈夫是我们副业队的,这段时间去打鱼了,还没有回来。等我们下一批宿舍建好了,你们再一起搬过去。"张主任笑了笑。

欧阳铮铮今天的所见所闻,件件让她惊讶。她知道自己是来建设草原的,也知道是要参与国家重要项目的,但是她实在没有想到,还要来修铁路、盖厂房。

"小姑娘,你也别愁眉苦脸的,你们一个肩膀上挑的是中国7亿人的担子,另一个肩膀上挑的是全世界30亿人的担子。之前这个草原上那么多牧民,他们为了祖国参加了史无前例的大迁徙,你们要有使命感啊。"张主任语重心长地对她们说。

与此同时,这个厂区也陆陆续续进来了一些人,他们都是昨天和欧阳铮铮、铁二蛋一起来的。

众人默不作声,都想过这里的条件会非常艰苦,但是……一个夜晚,足以让一些人的心里产生了恐惧。

张主任又道:"开弓没有回头箭,想要在国际上站起来,想要争一口气,就必须干下去,这是我们共同的使命。"

张主任的心里憋着一口气。他们真是太难了,本来苏联专家要全程指导中国建立一个基地,让中国在国际上有一席之地,不至于如此被动。可是,厂房还没有建成,在关键时刻,苏联专家就撤走了,留下一个烂摊子。

张主任始终觉得这是耻辱,发誓一定要把厂区建成、建好,要在短时间内研制出产品,轰动世界!

张主任看着眼前这一群朝气蓬勃的年轻人,心里已经燃起了希望。"当年李将军到草原时,可真是白手起家,从三顶帐篷开始,那些战士都是睡在草地上,条件真的很差。就是那样的情况下,还是有很多科研人员愿意来。"回首往事,张主任的眼眶湿润了。

欧阳铮铮心生感慨,但依然不能理解。

到底在这片荒凉的土地上要进行什么研究,竟然要调用军队,还要调集那么多科学家。

铁二蛋不断地握紧自己的手,"不能说话,不能多说话",她不停地在心里提醒自己。

"努力吧,未来是需要靠你们这些年轻人的,我们这些老家伙只是领路人,真正的建设还是要靠你们。"张主任扫视一眼众人。

不一会儿,欧阳铮铮终于知道了自己的工作内容。

她被分配到了通讯科,操作电报与电话。

这对她来说简直就是小菜一碟,毕竟她学的专业就是这个。

有几个人分别被不同的人领走了,谁也不知道下一秒将会去什么地方,从事什么样的工作。

欧阳铮铮跟在一位老人的后面,正准备走,又被张主任叫住了。

"你就是从北京大学来的欧阳铮铮?这几个月,你先去参加生产建设吧,通讯科还在整顿,暂时不需要新人,等时机成熟了、合适了,你再调任通讯科。"张主任看了一眼手中的条子,神色严肃,冷静地说道。

欧阳铮铮站在原地,有些不明所以。

那位慈祥的老人原本是要带欧阳铮铮的师父,转过头不理解地看着张主任:"主任,我们那儿很……"

"爱国同志,您克服一下困难,这一切都是组织的安排,请您配合。"张主任的语气毋庸置疑。

那位叫爱国的年长女性叹息了一声,拍拍欧阳铮铮的肩:"孩子,到了我们这个特殊的地方,第一件事就是要学会保密,第二件事就是要学会服从命令听指挥,不管在哪个工作岗位上,都是为了祖国。好好干吧,我在通讯科等你。"她戴好头巾,开着吉普车离开了。

张主任深知接下来的安排对欧阳铮铮这个刚刚走出学校的高才生来说很不公平,对一个女同志来说甚至是残酷,可是没有办法。

在金银滩这片草原上的工作实在是锻炼人,也是在考验人。

"去吧,先去那边参加基础建设,会有老同志带领你的。"张主任指了指,对欧阳铮铮的语气不如之前那般和蔼了。

欧阳铮铮的心怦怦直跳,开始反思,自己这几天有没有做错什么,为什么要去参与基础建设了?

也不是说基础建设的工作不好,她一个高才生,师从国内顶尖的通讯专家,难道要在这里大材小用吗?

欧阳铮铮委屈的眼泪落了下来,她下意识地用手擦了一把眼泪,却被张主任看见了。

"不服气吗?如果你不服气可以现在就走人,从哪里来的就回到哪里去,我们厂不缺你一个初出茅庐的大学生,眼泪要是能对我们厂子有用,这片草原早就水漫金山了。"张主任的口气突然严厉起来,几乎是吼出来的,"你是不是不服气?"

"没……没有……"欧阳铮铮擦了一把眼泪,站得笔直。

她从决定参加这一次草原大会战开始,就已经想过了会吃苦受累,也经过一系列的心理建设,可是在这里受到莫名其妙的委屈,她从来没有想过。

张主任又问:"那你为什么不问问我,派你一个高才生去参加基础建设的原因是什么?"

"保密条款说了不能问,我相信组织,我会听从组织的安排,不管怎么样,我都会完成我的工作。"欧阳铮铮挺直了背,任凭刺骨寒冷的风吹着她的脸。

张主任的语气终于缓和了一些:"很好,你先去建厂区,找王科长报到。"

她又被安排到了远处风沙蔓延的地方,其他新人都是进了厂区,虽然条件比较苦,可好歹风吹不着,沙子不会钻进嘴巴里。

她怯生生地找到了建厂区的王科长,小心翼翼地问:"王科长,张主任叫我来报到,请问我现在需要干点什么?"

"老张现在越来越不像话了,我说我这边缺少搬运的工人,缺少盖房子的工人,他可倒好,随随便便就派了一个女孩子来打发我。你知不知道我们这个部门是做什么的?你还是回去吧,这里女人当成男人用,男人当成牦牛用,看你文文弱弱的样子,根本受不了我们这里的苦。"王科长摆摆手。

"老张是不是疯了,我们这个地方的女子,一个顶三个,力气都那么大,派一个城里来的小丫头做什么?"

"小姑娘,你还是回去吧,这儿的苦你吃不了,最多三天就要申请调走。"

…………

工人们围上来,七嘴八舌地劝道。他们的话都如同寒风一样在欧阳铮铮的心中划了一道又一道的口子。

王科长咳嗽了两声:"首先,我这里不养闲人,咱们要把话说清楚,给你三天试用期,你要是熬不过去,就赶紧走,回去之后也不能乱说。这里不是消磨时光的地方,我们每天都在赶工期,争取在一年内建成一个有规模的厂子,没有人会专门照顾你。"

欧阳铮铮木讷地点点头。

王科长又说:"其次,在这里就要服从命令、听指挥,想尽一切办法解决困难,如果没有这个信心,现在就走。"

欧阳铮铮应了一声。

王科长对欧阳铮铮的态度非常满意:"最后,我们都是为了国家,都是平等的劳动者,没有这个觉悟你也趁早给我走。"

三句话,句句都离不开"趁早走"。

欧阳铮铮的内心已经燃起了熊熊怒火,目光中带着火气说道:"我是不会走的,我发过誓,要在这里好好干。你说吧,到底让我干什么。"

"哟,小丫头脾气还挺火暴。"王科长指了指对面的石头,"你先搬石头吧。"

欧阳铮铮将崭新的军大衣放在一旁,开始在冷风中搬运石头。

她在学校的时候可没有干过这样的活,但她告诉自己:

璞玉不管在什么地方,都会被发现的。

石头很沉很沉,再加上高原上氧气稀薄,欧阳铮铮搬运的速度渐渐慢了下来。

第五章　尘土飞扬的时光

瘦弱的身影佝偻着从这边到那边，好似一阵风吹过来，就能把她给吹跑一样。

一旁的大姐实在看不下去了，给她递了一壶水："丫头啊，要是受不了就给科长还有主任说说，你根本就不是干这一行的。"

"没事，我还能坚持。"欧阳铮铮喝了一口水。

她又抱起一块石头，沉甸甸的石头似要将她的五脏六腑压得炸裂。

大姐叹了一口气，又鼓励道："真是一头倔强的小牦牛。好样的，姑娘，你凭着这股劲儿，也要让他们看看，是金子在哪里都可以发光。"大姐也背起一块石头往工地上去。

欧阳铮铮跟在后面，背上的篓子里是小石头，前面抱着大石头。

风沙吹进眼睛，打在脸上，麻麻的感觉顿时就让她麻痹了。

夜晚，回到宿舍，她发现手已经裂了一道一道口子。

她的脸上也出现了血口子，身上都是厚重的沙尘。

铁二蛋唱着歌回来，进门看见欧阳铮铮就呆住了："你……你不是在通讯科吗？怎么浑身都是沙土？你这一整天到底在做什么？"

"没有在通讯科，安排了别的工作，挺好的。"欧阳铮铮轻声说道。

一天的苦力，已经让她累得没有办法说话，也没有人形了，瘫在椅子上一个劲地流眼泪。

铁二蛋也不敢多问，她默默地出门，带了两个窝窝头回来："吃点吧，如果熬不下去，咱们可以打报告申请回去。"

"我不会回去的，我说过我会在这里扎根，一定要干出一番事业。"

欧阳铮铮拍拍身上的土,脸也没有洗一把,就这样睡了。

铁二蛋在一旁默默地陪伴着。由于这几天接受了保密教育,她也不能多问什么,只是在一旁安静地陪伴。

欧阳铮铮只觉得浑身的骨头被拆了然后重新组装一样,别提多难受了。

郝姨从外面回来,将身上的沙土拍了拍,随意吃了两口窝窝头,也不敢问是什么情况,只是示意让铁二蛋休息去。

欧阳铮铮躲在被窝里,打着手电筒,给周子淳写信。

千言万语,万语千言,总之还是汇成了一句话:"我在国外很好,你也要照顾好自己。"

对,不管多么辛苦,她都要表现出她很好。

次日清晨,欧阳铮铮吃了一点咸菜稀饭就去上工了。

王科长笑了一声:"我还以为你今天会请假不来了,没想到你还是敢来的嘛。这样很好,小姑娘,坚持下去。"

"既然我选择来了,肯定就不会走。"欧阳铮铮的肚子里窝着一股气,一定要将自己最好的一面表现出来,哪怕是搬石头,也要成为最好的搬运工。

她将大衣放在屋子里面,戴了一副手套,用围巾围住脸,到工地上搬石头。

一旁的人低声说:"我敢打赌,她坚持不过三天。"

"老郑,你可千万不要看不起人,你看看你们搬石头就知道搬石头,人家丫头搬石头,可是把大小形状都分类了,便于施工队堆砌。"王科长淡淡地说道。他也纳闷,也不知道是什么原因,张主任把这么一个有灵气的孩子放到工地上搬石头。

晌午,大家伙都原地休息,太阳火辣辣地照在欧阳铮铮的脸上。

老郑忍不住抱怨着:"最近吃得越来越差了,也不知道后勤部的都在做什么,我们干的都是体力活,如果没有一些瓷实的东西吃进肚子,我们怎么出力啊。"

"唉,凑合着吃吧,下午咱们加把劲儿,将这些石头都搬完,然后开始砌墙。这个厂房要求特别高,还特意从哈尔滨搬来了重要的设备,我们一点也不能马虎。"王科长看了一眼图纸,"我们要赶在冻土之前把这一批厂房建好,都说要给我们加派人手,结果到现在一个人也没有。"

一个中年妇女看了一眼图纸:"抱怨有个屁用,现在咱们不管男女,只要是个人就要上,加班加点把这个厂房建好。"

"刘工,你说得对。"王科长点点头。

欧阳铮铮看着被称为"刘工"的女子,感到不可思议,她一直以为这个女人是附近的农民或者是牧民,看不出一点工程师的模样。

刚才干活的时候,刘工一个人搬起很重的石头,敢对工地上的所有人指手画脚,万万没有想到,这一片的工程是由她负责的,她还能跟大家伙一起干活。

"丫头,你的石头分类很精准,以前是不是搞过建筑,知道怎么砌墙?"刘工对欧阳铮铮说。

欧阳铮铮摇摇头:"没有,我在学校的时候看工人是这么做的,这样一来可以节约一点时间成本。"

"丫头,跟着我好好干,这个工程建完,你会是很厉害的工程师。"刘工重重地点头,赞许地看着欧阳铮铮。

老郑站起身来,用裤腰带勒紧自己的肚子,这是缓解饥饿的最有效的办法。

大家伙站起身来,也都纷纷勒紧裤腰带,回到各自的工作岗位上去。

刘工看了一眼王科长:"老王,咱们的伙食问题你一定要解决啊,不能让大家伙这么饿着肚子干活,你不是说向上级反映了吗,怎么现在都没有回话?"

"刘工,我已经说了,可是听说现在全国的情况都不是很好,上级已经反映到中央去了。"王科长心虚地垂下头,当时他信誓旦旦地说要保证这些最辛苦的工人的饮食,结果却没有做到。

第五章 尘土飞扬的时光

欧阳铮铮也知道，她们在高原上的一个月，日子好像过得一天不如一天，吃的东西也是一天不如一天，刚开始还有馒头稀饭咸菜，后来变成稀饭咸菜，到了现在，稀饭已经很清很清了，根本吃不上几顿瓷实的东西。

刘工拍拍身上的尘土，拉住欧阳铮铮的手，低头对她说："姑娘，看见你这股劲儿我就想起了年轻的时候，也是被放到工地上去，和一群男人做同样的活儿，那时候条件还不如现在呢。你要加油，金子在哪里都会发光的，跟我好好学东西。"

欧阳铮铮点点头，这些天的委屈忍不住从心底冒了出来，在这一块工地上，在这一片沙尘中，总算是有人理解自己了。

"你今天不用搬石头了，过来，你是大学生，帮我做个计算。"刘工看着地上的这些石头，心里盘算着图纸。

白手起家，谈何容易，每个工程师都要负责自己手中的一摊子事，到点就要交工，否则会拖了整个项目的进度。

这一夜，欧阳铮铮没有回宿舍，而是跟刘工在一起，针对图纸做施工规划。

王科长熬了点小米粥，拿了一个罐头过来："两位女同志，你们可真是辛苦了啊！我找遍了整个厂区，翻到了一点小米，这个罐头是我从老张那里偷的，你们快来吃点东西，这么熬下去可不是办法啊。"

"那些科学家呢，他们吃什么？怎么就几天时间，伙食就变得青黄不接了？没有备用粮食吗？"刘工有些恼火，但凡是工地上有口吃的，她都会谦让出来给干重活的工人，现在的她终于还是爆发了。

王科长无奈地摇摇头："我们厂子有好几千人啊，又是新建的厂子，以前的粮食维持不了多久的。你不知道，全省的粮食都是先供应我们，大家都比较为难，尽力不让这几千号人饿肚子，二厂区必须尽快交工，唉……"

欧阳铮铮看着桌子上的这些食品，也不忍心吃，这些天跟着刘工，耳濡目染之下，也知道这些天他们有多么不容易。

刘工咽了咽口水，继续埋头在工程设计图里。

"欧阳，你吃点，年纪轻轻的别熬，要真的累出毛病了不划算。"刘工又抬起头交代了一句，她自己不顾形象地整理了一下裤腰带。

欧阳铮铮也咽了一下口水，终究还是没有往那一锅小米粥和罐头看去。

刘工看了她一眼，对她说："帮我计算一下这组数据。"

欧阳铮铮又投入计算中。她们现在可没有什么先进的设备进行运算，一切都是靠人脑。

欧阳铮铮在之前休息的时候问过刘工："你怎么看出来我会做计算呢？"

刘工一丝不苟地回答："从一个人搬石头就能看出很多名堂来，欧阳，你简直就是组织送给我的礼物，给我解决了很多难题。"

白天，刘工会和工人们一起搬石头，指挥他们在建厂区的时候需要注意什么；晚上，她会和设计师、工程师们一起探讨，怎样才能做出安全性高、保密性高、实用性高的厂区。

尽管如此，王科长还是将小米粥递到了她们的跟前："你们还是吃点吧，两位祖宗，上级一直让我照顾好你们这些知识分子，只有填饱肚子你们才有思考的能力，现在都饿着，可怎么办啊？"

"那就让上级调配粮食。那么多人呢，现在都已经怨声载道了，大家都是干体力活的，不能总拿一些稀的来糊弄啊。"刘工把碗推开，又将一组数据放到欧阳铮铮的桌子上："一会儿把这些数据给我进行类比，我今天晚上要算出来。"

欧阳铮铮应了一声，继续埋头进行运算。

王科长的下属急匆匆地进来，手里抱着一台运算机器："可算是借来了！人家有要求，白天他们一分厂的科研人员要用，晚上可以借给我们，但是使用时间要抓紧。全国就三台机子，现在全部都在我们厂子里，我们厂子可真是了不起。"

刘工抬起头来看向欧阳铮铮："会用吗？"

第五章　尘土飞扬的时光

欧阳铮铮看着这台机器,如同在欣赏一件艺术品,这是德国和英国的技术结合的产物,她见都没见过,只是在课本上看见过对这机器的描述,也听老师在数学课上说过,只有子淳这个级别的物理学高才生才有资格去研究所进行观摩使用。

"不……不会……这么高精尖的东西,轮不到我。"欧阳铮铮怯生生地回答。

她甚至不敢用手去摸,对于学高等数学的人来说,这简直就是一件神圣的东西。

刘工说:"学!"

这口气毋庸置疑,斩钉截铁,不容欧阳铮铮拒绝。

"讲实在的,这个运算机器是外国人的,之前只有苏联人会用,现在苏联人背信弃义,什么都没有留下,这东西还是北京那边的科学家回国的时候倾家荡产从老外手里买回来的。为了带回来,他们一家人分散着走,一人带一些部件,这才将这台机器带回来。"王科长叹气说道,"我们厂区只有四个人会用,他们白天要算的东西特别多,不可能腾出手来教新人。"他无奈地看着欧阳铮铮。

欧阳铮铮这才敢将手放在这个运算机器上轻轻地抚摸:"我会学,我自己看书,自己摸索,自己写信向人求教,我一定会学好的。"

实战的机会少之又少,只有在这方面下功夫,才能凸显人生的价值。

刘工叹了口气:"算了吧,这个机器我们新厂区没有福气使用,还回去,我们用最原始的办法。"

王科长咳嗽了几声:"丫头,真不是我们瞧不起你,你可知道,我们专门派人去学过,可是那几个研究专家敲打键盘的速度非常快,去学的人,除了眼花缭乱想吐,什么名堂都看不出来,你还是不要胡来了。"

"我不该过于依靠机器,咱们还是靠人工吧。"刘工冷声道,催促欧阳铮铮抓紧时间做计算,她今天晚上一定要将图纸设计出来。

一定要得到与苏联专家之前一样的运算数据。

第六章　惊现高精尖的机器

苏联人撤走了所有的设备和专家,很多跟苏联专家一起做了科研的人,不得不从头再来,有时候为了得到某些数据,真的是没日没夜地做实验、运算。

王科长站在一旁,看了一眼埋头苦干的刘工,又看了一眼在一旁运算的欧阳铮铮,无奈地摇摇头,让人将计算机器搬走了。

欧阳铮铮的内心还是愤愤不平,好不容易看见了这个东西,真的不舍得就这么放走,她是可以学习的,哪怕是对着说明书或者教科书,一页一页地看,这都没有问题。

她再次抬起头,对王科长说:"王科长,拜托你,晚上能不能将这个机器借给我,我可以好好研究,一定给我们新厂子创造效益……"

"开什么玩笑,丫头啊,这里可是厂区,不是学校,你看见外面那么多军人了吗?咱们这可是重点单位,怎么能让你拿这么珍贵的机器练手呢?等咱们不忙了,会派一些人出国,专门学习怎么使用这些机器的。"王科长敲了一下饭碗,示意她们尽快吃了,然后他也消失得无影无踪。

欧阳铮铮的心里很是惘然。

"刘工,咱们这到底是什么单位啊?"欧阳铮铮终于忍不住了,发自内心地问道。

来了这些天,她没进过厂区,只知道每个人上工的时间不同,进的门不同,但是具体是做什么的,一概不清楚,太神秘了。

刘工微微一笑:"不知道,没问过,只知道是重点项目。上面都看着呢,做好自己手头上的事情,记住保密协议上的签字,这就够了。"

欧阳铮铮在心中叹了一口气,继续埋头于自己的运算中。

躺在床上,越饿越睡不着,满脑子都惦记着吃的。

在学校的时候就是好,在食堂里,大师傅变着花样给他们做好吃的,他们还可以到学校门口,在路边的摊子上随便买一碗面,这样的日子可真是幸福啊。

欧阳铮铮打开信纸,开始给周子淳写信。

这一次,她的字里行间都是吃的,她问候周子淳最近在国外吃得怎样,她很想念子淳给她做的饭菜。

她原想着,两个人结婚了,都在大学教书,她会为子淳学几道可以拿得出手的菜,每到周末,他们一起去菜市场,一起下厨房,感受这个世界的人间烟火,而不是一直躲在书斋里。但是如今,他们天各一方。

这一封言辞恳切的信,欧阳铮铮写得泪流满面,她也不知道自己是什么时候睡着的,只记得自己很饿很饿。

其实在厂区里,不至于真正的断粮,全国都将粮食紧着送到大西北这片土地上来。可是全国人民也没有什么粮食啊,他们每天吃的还是一些稀饭咸菜,很少能看见荤腥。

清晨起来喝到第一碗粥时便是他们最幸福的时刻了,有时候食堂的师傅还会给他们一点不那么稀的,那这一天大家的心里都会充满感激。

众人也都知道祖国遇到了难事,在接到的家信中,得知很多人已经吃不上饭了,心中难过,又无计可施。

铁二蛋喝完一碗粥,又认真地看向饭锅,最后还是拉着欧阳铮铮走了。

"我们还是离得远一点吧,在这里我越看越想吃。"铁二蛋很自觉地离开了。欧阳铮铮一走出食堂,只觉得天旋地转。

这个食堂来往的人都愁眉苦脸,从他们的脸上看不出任何高兴的神色,都在为了吃的发愁。

而他们不知道,在一个整洁的办公室里,一些高层领导正在开会,为了粮食问题开会。

"这样下去我们怎么搞科研,我不管,那些科学家和工作人员必须都要吃饱!我们千辛万苦把那些科研人员从国外、从天南海北调回来,可是做过承诺的,一定要保证他们的衣食住行。"李将军拍桌子说道,他现在只恨自己本事太小。

"对啊,李将军说得对啊,科研人员成日都在屋子里,很少锻炼,身体本来就弱,再这么饿下去……我看见林教授都浮肿了……你们都到一线去看看吧,每个人肚子饿的时候,就用皮带勒紧自己的腰,说这样就不饿了,还有人肚子饿得咕咕叫,只能喝水充饥,每天这三顿清得见底的稀饭,怎么够啊。"一旁的张主任说得眼泪都落下来了。

"想办法,必须想办法,如果他们都饿着肚子,出了事,咱们这个厂子,咱们这个基地就彻底覆灭了。"李将军下了死命令,"储备处必须得保证整个厂区几千人的食物问题,每个星期,至少每个星期都能看见一顿荤腥。"

他的话一出,众人都不免有些担忧,特别是储备处的处长,心里没底,这个工作真是不好干啊……

"有困难就解决困难,有问题就解决问题,这么愁眉苦脸的算什么,都给我想办法。"张主任忍不住站起来,从中斡旋,避免施压过重,大家都产生情绪。

这个早晨,大家的工作效率都不是很高,每个车间都是如此。

刘工扶着桌子,甚至都不愿意说话。王科长搬了几块石头后还是摇摇头喘着粗气:"不行,不行……"

现在能够搬石头,还在砌墙,还在工作的,完全是靠意志撑着。

欧阳铮铮思忖着,就像他们在学校一样,遇到困难了可以唱着歌儿来鼓舞士气,可是话刚到嘴边又咽了下去,她自己连说话都懒,更不要说唱歌了。

可见,此情此景,填饱肚子才是第一紧要的。

第六章 惊现高精尖的机器

刘工趴在一块大石头上，喝了两口水，终于缓过神来："大家努努力，我相信上面一定会了解我们的难处，争取在冬天之前，将这个厂区建起来，那边宿舍楼也不能懈怠。王科长，有吃的尽量紧着工人师傅，他们是干体力活的，一定要保证饮食。"

趁着休息，欧阳铮铮详细地询问了师傅们这附近的地理位置。铁二蛋看着她急匆匆地出了厂区，也跟着出来了。

铁二蛋非常不放心："欧阳，咱们在这个草原上乱转也不是个事儿啊，你要做什么？"

"刘工这几天都没怎么吃东西，工作强度又大，我看见她好不容易有口吃的，都拿回去给她的先生了。昨天晚上，她和先生分食一碗粥，碗到她嘴边，她就是舔一舔，随后又递给她先生。她先生也是个书呆子，都没看见刘工根本没有下咽，那是假装吃啊，这么下去，哪怕是铁打的也受不了。"欧阳铮铮在草原上一路小跑着，一边喘着粗气。

她们来高原上已经有一段时间了，可还没完全适应这里高寒缺氧的气候，运动量一大，就会气喘吁吁，极其难受。

铁二蛋噘噘嘴，跟在后面一边跑，一边说道："真是个书呆子！那你们刘工是不是饿坏了呀，咱们到底要做什么啊？"

"你跟着我走就行了。"欧阳铮铮神秘一笑。

欧阳铮铮仔细地观察着，这一带有小动物的粪便，既然动物能活着，它们肯定是在青黄不接的时刻找到了吃的东西。

所以，循着踪迹找到了一个鼠兔的洞口后，她轻轻地用棍子进去扒拉。

果不其然，她扒出了一些小麦青稞，那是小动物留着过冬的食物。

铁二蛋总觉得欧阳铮铮在做坏事，但这些鼠兔总不能去厂区找领导告状吧？就算去告状，也会成为厂区那么多人的盘中餐。

"把你的帽子拿下来盛着，好歹给它们留一点。"欧阳铮铮把粮食一颗颗捡起来，放进帽子里。

铁二蛋突然兴奋起来："这么说，我们晚上是不是能有一顿好吃的了？"

"我们还有很多好吃的呢，你跟着我，一定会让你吃香的喝辣的，保证不饿着你——我们的科学家。"欧阳铮铮走在前面，笑着说。

人生在世，吃喝二字，为了口吃的，她也是竭尽全力。

铁二蛋的怀里揣着这些从鼠兔的洞里"偷"来的粮食，一路走一路寻找："再找几个老鼠的洞就好了，我和你还有爱国阿姨，还有你们老刘都有吃的了。"

欧阳铮铮连连点头，刚才拒绝得最快的是铁二蛋，现在积极主动寻找洞穴的还是铁二蛋。

"就是我不够勇敢，要是我胆子大武艺高强，我还能去狼穴里面找几口吃的，到时候咱们还能吃上肉。"铁二蛋兴奋地说，方才的饥饿一扫而空。

"对对对，你最厉害。"欧阳铮铮不断地点头。

两个姑娘一路上来到了一条小河流边，猛然间看见几个小伙子在河里忙活，不时发出愉快的笑声。

铁二蛋指着那三个小伙子久久地说不出话来。

小伙子看见她们，倒是落落大方："老铁，你们怎么也找来了，我还以为这个秘密基地只有我们自己知道呢。"

"老董，你们是在捉鱼吗？"铁二蛋看着欧阳铮铮，又看着那几个小伙子。

她这才明白过来，欧阳铮铮说的吃香的喝辣的就是来到小河边想想办法，看看有没有鱼虾之类的。

没想到，还遇到了自己车间里的几个小伙子。

欧阳铮铮没吱声，脱了鞋袜和外套，径直下水。

她可真是有一套，将自己的头巾拿下来做成一个网子，将那些鱼逼到石头旁，眼疾手快地将鱼网上来。

不一会儿，欧阳铮铮将鱼放进铁二蛋的帽子里，看向那几个正在瑟瑟发抖的小伙子，他们还在围堵一条小拇指那么大的鱼。

第六章　惊现高精尖的机器

"同志们,你们还需要继续努力,我们先回去做饭了。"欧阳铮铮笑道。

铁二蛋也很骄傲,将帽子里面的鱼数了三四遍:"十五条,欧阳,你真是太神了,太牛了。"

铁二蛋走出了六亲不认的步伐,好像现在整个厂区都是她的。她拥有的食物最多,十五条鱼,虽然说鱼小,可也能管饱啊,还有一小口袋的粮食,虽然说是鼠兔的,但是到了她的手里就是她的,这一点毋庸置疑。

回到宿舍的时候,郝姨看着她们满兜子的食物,惊呆了。

"姑娘们啊,你们可不能干偷鸡摸狗的事情啊,这个厂区里都是好人,为了国家来支援建设的好人,你偷了人家的,他们吃啥啊,都是救命的东西啊。"郝姨看都不敢看,"你们放心吧,咱们再坚持坚持,领导已经去内地筹措粮食了,过几天咱们都有吃的东西,你们可不敢乱来。还回去。"

最后一句话,简直就是命令。

欧阳铮铮知道郝姨是一个非常较真的人,赶紧解释:"这是在草原上老鼠的洞里捡来的,也给老鼠们留了一些,这些鱼是我自己在河边抓的,我是南方人,从小就抓鱼,阿姨您放心,我们绝对不会做坏事的。"

郝姨终于松了一口气,连连说道:"好的,好的,我给你们熬粥吧,你们这俩孩子,生火都不会。"

郝姨将鱼的内脏处理了,用一些草去腥,然后放在粥里一起炖。

"咱们把鱼骨头也熬得软软酥酥的,这样就可以一起吃,别浪费了。"郝姨说道,然后看向外面,"也不知道他们筹措粮食怎么样了?"

"郝姨,你不要担心了,我今天早晨听我们车间的主任说,不管怎么样,粮食必须要先给我们厂区,只有我们的科研成果出来了,中国人民才能站起来,以后再也不会过挨饿受冻的日子。"铁二蛋蹲在地上烧火。

欧阳铮铮将她们的衣服帽子洗了洗,晾在冷风中。

过了一个钟头,郝姨将一碗粥盛在保温桶里:"拿去吧,给你们工程师送过去,这么长时间了,可算是能吃一顿饱饭了,可真是不容易啊。"

"你们也吃啊,别舍不得,明天我下班了,再去找点吃的。"欧阳铮铮自信地说道。

医院里,刘工的爱人给她喂糖水:"喝点吧,还是喝点吧,有点味道,也能支撑一下体力。"

"算了。"刘工拒绝,脸已经浮肿得很高很高。

欧阳铮铮拎着保温桶进了病房,将粥喂到刘工的嘴旁,她下意识地张开嘴吃了一口,滚烫的热泪突然落下:"欧阳,欧阳……我没有想到,给我救命的一口食物是你给的。"

"刘工,吃吧,吃吧,一碗呢,吃饱了睡一觉,咱们工地还需要你主持大局啊,你可别倒下了,好几千人等着你呢。"欧阳铮铮微微一笑。

刘工不顾形象地拿起碗,扒拉了两口,看了一眼身边那个不断咽口水的男人。

"老徐,要不……你也吃点吧。"刘工问自己的丈夫。他真的是一个手无缚鸡之力的读书人,满脑子都是电路的问题,要是把他放到草原上,他真的能饿死。

欧阳铮铮从心底里看不上这样的人,那么难的物理化学电路的问题都能搞懂,怎么就搞不懂吃的呢?

子淳就不一样,各个方面都安排得井井有条,她就是喜欢这样既能在实验室里独当一面,又能在生活上把握全局的男人。

"徐老师一会儿吃食堂。"欧阳铮铮想也不想,赶紧帮老徐拒绝了。

"刘建设,你吃,你自己吃,你就一个人吃。"老徐说了这么一句话之后,头也不回地出去了。

刘工一口粥在嘴巴里吐也不是吞也不是,滚烫的热泪在眼眶里打转,用一种复杂的眼神看着欧阳铮铮。

欧阳铮铮无计可施,只好道:"你病了,倒下了,我们厂区几千号人等着你呢。"

"欧阳,谢谢你。"刘工点点头。

这时,老徐突然急匆匆地进来,手里还拿着一小块糖:"这是我打算在你后天生日的时候送给你的巧克力。我知道,都是为了我,你为了让我吃饱,才晕倒了。刘建设啊,我们是夫妻,从我们主动请缨来这儿的时候就在毛主席像前说过,一定要相濡以沫,互相爱护。"

那一块巧克力还是心形的,欧阳铮铮看得心中一阵酸楚。

老徐非常委屈:"我也是今天才知道的,她总说她在工地上吃饱了,我就……我就理所当然地吃了……对不起,刘建设,我对不起你。"

欧阳铮铮拿着空饭盒,茫然地退出病房。

老徐追了出来,冲欧阳铮铮喊道:"姑娘,你是好样的。"

欧阳铮铮快步回去,躲在炉子前,一边吃鱼肉粥一边给周子淳写信。

这一次,她的信愉快了不少。年轻的时候,也许两个人相守靠的是对爱情的忠贞;到了中年,两个人相守是因为亲情;晚年了,两个人依旧在一起,是因为懂得。

她在信中写到了和周子淳一起捉鱼虾的日子,在农村度假的时光,是他们最欢乐的时光,如果可能,她很想回到从前。

第七章　爱国之名

这几日，欧阳铮铮出门都是容光焕发的，铁二蛋也更有精神了，有时候还一连值两个夜班，让其他同志回去休息。

欧阳铮铮和铁二蛋隔三岔五去草原上挖洞，去河边捉鱼。

这一天，老徐也要跟着去："姑娘，我们家刘建设不能什么都靠你们，我是男人，我得养家，我跟你们一起去。"

老徐不明白，为什么这俩姑娘在偷小动物的存粮时能这么得心应手，就好像"惯犯"一样。

"你们怎么知道鼠兔的洞里有粮食的呢？你们真是太机灵了，劳动人民的智慧是无穷的，有时候我真是不得不佩服啊，了不起啊。"老徐一边掏洞一边感叹。

他是一个非常细心的人，都是把洞里的粮食全拿出来，分成两份，带走一半，给鼠兔们留一半。

欧阳铮铮将粮食放进装好的袋子里，笑着说道："俗话说，老鼠还能存三年的粮，我想着草原上的鼠兔应该是有一样的习性，肯定也会有余粮。当时刘工已经饿晕了，我也不得不打起小动物们的主意，还好，这些小动物没有怪我。"

"怪你干啥啊，人饿了的时候，什么都往嘴里塞，一点也不讲究。"铁二蛋一边抱怨着，一边积极地帮老徐掏洞。

欧阳铮铮有些想笑，刚开始，铁二蛋是拒绝的，现在，铁二蛋是最积极的。

到了小河边，河水是那么寒冷，有几个小伙子在捕鱼，可是今天他们一无所获。

这条小河不是欧阳铮铮的专属,人来得越来越多,为了能吃上点荤腥,都在想尽办法。

因为欧阳铮铮在新厂区的工作成绩突出,修建铁路的部门需要人的时候,刘工又极力推荐,上级决定将欧阳铮铮调到运输处。

王科长有些依依不舍,又很恼火:"咱们厂区好不容易培养出一个出色的储备干部,这就被人调走了。老刘,你怎么想的啊?你不是说欧阳给你帮了大忙吗?"

刘工慢悠悠地说道:"正因为欧阳优秀,所以才推荐她到更需要她的岗位上啊。那边需要一个小组长,能够计算工程量的,而且,重要的交通枢纽上,必须要有我们的人,将来调配物资,有丫头在那里,能不先给我们二厂区调配吗?"

"哦,好像也是这样啊,可是……丫头走了,谁给我们搞鱼汤喝啊?"老郑不服气地说道。

欧阳铮铮故作伤心状:"老郑叔,我还以为你是舍不得我,原来是舍不得鱼汤啊。"

"那可不,欧阳这段时间隔三岔五地给我们送鱼汤,这么艰苦的条件下还能想到别人,多好的姑娘啊,刘工,你给送走了,这是我们多大的损失啊。"一旁的大姐和阿姨们纷纷说道。

刘工蹙眉:"那我有什么办法,每个厂区、每个工程部都要调人过去,我总不能把老郑送过去,没几天又把人给我退回来吧,王科长也不能同意啊。"

"那倒是,不能给我们这个建设工程部丢人,欧阳去吧,听说那能吃得好一点,至少罐头运来了,你们最先知道。"王科长眨眨眼,拍拍日益干瘪的肚子说道。

欧阳铮铮就这么往新的岗位去了。

这么一来,也算是升职了。

之前她做的是底层的搬运工,一趟又一趟地重复着,将石头从这边运到那边,再从那边运到工地。

后来在刘工的指导和赏识下,她成为刘工的助理,每天做一些基础的运算,帮助刘工画图、做笔记。

再后来,她又成了王科长的助手,整个二厂区后勤类的活儿都是她在干,甚至还有点小干部的风范。

现如今,刘工为了让欧阳铮铮学到更多知识和技能,特意推荐她去参与修建铁路的工作。

她还记得刘工昨天晚上特意找她谈话,还分了她半块巧克力。

"欧阳,我们这个厂区的雏形基本完成了,咱们搞建设的迟早要投身于下一个厂区的建设中。你调去运输处,将来的发展机会好,我这一次直接做主了,你不要拒绝。运输处也同意接收你,到那边,就要好好学习,戒骄戒躁。"刘工语重心长地说道。

人不能总追求安逸,在二分厂,欧阳铮铮虽然可能会当上干部,但是她知道自己不能这样安于现状,应该去拼搏,去学习。

所以,欧阳铮铮就被派去修铁路了。

············

欧阳铮铮到运输处报到时,大家都在看着图纸忙碌,她也不知道该找谁报到。

眼下,大家都各司其职地忙碌着,都没有人注意到她。

她想了想,就自觉地加入了搬运建材的队伍,也没有人问起她是从哪里来的,更没有人问起她叫什么名字。

"丫头"成了她的代号。

欧阳铮铮也不挑剔,别人让干什么就干什么,不管是什么工作,她都会尽心尽力地完成。

修建铁路是又累又苦的工作,为了能让这条铁路顺利完成,大家都付出了很多心血。

一旁类似于工头的指挥员拿着大喇叭指挥:"大家伙加把劲啊,只有修好了铁路,才能把粮食运输过来,到时候大家都能吃饱饭,我们的

第七章　爱国之名

工程也离胜利不远了。"

欧阳铮铮非常敬佩那个拿着大喇叭喊的指挥员,就这么三言两语,工人们好像被打了鸡血一般,顿时精神振奋,干活也非常有劲了。

"加油,加油。"大家都相互加油打气,仿佛已经看见了胜利的曙光。

指挥员非常满意:"丫头,你去给大家伙弄点热水来,一会儿休息的时候喝。"

欧阳铮铮赶紧提着桶去一旁烧水,水烧开后,又给每个人的壶里装满热水。

又一个工头喊道:"丫头,你去,给大家把午饭带过来。"

欧阳铮铮便将所有人的饭盒都用小车子推走,然后把饭分到铁路边工人们的手上。

又有人喊:"丫头,今天都比较忙,你也别闲着,今天跟着我,我让你干啥就干啥。"

欧阳铮铮跟着一个陌生的大爷,在他身后递东西打下手,又是一整天。

晚上回到宿舍,铁二蛋很激动:"我们领导就是敢用人,你说我那么年轻,刚来不到三个月,怎么就能让我当车间的主任呢?我真是不敢相信。"

"什么,才三个月,你又升职了?老铁,你真是太厉害了,你肯定做出了非常卓越的贡献,所以你们领导才敢不断地提拔你。"欧阳铮铮艳羡地说道。

铁二蛋不好意思地笑了起来:"没有那么夸张。我们主任病了,我现在只是代理主任。现在我们车间的人都听我的,说我的技术过硬,业务能力很强。那是当然啊,我在实验室的时候,成绩可是第一名。"

欧阳铮铮躺在床上,摸了一下空空的肚子,自从小河里面没有鱼了,她觉得日子越来越清苦了。

"代理主任也是主任啊,不像我,现在还不知道自己的发展方向呢。"欧阳铮铮感觉到前所未有的迷茫,不知道未来的路该怎么走。

她总不能一直都给人打下手,做一些端茶倒水数铁路架子的事情吧。

此时此刻,欧阳铮铮只觉得自己浑身的才干没有地方用,只能眼睁睁地看着铁二蛋在自己的工作岗位上发光发热。

铁二蛋拍拍欧阳铮铮的手:"不要郁闷,你不是说你在二分厂干得很好吗?工程师教你画设计图,科长还有意把你培养成储备干部,这多好啊。"

欧阳铮铮闭眼不说话了,她调换工作岗位了,这点事情不能到处宣扬啊。

铁二蛋揉揉肚子:"老欧阳,你说说,我们还有没有别的办法弄到吃的?虽然说现在粮食没有前段时间那么紧张了,可是我总觉得好像没有吃饱,想着要吃点肉之类的,你能不能给我想想办法啊。"

欧阳铮铮摇摇头,她现在可没有工夫想着怎么找东西吃,而是想着,她在铁路上干了那么久,怎么都没有找到人报到呢。

问了身边的人,都说不知道,她去问拿喇叭的指挥员,可是人家说他也只是普通的工人,不是领导。

这让欧阳铮铮非常为难,不知道怎么办才好。

"唉,你都没有办法了,可能是真的要饿肚子了。你看看我,最近都饿瘦了,这里也真是的,有钱也买不到东西。"铁二蛋嘟嘟囔囔着也躺下了,很快就进入了梦乡。

欧阳铮铮却翻起身,拿起笔,又给周子淳写信。

她的信中写满了思念,也问候子淳在国外怎么样,会不会冷,学业是否紧张。

这个夜晚,她注定无法入眠的。

当时决定从学校来到这里的时候,心情是那样忐忑,总想着能大有一番作为,在广阔的天地上留名青史。

如今她却对自己的工作目标一点也不明确,就像是一匹孤狼,全凭自觉。

次日,欧阳铮铮肚子疼,豆大的汗珠落下来,浑身就好像泄了气的皮球一般酸痛。

可是宿舍一个人都没有,大家都上班去了。

她根本无法起来,只能在床上痛苦地蜷缩,晕了又醒,醒了又晕,这么反复了一阵子。

即便是她没有去上班,也没有人知道,也不会有人质疑。

等她熬过了最困难的时刻,却特别难过地在纸上给周子淳写遗书。

在这片荒芜的草原上,剩下一匹孤零零的狼,而她就是那匹孤军奋战的狼。

她今天看见了死神,是那么灰暗,那么冷漠,如果她真的在这个草原上牺牲,希望子淳能在每年春天过来看望她。

写完信,欧阳铮铮强撑着身子去工地了。

大家都在忙碌,每个人都知道自己的工作是什么,欧阳铮铮还是被到处使唤。

"丫头,快去,测量一下每个部分是不是合格了。"

"丫头,这里好像缺少点什么,你去看看图纸。"

"丫头……"

"丫头……"

一个上午没有来,大家好像也不记得有欧阳铮铮这个人,她下午来了,大家好像事事都离不开欧阳铮铮。

她觉得非常奇怪。

"大爷,你知道我是谁吗?"欧阳铮铮问正在看图纸、计算材料的一个相当于工程师的大爷。

大爷摇摇头:"不知道。在这个草原上,修这条铁路的这么多人,没有人认识谁是谁。"

"大爷,我能知道你是谁吗?"欧阳铮铮在帮忙计算的时候又问道。

大爷埋头趴在地上,精确地测量尺子上的刻度,良久之后,才说了一句:"当初我决定来这里的时候,就是要隐姓埋名,你看看这里,多少人叫爱国,多少人叫建设,又有多少人叫兴国、建华,有没有名字不重要,名字,就是我们热爱祖国的一个代号而已。"

欧阳铮铮好像明白了大爷说的话,可好像又不太理解。

大爷又说:"你叫什么名字重要吗?你可知道很多顶尖的科学家为了回国,早就将自己的名字改成了爱国。"

大爷看见她迷茫的样子,叹了一口气:"我和你,不过是来建设草原千千万万的人当中的一分子,我们有一个共同的目标,那就是将草原建设好,将我们的科研成果发扬出去,这就够了啊。"

"可是,你们都知道自己的工作是什么,大家都各司其职,而我今天早上没有来,也没有人找我啊。"欧阳铮铮始终觉得自己实在是太差了。

换句话说,她觉得自己没有存在感。

大爷无可奈何地摇摇头:"需要你的时候,任何岗位都可以容纳你,你要做一个被需要的人。"

欧阳铮铮总觉得这位大爷的话深奥难懂,可能他们的精神境界不在同一个层面上,交流起来相当费劲吧?

"爱国哎……"大爷突然大喊一声。

在风沙很大的草原上,这么一声响亮的声音出来,好像能把风沙给镇住一般。

猛然之间,在浩浩荡荡忙忙碌碌的人群中突然有一片人应答着。

欧阳铮铮看得清清楚楚,至少有二十个人的名字叫作爱国,这些人里面有男有女。

大爷继续说:"你们帮我把这个铁轨一直铺到一公里外,然后我再进行测量啊。"

"好嘞。"大家伙答应着,每个人的肩膀上、手上都有工具,投入忙碌的建设中。

欧阳铮铮的内心受到了极大的震撼,爱国,不仅仅是一个称号而已,还要放在心中,放在行动上。

叫什么?不重要。

做什么？不重要。

身份地位？更不重要。

欧阳铮铮搬起一块铺路的石块，加入了"爱国"的队伍中。

大家有时候会开一些无伤大雅的玩笑，很亲切地在一起，有吃的，大家分一口，有喝的，大家都尝尝，欧阳铮铮逐渐在这个大家庭中找到了属于自己的位置。

报到？她也渐渐地觉得不重要了。

在这样忙碌、抢时间的时候，可能没有人记得这回事，在欧阳铮铮的心中，自己每天都在，每天都忙碌着，就算没有白来大草原参加建设。

第八章　也是一个大家庭

夜晚,他们点灯熬油地抢建铁路,一旁的阿姨不忍心:"瞧瞧你这丫头,刚来的时候,我看见你还是挺细白的,跟我们风吹日晒了几天,怎么变成了这副模样。"

欧阳铮铮笑了起来,她仔细对比了一下最近的自己,确实是跟刚来的时候有很大的差别。

"阿姨,您知道我啊?"欧阳铮铮问道。

阿姨笑了笑:"你住在我们一个宿舍区,你和小胖妞可爱笑了,刚来的时候整个宿舍区都是你们的笑声。"阿姨喝了一口水,"丫头,咱们今天说什么也要把这一截铁路建设好,这么长的铁路,一直要铺展到城市里面,可真是远啊,我估计着,要在入冬前完成,可能我们要风餐露宿一阵子了。"

她一边望着天空,一边说着。

"建华,你快点,不要磨蹭了,咱们今天的任务还重着呢,咱们现在抢修的是整个厂区的生命线,可不能懈怠啊。"一旁的人走过去,几个人抬着很重的铁轨。

欧阳铮铮这才明白,原来这个身体壮实,说话豪爽的阿姨叫建华。

建华阿姨努努嘴:"丫头,你也来帮忙,咱们加把劲儿,一起努力,要把这条生命线建出来,我们就算立大功了。"

他们,都有一个共同的名字,叫作爱国;

他们,都有一个共同的目标,叫作建设;

他们,都有一个共同的坚守,叫作建强。

一切都不重要,重要的是这个厂区能做出强国强军的物资出来,到时候,中国就真正站起来了。

凭借着这个信念,欧阳铮铮干活越发卖力。

建华阿姨也想尽办法照顾这个从城市来的大学生,给予她亦师亦友的指导:"孩子啊,咱们干活不要凭着死力气,咱们要用巧劲儿,你看见了没,这个铁轨要怎么做都是有一定的数的,可不能估摸着来,到时候要是有了大毛病,那就难以挽救了。"

说着,建华阿姨又给她示范。

大家伙对她都非常上心,但凡有个什么事情,总是一边解释一边做,让欧阳铮铮积累了不少课本上难以学到的知识。

铁二蛋打了一碗粥回来,愁眉苦脸地看着她:"老欧阳,你这两天是不是换位置了,我看见你怎么笑容满面,也不像之前每次回来都不高兴,恨不得马上离开的样子,我也不敢问你。"

"没换啊,我就是一块砖,哪里需要哪里搬,我在哪里都很好,现在我在修铁路,大家都很好,每个人都相处很融洽,我也要多学学。咱们这个厂区啊,一切都要靠我们自己摸索。"欧阳铮铮想起白天大家伙的模样,发自内心地说。

修建铁路,比厂区建设困难太多了。

铁二蛋也深表认可,喝了一口粥之后说道:"对对,我们车间也是一样,特别需要人才,但是来我们厂太难了,需要三代政审,出入还需要通行证,像我这样的大学生已经是稀缺人才了,但是你……太奇怪了,明明也是大学生,怎么会安排你去盖房子修铁路呢?"

"可能我的材料弄错了吧,以前我还怨声载道的,感觉命运不公平,我也算是通讯专业的高才生啊,我之前实习的时候可是在科研所,怎么到了这个不毛之地就成了普通的工人。"欧阳铮铮笑着说道,之前的种种,现在已经释怀。

铁二蛋抬起碗,把咸菜吃完,咕咚咕咚地把粥喝完。

"是的呀,要不,你找张主任反映一下情况吧,你不能大材小用啊。"

铁二蛋充满关心地说道。

欧阳铮铮摇摇头,一脸认真:"我以前是有这个想法的,但是现在不了,在哪里都一样,都能为国家做贡献,不是因为我是大学生就高人一等,我们那儿还有一个叔叔和一个阿姨分别是德国、法国的留学生,人家也在吃苦耐劳地建铁路,没有什么不可以的。"

铁二蛋拍拍胸口:"这我就放心了,前段时间看见你愁眉苦脸的样子,我还不知道该如何安慰你呢,我还想着,要不我努力一把,等我在我们车间有话语权的时候,你来我们车间就行。"

"那怎么可以,这可是工作,又不是请客吃饭,还能讲究朋友关系吗?"欧阳铮铮义正词严地拒绝。

铁二蛋一个劲儿地点头:"对啊,后来我不是没有这么干吗?毕竟咱们的专业不一样。看到你的心理状态这么好,我就彻底放心了。我也相信,只要相信自己,不管在哪里,一定会获得成功的。"

铁路上的活儿还得继续干。天气也逐渐变凉了,这里的老人们都说,等过了中秋节,就彻底进入寒冬,大家伙只能干别的工作,铁路修建又要搁置一年,这是万万不被允许的。

"欧阳铮铮,对吧?你去,张主任要找你谈话。"这天,突然来了一个小伙子传话,让她赶紧离开。

她回到了厂区,看见张主任沉着一张脸坐在办公室里面,一旁的烟灰缸已经堆满了烟头。

"张主任,您找我?"欧阳铮铮问道。

她的脑海里一直在搜索,自己最近干了点啥,怎么又被他找了,明知道张主任对自己是最不客气的,当初分配工作的时候,就把自己分到最艰苦的地方去了。

好不容易从艰苦的地方杀出一条生路,得到了老刘的赏识,又被调到更艰苦的地方,她不得不考虑,这里面是不是有张主任从中作梗,要不然她的运气也不会那么差。

张主任没应声,又点燃一根烟,狠狠地拍了两下算盘,气得直跺脚。

欧阳铮铮吓得悄悄抬起头,看见他那副焦躁不安的模样,可真是又好气又好笑。

这么一看,这才发现张主任的头发变得花白的,跟三个月前意气风发的样子判若两人。

张主任的烟还没抽完,看见自己算盘上算出来的数字,仿佛不相信一般,又噼里啪啦地算了一遍。

欧阳铮铮看见张主任这般模样,有点不好意思:"那个……张主任,如果您忙的话,我就先回去了,铁路上特别缺人,我们都在赶工,等我忙完了再找您。"欧阳铮铮打算说完就跑。

张主任立马叫住了她:"站住!把你叫回来是有话要问你。你这几个月为什么不来找我,让我重新给你分配工作?你一个通讯专业的高才生,我把你放到了最苦最累的地方去,难道你不应该来找我吗?"

"张主任,我找你做什么呢?说我觉得工作太苦太累,我坚持不下去,申请离开?"欧阳铮铮不明所以。

张主任似笑非笑:"看来你对自己的认知倒是很准确,我等着你来找我,让我给你重新分配一下,你没有来,我很高兴,说明你这个姑娘是能吃苦的。"

"张主任是在表扬我吗?"欧阳铮铮很是意外,竟然能从他的口中听到这么不一样的话。

张主任摇摇头:"咳咳咳,随便你怎么理解。现在是这样的,组织上找你是有很重要的事,我呢,由于工作需要,可能要走,接下来会有人跟你谈,以后会有人专门负责你,小丫头,我是有心把你调到好地方去,但是冷主任不同意呢。"

最后一句话,听起来意味深长。欧阳铮铮听不懂。

"张主任,您是病了吗?"欧阳铮铮温和地问。

张主任点点头:"没啥大事,我先回北京养病。姑娘啊,天将降大任于斯人也,必先苦其心志,劳其筋骨,饿其体肤。你在这儿等冷主任,我先走了,加油!"

欧阳铮铮在屋子里转了转,等得有些无聊,就一屁股坐在了办公桌前的椅子上。

"你在这里做什么?"突然进来了一个年轻人。

她立刻站了起来,解释道:"张主任叫我过来的,说一会儿有人找我谈话。请问你认识冷主任吗?"

年轻人应了一句:"我就是冷主任!"

这个冷主任怎么那么年轻,可能跟自己的年纪差不多大吧,这么年轻就当主任了?欧阳铮铮不得不用另外一种眼神看着对方。

冷主任将手中的资料整理了一遍,冷不防地说道:"你就是欧阳铮铮,我听说过你,哼……"

哼是几个意思啊,欧阳铮铮越发不明所以。

她清清嗓子,在气势上绝对不能输:"对,我就是欧阳铮铮,铁骨铮铮的铮铮。"

冷主任语气冷静:"前段时间,你悄悄地去捉鱼了,对吗?还把那条小河的鱼都捉完了是不是?"

"是。"欧阳铮铮光明磊落地承认。

冷主任上下打量了一番欧阳铮铮,良久之后,才道:"从今天开始,你不用到铁路去上班了。"

欧阳铮铮的内心一咯噔,这是什么意思啊,为什么好端端地说自己不用去上班了,是被开除了吗?

冷主任又说:"你可是有什么不服气的?你是一个高才生,但是你到我们厂区之后,一直都在基层工作,没有给你安排与自己专业相关的工作,你难道没有怨言?"

"是有那么些,但现在时机还没到,还不如把自己的事情完成好。"欧阳铮铮说道。

这个小伙子看模样还是挺俊秀的,就是眼角有一道疤,坐着的时候背部挺得笔直,可能是军人出身。

他一直在给她做思想工作,说话相当有条理。

"你不是会捉鱼吗?那我就让你捉个够,你去物资科报到吧。我们厂区现在有些困难,没有更好的物质条件,对工作有一些影响。既然你会抓鱼,就负责让大家每个星期都能吃到一点荤腥。"冷主任说得诚恳。

欧阳铮铮瞪着大眼睛,不敢相信地看着他:"我?冷主任,你说的是我吗?我要去物资科,去给大家伙捉鱼?"

"对啊,你不是经常说,你是一块砖,哪里需要哪里搬吗?现在,你就要发挥你的作用,组织上相信,你一定会在新的岗位上贡献自己的力量的。"冷主任露出了笑容。

"这也是锻炼吗?"欧阳铮铮问道。

冷主任又说道:"你也不要有什么情绪,不管怎样,一定要高高兴兴地去新的工作岗位上报到。你要想想,从今天开始你就负责我们整个厂区好几千人的吃喝饮食,这个岗位多重要啊,对吧?"

这么一说,欧阳铮铮的内心还是非常受用的,不得不说冷主任是一个非常适合做思想工作的人。

看见她的脸上不解的表情轻松不少,冷主任又说:"明天就去报到吧。对了,你把大辫子剪了,现在这副模样,看着跟男同志差不多,也给你发一套男装,生活上也方便些。"

欧阳铮铮看着自己,穿着厚厚的棉服,根本看不出身材,那张脸黝黑清癯,说她是冷主任的兄弟也没人不信。

"好,知道了,我现在是名男同志。"欧阳铮铮失落地点头,也明白了冷主任的意思。

本来让她不断地调动岗位,她的内心就是忐忑不安,总以为是自己犯错了,或者是因为某些不能明说的原因让组织产生怀疑,才会让自己在一些基础的部门工作。在老师和大叔大姨们的开导下,她才渐渐调整好心态。

回到宿舍,她倒是毫不犹豫地把头发剪了,反正在这里,用水那么困难,时间又紧迫,没有时间打理那一头乌黑亮丽的长发,不如剪短了安心。

但是这一头长发,自己留了很多年了。刚来的时候乌黑亮丽,现在就是一堆稻草,她也不舍得。

铁二蛋一进屋,就看见流泪的欧阳铮铮,又看见那一条长长的麻花辫,惊呼起来:"干啥呢,老欧阳,你的头发不是你的命吗?咋就剪掉了呢?你不是说长头发穿婚纱拍照片好看吗,你还想不想结婚了?"

欧阳铮铮有些委屈得说不出话来,可她现在什么也不能说。

"你最近这几天去哪里了,也没有人知道,我都快急死了。"铁二蛋忍不住抱怨。

她们很少问对方的行踪,因为要时刻保密,工作上的问题,基本很少会说。

欧阳铮铮叹了一口气:"在外面工作呢,将来我可能还有一段时间在外面工作,好忙啊,你们忙不忙?"

"都很忙,我现在主要负责我们车间,我还是愿意忙一点,忙了能让我忘记嘴馋。"

"请问,欧阳铮铮是住在这个宿舍吗?"外面传来一个低沉的声音打断了她们的话。

欧阳铮铮擦了一把眼泪,站起来看着进门的人,满脸惊讶:"冷主任,你怎么来了?"

"哟,真的把头发剪短了,看来你还是非常有觉悟的嘛,小姑娘,真是好样的。"冷主任笑着进门,又仔细打量了一下她们的宿舍。

铁二蛋站在前面,用高大的身躯挡住欧阳铮铮:"你就是新来的冷主任啊,还真是人如其名,我就想问你,现在你们管人事的管天管地,还管人家留长发吗?"

"二蛋,别胡说。"欧阳铮铮拉住铁二蛋。

冷主任特别诚恳地笑了:"二蛋同志是吗?我是为了欧阳同志着想,她很快要到新的工作岗位上去,长发不合适,我也知道这样伤害了欧阳同志的情感,所以,我特意来送安慰了。"

第八章 也是一个大家庭

说话间,冷主任从身后拿出了一个午餐肉罐头,上面写着"军用"两个字。

"欧阳同志,请你理解。对了,我叫冷锋,以前是部队上的,十四岁参军,今年刚调到我们厂区。"冷锋伸出手,跟欧阳铮铮握手。

从张主任那里了解到,欧阳铮铮真是一个铁骨铮铮的女孩,刚来厂区,就被安排去了最苦的地方,一个小女孩在那个地方竟然站住了脚,还把自己的工作做得非常好,但是这一次……

"你叫冷锋啊,听你的名字就是冷冰冰的,难怪欧阳说你冷呢,不过我原谅你了,看在这个罐头的分上。"铁二蛋毫不犹豫地把罐头收起来。

欧阳铮铮红着眼,看见冷锋便想到刚刚剪了的心爱的长发,还有些委屈,一句好话也不愿意跟他说,便口无遮拦地脱口而出:"这就是打了巴掌又给个甜枣吗?"

第九章　女扮男装的生活

欧阳铮铮这下可算是对冷锋一点也不客气,这么气势汹汹的质问让冷锋都不知道该怎么办了。

他十分尴尬地站在原地,不停用眼神示意铁二蛋,希望她能帮助自己。

铁二蛋却假装什么都没看到,特别愉快地看着那个肉罐头。

欧阳铮铮却将那个罐头拿过来:"二蛋,来历不明的东西我们可不能吃,万一吃了拉肚子怎么办?"

冷锋一听就着急了,这话完全是对着自己来的啊,赶紧说道:"不不不,不是的,这个罐头是我留下来的,我忘记了,前天才发现的,我在部队的时候就留着了,已经两年了,你们要是不嫌弃的话,就先吃了吧?"

着急的时候,冷锋说话还有点口吃。

铁二蛋露出了慈母一般的笑容,马上安慰道:"冷主任,她是故意在报复你呢,这个罐头我们留下,我们一点也不嫌弃。"

冷锋又把一副皮手套拿出来放在桌子上,不安地说:"欧阳,你要去的地方比较寒冷,你注意保暖,我们相信你一定行。"

冷锋不敢再待着,虽然他是领导,可是在这间宿舍里,欧阳铮铮的眼神就好像刀子一样。

"那你们忙,你们忙。二蛋,你很厉害,这么年轻就当上了主任,未来可期啊。"冷锋走的时候还不忘记夸奖一番铁二蛋。

铁二蛋非常受用,在门外相送:"冷主任,以后常来啊,来的时候不要空手啊。"

欧阳铮铮被铁二蛋的最后一句话逗笑了,剪了头发,又要去一个不知道前途如何的单位,她的内心还是愁云惨雾。

铁二蛋搂住欧阳铮铮:"我知道,你感觉自己好像一个浮萍到处飘着,肯定心里不舒服,欧阳,没关系的,以后肯定能定下来的,你要加油啊。"

欧阳铮铮重重地点头,不管心情好不好,她总是会给周子淳写信。

她在信中倾诉自己的思念。她甚至想着,等以后工作完成了,调回北京的时候,他们就结婚生子。

对未来的憧憬,成为欧阳铮铮熬下去的动力。

正当她还在床上忙碌着写信的时候,铁二蛋从外面回来了,手里拿着一封信。

"欧阳,欧阳,快看看这是什么?子淳,是子淳。"铁二蛋特别激动,她知道欧阳铮铮盼着这封信已经很久很久了,她发自内心地替欧阳高兴。

欧阳铮铮从床上跳下来,高兴得要飞起来了。

"快点给我,快点给我,怎么会有子淳的信,他知道我在这里吗?"欧阳铮铮热泪盈眶。

三个月了,她的信不知道往哪里寄,只能石沉大海一般地往学校里寄,再由学校帮忙转寄给子淳。

她接过信,看见信封上面的字,忍不住哭出声来。

三个月,等待了三个月,就等来了这封信,终于等来了他的消息,怎么能不让她激动啊。

子淳的字迹她很熟悉,一眼就能看出来。

打开信还没看见上面密密麻麻的字,就看见了一张汇票,上面是两百块钱。

"亲爱的欧阳,吻安你,在异国的每一天都在想念你,找了一份工作待遇丰厚。你在异国可好?千万不要苦了自己……"

欧阳铮铮泪如泉涌,她给他寄了钱,他也给她寄了钱。

他们都想到一起了,心中惦记着彼此,总想给对方最好的。

此时此刻,她终于知道,自己没有找错男人,如果他说娶,她一定毫不犹豫地嫁。

铁二蛋悄悄地出去,将门带上,把这一刻属于他们的时光留给他们。

那封信很长很长,写着无数的思念,也写着很多关于工作学习的一些经验。

上面还写到,如果国家需要,他将奋不顾身投身于国家的建设中,希望欧阳也能有这样的觉悟。

欧阳铮铮想知道该怎么回信,可是上面并没有说他在哪个学校、哪个院系,也没有说在国外的哪个研究所工作。

她在高兴之余还有点落寞,不知道回信的方式,只能将信交给送来的人,再往回追溯。

铁二蛋进门之后,看见欧阳铮铮手里的一沓信:"走吧,我陪你寄信去。你看看你们俩,这样的日子真难受,我倒是希望将来能在我们厂子里找个人,可不能忍受这种天各一方的痛苦。"

在厂区里是不能随意走动的,要去哪里,得事先打报告,尤其最近对他们的要求越来越严格。

铁二蛋看了一眼自己宿舍附近,又想想自己车间的小伙子们,赶紧摇摇头:"算了吧,终身大事我还是等着回家再说吧,我们厂区的年轻男子都是憨憨的,没有子淳好。"

"子淳才是个憨憨呢,好不容易发了两百块钱,全部寄给我了,那他吃什么喝什么啊,也不知道我寄给他的钱收到了没有?"欧阳铮铮有点担忧,却也在盘算着要把这笔钱往哪里捐赠,让需要的人得到帮助。

次日清晨,欧阳铮铮换上了厚厚的衣服,戴上了厚厚的帽子和手套。

"欧阳,不管在哪个岗位上,一定要活得精彩,我相信你,很快就能调回来的。"铁二蛋给她送行。

第九章　女扮男装的生活

欧阳铮铮来到了物资处。

处长是一个看起来敦实和蔼的人,他拿起欧阳铮铮的资料,一边浏览一边说道:"你就是欧阳铮铮,铁骨铮铮的那个铮铮?果然是一个好小伙,能主动申请来这个小组,有魄力,我给你加油,我为你喝彩。"

欧阳铮铮心里犯了嘀咕,不知道冷锋在自己的资料上面写了些什么。难道他真的把自己的性别改了?这都什么年代了,还有女扮男装的说法吗?

她心中充满疑惑:这个小组到底是干什么的?

欧阳铮铮站在那里不知所措,等待着处长的进一步安排。

"好孩子你去吧。车子在外面等着你呢。小冷主任说得对啊,我们厂区这么多人,就要靠你们了。"处长笑着,显得和蔼亲切,言语中充满了鼓励和期待。

处长递给欧阳铮铮一副手套,语重心长地说:"加油,好孩子。我们等着你们凯旋。"

欧阳铮铮被引导上了一辆卡车,车厢里坐着不少人。放眼看去,只有两个看起来像是阿姨辈的女子,她们正在低头私语。也有几个年轻力壮的小伙子,另外两个男子虽然年纪比较大,但看起来也非常壮实。

她鼓起勇气向大家打招呼:"大家好,我叫欧阳。请问,我们这个小组的任务是什么?我们到底要去哪里啊?"欧阳铮铮找了一个空地方随便坐下,眼神中透露出好奇和一丝不安。

一个看起来像是大哥模样的人清了清嗓子:"我以前是肉联厂的,上面找我谈了话,让我负责给大家伙弄点肉吃。"

"可不嘛,俺们现在也没有办法了,但是为了大家伙,为了那些科学家的温饱,俺们得拼一把了吧。"一个长胡子的大哥附和道。

一个年纪大点的大爷慢慢挪过来,说道:"现在是这样啊,我们要去湖里打鱼。为了这件事,我们还特意造了船。呵呵,为了让大家都能吃好,身体强壮,上面可是想了很多很多的办法啊。"

大家都惊呆了,有人忍不住问:"打鱼?哪里有鱼可以打?这附近都是少数民族居民,他们能同意吗?"

大爷说道:"我们已经和当地居民沟通好了,现在是特殊时期,还是人重要。那个湖就是青海湖,是个很大的内陆湖。咱们得抓紧时间,要是天气转冷,湖面结冰,我们就没有办法搞到吃的了,那可就非常尴尬了。"

他环视了一下车厢,清点了一下人数,又认真地对着手里的花名册核对。显然,他就是这个打鱼小组的组长。

"得嘞,咱们出发吧,这就去青海湖打鱼,大姑娘大小伙们,接下来就要靠你们了。"大爷的话,极其鼓舞士气。

在前往青海湖的路上,欧阳铮铮透过车厢的窗户往外面看去,茫茫的草原一望无际。

清晨的草原上,白露为霜,车子行驶中散发的热气在草原上翻滚,如同沸腾的云雾,为这片寂静的大地增添了一抹生动的色彩。

"好漂亮啊,我们来这里一年多了,这还是第一次有机会出来看看。平时工作太忙了,完全没有时间出来,今天可算是看见这茫茫无际的草原了。"一旁的大姨看着窗外的景色,不禁感慨。

车厢内,大家都沉浸在这秋日草原的景色中,但心里也不禁犯起了嘀咕。

"总觉得心里慌慌的,我们以前也没有在这么冷的地方打过鱼啊。"

"别怕,有欧阳在呢。这个小伙子前段时间一个人就把一条小河的鱼都抓光了。"

…………

欧阳铮铮四处张望,心里琢磨着组长刚才提到的欧阳到底是谁,听起来这么厉害,让她心里不禁也感到踏踏实实。

她想,现在大家这么兴师动众地出来,还有船,如果到了青海湖,最后没有搞到鱼,那可就丢人了。不过,还好有厉害的欧阳,或许情况会有所不同。

第九章　女扮男装的生活

大姨们忍不住,好奇地问道:"崔组长,你一直都在说欧阳,到底谁是欧阳啊?"

欧阳铮铮也想认识一下这个跟自己同姓的陌生人。

崔组长指着欧阳铮铮,说道:"就是这个小伙子嘛。冷主任和张主任强烈推荐过来的,说他非常厉害,我们车间的徐工也推荐了他。想着有这个小伙子在的话,大家都会安心一些啊。"

"啊?"

大家都愣住了,纷纷惊讶地看着欧阳铮铮。

欧阳铮铮的皮肤被晒得黝黑黝黑的,她那一双大眼睛忽闪忽闪的,透露出一丝迷茫。

"我还以为是个大姑娘呢,没想到竟然是个小伙子!"一旁的阿姨笑着推了她一把,"你就是欧阳啊?"

欧阳铮铮差点就要跳车了,这到底是什么原因,让他们产生了那么大的误会。

"不是的……"欧阳铮铮刚刚开口解释,却被崔组长挡住了话头。

"小伙子,过分谦虚就是骄傲啊。你不要否认了,这些事情我都知道呢。刘工是不是你救活的?你们工程队的那些人,老郑他们,最后是不是管你叫'老大'?就是因为你能给大家搞到鱼吃。因为你表现卓越,所以才把你分配给我们打鱼小组的。"崔组长不容分说地给欧阳铮铮戴了一顶高帽子。

大姨们听了,顿时对欧阳铮铮产生了好感,来了精神:"说话这么细声细语的,我还以为是个姑娘呢,没有想到是个这么精干的小伙子。我这次来建设草原,我闺女也来了,她在223车间,回去的时候让你们认识一下啊。"

欧阳铮铮支吾了半天,却无从辩解。崔组长在旁边不断地给其中一个大姨使眼色,半开玩笑地说:"你们俩啊,真是走到哪里都不忘帮人牵线搭桥。咱们有欧阳在,一定能行。"

他话锋一转,语气变得严肃起来,继续说道:"这一次出来,我们小组可是立下了军令状的。你们也知道,很多科学家过得很清苦,每天一碗粥、一份咸菜。咱们肩上的责任重大呀,绝对不是出来游玩一趟那么简单的。"

大家都沉默了下来,意识到这次任务的重要性和严重性。"大家都要打起精神来,今天咱们第一次打鱼,一定要开门红。也不要害怕,我们有欧阳在。"崔组长再次强调,边说边给欧阳铮铮鼓掌。

大姨们纷纷点头赞同:"有欧阳在,我们心里就有底了。"

一旁的大哥也应和道:"要说杀猪宰羊,我肯定是一把好手,但要说到在外面捕鱼,我们都要向欧阳学习了。"

"有欧阳在,不怕。咱们要齐心协力,共同渡过难关。"崔组长再次坚定地说道。

欧阳铮铮静静地听着,不再坚持己见,解释自己的身份误会。既然自己的存在可以给这个团队当一个凝聚人心的黏合剂,又何乐而不为呢?"没错,我们一起努力!"欧阳铮铮终于开口,声音中充满了坚定和决心。

大哥们纷纷走过来跟她握手:"欧阳同志,从现在起,我们就是并肩作战的战友了。"

崔组长看着这一幕,非常认同欧阳铮铮今天的做法:"欧阳同志,加油干!只要我们共同努力,一定会共克时艰的。"

"加油!"大家异口同声道。

这一组有九个人,他们都是从不同的组别里精心挑选出来的。

每个人都有自己的特长和技能,有会开船的,有会撒网的,还有会杀猪的,有的力气大,有的会做饭,甚至还有会腌制鱼的……

可以说,这个小组提供了一条龙服务。能看得出来上级领导当初配备这个小组的时候,对此事的重视和用心。

一路上,车子摇摇晃晃地前进,有时候还能看见成群的牛羊在草原上行走。

"放心吧,咱们这个小组一定是最强的。看那些牛羊,不都是我们

第九章　女扮男装的生活

可以利用的资源吗?"胖大哥望着窗外的动物,就好像看见了一块一块的肉。

随着时间的推移,这一路上车内的拘谨,渐渐地变成了欢声笑语。但他们不知道的是,青海湖还有怎样的艰难与挑战在等着他们。

第十章　共克时艰的岁月

青海湖的深秋已经特别寒冷,刚一下车,就能感觉到一阵刺骨的凉意。

欧阳铮铮不禁打了个寒战,咳嗽着下车。眼前是一片辽阔的草原,还能看见远处雪山的雪线。

崔组长带着几个年纪比较大的人搭建帐篷,他们把厚重的布支撑起来,抵御寒风的侵袭。崔组长说:"大家先原地休息啊,我们带来的粮食也不多,也就是十天左右的量。这一次咱们申请出来,是为了整个厂区的人,所以我们都要加油干啊。"

欧阳铮铮也没有忘记自己现在的"男同志"身份,毅然加入帮忙的队伍中。刚刚车子开了那么久都没看见牧民,现在他们终于看到了草原上的牧民。

"扎西德勒!"一个放羊的牧民走了过来,十分热情地说道,"你们是来自省里的客人吧。我们村子里的村长跟我说了,我的汉语说得好些,你们要是有什么需要帮忙的就跟我说。我的帐篷在那边呢,近得很嘛。"

这是欧阳铮铮第一次见到草原上的牧民,他是一个三十岁左右的男子,但是脸上看不出具体的年纪。他的腼腆中透露着不加掩饰的热情,说话间,他又赶紧将自己随身携带的糌粑拿出来。

"你们吃,城里人,你们吃,多多的有嘛。"牧民好客地说道,他清澈的眼神中露出来的是十分的诚恳。

牧民一笑便露出洁白的牙齿,他笑得很害羞:"你们别客气,我的名字叫扎西,以后你们有什么需要,就到我的家里找我,我家里还有奶茶,还有牦牛肉干,多得很嘛。"

在外面,只要找到了牧民家,牧民朋友都会十分热情地招待找上门来的客人,尽可能地给他们提供一些吃的。

特别是那些储存起来的牛羊肉,热情好客的牧民只想着让他们吃饱喝足,根本不考虑自己将来可能会面临的困难。

崔组长接过糌粑,每人分食了一小块,随后将布袋子还给扎西:"谢谢你,扎西同志。现在这年月每家每户的粮食都不富裕,你的这份心意我们领了,你也要留着给自家的孩子啊。我们要是有需要,一定会去找你帮忙的。"

扎西百般推辞,不肯将已经送出去的礼物收回。

"我们村长说了嘛,你们来这里辛苦嘛,要给几千个人准备吃的东西,你们得吃饱了才有力气干活嘛。"虽然扎西的汉语说得不是特别流畅,但他总是努力表达,让身边的人能够听明白他的意思。

崔组长见推辞不过,只好将口袋里的一些布票拿出来递给扎西:"拿着吧,给孩子们买点衣服……"

这一次,扎西倒是没有推辞,笑着将布票收起来了:"对嘛对嘛,我们以后就是好朋友啦,朋友嘛,你给我我也给你嘛。"

扎西一边愉快地赶着牛羊离开,一边大声地招呼着:"你们要是闲下来了,记得来找我,我家里近得很,就在那边。"他指了指北边,不断地跟大家伙挥手。

崔组长语气严肃地提醒道:"谁要是敢私自动这些吃的,回去之后我就上报,别怪我到时候按纪律处理。"他继续说,"天气冷,咱们就不分帐篷睡觉了,各自打地铺吧,反正也带来了铺盖,凑合一段时间。等我们将鱼都捕上来了,回去后一定给大家好好放个假,让大家休息一下。"

两位阿姨麻利地将行军毯铺好,又将炉子生起了火,偌大的帐篷内顿时暖和了起来。

欧阳铮铮找了一个距离人最远的地方打地铺。天气寒冷,这十天里很可能连把衣服脱下来的机会都没有了,即使晚上穿着衣服盖被子都会觉得冷飕飕的。大家应该也不会察觉到她的真实身份。

坐了一天的车,大家都有些疲惫了,加上早上的那一碗粥根本不管饱,只能抓紧时间稍作休息。

倒是欧阳铮铮走到外面,看见在湖上有一艘船。

那条船应该是新造的,船身上还写了他们工厂基地的代号"221"。

欧阳铮铮走上船,看见上面有渔网等打鱼工具,东西倒是挺齐全的,心里也就放心了。

撒渔网捕鱼让她不禁回忆起在福利院的时候,那时她就经常跟院长坐着小船在河里捕鱼。这些温暖的回忆在这个寒冷的夜晚给了她一些慰藉。

没过多久,其他人也都到齐了,崔组长迅速说道:"这样吧,我们几个男同志先开船去捕鱼,你们两个女同志在这里收拾收拾,给我们准备晚饭。"

这样一来,大家的分工就比较明确了。

崔组长一边启动船,一边说道:"我老家在海边,家里以前就有一条渔船。欧阳,一会儿你带着大家伙下网,他们大部分都是北方人,对这方面不太熟悉,除了有一把子力气,其他的都不会。"

"好嘞。"欧阳铮铮答应着。

船还没开出去多远,最健壮的大哥突然紧紧抓住铁杆:"欧阳啊,我咋有点晕呢。"

"牛大哥,你晕船啦,赶紧坐下,别担心,刚开始总会有点不适应,过一会儿就好了,习惯习惯。"欧阳铮铮扯着嗓子安慰道。

湖面上的风带着刺骨的寒意,崔组长说道:"我听牧民说,再过几天湖面就要封冻了,天气也越来越冷,咱们还是要速战速决啊,不能耽误太多时间。"

欧阳铮铮一边下网,一边跟身边的人说道:"大哥,大哥,你们看见了吗?这个湖里的鱼真多,今天晚上咱们终于可以开荤了。要是厂区的同志们看见这么多鱼,一定会高兴的。"

"真是太好了,我都快半年没有吃上肉了。我老婆现在还大着肚子呢,拿鱼回去正好可以给她下奶。"另外一个大哥也说道。

这几个大男人,看见湖里的这些鱼,有的人竟然热泪盈眶。

"还是欧阳想得周到,脑瓜子灵活,知道向上级提议,咱们可以捕鱼来补一补营养。难怪大家都抢着要欧阳。"崔组长的心情特别愉快,湖里的鱼多,说明他们的工作将会做得非常好。这一下,可就不愁没有办法完成组织交代的任务了。

他出发前可是立下了军令状,一定会完成组织交代的任务,给厂区的同志们带来营养补给。

欧阳铮铮只想着,这一次她完成任务之后,会不会又被派到别的地方去?但转念一想,下湖打鱼都不怕了,她还有什么可怕的呢?

这个中午,他们的收获很多,看着满网子的鱼,崔组长兴奋得高声呼喊。

"行嘞,收工回去吧!今天晚上咱们可以开开荤,明天才更有力气继续干活。"崔组长首战告捷,别提有多高兴了,手舞足蹈得不知如何是好。

那些小伙子知道今天晚上有鱼吃,已经浮想联翩,一个个都迫不及待了。

他们将鱼从渔网里拿出来,喜悦之情溢于言表。

牛大哥已经忘了晕船这回事,正在高谈阔论,恨不得写一篇小作文,论鱼的一百零八种做法。

虽然他们还没吃到鱼,但光是听牛大哥说,已经垂涎欲滴,听得津津有味。

牛大哥越说越高兴,甚至将自己以前的经历都说出来了。

"牛哥我以前可是国营饭店的大厨子,真不是我吹的,很多领导都吃过我做的饭,没有一个不竖起大拇哥儿的。嗐,这些年我太忙了,在肉联厂的时候都没有机会展示自己的手艺。今天晚上,我非得给你们露一手不可。"老牛自卖自夸,让原本沉闷的气氛瞬间活跃起来。

欧阳铮铮也笑了起来,跟在崔组长后面,小心翼翼地询问,这个船是怎么开的,有什么技巧,要注意什么事项。

"欧阳,你就按照我教你的去做。别担心,左右我还在你身边呢。"崔组长利索地指导着。在这冰冷的湖面上,他感觉自己的老寒腿更加严重了。说话间,他慢慢地活动自己的双腿,让身上的衣服更紧实地裹住腿。

崔组长走上甲板,牛大哥越说越起劲儿,还边说边比画着。

"就这么肥的鱼,真不是我吹牛,我在国外的时候就学过做生鱼片,可惜现在没有酱油和芥末,要是这么一蘸,我的天啊,简直就是美味。"他装模作样地往嘴里塞,引起众人哄笑。

崔组长听得直咽口水,接过话茬:"我知道,你说的那是日本的吃法,生鱼片嘛,呵,这个没有意思。这么肥的鱼,我拿来做红烧,把那漂亮的酱汁往上面淋一遍,鱼肉的鲜美被彻底激出来。你要这样狠狠地吸鼻子闻一下,肉香味,葱香味,还带着一点点的甜味,那才叫过瘾呢。"

"你们说的这些我都吃腻了。我就觉得清蒸才是最好的,方便快捷……"另一个人扯着嗓子喊道,毫不示弱。

牛大哥一听这话可就不干了:"什么叫方便快捷?你这是对鱼的不尊重,每一条鱼要变成美食可不容易,清蒸也是非常讲究方法和火候的,太老了肉柴,太嫩了卖相不好。这个火候要这么掌握……"

牛大哥不顾形象,又开始给大家表演,如果是农村的灶台,要怎么点火,要什么样的柴火……

大家听得津津有味,仿佛已经能吃到这样的美食一般。

而欧阳铮铮仿佛是一点也没有听见,只是专心致志地开船。

万一撞到暗礁,万一开错了方向,万一操作失误,整个船都毁了……

她时不时地看向甲板,那里,他们说得正起劲儿呢。但她的心思,始终是如何安全地将船开回岸边。

第十章 共克时艰的岁月

平时最不爱说话的老刘也慢悠悠地吐了一口烟,露出发黄的牙齿,嘿嘿一笑:"你们说的我都爱吃,你们做什么我都喜欢吃,回去的时候你们都要各自露一手,大家相互尝尝南方北方的菜式。"

幸好欧阳铮铮知道回去的方向,知道往回走的山形是什么样的,他们终于回到了岸边。

两个阿姨看见他们回来,连忙朝他们挥动自己红色的围巾。直到看见大家伙都在之后,她们才得以安心。

众人都挥起手来,突然之间,一阵不适涌上心头,他们纷纷对着外面呕吐起来。

老崔差点要把胆汁给吐出来了,只觉得天旋地转,完全分不清楚方向,更分不清眼前的人是谁。

另外几个北方人更不用说了,吐得脸色苍白,一句话也说不出来。

欧阳铮铮却是吐不出来了,只能无力地躺在地上,不顾寒冷,她现在只想静静地休息。

两位阿姨看着大家脸色惨白,不停呕吐的样子,心里既着急又摸不着头脑。

"哎呀,你们都说句话啊,到底发生什么事情了?说出来我们可以一起解决。"大姨们心地善良,他们是一个团队,出现了什么问题,要一起解决啊。良久之后,欧阳铮铮才渐渐缓过神来:"大姨们,快点给我们拿点水来,我真的快撑不住了。"

终于,崔组长缓缓地开了口,给欧阳铮铮的果断和勇敢竖起了大拇指:"欧阳啊,别看你小小的个子,开船怎么那么猛。突然一下就加速,我们就感觉好像是在湖上飞一样,转眼就回到岸边了。"

欧阳铮铮看着天上飘着的那朵乌云,解释道:"我看着那云,以为要下雨了,所以心里就着急。看见你们一个个都是不慌不忙的样子,我也没有办法了,只想着赶紧带大家安全回来,所以就加了速度。"

"是啊,你们看看,现在湖的那边下着多大的雨啊。咱们出船,最害怕的就是遇到恶劣天气,幸好是及时回来了。"崔组长说着,仍然感觉一阵头晕目眩。

他从来不晕船的,今天总算是尝到了晕船的滋味。

大家伙相互搀扶着,密密麻麻的小雨已经开始袭来。

大家伙都在说欧阳铮铮开船的技术好。

阿姨们从船上把鱼卸下来,众人一起往回抬。

"这些鱼,咱们是先送回去一部分,还是制作好等十天后再一起拿回去?我们出来的时候,大家伙都等着我们回去呢。"欧阳铮铮淋着雨,也不顾雨是不是把自己打湿了,只想着不能让这些鱼发臭腐烂了。

崔组长重重地点头:"你们俩女同志会开车吗?要不你们每天负责将鱼送回去,我们这些男同志就负责出去捕鱼,咱们分工合作。"

"这个嘛……我们不会开车啊。欧阳,你会吗?"大姨看向欧阳铮铮。

崔组长立刻说道:"那可不行,欧阳可是我们湖面上捕鱼的一把好手,他要是跟你们走了,我们怎么办啊?不行不行。"

"那……哎呀,早知道就让别人来了,我们俩女同志来了什么也干不了,还净给你们帮倒忙。"阿姨都快要急哭了。

欧阳铮铮思索了片刻:"要不这样,我晚上给厂区送鱼回去,白天我跟你们出去捕鱼。"

"也可以,咱们轮着来,晚上回去,白天打鱼,这样一来,咱们什么也不耽误,辛苦一点吧。"崔组长连忙同意了这个提议。

这个时候,大家伙都心照不宣地给自己排班,完全没有想过休息问题,心里都是想着如何照顾大家,如何确保任务完成。

第十一章　有鱼则灵

大牛赶紧生火,准备给大家做鱼。其余的人将鱼摆在帐篷里晾干,避免发臭腐烂。偌大的帐篷里很快充满了一股鱼腥味。

崔组长看到还有活着的鱼,还特意养起来,就是为了让厂区的同志们吃上一口新鲜的鱼肉,补充营养以便更好地投入工作。

欧阳铮铮把东西都收拾好了以后,赶紧扒拉了两口饭。

他们还有一辆破破烂烂的车子,是专门用来与厂区联系的。今天晚上就开着这辆车子回去。

两位阿姨都是细心的人,跟在欧阳铮铮身后,也让人放心。

欧阳铮铮发动了车子,看着这七八筐子的鱼,心里也逐渐有底了。

她突然问崔组长:"哪个是油门,哪个是刹车?"

"欧阳,你可别告诉我,你不会开车啊?"另外一个小伙子惊讶地问道。

欧阳铮铮嘿嘿一笑:"见过,见过……"

这是她第二次开车。第一次是在学校,因为要送一个同学去医院,她也是赶鸭子上架斗着胆子偷开了校长的车。也正因为那件事,她差点被学校记过。在车上,阿姨怕她打瞌睡,一路上不停地找话题聊天,希望她保持清醒。

开了两个多小时,她们终于回到了厂区。出乎意料的是,在外面接她们的竟然是冷锋。

冷锋穿着一件军大衣,打着手电筒,特意在大门外等着她们。

这是特殊时期,也是在特别的地方,周围还有战士在巡逻,没有出入证和身份卡片的人根本不能进去。

正是因为战士们向上级打了报告,冷锋才能在这样的夜晚出来接应她们。

"冷主任啊,幸好你出来了,我们都不认识别的领导,他们非说要有领导的批准才能让我们进去。"高阿姨热情地问候了一番。

欧阳铮铮轻哼了一声:"赶紧把鱼拿进去,我们就不进去了,还要尽快赶回去休息,明天还要继续工作。"

晚上的车里非常冷,又没有任何供暖设备,有时候下雨,还会从车顶漏水。在这样的环境下,她的手和方向盘都要黏在一起了。

据说,这辆破旧不堪的车,还是崔组长努力争取来的。

现在厂区的条件确实艰苦,但他们也没有办法,只能努力克服困难。

用大家的话来说,共克时艰,保障生产是他们的首要任务。

欧阳铮铮被分配到后勤组,虽然说与她的专业不对口,但她明白,无论何时何地,努力完成任务是她的责任。

高阿姨坐在车后座,看见欧阳铮铮的手冻成胡萝卜似的了,心里不禁一阵心疼。

"这要是我的娃冻伤成这样,我肯定心疼死了。欧阳你也真是的,没有手套也不和我们说,我的借给你。"高阿姨将自己的手套拿出来,递给欧阳铮铮,还不忘记加上一句,"你摸摸,还是热乎的,赶紧戴上再开车。"

欧阳铮铮知道,每个人只有一副手套,如果她用了,别人就会没有。做人不可以这么自私。

突然,一副手套从车窗外扔了进来,也是热乎的。

冷锋在外面笑着说道:"戴上吧,回来再还给我。"

"谢了。"欧阳铮铮这一次没有拒绝。

小个子阿姨却笑出了声音:"欧阳,你可真是个直性子。你不知道吗,我们厂区年轻的领导干部特别多,我听说还有二十出头的科学家,现在都已经是一个部门的领导了,特别了不起。将来我也让我的小儿子多读书,长大了当科学家。"

高阿姨也说:"读书好啊,读书能为国家做更大的贡献,不像我们……"

欧阳铮铮心中为之一振,如果不是为了给祖国贡献自己的力量,她肯定还会和子淳一起继续读书的。

子淳现在应该很好吧,坐在壁炉前认真读书,喝着咖啡。

如果她和子淳在街上相遇,他肯定认不出现在的她了。毕竟现在的她,真的像个男人。嗓音变粗了,脸上黑黢黢的,还带着伤口。那一双本该打字发电报的手,现在也是伤痕累累。

一路上,大家都沉默不语。

车子里面很冷,顶部还有水滴落下来。

车顶只是用油布在上面盖了一层避风,但油布破了之后,雨水也顺着滴落下来。

"一场秋雨一场寒,也不知道明天能不能再去捕鱼。要是下雨的话,一天的时间就浪费了。"欧阳铮铮担心地说道。

一连两日,他们都是冒着雨坚持到湖上打鱼。

尽管天气恶劣,但他们每次都是满载而归,心情极其舒畅。

夜晚,她们三人把鱼送回厂区,剩下一部分人用火把鱼制作成鱼干,以便长期保存。

每天都是那么充实,那么忙碌。欧阳铮铮他们都知道,每多捕一条鱼,厂区的科研人员就有可能多补充一些营养。

因此,他们一直在竭尽全力地工作,渐渐有了富余,还能做一些鱼干当储备。

崔组长对此非常高兴,有时候甚至忘记了自己的老寒腿,每次带领大家出去打鱼时,都十分愉快地撒网。

"咱们这两天都很好,什么时候湖面封冻了我们就什么时候再回去。鱼越多,希望就越多。我看这里的鱼类资源还是挺丰富的。"崔组长乐呵呵地说。

欧阳铮铮却有着自己的想法,她想到了老院长以前说过的话,决定晚上将渔网改造一下,网格稍微改大一些。

大牛不知道为什么她要这样做,很好奇地问道:"你为什么要把网格改大呢,小网格不是能捕到更多的鱼吗?你管什么大鱼小鱼,反正捞着的都是鱼,最后都是要进我们的肚子里。"

"就是啊,欧阳,你这样做不是给我们增加工作难度吗?多捕鱼才是我们的最终目标。"其他人也表示不理解,说道。

高阿姨也理解不了:"是啊,欧阳,这不是增加了你们的工作量吗?你们每天都那么辛苦了,不就是想着要多捕些鱼,现在你把网格改大了,这可怎么办?"

欧阳铮铮笑而不语,继续改制渔网。

倒是崔组长一脸沉思,抽了一口烟之后,对她表示十分赞许。

"一开始,我觉得随便找一个年轻力壮的人就行了,不明白为什么上面一定要把你派来。现在我算是知道了,冷主任说你是个有远见的,什么都会做,什么都会想的孩子。确实没错,有你在,我们大家才能做得更好。"崔组长的话语中充满了对欧阳铮铮的肯定和认可。然而,一旁的年轻小伙子却不理解,疑惑地说道:"把渔网改大就是好吗?我怎么一点都不相信呢?"

在他们看来,欧阳铮铮就是与众不同,从来不和他们一起上厕所,也不和他们一起打滚玩闹。但凡有时间,欧阳铮铮都会捧着一本他们看不懂的俄文书读,真的是怪胎。

崔组长问道:"欧阳,你跟他们说说,你为什么要把网格改大啊?"

"咱们捕鱼已经有一段时间了,我发现这个渔网有点密,咱们要是再捕捞一段时间,可能明年这里的鱼就要绝种了。我是为了来年,来来年,所以才这么做的。人啊,就是要适可而止,这样才能有更长久的发展。"欧阳铮铮解释道。

她小时候跟着院长去捕鱼,院长就是这么说的。

第十一章 有鱼则灵

人不能只顾着现在,更要想着将来。

人不能只顾着自己,更要想着别人。

欧阳铮铮知道,虽然大家都需要补充营养,打捞上来的鱼自然是越多越好。可是,不能赶尽杀绝,过度捕捞。过一段时间,这些鱼产下鱼卵,小鱼长成大鱼了,一样还是可以吃的。

"我来的时候也没有想到过这一点,是我疏忽了。幸好欧阳想到了,要不然我们就成了罪人啊。"老崔重重地点头,表示赞同,"欧阳,你做得对,我们是共产党人,应该时刻保持警惕,多想多看。"

两位阿姨也加入了欧阳铮铮的行列,一起改制渔网,她们说欧阳做的是对的。

小萨作为一名质检员,仿佛打开了话匣子,说道:"我是六车间的质检员,如果以后你们有什么需要的,可以去六车间找我。我老舅在北京专门管布料,欧阳,等你回去结婚的时候,我一定让我舅舅给你留最好的的确良布料。"

在这个地方,通过这样的交流,大家都感到心里渐渐有了依靠。

次日早晨,大牛做了鱼饼,大家都吃得津津有味。在这个临时的家中,吃饭都是最美好的事。

大牛不愧是厨师出身的,每天变着花样给他们做吃的,有时候甚至弄点野菜当成佐料,把鱼烹制得更鲜美可口。然而,当他们走出帐篷时,一股寒冷的风迎面吹来,远处飘着几朵乌黑乌黑的云,预示着今天似乎不是个好天气。

"今天天气不好,我们要早去早回啊。"崔组长提醒道。

欧阳铮铮看着这个天气,虽然心里有些担忧,但她知道不能说不去。大家都是干劲儿十足,如果她说不去,也是不妥当的。

大牛非常激动:"虽然天气冷了一点,可是我们的心都是热乎的,咱们一定要努力加油干。"

到了湖面上,崔组长亲自开船,并安排道:"你们赶紧撒网,等回来的时候我们收网,今天与平时不同,总觉得天气不对劲儿。"

"是啊,咱们早去早回,一定要在天黑之前回去。"欧阳铮铮也强调道。

然而,大家伙都没有将他们说的话当回事,一边撒网一边说:"我还提前给冷主任说了,我们一定满载而归。"

天气虽然阴沉沉的,但是始终没有下雨或下雪,一切安然无恙。

出乎意料的是,今天的收获好像比平时还要丰厚。

大牛看着满满的船舱,根本不愿意回去:"天色还那么早,你们看,这么多鱼,比平时还要多几倍呢。要不然我们再坚持坚持,想想厂区的那些同志,再努力一下吧。"

崔组长提了一个折中的建议:"我们再坚持一个小时,然后把这船鱼带回去。如果天气还好的话,我们再出来,大家没有意见吧?"

欧阳铮铮协助崔组长专注开船,将船只开到了湖中心。

大牛他们已经可以很熟练地下网捕鱼。这次打捞上来之后,同样是非常大的收获。大牛高兴得合不拢嘴,简直就要唱起来了:"好家伙,今天我们可真是收获颇丰啊。老崔,就是今天的运气那么好,所以我们才不能轻易说回去。"

就在这个时候,落下来了几滴雨。

欧阳铮铮紧张地喊道:"就要下雨了,我们还是往回走吧。"

老王却不乐意了:"就是几滴金豆子,我都没有感觉到,你就不要危言耸听了。没事,这个天气说变就变,说不定一会儿就变好了呢。"

"是啊是啊,你看那边金黄金黄的,太阳就要出来了。"另一个人也附和道。

然而,随着天气的变化,出来的并不是太阳,而是大片雪花。

崔组长严肃地下命令:"不管怎么样,咱们现在开始往回开,同时收网。今天必须听我的,因为我是组长,必须往回开。"本来早就应该封湖了,但今年的天气较暖,延迟了封湖的时间,他们在冒险和老天抢时间,希望能多捕捞一些鱼回去。他们一直在赌运气,但没有想到,今天的运气并不是那么好。

第十一章 有鱼则灵

可是大牛他们不懂，总觉得今天的运气非常好，才有了那么多收获。

欧阳铮铮尽力帮忙收网，可是崔组长嫌弃她力气小："欧阳，你还是去开船，我在这里收网。如果他们看不见鱼，那群人不会善罢甘休的。你说的话他们也不会听，还是我来。"

欧阳铮铮只好回到船头开船。

"老崔你就是个傻子，你看吧，就是被你说的，我们今天的好运气都快没有了，本来我们还是大鱼的。"大牛对崔组长的决定不满，据理力争。

"欧阳，你的船开慢点，我们还要继续下网。"另外几个人也轮番叮嘱欧阳铮铮。

欧阳铮铮扭过头，扯着嗓子喊："不行，你们看，雪越下越大了。我们不能用自己的生命冒险，听组长的，我们先回去。"

他们一门心思只想着收获，完全把自己的生死置之度外，所以觉得崔组长和欧阳铮铮实在是太小心翼翼了，根本不懂他们的心思。但是，天公确实不作美，雪越下越大。

第十二章　与天斗其乐无穷

雪像棉花一样大朵大朵地从天空飘落下来,渐渐地落到他们的头上。这个时候,大家才意识到情况不妙。然而,在湖边的两位阿姨已经等待得不耐烦了,干脆穿上雨衣,直接到湖边等,虽然帐篷里面暖和,可是她们的心里焦急啊。

此时此刻,他们的处境非常危急。在湖上打鱼,最害怕的就是遇到这种变幻莫测的天气。他们今天的确过于冲动了。大家没有了刚才的笑容,取而代之的是紧张的神情,以及尽力想解决办法的心情。

崔组长走到欧阳铮铮的身边,给出紧急指示:"不要让发动机停下来,让螺旋桨一直运转。一旦停下来,我们可能就再也出不去了。"

"是!我一直在努力,可是现在湖面已经开始结冰了,完全没有办法,只能尽力而为。但是我们距离湖边还有很远的距离。"面对这种紧急情况,欧阳铮铮努力让自己保持平静,不能慌乱,现在越是慌忙就越会出错,这么多条人命呢。

"只要到湖边就行,不管是在哪里。"崔组长明白,首要任务是到达湖边。

为了应对湖面结冰的情况,他拿了一个鱼叉,又指导大家采取行动:"大家都拿起工具,现在湖面开始结冰了。早上出来的时候还是好好的,如今下雪了,气温骤降,说变就变。咱们想办法,让螺旋桨保持转动,坚持到湖边。"

话音刚落,大家都拿着工具往湖里捣,让冰不要结那么快。

欧阳铮铮见状,决定改变航线,然后把马力开到最大:"我们也不要回原来的位置了,我看那边比较近,我们就往那边走。"

可是,雪越来越大,气温也越来越低。大家穿的衣服根本不能抵御寒冷。每个人都已经冻得说不出话来,但他们仍然要不断搅拌湖面,防止发动机和螺旋桨被冰冻住。茫茫湖面,如果他们被冻在上面,后果将不堪设想。

"不行啊,老崔,这样不是办法,效率太低了,要不我到湖里去弄。"大牛二话不说,就要往湖里跳。

崔组长一把将他拉住:"开什么玩笑!你知道湖里的温度是多少吗?你知道现在的情况有多危险吗?不要命了。"

"我一个人死,总好过大家都死。我爹眼瞎了,帮我照顾好他。"大牛把外衣一脱,准备往下跳。

崔组长坚决不同意大牛这样做,但是船已经停住了。

欧阳铮铮有些急了:"不行了,彻底被冻住了,螺旋桨不转了。咱们动不了了,肯定是被冰卡住了。"

"你看,现在我不得不下去了。咱们什么都不要说了,照顾好我爹。"大牛将崔组长一把甩开。

欧阳铮铮也表现出了她的决心和专业性:"大牛哥,就算你下去也没用,因为机器出问题了。我也必须下去,我了解这个发动机的原理。"

说完,她也将外套脱下,准备和大牛一起下去。

"开什么玩笑,你不能去,我去。"崔组长直接跳下了船。

湖水冰寒刺骨,崔组长的腿曾受过冻伤。

他向欧阳铮铮做了一个手势,示意她重新发动机器。

欧阳铮铮深吸一口气,让自己不要想太多,一门心思专注开船。

崔组长很厉害,下湖后不久,成功地让机器恢复了转动。另外几个人赶紧将他拉上来,继续用工具捣击湖面的冰。

此时此刻,大家心中想着的都是怎么安全地出去,根本不敢想别的事情。

欧阳铮铮看着他们都在努力,她知道自己也要更加努力,不能拖后腿。

可是，没过多久，船又被卡住了。

崔组长二话不说立刻跳入湖中，他知道问题的症结在哪里。

连续好几次，他已经冷得失去知觉，甚至忘记了呼吸。大家看得只能默默流泪。

但是船在这片广阔的湖面上，只剩下了慢慢移动。

大家都轮流跳下去，学习崔组长的做法，不能让他一个人受罪。

可是，湖面下是冰水混合的状态，正是寒冷的环境，都是血肉之躯，都无法长时间忍受这样的环境。

崔组长已经被冻得脸色苍白，失去了血色，虚弱地靠在甲板上。

"努力，大家一定要努力，加油，我们一起加油。"崔组长只剩下了微弱的声音，还给大家鼓劲儿。

大牛从自己的衣服里拿来一壶酒，赶紧给崔组长灌下去："我都忘记了我还带了酒，这是那天扎西给的，我没舍得喝，又怕你们喝了，所以一直带着。"

崔组长喝了一口烈烈的青稞酒，终于缓了过来，脸上也逐渐恢复了血色。

"来，给大家伙都喝一点，咱们还得继续往前，不能就这样被困在湖面上，要不然真的是无路可走了。"崔组长说道。

大牛想了想，他很乐观地说："我觉得我们不会死的，等湖面安全结冰，我们可以从冰面上走出去。"

小萨瑟瑟发抖，突然笑出了声音："我也觉得这是一个非常好的办法，我们就等着吧。"

"等死吗？开什么玩笑，湖面是结冰了，可是湖底的冰层不坚固，稍不留神，就可能沉入湖中，你真的以为能走得了吗？我们在船上至少要待十几天，直到冰面足够厚实，才可以安全走人。"崔组长恢复了神色，连忙说道。

"崔组长，你来开船，我下去。"欧阳铮铮喝了一口酒之后，还没有等

第十二章　与天斗其乐无穷　　085

老崔抓住她,便脱了外衣毫不犹豫地跳入湖中。她拿着工具用力地敲打,一直到螺旋桨重新转动,她才爬上来。身体被刺骨的冷水侵袭,她的身体一片寒冷,牙齿不停地打战,几乎失去意识。崔组长赶紧喊道:"快点,这里还是可以的,咱们快点开。"

在这里,几乎能看见湖边了,能看见那些沙滩,也能看见生的希望。

大家重拾信心,只要有一线希望,他们就不会放弃。

然而,刚开了几分钟,螺旋桨又被卡住了,欧阳铮铮知道大家都已经筋疲力尽了,所以她仍然主动提出再次往湖里去。再一次承受冷水侵袭,再一次跟严寒作斗争。欧阳铮铮成功地让螺旋桨重新运转,但她的身体已经达到了极限。上船后,一口酒终于帮她找回了一些体温,将她从死神那里拉了回来。

最冷的时候,她只觉得大脑仿佛被冻住了,心脏也似乎停止了跳动。

大家的衣服都湿透了,为了能取暖,几个人还将湿衣服脱了,光着身子裹住刚才脱下来的外套。

欧阳铮铮背过身去,让崔组长过来替换她。

在这么一段艰难的过程中,他们互相帮助,协同作战,终于成功地把船开到了浅水区域。

"不行了,前面彻底冻住了,螺旋桨根本转不动,只能在原地打转。咱们必须从水里蹚过去,你们要是觉得比较困难的话,那就等着……我去找人来救援。"崔组长的脸色已经变成了紫青色,刚才的青稞酒已经一滴不剩。

现在大家真的是硬凭着意志力坚持。小萨已经连一句话都说不出来了,只能窝在大牛那儿虚弱无力地呼吸。

欧阳铮铮已经冻得都忘记了如何发抖,浑身僵硬,她只感觉到身体不是自己的。

刚开始还有人劝她把湿衣服脱下来,钻进军大衣里面,这样至少不会太冷。

可她是女生，不能在大庭广众之下做这种事情。

她只能将能脱的脱了，然后背着大家穿上军大衣。

崔组长决定寻求帮助，说话间就要下船往冰水里面蹚，而其他人实在是走不动了。

欧阳铮铮也往水里蹚，冰块就好像刀子一样，在她的身上活生生地割着。

后来，欧阳铮铮感觉这些冰水竟然还带着点热气，这可能是因为身体已经失去了对温度的正常感知，或者是身体热量流失导致的错觉。她只感觉到火辣辣的，和平时感受到的冷不太一样。

"咱们这一趟，可真是……"崔组长抓住欧阳铮铮往前走。

欧阳铮铮回过头，对同伴们说："千万别睡着，千万不能睡着！"

大牛立刻拍了拍身边的几个伙伴。

他们也都做出了回应手势，崔组长和欧阳铮铮这才放心地继续往前。

崔组长说道："丫头，我没有想到你是一个这么有意志力的孩子。"

他也是在努力找话说，没想到一开口就暴露了自己。

欧阳铮铮喘着粗气，每走一步都是那么艰难，但她惊讶地说道："你知道我是女子吗？"

"虽然你穿着厚厚的衣服，皮肤又晒得那么黑，可是冷主任一开始就跟我说了，让我多多照顾你一些。你是一个女孩，是上级有意培养你，派你来历练的，将来要对你委以重任。"崔组长一字一顿，说话都变得非常艰难。但是他明白，再艰难也要说下去，如果不说话，他们可能会渐渐丧失意识。

崔组长拉住欧阳铮铮的手，就好像拉着自己女儿的手，带着她走出死亡的峡谷，给予她生的光明。

欧阳铮铮已经冻得说不出话来了，只能通过点头和摇头来表达自己的意思。

最后，崔组长也不知道哪里来的力气，背着欧阳铮铮往前走。

"闺女,上了岸就赶紧去找人,我在岸边等你,我实在……实在走不动了……"崔组长拼尽最后的力气,背着欧阳铮铮往前走。

那一路艰难的狂奔,其实并没有带来多大效果。最终,两人都重重地跌倒在水中。尽管如此,欧阳铮铮还是扶着崔组长慢慢地走向岸边。崔组长终于上了岸,嘴角露出了满意的笑容,随后终究因为体力耗尽,昏睡了过去。

欧阳铮铮脱掉厚重湿冷的棉裤,穿上军大衣往帐篷的方向跑去。

"快,快,乡亲们,他们就在那里。"高阿姨也带着牧民来了。

牧民们跑得飞快,尽管远远地就看见了他们的身影,但要到达他们身边,还要走很远很远的路。

欧阳铮铮为了吸引救援人员的注意,脱下自己的围巾,不断地挥舞着。

她现在已经完全忘记了要如何迈出步子,身体被寒冷、麻木征服,渐渐地失去了知觉。她只感觉自己的血液都是冰凉的。在看见了牧民之后,欧阳铮铮终于可以歇息片刻了:"快,还有人在船上,崔组长在岸边,快点。"她拼命地喊着。

被牧民们抬进帐篷后,她在火堆旁边,做了一个长长的梦,梦见了平时她想都不敢想的事情:

她梦到了子淳,他回国了,她也回去和子淳在一起了。他们结了婚,生了很多孩子。她还梦见自己成了一名受人尊敬的大学教师,学识渊博,学生们非常爱戴她。在梦中,她还尝到了很多好吃的,甚至梦到了崔组长。

醒来的时候,她看见,在温暖的帐篷里,高阿姨和小个子阿姨忙碌着,几个医生在忙着照顾伤员,上次看见的扎西则在一旁熬奶茶。

"欧阳,你可算是醒来。对不起啊,你伤得不重,我们都顾不上你。"高阿姨的脸色沉重,对她表示歉意。

欧阳铮铮醒来后,立即关心其他同志和崔组长的状况,问道:"同志们怎么样?崔组长呢?"

"那几个冻坏了,他们频频往冰水里跳,唉……幸好是你们回来得及时,要不然真的要出大问题啊。"高阿姨不断地给那几个人搓搓身体,话语中透露出担忧。

小个子阿姨在一旁流眼泪,情绪激动:"老崔……老崔他……"

"崔组长到底怎么了?"欧阳铮铮带着哭腔,急得要命。

大家都是唉声叹气的,她看见崔组长身边的医生们,就知道他的情况不怎么好。

高阿姨试图安慰欧阳铮铮,拍拍她的肩膀:"放心吧,没事的啊。他的命硬着呢,当年参加战争都没有死,现在也死不了。"

欧阳铮铮知道高阿姨是用另外一种方式宽慰她,可是她的心中还是非常难过。

如果不是最后崔组长拼命要回来,也许现在还是好好的。

欧阳铮铮的身体状况也不容乐观,只觉得浑身麻木,一点知觉都没有,这让她慌乱不已。她甚至考虑到,如果自己真的变成了无法动弹,后半辈子都要在床上躺着,那么,她宁愿选择一种体面的方式离开。在这种情况下,欧阳铮铮突然想到了最重要的问题:"对了,我们的船上还有鱼,很多很多的鱼,这些足够全厂区的人吃好几天。"他们那么努力地坚持在湖上挣扎,就是为了那些鱼,可不能白白浪费了大家的辛苦。

幸好,在医生们和牧民的共同努力下,崔组长终于醒过来了。

"大家都回来了吗,大家都好着吗?"崔组长醒来后的第一句话就是关心大家。

众人看见崔组长醒来,真是比任何时候都要高兴,都忍不住流下眼泪来。

扎西在一旁说道:"感谢,真是太感谢了,这个朋友终于醒来了。"

随后他笑呵呵地招呼大家喝汤、吃肉:"快喝点汤,咱们都喝点汤,吃点肉,吃饱了身体就好了。"

尽管大家伙都遭受了皮肤冻伤,但他们凭着团结一致的力量,走出了渐渐冻住的湖面。

扎西又给他们送了一些牛肉和羊肉,笑着拍拍老崔和欧阳铮铮:"我们以后就是好朋友了,有时间到我家里做客,我们家里啥都有。"

"一定一定,等我们条件恢复后,我一定带上礼物,到你家做客。"崔组长笑着应道。

扎西笑呵呵地说:"我现在也是厂区的一分子嘛,我们这边草原的牧民,都很自觉地当你们的巡视员,如果看见可疑的人,我们都要去上报。村长说了,我们都要保护你们,你们是好朋友。"

夜晚,他们一同乘车回到了金银滩草原上。

青海湖的湖面已经结冰,在大雪中逐渐冰封,他们的那艘船,也停在了湖上,成为这次经历的一个纪念。

如果可以,来年,他们一定会再回来的。

冷锋还是跟以往的夜晚一样,在厂区门口等着。看见他们乘的车,他悬着的一颗心终于放了下来。

崔组长还没有办法快速走动,大家伙都是慢慢移动着。

冷锋看向车里,没有看见欧阳铮铮,心紧紧地揪在一起:"老崔,欧阳呢?我不是跟你千叮咛万嘱咐过,必须保证她的绝对安全吗?"

"急啥,在后面的车里呢,她主动要保护那些鱼,说看见那些鱼,比看见我们都亲切。"面对冷锋的质问,老崔意味深长地笑了起来。

冷锋被这样的眼神盯得不好意思,翘首以盼地盯着后面的车。

过了一会儿,欧阳铮铮从驾驶室里出来了,她一点也不把自己当成女人,一直在后面慢慢卸货。

欧阳铮铮回到宿舍时,铁二蛋和郝姨都不在,只有冰冷的炉子。

她也顾不了那么多了,赶紧架炉子生火,换洗了一番之后躺到床上。她庆幸之前把头发剪了,要不然现在肯定没法看。

所有的疲惫都让她只想沉沉地睡一觉。

第十三章 新的工作安排

这个夜晚,是欧阳铮铮有生以来睡得最踏实的一个夜晚。也不知道是什么时候,她被饿醒了,看见床头放的窝窝头,吃了一个后继续睡。持续睡了两天,欧阳铮铮才彻底清醒。铁二蛋看到她醒来,又惊又喜,大声地喊起来:"哎呀,我的小祖宗,你可算是醒来了!你要是还睡,我可能真的要把你送到医院去了。"

欧阳铮铮揉揉惺忪的睡眼,感慨地说:"这半个月可是把我累惨了。以后谁让我出外勤,我都要好好考虑一下了。"

"欧阳,我可以冒昧地问你一下吗?我们都有各自的车间,你到底是在哪个车间哪个部门啊?为什么你出去一趟,搞得那么狼狈,我都差点没认出你来。郝姨还以为进来了一个陌生的男人,正要骂,幸好我及时认出你来了。"铁二蛋好奇地看着欧阳铮铮说道。

欧阳铮铮笑了笑,看了一眼镜子里的自己,她也被自己的变化吓到了。

她的皮肤被冻伤了,身上有不少紫色的伤痕,脸上也是红一块黑一块。

再说那双手,哪里还看得出来是一个小姑娘的手,因为生了冻疮,已经变成了"熊掌",又肿又红。再看铁二蛋,她在车间里的生活似乎相对平稳,皮肤白白的,再加上这段时间工作忙碌,她也慢慢瘦下来了,看起来更加有精神。

欧阳铮铮坐在炉子旁,喝着南瓜粥。

冷锋突然进来了,他进门后找了一个地方坐下,似乎带来了一些好消息:"欧阳同志,这一次你们在青海湖上打鱼的表现非常出色,上级对你们提出表扬,由于各种原因,我现在将这份鼓励代为转达给你。"

欧阳铮铮站起来鞠躬:"感谢。"

冷锋示意她坐下:"接下来就是对你的工作安排,这非常重要……"

"老崔说你表现得非常好,最苦最难的时候也没有因为自己是女性而退缩,男同志做什么,你就做什么,这一点非常好。"冷锋继续说道。

欧阳铮铮一边故意把喝粥的声音吸溜得很大,一边说道:"少给我戴高帽子,接下来是不是要说但是了?"

"欧阳,你不要有情绪嘛,你要理解组织。"冷锋温和地说道。

"好,我没有情绪,接下来要去哪里,请您示下。"欧阳铮铮说道。

冷锋站起来,严肃认真地说道:"欧阳铮铮同志,接下来你会去医院工作。我们看到你的履历上写得非常清楚,你之前学过医护,也在医院实习过……"

"绝不辜负组织的信任,保证完成任务。"欧阳铮铮站起来,毅然决然地接受了这个工作安排。

虽然她不知道为什么要频繁地给她调整工作岗位,但是这次已经相对好很多了。相比之前修铁路、建房子、捕鱼等工作,医院看起来就是一个相对"幸福"的地方。

冷锋点点头,对她的态度表示满意:"加油,欧阳,我相信你肯定是最棒的。如果有什么需求,你可以跟我说。"

"谢谢冷主任。"欧阳铮铮对他的态度也好了不少。

冷锋又从怀里拿出了一个土豆,还是热乎的,露出了一个难得的笑容:"吃吧,这是我给你留的。"

"感谢。不用,我已经吃饱了,无功不受禄。"欧阳铮铮不以为然,当即拒绝。

铁二蛋进来看到这一幕,调侃道:"冷主任,你太不够意思了,怎么给欧阳吃独食呢,这可不行。"

冷锋的脸色有点尴尬,摆了摆手。

转眼就到了欧阳铮铮去医院上班的日子。这个医院是一栋刚建好的小楼,这里的医生也都是从各个省市调过来的。

欧阳铮铮的脸庞被晒得黑黝黝的,上面都是红色的印子,双手更是粗糙得完全没有办法看。

"你就帮忙打扫这栋大楼的卫生。如果其他工作人员忙,你就去帮帮忙。"这就成了欧阳铮铮一天的工作。

欧阳铮铮都忙习惯了,也习惯了在外面风吹日晒地干力气活儿,现在突然轻松下来,还有些不习惯。

医院的医生护士都非常繁忙,厂区的几千个人都指望着他们六七个人照顾,有时候他们忙不过来,欧阳铮铮还要去帮忙抬运病人。

欧阳铮铮还是不明白自己所在的厂区到底是生产什么的,只知道来医院的病人千奇百怪。

有的是外伤,有的则是一些症状不明的伤病。特别是那些症状不明的病人,主任都将他们安排到了隔离室,并且离开时都穿着厚重的隔离服。这种场景让欧阳铮铮越来越感觉怪异,但她又不敢问。这一天,欧阳铮铮在医院里突然看见了一个很熟悉的身影,就在她的跟前一晃而过,她跟上去想确认时,那个身影消失了,这让她感到非常失落。

欧阳铮铮回到宿舍时,铁二蛋正在看书。这段时间的她真是神采奕奕,在工作上得到了极大的进步,还被评为先进个人,每天都跟打了鸡血一样上班下班。

铁二蛋注意到了她的不对劲,关心地问:"怎么了,我的小姑娘,今天第一天去单位上班,是不是不习惯啊,还是有人欺负你了?"

欧阳铮铮的脸色惨白:"我今天好像看见子淳了,就一个侧脸,我再追上去的时候,又不见了。"

"不会吧?怎么可能?你上次收到的信不是从德国寄来的吗,他不是在留学吗?怎么可能会在我们厂区,我们厂不是生产肥料的吗?"铁二蛋一脸认真,不可置信地说道。

欧阳铮铮对铁二蛋的话感到震惊,瞪大眼睛看着铁二蛋:"你说的

第十三章 新的工作安排

是真的吗？我们这里是化肥厂，我们厂区是生产化学材料的？"

"对啊，我们车间是在提炼一种化学物品，而且每个车间提炼不一样的化学物品。反正子淳不可能来这里的。"铁二蛋试图安慰欧阳铮铮，并且信誓旦旦地强调周子淳不可能在这里。

这个时候，冷锋给她们带了一些过冬的东西过来。

"欧阳，二蛋，新的宿舍区建好了，等完全布置好了之后，你们就搬过去吧。"冷锋说道。

他还给欧阳铮铮带来了一条毯子："上次我来你们宿舍，觉得你们这里的温度有点低。这是从法国带回来的毯子，你不嫌弃的话……"

"不好意思，我不能随便接受别人的东西，但是……冷主任，我有事情求你，你是我们厂区的人事主任，我向你打听一个人可以吗？"欧阳铮铮知道这件事情可能违反规定。

但是，今天只是看见一个侧脸和一个背影，她就足以判定，那是周子淳。

她的内心充满了矛盾和不安，她可以欺骗子淳，说自己在外面留学，为什么子淳不能骗她呢？

冷锋摇摇头，露出了温和的笑容："欧阳，你知道我们的原则的。看来保密课每个月都要上了，必须给大家紧紧弦，要不然很容易犯错。"

欧阳铮铮的情绪变得激动，甚至带着哭腔："不是，那是对我很重要的人，我一定要知道他的消息，麻烦你，拜托你。"因为子淳对她来说真是太重要了，如果能有一丝丝确切的消息，她的内心也不会这么波澜起伏。

欧阳铮铮看着冷锋，紧接着说道："他叫周子淳，我们厂区有没有一个叫周子淳的人？是研究物理方面的，年纪……也就二十多岁……"说话的时候，她特意在冷锋的脸上寻找一丝一毫的变动。可是冷锋的表情始终没有变化，眉头紧蹙："欧阳铮铮，注意纪律！"

"欧阳，子淳不会骗你的，他不是刚给你寄信了？还给你寄钱了，都是从国外来的。可能你就是太想他了，所以看错了。"铁二蛋试图说服欧阳铮铮,并将冷锋的毯子毫不客气地收下。

到了晚上,欧阳铮铮一直想靠近那个被标记为甲级的病房,她想问问住在里面的病人,认识不认识周子淳。

然而,她还没有靠近,就被几个带枪的士兵拦住了。

"同志,这里是很重要的地方,不得接近,请离开。"士兵们严格履行职责,根本不容任何人靠近这个地方。

至此,欧阳铮铮也不敢再靠近那个甲级病房。后来听说,那是中毒的病人,一旦时机成熟,他将会被直接送往北京救治。那一定是一个非常重要的人。

可是,这些都是欧阳铮铮听说的。她也不敢再打听,如果问得多了,肯定是要被上级领导找去谈话的。

她努力地寻找周子淳的下落,直到收到了他的一封信,她才完全打消了疑虑。

周子淳的字很工整,这一次是用英语写的,上面多半是你侬我侬的句子,也有子淳翻译的古诗词,诸如"两情若是久长时,又岂在朝朝暮暮""日日思君不见君""何当共剪西窗烛,却话巴山夜雨时"。

这些话,不仅是周子淳对她的思念,也是她想对周子淳说的话。

周子淳说他在德国的生活非常充实,很得导师的信任,还遇到了很多学科内的顶尖科学家。在德国他不仅能学到很多知识,还参与了不少科研项目,同时他希望欧阳铮铮能照顾好自己。

欧阳铮铮看着这些信,心终于放下了。

每当想念子淳的时候,她会悄悄地找个没有人的地方,把信拿出来一遍又一遍地阅读。然后再给周子淳回信,一次又一次地回信。每个月她都会挑选出一封自己觉得最好的,寄到北京的学校,再由那里转寄到国外给周子淳。

欧阳铮铮在医院里已经经历过各种紧急和危重的情况,但有一次她看见浑身是血的病人被抬进来时,她依然被吓得脸色惨白。

她的本能让她赶紧拿着棉花球想上前帮忙止血,却被主任严厉呵斥:"站住,不许靠近。将他抬往甲级病房,剩下的人必须穿防护服才能靠近。"

她很好奇,却不敢问。

靠近的医护人员都穿着防护服,虽然那些防护服看上去只有薄薄的一层,但对于他们来说很有用。

等他们出来的时候,医生摇摇头:"唉……要奋斗总是要有牺牲的,可惜了……这么好的一位科学家。"

后来,那位科学家被蒙着一层布抬出来了。

冷锋带着几个领导过来,领导看了最后一眼,很心痛,眼泪都要落下来了。

"无论如何,不能让陈老师白白牺牲,咱们一定要攻克难关,相关数据必须重新计算。"领导们都很痛心。

欧阳铮铮在一旁看得心惊肉跳,她现在才意识到,这里不是铁二蛋所说的生产化肥那么简单。

冷锋低声问道:"书记,怎么通知他的家里?"

"按照原来说的吧,把他之前的信寄回去,再由他们老家的人去说。一定要做好补偿,咱们千万不能亏待了他的家人。为国牺牲的同志,我们有义务保障好他家里人的生活以及各方面。"领导们的脸色很凝重。

如今,欧阳铮铮感受到在医院工作比之前的工作压力更大。

以前只是觉得累,辛苦,休息两天也就好了,但是现在不一样,内心需要承受很大的压力。

天气渐冷,经常下着鹅毛大雪。欧阳铮铮和铁二蛋搬到了新的宿舍楼。但铁二蛋比以前还要忙,每天吃饭的时间都没有,一回来就往图书馆跑,为的就是要拿到最新的实验数据再去进行实验。欧阳铮铮也比以前更忙了,现在她换上了护士服,要面对由于各种原因入院的病人。

刚搬进新宿舍住了两天,新宿舍又被改建成检验室,她们不得不再次搬到各自的帐篷里。那些大大小小的帐篷,形成了一个特殊的区域。

虽然只是一顶帐篷,也是她和铁二蛋自己的小窝。在这个狭小的空间里,她们可以看书写字,探讨一下英法文学,度过繁忙工作中难得的闲暇时光。

一天下午,欧阳铮铮一进医院的大门,就被在护士站的赵大夫和几个护士姐姐盯上了。

"欧阳,今天背着我们吃肉了吧?我都闻到味道了。"赵大夫的脸圆圆的,戴着眼镜,已经六十岁了,这一次是举家过来的。

欧阳铮铮不好意思地笑笑:"是存了很久的午餐肉,不如小武哥他们,他们在草原上抓了一只旱獭,那才是真正的肉呢。"

"旱獭?那是什么东西啊,我好像从来都没有吃过这个动物的肉。好吃吗,香不香?"一个叫于姐的护士拉住欧阳铮铮问道。

在这样的环境下,就算不能真的吃到肉,能听伙伴们说说也是极好的。

欧阳铮铮摊开手,耸耸肩:"真是可惜,我只是闻到了肉香,还没有吃到,我也不知道是什么样的滋味。一把大青盐放进去一起炖,还有一些草,听说能去腥,唉,可惜了。但是,如果你们喜欢,我们周末也可以去抓,我以前抓野兔可是一把好手。"

"真的吗?这么说我们也可以改善伙食了。欧阳,你真是什么都会。"于姐高兴得像个孩子,手舞足蹈得眼镜差点掉了下来。

因为这里条件不是很好,于姐的眼镜腿坏了一条,只能用绳子先吊着,所以,稍微不留神,就容易掉下来。

赵大夫不知道她们说了些什么,只看着几个女孩子高兴得直拍手,也欢喜地笑了起来。

"赵大夫,赵叔叔,我们周末休息,一起去抓旱獭吧。想想就愿意吃呢。"欧阳铮铮朝赵大夫说道。

赵大夫乐呵呵地点头,面对这群可爱的孩子,他的心态也年轻了不少。

突然,赵大夫的神情变得非常严肃:"欧阳,你刚才说什么?你们吃了什么?"

"我……我吃了午餐肉啊,也许过期了,但是我们吃的时候没有感觉。"欧阳铮铮被赵大夫突然严肃的表情吓到了。

赵大夫又问:"你刚才说,你的朋友吃了旱獭?谁让你们去吃的?怎么一点安全意识都没有!"赵大夫站起身,生气得要拍桌子。

在场的人都不敢大声喘气,整个屋子里顿时变得特别紧张。

赵大夫非常着急,对欧阳铮铮道:"你们几个,戴上口罩穿好衣服,赶紧跟我走。欧阳,你知道他们住在哪里吗?"

"我……我只认识其中的一个人,叫小武哥,我知道他住哪里,但是另外两个女同志我不认识。"欧阳铮铮看着赵大夫焦灼不安的神色,意识到了这件事情的严重性。

"现在情况危急,刻不容缓。我马上跟冷主任汇报,然后通报整个厂区。你们这群孩子啊,真是会惹事。"赵大夫生气得面红耳赤。

另外一个护士宁姐低声道:"我一直跟着老赵过来的,我从来没有看见他那么生气,你们到底做了什么?"

欧阳铮铮的大眼睛忽闪忽闪的,看到赵大夫确实非常生气,拨打电话时的手也颤抖着。

赵大夫站得笔直地跟冷锋汇报:"听说有三个人吃了旱獭。"

可欧阳铮铮不明白,为什么旱獭不可以吃呢?

第十四章　东伯利亚

不知道冷锋在电话那头说了些什么,赵大夫的表情越发凝重了,赶紧让每个人戴上口罩。

"走。此事刻不容缓,回头咱们医院一定要做好宣传教育工作。"赵大夫带着他们几个人赶紧离开医院。

"欧阳,今天晚上务必要找到吃旱獭的几个人。"赵大夫握紧拳头。

欧阳铮铮带头走在前面,赵大夫等人跟在后面,一路上谁也不敢说话。

赵大夫这才缓缓道来:"以前咱们是做过宣传的,可能你们都是新来的不知道。"

"什么啊?"于姐问道。

赵大夫叹息道:"我知道大家都是没有办法了,这才想着要去抓旱獭。可是你们知道吗?之前有人吃旱獭,最后暴发了鼠疫。你们想想,如果在这里暴发了鼠疫,后果会是怎样?"

欧阳铮铮这么一想,的确是这样。

这个厂区有好几千人,住在"东伯利亚"的也有上千号人。

由于厂区的宿舍比较紧张,大部分人都搬到了厂区一侧的帐篷区域,大大小小的帐篷支起来,一眼望去十分壮观。于是,大家给这个地方起了一个名字——东伯利亚。

赵大夫望着东伯利亚说道:"咱们必须找到人。欧阳,你瞧见了没,如果这里的人都染上鼠疫,后果不是我们能承担的。"

说话间,冷锋也赶来了,见到众人也没摘下防护口罩。

"欧阳,我发现你到哪里都会给我惹事。你吃了没有?"冷锋问道。

欧阳铮铮举起手:"我可以起誓,我和二蛋一口都没有吃。之前听一个大爷说过鼠疫的事情,我还以为他是在开玩笑,没有想到是真的。"

冷锋和赵大夫走在前面,赵大夫赶紧汇报了一下应急预案。

冷锋找了一大圈,没有找到小武的帐篷。

虽然是十分寒冷的天气,可他已经急得满头大汗,急得吼道:"我记得就是在这一片,怎么现在找不到了?"

大家只能先跟着欧阳铮铮去那个处理旱獭的地方,现场还能找到皮毛。

赵大夫戴上手套,将那些皮毛拿起来放进布袋子里。

"小于,你快点过来,在这里撒点石灰。"赵大夫做事情非常严谨,生怕遗漏了任何一个细节。

于姐将准备好的石灰撒在有血迹的地方。

此时,吴大爷从帐篷里走了出来:"丫头啊,你可算是带人来了。我刚才一直拦着,他们几个年轻人都听不进去啊。"

"那……大爷,小武哥他们人呢?怎么找不到他的帐篷了?"欧阳铮铮急切地问道。

现在,欧阳铮铮终于知道吃旱獭这件事情可能带来的严重后果,这意味整个厂区都有可能感染上瘟疫。

她根本不敢想象,如果这个厂区变成了疫区,后果会怎么样。

吴大爷无可奈何地摇摇头:"他们害怕我抢他们的,把帐篷都搬走了。现在的年轻人啊。"

"哪有这么严重。可能是您一直在旁边劝说,他们觉得又说不过您了才走的。"欧阳铮铮连忙说道。

吴大爷跺脚:"这事儿我能不说吗?这关乎整个厂子的安全问题。我刚才去找冷主任汇报,可冷主任根本不在办公室。"

"他们搬到哪里了?"冷锋的声音很焦急。

吴大爷摇摇头:"那几个孩子不听劝,搬到哪里我也不知道。"

赵大夫连忙道："吴大爷，你一定要看好了，不要让任何人靠近这里，很危险。"

"是啊，谁也不敢保证那个旱獭是不是携带病毒。吴大爷，那就麻烦您了。"于姐也连声说道。

吴大爷接过于姐递过来的口罩戴上，连忙道："放心吧，这件事情交给我，我一定给大家把好关。"

吴大爷戴上一顶帽子，还戴上了一个红袖章，非常严肃地站在冷风中，守护着这一片他们赖以生存的家园。

欧阳铮铮他们一路上打听，看看是否有人见到了小武。

铁二蛋正好没有夜班，小武是他们隔壁车间的，她也在帮忙打听。

"欧阳啊，我咋觉得我们运气那么好啊。看来有骨气不是一件坏事，要是让我吃了，让我扔下我的工作去隔离，这比杀了我还要难受。"铁二蛋小声地说道。

铁二蛋在自己的车间如鱼得水，一次次地攻克了技术难关，还在原来的基础上对设备进行了升级，深得分厂厂长的信任。

她已经获得了好几次表彰，兴许过一段时间还会再提拔。

如今厂子里都是骨干力量，能有几个技术高精尖的员工特别受重视。

正说话的时候，欧阳铮铮看见将军楼那边一闪而过的身影。

"二蛋，你看看那个人是不是子淳？"她喊道。

于姐笑了一声："你的对象多年轻啊，才二十出头吧。那个楼里住的都是专家，专家中的专家，没有四五十岁别想进去，那是真正的核心人员。"

"是啊，欧阳，天色那么黑，你能看见什么啊。我听说将军楼里都是一些德高望重的专家，就算是子淳来了，也没有资格住在那个地方。肯定不是他。"铁二蛋再次强调。

欧阳铮铮无力地笑笑，看来自己真是眼花了。

冷锋一路打听，铁二蛋也一路问。大家都认识铁二蛋，这会儿闲着

第十四章 东伯利亚

的人也帮忙找。最后,大家在一个角落的帐篷里找到了小武。小武看见铁二蛋他们过来,赶紧站起来:"那个……已经吃完了。真的,那俩姑娘比我还能吃,三两下就吃完了,我本来想给你留一碗的,可是最后没有留下来。"

小武看见冷主任也进来了,战战兢兢的,他又看向铁二蛋。

"我没有犯错误吧?我们就是馋得不行了,吃了一只旱獭,这……"小武已经被这阵仗吓得六神无主了。

赵大夫赶紧把小武按下,做粗略检查:"小武同志,不管你最近有多重要的工作,必须跟我们回去隔离。现在的事态非常严重。"

"咋了啊,还隔离?我是我们车间很重要的技术骨干,我们明天要做一个重要的实验,能节约很大的成本。"小武吓得直哆嗦,以为隔离就是被关起来。

冷锋沉着声音说道:"你现在要做的就是配合赵大夫完成检查。如果你真的染上了鼠疫,必须接受隔离治疗。另外两个女同志呢,是哪个车间的?"

"我不认识她们啊,我们就是在草原上找吃的时候遇到的。你说说这叫什么事儿啊。"小武急得像热锅上的蚂蚁团团转。

冷锋连忙安抚道:"你先别着急,你越着急体温心跳就越高越快,会影响医生的判断。就是隔离一段时间而已。"

"那两个女同志我知道,是332车间的,我们有过技术合作。"铁二蛋迅速提供信息,并带着大家在东伯利亚七拐八拐地走了一圈,在一个不起眼的帐篷里找到了那两个女同志。

看见这么一群人,有冷主任,有穿着军装的军人,还有穿着白大褂的医生,两个姑娘明显被吓到了。

"我一直都遵循保密原则,从来没有跟家里人说过我在厂区工作,我……"一个女同志赶紧站起来,急忙回忆自己的举动。

另外一个女同志认出了冷锋,她默默地站起来,坦坦荡荡的,似乎对眼前的情况并不感到意外。

赵大夫看见他们来势汹汹，差点吓坏了两个姑娘，急忙安慰道："别慌，姑娘们。我们是医院的，主要是因为你们吃旱獭，极有可能染上鼠疫，为了保护你们和大家的安全，需要你们跟我们回去隔离一段时间。"

"隔离？是不是就像被关起来一样？那不行，我们现在很忙的。"那个紧张的女同志已经是一把鼻涕一把泪了，她以为自己遇到了难以承受的大事。

她的心理承受能力本来就弱，如今听说可能会感染鼠疫，还要隔离，吓得惊慌起来。

医院迅速安排了两个在走廊尽头的房间，一个给女生，一个给男生。老宋也因工作关系被隔离起来了。

那个女同志还在哭，觉得自己做错了事情，给自己的车间丢人了，回去肯定会被批评的。

而欧阳铮铮的脑海里，始终记得将军楼的那个身影。她和周子淳从小一起长大，难道她还会不认识子淳吗？

她将藏在衣服里的子淳的信拿出来反复翻看，确定信是从德国寄来的，上面还有德文和邮戳，确实是错不了。

再说了，如果子淳真的回国，在这个厂区工作，他们一定会见到彼此的。

这么一想，她的心也渐渐平静下来了，靠在墙上，背诵今天看的俄文书。

男隔离室的老宋突然跳起来，对着门外喊道："外面是谁？是欧阳还是二蛋，或者是于姐？"

"老宋，是我，欧阳。您是有什么不舒服吗？"欧阳回应道。

老宋站在门后说："我刚才听见你背诵的是俄文版的小说《钢铁是怎样炼成的》，你会说俄语吗？你的俄语到了什么水平？不能欺骗我啊。"

"我的俄语还行吧。上大学的时候，我们有一个教授是苏联人，他一直鼓励我们读原著，所以我们班上的学生俄语都学得还不错，能看懂。"欧阳解释道。

她和周子淳都是勤奋好学的人。她在学俄语的时候,周子淳在学德语,两个人还会互相考对方,验收学习成果。

"太好了,功夫不负有心人,我一直在找一个懂俄语的人,到处找不到。也跟老冷反映了好几次,可是人家也不知道,还说什么会俄语的人都是专家,专家怎么可能给我当翻译呢。"老宋的情绪明显激动起来。

欧阳铮铮被老宋这样一惊一乍的情绪变化吓到了:"老宋,您要做什么?"

老宋从隔离室的小窗户旁对外说:"欧阳同志,我有一事相求,请您务必要答应我。这件事关系到我们车间的生死存亡。如果您能帮我这个忙,您就是我的救命恩人,我愿意给您跪下磕头。"

欧阳铮铮连忙说道:"不用这样,老宋,您有事就直接说吧。如果我能帮得上忙,我一定在所不辞。"

老宋终于露出了笑容:"我也不知道我要被隔离多久,但是我们车间现在面临一个难题,已经一年多没有找到匹配的数值了。这些都是苏联专家留下来的,我想着,要不然我们可以先看看他们的资料。"

欧阳铮铮皱起眉头,疑惑地问:"可是……我们去哪里要那些材料,不是说苏联专家没有留下任何文字资料吗?"

老宋嘿嘿一笑,越发激动:"他们虽然没有留下一张纸,但是他们的论文上肯定有啊。你去找冷主任,他会想办法的。如果我们车间撤了,那就要走弯路,可能会花费一两年,甚至更长的时间去做这件事,我们个人耗得起,但是国家等不起啊。"

欧阳铮铮虽然不知道老宋说的话是什么意思,但她还是将老宋的话向冷锋转达了。

冷锋惊讶地看着欧阳铮铮:"你居然懂俄语?你的档案上面没有提到这个啊。"

"因为我没有相关文凭,所以就没有写上去。当时实在是太忙了,所以就没有去参加考试。"欧阳铮铮回答,并问道,"冷主任,能不能找到老宋所要的材料呢?"

"我尽力而为,然后让人带过来。老宋很厉害的,有他在,我就放心了。欧阳,你一定要竭尽全力帮助老宋。"冷锋笑着说道。

现在面临的难题太多了,大家都只能各自想办法,尽力而为。

白天,欧阳铮铮不仅要上班,还要利用吃饭的时间出一期黑板报,特别提醒大家吃旱獭的危害。

此外,给隔离室的人送饭送水也成了她的任务。

第十五章　专业翻译官

晚上,欧阳铮铮要帮老宋翻译那些材料,其中包含了很多专业术语,她不得不等到天亮去图书馆查阅相关资料。

翻译完一篇文章后,欧阳铮铮感到一头雾水,压根不明白那篇论文的具体内容。

然而,老宋拿到翻译好的论文却如获至宝,连连道谢:"欧阳,你简直就是我的救命恩人,啥也不说了,等我有钱了请你吃饭。再麻烦你把这组数据拿去给铁二蛋主任,东伯利亚的人都认识她,她看到这组数据就会来找我的。然后你再请冷主任去通知大家,我们开一个研讨会。"

欧阳铮铮愣了下:"研讨会?你确定吗,我们要在这里开?"

"对,我们就隔着门开。早一天得到认证,我们就早一天安心。"老宋转头又趴在地上,满地都是他验算的数据。

欧阳铮铮只能按照老宋说的去做。

她连夜在隔离室的外面进行布置,冷锋检查过后也相当满意。

冷锋给她递上了一个热水袋,称赞道:"你果然像张主任说的那样,只要给你一点希望,就能创造出光明。不管在什么工作岗位上,你都能做到最好。"

次日早晨,老宋在隔离室里面,其他几位专家在外面,他们隔着门开始了一场新的数据探讨会议。

这一次的会议非常机密,不允许一般人靠近,而守门的人自然是欧阳铮铮。

这个会议开了一天一夜,所有参与人员的吃喝拉撒都在医院的这个小过道里。

会议中,他们不断地进行数据对比、分析、数值参考,甚至进行了现场模拟实验。

虽然欧阳铮铮一句话都听不懂,却能感受到每位专家的敬业精神。为了一个小数点,他们都会不断地进行反复求证和论证。

这些专家真正做到了废寝忘食。有时候送进去的粥都结成了冰块,他们将就着冰块吃粥,仍然坚持埋头运算。

偶尔出来透气的铁二蛋,一个劲地摇头,感慨道:"这老宋就是个暴脾气,我有两次差点被他骂到想跳楼,可是他的工作效率极高,我们原本打算一个月完成的研究实验,他愣是三天就搞出来了。后来,我们就习惯了这样的节奏。"

"欧阳,欧阳,你到哪里去了?你赶紧过来,这群家伙真是的。"老宋的声音从隔离室里传来。

冷锋赶紧拉着欧阳铮铮往里面走,提醒道:"你赶紧去看看,可别让那老家伙血压升高。"

欧阳铮铮走到走廊里,隔着门轻声回应:"宋老师,我在外面呢,您有什么需要我帮忙的吗?"

"你去帮我将这份材料整理一下,我急着要用。小武什么都不懂,真不知道他是怎么毕业的。"老宋一边说,一边将材料从门缝里递了出来。

一旁的几位专家和老宋的几个助理对欧阳铮铮的工作态度赞不绝口,悄悄地向她竖起大拇指。

欧阳铮铮蹲在地上,不顾形象地开始整理和誊抄材料,偶尔还用打印机打印,然后将整理好的材料递给外面的工作人员,由他们继续进行实验。

三天的连续奋战后,大家都累得筋疲力尽。

铁二蛋急急忙忙地将成品拿过来给老宋,兴奋地说:"宋老师,成了,成了!和论文上面的数据一致,所有的数值都一样。我们已经把成

第十五章 专业翻译官

果交给了上级车间,他们正在进行二次论证。"

"好啊……好啊!咱们又给整个厂区抢了一个月的时间啊,太好了!大家都辛苦了。冷主任,回头我的工资发下来了,你们得想办法搞点好吃的,犒劳一下同志们。"老宋躺在病床上,兴奋得听着。

突然,老宋从床上站起来,说道:"大家都回去休息吧,等上一级车间的论证结果出来之后,我们再开会总结经验,进行一次复盘。"

"宋教授辛苦了。"大家说完后纷纷离开。

"冷锋主任,你还在外面吗?我正好有一件非常重要的事情要找你,这件事情你必须同意,就算不同意也得同意,这是我第一次向组织提要求。"老宋突然说道。

冷锋轻轻咳嗽了一声,回应道:"我正要走呢,宋教授,您有什么要求就直接提出来吧。您回国的时候,上级领导特意交代过,要尽量满足您的任何要求。"

"是的啊,我把我的妻儿都带回来了,他们还不知道我在这里的工作情况,不过这些都是次要的,我现在要说个正事儿。"老宋站起来,敲了敲门。

里面的小武竖起耳朵听,想知道老宋说的正事儿究竟是什么事儿。

冷锋急忙道:"您说,我们会尽全力为您解决。"

"有你这句话我就放心了。我直说了啊,欧阳这丫头在医院里面当个护工实在大材小用了。我现在想把她调到我身边当助理,她的薪资待遇就从我的工资里扣。"老宋严肃而认真地说出了这个请求。

冷锋的心猛地提到了嗓子眼。对于老宋提出的任何其他条件,包括他想要吃一顿好吃的,冷锋都有信心能解决,可是关于欧阳铮铮的工作调动这事儿,他一个人说了不算啊。

"欧阳,欧阳,你在外面吗?"老宋高声呼喊。

欧阳铮铮和铁二蛋躲在一旁,根本不敢出声。冷锋用严厉的眼神死死地盯着欧阳铮铮,害怕她胡乱答应老宋的请求。

冷锋低声对老宋说道:"老宋,别喊了,这么晚了,我已经让欧阳先回去休息了。她也是好几天没有合眼了。"

"好吧，小姑娘先回去休息也行，但是你必须帮我办好这件事。让欧阳给我当助理，这一定是利大于弊的。"老宋依旧坚持自己的要求。

欧阳铮铮和铁二蛋乘机往回走，她们已经三天没有回到自己的帐篷了。

铁二蛋在帐篷区找了一圈，却没找到她们的帐篷："我明明记得是在这里的啊，我们的家不就是在这儿吗？"

欧阳铮铮也到处查看确认道："是啊，我也记得大概就是这个位置，我还怕我晚上回来找不到，特意在门口写了字做标记。"铁二蛋有点恼火："该不会是有人看见我们这几天没有回来，就把我们的帐篷给撤除了吧？"

因为是在晚上，她们也不好挨家挨户地找人去问自己的帐篷去哪里了，只能自己努力寻找。

不幸的是，第二圈寻找下来，她们还是没有找到自己的帐篷。无奈之下，她们只能在附近询问那些还没有睡的人家。

"大瓜，大瓜，你看见我们的帐篷了吗？我这几天都在外面开会加班，回来发现找不到自己的家了。"

"木头，我帐篷去哪里了？你以前不是住在我隔壁的吗？"

…………

"啊，你们家不是在那边吗？"

"咋不见了？我上次下班还看见的啊。"

"哎呀，这可怎么办，你们的家去哪里了？"

大家都纷纷摇头，对此一无所知。欧阳铮铮突然就急了："怎么办？二蛋，我们的家在哪里啊？别的东西丢了就算了，可是我需要找到子淳寄给我的信，还有我写的信啊。"

铁二蛋也着急："我还藏了几颗糖呢，这就不见了。你带回来的风干肉我舍不得吃，也藏着呢。"

她们俩在夜色中，在一片帐篷之间，焦急地寻找着自己的家。

第十五章 专业翻译官

但是东伯利亚那么大,那么多帐篷,最近又有了些新人来,在这里搭建了新的帐篷,她们就像无头苍蝇一样,完全不知道从何处找起。

铁二蛋无助地坐在地上:"欧阳铮铮,你说我们怎么办啊?我们连家都没有了。"

就在她们发愁的时候,冷锋气喘吁吁地跑了过来。

"欧阳,二蛋,我可算是找到你们了。你们怎么不回家啊,在这里瞎转悠什么呢?我刚才问了很多人才找到你们的。"冷锋非常惊讶地问道。

铁二蛋拽住冷锋,一边不断地打哈欠,一边困惑地问道:"冷主任,我们的家到底去哪里了?这真是太奇怪了,三天前我们去跟老宋开研讨会的时候还能找到家的,现在却怎么也找不到了。"

冷锋看了一眼自己手里的地图,这是他特意画的,就是为了方便将来找人。

他指着地图说:"不就是在这附近吗?你们旁边是老莫和老廖他们啊。"但冷锋看了一眼四周,什么也没有找到。

他也有些急了,赶紧去问别人。过了一会儿,他苦笑着回来了:"前天晚上风特别大,你们钉帐篷的时候可能没有钉牢。再加上你们之前说想要住在距离上班的地方比较近的位置,所以大风一来,就把你们的家给刮跑了。附近的人看到后,拼命地帮你们捡东西,这才捡回来一些。"他带着两人走到一堆"破烂"前。

铁二蛋看着这堆东西难以置信:"原来是真的啊,风吹石子跑也就算了,现在连帐篷都吹跑了。得了,我们俩现在连家都没有了,被子、锅子、炉子都没了,就剩下这些了。"

虽然铁二蛋觉得剩下的这些东西是破烂,但是欧阳铮铮却把它们当成了宝贝,仔细地在这些物品里寻找。最终,她找到了一个小铁盒。

她激动得哭了起来:"终于找到了,终于找到了……谢谢……"

冷锋被她的反应吓得不知所措,小声地问铁二蛋:"二蛋,这是怎么回事儿啊,铁盒子里是什么东西?钱吗?"

铁二蛋回道："要是钱的话，欧阳才不会这么看重。里面是她的未婚夫寄给她的信，从德国寄过来的，每三个月才一封信，她总算是找到了。要是找不到这些信，欧阳肯定会非常伤心的。"

铁二蛋也在那些被找回的物品中寻找着自己的东西，但是因为风沙太大，很多物品都已经辨认不出来了。

一个星期过去了，被隔离的人都没有出现发热、淋巴肿痛、肺部炎症等鼠疫的症状，赵大夫总算是放下心来了。

赵大夫看着里面的四个人，提醒道："以后大喇叭也要广播，不能再吃那些草原上的野生动物了，太危险了。"

"欧阳，你跟我去办公楼找冷锋汇报一下，看看是不是可以解除隔离了。"赵大夫带着欧阳铮铮就走。

刚刚进了办公室，他们就发现冷锋的表情冷若冰霜，似乎刚跟人吵完架。

赵大夫和欧阳铮铮汇报完情况之后，冷锋同意解除隔离，并让那四名同志尽快回到工作岗位。

然而，欧阳铮铮正要离开时，却被冷锋拦住了。

"欧阳同志，你先留下。"冷锋的声音中透露出一种期待，目光殷切。

欧阳铮铮转过身，看着冷锋那副严肃的表情，心里不是滋味："冷主任，还有什么特别的指示吗？"

冷锋提出了一个工作选择："老宋是做化学的，是密度组的核心成员。他的部门涉及有毒有害的物质，危险性比较高。他非常希望你能过去给他当助理，薪资待遇自然是很丰厚的，就是工作强度比较大，并且对身体的负担也重。你……愿意去吗？"

冷锋的话里透着一丝无奈，但他又道："我们是非常民主的部门，现在给你两个选择：第一是去给老宋当助理，第二是给我当秘书。你看，你怎么选择？"

欧阳铮铮咬着嘴唇，心想今天的冷锋怎么变了一个模样。

她不禁怀疑，是自己的运气突然变好了吗？竟然还有选择工作的

第十五章 专业翻译官　　　　　　　　　　　　　　　　　　111

机会。

虽然在老宋那里确实能学到很多东西,学会了就有机会成为核心成员,未来的职业道路看起来稳定且没有担忧,但同时也伴随较高的风险和身体负担。

冷锋似乎已经看穿了欧阳铮铮内心的想法,人啊,往往都是趋利避害的。

欧阳铮铮闭上眼睛,深吸一口气,心中已经有了答案。

第十六章　高精尖的技术

周子淳在学校期间，就收到了来自国外学校的录取通知书，也拿到了全额奖学金，这都是他通过努力辛苦获得的成果。德国的学校不仅提供了优良的学习环境，还有他一直崇拜的老师，同时学校还允许他携带家属过去一起就学。

周子淳对于这一切感到非常满意，他觉得自己这些年所有的付出都是值得的。

学校的景色美丽如画，他的内心也是那么欢畅。

马上就是欧阳铮铮的生日了，他们从小一起长大，在艰难时期曾在乡野间相依相伴，互相照顾彼此。

周子淳相信，当欧阳铮铮得知，他们即将一起出国留学时，她一定会很高兴。

他想象着，或许三年后他们学成归国，开始新的人生时，他们已经有了自己的孩子。

然而，这个好消息没有来得及跟欧阳铮铮分享，周子淳就接到了一个通知，让他去研究所见一个人。

在北京的一个研究所里，他见到了自己最崇拜的人，同时也看见了两位铁骨铮铮的军人。

邓教授一看见周子淳，就上来给了他一个大大的拥抱："子淳，是不是你？好家伙，我们这些年都是通过信件交流，我一直邀请你去我的学校读博士，并且留在德国发展。你终于给我回话了。"

周子淳也紧紧地抱住邓教授。他对这位核物理学专家的崇拜和向往早已深植于心。他们之间的交流虽然主要是通过书信,但周子淳和邓教授之间的情谊却非常深厚。

"邓教授,您和照片上一样儒雅。我真是没有想到我们竟然在国内见面了,谢谢您为我的未婚妻安排的专业,她一定会非常感激和喜欢的。"周子淳说道。

邓教授看见周子淳,就好像看见自己的孩子一样高兴:"子淳啊,有一件事情我需要跟你说抱歉。我不打算在德国教书和做研究了,我已经辞职回国。当然,如果你愿意继续在那里上学,也是可以的。我把你的情况介绍给了爱德华教授,他愿意接收你成为他的博士生。"

周子淳对邓教授的决定非常惊讶,他问道:"为什么?我是奔着您去的。"可他又注意到身边的两位军人,军衔都不小。

其中一位年长的军人向他露出了和蔼的笑容,说道:"子淳,还记不记得我?我是况叔叔啊。"

周子淳依稀记得,自己小时候在况叔叔家里住过一个星期,对他有着模糊的印象。他好奇地问道:"况叔叔,您怎么在这里?"况叔叔笑了笑,说道:"邓教授一直说他未来的得意门生,希望能得到支持与帮助。我还愁着,未来学生的政审我该怎么办呢。如果是你的话,那就一点问题也没有了。小子淳你根正苗红,父母都是烈士,祖父母也是为国为民的党员,肯定没有问题的。"

"况师长,子淳还没有同意呢,说什么政审。"邓教授给了况师长一个眼神,示意他不要急于下结论。

况师长笑着回道:"得,你们师生先聊,我在外面等着。邓教授,这段时间你就好好休息,跟另外几位教授博士开会,了解情况后我们就去基地。"

"好的,你们先忙吧,我们还有事。"邓教授将况师长等人送走后,周子淳内心的激动难以抑制。眼前的这位不仅是学术界的大师,更是他在学术道路上的恩师。

邓教授对周子淳的到来也感到很激动。在国外带了那么多外籍和华人学生,如今能有机会教授一个真正的中国学生,对他来说意义重大,他怎么能不激动?

"子淳啊,我们国家目前的状况确实是落后,你知道的,我们在外交上缺乏话语权,这种弱势地位让我们饱受欺凌。落后就要挨打,所以,主席和总理决定筹建这个基地。你是一个不可多得的好苗子,我真心希望你能当我的助理,我们一起研究核物理,为了争一口气,也为了我国的核事业做出贡献。"邓教授直截了当地表达了他的期望,没有多余的弯弯绕绕。

周子淳对于这突然的转变感到有些难以接受,他原本已经做好了去国外留学的充分准备。

邓教授看见周子淳心有疑虑,又拍了拍他的肩膀,表示理解:"年轻人嘛,我能理解你的想法。如果你愿意继续深造,你可以去找爱德华教授。但是我个人希望你能够给我当助理,我们一起为了我国的核事业进步做贡献。"

周子淳知道,他们这一代学生能得以上学,能吃饱饭,不受战争的侵扰,都是因为先辈们的牺牲和付出。

他也知道自己的父辈为了国家的和平献出了自己的生命。

"不着急答复,孩子,今天就当是我们师生初次见面。我请你吃点东西,咱们聊点学术。"邓教授带着周子淳往外面走。

三天后,周子淳找到了邓教授,他同意当邓教授的助理。

邓教授热泪盈眶:"好孩子,我就知道你会以大局为重的,但是……我们是在核心部门,我们不能向亲友透露任何关于核物理实验的事情,你还要隐姓埋名。将来实验成功后,为了不让有心人知道并且企图控制,你的名字可能不会出现在光荣榜上。还有……你知道的,核物理实验的辐射很大,这是一件可能用生命去完成的事,也很可能是徒劳无功的。"

邓教授的话中充满了对周子淳的关切和担忧。说完这些,他自己也忍不住红了眼眶,因为他知道这样的选择可能导致周子淳一生默默无闻。周子淳在深思熟虑后,坚定地表示:"没关系,我答应。"

"好,好啊……"邓教授感动得难以言表,当天晚上请周子淳喝了一顿酒。

在饭桌上,邓教授连连落泪,又承诺道:"子淳,你放心,我一定会将毕生所学倾囊相授,我们核试验也要代代相传。"

邓教授又看着子淳:"你不是说你要结婚了吗,那个女孩怎么办?你即刻起就要开始执行内部资料交流的保密规定,她……"

"没关系,她会理解的。"周子淳笑笑。

邓教授却坚持说道:"不行,不能让任何人知道你在研究所工作。子淳,这是绝对保密的事情,我的家里人也不知道我具体做什么研究。这是上级的命令,我们必须遵守。"

周子淳神色凝重:"那……我会跟她说我出国留学了,如果她追问地址,还请老师帮忙应付。"

"没问题,只是那个女孩要受些苦了,可能需要等待几年。"邓教授叹息着,随后又补充道,"我很有信心,五年之内我们一定能研制成功,到时候,我们一定会为你举办一场隆重的婚礼。"

"好。"周子淳下定决心,未来,当生活好转时,他将尽可能地陪伴在她的身边,弥补这些年的缺失。

邓教授交代完这些,便让周子淳将资料给了况师长,进行了一次紧急的审核。由于周子淳的父母是烈士,政审过程相当顺利,没多久他就前往研究所报到了。

在报到的前一天,他和欧阳铮铮见了面。

欧阳铮铮即将前往国外留学,但她的神情显得有些不安,仿佛藏着什么秘密。周子淳自己也有秘密在身,他们都不敢互相询问,只能互道珍重。周子淳把欧阳铮铮送走之后,迅速回到研究所,开始了封闭式的资料汇总和学习。在家与国之间,他毫不犹豫地选择了国。邓教授看见周子淳的时候,突然提出了一个建议:"子淳,改个名字吧,这样不会让人认出是你,这对所有人都更安全。"

周子淳想到了欧阳铮铮,那就冠以她的姓氏吧,以此来表达他的爱国之情。

"欧阳,欧阳爱国。"周子淳不假思索,脱口而出,这个名字来自他内心的真实情感。

邓教授点点头,表示赞同:"很好,很好,我们厂区叫爱国的同志确实很多。"

由于厂区的核心位置需要加强建设,周子淳需要先行一步。他看过其他国家核物理实验场所,有经验,使得他的意见具有很高的参考价值,因此他必须先行离开。

周子淳坐首长专机直接飞往金银滩草原,没有在省城进行氧气转换,就立即投入了工作。邓教授则带着小队伍随后跟进,最后在将军楼与周子淳会合。将军楼是金银滩草原上新建成的一栋楼,是这个区域最有标志性的建筑物。

将军楼这个名字可能让大家误以为里面住的都是将军,其实不然。将军楼里面住的都是核心研究人员,像邓教授和周子淳这样对项目至关重要的人物。

周子淳的生活非常规律,基本上两点一线:实验室和将军楼。但他常常在实验室忙得吃喝拉撒都是在那里解决,很少有时间回到将军楼休息。

然而,只要他有时间回去休息,都不忘给欧阳铮铮写信。然后将这些信交给组织,再由组织转交给北京研究所,再寄往国外,最后这些信才能从国外寄回到欧阳铮铮手中。如此一来,一封信的往返可不就要三个月的时间吗?邓教授偶尔会陪同将军去北京汇报工作进度,因此周子淳逐渐成了整个核试验项目的关键人物之一,工作也越发繁忙了。

"小周,不对,欧阳啊,以后进来的时候一定要记得穿防辐射服,要不然太危险了。你还年轻,别不当回事。"邓教授每次都会这样叮嘱。

然而,邓教授自己却常常不穿所谓的防辐射服,也不戴防辐射眼镜。

第十六章 高精尖的技术　　　　　　　　　　　　　　　117

周子淳隔壁的实验室曾经因为一个数值错误,导致一位年轻的科学家受到了严重的辐射伤害。

邓教授因此变得更加小心谨慎,总是担心出现任何问题,害怕整个实验室和作业区的人都会因此丧命。

周子淳也从来没有穿戴防辐射的套装,只是道:"穿着那些东西不方便,有时候需要用身体去感知压力,我已经习惯了。"

邓教授听了更加心疼,反复告诫他:"一定要多加小心,千万要注意自己的安全。"

但在关键时刻,他们都顾不上考虑安全,只想知道数据是否正确,如果与炸药的性能相匹配,是不是就能引发核爆炸了。

他们的脑海里想的都是这些问题,有时候一工作就是三五天,即使休息也只是打个盹儿,醒来后继续工作。

邓教授每当发现有价值的数据,就会立刻赶往北京,他的工作几乎没有日夜之分。

这个实验室几乎没有人来往,外界都不知道在地下还有这么一个秘密研究场所。

周子淳收到的欧阳铮铮的第一封信,是邓教授交给他的。

邓教授关切地说道:"这是你的信,不知道从哪里被寄去了研究所,研究所的人也不知道你的存在,这封信在那儿搁置了两个月。"

邓教授继续鼓励他:"按照咱们的进度,我们一次次攻克难关,上级也非常认可我们的工作。我认为,再有四年就能成功,到那时她留学也回来了,我们立刻给你们安排举行婚礼。"

"好,希望那一天赶紧到来。"周子淳读着信,发现欧阳铮铮写得妙趣横生,她的思念之情跃然纸上。

邓教授又继续说道:"子淳,我向上面汇报了你的情况,上级表示,等我们成功之后,会安排你出国留学。但是我认为,你在专业实操方面胜过理论学习。"

周子淳回应道:"主要是教授您将理论总结得很精辟,这些内容在国外教科书上是找不到的,我能留下来学习可真是太幸运了。"

周子淳越来越觉得核物理学既深奥又有规律可循,这几个月跟着邓教授,他着实受益匪浅。

邓教授是真的把他当成自己的关门弟子,不仅要求他知其然,还要求他知其所以然,对每个数据都要求做到精准、透彻。

邓教授不断地鼓励他:"子淳,加油,我们一定能行的。"

随着天气变冷,他们就外衣上再加外衣,肚子饿了就告诉自己忍一忍。在这个关键时刻,举国之力都集中在这片草原上,他们不能有任何失误。

这一年里,与他们做伴的只有那些不断变化的数值,以及一次又一次的高压爆炸实验。

周子淳在基地的核心位置待了整整三年,这三年,他没有离开过基地半步。

第十七章　精益求精

欧阳铮铮一直在基地的车间内努力学习,她的表现甚至让冷锋对她刮目相看。冷锋非常留意欧阳铮铮说过的周子淳,以为这个人也在厂区工作,并且每当有人来的时候,他都会特别留意这个名字。

在面对冷锋给出的两个选择时,欧阳铮铮毫不犹豫地选择了跟老宋一起工作。这让冷锋非常意外,但同时也觉得一切都在他的预料之中。

"欧阳啊,我早就想到你会选择跟老宋,但我还是想给你一个选择的机会。祝你在新的岗位上一切顺利。"冷锋尊重欧阳铮铮的选择。

当时在冷锋的办公室里,欧阳铮铮坐立不安。她原本以为自己会选择跟着冷锋。这里的工作环境舒适,不用风吹雨打,还能保证温饱。看看她现在的样子,皮肤粗糙得像个男人一样,脸上都是裂开的口子,每次洗脸都生疼。选择跟老宋当助理,首先,她不知道老宋主要做什么工作,只知道是化学方面,和铁二蛋的工作相似。其次,老宋是一个古怪的人,他以工作为重,为了一个实验数据可以废寝忘食,工作强度非常大。

欧阳铮铮叹了一口气:"唉,我也没有想到我会选择跟宋老师学习,但我还是想试试。"

"去吧,为了奖励你做出了这个明智的选择,我可以告诉你一件事情,你一直都在疑虑的事情。"冷锋说道。

欧阳铮铮歪着脑袋好奇地看向他:"我一直都想知道的事情?在这个保密原则如此严格的地方,我什么也不想知道,还有……这个周末我们还要上保密课，我会遵守规定的。"

冷锋说道："之前你一直在打听周子淳的消息，我可以告诉你，你要找的那个人不在我们厂区。"他确实一直在留意这件事情。

欧阳铮铮愣了一下，她没有想到冷锋会帮自己了解这个情况。

"谢谢，我知道了。也是啊，他志在学习，想通过学术来救国，怎么可能来我们化肥厂呢。"欧阳铮铮一边表示感谢一边准备离开。

冷锋诧异地反问道："什么？化肥厂？"

眼前的这个姑娘对他们的厂区的真实性质怕是有什么误解。她怎么会认为在这个草原上建立的这个神秘厂区是化肥厂呢？

有时候，冷锋都不知道该说欧阳铮铮是单纯还是天真。

欧阳铮铮白了他一眼，解释道："难道不是生产化肥吗？老宋是研究化学的，二蛋也是研究化学的，我们在东伯利亚认识的几个人都是做化学实验和分析的，有时候还涉及稀有金属的研究。"

冷锋只能点头："对，你说得都对。"他知道，很多事情需要靠欧阳铮铮自己去慢慢理解和琢磨。

只要在老宋那里工作一段时间，欧阳铮铮自然会对这个厂区的真实情况有更多的了解。

冷锋笑着将她送到办公楼门外，提醒道："去吧，老宋在车间等你，他们那里比较忙，也是高危职业，注意安全。"

欧阳铮铮领了新的工作服，赶紧去找老宋。

老宋看见欧阳铮铮站在车间门口，还穿着他们车间特有的工作服，笑得合不拢嘴，兴奋地向大家介绍她。

"过来过来，你们都过来，这是欧阳，是我费了九牛二虎之力挖过来的大学生，她精通好几国的语言。冷主任一开始还不肯放人，说欧阳留着有大作用，我就说了，欧阳只有在我们车间才能发挥最大作用。"老宋十分得意地向同事们介绍。

车间里面的人也都笑着回应，有人打趣说："欧阳啊，你可算是来了，老宋隔离的那段时间，你可是把他惯坏了。我们的动作稍微慢一

第十七章 精益求精

点,精确度不够,老宋就大发雷霆,说我们没有一个人能比得上你。你说说,我们都三四十岁了,还被当着那么多人的面批评,这……"

另一个人接着说:"幸好你来了,可以帮我们分担一部分老宋的火力。"

铁二蛋也在这个车间里,她朝欧阳铮铮竖起了大拇指,表示欢迎:"欢迎欧阳加入我们这个大车间啊。"

通过了解,欧阳铮铮才知道,刚才这个车间里面的人,都是各个车间的负责人,他们正在合力完成一个配比项目,而老宋就是这个项目的总负责人。

这个厂区有好几个大项目组,每个大项目组分配了几个车间。因此,老宋实际上是这个厂的副厂长,级别高,管理的事务比较多。大家习惯性地一口一个"老宋",而且老宋住在东伯利亚,欧阳铮铮一直以为他只是一个普通的研究人员,所以跟老宋的关系比较亲近。

"好了,大家伙都回去工作吧。为了节省材料,你们先按照我这个比例进行制作。欧阳,你来得正好,帮我把这份材料翻译一下,我记得你的德语也是不错的。我就不信了,美国人和德国人最终的数据会不一样。"老宋似乎跟这些材料数据杠上了。

欧阳铮铮没有推辞,她能感觉到这个车间里弥漫着一股特殊的味道,但她一时之间也说不上来那是什么味道。

老宋扔给她一个口罩,嘱咐道:"戴上,以防中毒。"

欧阳铮铮赶紧戴上口罩,然后拿起笔,站在一个大桶旁边开始了翻译工作。老宋忙着在黑板上进行实验运算。车间的其他人也都忙碌不已。一旁,一个戴着厚厚眼镜的女子,专注地盯着测试数值,嘴里念叨着,手里记录着,同时还要留意老宋的测试情况。她在进行换算工作,再检查送上来的产品是否合格。

另外一侧,一个中年男子弓着背,正在用试管进行实验。有时候,试管会发生爆炸,这时,老宋忍不住会骂上一句:"能不能干?今天第几次了?干不了就滚蛋。"

而当试管长时间没有反应时,老宋又会责骂:"你一整天都在打瞌睡吗?脑子呢?没有反应就是最大的失败!"

那名中年男子眼皮都没有抬,很显然他已经适应了老宋这样的斥责,立刻投入下一轮实验中。车间的其他几个人也都各自做着相应的工作,气氛有着别样的紧张感。欧阳铮铮小心翼翼地连大气都不敢出,她将翻译好的材料递给了老宋。然而,老宋没有检查她的翻译,却递给她一把铜刀和一个铜盆,说道:"把这些浇筑元件的冒口削了,这是模板,好好学。你要记住,你每动一次手,就代表着上百个人一天的血汗。精度不够就是辜负了上百个人一天的努力,你就是千古罪人。"

"我?"欧阳铮铮感到诧异。她刚来这里的第一天,就被安排做这样精确度要求极高的工作。况且,她之前没有任何相关的工作经验,这不是为难人吗?老宋将这么重要的任务交给她,他的每句话都是沉甸甸的,让她感到压力,以至于不敢轻易动手。

老宋严厉地瞪了她一眼,强调说:"我的助理,必须是全能的。你以为随便什么人都能来我们车间当助理吗?这一点,你必须学会。"

"可是……我……"欧阳铮铮是真的不会啊,确实没有任何相关的基础。她的手熟悉的是发电报、敲打字机和做运算,而不是这样削铅笔似的精细活。老宋白了她一眼:"如果不行就早说,就当是我看错了人,你自己去和冷锋说,你没有通过我们车间的考核。"

面对老宋的质疑,欧阳铮铮犹豫了一下。她抬起眸子,看着老宋瘦骨嶙峋的脸,她不想就这样放弃。如果让她退缩自己和冷锋说,不仅会失去这份工作,还可能成为别人口中的笑柄。"放心吧,我会慢慢学的,我一定能做到准确的。"欧阳铮铮自己给自己打气,下定决心要迎难而上。

然而,老宋并没有因为她的决心而降低要求:"这事儿不能慢慢学,你必须尽快学会。一周之内,必须掌握,每次操作允许有两个值之内的误差。"

一旁正在做换算的女同志听到老宋的要求,转过头来看老宋,眼神之中流露出了诧异。

老宋对她的目光毫不客气,语气严厉地说道:"看什么看,你自己这一个星期错了几个数字了?"

在老宋的眼中,完全没有性别之分,对任何人都一样严苛,只有工业人的精准和责任。

在如此高压的环境下,欧阳铮铮开始尝试学习浇铸元件。一开始,她怎么也没有办法下手,这些元件可是上百个人一天的心血,如果出了差错,该怎么办?

老宋在一旁盯着,逐渐失去了耐心,最终将欧阳铮铮手中的工具夺了过来,亲自示范。他下手迅速而精准,完成之后,将成品递给欧阳铮铮,说道:"你自己量一量。"

欧阳铮铮面对老宋的技艺感到不可置信,她将冒口拿去测量,发现竟然精准无误,正是所需的数值。

"宋老师,这……"欧阳铮铮感觉到十分震惊,她万万没有想到老宋一出手竟然这般厉害。

"慌什么,怕什么,你要相信自己,多练多学多看,别整天呆愣愣的,这里是实干型很强的地方。"老宋说完就离开了。

看着他离开了总车间,大家伙松了一口气,车间里的气氛也轻松了一些。

尽管如此,欧阳铮铮还是不敢轻易动手,这任务实在是太艰巨了。

一旁做换算的女同志看不下去了,悄悄地说道:"那边有废弃的,你先拿那些练练手,别怕,都是练出来的,老宋之前也报废了不少。"

听到这话,欧阳铮铮才有了信心,拿了一些废弃的材料练手。一直工作到晚上,车间里每个人只要手头上的工作没有完成,都是不会离开的。就在这时,老宋突然回来了,手里抱着一大堆资料:"欧阳,你今天晚上帮我把这些资料做一个汇总整理。我就不信了,他们能做到精准,我们难道做不到?"

欧阳铮铮答应下来,她发现整理资料数据可是比削冒口要简单多了。

老宋过来验收欧阳铮铮今天的练习成果,他的评价依然是严厉的:"不行,你看看你这个……我们这是高危职业,你的身后还牵连着很多很多人,稍微不注意,受伤的是别人。你不能拿别人的生命开玩笑。"

欧阳铮铮满脸愁苦。自从工作以来,大家对她都是十分赞许的,今天算是把这辈子没有挨过的批评都受完了。

老宋冷冷地说:"不服气是不是,我知道你不服气。来,小雅,你给她做个示范。"

小雅就是那名做计算换算的女同志,她扎着两个冲天炮似的辫子,那张娃娃脸上却有着不一样的沉着。小雅走过来,出手和老宋一样迅速而精准。最后,将一个成品递给了欧阳铮铮。

欧阳铮铮拿过去一量,与标准的数据无误。

"看见了吧,只要是在总车间工作的,在我身边的工作人员,都必须学会这个技能,看一眼就知道数值对不对。身系成百上千条人命,真不是开玩笑的,我们做工业的,心中要有一把精准的尺子。"老宋再次强调。

小雅也不敢说话,赶紧回到自己的工作岗位上。

老宋看了一眼黑板上的数据,不满地批评道:"小雅,你动作太慢了,多少人等着你的数值呢。"

小雅听到此话,赶紧加快了运算换算的速度,仔细核对手里的每一份材料。

一直到半夜,欧阳铮铮和小雅才将手上的活儿干完,两人相互搀扶着往东伯利亚的家中走去。

小雅边走边叹气:"所有人都想逃离这个车间,没有想到你竟然主动往上冲。根本没有人愿意来这里,当时我们听说你要来,大家都惊呆了,竟然会有那么傻的人。"

欧阳铮铮伸了个懒腰,回应道:"之前和老宋相处挺好的,隔离的时候我觉得他人还不错,没有想到工作起来竟然要求这么严格。"

第十七章 精益求精

小雅低声说道:"这几天工作还算顺利,算是好的了。前段时间,数据不准确,每次爆炸实验结果都出现了很大的误差,伤了好几个人,他直接崩溃了,要求我们核对建厂以来的数据,整整忙了一个月,那一个月,他瘦了可能有二十斤。"

欧阳铮铮听后不可置信,她开始隐约觉得这个厂区的工作并不是生产化肥那么简单。

小雅指了指前面:"我到了。明天早晨我去叫你,你必须提前一个小时去练习。今天如果没有进步的话,你很可能要被退回原来的地方。老宋不会说什么丢人不丢人的话,会直接批评你,一点面子也不会给你留。"

欧阳铮铮点点头,她意识到老宋的总车间的工作强度远超她的想象。

第十八章　学海无涯

铁二蛋在锅里给欧阳铮铮熬了粥,看见她回来赶紧道:"你快吃点,明天你还得提前一个多小时到车间,老宋对人非常严格,他自己一天只睡四个小时。"

原来,老宋的工作狂名声已经传遍了整个东伯利亚,所有人都知道他是个工作狂。

欧阳铮铮一口气就把粥喝完了,随后倒在床上。

"你好歹把外套脱了睡啊,我已经调好闹钟了。"铁二蛋说道。

欧阳铮铮迷糊着说:"脱了外套明天早晨还得穿,我就这样睡吧。"

第二天早晨,欧阳铮铮早起了两个小时,赶紧到车间练习。

她万万没有想到,老宋已经在车间里忙得不可开交。

欧阳铮铮不敢打扰他,小心翼翼地在浇铸元件的冒口上下功夫。

一个小时后,天还是黑黢黢的,但是这个车间的所有人都已经到工作岗位上开始工作了。

大家对这样的工作节奏都习以为常了,特别是小雅,她还向欧阳铮铮投来了一个赞许的眼神。

老宋外出回来,又带回了几份资料:"这是刚从北京带过来的,非常有价值。欧阳,你翻译一下,也许我们从这些材料中,能分析出子丑寅卯来。今天下午必须给我翻译完,如果遇到困难,就先空着不要填,我到时候会请专家来解释。"

"知道了,宋老师。"欧阳铮铮小心翼翼地回答,大气都不敢出。

整个车间再次陷入了沉默,就在这个时候,小雅给大家送饭来了。

吃饭的时间也就五分钟,大家一边吃一边看材料。

晚上,老宋过来例行检查工作进展:"欧阳,我看看你今天怎样了?"

欧阳铮铮将当天的成品递给老宋,但老宋看上去还是不满意,他又开始了严厉的批评:"你早上来那么早是在跟我演戏吗?演勤劳是不是?"

欧阳铮铮每次都被老宋这样批评的话压得喘不过气来,她的手甚至在颤抖。

老宋看了一眼,语气更严厉了:"行了,我也不想说你什么。明天你再这样不认真,不把这件事当回事,那就不要怪我了。"

欧阳铮铮吓得脸色惨白,直到老宋离开,她才松了一口气。

同事们纷纷过来安慰她:"你也不要有太大的压力,我们刚来的时候都是这样的,在工作之余还要做这些工作。"

"对啊,你别怕,我当时可是用了一个月的时间才学会的,但现在看一眼我就知道精确度怎样。"另一个男同事说道。

欧阳铮铮轻声说:"好难啊,我觉得我在这里就是个废物,大家都会,就我不会。"

看见欧阳铮铮如此沮丧,大家纷纷鼓励她:"好好练习吧,我们都是这么过来的,千万不要想着从哪里来到哪里去。"

欧阳铮铮自始至终都没有想过要离开这个车间,即使要走,她也希望走得风风光光。她决心要在这个车间证明自己,即使面对老宋的严厉批评,她也愿意坚持下去。

当同事们正在安慰欧阳铮铮时,老宋的声音突然从外面传来:"如果哭有用的话,难道我们全国都要去国外哭吗?人要自强。"

这句话让整个车间的气氛变得更加紧张,欧阳铮铮和其他人都不敢说话,赶紧埋头继续工作。

老宋的严厉和工业人精益求精的态度,给了欧阳铮铮深刻的教育,她意识到这是她毕生的追求。尽管如此,别人都回去休息了,欧阳铮铮还是选择留下来,用各种材料进行练习,试着手感。

卖油翁熟能生巧,她也可以。

老宋能做到,小雅能做到,这个车间的所有人能做到,她也是可以做到的。

就在这时,铁二蛋过来交付最新的试验品,看见欧阳铮铮正在练习,她就显得有些得意:"我就知道老宋肯定是要让你过这一关的,好好练习,这是基础关。"

欧阳铮铮听到这句话,气得说:"什么?都难成这样了,还是基础关,真是……你们这个工程组的都是人才,我真是比不上啊。"

铁二蛋从欧阳铮铮的手里拿过铜刀,三下五除二地做好了一个冒头递给她:"看看吧,是不是精准无误?我们每次出手,都要保持误差在两个值以内。如果超过两个值,可能造成很大的危险,甚至伤害到别人。"

欧阳铮铮测量了铁二蛋制作的冒头,只觉得不可思议,她的技艺如此娴熟,误差控制得如此精确。

铁二蛋在一旁鼓励欧阳铮铮:"欧阳,这在我们车间真的是基本功。我们只能凭借自己的直觉和手感,将损耗程度降到最低。你一定要好好练习,一般人干不了的。"接着她又分享了自己练习时的经验,"我们有时候看一眼新出来的产品,就知道差距在哪里,都是这样日复一日练出来的。我为啥能这么快出彩,因为我勤奋啊,我做梦都是在做质检。"

在老宋制造的高压环境下,欧阳铮铮在短短一个星期内就掌握了基本功。白天,她拿着刀子练习手感,晚上做梦都在削冒头,做测量。两个误差单位的要求确实很高,但只要功夫深,铁杵磨成针,通过不懈努力,她做到了。

老宋对她的表现还是很不满意:"一个基本功练习了一个星期,要是每个人都像你这样,你可知道我们厂区又要耽误多久。"

欧阳铮铮只能表示歉意:"对不起,我以后努力。"在老宋面前,她只有服气的份儿。

老宋的技艺是真的很厉害,他不仅精通各项操作,有时候比机器还

第十八章 学海无涯

要准确。

如果是新研制的产品,别人还在测量的时候,老宋看一眼就知道是否合格。

欧阳铮铮对老宋佩服得五体投地,这么一来,她受到的所有委屈和高压下的惊恐,都烟消云散了。

她也意识到,人啊,不逼自己一把,根本不知道自己有多大的潜力。这是老宋经常说的话,他确实在竭尽所能地激发团队中每个人的潜力。

欧阳铮铮作为老宋的助理,可真是把这个车间所有的活儿都操作了一遍。一个月后,她也能做到一眼就看出哪个冒头有问题,哪个数值不对劲儿。

老宋对此非常得意,出去的时候会跟人自豪地介绍:"这是我的得意门生,大学学的不是化学,如果是我们这个专业,将来会是我们厂子的骨干人员。但是没有关系,跟着我才是学习的开始。"

欧阳铮铮逐渐在自己的大脑里构建起了一个关于化学知识的宫殿。

冷锋每次来门口等她下班,都是等着等着就离开了,因为她几乎没有按时下班的时候。

有一天,老宋突然语重心长地对她说:"欧阳啊,你跟着我两个月了,这个车间的基本运行你都了解了。现在,有一个高危的车间缺人,他们的车间主任病得非常严重。我看来看去,只有你才能胜任。你看,要不你去顶替一段时间。"

"好。"欧阳铮铮不假思索地答应了。

这两个月在项目组工作,她深刻理解了每个工种、每个动作都关系着一群人的性命。大家都不容易,肩负重任。

她愿意接受这个挑战,但是冷锋表示反对:"老宋,我们说好的,借用欧阳在你们这儿工作两个月,现在时间到了,我得把欧阳带回去。"

老宋听了非常生气:"放屁,什么叫作借用,我利用两个月的时间培养出一个专业人才容易吗?欧阳付出了多少你知道吗?好不容易能独当一面了,你又过来挖走,我不同意。"老宋火冒三丈,直眉瞪眼地看着冷锋。

老宋站起来试图把冷锋往外面推,可是冷锋是当兵出身,浑身肌肉,站在原地一动不动。老宋本来就手无缚鸡之力,上次又瘦了十几斤,根本推不动冷锋。

老宋干脆站在原地耍无赖:"那我不管,反正欧阳已经被安排到了车间,负责一个最重要的生产。如果上级领导问起来我也这么说。"

冷锋无奈地说:"欧阳是真的要被安排到很重要的岗位上去,人家都已经等了她将近半年了。老宋,现在可不是抢人的时候,那是组织上的安排。"老宋要是耍起无赖来,真没有几个人能劝得动的。

老宋坚持己见:"那我管不着什么组织什么安排,欧阳是我看中的,从医院调回来的,我们这里的生产建设离不开她。你们要是非要调走,后果自负。"

冷锋无言以对,只能盯着老宋看。

老宋暗自觉得"后果自负"这句话在某种程度上非常有用,可以起到一定的威胁和震慑的作用。

他对冷锋说:"冷主任,大主任,你们能从全国、全世界找来专业技术人员,也不差欧阳这一个。就这么说定了,交给我培养,以后一定会惊艳整个厂区的。不是我夸张,欧阳以后就是我的接班人。"老宋嘿嘿一笑,对自己的判断充满信心。

一旁的小雅开玩笑地说:"宋总工,上次您还说我是您的接班人呢,怎么您的接班人那么多啊?"

冷锋突然笑出了声音,他知道老宋虽然不是主要管理人事的,但每次遇到好苗子,他永远都是一句话——我把你培养成我的接班人。

老宋挥挥手,半开玩笑地说:"去去去,怎么哪里都有你,你这个星期没有出错,每个换算都很准确,我也就不说你了。"

冷锋也说道:"你这个项目下面那么多人呢,我听说你最近提拔了一个十八岁的小伙子当队长,既然你手底下那么多人才,也不缺欧阳一

第十八章 学海无涯

个啊。但是欧阳在另外一个方面,只有她才能做到。"

老宋沉思了一会儿,突然意识到冷锋说的这句话有深意。他也是一个顾全大局的人,如果真的到了万不得已的时候,他肯定会先让组织挑人的。

冷锋严肃地说:"你觉得呢?那可是老张主任在的时候给我留下来的任务,让我先考察,让各个部门先考察。"

老宋终于不再坚持,小声地跟他说道:"我知道咱们的组织纪律。我就这么跟你说,我们那个最危险的车间主任受了重伤,这会儿还在北京治疗呢,我手底下是真没有人了,只有欧阳让我放心,而且她懂生产线,让她先跟我干三个月,三个月后你带走,行不行?"

冷锋低声回答:"这……我得跟上级请示一下。本来领导说是半年后带走的,现在不是半年期满了吗?我还得考核呢。"

老宋重重地点头:"是个好苗子,钻研业务能力很强,自主意识也很强,有团队精神。"

冷锋表示同意:"那三个月后你得培养出接替她的人,我跟上级领导好好说说。"他也非常为难,因为这么长时间了,他总算可以给欧阳一个交代了,结果现在又遇到了意外。

老宋终于露出了笑容:"你帮了我一次,就是帮了整个分厂的员工,要不我们就得卡死在这儿,冷锋,大恩不言谢。"

冷锋对老宋调侃道:"我怎么觉得你到处欠人情啊,上次从北京挖小雅的时候也是这么说,上上次你从马兰挖小祁的时候也是这么说。敢情就你这个项目重要,你这个项目需要人是吧?"他越来越觉得老宋很会做事情。

老宋嘿嘿一笑,辩解道:"人才很重要嘛,如今就是争夺人才的时候。"

冷锋指了指老宋,提议道:"先带我去看看欧阳,我也好和上面汇报啊。"他想看看欧阳铮铮的工作情况。

于是,他们进了一个特殊的操作间,这里非常封闭且阴冷,严禁烟火。工作人员必须穿着单薄的自制隔离服在这个冷环境中工作,以防产生静电。老宋无奈地轻声说道:"没办法,现在就是这个条件,四月份之后就好了,现在都得受委屈。"

冷锋打了一个哆嗦,从外面看进去,他只能看见欧阳铮铮在工作台上称量药物,然后进行严密的测算。

老宋又道:"如果你进去的话,就换一身衣服。他们那是易爆炸车间,非常危险。她正在提炼炸药,整个项目的核心技术就在这里了。"

冷锋反问道:"你相信她干得了?"他对欧阳铮铮的能力表示怀疑。

老宋坚定地点头:"我信任她。"

第十九章　激情岁月

　　冷锋终于理解了老宋的良苦用心。老宋之所以对每一个有技术潜力、愿意学习和吃苦的人如此热情，是因为他深知这里的工作环境的危险性和对技术熟练度的要求。他自己在研究炸药提炼时，也是没日没夜地工作，直到有了头绪才让其他人参与。他是为了减少人员伤亡，保护每一位员工的安全。

　　冷锋的心里充满了震撼，他对老宋说："我就不进去打扰他们工作了，别告诉欧阳我来过。放心吧，我一定会帮你说服领导的，先让欧阳在这儿工作。"

　　老宋感激地拍拍冷锋的背："谢谢啦！等培养出新人，就把这一批人换出去当检验员去。都不容易啊。"

　　冷锋虽然离开了车间，但没有走远，而是在厂区外等着欧阳铮铮下班。他等了很久，才看到欧阳铮铮走出来。

　　"欧阳，终于下班了，我等了你很长时间。你的眼睛……"冷锋仔细打量这个小姑娘，突然顿住了。

　　欧阳铮铮用衣服把自己裹得严严实实的，用围巾把脸围起来了，只露出一双眼睛。可是冷锋看着她的眼睛，心里不免又是一阵心疼。

　　欧阳铮铮揉了揉眼睛，问道："怎么了？有眼屎吗？"

　　冷锋蹙眉："你一个姑娘家家的，怎么现在说话那么糙。"

　　欧阳铮铮毫不在意地回应："那是冷主任不了解我，我一向说话就是这样，你以为我是你认为的淑女吗，根本不是。"她在前面走，把冷锋甩在后面。最近不被老宋骂，她逐渐找回了往日的自信，走起路来也带着一股风,别提有多得意了。

冷锋伸手抓住她,让她停在原地:"你先别走,让我看看。"他在路灯下,盯着欧阳铮铮的眼睛看了很久,这让欧阳铮铮感到有些不自在。冷锋将手伸出来,在她的眼角周围轻轻地擦拭。

"怎么了?有什么问题吗?我出来的时候洗脸了,而且是用油擦洗的,放心吧,不会爆炸。"欧阳铮铮说道,暗想这个男人到底在搞什么。

冷锋摇摇头,和欧阳铮铮一起继续往前走:"走吧,咱们回去再看。"

回到东伯利亚的房子,冷锋立刻喊道:"二蛋,你快点来看看,欧阳的眼睛到底是什么颜色的,是不是我看错了?"

铁二蛋正躺着休息。今天晚上没有吃东西,只有睡觉才能让她肚子舒服些。但当她听说欧阳铮铮的眼睛可能出了问题,立刻跳了起来,拿起手电筒,仔细地观察欧阳铮铮的眼睛,试图找出问题的所在。

欧阳铮铮被这样的举动吓得心惊胆战:"你们这么研究我,我到底是怎么了?"

冷锋好像突然想起了什么,赶紧从怀里拿出了一瓶牛奶:"赶紧喝了。你现在从事的是最危险的工作,必须隔一段时间就去检查身体,从车间里面出来喝一瓶牛奶。牛奶你不用担心,我会给你们送,我已经说好了,所有的牛奶先供你们车间食用,还有……一定要勤检查。"

在这样零下十几摄氏度的寒冷夜晚中,欧阳铮铮拿着那瓶还带着冷锋体温的牛奶,却怎么也喝不下去。

铁二蛋尖叫了起来:"老宋果然没安好心,你真的去爆炸车间了吗?欧阳,那个车间非常危险,你又不是专业技术人员,你怎么可以去呢?"

欧阳铮铮却显得很骄傲,回答说:"因为这两个月我被老宋培养成了专业技术人员啊,那些数据配比是我和老宋一起研究出来的,所以他觉得我比较合适,先让我干一段时间。"那个岗位至关重要,真不是一般人可以胜任的,不仅需要在政治上经过长时间的考察,而且对专业技术也有一定的要求。老宋对她进行了无数次的考试检测,才准许她正式上岗。

第十九章 激情岁月

冷锋有些无奈地说道:"听我的,下个星期有给职工安排体检,看看大家伙有没有职业病,你们车间的人都必须去。"

欧阳铮铮却显得很乐观:"看情况咯,我也是进了我们车间才知道,原来我们不是搞化肥的啊。难怪我们厂区政治审核那么严苛,咱们是保家卫国而来的,真是无上光荣,就是不能说。要是子淳知道了,也会为我感到骄傲的,以后每一次军事演练,都是用我装的炸药,想想就觉得兴奋。"她对自己的工作充满了自豪感,觉得自己的工作是对父母遗志的继承。这几天,她就像被打了鸡血一样,每天充满活力地去上班。她觉得自己工作是在保家卫国,是以一种特别的方式去爱这个国家。她相信,如果她的父母知道了,也会为她感到骄傲的。

冷锋在出门之前再次叮嘱:"把牛奶喝了,我先回去了。二蛋,记得提醒他们一定要去体检,这是命令。"

铁二蛋点头答应着,赶紧把冷锋送出门。她好奇地问欧阳铮铮:"欧阳,冷主任最近对你怎么这么上心啊?你那个车间之前我也去过,但是制作的产品不合格,被老宋安排回现在的车间了,以前我们可没有那么好的待遇啊。"

欧阳铮铮咕咚咕咚地一口气把牛奶喝完,说道:"谁知道呢,还命令,我就看不惯他那副样子。"

铁二蛋忍不住咽了咽口水:"下次给我尝一口,就一口。我现在嘴巴淡得感觉很久都没有吃过东西了。今天我看见郝姨在那边熬药,都忍不住去偷喝一口,特别苦,但是特别带劲儿。"她的语气中带着一丝渴望和无奈。

欧阳铮铮从口袋里拿出一个红辣椒,笑着说:"行了,馋鬼,下次一定给你留一口。看看我给你带了什么?"

铁二蛋看见辣椒如同看见亲人一样,兴奋地说:"哪里来的?你怎么知道我想吃辣椒了,虽然是干辣椒,但是我一点也不嫌弃,谢谢欧阳。"

欧阳铮铮解释说:"我问小雅要的,小雅是湖南人,来的时候啥也没带,就带了好几包干辣椒。我今天送她回去,顺便要的,她也很高兴地分了我一些。"

铁二蛋小心地将干辣椒放进了铁盒子里,说:"我得藏起来,不能让隔壁的老廖知道,他会偷的。"

欧阳铮铮的身体逐渐暖和了一些,倒头就睡。铁二蛋看着她这模样,心里一阵感慨。她也对这个厂区的真实面貌感到好奇,究竟是做什么的?

刚开始,她以为是生产化肥的,因为中国是一个农业大国,化肥是至关重要的。在高原上建立这么一个厂区,也许是附近有矿产资源,便于提取化肥原料。

但是现在,她和欧阳铮铮都开始觉得这个地方是一个兵工厂,专门生产炸药的,所以政审才会十分严格。住在东伯利亚的帐篷或者泥房的人,对这个厂区都有自己的理解。欧阳铮铮刚开始以为是一个很普通的工厂,后来认为是化肥厂,现在认为是个兵工厂。

另外几个修铁路的人,一直以为这里要建成一个特殊的小镇,所以才会在这里修建铁路。

然而,大家对这个厂区存在的真实目的十分不明确,但每次上完保密课后,他们也不敢问。

欧阳铮铮每天天还没亮就到车间,开始新一天的工作。她负责根据新收到的数据配制炸药,然后将制成的炸药分发到各个相应车间,由他们进行实验并收集反馈数据。她每天都在重复着这相同的工作。

这段时间,她给周子淳写信的次数明显少了,一个月可能只写一封信。

周子淳倒是给她寄来了一封信,他在信中提到在德国的工作,每天都非常忙,实验数据有时会让他忙得焦头烂额,衣不解带。尽管如此,他感到这样充实的生活让他变得更加优秀和出色。

周子淳还说,他相信有朝一日,祖国变得强大了,兴许将会有很多外国学生来学习中国的技术,那时中国将不再需要为了验证外国人的

第十九章 激情岁月

数据而动用成千上万人的力量。他坚信创造力掌握在中国人自己的手中。周子淳不止一次在信中提到：吾辈求学之路，是国家崛起的关键，欧阳与我都是学生，将来我们会成为老师，在学业上务必精益求精。

这些话都被欧阳铮铮当成是激励自己的话。而冷锋，每天都在用自己的方式感动欧阳铮铮。

每天晚上，从车间出来之后，欧阳铮铮都被冻得像冰块一样。在车间里不允许穿太多衣服，避免产生静电从而引发爆炸。

冷锋在不忙的时候，便会等候在实验室外面，怀里抱着一件被焐热的棉袄，揣着一瓶热乎乎的牛奶。其他人的牛奶已经成了冰块，而欧阳铮铮出来总能喝上热乎的。老宋知道这一情况后，不免又开起玩笑："冷主任啊，你每天守在我们厂区外面也不是个事儿啊，不知道的还以为是我做事不认真，需要被你监督呢。这对我来说不公平啊。"

而同一车间的人也对欧阳铮铮调侃道："你和冷主任的关系匪浅，以前我们车间可从没有每天一瓶牛奶的福利，听说那只有将军楼才有的待遇，看来我们车间的级别一下子提升了不少。"

还有人跟着起哄："欧阳组长，冷主任对你这么上心，你干脆就接受了吧。你们在一起多好啊，简直就是高原上的一对佳偶。"

面对这些玩笑，欧阳铮铮只道："我有男朋友了。"

而那瓶牛奶，最终成了别人的。那一身被焐热的衣服，始终没有穿到欧阳铮铮的身上。

在厂区核心的车间，邓教授注意到周子淳每天都忙得不亦乐乎，充满了干劲儿，但他也不知道这是好事还是坏事。

直到有一天，一位王教授跟周子淳说："欧阳爱国啊，我们这个地方是很人性化的，你的年纪也不小了，不如，你去相亲看看？"

周子淳正在验算的笔停了下来。他的右手边是整个厂区两台计算器之一，在邓教授的指导下，他已经学会了如何使用它。

他对王教授的建议感到不悦，但还是礼貌地回答："王教授，您该不会是在跟我开玩笑吧？我已有未婚妻，她正在国外上大学，还在等我结婚。相亲对我来说实在是浪费时间,有那个时间,我就能把这组数据给破解了。"

整个核心车间的同事都知道,周子淳有个未婚妻叫欧阳铮铮,大家也都知道他们之间的感情很好。没有人会去多事,但是王教授不一样。

他拉住周子淳,带着微笑提醒他:"欧阳爱国啊,你要知道我们现在从事的是高危工作,什么时候能解密成功那都是未知数。而且你的未婚妻独自在国外,你也知道的,很多人出国后就不再回来了,她哪里还会记得你在这边努力挣钱供她上学哟?你真是个傻孩子。"

王教授对周子淳感到同情,因为他也有海外留学和生活的经历,男女之间背弃的故事他见过不少。他认为周子淳的年纪不小了,为了国家在这里隐姓埋名地工作,着实不容易,所以他觉得周子淳身边最好能有个知冷知热的人。

王教授继续说道:"我和你师母,还有我女儿现在都在这个厂区工作。你哪天来我家里吃饭,顺便跟我那闺女见见面。她也是刚从德国大学毕业回来,你们一定会有很多共同的话题。"说这话的时候,他的眼神中透露出一丝丝狡黠,嘴角微微上扬。

这段时间王教授冷眼观察着,像周子淳这样专业能力强、待人接物谦谦有礼的小伙子并不多见。

周子淳的反应不如王教授所预期的,他的目光中透露了几分凌厉:"王教授只知道我的未婚妻在国外读书,却不知道她在国外兼职,一个人做好几份工作。她以为我在国外留学,为了支持我,她每次都会寄钱给我。"

王教授被这样的目光盯着有几分不安,只能尴尬地笑笑,试图缓和气氛道:"人啊,总是会变的。我也不是说你的未婚妻不好,只是你们这样的异国恋实在是辛苦。她回国以后你也不一定能回去啊,不如各自做选择。"

周子淳的外貌有些邋遢,他已经很久没有洗头发了,油腻的头发一缕一缕的,身上的衣服也有些油腻乌黑。但他笑笑说道:"只要欧阳愿

第十九章 激情岁月

意等,我也愿意等。一辈子那么长,只要能在一起,我就满足了。"王教授虽然不死心,但周子淳的坚决态度让他更加佩服这个年轻人了,只好无奈地说道:"你说你这个臭小子,真是油盐不进。你看看你现在这副模样,总要有个知冷知热的人心疼你才好啊。"

自从去了高危车间,欧阳铮铮的工作也变得越来越忙碌了,有时候在东伯利亚的帐篷里也看不到她的身影。即使是冷锋来找她,也只有在车间里才可能找到她。当他换上了工作服进到车间时,便闻到了一股刺鼻的味道,他感到有些慌乱。

冷锋看到欧阳铮铮一个人在车间工作时,不可思议地说道:"欧阳,你怎么不出去喝点牛奶,休息一下?为什么这个车间就剩你一个人了?"欧阳铮铮解释道:"今天去检查的时候,大家的情况都不太好,继续干下去可能会有生命危险。宋老师立马将他们调走了,并且在组织关系上写明,他们这辈子都不能再从事与炸药相关的工作,必须好好休养。"

她的心情不太好,这个车间本来安排的是十个人,后来变成了五个人,现在只剩下她一个人。那些因为职业病离开的同事,有的还在住院治疗,有的则被转到北京接受进一步治疗。

第二十章　青春献给了国家

老宋说那些人都是为了国家，奉献了青春，奉献了健康，所有在身后工作的人，都应该铭记他们的贡献。直到现在欧阳铮铮才意识到那不是空洞的说教，是真实的情况。每一项计算、每一次配比、每一次装置的背后，都凝聚着无数人的辛勤付出和心血。冷锋站在冷冰冰的炸药室里，看着穿戴单薄的欧阳铮铮，心里特别不是滋味。

冷锋劝说道："先回去休息吧，你一个人也干不完所有的工作。明天我会找老宋，看看能不能临时调派几个人过来帮忙，你一个人肯定是应付不过来的。"

如果他不到车间来看，他也不会知道基层工作的艰难。这一瞬间他也明白了为什么张主任和之前的领导会选择将欧阳铮铮下放到各个基层进行历练。同时他也意识到自己也需要到基层历练，但由于他是军人出身，只会打仗，不会进行化学、物理、数学方面的运算。因此现在只能干着急。

欧阳铮铮摇摇头："不行啊。明天还有两个车间的人等着试验品进行爆炸实验。如果我今天不完成，明天两个车间就要停运，老宋知道了肯定会责骂我。"她察觉气氛有些凝重，开玩笑打趣道，"我可不想被整个车间的通报批评。我这么漂亮，我要脸。"

冷锋看着欧阳铮铮，虽然她穿着隔离服，但她的外貌已经和"漂亮"这个词相去甚远了。她的皮肤黑黝黝的，那双漂亮的忽闪忽闪的眼睛，现在也失去了昔日的明亮。为了方便戴安全帽，欧阳铮铮将头发剪成了寸头，像狗啃的一样。尽管如此，冷锋知道，欧阳铮铮有一颗金子般的心,是美的、闪亮的。这是他最看重的。

欧阳铮铮让冷锋离开车间:"冷主任,这里是车间重地,一般不允许外人进来。麻烦你出去,我也要工作了。"

老宋也急匆匆地进来了,自责道:"欧阳啊,知道你一个人忙不过来,我也来了,唉……都病了,是我不对啊,我应该想想办法,给大家加强防护措施的。现在真是……唉……"

欧阳铮铮摇摇头:"都是第一次做这些,咱们改进吧,戴上护目镜,有些小数点后面的字看不清楚,很容易出差错,所以啊,还是这样比较方便。"

老宋和冷锋讨论了改善工作条件的问题,决定向北京方面申请专业的防护设备,并申请几个专业的人过来。

这时,欧阳铮铮感觉到手里的材料的温度直线上升,她的大脑快速运转着:"宋老师,您看看这组数据是不是不对啊,我进行配比的时候,感觉到材料发热,以前从来没有过这样的情况。"

她提到的数据问题引起了老宋的注意,他一个劲儿地喊道:"不对,不对……"

敏锐的冷锋突然大喊一声:"快点撤离!"然后一手拉住一个人,迅速往外面跑。说时迟那时快,就在他们刚刚跑到外面的时候,车间内轰隆一声巨响,虽然连火光都没有,但车间瞬间被炸成了灰烬。

幸好,这个特殊的车间是独立设置的,周围没有其他的建筑物和人员。

欧阳铮铮被吓得说不出话来,内心久久不能平复。老宋更是吓得浑身颤抖,但他很快反应过来:"欧阳,你人没事吧?冷主任,你没事吧?"

"没事,没事,你呢?"欧阳铮铮问道。

老宋摇摇头:"这已经是第五次爆炸了,这一次的爆炸没有火光,只有声音,在现场能闻到特殊的气味……"他立马在纸上记录下来,然后飞一般地跑回去,边跑边喊,"冷主任,你们最好去检查一下。我要进行一个数据对比,我好像知道我们失败的原因了。"冷锋和欧阳铮铮在风中愣住了,老宋的专注和执着有时候可真让人觉得他有些痴狂。

冷锋解释道:"第一次爆炸的时候,连累了不少人,后来老宋就把这个特殊的车间设立在这里,即使再次发生爆炸,也不会造成太大的伤害。"

"谢谢,如果不是因为你的敏锐,可能我们就被炸死了。"欧阳铮铮说道,她的心中非常感激冷锋。

冷锋笑了,回应道:"是啊,求生的本能。欧阳,回去好好休息,明天早点去总结经验,如果老宋骂你,你可千万不要顶嘴,他就是这样的人。"

铁二蛋在东伯利亚等着欧阳铮铮回去,她听到爆炸声后,吓得脸色惨白:"我们都听见爆炸声了,就知道是你那个车间。现在车间就你一个人,我还以为你出事了。你要是出了什么意外,我要怎么跟子淳交代啊?吓死我了。"铁二蛋说着说着就哭出了声。

冷锋注意到欧阳铮铮身上还穿着单薄的工作服,又说道:"明天我会去后勤组给你带一些衣服过来。没有吓到吧,干你们这一行的,常常是命悬一线,一只脚已经踏进了阎罗殿,接下来的挑战就是比谁命大。"

铁二蛋不乐意了,赶紧说道:"别说这些不吉利的话,我们欧阳命大着呢,大难不死必有后福,我们欧阳以后且享福呢。"

欧阳铮铮确实被吓到了,这是她第一次遇到爆炸这样的情况。之前听别人说,他们车间经常发生爆炸,一定要注意安全,她还不以为然,认为那些话都是吓唬人的。但这一次的经历,可算是让她深刻地认识到了危险的真实性。

"我累了,想休息一下,你们都别管我了。"欧阳铮铮进了屋子,喝了一口水,然后把头埋进被子里。

冷锋也不知道该说什么才好。他从小就在军区跟着演习,见惯了爆炸的场面,铁二蛋一直都接触化学物品,在大学做实验也会出现这样的场面。虽然两人对爆炸已经习以为常,但他们也能理解欧阳铮铮此时的心理状态,因此没有再打扰她,让她好好休息。

欧阳铮铮在被子里打着手电筒,给周子淳写了一封长长的信:

第二十章 青春献给了国家

"子淳，我感觉有那么一刻，我好像要永远离开你了。如果我真的不在了，你一定要更好地活着，将我那一份也活下去，结婚生子，找一个跟我一样漂亮温柔的姑娘，生一个跟我很像的女孩……如果你的生命到了最后一刻，你是否会想到我……你一定要保重自己，我永远等你，永远爱你……"

……………

那一封长信写完，欧阳铮铮已经泪流满面，原来生命如此脆弱。

铁二蛋拿过来一瓶牛奶，递给欧阳铮铮："冷锋送来了牛奶，还是热乎的，你要不要喝点？衣服也送来了。"

"不用了，就想自己待会儿。牛奶你喝了吧，别浪费。"欧阳铮铮说道。

对于吃的东西，铁二蛋是一点也不会浪费的。她咕咚咕咚地喝完牛奶就去睡觉了。

第二天早晨，他们提前一个小时去总车间上班，老宋已经在那里等着各个车间的负责人了。

他非常生气，将资料重重地拍在桌子上："昨天那一声巨响你们都听见了吧，不用我多说了吧？我一直都在跟你们强调，很多人的生命安全都系在你们的手里，每次下笔，每次运算实验，都是用生命叠加出来的。为什么你们总是不吸取教训？"

"对不起……这组数据我们真的经过了七八次运算。"铁二蛋解释道，"而且我们在做配比实验的时候，也是相当顺利的。"

但老宋冷声呵斥："找借口吗？如果真的顺利还会发生爆炸吗？"

大家都不敢出声，老宋又批评道："欧阳铮铮，你在做配比的时候有没有认真检查数值？如果不是数据错误，就是你粗心大意。你要是出了事，后面会有多少人要重新计算这组数据！"

欧阳铮铮也很无辜啊，可是老宋说得对，她需要自我反省，是不是真的是自己出了问题。

"行了，各部门找原因，今天必须找到原因。我找人来重建炸药车间。"老宋说完后迅速离开了。老宋离开后，大家并没有松一口气，反而更加紧张。

"欧阳，描述一下爆炸前有无异常状况。"有人问道。

欧阳铮铮将那几种提纯的炸药进行了详细描述，大家又特意到室外进行情景重现。结果，在草原上，爆炸再次发生了。

铁二蛋通过排除法得出结论："这么一来，说明不是操作问题，而是数据问题。大家回去先自查。"

"这里是宋老师昨天晚上进行的对比数据。之前已发生了几次爆炸，他都做了一个记录表。可能对大家有用。"欧阳铮铮把数据记录表分发给了大家。

众人的脸上都是阴沉沉的，手里拿着记录表说不出话来。

前面几次爆炸造成了伤亡，大家都感到责任重大。这一次还是发生了爆炸，每个人都非常自责。

冷锋突然找到了欧阳铮铮，说道："今天早晨北京那边回复了，已经给车间找到了几套工作服和帽子，能在一定程度上防止灰尘，放心吧。"

"太好了。"欧阳铮铮说道。

冷锋又说道："新的炸药车间要明天才能准备好，如果你想调离老宋的车间，你可以跟我说，我去想办法。"

但是欧阳铮铮拒绝了："现在只剩下我一个人了，我走了，这里怎么办？老宋那么忙，你让他去配炸药吗？过一段时间吧。"

冷锋仍然不死心："那里很危险，如果你出了意外怎么办？"

"死得其所。"欧阳铮铮大义凛然。

冷锋沉默了片刻，然后郑重地说："如果你出意外了，我照顾你一辈子。"

"你走吧。"欧阳铮铮转身就走，她实在不想听冷锋的这些话，听上去怪怪的，很不自在。

冷锋看着欧阳铮铮，心中一颤，大声地喊道："真的，欧阳铮铮，我愿意照顾你一辈子。"

第二十章 青春献给了国家

第二十一章　归来少年

　　欧阳铮铮转过头看着冷锋，他在寒风中伫立得像一块丰碑。他的眼神中充满了殷切的关心，紧紧地盯着欧阳铮铮。

　　可是欧阳铮铮不为所动，只是带着微笑拒绝了："谢谢冷主任。但是我会好好照顾自己的，不需要别人的照顾。"

　　冷锋的内心有些受挫，但越是这样，他越是觉得眼前这个姑娘的内心如同金子一般难能可贵。对于冷锋的感情，欧阳铮铮从来都没有犹疑，毫不犹豫地拒绝了，因为她的内心，早已被周子淳占据了。

　　每当这个时候，她就会想起与周子淳相依为命的日子。那时他们失去了家，只能在村子的破庙里相互依存。后来，组织终于找到了他们，核实了他们的身份，并将他们送到了福利院。

　　欧阳铮铮在周子淳的鼓励下开始认真读书。

　　"铮铮，你要好好读书，将来做有用的人，继承父母的遗志，保家卫国。"

　　"铮铮，你今天偷懒了，如果你的父母知道，肯定会伤心的。"

　　"铮铮，等我长大了就娶你，不要羡慕别人，我会给你全世界最好吃的东西。"

　　……

　　那些温暖而鼓励的话，如今还在耳边回响，欧阳铮铮的内心容不下别人了，对冷锋只有抱歉。

　　在核心厂区里，周子淳依然非常忙碌。各种各样的实验让他几乎没有时间休息，甚至连看信也是利用吃饭的几分钟时间。

邓教授看见他这样辛苦,不免感到心酸:"欧阳啊,很多事情不是急于一时的,你要注意休息。咱们这个部门,一定要扎实工作,一步一步地往前走,不能急功近利。"

"放心吧,我已经有头绪了。之前您说跟苏联专家开的交流会,很多事情已经有眉目了,我想整理一下您当时的思路。我觉得你们之前的研究没有错。"周子淳站起来活动活动身体。

邓教授很欣慰,不愧是自己看中的好苗子,将来一定会是科研领域的一把好手,甚至可能成为领军人物。

王教授则持不同意见,他蹙眉说道:"不对不对,老邓的思路我看了,那只是一部分,管中窥豹而已。我现在有一个更宏大的计划。你们来看,如果这边的二极管连接上……"

他们有一个专门的设计图,开会时会非常保密,任何东西都不允许带出,外面有军人进行严格的检查。

王教授侃侃而谈,一边说一边画图做计算,仿佛胜利就在眼前。然而邓教授不以为然:"你那是理想化的,完全没有做到实事求是。你的这个设想需要下级无数个单位作为支撑,很显然我们不具备这样的条件。"

"所以让下属单位一定要克服困难,创造条件啊。你们也知道核物理研究是要在一定条件下才能完成,光靠我们在这里做设想不付诸实践,就是纸上谈兵嘛。"王教授坚持己见,一点也不肯退让。

在学术上,邓教授和王教授等人师承不同,思路也各异,每个人都有自己的想法。邓教授连忙将自己的设计图纸拿出来,说到当年德国和苏联的专家是怎么设想的,并且还有一定的数值作为依据。因为当时他在苏联观摩过设计过程。

但是王教授并不示弱,也将自己的一沓厚厚的材料拿了出来。他说:"你当时是在苏联,我是在美国,我虽然无法获得核心数据,可是基本思路我是知道的。你也知道美国在长崎、广岛投放的两颗原子弹引起了多大的轰动。"

第二十一章 归来少年

一旁的五六个教授也纷纷表达了自己的想法,每个人的思路都不同。周子淳虽然没有留学海外的经历,可是他的老师是享誉世界的专家,所以,他也分享了自己的观点。

　　这一次关于二次实验失败的总结会议,大家各抒己见,一直到半夜,都没有找到解决方案。他们讨论得非常热烈,只有最高级别的人才能进去旁听。等到会议结束,已经是次日天亮。

　　王教授在会议结束后依然精神抖擞,思想的碰撞让他产生了很多新的想法,也令他对同仁们刮目相看。他连声称赞:"好啊,真好啊,昨天晚上的华山论剑,真是令我感觉五脏六腑都通透了。好,真好!"

　　邓教授出来后并没有因为王教授昨天晚上的反对而生气,反而很佩服。他伸出手说道:"老王,以后咱们还是要多交流,不能只专注自己的领域。我们都是为了同一个目标走到一起的,需要多交流、多讨论。"两位教授握住手,其他教授也纷纷为昨天晚上精彩的研讨会鼓掌。

　　会议结束后,王教授找到机会拉住周子淳,说道:"欧阳爱国,虽然说你最年轻,也没有出国学习的经历,但是你的想法最新颖,我很激动。走吧,去我家,我让你师母给炒个萝卜,我还有一瓶法国红酒……"

　　周子淳犹豫了一下,打了个哈欠:"谢谢王教授,今天就算了吧,改天,改天……"

　　邓教授过来解围,拉住周子淳,开玩笑地说:"小伙子已经累了好几天了,你能不能有点人性。再说了,萝卜配红酒又是什么吃法,除非你有火腿,要不然我们才不去呢。"

　　周子淳也跟着开玩笑说:"对,只有火腿能让我激动。"

　　"你们……你们都是太不现实了,这草原上,米饭都煮不熟,我去哪里给你们搞火腿,我的腿吃不吃?"王教授赶紧跑了。

　　没走两步,却好像想起什么来:"欧阳爱国啊,你最好还是去我家吧。我跟你师母都说了,今天会把你带回去的。"

　　"走走走,我还不知道你,欧阳是因为不想驳你面子所以假装不知道,就你……你心里的小九九我可清清楚楚的,不就是为了你们家丽娜吗?"邓教授看穿了王教授的心思,挥挥手,将他推走。

王教授心思被识破后,有些不好意思地笑了:"那我可就回去了。萝卜配红酒,越吃越有。"

最后大家都笑着散去,只有王教授是带着家人来的,其他专家和教授助理都住在将军楼的大宿舍里。

回到住处之后,有些人还在桌子上写写画画,有些人则倒头就睡。而周子淳利用这难得的空闲时间给欧阳铮铮写信。

在信里,他提到了他们正在进行一项研究,但是遇到了困难。他希望能尽快解决这些问题,然后可以快点回国跟欧阳铮铮成婚。他甚至提出,如果可以,他们先结婚,然后再各自出国留学。

他的信写得总是言简意赅,但每个字都能让欧阳铮铮感动得想哭。

其实,欧阳铮铮也非常渴望早点结婚,她相信只有两个人结婚了,他们遇到的一些困难才能迎刃而解。

周子淳写完信后,感觉浑身都痒,这才意识到自己已经一个月没有洗澡了,于是他决定赶紧去洗漱一番。然而,当他刚准备出门的时候,却怎么也找不到自己的外衣。

邓教授见状,便告诉周子淳:"老王对你可真是别有一番心思,他刚才来叫你回去吃饭,看见你的衣服都成油了,便说拿回去让你师母帮你洗一洗。"

"这怎么可以,我去拿回来。我跟别人非亲非故的,让别人帮我洗衣服,传出去不好。"周子淳觉得不妥,穿着一身单薄的衣服要去王教授家取回自己的衣服。

邓教授非常认可周子淳的想法:"他还说你的衣服破了,里面的棉絮都漏出来了,要拿回去给你师母补一补。"邓教授还开玩笑说,"那我说把我的衣服也拿回去帮我洗洗缝缝吧,老王就不同意了。这么看你快要成为老王的女婿咯。"

周子淳立马否认:"邓教授,你就不要开我玩笑了。你知道我为什么改名欧阳爱国的。"说完,他就准备立马出去。

邓教授赶紧将自己的衣服递给他:"把我的棉衣穿上,别感冒了。"
周子淳拿着衣服就走。

王教授他们家也在这栋楼里。还没走近,周子淳就闻到了这一层充满了家庭的烟火气息。这一层大部分家庭都是举家搬来的,并且从事着重要的工作。

"请问,王教授是在哪个房间?"周子淳问一旁正在洗衣服的女人。

女人指了指方向,周子淳就赶紧过去,大喊着:"王教授,您快点把我的衣服还给我,我要去工作了。"可他刚一到门口,便看见了一个年长的女性正在做饭,果然是在炒萝卜,桌子上还放着一碗稀饭。

这位年长的女性看见周子淳,眼中闪现了别样的光芒:"呀,你就是欧阳爱国吧。我总是听我们家老王夸奖你,说你业务水平高,为人谦虚踏实,还有许多特别的新想法。"

周子淳被这么一夸,反而不好意思了,他回应道:"师母您好,我就是欧阳爱国。"

这时,王教授手里捧着一本书,穿着一件厚厚的貂皮大衣,看上去像个富家老爷。他看见子淳突然来访,又看看自己身上的衣服,显得有些尴尬。

王教授赶紧解释,以免引起误会:"欧阳啊,这件衣服是我在国外的时候,我的博士后导师送我的。那时候我们中国留学生普遍都很穷,连一件衣服都买不起,但是老师们很好,总会想尽办法接济我们。"王太太也赶紧过来,对王教授说道:"我都说了,这件衣服在这个厂区里面太招摇,喊你不要穿,你非不听。"

周子淳进屋后只站在门口,他并不以为然:"没事,衣服不就是拿来穿的吗?我也没有看出来这件衣服有什么特殊性。"他哪里知道什么是貂皮狼皮,只知道保暖的才是好衣服。

周子淳接着说道:"我来拿衣服。您把我衣服拿走了,我一会儿还要去实验室。"王教授却拉他进来,说道:"衣服被我闺女拿去洗了,你坐会儿吧。衣服湿漉漉的你也没法穿,还要烘干啊。不嫌弃的话就在家里吃饭,我开瓶酒。"

周子淳尴尬地拒绝了:"不用了,我们的工作特殊,待会儿要做实验,不能喝酒。"他在这里浑身不自在,尤其是王夫人的眼神就好像刀子一样盯着他看,令他特别不舒服。

正说话间,刚才在外面洗衣服的女子一边进门,一边抱怨:"爸,这衣服是谁的啊?太脏了,是不是去滚地了?真是不讲究。"她又看见了周子淳,问道:"你也是我爸的学生吗?"

"胡说什么呢。丽娜,快点来,这是欧阳爱国,我们实验室里最年轻有为的科学家。爸爸跟你说过的,你手上的衣服就是他的,快点给你妈拿去烘干,你过来陪我们坐会儿。"王教授忙不迭地说道,开心得眼睛眯成了一条缝。没有想到计划了那么久的相亲,竟然以这样的方式促成了。真是无巧不成书啊。

周子淳只礼貌地向王丽娜打招呼,说:"你好,我是欧阳爱国。我来拿衣服。"

"你就是欧阳爱国啊。"王丽娜听到这话,刚才嫌弃的眼神忽然变成了仰慕。可当她抬头仔细看着周子淳时,眼神又变得有些嫌弃。

爸爸口中的欧阳爱国,是一个意气风发的青年,不仅知识渊博,具有科研精神,而且长得一表人才,文质彬彬中还带着一股将士的英气,是众多女性都想追求的理想对象,也是她心目中的白马王子。

但是现在……眼前这个人的样子与爸爸描述的简直判若两人。

周子淳的头发还是湿的,由于天气寒冷,头发一绺一绺的都结成了冰块,而且,这个头发很显然是他自己拿剪刀随意剪的,一点造型都没有,看起来跟街边的乞丐差不多。

再说那双眼睛,布满了红血丝,一看就知道是没有休息好,一点精神都没有。胡子就更不用说了,根本就是不修边幅。

王丽娜有点质疑爸爸是不是怕自己嫁不出去,所以才说了这样夸奖的话。

周子淳根本没有注意到王丽娜的反应,只是简单重复了一句:"对,

第二十一章 归来少年

我是欧阳爱国,我来拿衣服的。"

"别衣服衣服的,赶紧过来吧,你在门口站着,都把冷风给放进来了,这孩子真是的。"王教授一把将周子淳拉过来。

王丽娜则冷哼一声,表情中充满了鄙视与怀疑:"你真的是科学家?怎么跟我爸爸不一样呢。"

她转身一看自己的父亲,那才叫作意气风发呢。头发梳得一丝不苟,十分光亮,脸上也是光滑的,就连身上的衣服,也是平展没有折痕,拿着公文包的样子,能让人一眼就看出是实验室的专家。

周子淳最终还是拿着衣服回到了宿舍,他在炉子旁烘干自己的衣服。

一旁的同事打趣道:"欧阳啊,你真是傻啊,这么好的机会你给错过了。王丽娜那可是响当当的人物,在师长身边工作,有国家给你把关,你还怕什么。你要是不愿意,那我就去追求了。"

周子淳只是笑笑,简单地吃了两口土豆饼就往实验室里走。

实验室的出入是严格控制的,只有像周子淳这样的高级别研究人员可以随时进入,但必须经过三道程序的安全和保密检查。

他推开了厚重的大门,进入实验室。实验室是在地下室里,有三个房间。

钟师长看见周子淳,非常热情地打招呼:"怎么不多休息一下,这就来了。刚才我们跟上级通了电话,上级要求大家选出一个合适的方案。欧阳,我已经把各级的资料都给你拿来了,你整理一下,晚上大家继续开会讨论。"

周子淳点头答应,他知道现在是攻克的关键时期,不容许有任何懈怠。相比之下,个人情感问题只能先放到一边。

随后,其他几个专家也陆陆续续通过三层检查进入实验室,各自埋头于自己的工作中。

一场短暂的相亲插曲便告一段落。接下来,他们即将要进行核心的研究与实验,需要绝对的专注与严谨,容不得任何差错。

第二十二章　生死之外

谁也不知道，从北京九所过来的科研专家中，有一个叫作周子淳的人。他们只知道有一个叫欧阳爱国的年轻人，业务能力非常强。

欧阳铮铮在炸药工作车间也相当有名气，老宋对她非常信任，逢人就夸耀，自己培养了一位好学生。如此一来，冷锋对欧阳铮铮的调任计划只能暂时搁置。

铁二蛋换了一身工作服过来给欧阳铮铮帮忙，一脸的崇拜神情："我是真没有想到，立志成为通讯专家的欧阳老师，竟然有一天会在车间里，在飞扬的灰尘中配制炸药，提炼 TNT。"

欧阳铮铮正在休息，她靠在墙边，突然有点想家了："我也没有想到啊。我已经很久没有收到子淳的信了，不知道他在国外怎么样了。"铁二蛋迷茫地看着欧阳铮铮，说道："也不知道我们还要在这里工作多长时间，我也有点想家，不知道家里人怎么样了。"

在这个关键时期，他们所在的地方远离城市，信息不通畅，只知道生活条件都很艰苦。尽管如此，每个人都在努力应对这个时期的种种困难。

此时，冷锋又过来送牛奶了。自从上次爆炸过后，安检员时不时就会过来检查安全设施，避免再次发生爆炸。

冷锋是很乐意过来的，只要将手头上的事情完成了，他就会过来看欧阳铮铮。

铁二蛋见冷锋对欧阳铮铮这么用心，便试探地问："欧阳，冷锋对你真是不死心。你上次都说出那样的话了，人家还是对你那么热情，你真的不考虑一下吗?"

欧阳铮铮喝了一口水后戴好口罩,进入炸药室继续工作,并回应道:"你可以考虑考虑,你爸妈一定会非常高兴的。"

铁二蛋倒也不介意,看了一眼冷锋,说道:"那倒是啊,我觉得我可以努力一下。"话刚说完,铁二蛋也跟着进去了,"今天我是质检员,陪你一起对这一批试验品进行检测,我们可能还会接触放射性材料,比较危险。"

欧阳铮铮最近开始咳嗽,她以为是感冒了,所以一直在喝水。

冷锋拿来了一些药,换上防护服就进来了:"欧阳同志,一会儿你把药吃了。你的感冒不能再拖了,很有必要去医院看一下。"冷锋对欧阳铮铮的关心,是众所周知的事。

铁二蛋和欧阳铮铮在最里面的车间,欧阳铮铮突然又警觉地闻出一种味道来,她们俩面面相觑:"你有没有闻到什么味道?"

铁二蛋立即拉住欧阳铮铮,并对另外三个人说:"撤!"

冷锋也顾不了那么多了,抓起手边的资料,跟着跑出车间。

到了外面,欧阳铮铮看见整个炸药车间没有任何异常反应,质疑道:"是不是你判断错误了啊?要不我过去看看,也许没有你想的那么严重呢?"

大家看见车间没有发生任何异常反应时,刚才悬着的一颗心也放松下来了。他们都是从别的厂紧急调过来的,有相关的工作经验,对于炸药的特性非常熟悉。其中一个年纪比较大的男同志说道:"二蛋主任,会不会是你太敏感了。不会爆炸的,我刚才将数值算得非常精确,还进行了小份额的实验,确认没有问题,咱们先进去吧。"欧阳铮铮也说:"是啊,二蛋主任,是你太敏感了。走吧,我们进去继续工作。"

可是冷锋拉住了他们:"不行,二蛋保持警惕性是对的,咱们再等等,不要急着进入车间。"

"对于困难既藐视,又要重视,还要有科学的态度。我们一直在外面等着,要等到什么时候?"

另外一个男同志也说道："是的,如果这样紧张害怕的话,我们还怎么干工作？我觉得没有问题,刚才的味道可能只是一些正常的排异反应。"

冷锋依旧拦住他们："再等等,以确保安全再等等。多少次了,你们这个车间说爆炸就爆炸,一定要求稳。"但在等了一会儿之后,依然没有任何异常发生。

铁二蛋的心也渐渐放松下来了："没事,可能是我多虑了。走吧,继续工作。"

欧阳铮铮走在前面,她将冷锋手里的资料拿过来："你把这些都弄乱了,回去我们还要再整理一下。"

冷锋对此感到愧疚,解释道："对不起,我想着上次老宋也是这样的,在撤离之前要保护好资料。"然而,就在他们刚刚回到车间的时候,突然一声巨响,车间里黑烟满天、飞沙走石,一瞬间什么都看不清了。爆炸声传遍了整个厂区,大家都跑出来查看情况。老宋不知道从什么地方焦急地跑过来："怎么回事？怎么回事？什么情况？为什么又爆炸了。"冷锋和铁二蛋在一片废墟中拼命地挖,寻找欧阳铮铮："欧阳,欧阳,你不要吓唬我们。"

"到底怎么回事,不是经过严密的测算了吗？这些原料也是经过质量检验的,那些部件,都用仪器进行了测量。"另外几个人在努力回忆事故发生前的细节。

一旁的几个人一边找人一边说道："欧阳,你怎么样了？没事吧？"

大家都在废墟中扒拉,看看能不能找到欧阳铮铮。最终冷锋找到了她,二话不说抱起她就往医院跑。

老宋真是痛心疾首,却也没有办法,只能保持冷静跟在后面："快,送医院,其他人不要跟去了,浪费时间。赶紧去新车间总结经验,重新核对实验数据,避免再次发生爆炸事故。"

另外五个人立马止步,不再上前。铁二蛋赶紧道："冷主任,拜托你了,我们要趁着现在去记录事故发生前的所有信息,以免遗忘,耽误后

第二十二章 生死之外

面的工作。"

"放心吧,快去,工作很重要,不能白白牺牲。"冷锋非常理解他们的决定,独自一人送欧阳铮铮去了医院。

在这个过程中,一旁刚来的小白开始理解这种工作环境的特殊性。科研人员并不是没有感情,而是他们的工作性质要求他们将实验和任务的成功放在首位,这种工作超越了个人生死,承载着国家和集体的期望。

铁二蛋一门心思放在配比炸药上,完全没法顾及欧阳铮铮的情况。大家现在明白,只有找到了原因,才能给被炸伤的欧阳铮铮一个交代。

欧阳铮铮浑身是血,冷锋抱着她到了医院之后,医生迅速进行了紧急处理。

今天正好是赵大夫值班,他看见欧阳铮铮的状况后,不禁摇头叹息。

在厂区里,每一次有同事因为各种各样的原因生病或者离世,他们都会感到非常痛心。特别是那些从事炸药和放射性物质研制的工作人员,他们的工作风险极高。

直到晚上,欧阳铮铮才缓缓醒来。

赵大夫和医院里的一些以前的同事都围在她的床边,不由得责备道:"你说你一个女孩子,去跟老宋干那些跟自己专业不沾边的工作做什么?"

看着欧阳铮铮浑身的伤口,他们不免有些心疼。而欧阳铮铮只是笑笑,始终没有回答他们的问题。

她也不知道自己为什么一定要做这份危险的工作,她只知道,如果能够成功完成这项任务,那将是利国利民,能让中国变得更好、更强大的大事。

冷锋端来一杯水,轻声说道:"喝点水,一会儿大夫给你做详细的检查。"

赵大夫一边对欧阳铮铮进行检查,一边说道:"查什么呢,一看就是职业病,你醒来后就一直咳嗽,肺部肯定出问题了,以后不能再到炸药车间工作了。还有身上的伤口,肯定要留疤痕了。"

欧阳铮铮无奈地笑了笑。

"幸好眼睛和耳朵都没事,要不然将来你可怎么办,难道去看大门吗?"冷锋不由得责怪,"幸好你当时反应快,知道立刻趴下。"

欧阳铮铮问道:"其他同志没事吧?失败原因找到了吗?不是说接下来要跟放射性化学进行一个联合实验吗?"

冷锋的脸色变得阴沉,那双眼神如同老鹰一般锐利。

"欧阳铮铮,从现在开始,你不用去炸药车间了,以后也不允许参与类似的工作。这是组织对你的关怀,一旦患上职业病,就不能继续从事这些工作了,这是为了你的健康着想。"冷锋已经向组织打了报告。

欧阳铮铮怅然若失:"那我接下来该去哪里工作呢?我好不容易才熟练起来的。"

"你先好好养伤,有一个更加重要的任务在等着你,但是你必须先恢复健康。"冷锋思忖了半天,始终没有透露具体的工作任务。

半夜,老宋带着铁二蛋过来,对于爆炸原因只字不提,只说是内部消息,需要对外保密。欧阳铮铮觉得自己被排除在外了。

这个时候的老宋才表现出关心:"冷锋啊,你有没有跟孩子说,接下来她的工作非常艰巨吗?这次爆炸和职业病会不会影响她的工作啊?这都是我不好,我的疏忽导致了欧阳受伤。要是领导们找你,就让他们来批评我。"

"她现在浑身是伤,不知道要休养到什么时候,更不知道能不能胜任更艰巨的工作。赵大夫说她的肺部吸入了大量粉尘,以后可得好好养着了……"冷锋也表示可惜,他开始怀疑自己和老张主任之前说的锻炼,对欧阳铮铮来说到底是好还是坏。

欧阳铮铮身上包着纱布,她不敢想象自己现在的模样,只能说万幸吧,万幸手脚都在。她的脸和头也是包着一层又一层的纱布,难以辨认,也不知道自己的伤势究竟有多严重。她只知道有不少人来看望她,从那些人的眼神中,她好像看见了很多很多情感。有怜悯,有同情,有

第二十二章 生死之外

包容,有无奈。

赵大夫和那几个护士对她非常照顾,但凡有空余时间,都会过来陪她,给她一些安慰。

赵大夫圆圆的脸蛋带着慈祥的笑容,特别和善:"丫头,自从你住院,从没问自己的伤势,你就不想知道吗?"

欧阳铮铮正半躺着看书,她抬起眼睛,已经很久没有这样放松的时刻了,看书能让她暂时忘记疼痛。"赵大夫,如果我问了,你会如实说吗?肯定又是一些安慰我的话,没有必要。"欧阳铮铮轻声说,仿佛已经认命。

赵大夫笑得越发慈爱:"放心吧,人家都说我是神医老赵,不管你变成什么模样,我都会治好你的。"

"那我一定要感谢您啊,改天请您喝酒。"欧阳铮铮随口说了一句,又想埋头于自己的书本。那本书是冷锋专门从图书馆借来的,知道她在医院里的日子相当无聊,所以找来一本书给她打发时间。

"那我们呢,我们也要喝酒,听说你在外面认识了当地人,他们自酿的酒很有味道,等哪天我们休息了,我们去尝尝。"大家都努力找话题,让欧阳铮铮能聊聊天。

欧阳铮铮只是点头,她没有别人想象的那么脆弱。脸上和头上的疼痛还在,身上每动一下都牵扯到心脏的那种疼,如同被火灼烧一般。

欧阳铮铮坐在床上给周子淳写信。想起自己的脸可能被烧伤了,以后可能要戴着纱巾生活,她心里感到酸酸的。

她在信中问周子淳,如果有一天她的容貌改变了,无论是变老了,还是毁容了,他们俩还能在一起吗?也许不能了吧?没有人会愿意和丑八怪过一辈子,将来若是有了孩子,别人看见孩子的母亲是那副样子,孩子也会感到自卑的。

最后,她从一沓信中挑出一封最近的信,递给赵大夫:"如果有人去邮电所,记得帮我寄这封信,寄到学校去。"

赵大夫点点头:"你啊,还是这么执着,每个月都给他寄钱寄信吗?有没有回复啊?"

"对,让北京学校的老师们帮忙兑换成美金,然后寄给他。虽然不多,但总是帮他维持生活。他一个人在外面求学不容易,肯定是舍不得吃舍不得穿的。"想起在远方的周子淳,欧阳铮铮的心里闪过一丝甜蜜。有人牵挂,心中牵挂着别人,那种幸福感是发自内心的。

赵大夫露出钦佩的神色:"好孩子,将来你们结婚了,不管我们身在何方,一定要写信告知啊,我们都会为你们祝福的。还有,如果那个臭小子将来对你不好,你跟我们说,我们可都是你的娘家人,我们会帮你收拾那个臭小子的。"

欧阳铮铮忍不住偷笑,有这一群充满爱意的娘家人可真是太好了。

铁二蛋急匆匆地跑来,身上带着一股很重的异味,说话像连珠炮一样:"欧阳,我总算忙完了,赶紧过来看看你。大家都特别牵挂,老宋也很惦记你,他嘱咐我向你问好。他说这几天要去北京做重要的汇报,没有办法来看你。这是他珍藏多年的糖,你不嫌弃的话就吃了吧,你要是嫌弃的话就给二蛋吧,二蛋只要有吃的都不嫌弃。"

欧阳铮铮笑了,但扯到了伤口,又是一阵撕心裂肺的疼,只好捂住自己的脸:"老宋真是这么说的?"

"原话啊,我骗你做什么。所以说,你到底嫌不嫌弃?"铁二蛋等着欧阳铮铮的回答。

欧阳铮铮将糖剥开,放进铁二蛋的嘴巴里:"我不嫌弃,但是我也愿意给二蛋吃。"

铁二蛋又问:"受了这么严重的伤,要不要去北京或者内地养伤?你下一步的工作安排是什么啊?上级有没有找你谈话?以后还能回我们厂区工作吗?"

第二十二章　生死之外

第二十三章　休养的岗位

铁二蛋仔细打量了一番欧阳铮铮,如果刚才不是被包得像木乃伊似的说话了,她真的认不出来。

欧阳铮铮摇摇头:"不知道,一切都是未知数。现在没有给我安排新工作,也不让我回去跟着老宋继续干,所以……我可能也要离开。"

铁二蛋一把抱住欧阳铮铮,疼得她哇哇乱叫:"大姐,大姐,你轻点,我全身都是伤,你快要了我的老命了。"

"对不起,欧阳,真的对不起……"铁二蛋被吓哭了,一副手足无措的样子,冲门外大喊,"赵大夫,你快点过来啊,欧阳快要疼死了!"

欧阳铮铮赶紧捂住铁二蛋的嘴:"小点声,没事的,不用找大夫,他们最近都特别忙。我们这个厂区真是很危险,有时候大夫们很清闲,有时候又特别忙,病人扎堆似的往这里送。"

"你可吓死我了。对啊,好像二厂也建起来了,又来了不少人。他们的厂也是高危的,唉,我们这些搞国防建设的可真不容易。"铁二蛋一个劲儿地感叹。

欧阳铮铮闻到铁二蛋吃的奶糖的味道,忍不住咽了咽口水。她看着自己书本里夹的糖纸,想起了很多往事。

她爱吃糖的习惯是周子淳培养的,以前因为想爸妈或考试考得不好想哭的时候,周子淳总能像变魔术一样变出一颗糖来。

"吃了糖心里就甜甜的,什么都好了。"周子淳总会带着温暖的笑容这样跟她说。

只要他陪在她身边,看着他的笑容,一切不如意都会消失。没有周子淳,没有他给的糖,欧阳铮铮也吃不出那种甜蜜美好的味道了,所以她宁愿不吃。

铁二蛋怀疑地问:"你的脸,你的手,你的伤,确定是不能恢复了吗?"

"对,以后我就是个丑八怪了。子淳知道了,都不一定会要我,唉,以后难免要孤单一人了。"欧阳铮铮噘着嘴,想到这些心里就难受。

铁二蛋的表情变得非常严肃:"别担心,就算没有男人要你了,你也是我的好姐妹。你要是没有劳动能力,我养着你,以后我的孩子就是你的孩子,给你养老送终,照顾你一辈子,这样可还行?"

"二蛋,够仗义。"欧阳铮铮被铁二蛋的话感动了。

两人爽朗的笑声在病房里回荡,感染着周围的人。

一个月以后,人事处的一个小伙子过来传达消息:"欧阳老师,冷锋主任去接新人了,现在一车间的缝纫队比较缺人,您可以一边养伤一边工作,等待组织的进一步安排。"

赵大夫愣了一下:"丫头啊,我一直听说上面对你有重要的安排,去补衣服就是重要安排吗?"

"每一个工作岗位都非常重要,我们绝不能看不起任何一个工作岗位。"欧阳铮铮收拾了几件衣服和书本,准备出院。

铁二蛋扶着欧阳铮铮回到了东伯利亚的房子,经过冷锋的宿舍时,铁二蛋毫不犹豫地拔下了两根支帐篷的钢针,然后才高兴地离开。

欧阳铮铮含笑提醒:"当心被抓起来。"

"怕什么,我就是故意的!这个坏人。"铁二蛋笑嘻嘻地说。

欧阳铮铮身上的纱布已经取下了,但头上还戴着一顶帽子,不敢见人。

当她去缝纫小组的时候,发现那里的女同志都是兼职的,白天在车间工作,晚上自愿组成缝纫小组,给厂区的人修补或者制作衣服。

大家都非常热心,看到欧阳铮铮身上还带着伤,都对她十分关照。

白天,欧阳铮铮也在这个帐篷里面踩缝纫机,每天都忙个不停。

第二十三章　休养的岗位

厂区的人实在太多了,很多人都是隐姓埋名独自来的,尤其是那些单身汉,衣服破了烂了,还是凑合着穿,有些人的棉衣里面的棉絮都露出来了。

欧阳铮铮本来是不会缝补衣服的,幸好有一个面容和善的蔡大姐处处指点她。

"姑娘啊,你这个加一块布,往里面缝上就对了。"

"姑娘啊,这件棉衣里面的棉絮都飞了,你赶紧往里面加点棉絮。"

"闺女哎,这些都要分类,哪个车间送来的要放好,要不然可能会拿错。"

....

欧阳铮铮每天都在重复干这些活。

有时候,她会给衣服上的补丁变换花样缝制,比如缝制一些小动物、小植物的形状,或者是一些云朵,让那些原本单调的衣服渐渐变得有特色。那些重新拿到衣服的人,不免觉得惊喜,大家都在议论,缝纫组里一定来了一个很活泼、有生气的姑娘。

铁二蛋悄悄地拿来一枚水煮蛋递给欧阳铮铮:"快点,这是我偷偷拿来的,哈哈,我们车间的小黑蛋,不知道从哪里弄来了两个鸡蛋,我顺手拿了一个,你受伤了,就应该多补补。"

欧阳铮铮正在绘制一个熊的图案,准备剪下来补到衣服上。

"二蛋主任,听说你马上又要升职了,还能负责一个项目,你还做这些事情,当心影响你的考核。"欧阳铮铮笑着说道。

铁二蛋蹲坐在地上,庞大的身躯变成了一大坨。

"不会的,我跟他们开玩笑呢,平时我也经常给他们带一些稀罕的东西。欧阳,你真的要在缝纫组里干一辈子吗?你怎么不去找找冷锋。我前几天还看见他了,他看起来特别憔悴,好像受了什么打击一样。"铁二蛋慢悠悠地剥开着蛋壳。

欧阳铮铮把缝制好的衣服重新熨烫一遍,叠得整整齐齐地放好,等待别人来取。

她完全没有将铁二蛋的话当回事:"我们来这里都快大半年了。这不,春天马上就要过去了,我的工作换了无数份,兼职也干了无数个,现在老宋一有点材料就拿来给我翻译呢,我都已经习惯了做不同的工作。"

"可是我之前听说他们是在考验你,现在考验也差不多要结束了吧?"铁二蛋把鸡蛋塞进欧阳铮铮的嘴里。

欧阳铮铮一直都在忙着踩缝纫机,根本顾不上吃。

就在这个时候,屋外突然传来一个声音,铁二蛋赶紧跑过去,大声喊道:"冷主任,你怎么来了也不进来,还拿着一些药,给欧阳的吗?快点进来啊,我们都在呢。"

冷锋这才不好意思地走进来,手里拿着各种各样的药品,脸上带着愧疚的神色。

欧阳铮铮倒是不在意,站起来微笑着说:"冷主任,欢迎来我们小组视察工作,我们这儿比较简陋。您要是有需要缝补的东西可以交给我。"

冷锋的脸色阴沉,看上去就像要下雪一般。

欧阳铮铮突然笑了起来,但扯到了脸上的伤口,立刻疼得龇牙咧嘴地说不出话来。

"好疼,好疼,二蛋,你赶紧跟冷主任道歉。"欧阳铮铮说道。

冷锋看上去特别紧张,连忙将药递给她:"我上次去了内蒙古交代工作,这是他们那边的医生给的药,说是对消除伤疤很有用。我问了好几个大夫,他们都说自己的药好,我就托人都买了。你一个个试试看,应该会有用的。"

铁二蛋赶紧过来看:"这个我知道,以前我上学的时候,我们老师就用这个。有一次实验失败了,受了很严重的伤,她丈夫给她买的,说是特别贵,都赶上一个月的工资了。"

铁二蛋向来嘴快,这么一说,反而让欧阳铮铮不好意思收下药了。

"阿锋,看不出来啊,你真的是非常用心了。得嘞,以后你就是我的

第二十三章 休养的岗位

朋友了,在我们这个厂区,如果有人欺负你,你尽管说,你就是老铁的朋友。"铁二蛋非常豪爽,之前的不愉快似乎都烟消云散了。

欧阳铮铮看着那些药,有些还是外文,一看就知道是冷锋特意去寻找的。

说不感动是假的,有一个人愿意为自己付出这么多,心中总是会动容。

铁二蛋笑了起来:"阿锋,要不……咱们俩在一起凑合得了。欧阳心里有人,这辈子都不会变的。只要你听了她和子淳的故事,你就知道没有人能改变他们之间的关系,任何人都不能破坏他们的感情。"

欧阳铮铮的脸一红,想起周子淳那张英俊的脸和温柔的声音,不由得脸更红了。

"哪里有你说的那么夸张,我们是从小一起长大,一起经历苦难的革命情谊,我们珍惜彼此。"欧阳铮铮说道。这句话,也是说给冷锋听的。

冷锋只是笑了笑,在一旁站着,时不时跟铁二蛋开玩笑、斗斗嘴。

第二十四章　一枚扣针

已经春天了,尽管高原上的风还带着些许寒意,但是大家的心里都暖洋洋的。

冷锋有时会来探望欧阳铮铮,但她总是专注于自己手上的活计。

在核心车间,邓教授带来了急需的文件与资料,他们开会研究后制定出了新的方案,并已进入实验阶段。

王教授还是跟之前一样,在周子淳上班时,将他放在外面的外套带回家,让妻女清洗。

王丽娜依旧对周子淳有很大的成见:"你们就不要多管闲事了行不行?我都替你们尴尬,我根本看不上他,真是太邋遢了。你们还把他的东西往家里带,真是过分。"

"行了,你看不上是一回事,我们认可又是一回事。上次我的心脏病犯了,是他帮忙送去医院的。我们能做点什么就做点什么,当是报答了。你这个孩子真是的,知恩图报都不知道,你这些年的书都白读了。"王教授非常生气地说道。上一次他连续熬夜,以为自己能撑得住,还能继续工作,结果数据研究对了,一下子兴奋过度,高兴得心脏病犯了,倒在从实验室回家的路上。幸好,周子淳经过,将他送去了医院。

从此,王教授对周子淳更加爱护,更加欣赏,甚至希望能将自己所有的知识和技能都教授给这个年轻人,更坚定了让这个年轻人成为自己家人的想法。但是,王丽娜对周子淳根本不来电,两个人的工作场所不允许任何外人进入,周子淳又不来家里,平时没有交集。所以,王教授只能悄悄地给周子淳洗衣服,给他准备两口吃的,从生活上关心他。

这天,王丽娜把周子淳的衣服烘干后,发现上面有一个大口子,连忙说:"你的爱徒衣服破了,我妈要加班,我也要回去,今天要出外勤。我听说成立了一个缝纫组,我把衣服放过去补。"她迅速拿起衣服离开,留下王教授一个人独自抽烟。

王丽娜把衣服送到了缝纫组,随后就跟去出外勤了,而那件衣服就一直在缝纫室里。

欧阳铮铮在衣服堆里翻找,给那些衣服打上补丁。这些衣服有的是被化学原料损坏的,有的是被机床割坏的,有的甚至只剩下一个袖子。

缝纫组的工作看上去很轻松,可实际上都是脏活累活。

大家一边扯家常聊闲话,一边工作,倒也不觉得这些活儿辛苦,反而享受在这里的时光。

欧阳铮铮拿起一件衣服,突然泪流满面,全身颤抖,只感觉自己的大脑一片麻木,浑身冰凉。

大家正说笑着,突然看见欧阳铮铮这副模样,蔡大姐赶紧问:"怎么了?怎么了?"

朱阿姨也走过来:"是不是伤口疼了?哎哟,这个天气伤口容易化脓。我看哪天周末我出去,给你弄点藏药,回来洗一洗就好了。"

说话间,大家都围过来安慰欧阳铮铮,她却哭得上气不接下气,什么话都说不出来。

她也顾不上自己的表情动作,脸上的伤口是否会崩开,只知道,两个人明明近在咫尺,却宛若相隔天涯。

"不……不用了,就是……突然难受了这么一下子。"欧阳铮铮摇摇头,赶紧对周围的人说,毕竟自己现在的哭声实在是很吓人。

蔡大姐连忙道:"你受伤那么严重,可不敢忍忍就过去了。要不我们还是去医院吧。"

"真的没事。"欧阳铮铮擦干眼泪,装作若无其事。

到了晚上,铁二蛋带了一枚鸡蛋过来,悄悄地来到欧阳铮铮身边:"我们车间一个孩子回了趟家,回来给我带了一枚鸡蛋,快点吃了,我给你留的。"铁二蛋小声地说。

欧阳铮铮确实没有胃口,从下午开始,她的脸色就有些苍白。

欧阳铮铮看了看四周没有人,突然拿出一件衣服,那件衣服拿到手上的时候,她眼里的泪光已经在闪烁了。

铁二蛋赶紧问道:"这件衣服怎么了?我刚才进来时看你的情绪不是很好,是不是因为这件衣服?"

"你看这个袖口。"欧阳铮铮将衣服的右边袖子拿给铁二蛋看。

铁二蛋翻来覆去也看不出什么特别之处,诧异地盯着欧阳铮铮:"你是不是魔怔了,这是什么东西啊,我怎么一点也不知道?"

"二蛋,以前子淳写字的时候,袖子特别容易沾上墨水。我嫌洗衣服麻烦,就在他的右边袖口上面别了一枚扣针,每次都叮嘱他,写字的时候,用扣针扣上,这样既不妨碍自己干活,也不会让袖子变得太脏。"欧阳铮铮一边说,一边指了指扣针。

那一枚扣针的样式很特别,还特意扭了一下,避免动作大的时候针尖会露出来。这是欧阳铮铮自己的小设计,只有她和周子淳知道。

铁二蛋瞪大眼睛,难以置信地看着欧阳铮铮:"你说的是真的吗?这么说起来,子淳真的在我们厂区?"

"我是这样猜想的,如果真的在就好了,唉……"欧阳铮铮叹息道。

铁二蛋的神色坚定,抓住欧阳铮铮的手:"咱们在这里等着,看看到底是什么人来取衣服,一定会找到线索的,如果他真的在,你也就不用瞒着他了。"

"是啊……"欧阳铮铮的内心燃起几分期待,对子淳的想念更深了几分。

就这样,欧阳铮铮接下来几天都没有离开过缝纫组的帐篷,一直都在这里等着。这是唯一的一次机会,这个厂区非常大,各个厂区之间相互独立,很多地方需要好几套证件才能进入。正常情况下,欧阳铮铮还

第二十四章　一枚扣针

真不一定会碰到周子淳,所以用守株待兔的办法在这里等着。

铁二蛋每天都会过来给她送点吃的,偶尔还会带多余的煤炭过来给她生炉子。

"今天等到了吗?"

一连五天的时间,铁二蛋进门的第一句话就是这个,可是每次得到的答案都是否定的。

这件衣服上面只写了一个数字,别的什么信息也没有。

其他人送来的衣服上,还会写上车间号或者名字,而这件衣服只有一个数字,一个莫名其妙的数字。

铁二蛋突然失去了耐心:"唉……我觉得还是你想多了,你们家子淳在德国呢,之前不是还给你写信吗?怎么就会在我们厂区呢?我们这里是搞炸药的,你们家子淳来这里也帮不上忙啊。"

欧阳铮铮恍然大悟,好像是这么个道理。但是,这件衣服的样式,还有袖口上的扣针令她不禁浮想联翩,看见这衣服,仿佛看到了周子淳穿这衣服的样子。

"还有……这件衣服这么多天都没有人来拿,是不是没有人要啊?"铁二蛋更加疑惑了。

蔡大姐突然推门进来,给欧阳铮铮带来了一些护手油:"哟,怎么还抱着这件衣服啊,这几天一直看见你拿着这件衣服,你认识这件衣服的主人吗?"

"没有,就是觉得奇怪,这件衣服怎么还没有人来取,都已经五天了。"欧阳铮铮说着,把衣服放到一旁,点燃了炉火,试图让房间更暖和一点。

蔡大姐抖抖身上的雪花:"这种事情很常见,我们厂区的人都非常忙,有时候忘记了,等需要穿的时候才会想起来取。有时候是突然有事,忙完了再来取。还有时候,衣服还在,人却……我们这里是个危险的厂区,大家都非常不容易。"

欧阳铮铮听后沉默了,心里想象了各种可能性。

"那……我们这个厂区到底是做什么的啊?"欧阳铮铮突然问了这么一句。

蔡大姐自信满满地说:"当然是生产螺帽的啊,全国的螺帽都是我们这里生产的。"

"啊?"欧阳铮铮和铁二蛋面面相觑,一时之间不知道该怎么回应。

蔡大姐看见她们俩惊讶的表情,开始对自己刚才的自信产生了怀疑,十分不明白地问:"怎么?难道不是吗?我们厂就是生产螺丝和螺帽的啊。我们车间里各种型号都有。"

欧阳铮铮和铁二蛋相视一笑。

三天后,王丽娜急匆匆地过来取衣服,在衣服堆里翻找,却找不到她送来的那件。

欧阳铮铮等了多天,终于等到了,她连忙将衣服拿出来:"请问,你是在找这件衣服吗?"

王丽娜看了一眼衣服上贴的标记,那是她的生日,于是她露出了甜美的笑容,敬了一个礼:"谢谢您,同志,要是我找不到这件衣服我就惨了,我爸爸指不定要怎么批评我呢。"

王丽娜的话音刚落,刚才还满怀期待的欧阳铮铮立刻变得沮丧起来,眼神中失去了光彩。

欧阳铮铮仔细打量了王丽娜一番,小心翼翼地问道:"同志,请问这件衣服是你父亲的吗?"

"差不多吧,谢谢你呀。没有想到你们厂那么好,我也是听人说,这里有缝纫组,就赶紧找来了。我太忙了,针线活儿做得不好,这件衣服那么大的口子,没有你们,我还真不知道该怎么办呢。"王丽娜一边说一边往外走。

欧阳铮铮也跟着出来,硬着头皮问道:"这件衣服袖子上的扣针是不是……"

王丽娜仔细看了看,笑着说道:"可能是我送来的时候不小心碰到的,这根针都弯了,我爸知道了肯定要批评我,真是头疼。"

第二十四章 一枚扣针

欧阳铮铮想拉住她追问几句,可是王丽娜已经骑着摩托车扬长而去,根本没有注意到欧阳铮铮脸上微妙的表情变化。

万万没有想到,等了这么多天,最后竟然是这样的结果,她实在是没有办法接受。

这段时间,欧阳铮铮第一次回到自己的住处,从铁盒子里拿出周子淳寄给自己的信件和美元支票,轻抚着它们,仿佛它们有生命一般。

在将军楼的宿舍里,那些年轻的科学家还在热烈讨论,冲击力如何,阈值又如何。

周子淳裹着被子,手里捧着一个大水杯,不停地喝热水驱寒取暖。

一旁的小新吸了一口烟,说起自己在苏联的物理实验室有多繁忙,大家都听得津津有味。

突然,一个穿军装的女同志出现在门口:"请问,欧阳爱国同志是在这里吗?我父亲让我来送衣服。"

周子淳转过头,看见了王丽娜,面无表情地走过去,接过衣服,低声说:"谢谢。"

王丽娜见状,笑着说:"你怎么跟上次去我家完全不一样了?"

周子淳接过衣服,平淡地说:"都是一个人,没什么不一样,谢谢你。"

他正要关上门,却被王丽娜拦住了:"怎么着?你拿了衣服就想走人啊?"王丽娜歪着头,好奇地看着周子淳。

周子淳不明所以,拿起衣服翻看了一遍,面带冷色:"我已经跟你道谢了,你还想怎么样?"

王丽娜拉住门,脸上带着亲切的笑容:"去我家吃饭吧,我妈今天炖了土豆,管饱。"周子淳依旧冷淡地说:"不用了,我不饿。"

两个人几乎没有多余的交流,周子淳的心思完全放在研究上。

实验室里,王教授正在休息,忙完一阵子之后,他们在休息室闲谈,这是他们难得的放松时刻。

周子淳突然问道:"王教授,请问,我的衣服你们是拿到哪里进行缝补的?"

"啊? 欧阳爱国同志,请问是有什么问题吗?"王教授坐直身子,眼角带着疲惫,他以为自己调皮的闺女做了什么恶作剧。

第二十五章　咫尺天涯

周子淳披着这件衣服,注意到上面打的补丁,在线头打结的地方,他发现打结的方式与众不同。那个打结的方式是欧阳铮铮常用的,别人通常只打一个结,而欧阳铮铮向来打四个结,所以看上去非常独特。

他一向观察细致,对于这样的细节自然会发现,所以特意向王教授询问。

王教授摇摇头:"哎呀,这个你要去问我们家丽娜,衣服是她送去缝纫组的。"

"好的,等我有空了一定去问丽娜同志。"周子淳说道,心里希望一切都只是他自作多情。但是他又禁不住盼望,如果欧阳铮铮真的在这个厂区该多好,但这似乎不太可能。欧阳铮铮是学通讯的,没有一定的组织关系和工作经验,怎么会被派来这个秘密的地方呢?

再说,上次收到的信,似乎是从英国寄来的,欧阳铮铮正在游学,一切看起来都很正常。

王教授看见周子淳正在出神,又说道:"是不是想回去了啊,你家里还有什么人?如果是结婚大事,是不是要回老家?"

"哦,没事,我马上就要放年假了,要回去一趟。"周子淳说完,赶紧回去继续工作。

有时候,别人的热情对他来说也是一种压力。

到了晚上,王丽娜又到宿舍送吃的,这一次很意外,竟然被周子淳请进了宿舍。

周子淳的表情非常严肃:"王丽娜同志,你先坐下,我有很重要的事情问你。"

王丽娜的脸颊一红,当即回答:"我知道你要问什么,我今年二十八岁,十六岁回国,十八岁参军,一直在部队工作。之前谈过对象,后来他出国了,我们就此分手。"

听王丽娜说完,周子淳却说道:"谢谢你告诉我这些,但我想问的是,这件衣服是谁缝补的?"

"什么?"王丽娜惊讶地站了起来。

她都跟做述职报告一样,说了个人情况,却没想到周子淳的关注点完全不同。通常情况下,周子淳不是应该介绍自己的工作经历、感情经历之类吗?

周子淳再次举起自己的衣服:"这件衣服,到底是谁缝补的?请王丽娜同志一定要告诉我,这对我来说非常重要。你也知道我的身份特殊,不能在厂区随意走动,我无法四处打听。"

"就是缝纫组的一些大姐啊,能在那里工作的都是上了年纪的女同志,年轻人都特别忙,车间都是两班倒。我们厂子情况特殊,一般人进不来,所以工作比较繁重。"王丽娜解释道,她确实看到缝纫组里都是上了年纪的女人。

那个跟她说话的女人还戴着厚厚的口罩和围巾,看起来也是个上了年纪的人。

周子淳的神色渐渐恢复了平静,低声说道:"也许,就是个巧合吧,没有我想的那么复杂。"他转身打开门,"王丽娜同志,感谢你的帮助。"

"啊?就这样?"王丽娜蒙了,周子淳的反应让她觉得不可思议。

但既然周子淳都下逐客令了,她也不好在这里赖着。

与此同时,欧阳铮铮也认为这一切都是个巧合,渐渐地把这件事情放下了、忘记了,偶尔有空的时候,她还是会给周子淳写信。

他们因为这样一件衣服,遗憾地擦肩而过。

多年以后,周子淳看到了欧阳铮铮给他留下来的一封信,这才知道,他们曾经有过如此接近的交集。信里写道:"亲爱的子淳,我今天在

第二十五章 咫尺天涯　　　　　　　　　　　　　　　173

缝纫组工作,一连八天都在等待,我也不知道等待的是什么,可能就是关于你的一些琐碎消息吧。右手袖口上的扣针,是我给你放上去的。这些年来,你一直保持着这个习惯。今天,再次看见右手袖口上有扣针,我已经忍不住泣不成声。我以为是你在这里,最后却等来了一个女人,她拿走了衣服,我竟然有点高兴。幸好不是你,要不然,得知你身边有一个女人,我肯定会心碎的。如果是你,你肯定会找到我的,因为我在缝补的地方打了个特别的结。"

欧阳铮铮的伤势渐渐痊愈,冷锋找她进行了一次谈话,同时参与谈话的还有一个年纪比较大的女同志。

女同志朝她点点头:"我姓秦,大家都叫我秦总工。我现在要问你几个问题,你知道就说知道,不知道就说不知道,不能乱说。"

欧阳铮铮一头雾水,越来越不明白眼前这些人到底在做什么。不是说是来谈话的吗,怎么变成了考试?

秦总工不苟言笑,眼神中透出凌厉,不怒而威。

冷锋也不敢说话,秦总工向来严肃,而且对任何事情都要追根究底,没有什么能逃过她那双锐利的眼睛。

秦总工问了一些关于通讯的问题,有些是基础知识题,有些是故障排查题。

欧阳铮铮对有些问题很清楚,但对另一些问题压根没有听说过,她就坦诚地回答"不知道"。

大约一个小时后,秦总工说道:"你们都捧得千好万好,我看也不过如此。算了,你先回去等消息吧。"

欧阳铮铮就这样被赶出来了,只留下秦总工和冷锋在屋里展开了激烈讨论。

欧阳铮铮木然地回到了自己在东伯利亚的帐篷。

冷锋是在午后来的,他看了一眼欧阳铮铮,似毫不在意地说:"对了,你今年可以休假了,一共十天。什么时候走告诉我一声,但是你必须在三月份的时候回来。"

"冷主任,刚才那个秦总工到底是做什么的?叫我去到底是为了什么?是不是要给我换岗位了?"欧阳铮铮急切地问道。

冷锋淡淡地看了她一眼:"你想得美,秦总工是一个要求非常高的人,不是谁都能入得了她的青眼。你刚才的表现并不是很好,她不满意。"

"哦,我们通讯科的知识点需要不断更新,她问的问题都是最新的,我最近又没有接触相关资料,所以不知道。"欧阳铮铮噘着嘴,因为自己没有及时获取相关资料,错失一个调换岗位的机会,她略感惋惜。

冷锋却认为跟着秦总工工作并不一定是一个好的工作机会,反而说道:"你先休假吧,等你回来,肯定有更合适的岗位等着你。"

欧阳铮铮看了一眼挂着的日历:"那我就收拾收拾,过几天坐火车回去吧。"

"回去之前还要上保密课,我先帮你报名。十天,回来的时间不要晚了。"冷锋提醒道。

这时,铁二蛋扛着一堆书回来了:"你们都在!冷主任,我休假的报告批了吗?"

"对,你的报告也批了,你可以休假一个月,按时回来。"冷锋将请假条拿出来给铁二蛋。

铁二蛋欢呼雀跃,在狭小的帐篷里蹦蹦跳跳:"哈哈哈哈,太好了。欧阳欧阳,你去我家里玩吧?"

"不了,不了,我得回我和子淳长大的地方看看。子淳给我寄了那么多钱,必须要做点什么,否则会对不起他。"欧阳铮铮看着好朋友高兴的样子,心中不禁有些羡慕。

冷锋又说道:"欧阳,如果你回学校的话,帮我带一样东西给我的家人好吗?"

"当然没有问题。"欧阳铮铮立即答应。

但是在回去之前,她们必须利用空闲的时间参加保密课学习。

直到新年后,欧阳铮铮和铁二蛋才坐上回家的火车,一来一回,在

第二十五章 咫尺天涯

火车上花费了大部分时间。

欧阳铮铮先回到了学校,收到了很多周子淳寄过来却没有转到厂区的信。看到这些信,她感到无比欣慰,长途跋涉的疲惫一扫而空了。

铁二蛋只在家里住了几晚,就迅速赶到欧阳铮铮的老家与她会合,并分享这些天自己在家里的所见所闻。

晚上,欧阳铮铮给周子淳写了一封信,信中提到铁二蛋回老家差点被逼迫成婚。她想象着,如果他们俩还有老家的话,还能找到老家的亲人,一定也会发生类似的事情。她将钱一部分给了福利院,一部分给了学校,虽然只是杯水车薪,但也是他们的一份心意。

欧阳铮铮还在信中提到,以前子淳总会跟她说,人不能只顾自己,如果有能力要改变更多的人。先贤们正是如此,用自己的能力改变周围的人,让自己的祖国变得更好。

在信的末尾,她还加了一句:"山高水长,不管以后如何,一定等你回来。"

她忍不住想,等将来他们老了,回到福利院,成为一群孩子的爷爷奶奶。不过,她更希望将来没有福利院了,每个孩子都能拥有幸福的家庭。

铁二蛋看完欧阳铮铮写的这封信,眼中含着泪水:"我觉得挺对不起我奶奶的,当年要不是她坚持让我读书,我恐怕现在也是浑浑噩噩地过一辈子。"又接着问,"咱们还有两天时间,要去哪里啊?"

欧阳铮铮笑着说道:"当然是回学校啊,不知道学生们放假回来了没有?如果能回学校走一走,拍张照片也是好的。"

"对啊,我们在厂区的时候,因为保密原则不能拍照,但是在学校里面可以拍啊。"铁二蛋高兴得叫了起来。

后来,欧阳铮铮把照片寄给了周子淳,谎称自己是因为学校放假,恰逢导师在中国有一个讲座,所以她回来了,到母校看一看,然后拍了照片。

然而,欧阳铮铮不知道的是,如果她晚回去几天,兴许就能看见周子淳了。

欧阳铮铮的假期马上就要结束了,她需要留出时间坐火车回去,所以她比铁二蛋更早一步动身。

铁二蛋还想在北京多买点东西,给自己置办点冬天的衣物,因为不知道下次回来会是什么时候。

她还在学校附近转悠的时候,却突然看见了周子淳。

周子淳看到铁二蛋也非常惊讶:"你怎么在这里?你不是说回老家教书去了吗?"

"我们放假了,我想着回学校看看。"铁二蛋赶紧拉着周子淳,"那个……欧阳她……她前几天也从国外回来了,跟他们导师回国开讲座,昨天刚上飞机。你什么时候回来的?"铁二蛋不太会撒谎,紧张得满头大汗。

周子淳的心里咯噔了一下:"我今天早晨刚下飞机,我来图书馆找点资料,我也是跟着教授回国,参加一个学术论坛。"和欧阳铮铮擦肩而过,他心里特别不是滋味。

铁二蛋连忙道:"欧阳还去了你们的福利院,你寄给她的钱,她都给了福利院,还有……她说她非常想念你,还有……还有……她说等你们毕业了,你们一起回国了,就可以结婚了。"

铁二蛋说着说着就要哭了,因为工作的特殊性,很多话是真的不能说啊。关于欧阳铮铮的情感,她更不敢多言,她害怕自己表达不对,让一对有情人留下遗憾。

对于欧阳铮铮的消息,周子淳很耐心地聆听。

铁二蛋又问:"对了,你在德国有没有女朋友,是不是还等着欧阳?你可不能辜负欧阳,她为了你……牺牲了很多,有一个特别优秀的男生在追求她,她看都不看的,只说心里只有你。"

"放心,我工作比较忙,没时间跟别的女生说话。我也在等欧阳,如果有一天我们要结婚了,一定会把你请来的。"周子淳依然保持着冷静。

铁二蛋很想说"要不,我带你去找欧阳吧,你们哪怕是见一面也很好啊"这样的话,可是她不能说出口。他们的厂区是需要严格保密的地方,也不能透露欧阳铮铮其实还是在国内这样的信息。

周子淳看了一眼时间:"你多珍重,你与欧阳通信的时候记得多多提醒她照顾好自己。我的工作特殊,很少能写信。"

"放心吧,那个……子淳……你一定要等欧阳啊,你们俩一定要在一起啊。"铁二蛋的泪水终于落下了。

周子淳点点头:"我明天早晨的飞机回德国,现在就要回去收拾。二蛋,再见了。"他穿着一身蓝布呢子大衣,步履匆匆地径直离开了。

铁二蛋突然意识到自己忘了做一件重要的事情——她应该请周子淳拍一张照片的。这样一来,欧阳铮铮在得知这个消息后,或许会感到些许安慰,也不会那么遗憾了。

当她再次回图书馆找周子淳时,却找不到他了。

铁二蛋万分失落,她也不知道周子淳和欧阳铮铮什么时候才能见面,对于他们错过的这次机会,她感到无比惋惜和懊悔。

第二十六章　擦肩而过的永恒

周子淳这一次回来的目的只有一个,那就是到研究所招募几个专业知识扎实的年轻人。他这一次遇到铁二蛋,并不知道铁二蛋和欧阳铮铮是在一起的。

周子淳虽然说是去图书馆查资料,但最终还是坐着车子离开了学校。他还有更加重要的工作,但是他不能告诉铁二蛋。

听说欧阳铮铮是前一天离开的,他的心如同刀绞。如果自己能早一天回来,兴许两个人就能见上面,甚至还可能请一天假去领结婚证,给欧阳铮铮一些安慰,让她知道她的等待并非徒劳。

车子疾驰而去,周子淳沉默地望着窗外。

随行人员感到不解:"欧阳老师,那位女同志是您的什么人?她是不是遇到什么困难了,需不需要组织上提供帮助?"

"没有,不需要。"周子淳叹息道,"我只是得知了一些关于未婚妻的消息。我的未婚妻是昨天坐飞机离开的,我和她就这样擦肩而过了,没有机会见上一面。"

随行人员听他这么一说,也不禁感到同情。他们这些核心人员,确实不容易,不仅要背井离乡,还常常不被家里人理解。有些人长时间不能回家,即便回到家,也依然是什么都不能说。

"欧阳老师,您别担心,等到我们的研究成果出来,我们国家就可以屹立于世界,那时,您这样的科研人员一定会得到大家的理解和尊重的。"随行人员只能这样安慰周子淳。

周子淳点点头:"是啊,国家利益更重要。没有国家的富强,哪来我们小家的安宁。好日子就在前头。相信我们吧,我们将在最短时间内,给那些看不起中国的国家一记响亮的回击。胜利在望,不容分心。"他面带笑意。

"欧阳老师,谢谢。"随行人员感激地说道。

将来成功之后,这些默默付出、经历了生离死别、悲欢离合的工作者,即使不能留名青史,不被世人所知,他们依旧义无反顾。

周子淳只有短暂的惋惜时间,下车后,他整理好心情,全身心投入工作中。

在这座熟悉的城市,周子淳只逗留一天半,紧接着又要去新疆进行查勘工作,非常忙碌,可以说是马不停蹄。然而,他对未能见到欧阳铮铮的遗憾始终难以释怀。对于他来说,能够远远地看她一眼,即使不能面对面,也是值得的。周子淳在研究所拿到了欧阳铮铮的信,得知她受伤了,感到心疼不已。当即就在信的背面写道:"爱你如斯,铮铮的美,与情长存。"他的笔迹铿锵有力,脑海中浮现出欧阳铮铮的模样,那是一个乐观开朗的女孩。

反而是铁二蛋,一直对错过与周子淳见面的机会感到惋惜。在从北京返回草原之前,她做出了一个重要而大胆的决定,这个决定让她在校园里面狂奔,差点被抓起来。但是,为了好姐妹欧阳铮铮,铁二蛋义无反顾。

欧阳铮铮回厂区时,带了很多礼物,可是她也不知道该送给谁。她不像铁二蛋有自己的车间,他们都说好了,休假回来要给没有休假的同事带礼物。欧阳铮铮只好把这些礼物分给邻居,虽然只是一些小玩意儿,但大家都特别高兴。

回到厂区的第二天,她便去找冷锋报到。

冷锋看见欧阳铮铮回来了特别高兴:"欧阳,谢谢你给我父母带了东西回去,他们都夸你是个懂事的孩子,得知你是烈士的孩子,对你也很尊重,所以,他们对我们俩的事情没有任何异议。"

欧阳铮铮歪着脑袋低声道:"原来你是打着这个主意让我去你家

的,早知道我就不去了。你特别喜欢戴墨镜,这是给你带的礼物。"

她把眼镜盒放在冷锋的办公桌上就准备离开。

冷锋笑着赶紧拦住欧阳铮铮,从抽屉里面拿出一张纸:"这么生气吗?我逗你玩呢。接下来咱们说正事,欧阳同志,请你坐下。"

欧阳铮铮听说有正事,立马端坐在椅子上,眼睛一眨不眨地看向冷锋。

冷锋将纸递给欧阳铮铮。欧阳铮铮看见上面的字,先是一愣,随后忍不住开始流泪,浑身都在颤抖。

她不可置信地看向冷锋:"这是真的吗?"

"当然是真的啊。当然,这是上级在你休假之前给我的。这对你来说应该是好消息吧。"冷锋的目光炽热,这对于欧阳铮铮来说当然是好消息了。

冷锋拍拍她的肩膀:"祝贺你,终于守得云开见月明。希望你不要辜负组织对你的信任。你必须去上一个星期的保密课,并且进行宣誓,得到组织批准之后再上岗。"

欧阳铮铮的眼泪扑簌簌地落下,差点打湿手中的那张纸。冷锋赶紧夺了过来:"喂喂喂,你可以哭,但是你不能把这张纸弄湿了。这张纸只有一份,要是被你搞没了,可就彻底作废了。"

"冷主任,谢谢你。"欧阳铮铮发自内心地说道。

冷锋送欧阳铮铮回到东伯利亚的帐篷,笑着说道:"开春了,土也没那么冷硬了,给你们弄了一个地窝子,收拾下就可以搬过去了。不用谢我,你们是我们厂区的骨干人员呢。"

铁二蛋两天后提前结束休假回来了,她一个劲儿说这一次回家就跟没有回去一样,以后宁愿加班也不想回去了。在地窝子转了两圈之后,她心情大好:"这里面好啊,比较热乎,不像帐篷里。你还记得吗,有一天晚上,我们睡着睡着,帐篷就被狂风卷走了,真是叫天天不应叫地地不灵。"

"有个住的地方已经很好了,我非常满足。"欧阳铮铮躺在床上,很

第二十六章　擦肩而过的永恒

惬意地享受着这个午后。

铁二蛋神秘地一笑:"欧阳,我见到子淳了,就匆匆一面。如果你晚走一天,兴许你们就能碰到了,真是很可惜。"

"啊?他怎么样?瘦了胖了?看上去身体怎么样?"欧阳铮铮失落之余,对周子淳却是满满的关心。

铁二蛋坐下说道:"瘦了,很瘦很瘦,还戴了眼镜,可能是工作太忙了吧。他也是回国参加一个重要的研讨会,第二天就飞走了,唉,真是遗憾。"

"这没什么,等我忙完了,我们就会结婚的。暂时的分别是为了将来更好的重逢。只要听见他安好无恙的消息,我的心里就特别愉快。"欧阳铮铮倒是没有那么多失落与感叹。

铁二蛋也松了一口气,看见欧阳铮铮没有那么失望,心里也好受了很多。

欧阳铮铮又问:"那他……有外国女友了吗?"

"没有,没有,我看他真的特别忙,跟我说话的时候一直在看表,就三分钟,说走就走。他还说要等你回去结婚,还邀请我去参加你们的婚礼。"铁二蛋的表情非常夸张,像是在看戏一般。

欧阳铮铮不由得脸一红,羞涩地说道:"他还真是直接啊。"

"对了,本来想让他拍张照片,我给你带过来的,可是他走得特别匆忙,我甚至去图书馆也没有找到他。最后,我做了一个对不起母校的事。"铁二蛋扭扭腰,十分得意地说。

欧阳铮铮着实吃了一惊:"你又做什么坏事了?每次我不在,你做坏事都会被抓。"

"可不是嘛,我被教官追了一路,从此上了母校的黑名单,但是我一点也不后悔。"铁二蛋笑嘻嘻地说,"这就是我送给你的礼物。"

欧阳铮铮赶紧接过礼物,那是周子淳的照片——他是杰出校友,那是他在实验室里和教授们一起做实验,得出了一个很厉害数据的照片。

铁二蛋看见欧阳铮铮爱不释手的模样,嘴角微微上扬,划出一道好看的弧线:"怎么样?是不是最好的礼物?"

欧阳铮铮将这份礼物视若珍宝,连连道谢:"是,这是最好的礼物,我非常喜欢。二蛋,你可真懂我。"

次日早晨,欧阳铮铮和铁二蛋都早早地起床了,两人相视一笑。

铁二蛋忍不住炫耀:"我要骄傲地告诉你,我换岗位了。而且我现在是一个干部,以后我要以身作则。本来我是下一期才开始上课,但是我太优秀了,今天就要去上青年骨干人员培训班,唉……人啊,真是不能太优秀了。"

说完,铁二蛋连一口东西都没吃就匆匆离开:"今天是干部培训,我不能迟到,不能给我们的项目丢脸。我将来可是老宋的接班人啊。"

欧阳铮铮看了看自己的手表,冲着铁二蛋的背影大声喊道:"大姐,距离开课还有俩小时呢。"

"对啊,只有俩小时了,我必须提前到。"铁二蛋也大声回应,随后还补充一句,"我们干部的心,你们是没有办法体会的。"

欧阳铮铮十分无奈,只好自己在宿舍里吃东西,然后拿着笔记本去上课。虽然看上去她非常清闲,可是最近冷锋给她拿来了很多专业书籍,每本书都需要背诵。如果上岗前考试不合格,那她就会彻底失去这个工作机会。

办公楼前,冷锋亲自在门口迎接参加保密课的人员,每个人都需要签到,非常严格。

欧阳铮铮悄悄沿着墙根进去,她不想和冷锋有正面接触。她一进门,铁二蛋便愣住了,招呼她赶紧过去,惊讶地问:"欧阳,这是预备干部的课程,你来做什么?你缝纫组的,组织上还没有给你安排岗位呢。"

"我也不知道啊,冷锋让我来的,还说今天有惊喜。我想也知道,肯定不会有什么惊喜,惊吓倒是有可能。"欧阳铮铮说道。

过了好一会儿,冷锋进来说:"很好,各位储备干部都到了,咱们准备上课。"

"冷主任,你给我们上什么课?还有,欧阳不是缝纫组的吗,缝纫组

第二十六章 擦肩而过的永恒

也有干部吗?"铁二蛋不以为然地问。

冷锋面无表情,眼神之中带着几分寒意,对铁二蛋无视规矩的行为非常不满。

"铁二蛋同志,请你坐下。"冷锋扫视了一眼教室。

这个班一共只有七名干部学生,冷锋的神情严肃:"很荣幸,我将成为咱们班的教员。未来三天,你们将跟我一起上保密课。从这个班级走出去,意味着你们将迈出新的一步,肩上的责任也将更重,组织交给你们的任务也会更重。希望大家心里有数。"

铁二蛋赶紧坐下,这时才真正意识到这件事情的重要性——冷锋竟然是他们的教员。

冷锋拿起粉笔,在黑板上写了几个大字,并一边给大家释义。

"我相信同志们在厂区里,一直都在接受保密教育,这是我们厂区的特殊性,也是我们不断强调的主题。接下来,我们深入学习高级保密与警觉性。欧阳,特别是你,你的工作性质特殊,需要仔细听。有几个关键词,你们必须高度警觉。"冷锋语气严肃地说道。

这一堂课,所有人都聚精会神,没有人敢打瞌睡。

不得不说,冷锋确实是个很厉害的老师,他将自己在部队和军校学的知识掰开揉碎,巧妙地融入课程中。

一天的课程结束后,冷锋跟着欧阳铮铮和铁二蛋回到她们的地窝子。一路上,铁二蛋一直拉着冷锋聊天,试图从他口中探听出一点关于欧阳铮铮参加这次学习的原因。

昨天欧阳铮铮接到那一纸文书的时候,眼泪忍不住落下,组织太信任她了。

刚来的时候,被张主任安排到建筑队时,她的内心还有所不满,但昨天看到那张纸上的日期,她才恍然大悟。她的任命从刚进厂区就开始了,一开始就给她安排了最重要的岗位。

这一年的经历与锻炼,让她深刻理解了基层同志的辛苦和不易,知道了他们工作的危险性,也让她更加尊重自己的工作。

铁二蛋又好奇地问道："那……说了这么多，欧阳铮铮到底被分配了什么工作？"

"保密。"冷锋笑了笑，递给她们每人一个窝窝头。

欧阳铮铮也说："等你该知道的时候自然就会知道的。但是在我正式上岗之前，还要经历一次严格的考试。那些实操没有老师指导，我根本无法完成，太难了。"

"没关系，我相信你，欧阳一向是最棒的。"铁二蛋发自内心地为好友高兴，"欧阳，你成功了，我觉得比我自己当干部还要开心。"

"二蛋，咱们一起努力、进步，我相信，我们一定能把厂区建设得更好，让我们的新中国更加繁荣富强。"欧阳铮铮一直压制着心中的喜悦，今天总算是可以说出来了。

那张任命文书上赫然写着"绝密"两个红字，所以，欧阳铮铮虽然想与好友分享喜悦，但什么都不能说。

第二十六章　擦肩而过的永恒

第二十七章　三大纪律八项注意

结课的时候,书记前来训话,强调他们在今后的工作中必须保持高度的警惕性,严格遵守三大纪律和八项注意。

书记还特意点名让欧阳铮铮复述三大纪律。

欧阳铮铮流利地回答:"一、提高革命警惕,保守国家机密;二、遵守保密制度,养成保密习惯;三、一切言论行动,服从保密要求。"

铁二蛋也紧接着背出了八项注意:"不让说的机密不说,不让知道的机密不问,私人交往不讨论机密,不私自谈论机密事项,不擅自携带机密文件外出,不擅自同外国人交往,不擅自同在国外的人联系,坚决同敌人的窃密和一切窃密现象作斗争。"

书记听后非常满意,对他们表示了祝贺。

就在此刻,一名工作人员突然说道:"抱歉,我要实名举报欧阳铮铮。"

铁二蛋惊讶地看着那名女子,不敢相信地说道:"赵淑文,你知道你在说什么吗?"

"我当然知道,而且我是实名举报。我看见欧阳铮铮与国外的人联系,昨天寄信的时候,她还写了'第九研究所转德国物理系周子淳',我看得清清楚楚。"赵淑文的脸色带着愧疚,但语气严肃。

铁二蛋拍拍脑袋,突然明白过来:"欧阳,对不起,这一次我帮不了你,你不能擅自跟在外国的人联系。"

冷锋和书记都皱起了眉头,他们万万没有想到在这个关键的时刻,竟然会发生这样的情况。

欧阳铮铮想辩解却欲言又止,只能瞪着大眼睛无助地看着他们。

书记沉默了半晌,终于开口:"欧阳啊,我希望你能就这件事情做一个详细的汇报。冷主任,这件事情你一定要查清楚。"

欧阳铮铮急得眼泪夺眶而出:"我的信件是经过第九研究所检查的,而且子淳是通过第九研究所和学校联名推荐出国的,我们的联系是经过上报的……"

她知道,任何解释在这种时候都显得苍白无力。以前她的工作岗位不牵扯到任何机密,所以没有人注意。但如今,她的一举一动都可能成为大问题。书记对欧阳铮铮有所了解,知道她是个有潜力的年轻人,便安慰道:"在事情查清楚之前,欧阳铮铮先在家里等候消息吧。"他留下这句话便离开了。

欧阳铮铮的内心如一团乱麻。她以为通过官方机构联系周子淳,就不会有问题,没想到,在关键时刻,竟然成了致命一击。

第二天,冷锋急匆匆地向书记汇报:"书记,我已经跟第九研究所取得联系,他们说我的级别不够,需要跟您亲自通话,告知关于欧阳铮铮和周子淳的事情。"

书记点点头,去了通讯室。

"好的,我知道了,非常感谢你们。"挂断电话,书记的神色变得轻松起来。

书记让冷锋找来欧阳铮铮,他看着忐忑不安的欧阳铮铮,露出了笑容:"欧阳啊,不要这么垂头丧气嘛,马上就是干部了,应该开心一点。"

"第九研究所那边是不是说没什么问题?"欧阳铮铮非常在乎这个问题。

书记点点头:"他们已经做出解释了,每次都会检查你的信件再寄出。你和子淳都是好同志,希望你不要有心理负担,在新的工作岗位上发光发热。我能说的只有这些。"

实际上,书记在电话里从第九研究所负责人的语气中察觉到了一些情况,但是他不能跟欧阳铮铮说,这是他的保密原则。

欧阳铮铮含着委屈的泪水:"书记,我保证,在新的工作岗位上,绝不与不该联系的人联系,保证我工作的纯洁性。"

书记看着她委屈的模样,不由得产生了几分怜悯。

"还是可以通过研究所联系的嘛,你们为国家做出了巨大的贡献,我们的组织是非常人性化的,只要不违反规定,一切都是可以的。"书记的话中带着同情,他深知几年不能跟家里人联络的心情。

欧阳铮铮摇摇头,缓缓地走出办公室:"不了,不联系了。"

她的脸色苍白,心里对周子淳充满了歉意。

书记想叫住欧阳铮铮,却不知道该说什么好。他总不能透露从研究所保密负责人的口中听出的暗示——周子淳可能没有出国,可能就在国内,甚至可能在他们的厂区。这个秘密只能埋在心底。

冷锋看见欧阳铮铮离开,进门关切地问道:"书记,欧阳怎么样?"

"没事,她说以后不联系就是了,她是个好同志。这几天给秦总工说一下,准备安排工作,秦总工的身体坚持不了太久,必须要带新人。"书记指着桌子上的文件,语气坚定。

冷锋站得笔直,急忙应道:"是。"

欧阳铮铮回到地窝子,展开信纸,开始给周子淳写信。

她写道:"亲爱的子淳,我的爱人,也许未来有很长一段时间你收不到我的信了。很抱歉,在国家和你之间,我选择了国家。我相信,如果是你,你也会跟我做出同样的决定。我们都是国家培养出来的,在关键时刻要报效祖国。无论如何,我都等你。"

她把信写好,放进自己当作至宝的铁盒子,这封信,再也没有寄出去。

欧阳铮铮靠在墙上背书,手在空中比画,铁二蛋看得好奇:"欧阳,你魔怔了吗?你在这里画什么符呢?"

"我后天要参加考试,想提前做好准备。"欧阳铮铮解释说,她要把所有的心思都放在工作上。

如今,只有将所有的忧虑都化为努力工作、发光发热的动力,才能让内心感到一些安慰。

铁二蛋无奈地摇了摇头："虽然我不知道你将从事什么样的工作，但是看你现在的样子，感觉还是挺厉害的。给你的书都是俄文的，还有德文的，啧啧啧，我更看不懂了。"

欧阳铮铮忍不住笑了："行了。二蛋，你什么时候上任？"

"快了吧。对了，以后不要叫我二蛋，要叫我铁工。"铁二蛋眉飞色舞，一想到自己即将任职，成为老宋的副手，她心里就欢喜。

欧阳铮铮斜眼看着她："什么铁工，铁头功是也。"

铁二蛋哈哈大笑："铁头功也好，这样我进车间就不用戴面具了。昨天冷锋找我谈话，说我未来两年可能都不能休假了，哎……"

欧阳铮铮也主动提出不休假，只要她还在这个工作岗位上，就不会主动联系私人关系，也不会休假。

第二天，铁二蛋穿了一套崭新的衣服去上班，这是她升职的第一天，她决心给大家留下一个好印象。

两天后的早晨，欧阳铮铮又来到了办公楼的会议室。不一会儿，秦总工黑着一张脸走了进来。

欧阳铮铮连忙站起身："秦总工，您好。"

"以后叫我秦老师。上次你的考核结果我非常不满意，给你找的专业书籍，你也不来问我，你都能看懂吗？"秦总工坐下，目光如炬地盯着欧阳铮铮。

欧阳铮铮坚定地回答："我能看懂。"

"俄文和德文你都能看懂？"秦总工对她的态度似乎有了一些变化。

欧阳铮铮有些尴尬地回答："基本上能看懂，一些比较生涩的词上面有释义，结合实际情况基本上也能理解。"

秦总工露出了难得的笑容："难怪当时你们学校和研究院极力推荐你。你刚来的时候本来是要找我报到的，但我建议你先到基层锻炼，哪里困难就去哪里。干我们这一行的，心性很重要。我以为你会申请离开，毕竟很多人没见到最初的任命书就放弃了，但你坚持下来了，这样

第二十七章　三大纪律八项注意

很好。"

"我也没有想到我能坚持下来,我还以为是我得罪了什么人呢。"欧阳铮铮也笑着回应。

秦总工含笑道:"坐吧,今天是最后一次考核。"

秦总工出了几道题,首先让她组装一台破旧的机器,然后让她发送一组电波,最后翻译一组外来电波。这些任务需要在一个小时内完成,且只能使用面前这台机器。

欧阳铮铮听见这个题目的时候,心里稍微松了一口气。这段时间她刻苦钻研,在大脑中模拟了无数次的实验,预判了所有的故障,对于解决办法也都了然于胸。

然而,当她上手操作时,却发现实际操作和大脑中的预演完全是两码事。初春的寒意中,她已是满头大汗。秦总工又恢复了严厉的态度:"慌什么?急什么?务必要做到临危不惧。我这个科室与其他科室不一样,必须做到细致严谨。"

欧阳铮铮深吸一口气,努力使自己平静下来,重新进行实际操作。

书记和冷锋在外面等着,同行的,还有一位医生。

秦总工看着欧阳铮铮的操作,时而露出微笑,时而点头,时而摇头。

书记说:"咱们秦总工啊,对自己要求高,对部门工作人员的要求也很高。本来她去年就该退休的,可是没有找到合适的接班人,就这么一直拖了下来。她的工作特殊,组织原本安排她去山里养病,但她自己拒绝了。"

"是啊,前段时间我还听说她又住院了,最后还是跑出来了,还是放心不下工作啊。之前找了那么多专业技术人员,她都没有看上,不知道这一次如何?"冷锋说道。

书记笑笑:"秦总工对欧阳越是严格,说明越是看重她。你看之前派过去的那几个,秦总工对他们都是客客气气的,最后呢,还是安排到别的工作岗位上了。"

医生却道:"书记,秦总工的病实在拖不得了,一定要回北京手术,医院里已经有好几个专家等着会诊呢。"

"我们都知道,可是她放不下工作,而且这些工作都离不开她啊。"书记也是非常为难。

冷锋不停地看时间,终于在最后一分钟,欧阳铮铮完成了任务。

秦总工打开窗户,神色严峻:"还行,看得出来是下了功夫的。书记也把你的事情跟我说了一下,主动断绝与外界的联络,不错。"

欧阳铮铮颤抖不已,经过刚刚的考核,她深知自己的能力还是差一点,于是说道:"可是,这段电波我好像弄错了。"

秦总工挑眉,缓缓地站起身,什么也不说地往门外走去。

谁料,刚走到门外的时候,秦总工低声说了一句:"明天,去邮电所找我,有我教你,这一次错了怕什么。"

欧阳铮铮反应过来,嘴角微微上扬,还不知道要不要高兴。

秦总工回过头莞尔一笑:"傻孩子,高兴了就笑啊。"

欧阳铮铮欢呼雀跃,手舞足蹈。秦总工看着她,嘴角露出了笑意:"别忘了时间啊,过时不候。"

过了好一会儿,欧阳铮铮才意识到这是在办公楼,一定要庄重严肃。

门外,秦总工疲惫地对书记说:"老同学啊,这一次,我是真的要打退休报告了。我现在经常感到浑身疼。我以为我要在工作岗位上干到死,没想到啊,还是让我有活命的机会。"

书记说道:"你早就该回北京好好休息疗养了。好好带新人,等她能胜任了,你也就安心了。"

"这孩子不错,会利用一切条件,甚至把收音机给拆了接收我想要的那段电波。这一年来她也沉稳了不少,接下来才是真正锻炼她的时候。"秦总工夸奖了几句,又把一张纸递给书记,"请人尽快帮我找到这几本书,以及这些期刊资料,必须每个月都要拿来给我。"

"没问题。"书记一口答应,对秦总工表现出极高的尊敬。

冷锋将欧阳铮铮送回东伯利亚的地窝子,说道:"从明天开始,你的身份就不一样了,你可以申请住到将军楼或者是更好的地方。"

"不用了,那些地方还是留给科研人员吧。对外就说我在邮电所工作。"欧阳铮铮早就想好了。自己的工作属于绝密级别,知道的人越少越好。

冷锋看着欧阳铮铮。

最初见面的时候,欧阳铮铮看上去又黑又瘦,但她全身散发出一种特有的气质,带着温婉与傲气。

欧阳铮铮注意到冷锋看自己的眼神变化,冷静地说道:"冷主任,谢谢你送我回来,以后你可能就不是我的上司了。"

"如果有一天你觉得等待太漫长,我希望你考虑考虑我。"冷锋在门外诚恳地说道。

第二十八章　字字句句都是思念

欧阳铮铮拿出了笔记本，照例给周子淳写信。

知道这些信寄不出去，她写得更勤快了，她相信将来有一天，子淳总是会看到的。

"我的爱人，我总是在不经意间想起你。春天来了，这是万物复苏的季节，但是草原上还是那么冷。我本来有机会搬到将军楼去住，那里有电灯和自来水，可是我拒绝了……"

同样在写日记的铁二蛋突然说："欧阳啊，如果我牺牲了，一定要把我的日记给我的孩子看，让他们知道，他们的母亲是英雄。"

在厂区的生活，越是繁忙，越是让铁二蛋感觉兴奋不已。

她一边学习一边工作，有时候还要到别的项目组学习，真的是忙得脚不沾地。

欧阳铮铮在去邮电所报到之前，又被谈了一次话。

欧阳铮铮坐在桌子前，五位领导坐在她的对面。

一位领导提问："听说在国家事业与爱人婚姻中，你选择了国家事业，后悔吗？"

"不后悔，如果子淳在，他会跟我做出同样的选择。"欧阳铮铮答道。

师长重重点头："放心吧，欧阳同志，组织不会辜负你们的。"

说完，他意味深长地一笑："你可以去邮电所报到了。欧阳同志，你以后工作上的名字要重新选择。"

"周与欧。"欧阳铮铮不假思索地说出这个名字。

师长点头，表示可以，带着其他人离开了。

为了避免别人截获电报,他们会使用代号传递信息,从今以后,欧阳铮铮在工作中的名字变成了周与欧。

欧阳铮铮还记得周子淳曾经说过的话,以后有小孩了,就姓周,周欧阳。

她嫌难听,于是起了一个名字叫周与欧,没想到,竟然在这个地方用上了。

欧阳铮铮坐着刚开通的火车到了邮电所,报了自己的名字后,邮电所的人员示意她等候。

这里人来人往,都是厂区的人,他们有的是来寄信的,有的是来发电报的,有的是来寄钱的。

过了一会儿,不知道从哪里冒出来一个女同志:"你就是新来的同志吧,跟我走吧,秦总工在等你。"

欧阳铮铮怔了怔:"我不是在邮电所工作吗?"

女同志笑了笑,带着她往邮电所的里面走。

随后,她们又经过一个哨所,受到了士兵的询问,女同志突然说:"对不起,我的级别不够,必须要秦总工出来接你,你稍微等一会儿。"

她又等了一会儿,秦总工才出来,对士兵说道:"这是周与欧同志,我们新来的通讯科科长,相关手续还在办理,谢谢。"

如此一来,她才顺利进去。

秦总工带着欧阳铮铮进门后往一个地下室走。走下楼梯,还有一个士兵守着,于是秦总工说了同样的话。

士兵催促道:"必须在今天之内办理,有三方的签章,否则明天不允许进来。"

层层关卡十分严格,欧阳铮铮终于明白,为什么秦总工会如此严肃。

刚进了通讯室,里面的三个人就开始鼓掌。

"欢迎你,周科长,我们等了你一年了,你还在学校的时候我们秦老师就非常关注你。"一位戴着金丝边的眼镜的男同志,一副不苟言笑的模样,看上去四五十岁。

另外一位女同志就是刚才接她的,穿着军装,看上去是从部队过来的。

还有一位年轻的男同志,他憨厚地笑了笑。欧阳铮铮认得,那是她在学校时的学长,一个在学校里被传为神话般的人物。

秦总工面带笑容:"上午你先熟悉一下岗位,下午开始学习背诵我们的密码本,晚上到我宿舍,我对你进行培训,你务必要在一个月内,学会任何大小事情,还有,你对外的身份是厂区内部交流资料的撰稿人,我们对外的身份都是这些。"

欧阳铮铮熟悉了所有相关的材料,她没想到,原来刚来的第一天就是通讯科的科员,现在竟然成了通讯科的科长,这实在是太不可思议了。

欧阳铮铮看了一眼上岗时间,秦总工继续说道:"我们这里的规矩非常多,由于我们是和重要的人员在同一个办公空间,所以,任何时候都不得随意走动,我们有自己的上岗时间。"

上面写得清清楚楚,而这个通讯室里面的机器,也一直都在运转。

欧阳铮铮真是大开眼界。

秦总工又说:"你以后专门负责这台电报机和这部电话,非常重要,容不得半点闪失。为了方便,以后我会喊你小欧。"

时隔一年,欧阳铮铮终于又接触到跟自己专业相关的领域,不得不说还有点兴奋。

秦总工也回到自己的工作岗位,左手拿着监听器,右手拿着笔,对每一条记录都记得清清楚楚。

学长带了一份报纸过来:"这是我们内刊的资料,平时需要我们编写,一个月出一两期就可以了。"

内刊的内容,都是毛主席语录和《人民日报》的摘抄,或者是一些厂区的新闻。

学长的声音很小很小,在这个办公室里,大家都特别小声地说话,

第二十八章　字字句句都是思念

只能听见发电报和接收信息的声音。

学长伸出手:"我现在叫林建华,你呢?"

"周与欧,可以喊我小欧。"欧阳铮铮伸出右手与林学长握手。

他们两人相视一笑,都知道彼此的姓名是到了这个地方才换的,以前的名字,兴许就不存在了。

学长又低声说道:"咱们的活动范围比较小,这个地下室里面还有大大的乾坤,错过了进出的时间,就不可能再出入了,有非常严格的规定,误工的后果自负。"

欧阳铮铮不解地指着他们的通讯室:"这下面还有什么乾坤,不就是我们这个发报的地方,还有一个高级领导办公的地方,还有吗?"

"我认为是有的,可是我没有看见过,就连秦老师都没去过。大家一直以来都守着自己的方寸天地,也不知道外面是什么人,更不知道外面是研究什么的。"学长认真地说道。

不该问的事情不能问,这在保密条例里面说得非常清楚。

欧阳铮铮又看了看自己眼前的电报机,那是一个最新款的,可是,她还没有使用过。

学长又说:"我从这个部门刚成立的时候就跟着秦老师来了,她是组织从苏联紧急召回的。她可真是一个传奇人物啊,跟着她好好学,你以后就是我们这个部门的扛把子了。"

"什么?"欧阳铮铮不明白。

学长小声地说道:"就等着你来呢,以后你就知道了,这个涉密文件的收发,我的级别不够,但是你可以。"

说完,学长接到了电话,赶紧离开:"以后说,以后说。"

欧阳铮铮接通了电路,开始了自己一天的工作。

这里是总站,能监听到厂区任何办公室的电话,也可以打电话到任何地方,由总站做转接。

学长就是主要负责电话的。

欧阳铮铮负责电报的收发,如果发现可疑的电报,需要及时上报秦总工,秦总工还需要直接向上级请示。

第一天上班,欧阳铮铮只觉得自己的工作非常简单,她很高兴地从邮电所出门,坐上火车往厂区走。

东伯利亚的地窝子还是她们的家,但欧阳铮铮和铁二蛋调换岗位之后,她们俩就很少见面了。

有时候欧阳铮铮值班,有时候铁二蛋值班或者忙于项目,有时候两个人都要出外勤,所以尽管住在同一个宿舍,却很少能见面。

欧阳铮铮的工作是比较机动的,有时候厂区的不知名的领导会拿出一沓纸,让她把电报发出去。

那一沓纸里面,很多都是混淆视听的东西,但是非常长,需要在电报机上面做不同的翻译,然后才能发出。

有时候,一个不知名的领导跟秦总工说一声:"找个人带上设备跟我出去。"

而那个人就是欧阳铮铮。一路上,大家不怎么交流。

就算有交流,也是问问家里的情况,家里几口人,几亩地,几头猪几只羊,诸如此类无关紧要的事。

欧阳铮铮跟着领导来到沙漠,领导转过身来:"描述一下这个地方的地理位置,然后用二级码发给这个地方。"

欧阳铮铮答应着,其实内心越来越好奇这个厂区是做什么的,绝对不是研究炸药这么简单。

铁二蛋那边也得到了相应的进展。她的炸药研制成功,正好到最关键一步的时候,老宋和厂区的书记找她谈话。

老宋对于自己培养出来的学生非常满意,不断跟领导推荐。

"接下来咱们才是任务的关键,铁二蛋一个人能顶三个人,而且专业方面没什么可说的,我们这边就让铁二蛋跟我去吧。"老宋跟厂区的领导们简要汇报道。

铁二蛋无疑是最佳人选,可是厂区领导看着眼前的这个姑娘,虽然说比一般人还要健硕,可终究是个女同志。

第二十八章 字字句句都是思念

铁二蛋站起来:"我知道领导们是在担心什么,我虽然是个女同志,可是我不比男同志差,我们车间配制的炸药,因为我心细如发,多次力挽狂澜,拯救了国家财产和同志生命,这些都是记录在案的,领导们可以查看。"

说完,她看了一眼老宋,老宋嘿嘿一笑,在来之前,他已经想好对策了。

这些话也是老宋教她说的。

如此一来,领导们的顾虑已经打消了,随后,三方签署了两个证件,并且将证件递给他们。

"在去核心部门之前,你们会去上课,所有的细节都必须记清楚,能进入核心部门的人少之又少,我们几个厂领导都没有资格啊。"厂里的相关领导再三叮嘱。

老宋接过证件,激动得眼泪都流下来了:"放心吧,我致力于研究这个项目多年,接下来我也会努力的。"

老宋和铁二蛋拿着一沓厚厚的资料走出门,这些都是两年多来老宋的研究成果,也是铁二蛋这一年多的心血。

这些数据与配比,这些零部件的制作过程,都是一笔巨大的财富。

铁二蛋打了一个长长的哈欠:"我们要上完课才能去核心部门,好想去看看我们的炸药是怎么爆炸的,杀伤力有多大,能不能跟国外的抗衡。"

老宋突然惊呼:"铁二蛋,你至今还认为我们只是在研究炸药吗?"

"难道不是吗?那为什么我们要把炸药提炼得那么细致,我们厂区肯定是兵工厂嘛。放心吧,我懂,我不会出去说的,我休探亲假的时候可一句话都没有说。"铁二蛋靠在墙上,接连地打哈欠。

一旦没有了任务,没有了研究对象,铁二蛋就熬不住了,只想赶紧躺下睡觉。

老宋神秘一笑:"傻孩子,如果你这么认为的话,那格局就太小了。我们国家正在下一盘很大的棋,举全国之力建设我们厂,难道就是为了一点炸药？哼，我们是要在世界上站起来。"

铁二蛋还是哈欠连连："虽然听不懂，但是觉得很厉害的样子。"

老宋指了指铁二蛋："你不用懂，我们也不需要懂，我们做好研究，出好力就行了。"

铁二蛋嘿嘿一笑："有吃的吗，听说你上次回上海，偷偷带回来了巧克力和糖。"

"那还是抢我大侄女的，你真的是什么都吃。"老宋从口袋里拿出一颗奶糖给铁二蛋。

铁二蛋高兴地跑开："谢谢宋老师，明天我们一起上课，谢谢。"

她回去之后倒头就睡，而那一颗糖，留在了桌子上给欧阳铮铮。

欧阳铮铮回来的时候，手里拿着一份内刊。听见动静的铁二蛋爬了起来，拿过内刊仔细地看了看："这个叫周与欧的这篇时评写得不错，中国要站起来。"

她把糖给欧阳铮铮，欧阳铮铮摇摇头不吃。

铁二蛋叹了一口气："以后我可就没有假期了，唉……厂区是我家，我们一定要爱护她。对了，我忘记问你，你在新的工作岗位上怎么样？最近总是看不见你，我还以为你又出外勤了。"

欧阳铮铮打了个哈欠："新的工作岗位、新的领导，我在邮电所工作，以后可能会负责编写内刊做内部资料，比较忙。"

"一个工科生，去搞文字，大材小用啊。"铁二蛋长吁一声，咕咚咕咚地喝水。

最近，厂区员工吃的东西变成了当地农牧民种的青稞。铁二蛋吃了一口青稞饭，差点被噎着，赶紧又灌了两口水。

欧阳铮铮躺下之后笑着说道："都一样啊，很多工作需要人来做，我们都是听从组织安排的。"

"是的啊，虽然说我们的工作是保密的，可是我觉得我们还是应该留下一些故事让后人看见，哪怕是多年以后，让人知道我们曾经在这里做过什么。"铁二蛋很有想法。

第二十八章　字字句句都是思念

吃完饭,她又觉得困了,揉揉惺忪的睡眼:"明天我又要去上保密课,我的专业技能又增加了,可能也有一次考核,以后我就是九级工,还要参与更大的项目。"

"二蛋,我觉得我们在这里才能实现更大的价值,发挥更大的作用。"欧阳铮铮渐渐地意识到自己工作的重要性。

铁二蛋也深表认可:"不管我们是研究什么的,只要于国于民有利,就不枉我们在这个世界上走一遭。"

第二十九章　关关难过关关过

铁二蛋通过考核以后，终于到了核心部门。

汇报工作的时候，她只见到了邓教授与王教授两个人，他们都非常热情："老宋啊，我们终于会师了，咱们两个部门开始协作，就意味着距离胜利不远了。"

"是啊，我们部门一直在攻克难关，不断进行提纯，但现在技术方面还是有待提高啊。"老宋非常谦虚。

邓教授与王教授也说道："我们这里也是这样，一直在攻克难关，你也知道，这一项技术在国际上也不成熟，也没有相关的数据透露出来，我们也是在摸着石头过河。"

老宋指着铁二蛋说道："这是我们这个项目的负责人铁二蛋，以后她会负责传达我们的想法，让下属单位去执行。"

王教授也说道："我们的技术骨干也都在这个地下车间，欧阳现在去实际探测了，小明也在别的单位监工，到时候你们再认识一下吧。咱们先说说初步设想。"

他们进了一个高度保密的车间，邓教授说："进了我们这里，不允许带进任何东西，也不允许带走任何东西，出去之后也不允许闲聊。"

铁二蛋就跟刘姥姥进大观园一样，不敢出声，不敢东张西望，因为一旁的警卫员时刻监视着。

"唉，我一直以为我们的工作非常危险，没有想到你们的工作才是真正的危险，稍微一个不留神，那可就……"老宋实际观察了一下，不由得感叹道。

可是铁二蛋至今都没有发现真正危险的地方。

另外几位教授也过来了,各自介绍自己的工作内容,同时也对老宋提出了具体的要求。

"所以,我们希望你们这些搞化学的,一定要将炸药的浓度进行精确调整,这不是在开玩笑啊。"一个老教授说道。

老宋深感责任重大,立即握住老教授的手:"应该的,应该的。你们是核心部门,也是我们这个厂区最重要的部门,你们有任何要求,我们都应该答应,并且努力完成。"

这一次参观交流后,老宋重新制定了新的工作目标。

而铁二蛋在三天后的碰头会上,看见了他们一直提及的欧阳爱国同志。

周子淳在汇报时没有抬头,而是在进行实际演练,当他转过头时,正好与铁二蛋四目相对。

铁二蛋先是一愣,周子淳也一愣。

他们完全没有想到,竟然在这个地方相遇了,而且,两个人分别代表着不同的部门,都是核心工作人员。

在午餐时,周子淳终于和她说上话。

"子淳,没有想到……"铁二蛋开口道。

周子淳的眼神犀利:"我现在的身份是欧阳爱国,在没有得到上级允许的情况下,我的身份保密,任何人都不能说。"

"我当然知道啊,就是……就是……没事……"铁二蛋特别着急,不仅是为自己着急,更是为周子淳和欧阳铮铮着急。

欧阳铮铮现在的身份也特殊,也不能随意说,她可真是快要急死了。

明明近在咫尺的两个人,现在却不能见面。

周子淳随意扒拉了两口饭,又进车间继续工作了。

铁二蛋想要说什么,但是也知道他们现在的一举一动都是被人看着的,不能有别的动作。

铁二蛋刚看见周子淳的时候还是慌乱不已的,等进了车间进行实验时,却释怀了。

他们现在是把头提着工作,哪里还有空想什么男男女女的事情啊。

这么一来,一切都说得通了,难怪上次周子淳跟自己见面的时候不超过三分钟,到了他这个级别,掌握着核心秘密,不能私会外人。

也难怪周子淳每次给欧阳铮铮写的信都要通过研究所,那是为了安全起见,很可惜,欧阳铮铮却再也不能写信了。

为了保密原则,铁二蛋什么都不能说。

周子淳在这儿的事情,她必须假装不知道,眼前的人,是从国外回来的欧阳爱国,她从来不认识。

在接下来的时间里,铁二蛋总是看见王教授悄悄地将周子淳的衣服拿回去洗,铁二蛋不禁蹙眉,但是依旧不能说什么。

当铁二蛋回到东伯利亚的家时,经常发现欧阳铮铮不在,她们似乎成了彼此生活中的过客。

不见也好,否则她都不知道要如何面对欧阳铮铮。

而欧阳铮铮在通讯室,每天忙得一站就是十二个小时,十二小时后和另外一个女同志换岗。

秦总工非常用心地教她,经常将她带回自己的宿舍,给她一块饼充饥,就开始上课。

"周与欧同志,我下个月就要离开回去养病,这里你可以长期居住,东西都留给你,你要照顾好自己。我们通讯室的监控很关键,如果发现了异常情况,必须毁机走人,所有的信息都要记在脑子里。"秦总工咳了两声。

欧阳铮铮点点头,秦总工又继续说道:"好好干,咱们可是整个厂区的枢纽。"

在没有工作安排的时候,欧阳铮铮还要去基层各个单位进行资料搜集工作,以备不时之需。

欧阳铮铮对外的公开身份是内刊的编写者,这个身份让她在厂区

第二十九章　关关难过关关过

内建立了良好的人际关系。

无论是哪种公开会议，如学习大会、动员大会，或者联欢晚会，她都会被邀请参加。

久而久之，一些对外的车间都知道了她的存在。

这一天，大会堂有一场联欢晚会。尽管在草原上，厂区里面的生活比较苦，但是中国人自古以来就有吃苦耐劳的精神，于是，大家渐渐地也学会了苦中作乐。

欧阳铮铮受邀参加联欢晚会，她本来不想去，可是秦总工说，越是常态化，越是让人无法怀疑。

只要涉密，欧阳铮铮的身份就是周与欧。而在公开场合，欧阳铮铮的身份就是内刊编辑和撰稿人。

所以，这一次，欧阳铮铮还是第一次参加厂里的联欢晚会。

今天来的大多是青年男女，铁二蛋跟在她的身边，手里还拿着一张特殊的邀请函，看上去相当正式。

欧阳铮铮的另外一边是冷锋，他看上去也是威风凛凛。

有这两位人物陪同，欧阳铮铮的身份不言而喻，引起越来越多的人注意。

"欧阳老师现在可厉害了，她之前下基层跟我们一起做苦工，记录下了我们的努力。国家对我们还是好，说是隐姓埋名，可还是会给我们记下一笔功劳，此生无悔入华夏啊。"建筑队的人认出欧阳铮铮，又看见她拿着一台相机拍照，觉得非常自豪。

那是厂区唯一一台允许拍照的相机，其余的相机都会被严格监管，只有特殊部门的人才被授权使用。

欧阳铮铮的相机里其实没有胶卷，如果需要胶卷，还是需要层层审批。

他们走进会场，发现第一排已经留好了位置，铁二蛋特别高兴地坐在了中间。

不一会儿，各个车间的人陆续上台表演。

有唱歌的,有跳舞的,虽然都不是专业的,但可以看得出来精神面貌很好。

人越来越多,几乎所有的非值班人员都来了,就是为了看今天这台演出。

铁二蛋一边嗑瓜子,一边对台上的节目评头论足。

"这个不行,不行啊,冷主任,下次让他们再排练一下,都跑调了,但是这群孩子精神好,我喜欢。"铁二蛋现在是项目负责人了,把新进厂的人都统称为孩子。

冷锋皱着眉头,微微点头,显然不想多言。

欧阳铮铮做着记录,胸前挂着的照相机非常显眼,一看就知道是记者之类的人物。

大家表演得更加卖力了,在这个厂区里,硬性规定是不能拍照的。现在好不容易有一个能留下影像资料的机会,上台表演的人笑得更加灿烂,甚至把腮红涂得更红。

到了跳舞的环节,大家都忍不住了,将椅子拉开,找到自己喜欢的舞伴,竟然就这样跳起来。

冷锋向欧阳铮铮伸出手,意思是他们可以一起跳舞,但是被她婉拒了。

"对不起,冷主任,你找二蛋吧,二蛋在学校的时候跳舞可是非常厉害的。"欧阳铮铮拒绝道,"我不会跳舞,一点也不会。"

铁二蛋也不等冷锋伸出手,赶紧过来抓住冷锋:"冷主任,我在学校的时候可是舞王,欧阳都要跟我学呢,我们一起跳。"

在这个单调的厂区生活中,他们很少可以像现在这样联欢,这样高兴。

平时,大家都沉浸在自己的工作中,在自己的车间里忙碌,像这样与大家一起欢乐的时光,真的是少之又少。

有的人可能并不认识,却依然一起跳起了舞。

铁二蛋和冷锋是其中最显眼的一对,他们都跳得很好,一下子就成

第二十九章 关关难过关关过

了领舞者。欧阳铮铮为他们鼓掌,大家也都为他们鼓掌。

正在这个时候,冷锋突然腿一软,险些倒在铁二蛋的怀里。

铁二蛋吓得脸色惨白,连忙说:"我可是什么都没干啊!"

众人笑着议论起来:

"冷主任还是挺有意思的啊,跳舞还能跳晕了,真是不容易啊。"

"你懂什么,肯定是二蛋主任跳得太狂野了,冷主任不愿意跟她跳了。"

…………

他们成了大家打趣说玩笑的对象,但是铁二蛋不在乎,和欧阳铮铮拉着脸色苍白的冷锋出了会堂。

刚出门没多久,冷锋就清醒过来了,他看着一旁的欧阳铮铮,只觉得非常丢脸。

"对不起,我就是觉得里面太闷了。"冷锋站起来说道。

欧阳铮铮关切道:"你最近是不是太累了?"

刚开始的时候,大家都想着要干好工作,做好建设,也没有想过要开联欢会,更没有精神和余力参加联欢会。

现在,这是第一次,也是他们最放松的时刻。

冷锋最近的压力比较大,再加上密闭空间严重缺氧,再被铁二蛋在跳舞中推搡几下,头晕脚软也就不足为奇了。

等他们回到会堂,大家还是在唱歌、跳舞、联欢,每个人的脸上都洋溢着愉快的神色。

铁二蛋进门之后,对着大家边挥手边说:"不要害羞,大家一起跳。"

说完,她又拉起欧阳铮铮跳舞,虽然很多人不知道自己跳的是什么,但是跟着其他人一起手舞足蹈就对了。

欧阳铮铮看向冷锋,冷锋正靠在墙边休息。

铁二蛋冲过去拍拍冷锋的背:"小伙子,你也不要闲着啊,我们一起高兴,一起舞蹈,这么长时间可就这一次机会啊,你不能浪费了。"

联欢会结束后,铁二蛋出门的时候意犹未尽:"自从我来到厂区,就没有这么高兴过,等中秋节的时候,我们还是要举办一次联欢会,冷主任你看行不行?"

"当然可以,如果完成了指标任务,我们也是可以适当放松的。"冷锋回答。

欧阳铮铮笑着说道:"我回去一定要把这件事情记录下来,大家能用闲暇的时间进行娱乐活动,太不容易了,而且大家都非常高兴。"

铁二蛋挥挥手,看了一眼手表:"得嘞,我要值班去了,欧阳你回去吃了东西再去上班啊。"

欧阳铮铮看着铁二蛋走了,也说道:"明天要开一个动员大会,我也需要到场进行记录。"

"是的,新来的一批员工需要开一个大会,我也会参加,如果你能来,把这件事情写上内刊,那真是太好了。"冷锋跟着欧阳铮铮边走边说。

到欧阳铮铮和铁二蛋的地窝子了,可是冷锋还是不肯回去。

冷锋沉默了一会儿,缓缓地说道:"我过了年就三十二了,这些年一直都在忙,完全没有考虑个人问题……"

"是吗,生日快乐。"欧阳铮铮连忙打断了冷锋的话。

她是知道的,接下来冷锋要说什么婚姻大事,只可惜,她不是他的良配。

冷锋沉默一阵,又道:"你的子淳……"

"我与他不联系,不代表我们不关心彼此。冷主任,我只能跟你说抱歉。"欧阳铮铮冷冷地说道。

冷锋叹道:"也许……"

"没有也许,你的好意我只能心领,但是我不想承诺你什么。我在等他,他也在等我。"欧阳铮铮走进地窝子,当着冷锋的面关上门。

冷锋悄无声息地离开了。

第二天早晨,他早早地在地窝子前等着,手里还拿着几个青稞饼,一边吃一边说道:"春天来了,我们的粮食问题终于得到解决了,这还得感谢当地的农牧民啊,要不然我们可真是完全没有吃的东西。"

第二十九章　关关难过关关过

欧阳铮铮从他手里接过两个饼,一个放回地窝子的桌上给铁二蛋,一个拿着自己吃。

与铁二蛋做了这么多年室友,她们俩之间已经形成了默契,但凡一方有任何食物,都会给另外一方留着。

冷锋和欧阳铮铮来到会场。这一批新来的人有三十多个,都是从各个厂区或者学校调过来的工人。

冷锋作为人事安排的重要人物,清了清嗓子走上台给大家讲话。

听了冷锋鼓舞人心的发言,新来的预备工人听得热泪盈眶。所有人都觉得,只有在这片草原上,才能发挥自己最大的价值。

会议结束后,冷锋找到欧阳铮铮:"欧阳,有一件事我要先跟你说。"冷锋示意欧阳铮铮坐下。

欧阳铮铮看到冷锋这么严肃,立刻端坐在他的对面,仔细地聆听:"你请说。"

"秦总工走以后,你们部门就少了一个人,你现在要从这群人中间选出你满意的接班人来。你们单位涉密,需要各方面审查都过关,政治审查、家庭审查、业务能力审查等等。"冷锋将一份文件拿出来,递给她看。

欧阳铮铮接过文件,看了一下就说:"是啊,接下来我们部门的任务非常繁重,另外几个人可能会被派外勤,我也是要跟着首长们出去,真的要物色一两个合适的人选,扩充我们部门。"

"之前秦总工一直在找,都不怎么合适,也是因为我们的厂区初建,很多东西需要特别保密,如果不是秦总工自己的人,她也不放心。她选择你,是因为她相信你,你的政审也没有问题。"冷锋意味深长地说道。

欧阳铮铮思忖了一会儿:"真没想到,我们部门找人,自有一套。"

冷锋很赞许:"考核你将近一年,秦总工才肯回去休养,如果你中途说要走,恐怕秦总工还是要坚持下去。"

欧阳铮铮这才知道他们有多不容易,每走一步都要小心翼翼,否则就是对组织不负责。

欧阳铮铮再次翻看这些材料，仿佛也看到了当年秦总工翻看她的材料时的样子。

每个字都要看得十分认真，唯恐遗漏了一个人，一件事，一件功绩。

她只觉得内心被填得满满的，也许这就是使命的传承，秦总工离开了，她就要扛起这份责任。

"那……你现在有什么推荐的人选吗？业务能力要过硬，政治审核思想水平要跟得上。"欧阳铮铮现在也清楚自己的工作有多重要了，虽然领导们要求发电报都是用密码暗号，但是这密码一旦被人破解，后果不堪设想。

也许，他们这两年来的心血就要毁于一旦。

冷锋摇摇头："这个需要你来找，你来培养。我能帮你的就是写成的这份材料，里面是相关专业的人才，已经经过了初步的政审三代，现在有二十多人，有的还在学校，有的已经来了厂区。你现在的身份是内刊编辑，可以四处走走看看，借用这个机会，找他们聊聊，看看是不是你想要的人。"

欧阳铮铮认真地翻看了几页，忍不住笑了："你们还真是用考验我的那一套去考验这群孩子，一来就安排到后勤、警卫、修建……果然啊，想要承担更大的责任，就得先经过磨炼。"

"没办法啊，各个部门都去待一下，也有利于思想沉淀，这是秦总工的原话，你不去危险的炸药处，你怎么知道他们每天都提心吊胆地工作；你不去基础建设部门，你怎么知道他们每天都要出多大的力气；你不去医院，你怎么知道在我们这个厂区，每天要付出多少代价，有时甚至是惨痛的。看见了这些，才能明白身上的责任。"冷锋站起身来，将秦总工的话重复了一遍。

那位六十多岁的老太太，脑子里全部是密码密电。铁血手腕之下，才有了他们科的成就，才能深得整个厂区乃至全国的信任。

不得不说，秦总工是一个很有远见的人。

欧阳铮铮想了想："这些人我都要一个一个地去考察，只凭借这些资料上的信息可能还是不够。"

厂区的日子确实非常苦,大家能做的只是将自己手里的工作干好。

欧阳铮铮根据时间去上夜班,整个空荡荡的办公室里只有她。

她能监视到外面办公大厅里三个人的举动,那些都是新来的普通电报员。

里面的核心电报点,只有秦总工最信任的四个人可以进入。

站在电报机前,一站就是十二个小时,所有机器都是她一个人在管。

现在,忙乱的时候,她总是习惯性地看向后面,那是秦总工的位置。

总以为老太太还是戴着那副黑框眼镜,一脸严肃地盯着她,然后给她指导意见:"小欧,专心一点,注意电波,注意辨别。"

"小欧,你不知道自己做错了吗?怎么可以用这个方式甄别,浪费多少时间!"

"小欧,做事要带脑子,这个时间段的波频是不是有特殊意思,需不需要上报?"

……………

可是这一次往回看,却再也看不见秦总工了,再看不见那个严肃认真的老太太。

欧阳铮铮在这个漫长的夜晚,一边戴着耳机监听电波,一边看着外面的那些年轻人。

也不知道,他们经过多少考验才得以进来的,而接下来,她也会用秦总工留下来的特别严厉的方式去考核新人。

虽然中间会比较坎坷,但一切都是值得的。

第三十章　承袭使命

欧阳铮铮回到东伯利亚的家,现在她已经住到了秦总工的地窝子,和铁二蛋一人一间宿舍。

铁二蛋拒绝和任何人住一间宿舍,现在是特殊时期,她怕自己晚上做梦管不住自己,会说一些关于专业的梦话。

欧阳铮铮同样有这个顾虑,所以两个人一拍即合,将宿舍分开了。

这一切都是为了工作。

但是白天,铁二蛋只要看见欧阳铮铮在宿舍,就会过去跟她一起待着。

欧阳铮铮找到了老宋,老宋成了她第一个要记录的人。

老宋上下打量了欧阳铮铮一番,对自己的学生感到非常满意:"丫头,我果然没有看错你,当时我就知道,你肯定是个优秀的职工。看吧,你现在一定是在核心的部门了,对吧?"

"是的,我现在是内刊的编辑,也是我们内部资料的整理员,所以,我选择第一个先采访您。"欧阳铮铮不好意思地笑笑,被自己的老师表扬,特别是被老宋表扬,心里还是挺高兴的。

老宋整理了一下衣服:"嗯……不能拍照,涉密的东西不会跟你说,其余的事情你可以问,我一定知无不言言无不尽。"

"当然当然,我了解。"欧阳铮铮说道,然后看了一眼老宋,开始了自己的采访。

"你也知道我们加工的材料比砒霜还要毒,能留下我的只言片语,我已经很高兴了。孩子啊,我怕万一……家人找不到我的信息,不知道我到底是做什么的。"老宋突然说道。有时候,不被家里人理解,他们也会感觉到非常痛苦。

欧阳铮铮问:"那加工有毒材料之前,你们会做什么防护?"

"防护工作比我们之前搞炸药的时候更加烦琐,一定要按照规定穿戴好防护工作服,更换好白色纯棉衬衣衬裤,纯棉绒衣绒裤,纯棉工作服,白大褂。"老宋笑笑,开始比画。

他看了一眼欧阳铮铮之后又道:"孩子,像你这个眼镜肯定是不能戴的,我们需要戴水晶眼镜、医用帽、两三层口罩、防护棉袜、防护长靴、香蕉皮围裙、三层手套,一样都不能少啊。"

"那……重工段属于核心部门,一般人都不能进去,里面都有什么人呢?"欧阳铮铮又问。

老宋继续回答:"工艺员、检查员、剂量检测员,跟我们之前炸药车间差不多。"

欧阳铮铮又说道:"说说您和大家加工遇到的事情吧,就是一些可以说的,不影响的。"

老宋也不太好掌握这个分寸,他知道欧阳铮铮想记录,是要表达他们工作千难万险,却又不能涉密。

老宋喝了一口水:"有个同事叫欧阳爱国,是个长得很精神的小伙子,可是穿着很邋遢,平时总是在实验室里。"

老宋又继续道:"那是刚刚开春的时候,我们做好了防护工作,然后就看见库房里面推出了核心关键的实验部件。经过测量、计算之后,欧阳小伙子小心翼翼地将产品装进机床进行加工。"

"那个东西很重要吗?比我们之前的试验品还要重要吗?"欧阳铮铮问。

老宋点头:"能代替铀的部件,你说厉害不?初春的天气,实验室里面那么寒冷,可是欧阳小伙子的鼻尖冒了汗,你可知道,责任有多么重大吗?我们全厂几千号人拼搏了两年多,就是为这个玩意儿啊,别的兄弟单位也是竭尽全力地帮助研究,稍微不留神,这些心血就白费了。"

欧阳铮铮当然知道,老宋每次都会骂他们,也会说多少人多少天的时间都是为了那些个产品。

　　老宋又喝了一口水,心里也跟着悬起来:"我们大家都非常激动紧张,真不是吹牛,那个瞬间我感觉到什么叫作空气凝固,欧阳小伙也知道那是生命中的重大考验,只许成功不许失败。"

　　"那他经受住考验了吗?"欧阳铮铮又问。

　　"机床开始轰隆轰隆地转动,排风口也在高速运转,冷却水一直都在冲击,具有历史意义的铀部件加工第一刀就要开始了。我们在一侧的就六七个人吧,专业技术人员,军方的高层,那个情况下,就连二蛋都没有资格去,这个时候,领导突然来了一句,每一刀都要对人民负责。"老宋说得激动。

　　"欧阳小伙子都准备要下刀了,突然听到了这么一句话,唉……虽然知道领导是好心,可是对操刀的人来说,简直就是重重压力啊,我们的压力都大,一旁的几位教授手都抖了,也不可能临阵换将,谁也担不起这个责任,耗资巨大,全国之力,丫头啊,你想想,这对人来说是多大的考验。"老宋回想起来,那双眼睛都噙着泪。

　　欧阳铮铮也是第一次了解到核心单位的核心部门还有这么一件事。

　　老宋又继续说:"别说欧阳小伙,我那时候都感觉到心跳加速,呼吸困难,差点喘不过气,这个时候,是真的不行啊,但是我不能说,只能强撑着。"

　　"那……最后怎么样呢?"欧阳铮铮问道,"那个跟我同姓的小伙子,最后成功了吗?如果失败了,不是功亏一篑?"

　　老宋盯着窗户外面看了很久,回忆起那段时光,他依旧是心有余悸,每一刻都好像是在刀尖上行走。

　　老宋说道:"其实啊,我们平时也会演练,如果遇到什么情况我们要怎样应对,这些都是十分熟悉的,可是到了关键时刻,还是在考验人的心理素质啊,第一刀的完成并不理想,各方面检验都不合格,这对我们

第三十章　承袭使命

来说都是致命的打击。"

欧阳铮铮也跟着紧张起来,想要听老宋继续往下说。

老宋叹了一口气:"后来,我们临时做了一个研究,在原来的基础上加以思考,我们一共七个人,商量了一番,从技术上,从成本上,以及未来的功效上都做了考虑,最后我们决定更改操作方法。孩子啊,你知道的,我们临时更改操作方法,就相当于临时换将,说起来容易,做起来是难上加难,风险很大。"

"这个我知道,上次咱们研制 19 号炸药的时候,您在责任书上签字,如果我们当时失败了,后果不堪设想。"欧阳铮铮说道,她是从高危部门出来的,对这些自然很清楚。

老宋微微点头:"我们也是没有办法了啊,如果这个时候不做决定,一切工作就搁置了。"

看着老宋日益稀疏的头发,欧阳铮铮知道他今年不到五十岁,可看上去就跟七八十岁一样,可想而知平时都是在劳心劳力。

老宋又道:"那时候欧阳小伙就说,面对困难不能退缩,党和国家培养我们这些专业技术人员,就是希望我们在面对艰巨的任务时要敢于担当。我们当时一致决定,和欧阳小伙子一起承担责任,不管怎样,我们七个人就是生死一线了,哪怕失败,以死谢罪也在所不惜,于是最终决定了更换操作方式。"

"这么严重,都以死谢罪了?"欧阳铮铮帮老宋倒上水,想让气氛轻松一点。

老宋摇摇头又点点头,突然激动起来:"于是,再次加工的时候,欧阳小伙子全神贯注,我们在一旁连大气都不敢出,只能帮忙关注真空泵压力的数值,然后进行记录。谁也不敢说话,就怕扰乱了他的思路。这是第一次尝试,成败在此一举,不敢有丝毫懈怠。"

"所有人都提着一口气,那几个军方的领导拳头紧紧攥住,我们这几个专业人员只能盯着,几位教授更是满头大汗。我就更不用说了,向来胆子小,差点就要吓得窒息,还好小伙子厉害啊,脸不红心不跳,目不转睛,眼睛里只有工作,不受外界影响。"

"那倒是,每个上场操作的人都来不及想别的,反而是一旁看的人心里更焦虑、更紧张。"欧阳铮铮劝慰道。

老宋点点头:"是啊,可是我们都认为欧阳小伙子比较厉害,那一次切割,耗费了三个小时,等他操作完,我们进行三方面检验,产品完全合格,符合国际标准和要求。大家都松了一口气,可是欧阳小伙子的衣服都湿透了,他一个人顶住了巨大的压力。这就是关于欧阳小伙子力挽狂澜的故事,这件事情我觉得应该要记录下来。"

"是啊,如此惊心动魄,牵一发而动全身,一个小细节都可能关联着我们整个厂区的生死存亡。我也没有想到,在我们的厂区背后,还有那么多无名英雄在背后默默付出。尽管不知道姓名,也不知道是谁,可是我们知道他是故事的主角就行。"

老宋笑笑:"在这个厂区工作,没有什么主角配角,都是为国为民的同志。你们这些年轻人才是国家的希望,所以回来之后,我会更努力地提携年轻人,就像我的老师提携欧阳小伙子一样。欧阳小伙子现在完全可以独当一面,是我们每个工作的核心人才。"

"他叫欧阳爱国吧,这个名字一听就是化名,不过真是了不起!"

"还有一件事,他也是做得很好,我那个时候就彻底信服他,把他当成是我的导师。"老宋说起欧阳爱国,那是打心眼里佩服。

欧阳铮铮继续问:"他还有什么故事吗,请您讲讲呢,我们厂区要树立先锋形象啊。"

"还有一件事情,你也知道,我们现在的研究独立性很强。由于苏联撤走援助,带走了所有的专家和资料,所以我们只能从零开始,完全没有可参考的工艺,也没有技术标准,一切只能靠自己摸索,或者从国际资料上得到一星半点的启示,难上加难啊。而且我们的技术要求非常复杂,有些零件设备只能依靠经验和技术尝试制作,有些零件只能手工制作,我们在高精尖的研发时,经常会遇到各种各样的问题,比如说在加工789材料的时候……"

"什么是789材料?"欧阳铮铮停笔,抬起头来,很好奇地问了一句。

老宋挥挥手不作回答,只说:"这些都不重要,都是我顺口胡编的。我们当时发现有一件产品有5毫米深度的砂眼,如果按照常规加工此产品,材料余量就不足,最终只能报废。"

"这不是很正常吗?"欧阳铮铮笑笑,有些不以为然,"我们那个炸药车间,连车间都报废了好几个。"

"胡闹,要是每个人都像你这么想,还怎么干工作?会给我们国家造成多大的损失,你的想法很危险啊。"老宋突然生气起来。

欧阳铮铮也意识到,老宋和那个欧阳小伙子所在的车间跟炸药车间还不一样。

老宋缓缓道来:"产品就这么一件,如果返回原厂调换的话,时间根本不允许,会耽误我们实验的正常进度,并且一来一回很容易泄密,这事情还不能拍电报,非常麻烦,大家都束手无策啊。"

"所以呢,那怎么办?"欧阳铮铮问道。

老宋佩服的目光再次闪烁:"老教授提出了采用非常规加工的方法,可以解决砂眼问题,这个方法一提出来,大家说什么的都有。"

欧阳铮铮问:"是不同意吗?"

老宋跟欧阳铮铮说起当年的事,滔滔不绝。后来,欧阳铮铮将这些事情的经过都写在了内刊上。这种内刊只供内部人员阅读,不能随意外传。

第三十一章　铁血丹心

当年的事情，就这样——被欧阳铮铮记录在册。

老宋在狭小的地窝子里蹲着，声音很低沉，无可奈何地摇摇头："欧阳啊，你现在能找到我，可真是奇迹啊，要说我们一起的那个欧阳教授，在上次的实验中做出了很大的牺牲，唉……这些恐怕将不为人知，也许，一辈子都会被风沙吹散。"

看着老宋憔悴的模样，欧阳铮铮不免心中一震，千言万语堵在心口，不知道要说什么才能安慰到他。

是的啊，很多人都为了国家、为了事业贡献了自己的青春，贡献了自己的健康，甚至是不惜贡献了自己的生命。但最终为了保密，他们终其一生，都可能无法被载入史册。

老宋忍不住又喝了一口酒，叹息声不止："丫头，如果你能记录，那就记录下来吧。我们上次危急实验以后，去进行了 24 小时的尿检，尿液剂量严重超标，对身体造成了极大的伤害。我们的欧阳教授，那可是一个小伙子啊，所有人都说他前途无量，也被送到西安的医院医治，听说气管和肺部都有损伤，至今为止还在治疗。"

"这么严重呢，那您没有问题吧？"欧阳铮铮很是担忧地问道。

老宋摇摇头又点点头："我被那个小伙子在关键时刻推了出去。他真是一个好人啊，我们都被他保护得很好，没有什么特别大的病痛，这不，现在休养着呢。可怜那个欧阳咯，那么年轻，是我们国家的栋梁，也不知道将来怎么办？"

欧阳铮铮听得心里特别难受，这样为了国家、为了事业献出生命与健康的人,在厂区里面真是数不胜数,她能做的,就是将这些人的光辉事迹记录下来,或许有一天,这些被尘封的贡献能被启封。

老宋唉声叹气的:"我现在特别想重新投入生产,可是我们组长不允许,必须让我休养。唉……这个关键的阶段,我也只能干着急。"

欧阳铮铮把门帘打开,春季的风袭来还是带着一股子寒冷,老宋薅了一把头发,发现手里的头发越来越多。

老宋仿佛意识到了什么,站起身来:"丫头,稍后我带你去你最想进的将军楼,既然要做记录,就应该做一个全貌记录。我想,我们的这些付出,总要给后世留下一些记录的。"

欧阳铮铮的眼眸一亮,想去,却不敢,无奈地摇摇头:"要进将军楼,可是需要三个证件,我没有啊。"

"怕什么,跟着我进去。"老宋也想任性一回。这几天,他看了很多生离死别,在他们专门的医院里,很多人都是因为职业并发症去世了或者得了重症,他越发觉得不甘心。

欧阳铮铮不想让老宋违反规定:"要不,您先休息,我去找二蛋聊聊。"

"你和二蛋啊,都年轻,要趁着这个机会多学点,多思考一点,以后我们要是不在了,你们也能独当一面,不至于现在这么被动,我们厂区还是非常缺少人才的。"老宋也冷静了下来,叹息了一声,便下了逐客令,"行了,你回去吧,也不知道你这个小丫头现在从事什么工作,每天都是神神秘秘的。"老宋忍不住抱怨了一阵,将欧阳铮铮赶出门。

欧阳铮铮出门的时候,正好看见铁二蛋和车间的其他人过来找老宋。

听到铁二蛋的声音,老宋却闭门不见,说自己是在休假期间,闭门不见客,如果是工作上的问题,一定要到车间去说。

铁二蛋无可奈何地摊摊手:"欧阳,刚才你进去了吗?老宋和你说什么了?"

"就聊了一些往事。"欧阳铮铮看着铁二蛋的模样。可能是这段时间压力太大,也可能是这段时间连夜熬着,铁二蛋看起来更胖了。

铁二蛋肉乎乎的脸蛋红扑扑的,脸颊上面还裂了口子,兴许是前段时间一直出外勤的结果。铁二蛋的手还吊着绷带,一看就知道是受了很严重的伤。

"这么多天没见,你怎么也挂彩了?我就出外勤一个多月的时间,你怎么回事?"欧阳铮铮看见昔日好友的模样,心中也带着几分酸楚。

铁二蛋却躲躲闪闪,不敢直面欧阳铮铮,她要如何说呢?

她明知道关于周子淳的一切,周子淳化名欧阳爱国也在这个厂区里工作。她也知道上次的事故,周子淳重伤,可是她却不能说,对欧阳铮铮满是抱歉。

铁二蛋讪讪一笑:"我们这些搞化学的,怎么可能不受伤?没事的,你最近怎么样,怎么这么瘦?"

"我好得很呢,现在在邮电所工作,经常要外出。"所有人都以为欧阳铮铮是在邮电所上班,负责厂区的小报,只有少数的几个人知道她的真实工作。

说话间,铁二蛋问了一句:"老宋怎么愿意见你?之前他都不愿意见任何人,我们来找他好几次了。"

"他……怎么了,我感觉他好像怪怪的。"欧阳铮铮也察觉到老宋不一样的地方,蹙眉问道。

通过铁二蛋的叙述,欧阳铮铮才知道,老宋这一次受了重伤,必须转院治疗,可是老宋不愿意,自顾自地回到了厂区。可是他现在有病,医生和厂区领导不愿意让他再进高危车间,也不许他去核心工作区,只让他回医院进行治疗,为此还没收了老宋的通行证。

老宋对此相当不满,但也无可奈何。

铁二蛋和欧阳铮铮蹲在老宋的地窝子外面聊天。铁二蛋叹息了一声:"以前,我总觉得死亡离我好远好远,我才二十多岁,可能要过好几个二十年我才会死。欧阳啊,直到我到了这里,站在这个厂区的关键位置上,我才知道,人生没有多少个二十年。"

"春天到了,正是万物复苏的季节,你怎么这么多伤春悲秋的情绪?人固有一死,或重于泰山,或轻于鸿毛,我相信,我们的选择是正确的。去年此时,我们接受政审的时候,是不是也暗自决定,把一片丹心交给祖国。"欧阳铮铮笑道,尽力安慰铁二蛋。

越是到了研究的关键时刻,实验中的短板与不可控事件越多,短短一个月的时间里,铁二蛋感受到了多次生离死别,内心也产生了恐惧。

冷锋急匆匆地走过来:"你们都在啊,老宋怎么回事?今天早上不是有车子来接吗,他怎么还在?听说还把司机骂了一顿。"

地窝子里面的呼噜声滔天如雷,冷锋问道:"什么情况啊?还是不愿意见人?"

"别提了,他说要见他,就把工作证和通行证还给他,大家到车间见面,还是好朋友。"铁二蛋哭笑不得。

冷锋敲敲门:"老宋,我知道你没睡,你假装的是不是?稍后医生会给你做一个全面的检查,你不能阻拦啊。"

"呼——"老宋的呼噜声越来越大,仿佛响彻整片草原。

冷锋毫不客气地将老宋的门踹开,那扇单薄的门应声倒地。

大家一股脑地进去,冷锋进去就说道:"行了,别装睡了,老宋,赶紧起来,现在不是跟你开玩笑的时候。"

"病了,要睡觉,有什么事情等明天再说。"老宋翻了个身,用被子紧紧地裹住自己,不愿意对别人露出真面目。

冷锋苦口婆心地安慰开导:"老宋啊,宋教授唉,你说你跟我们置气干啥啊。你就乖乖地去医院治疗,等你好了,回来了,还是我们厂区的骨干人员啊,我们不会忘记你的,对不对?"

"不想说话,病了。"老宋说完,继续打呼噜。

冷锋叹了一口气,看着桌子上的酒瓶忍不住蹙眉:"我都听人告状了啊,说你成天在屋子里面酗酒,你不知道我们厂区是禁酒的吗?这样会给年轻的同事带来很不好的影响。老宋啊,你是老干部,是老党员,这点觉悟都没有吗?再这样下去,我可就不帮你说话了。"

老宋缄口不言。

欧阳铮铮连忙说道:"老宋,要是真的拿处分了,以后想回厂区就难了啊,现在很多人都想着申请调走,你是不是也想调走啊?"

老宋立马从床上弹起来:"我现在唯一的要求,就是尽快恢复我的工作!我生就是221厂区的人,我不会死,不看见成功的一天我绝对不会死!"

冷锋赞许地看着欧阳铮铮,她果然聪慧,轻松拿捏住了老宋的心理。

他严肃地说:"我们厂区是非常讲究规矩的地方,这一点你也知道,现在你这样酗酒,像什么样子?还有你的身体,上面的领导非常关心,你就不能像其他同志一样,先去治疗,等好得差不多了再回来?"

"那怎么行!现在我们核心车间懂技术的人不多啊。你说说,欧阳和老王他们都在上次的事件中中毒,我们不能让工作停摆。我老宋,还是请求在一线战斗,实验一天不成功,我就一天不休息。"老宋站得笔直,就好像一座山,挺起了脊梁,让在场的人都心生敬意。

冷锋摇摇头。他知道老宋是一个非常倔强的人,如果这件事情得不到解决,可能以后还是会不断地提出申请。

"这样吧,我去跟领导汇报一下,说你一定要投入工作。"冷锋说道。

老宋点头:"对,我要去一线工作,必须去一线,不是一线我就不去了。"

这是老宋第一次跟厂区提要求。以往的日子里,哪怕是饿肚子,哪怕是被冻伤了,哪怕是工作时间长达四十多小时不休息,老宋都是无怨无悔,从来没有主动向组织提过要求。

这一次,是老宋唯一一次认真地提要求。

欧阳铮铮诧异地问:"为什么你非要去一线工作?医生都说了,你的身体已经不适合再接触有害物质,可是一线不都是重金属吗?你的身体肯定受不了的。"

"你懂什么?"老宋拎起酒瓶,喝了一大口,"冷锋,你就按照我的原

第三十一章 铁血丹心　　　　　　　　　　　　　　　221

话去跟领导说,如果领导不同意,我就醉死在草原上。"

冷锋带着大家伙出来,愁眉苦脸地看着欧阳铮铮和铁二蛋:"老宋真是犟。他的身体不好,尿检严重超标,必须去治疗,可是他自己从西安的医院跑回来了,非要继续工作,说是跟那个欧阳聊了一下,觉得思路打开了,必须回来参加工作。"

"他头发都要掉光了。"欧阳铮铮说道。可想而知,他身体里面的重金属含量已经超标了。

铁二蛋叹息:"这个时候真是应该去医院啊。"

"领导也是思及他做的贡献,对于他喝酒的事情,我们也不再追究,多少能缓解一点疼痛吧。"冷锋看着地窝子里面的老宋,心中无限感慨。

越是接近实验的真相,他们的牺牲也越多。

"也不知道那些去治疗的人都怎么样了?咱们厂区也没有停歇,可是啊……"铁二蛋旁敲侧击地打听关于周子淳的消息。

冷锋点点头:"说是根治也不可能了,只能是缓解,唉……那些科学家真是令人敬佩啊,刚去几天都闹着要回来,老宋跑得最快。"

铁二蛋站在风中:"打造国之重器,定海神针,国家安全柱石,真不是一件容易的事,全国人民勒紧裤腰带也要支持我们,轻伤不下阵。冷主任,我也请求到一线去,老宋能干的我也能干。"

"我也行,我可以学。"

"对啊,别瞧不起新来的,我们学得非常快,我们愿意跟铁工学。"

大家都纷纷响应。

第三十二章　我以我血荐轩辕

躺在床上的老宋听着外面的喧闹,小声地自语:"我的时间不多了。"

新来的几个大学生又回到地窝,默默地帮老宋收拾起来,又给他煮了一壶热腾腾的奶茶,还拿来了一些土豆。

"铁工,你看……"一个大学生看见床褥上那些掉落的头发,不免心中一震。

为什么会掉头发,大家心里都清楚,只是不愿意当着老宋的面说。

欧阳铮铮的鼻子一酸,眼泪无声无息地落了下来。

她擦了一把眼泪,拿着被子和衣服带着那些大学生出去抖落,尽量避免让老宋看见。

铁二蛋还在跟老宋苦口婆心地讲道理,可是老宋根本听不进去。

年轻的大学生也才二十岁,戴着厚厚的黑框眼镜,小心翼翼地问道:"宋老师会死吗?"

欧阳铮铮愣了一下,真不知道该怎么回答,明知道这种情况是最不好的,可是老宋就是不愿意治疗。

"人都会死的,我们要死得其所。从我们踏上草原的那一刻开始,我们就想着我以我血荐轩辕。"欧阳铮铮强颜欢笑。

"小眼镜,你声音小一点,不要让宋老师听见了。宋老师现在意志消沉,我们一定要帮他走出来。"另一个大学生说道,"我本来可以继续读研究生的,可是我想着,我爸妈都在这里,我也要来建设草原,建设大西北,只有在这个地方,我的专长才能发挥最大的作用。"

"小眼镜"嘿嘿一笑:"我跟你不一样,我想来这里,是因为我想当我们国家的居里夫人,我们老师说我是可以的,我的化学很厉害。"

小姑娘的笑容中带着几分羞涩,可是羞涩中又充满了自信。

"你是关关雎对吗?我听铁二蛋和老宋提起过你,你很厉害的,每次化学考试都是满分,还曾代表我们国家参加国际比赛,被美国好几所学校邀请读书。宋老师说你未来可期,一定会成为我们国家的居里夫人。"欧阳铮铮亲切地说,她对这个姑娘很有好感。

关关雎羞涩地点点头:"没有他们说的那么好,但是我会努力做到那么好的。"

他们将被子上的头发抖落干净,拿进了地窝子,铁二蛋高声喊道:"你不要尿,老宋,相信我,你死了还有我,我死了还有关关雎,对吧?如今是长江后浪推前浪的年代,假以时日,我们一定能成功的。"

"少在这儿给我灌迷魂汤,我说了我不会回医院的。赶紧把冷锋找来,我明天就要去上班,现在的研究刻不容缓,谁也不能阻挡我。"老宋怒气冲冲地说完,就把众人撵了出去。

出了地窝子,抬头看去,天上已经是满天星。铁二蛋也是难得有这样闲暇的时刻,这段时间真是太忙了。

铁二蛋突然问道:"最近这段时间,你收到子淳的信了吗?他怎么样?现在我也很少看见你写信了。"

欧阳铮铮抬眼看着满天星辰,无可奈何地摇摇头:"没有,我会写信,但是不往外面寄了,我不能擅自和外面联系。"

"那……还是算了吧。我相信,距离你们见面已经不远了。欧阳,你要相信自己,一定能等到见面的时候。"铁二蛋好几次欲言又止。

铁二蛋也很想说,现在的子淳在医院治疗,也许身边需要人陪伴。可是,要怎么说呢,不能将这个秘密宣之于口啊。他们发过誓,签过保密协议的。

铁二蛋不断地叹气,对着自己最好的朋友有秘密,心中可真不是滋味。

当着医生的面,老宋把药吃了。

医生们都无可奈何,不知道要怎么说他。

冷锋还是对老宋好言相劝,一点也不像他平时的作风。

只有他知道当时实验的时候有多么困难,多么紧急,事态有多么严重。

这些科学家能活着出来,真是得到了那个欧阳爱国的帮助,否则,大家都会因为高强度的核辐射危害当场毙命。

那一次事故引起了整个厂区的高度重视,北京方面也是高度重视,强调必须加强医疗。

老宋突然问道:"小冷,我的那些同事怎么样了,那个欧阳怎么样了?当时若不是他把我推出去,关掉了阀门,坚持将产品带出来,可能我们就要功亏一篑。我们里面二十多个人啊,要是这么爆炸,整个厂区都会受到严重的辐射,这个草原将会寸草不生啊,小冷,你跟我说说,他们到底怎么样了?"

冷锋摇摇头:"现在已经在苏州进行治疗了,具体情况我们还得不到确切的消息。不过大家都没有生命危险,现在核心部门还在正常运转,之前的研究还是要继续。"

老宋变得很急迫,双目闪烁着异样的光芒:"真的,小冷,帮我说说,我可以不要工资,不要职称,我只想参加工作,参加一线工作。"

冷锋微微点头:"老宋同志,您的要求我已经和领导反映了。"

"那领导是什么意思呢?是不是答应了?"老宋扶了扶眼镜,关切地问,脸上十分严肃。

他千辛万苦从医院逃跑回来,就是为了早日投入工作,把自己的实验成果付诸实践。

冷锋点点头:"这个是有条件的。"

"我知道,我当然知道,我什么都不要。"老宋再次强调。

冷锋指了指桌子上那瓶酒:"领导说了,只要你改掉了酗酒的毛病,一切都好商量。你说说这段时间,你回来了以后,不停地喝酒止痛,这

第三十二章 我以我血荐轩辕 225

样下去给年轻人造成多大的影响。"

老宋看着冷锋的架势心里有一些慌乱,赶紧说道:"小冷,你确定能把我的工作证还给我,能让我继续工作?"

"领导都发话了,现在就看你的意思了。"冷锋激动地说。

老宋重重点头:"开什么玩笑,谁酗酒了,你们这群人有过调查吗?没有调查就没有发言权,还说我酗酒,赶紧把我的工作证还给我。"

欧阳铮铮恼火地说:"本来就是你酗酒,你自己看看,瓶子里的是酒,我真是不知道,我们厂区这么严防死守的,你到底是从哪里找到酒的,上有政策下有对策是不是?"

"对啊,老宋,你去哪里买酒的?我记得我们的副食店没有酒啊,不是说买酒要拿条子特批吗,你这是什么情况?"铁二蛋也觉得好奇。

一旁的关关雎深呼吸了一下,露出了得意的笑容:"领导们,我们宋老师没有喝酒,这些都是水,里面都是水。"

铁二蛋不信,赶紧将酒瓶子拿起来咕咚咕咚地喝了两口,红扑扑的脸上露出了得意的光芒,然后递给了冷锋。

冷锋也是一个劲儿地喝了下去,脸上展开了笑容。

"我就是心里烦,身体不舒服,可是我必须找点事情干啊。这个酒瓶子有些年头了,往里面装点水,我也能喝出酒的味道来,哈哈。其实啊,如果给我点化学用品,我兴许也可以勾兑出一瓶酒,可以麻痹神经的酒,可是我不需要,我需要的是工作,只有工作才能让我安心。"老宋点点头,赶紧告诉大家真相。

铁二蛋和老宋走出去,老宋又戴上了自己的工作牌,欢喜得不知所措,朝关关雎喊了一声:"傻孩子,你赶紧跟上。我们现在要工作了,你要知道,跟着我们工作是不分昼夜的,一万年太久,只争朝夕啊。"

冷锋和欧阳铮铮跟在老宋和铁二蛋等人的后面,看着他们激烈地讨论,心中无限欢喜。

重新回到工作岗位上,老宋比以前还要严厉,还要苛刻,说话也不如以前客气了。

他以前是想着安全第一,现在只想着保护全部人的生命安全。上一次那样的事故,不能再有了。

有时候,老宋还是会为了一个精准的数据大发雷霆、暴跳如雷:"该死的,铁二蛋,你这段时间在干什么,这个数据错了,我们全部人都要跟着你遭殃。"

铁二蛋被老宋的突然责备吓到了,有点不知所措地看着他:"宋老师,你吓到我了,干啥啊?"

"不干啥,对不起,不过以后你们必须熟悉我的工作,现在挨骂是为了以后更好地活着。"老宋赶紧为自己的行为道歉。

在草原上,在满天的星辰下,老宋的身心也渐渐康复。这一个月以来,他们风餐露宿,做了很多关于户外的工作。欧阳铮铮负责发报,随身带着电报机,并且用的是秦总工留下来的一套密码。这一套密码她已经熟记于心。

冷锋偶尔会问:"你还在等着那个人吗?如果可以,我愿意帮你联系,你的工作特殊,但我觉得我们厂区是非常人性化的。"

"不了,谢谢。我们当时约定好了在国外留学,不管中途发生什么事情,一定会等着对方回来的。"欧阳铮铮毫不犹豫地拒绝了。

冷锋摇摇头,对她的倔强无话可说。

欧阳铮铮来到车间,看着大家小心翼翼的模样,不由得问道:"这一个月里发生了什么事情?好像大家都不一样了。"

"实验到了关键的时刻,特别是老宋他们车间还有重要的核心部件,他们每一次实验都小心翼翼,每一个部件都要经过多次的实验才能安装。上一次,核辐射危及了很多人,幸好一个叫欧阳的年轻教授力挽狂澜。本来大家都已经出来了,都说要放弃这个地方了,可是他不肯,坚持在核辐射泄漏的情况下关闭了高压设备并处理了受损部件,这才保住了核心车间,保住了我们这两年多的劳动成果。但是很可惜,欧阳爱国已经受到了严重辐射,转移出去治疗了。"冷锋说这些话的时候痛心疾首。

欧阳铮铮闻言叹道:"我上次都让老宋帮我约好了,我想采访一下欧阳爱国教授的,我们不谈别的,就谈谈求学的经历,做一个简要的记录,多年以后,我们这个地方被大众熟知,也可以知道,有一个英雄,虽然没有姓名,可是他有事迹留给后人。"

很可惜,欧阳铮铮这一次没有见到欧阳爱国,那个被所有人都夸赞的小伙子。

冷锋突然说道:"欧阳爱国同志真的是我们厂区的英雄啊,如果这样的高级专家多一些,我们的实验距离成功又会进一步。"

欧阳铮铮深深地认识到,读了那么多书,原本可以有更好选择的科学家们,选择回国,选择了艰苦,他们只有一个目标,那就是胜利。一个人的生命只有一次,但他们将自己的生命奉献给了祖国。

冷锋和欧阳铮铮一同出门:"这段时间还是回到邮电所上班吗?你挑的几个新人怎么样,要不要跟你一个科室试试?"

"不用,当时秦老师走的时候,千叮咛万嘱咐,我们的岗位是宁缺毋滥,等到所有的考验都通过之后,再将他们带到科室也不急。"欧阳铮铮连忙说道。

这段时间连轴转一样的工作,她确实是有点疲惫,有点怀念秦总工还在的时候。

"我要回去写稿子了,晚安。"欧阳铮铮准备离开了。

突然,冷锋看见一个熟悉的背影,大声喊道:"欧阳,你看,那个欧阳回来了……"

欧阳铮铮转过头,看见几个穿着厚厚军大衣的身影往将军楼的方向走去。他们戴着厚厚的帽子,很显然是很冷很冷。

一个背影转瞬而过。

"他们怎么回来了?我觉得,很有必要申请去采访一下我们的英雄,要不然,这一段可歌可泣的故事就会被埋没了。"欧阳铮铮看着这些背影,陷入了沉思。

然而,那个背影回身,只是一瞬,却在欧阳铮铮心中引起了惊涛骇浪。

　　没错，那个欧阳教授就是周子淳。周子淳力挽狂澜，拯救了正在加工的产品，却遭到了辐射。在江苏进行了简单的治疗后，他放不下手头上的工作，又立马申请回来了。

　　周子淳转过身，在夜晚的草原上，却看不清对面的欧阳铮铮。

第三十三章 只争朝夕

欧阳铮铮在笔记本上记录道：

"出外勤回来后，厂子里面的人突然对核心部门的一个年轻小伙子赞不绝口。那个人的名字也叫作欧阳，大家都很崇拜他。得知他为了一个部件，为了能让实验顺利进行，冒着生命危险关掉阀门，赶出同事们，保护了大家的劳动成果，我深深地被打动了。我总觉得，作为一个记录厂区故事的工作人员，非要见见他不可。

也许这样的人，会成为我继续工作的动力与源泉，成为我精神方面的导师。

在那个夜晚，我在黑暗中看到了他的身影。

看见了那个欧阳先生，仿佛就看见了我的子淳。曾几何时，子淳也是为了一个实验没日没夜地工作，也是为了工作愿意牺牲自己。

我以前还开玩笑，如果将来结婚，子淳为了工作牺牲了，我肯定不会哭，我会带着我们的孩子将他的那一份荣耀活下去。

不知道那位欧阳先生的家里人作何感想。进了这个厂区，进了这个特殊的研究基地，我相信，所有的人都把生命交给了国家……"

这篇日记写完后，欧阳铮铮的眼角满满都是泪水。她有点后悔，没能看清楚那位欧阳先生的模样，哪怕是见一面也好的。

周子淳回到厂区后，医生做了检查。他一再发问："我的病，会不会影响到其他人？换句话说，会不会是个传染病，让厂区或者大家受到辐射？"

他最关心的是工作，关心的是周围的同志们。

医生摇摇头："对别人没有什么特殊的影响。欧阳教授,现在主要是您自己的身体受不了,可是……您非要回来,这……以后会留下很多并发症和后遗症的啊。"

"这个关键的时刻,我老师不在,我也不在,我们这个部门的大部分人都不在,我怕会造成影响。一万年太久,只争朝夕,我们已经等不起了。"周子淳躺在宿舍的床上,不断地咳嗽着,脸色蜡黄。这段时间的休整,只是让病情得到了缓解,却没有使他真正地恢复健康。

一旁的厂区书记深思熟虑了一番,说道："既然你也跑回来了,那就投入生产吧。现在你们这些科研人员啊,真是不知道怎么说你们,谁都不听话。"

"大夫,不管发生什么情况,一定要保证欧阳教授的身体健康,病情一旦恶化,必须尽全厂之力将他送到治疗中心。"厂区书记又说道。

现在,书记的压力可不是一般的大。上一次的事故,上级至今还让他检讨,好几个重要科学家与科研人员还在治疗中心接受治疗,现在不少人又纷纷跑回来,非要继续参加工作。他心里很感动,又非常为难。

所以书记只能保证后勤工作,让科研人员既能工作,又能休息。

"欧阳同志,这段时间就辛苦你住在这里了,这是个单间,你会得到很好的休息。你放心,我们大家现在都有房子住了,不像刚来的时候条件那么艰苦。如果身体不舒服,你一定要记得按铃,医生们都在外面候着。"书记交代了一番。

周子淳摆摆手,笑着道："放心吧,我们一定不会给组织添麻烦。明天我们就回到工作岗位,这个关键时期,不能再等。"

书记担忧地看着他,又去看望了另外几个偷跑回来的科研人员,确定大家的身体没有问题之后,这才放心。

次日早晨,周子淳就开始起来锻炼身体,在地上做了俯卧撑。这一次生病,他意识到身体就是革命的本钱,一定要加强锻炼,才能继续为国奉献。他还要等着胜利那天的到来,还要跟欧阳铮铮见面,告诉她,

第三十三章 只争朝夕

他曾经当过一次英雄。等他们结婚以后,他还会告诉他们的孩子……

新的核心车间已经做了重要的处理,设备已经被老宋修理好。看到熟悉的面孔,老宋露出了得意的笑容:"欧阳教授,我可算是把你等回来了。我一定要当面感谢你,要不是你把我推出去,可能我当时就没有了……看看,这个机器是修好的,我已经做过测试了,没有问题,你再试试。"

"辛苦了,老宋。我们离开休息治疗的这段时间,工作一直都是二组在推进。我刚才看了记录,有两个地方还是有问题。一会儿你跟我再核对一下,以后绝不能再出错,浪费时间就相当于糟蹋国家给我们的资源。"周子淳再次强调。

"放心吧,我们这一次回去都已经做了自我检讨,不能也不会再犯同样的错了。"老宋深刻地认识到自己的错误。

看着周子淳那双已经变色的手,老宋心中特别不是滋味。

就是那双手,在那么大压力的情况下,死死地抵住了阀门……老宋不禁泪目。突然,他又想起了什么,于是急切地说道:"对了,我在普通厂区认识了一个姑娘,她现在负责我们厂的内刊编写。听说了你的事迹后,她一直都想要采访你,想要做一些记录,让后人知道,我们厂区曾经出现过一位英雄。不知道你是怎么想的呢?"

"我身份特殊,采访就不必了。为避免消息泄露,我也不希望更多的人知道我。只要我们的实验能成功,其他的都不重要。"周子淳想都没想,义正词严地拒绝了。

"可是,你上次……"老宋对这个比自己年轻很多的小伙子非常尊重,不仅仅是对他专业技术的认可,也是对他为人处世态度的认可。

周子淳摇摇头:"上次我是觉得我们努力的成果马上能付诸实践,成功就在眼前,所以不免有些骄傲。骄傲使人自满,上次的事故我有责任,以后需要更加小心谨慎啊。"

看见这个部门投入了生产,一旁穿着军装的干部神色严峻地说道:"现在啊,人才很重要。主席说过,现在我们的这个研究是举全国之力,可以调任各级的人才。我们一直都在发掘国内外的人才,如果你有发现,可以立刻上报,我们一定竭尽全力把他挖过来。"

"像欧阳这样的人才,咱们还是需要啊。现在人才储备青黄不接,你看看,这个核心部门的几个车间几个小组,全部都是头发花白的老头,最年轻的也四十岁了。欧阳这样二十来岁的小伙子,又稳重,业务能力又强,是我们急需的。"书记再次强调。

"能留学回来的人,基本已经三十多岁了。当时,欧阳要不是被老先生和研究院老教授还有学校几方极力推荐,我也不敢轻易用啊。"将军点点头,回忆起当时的场景,至今还是觉得自己的决定是正确的。

书记又继续说道:"上次勘察组去我们将来要去的地方进行了路线勘探,给北京那边拍了一级加密电报。我的级别不够,不知道具体内容,但是我知道他们做了三条路线的准备,接下来还是要出去勘探才行。"

"我也参与了。这个事情你不用管,交给我们部门,我们主要是保证安全的。"将军点头,带着书记出去。

在热烈的讨论中,工作有序地展开。

欧阳铮铮回到了邮电所,根据自己的上班时间,进入了自己的工作状态。

"咱们这里真的要来新人了,光是靠我们几个人远远不够的。你看,上面又下发任务,我们必须带着设备跟着一辆列车出行。"林学长赶紧过来。

欧阳铮铮看了一下上面的通知:"你去还是我去?"

话音刚落,欧阳铮铮又说:"还是我去吧,你对各个部门比较熟悉,你在这里帮助领导们发电报。"

林学长支支吾吾:"我……我可能也要调走……"

欧阳铮铮抬起眸子,看着眼前的学长,那是他们学校优秀的人才,如今却带着些许疲惫。

"林学长,怎么回事?为什么要走?"欧阳铮铮不理解地问道。

第三十三章 只争朝夕

她是知道的,现在有一些人想着外调。毕竟,金银滩草原真的比一般地方要艰苦很多。

林学长抬起眸子:"唉,我妻子要生孩子了。这么长时间,我就回去了一个月。你可以做到无欲无求,忍着不联系爱人,可是我做不到啊。每次被问在外面从事什么工作,什么时候回来,我的心都悬着。"

林学长已经不如刚来的时候意气风发,有了孩子就要想着照顾家庭,但是这边又是丢不掉的工作,他也非常矛盾。

林学长熟悉各个机构的联络工作以及好几套密码,如果他离开了,肯定是不行的。

"可是……"欧阳铮铮刚要说话,林学长竟然趴在桌子上哭了起来。

"就在今天早上,我悄悄地打了一个电话到妻子的单位。她人在西安,说是下着大雨,她一个人……一个人……"林学长竟然泣不成声。

欧阳铮铮顿时不知道该怎么办,只好拍拍他的肩膀。

但凡是有出外勤的工作,都是他们在跑,林学长总是一个人驻守在地下的通讯室里。

林学长呜咽地说道:"我妻子一个人挺着大肚子去给我妈买药,一不小心滑倒了,现在还躺在医院,也不知道她怎么样了,孩子怎么样了。每当这种时候,我的心里就特别不是滋味,如果我在的话,肯定不会发生这样的事情啊。"

"周科长,我有家,我马上就要当爸爸了,我……我现在就想回到妻子、母亲身边守着,等着我的孩子出生。"林学长很显然已经压抑了很久,痛苦得大哭。

一个三十多岁的成年男子,一直都很成熟稳重,如今在欧阳铮铮跟前哭得像一个孩子。

"学长,别哭了,咱们的工作具有特殊性,多少人都是背井离乡,离开家,离开原来的工作单位啊,共和国不会忘记的。"欧阳铮铮拍拍他的背安慰道。

林学长泣不成声,早上这个来自家里的消息,一直折磨着他,让他仿佛老了好几岁。"

欧阳铮铮又道:"我知道的是,厂区里 223 车间的老张头,以前是做零件,后来受伤的那个。他住在我们东伯利亚房子的右侧,上次回去探亲回来说,他母亲去世了。"

她说着说着,自己的眼泪不禁落下了:"他说他母亲在他来工作的时候千叮咛万嘱咐,一定要为国家效力,不能只顾着自己的小家。国家安稳了,小家才会幸福。"

当时,欧阳铮铮看见以前最爱开玩笑的老张头蜷缩在角落,整个人瘦得只剩下一把骨头,她详细地问了原因,默默地记录下来。

老张头的心中肯定是无限愧疚,可是……没有可是……

林学长的哭声渐渐小了,欧阳铮铮知道,他是把她刚才说的话听了进去。

欧阳铮铮又说:"整个厂区几千个人,我们只是其中一个,多少个家庭都在我们的背后啊。林学长,我们俩是经过层层考核、层层检查上来的,比一般职工还具有特殊性。外面也有通讯部门,而我们能进到核心的通讯部门,足见国家的器重。从进来的那一天开始,我们肩上的责任就比别人更重。"

"我知道,道理我都知道,所以我跟着秦总工过来,怎么样我都认了。以前我还没孩子,可是现在我……我的心里是热爱我的事业的,但是我还是一个丈夫,马上就是一个父亲了,我能怎么办?"林学长极其痛苦和矛盾。

"学长,要不……跟上级申请一下,你回去休整半个月,好不好?但是半个月后你必须归位。"欧阳铮铮也是于心不忍。

现在说再多的大道理也没有用,林学长一门心思只想着家里的那些事。

林学长抬起头,眼睛一眨不眨地看着欧阳铮铮:"那……那我们的工作怎么办,你马上就要出外勤,也不知道什么时候回来,那几个科员也在外面,我们这儿怎么办?"

第三十三章 只争朝夕

"没关系啊,到时候让厂区领导派人来。反正大家都有家,回家,那是人之常情啊。"欧阳铮铮笑笑。

林学长已经停止了哭泣,沉默了一会儿,还是回到自己的座位上,站在通讯设备前,接听电话:"您好,请说代号……"

欧阳铮铮一笑,知道这件事情到此已经解决了,大家都是热爱祖国、热爱事业的人,也知道家国在前,孰轻孰重。

欧阳铮铮坐到自己的工位上,戴上耳机,快速地发电报。

林学长已经投入工作,目光坚定,刚才的哭泣,就当是长期以来工作压力的爆发,现在已经完全解决。

到了他们下班的时间,林学长走到门外拿了一个饭盒,那是有人准时送来的,自己吃完之后,又拿起一份《人民日报》看起来。

不时地,窗户外面有人送来需要发送的文件和电报,都是已经整理好的,然后,通讯科再根据级别进行发送,这就是他们一天的工作。

欧阳铮铮和林学长是有权限查看最高级别文件的通讯人员,其余的人则按情况分类。

在他们的通讯科外,还有一个办公室,那是由部队掌控的。

一切工作都在有序地进行,看到林学长已经平静下来,欧阳铮铮悬着的一颗心也放了下来。

林学长忙起来的时候,欧阳铮铮抽空出去找了一趟冷锋。

冷锋听说林学长家里的事,立刻说:"你为什么不早点跟我说?我们这个厂就是一家人,如果谁的家里有点什么,都是要互相帮忙的。我这就给我的战友打电话,看他们是否能安排个女同志去照顾。"

欧阳铮铮感激万分:"冷主任,那真是太感谢了。"

第三十四章　科研人的浪漫

欧阳铮铮给周子淳的信中写道：

"外面的生活不容易，我渐渐地感觉到自己的生活是那么美满，每天都在做自己喜欢的工作，每天都在为自己的事业而奋斗。亲爱的子淳，幸好，我们没有背叛自己的信仰。"

欧阳铮铮经常在试验地和厂区来回穿梭，通过描述将加密后的电报发给北京的研究院。

周子淳自从回到厂区后，经常是半夜三更被疼醒，或者是工作的时候疼得无法忍受，需要吃一颗止疼药来维持状态。

他们的实验又到了瓶颈期，周子淳、老宋、王教授等人不断地交流、研究，经常是连续好几个晚上不睡觉。

铁二蛋拿着数据急匆匆地进来："我们将化学物品进行了提纯，又通过特殊手段加快它的运转，现在能量已经得到了完全的释放，也不知道这一次是不是能成功。"

"不对，铁二蛋，你这个数据完全不正确，如果一个原子的能量……"周子淳和相关专业的专家进行了新的求证。

老宋急得如同热锅上的蚂蚁，他的头发已经掉光了。

"唉，为什么这个数据算不出来，我明明知道，这是不对的，为什么没有一个对的。方法，不对，我要找方法，肯定是方法问题，我当时是听苏教授说过的，这个我们专门有一个课题，还有……"老宋咬牙切齿。

周子淳仿佛想到了什么，对老宋说："老宋，我记得你那边有懂俄语的人，让他帮我把这份资料翻译出来，然后大家去现场学习。这个老师之前给我讲过课,我知道这一定会有用的。我们先这样去试试。"

老宋木讷地点点头:"我尽量去试试,因为她现在的工作比较特殊,也比较忙,不知道会不会同意帮助翻译。"

"她会同意的,我可以去说。"铁二蛋一听就知道老宋说的人是欧阳铮铮。

周子淳将一张纸递给了老宋:"根据这个人的名字去查找,只要是关于他的论文,一定要做一个简要汇报给我。"

老宋把纸收起来,却被铁二蛋拉扯袖子:"纸片要是想带出去,必须有相关的领导和部门负责人签字,否则,会视为窃密。"

"对,我都忙忘了,欧阳教授,麻烦你先签个字,稍后我找上级签字。"老宋急忙道。最近他陷入了关于数据的沉思,根本不记得这些细节。

铁二蛋看着周子淳和老宋,想着将来欧阳铮铮翻译的资料能交到周子淳的手中,也许,这也是一种特殊的浪漫。

将来有一天,所有的谜底都能揭开的时候,对欧阳铮铮和周子淳而言,会不会是惊喜,或者是感动。

他们俩不知道对方在这里工作,也不知道对方都在做什么工作,两个相爱的人,却因为信仰做了同一份工作,合作了一份伟大的事业。

铁二蛋想到这里,嘴角露出了笑容。

老宋在她的头上拍了一下:"别走神,我们现在正在说的这个事情非常重要,国之重器,不能开小差。"

他们又进入了计算当中,周子淳将最后的数据交给铁二蛋:"你根据这个方案再次进行实验,然后在燃烧物中提取,回头我们开一个组织大会。"

那些老教授在江苏治疗期间,也放不下厂区的工作,于是一起商量好了,必须回到自己的工作岗位上。

领导既欣慰又无奈,只好允许专家们带着伤病回来继续工作。

研究事业再次进入如火如荼的实验阶段。而另外一边,周子淳有时候觉得呼吸困难,不得不出去透透气。

老宋的体力也不如平常,全靠一股劲儿支撑着。

铁二蛋看在眼里,急在心里,也不知道该怎么办才好。

老宋与铁二蛋并肩而行,两个人的身影被月光拉得很长很长。

"那个欧阳教授可真是不容易啊,今天我出去,都看见他疼得大汗淋漓了,可是他愣是一声不吭,吃了颗止疼药又继续工作,一站就是十三个小时。我们如今背水一战,希望能获得成功吧。"老宋给自己打气。

"你还说别人呢,你不也是吗?头发都掉光了,精气神也不如从前,陪着我们没日没夜地提纯、实验、化验,你有时候其实不用这么勤奋的,你完全可以偷懒,对吧?"铁二蛋笑笑,她已经累得筋疲力尽,看上去又胖了一些。

老宋摇摇头:"你说,欧阳那个丫头会给我们翻译吗?她现在这么忙,而且要经常出外勤。但是啊,交给我们学校或者厂区以外的人,我真是不放心,因为上面涉及的东西比较多,我怕被人推测出来我们究竟是做什么工作的。"

"我们给欧阳好好说说,她必须干这件事,这是一件很浪漫的事。"铁二蛋嘿嘿一笑。

在无趣乏味的研究工作里,能制造浪漫,那也是一件很有趣的事情呀。

老宋和铁二蛋进地窝子的时候,已经是凌晨三点多了,欧阳铮铮点灯熬油地正在给自己缝制袜子:"怎么才回来,桌子上有窝窝头,赶紧吃上点。你怎么又浮肿了?"

铁二蛋拿起窝窝头和老宋一人一半,他们说明来意,欧阳铮铮本能地想拒绝。

"我最近是真的忙,你知道的,我……"欧阳铮铮不情愿地说道。

老宋却很生气地拍桌子:"不行,这是组织交给你的任务,反正最后只能是你干,我们信得过的人只有你,交给别人我不放心。"

"可是……我不是翻译啊,你们可以让冷主任找找翻译处的人。"欧

第三十四章　科研人的浪漫

阳铮铮还是拒绝了。

铁二蛋急得窝窝头卡在嗓子眼,上蹿下跳,可真是难受极了。

欧阳铮铮第一次看到铁二蛋如此着急的模样,她几乎要把地面跺出一个洞来,急得团团转。

老宋的脸阴沉沉的,如同草原上早晨的寒霜一般。

铁二蛋依旧很着急:"欧阳,你就帮个忙吧,这样好不好,三十年后,我会告诉你一个秘密,你一定会非常高兴的。"

"三十年后的秘密?铁二蛋,你要是说现在告诉我一个秘密,我还信,三十年后,谁知道会怎么样。"欧阳铮铮把脚丫子抬到椅子上盘腿而坐,忍不住斜眼看了一下老宋拿来的那张纸。

"欧阳爱国,这个名字还真不错,就是你们说的那个欧阳教授对不对?"欧阳铮铮看了一眼问道。

铁二蛋狠狠地瞪了一眼老宋,现在这个老同志一门心思只在科研上,对于这种细枝末节一点也不严谨,她赶紧把有签字的那半张纸撕下来,露出尴尬的笑容。

"理解,理解,我们也经常会做这样的事情。"欧阳铮铮连连说道。

在地下研究所里,他们的工作有条不紊地进行。凭着一个脚步声,一个接收的声音,欧阳铮铮就知道是谁进来了。

不一会儿,外面的门打开了,地下操作间进来了一批人。她知道,那是重要车间的人上班了。

良久之后,她突然听见外面有人很礼貌地打招呼:"欧阳教授好,今天怎么到这边上班?"

随后,很多人都纷纷去跟那个欧阳教授打招呼。

因为不是同一个部门的人,她不能随意去围观,现在,她一直崇拜的欧阳教授跟她一墙之隔。

林学长轻声说道:"这个欧阳教授来到我们厂区之后就一直是骨干,大家都非常崇拜他。你不是在做内刊吗,完全可以去认识认识,说不定……"

"我倒是想认识人家,可是人家是重要人物,轮不到我们这个级别的认识,我还是采访一些普通人吧。"欧阳铮铮笑着说道。

林学长又说:"小欧,谢谢你。我昨天给我妻子打电话,她说有人去帮忙了,还是部队上的同志,她与孩子一切都好,我母亲也住进了医院。我没有想到,我们单位的人都那么好,还给我母亲找了最好的医生,又给我妻子的工作做了调动,离家比较近。"

"不要谢我,是冷锋主任协调的。冷主任和厂区的领导说,我们的工作需要心无旁骛,有困难完全可以找组织,组织会帮我们解决好后勤问题,我们可以没有后顾之忧。"欧阳铮铮的手一挥,朝林学长说道,"以后遇到事情别着急,我们一起解决。"

正说话的时候,有人突然从外面送进来一份电报:"林副科长,这是欧阳教授要给研究院打的电报,需要加密,我没有权限,麻烦您。"

不一会儿,对方有了回执,她写在一张纸上,都是数字,亲自送到门口。

他们里面的是看不见外面的,同样的,外面的也看不见里面的,只有一条能通过一张纸的缝隙。

欧阳铮铮将纸递出去,她不知道的是,外面的人是周子淳。

周子淳将那张纸拿到手,轻轻地叩击两下桌面,表示已经收到。

周子淳也不知道的是,里面的人是欧阳铮铮。

如果此时,他们咳嗽一声,发出声响,也许……也许熟悉对方一举一动的她与他,都能有所察觉。

可是,通讯科的工作就是这么严谨,周子淳也知道自己的身份特殊,也尽量不跟其他部门的同志有任何交集。

不一会儿,通道里又传来脚步声,林学长打了一个哈欠:"夜班组下班了,我们要等三个小时才能出去。"

按照规定,他们不能随意走动。

周子淳是最高级别的科研人员,有证在手,他是可以走动的,他发的每一封电报都必须通过这个重要部门。

第三十四章 科研人的浪漫

周子淳将电报拿走之后,立马走了出去。

王丽娜穿着一身军装,手里端着一个保温盒,脸上带着惬意的笑容,如同春风一般温暖。

她看见了周子淳,笑得越发甜美:"欧阳同志,可算是找到你了,我之前去你的宿舍,可是找不到人,就想着也许你还在路上。赶紧出来。"

"王丽娜同志,请问你找我有什么事吗?有事也以后再说,我最近比较忙。"周子淳简单地打了个招呼,戴上口罩迅速离开。

以前王丽娜觉得欧阳爱国完全是被神圣化了,其实是一个不修边幅的普通人,可是自从知道了他的事迹,她对眼前的这个男人极其崇拜,眼神也渐渐地变得温柔。

他们都不能理解,为什么这些教授一个个都像打了鸡血一样,都跟疯了一样,没日没夜地工作,不顾自己的身体,一门心思埋头于科研。

他们更不能理解,这些科研人员为了一个数据、一个实验会高兴得手舞足蹈,废寝忘食。

只有周子淳知道,每次实验成功,就意味着中国在一点点站起来,国际地位也在逐步提高。

周子淳往前走,王丽娜跟在后面说道:"欧阳爱国同志,这是我专门给你炖的汤,我妈说很有营养,你一半我爸一半,你们俩是我们家的希望。"

周子淳神色严肃,径直回到房间,把门关上,里面的医生似乎听到了外面的声音,笑得很无奈:"欧阳同志啊,你也太铁石心肠了,丽娜同志从你回来就特别关心你的身体,每天都来问候,隔三岔五地给你送汤送吃的,你可倒好,总是冷着一张脸,丝毫不领情,这样会伤害同志之间的感情的。"

"既然没有要交往的打算,为什么要接受她的好意?如果背着我的未婚妻和别的女人纠缠不清,是对两位女同志的不负责。我说过,我会等我未婚妻回来。"周子淳躺下,医生给他输液。

周子淳躺在床上,右手从怀里拿出了一些信件,那是欧阳铮铮写给他的信。

他一个字一个字地反复阅读,已经半年多了,再也没有收到欧阳铮铮的信,也许是因为自己从事的工作具有特殊性与保密性,后面的信件无法送达了。

在独处的时候,他想着那个女孩,心头总会涌上一阵甜蜜。

将来重逢的时候,他们会紧紧地拥抱彼此吧。

输完液,周子淳一出门就看见了王丽娜拿着一身干净的衣服进来:"欧阳爱国,这是春天的衣服,你那些冬天的棉袄之类的就别穿了,脱下来我拿去给你洗一洗缝一缝,等到天气冷的时候再穿。"

第三十五章　等风归来

在重要车间里,周子淳和项目组的其他人正在开庆功会,这个简陋的会议室里,少有地出现了欢声笑语。

经过这两年的努力,他们初战告捷,努力总算是没有白费,攻克了一个重要的技术难关。

李师长当着所有人的面读了一遍领导的贺信,老宋又读了一遍,小蒋也读了一遍。

可以看得出来,大家都非常高兴。

苏教授咳嗽了两声,走到大家跟前:"只要攻克了这个技术难关,我们就可以找到两者之间的关系,这一次是大家同心协力的重要成果,大家回去一定要好好休息,接下来才是最关键的时刻,我们可以高兴,但是不能骄傲。"

"为啥不骄傲,老子就是要骄傲!当年苏联人走的时候可是一丁点信息都没有留下来,我们愣是靠自己摸索,欧阳教授,你说是不是?欧阳太厉害了,说肯定会在期刊或者论文中寻到蛛丝马迹,这不,还真被我们找到了!我们相互钻研,用了一个多月的时间,就学这玩意儿,就要结合,没想到竟然成功了,为啥不能骄傲啊。"老宋站起来,言语激动,动作夸张,笑得也很夸张。

这半年来,他的病情恶化,脸上已经没有血色,牙齿也开始掉落,但是他就硬撑着。

老宋慷慨地发言,还是让人很激动。

周子淳点点头:"是啊,宋工做了很大的贡献,大家都做了很大的贡献。没有想到,我们试一试的态度竟然试出了关键,所以才能攻克这一项技术难关,有所突破就是好事啊。北京方面对我们这项研究成果感到不可思议,毕竟它能缩短足足两年研究进程,好事,大好事。"

"你们都很优秀,我越来越觉得,大家聚在一起,不论年龄,不论学历,只要我们的心朝着一个方向走,就是成功,就是突破,就是胜利。"李师长再度提出表扬。

"对了,老宋,那个不断帮我们翻译材料的同志,你回头要单独谢谢啊!我时间紧任务重不能进行相关翻译工作,可是他做得很好,不仅翻译了,还将重要资料与关键词进行归类,真是尽心尽力,是一个很好的翻译家与知识提炼专家。"周子淳朝老宋说道。

一旁一直默不作声的铁二蛋眼神闪烁,透出晶莹剔透的光芒,立刻应道:"对,那个同志付出了很多,虽然是机打的字体,但是对每一项都很负责,我一看就明白了。"

老宋重重地点头:"对,我回头一定要感谢一下她。"

"我看那个打字机上面写的记号是周与欧,他叫周与欧吗?一定要感谢这位周同志,他就是背后默默付出的人,我们一定不能忘记背后默默付出的人。"周子淳再次强调。

通过这一次的成功,组里的成员都感觉到彼此的温暖,虽然说仪器是冷冰冰的,数据是冷冰冰的,可是这背后的每一项工作都是有温度的。

铁二蛋着急得紧握拳头,她用另外一只手捂住嘴巴,很害怕在关键的时刻将那个秘密说出来。

她很想大声地喊出来:"周与欧就是欧阳铮铮啊,周子淳,你这个大傻瓜,翻译资料里面有很多欧阳的翻译习惯与写作习惯,难道你看不出来吗?"

老宋却乐呵呵道:"那是个女同志,非常有活力的女同志,笑容可以感染整个草原。如果不是你的工作太忙,太特殊,我倒是愿意介绍你们认识,说不定你们还能匹配成对,也算是一段佳话了。"

第三十五章 等风归来 245

"干啥呢,干啥呢,丽娜还在呢,排队也轮不到一个小资料员啊。"王教授不乐意了,自己的宝贝闺女又是送衣又是送饭的,都没有得到欧阳爱国的青睐,怎么会让一个外来者介入。

李师长咳嗽了两声缓解尴尬的气氛:"欧阳啊,你要不要休假一段时间回去看看,说不定你未婚妻也从国外回来了,你可以先回去完婚对吧?"

"这……我们已经半年多没有联系了,可能是我的工作比较特殊,她找不到联系方式,所以信没有收到,也不知道她何时回来。"周子淳陷入了沉思。

李师长又说:"那……要不要我帮你打听一下行踪?"

"不了,不要过分占用资源,我们心里有彼此就可以,总会见面的。"周子淳笑了笑,拿着资料离开了。

一旁的铁二蛋紧紧地捂住自己的嘴巴,生怕自己说漏嘴,她说错了没什么,可是……

进地下基地之前,她宣誓的内容一个字也不敢忘记。

这一年多以来,欧阳铮铮的的确确没有跟外界有任何联系,除了和周子淳通过相关部门转达过书信,也不曾和以前的同学、老师联系,所有人都认为欧阳铮铮去国外学习了,她的名字,也逐渐被人遗忘。

欧阳铮铮悄悄地将周子淳的照片拿出来,这是铁二蛋从学校里偷出来的一张黑白照片。

照片已经泛黄,在多次抚摸之下,也有些褪色了,这是欧阳铮铮手里仅存的周子淳的照片。

以前,欧阳铮铮总是觉得和周子淳毕业之后找到工作就结婚,所以他们很少有合影,更不用说特意去拍照片了。

回到地窝子的铁二蛋看到她,思忖了一会儿道:"三个月后你就休假吧,回北京看一看,也许会有惊喜,说不定子淳那会儿也放假回来了,到时候你们可以趁机登记结婚。"

她的眼神十分急切,目光中带着满满的期许。

跟在她后面进来的老宋也表示认可："咱们的工作压力太大了，还是应该自由一点，你没有必要给自己那么大的压力，休假吧。"

欧阳铮铮也有些动摇。领导和林学长都催促过她休假，即使没有家，也可以回福利院或者学校看看，但是她始终不愿意。

"再说，再说。"欧阳铮铮连声说道。

冷锋急匆匆地进来："欧阳，赶紧出外勤，车子在外面等你。"

"是，收到。"欧阳铮铮赶紧穿上外套就往外面走。

铁二蛋和老宋对视一眼，叹了一口气也离开了。

冷锋在吉普车上开始跟欧阳铮铮交代事情："这是一次很重要的实验，不管结果怎样，一定要按照报告上的内容给北京发过去。这一次实验决定了我们整个厂区的发展方向。"

欧阳铮铮带着电台，在车上就开始调试，随后跟领导汇报："没问题。"

"好，稍后你不用下车，结果出来以后，会有人将报告单发给你，你到时候根据单子发电报就行。"领导再次强调。

"我懂规矩。"欧阳铮铮将车上的帘子拉下来。

少接触人，少被人认出来，这是她工作的基本要求，也是避免将来有更大的麻烦。

在黑暗中，车子晃了很久很久，又是草地又是戈壁，这才来到了一处荒无人烟的空旷之地。

此时已经更深露重，欧阳铮铮闭目养神，另外两个领导已经下车参与相关的工作，就连冷锋也没有资格下车参与讨论与实验，整辆车子上就剩他们两个人。

远处，有一群人正在作业，周子淳和身边的邓教授、王教授正在进行激烈讨论，一旁的人根本没有办法插上话。

这个项目组的核心成员已经完成了前期工作，周子淳屏息凝神，目光盯着远方："再等等，现在风太大，会影响真实的数据。"

"还等什么呢，时间就是金钱，况且，我们研究的时候也没有说过会

第三十五章　等风归来　　　　　　　　　　　　　　　　　　　247

有意外情况。"王教授不乐意,他认为随机的比较接近真实数据。

"天都要亮了啊,咱们现在进行实验,观察会比较清晰,给出的结论也比较明了。"一旁的小蒋也说道,他是绝对支持王教授的。

一群人严肃地讨论着,为了做严密的实验,大家都竭尽全力。

实验还没有开始,欧阳铮铮坐在车里发呆。

"不知道来的都是什么人。"

冷锋回道:"都是一些科学家,一些科研人员。来我们这里的人都是全国各地最优秀的人才,经过很严格的考核选出来的。"

"对了,进入核心部门,一定要有博士学位吗?"欧阳铮铮忍不住问道。

"不会,我们的要求没有那么严格,只要是有能力的人都可以。你还记得关关雎吗?她的进步很大,老宋说把姑娘放到基层锻炼,将炸药提炼的一些方法给研究透了,就可以进行下一步政治审核了。"冷锋随后又道,"你们部门也是断层比较严重,我们正在积极地想办法。"

突然,一声巨响从远处传来。

欧阳铮铮十分警觉:"一定是在进行实验了。"

冷锋打开窗,一阵寒冷的风吹进来,他看过去,远远一阵烟雾腾空而起。

"怎么样,看出什么了吗?"欧阳铮铮紧张地问。

只要是出外勤做实验,总是希望能取得成功的。

这应该是一种心理暗示,这一年,她经常会跟随领导的车,随身带着电报机,听到各种各样的爆炸声。

久而久之,她就盼望着能够得到胜利的消息。如果实验成功了,就可以进行下一步研究,他们距离真正的胜利就不远了。如果实验失败了,大家也不会气馁,胜败乃兵家常事,有好就有坏,一阵落寞之后,大家还是会重整旗鼓,重新投入研究。

冷锋关上窗户,将毛衣递给欧阳铮铮:"穿上吧,凌晨的气温比较低。我要是能看出什么名堂,我就去科研组了。"

欧阳铮铮不接茬,埋头捣鼓自己的电报机,脑子里将最高级别的密码重新过了一遍。

大约过了半个小时,同他们一辆车的领导回来了,手里拿着一张条子:"丫头,你赶紧给相关部门发过去,发完电报我们立刻返程,马上有一个重要会议需要紧急召开。"

欧阳铮铮不敢懈怠,用了两分钟,将上面的内容加密完成发送出去。

冷锋有点疑惑:"你这么快就发送出去,为什么不跟以前一样试探一下,是否有敌人窃密?"

"刚才在跟你说话的时候,我已经检测过了,所以启用另外一套密码,这一套密码只有我和北京九所的通讯员知道。"欧阳铮铮解释道。

领导疲惫地躺在座椅上:"小冷,开车吧,今天并不是很顺利,我们得马上回去总结经验教训。"

"好。"冷锋立即发动车子。

他们的回程也是有时间要求的,几辆车子不能同时回去,分别相差二十分钟或者一个小时,避免路上同时发生意外,这些都是心照不宣的事情。

"丫头啊,每次出外勤都是你跟我们一群糙老爷们进草原踏戈壁的,你们单位就没有年轻人了吗?要是被别人知道了,还以为我们厂区对女同志不好,女人当男人使,男人当牲口使。"领导开玩笑地说道。今天实验没有成功,大家都垂头丧气的,领导想要缓和一下气氛。

欧阳铮铮笑笑,没有回答。到了特定位置,车子暂停了一下。

她打开设备,继续接收信号:

"对方没有应答。半个小时后我们再接收一次。"欧阳铮铮朝领导无奈地摇头。这样的等待过程是非常漫长的,谁也不知道最高领导那边是什么指示。

领导似乎有些焦虑,看着天边的朝霞渐渐地露出颜色。

"天亮了,也许,才刚刚上班吧。这一次实验至关重要,想来……研究院那边也是在想办法,实在不行,核心技术人员必须回一趟北京。"他打开车窗,任由寒风吹打自己。

冷锋和欧阳铮铮面面相觑,谁也不敢吭声,只静静地看着领导一个劲儿地抽烟。

很快,他们又启程了。冷锋把车子开得极快,快到厂区的时候,他们利用特殊通道进了通讯室。

这个时候,对方发来电报,只有两个字——"努力"。

看见这两个字,所有人都松了一口气,意味着这次实验告一段落,没有人被问责。

此时,天已经大亮,但是在通讯室里看不见外面的天空。

"小冷,召集所有人,直接进地下基地开会,无关紧要的人员就不用来了。"领导一边走一边说。

第三十六章　代号老邱

地下基地的内部,科研人员在低声讨论刚刚完成的实验,不仅在总结经验,还在对新的思路进行构想。

"大家都不要垂头丧气的,失败乃成功之母,不要这样嘛。"领导安慰道,脸上带着和煦的笑容,"北京方面也说了,让大家继续努力,没有问责。现在我们是做高级研究,怎么可能一下就成功呢。"

"对啊对啊,当年苏联也是用了七年时间才完成对铀的开发,我们到这一步才用了半年时间,已经很不错了,大家再加把劲儿。"邓教授一个劲儿地鼓励道。

但是一旁的王教授摇摇头:"你们千万不要那么乐观,为什么这么说呢?我们的起步晚,别的国家在我们之前已经研制成功了。如今我们在国际上处处受制,想要站起来,必须在最短时间内研制出来。"

"这一点我赞成王教授的说法,咱们厂区好几千个人,全国四万万人,都是为了咱们这一个项目,我们现在能做到的就是竭尽全力,减少失败。"周子淳沉思了一会儿,将刚刚脑海里的构思写在纸上。

大家都深表认可,邓教授无奈地摇摇头:"如今我们也是背水一战了。来吧,同志们,一起加油。"

"这个是设计单位刚刚设计出来的外形,问我们是否有需要改进的地方。接下来,咱们要给这个大家伙起一个名字了。"一位高级别领导突然进来了,手中拿着设计图。

"老规矩,只能在内部传阅,不允许带走,不允许做笔记,重要的消息记在脑子里。"领导再次说道。

话音刚落,他就将图纸放在桌子上摊开来。

"这是两张设计图,一个是球形的,另外一个是长方形的。"领导再次说道。

大家又进行了一次讨论,整个白天与夜晚不眠不休。

在兴奋激动的时候,大家都忘记了要吃饭,要休息,发表着各自的看法。

为了这个外形,大家还找来了好几位顶级的专家,现场进行测算。

邓教授看着这个雏形的图纸,竟然激动得落泪:"终于能看见希望了,同志们啊,这个就是我们的希望啊。"

"各位同志,我们要为这个大家伙起个名字,要起一个简单的名字。"领导再次说道。

"这个球形的,为了方便,就叫老球。"邓教授很随意地说道。

王教授却不认可:"什么老球,真是不好听,听上去一点文化也没有,叫老邱,仿佛是个人,这个人,就是我们的好兄弟,好同志。"

"老邱也可以,这个名字很大众,将来电报也好发。"一旁的周子淳说道。

大家一致同意,最后,文件下达到通讯科,以后,那个大家伙就叫作"老邱",请通讯科的同志们在发电报的时候注意代号。

欧阳铮铮接到通知后,脸上露出了笑容:"真是个普通又隐秘的名字。"

林学长闻言,抬起头来会心一笑:"对比于其他国家的'小男孩''瘦子'和'南瓜'来说,我们的代号真的很不错,平易近人。"

于是,"老邱"的名字就这么定下来了。

一转眼又到了冬天,似乎日子一天比一天快,但不管是核心基地还是普通车间,大家都根据规划的时间表各司其职。

这时候,欧阳铮铮却因为身体不适被送到了医院,躺在病床上被医生们时刻监管着。

她的工作不能随便跟别人说，但是不说又不能出去，外面领导的车子还等着，北京方面还等着一手资料。

口令密码只有她知道，那一套密码本是唯一的联络方式。

为了防止敌人窃密，也为了让厂区的工作进度得到高度保密，欧阳铮铮和北京方面的通讯人员约好，什么时候用什么暗号，什么时候用几套密码，这些在厂区里只有她知道。

如果这一次任务没有及时传达，谁也不知道会造成怎样的后果。

真的要问责，可能就是欧阳铮铮的责任。

她挪步到窗户旁，心中一直在怪自己，真是太不争气了，什么时候生病不好，偏偏在这个节骨眼上。

今天要出外勤，如今她却被困在这里。

冷锋也真是的，很多事情不方便跟他说，他就胡乱给赵大夫他们下命令，现在可好了，她完全出不去了。

这是在三楼的病房，如今只有门和窗能出去。

可病房的门是由外往里开的，老赵他们还特意从外面锁住，她也没有办法逃脱。

"老赵，你们不开门我就要跳下去了。"欧阳铮铮大声地喊。

可是，外面连个回答的人都没有，现在正是忙碌的时候，整个医院的人手也不够，根本没有人能听见她的呼喊。

欧阳铮铮只能打开窗户爬了出去，手脚并用，尽力扒在暖气管道上，缓缓地往下移动。

她没有受过这方面的专业训练，只看见平时守卫厂区的士兵们是这样训练的。

看起来好像很简单，但是做起来却很难，她几乎用尽了浑身的力气，而且由于长期不运动，手脚完全没有办法协调地往下走。

突然之间，手没有抓稳，整个人往下滑了一大截。

欧阳铮铮的手被刮拉出一道很长的口子，可拼尽全部力气，也才到了二楼。

第三十六章　代号老邱

欧阳铮铮正艰难地往下爬的时候,只感觉到管道晃晃悠悠、摇摇欲坠,她也随之摇晃起来。她的心提到了嗓子眼,风越来越大,管道从墙壁上脱落下来,几颗铆钉掉落,她被悬在了半空。

如今可真是叫天天不应叫地地不灵。她动一下,管道跟着在空中晃好几下。

人在极端的情况下,往往会和平常呈现出极大的差异,所以在这个时刻,欧阳铮铮反倒能冷静下来。

想想左右不过是摔下去,于是她闭上双眼,用力一荡,将自己贴在了大楼的墙上。随后,心一横,顺着管道滑落下来。

由于管道上的接口并没有那么顺滑,她的衣裤也刮了不少口子,衣裤里面的棉花都露了出来。

两只手在巨大的摩擦下,已经满是伤痕。

万幸的是,她没有受很重的伤。

欧阳铮铮也来不及多想,抓起先前扔下来的棉大衣就跑。

一楼的医生们看见一个人从天而降,顿时目瞪口呆,等他们反应过来的时候,欧阳铮铮已经消失不见了。

她把电台拿在手里,带着证件风一般地出了门。

幸好,车子还没发动,领导还在等她。

"还有一分钟,你差点迟到,你可知道,车子不会等你?"领导满脸不悦。他们这些做特殊工作的,把时间看得比什么都重要,讲究的是分毫不差。

欧阳铮铮点头,不敢狡辩,这件事情很显然是她不对。

同行的一个小组员看见欧阳铮铮的手上都是伤痕,不免惊讶地问道:"小欧老师,您这是怎么回事?"

"没事,刚才被关起来了,只能从楼上爬下来。第一次'作战',经验还是不够,以后我得跟着咱们驻扎的部队训练一下,避免再发生意外情况。"欧阳铮铮连连说道。

领导没再说什么,车子出发了。

谁也不知道这车的下一站是哪里,谁也不敢多问,只是车去哪里,他们就到哪里。

这一次出外勤,又是一个月的时间。

他们沿着铁路线一直往西走,也不知道过了多久,根据时间,密码也换了三套,一条铁路走完之后,她才回来。

欧阳铮铮的日记里面曾经写到,在出外勤的时间里,往往会丢失时间观念,总会担心耽误工作,于是只能自己记录时间。

再次回到厂区,已经是隆冬。

草原上冷风呼啸,这一年,不比去年好过。

开春的时候,厂区的领导响应国家的号召,自己动手,丰衣足食,所以开始自己种植土豆、青稞,也去青海湖打鱼,后勤物资渐渐得到保障。基本上能吃饱了,每个人一个月还有二两油的份额。

冷锋还是跟以前一样,听说他们回来了,特意站在厂区的门口迎接,又给欧阳铮铮递上了稀罕的物件。

欧阳铮铮看着铁二蛋吭哧吭哧地跑来,身后还跟着五六个小跟班,那些都是她的学生。

铁二蛋一见面就大声地喊:"你可算回来了,这段时间我们一直在等你,我和冷锋商量了一下,你下个月休假吧,你不是把小崔带出来了吗?可以休息一段时间了。"

欧阳铮铮一脸错愕,背着电台的手换了一边,不理解地看着他们:"为什么一定要让我休假呢?"

铁二蛋摆摆手:"晚上说,我现在还要出外勤。"她回头对其他人说,"你们几个赶紧把东西带上走,咱们这个实验很重要。"

欧阳铮铮看见厂区的副书记,本来一直在设备室徘徊,一看见她回来,突然就眉开眼笑。

"我直说吧,你的假期,我已经给你批好了,正好北京方面也正在换新的密码,你去取吧。"副书记简明扼要地交代工作。

欧阳铮铮悬着的一颗心终于放下来,原来找自己是为了新密码的

第三十六章 代号老邱

事情,那就没有必要那么担心了。

因为工作的需要,也是因为最近窃密的敌人越来越多,厂区的密码确实需要更新换代了。

"小崔是从部队来的,接受的保密教育比我们更严格。这段时间你也是知道的,就让她先代替你半个月,等你把新的密码本拿回来,我们再作商量。"副书记解释道。

欧阳铮铮很不理解:"为什么一定要让我休假?我之前都说了,我绝对不会休假的。何况,到了冬天,我们这里正是需要人手的时候,为什么必须让我休假?"

副书记歪着脑袋,上下打量了一番欧阳铮铮:"不是你委托冷锋和铁二蛋来的吗?这个月是你们科室的小林休息,下个月就到你。等到了春夏两个季节,实验会特别多,到时候你们就不能休息了。"

欧阳铮铮着实不理解,只好将设备归还到设备室,然后离开了。

厂区的冬天很冷,有了前几年的经验,今年他们早早地搜集了衣物,能穿多少就穿多少。

地窝子里面很冷,偶尔会有一些煤块可以生炉子,但也只是最冷的时候才可以使用。

回到东伯利亚的地窝子,欧阳铮铮忍不住把能穿的衣服都穿上,恨不得把被子也裹上。

隔壁家的小孩子哭了起来,声音传了过来。

欧阳铮铮去隔壁看三嫂刚生下来没多久的孩子。

三哥三嫂两口子都是从别的厂区来的。三嫂戴着帽子,孩子的衣服裤子也是缝纫组刚刚做的。

"欧阳,你回来了,这段时间肯定特别忙吧?锅里有热水,你和铁蛋真是太忙了,家里经常都是冷锅冷灶。"三嫂低声说道,对她们两个姑娘真是无限心疼。

用热毛巾擦了擦手,欧阳铮铮将三嫂的孩子抱起来。怀里的孩子软绵绵的,在睡梦中露出甜美的笑容。

"我们还年轻,还承受得住。我们现在最想干的事情就是将我们厂区建设得更好。"欧阳铮铮轻轻地摇晃着怀里的孩子。

她看看四周:"怎么家里什么都没有啊?三哥呢?去哪里了?生孩子了也不回来看看。话说你们搬来这么长时间,我还没有见过三哥呢,都是你一个人在操持这个家,偶尔看见车间的大姐们来给你帮忙。"

"他啊,我也不知道忙什么,我都快半年没有见到他了。咱们这个厂区的人,都是在做自己的事情,我做的工作,我家那口子也不知道啊。"三嫂也是笑笑。

确实没有听说三嫂在哪个车间工作,欧阳铮铮诧异地问道:"那……孩子怎么办?以后谁来带?"

"这一点厂区领导想得比较周全。大一点就可以上厂区的托儿所了,将来会聚集一些孕妇等人看孩子。现在,我可以把孩子带到工作地点去,暂时只能这样了。"三嫂笑笑,对厂区一直都是心怀感激。现在的厂区,也渐渐地变得更好,更周全了。

欧阳铮铮哄着怀里的孩子,三嫂闭上眼睛:"你帮我看着孩子,我困了,想要睡一会儿。"

欧阳铮铮还没来得及说话,疲惫的三嫂已经合上双眼。一个女人刚刚生完孩子,丈夫又不在身边,一切都是那么难,可是她甘之如饴。

周围的人都不知道三哥和三嫂叫什么名字,一开始就唤他们三哥三嫂。

就像很多人开始慢慢地把铁二蛋叫作铁蛋,也慢慢地叫欧阳铮铮小欧或者小周,反正都是含糊不清地叫着。

铁二蛋回来的时候并没有直接回到自己的地窝子,而是拿了一点红糖往三嫂这里跑。

"从核心基地里顺出来的,他们听说我们这里的三嫂刚生完孩子,于是能送的都送了。咱们这里太偏僻了,有钱也买不到好东西,真是委屈了这个孩子。"铁二蛋看见三嫂在睡觉,又继续说,"我去弄点吃的,你在这里看孩子。这孩子可怜,我拜托冷锋,看看能不能去弄点牛奶。"

正说话的时候,冷锋也进来了,手里端着一个搪瓷杯子:"你们都在呢,正好,快点把牛奶热了给孩子喂下去,我明天再想想办法,可不能饿着这个小家伙了,咱们厂区诞生一个小生命多么不容易啊。"

铁二蛋接过搪瓷杯子放在炉子上,问道:"三哥呢,什么时候回来?"

"不知道,我哪里管得了那么多,二厂区的我基本上不认识。等满月了,可以把孩子交到轮班休息的人手里带着,咱们这么多人,养活一个孩子还是很容易的。"冷锋看了一眼怀里肉乎乎的小人儿,产生了怜悯之心。

大家都知道,这个地方很贫瘠,刚来的时候什么都没有,只有三顶帐篷,经过几千人的努力,才渐渐地有了现在的产业。

很多设备,都是顶级的,专门修建铁路送过来的。

铁二蛋找到了一个类似奶瓶的容器,冷锋将温热好的牛奶递了过去,将牛奶装好递给欧阳铮铮,慢慢地喂进怀里孩子的嘴里。

第三十七章 喜上眉梢

欧阳铮铮盯着眼前的两个人,总觉得他俩之间的气氛有些微妙。

铁二蛋和冷锋的眼神是那么真诚,两个人说话的语气又是那么心照不宣,就连脸上神秘的笑容也如出一辙。

冷锋察觉到欧阳铮铮的眼神,走过去,将铁二蛋拥入怀中,脸上带着宠溺的笑容:"对,我们俩已经在一起了,我们俩希望能得到你的祝福。"

"我的天啊!"欧阳铮铮发出不可思议的感叹,脸上却是非常羡慕的神情。

铁二蛋点点头:"对啊,我们俩可是将深厚的革命友谊进行了升华,血与泪的青春铸就了坚定的感情,我们希望能得到你的祝福。"

"对,我们俩一次次地互相救赎,最终让我们走在了一起。欧阳,你不是说你没有家人吗,我和二蛋考虑了一下,以后你就是我们的家人,你跟我们一起回家,我们家就是你的娘家。"冷锋的语气很诚挚。

欧阳铮铮蓦然落泪,只觉得这一切都是那么突然,一切都是那么惊喜。

她兴奋得点头,心中高兴得无以言表。

听到声音,三嫂也醒了,笑道:"幸好有你们帮忙,这些天来我总算是睡了一个整觉。冷主任,铁工,我等着喝喜酒呢,你们一定要幸福。"

欧阳铮铮只觉得鼻子酸酸的:"真好,真好。"

所有的心里话已经汇聚成两个字,那就是真好。

冷锋笑着说道:"半年前,你出外勤了,我和二蛋在一次爆炸中被困。当时我们俩互相扶持,最终,她救了我,从那以后,我就对这个胖丫头改观了。"

"你也救了我啊,我跑得慢,要不是你把我扑倒了,可能现在我就是一堆肉馅了。"铁二蛋的眼神温暖,少有的温柔给了冷锋。

冷锋点点头:"也许啊,上天注定让我们在一起。我们是天大的缘分,只不过以前,总觉得欧阳的光芒太盛。"

"不好意思,都是我的错。"欧阳铮铮举起一杯水,算是自罚三杯,"我干了,祝福你们。"

"欧阳的光芒再耀眼,也只属于那个远在国外求学的子淳,而你的光芒只有我才能发现。"冷锋看向铁二蛋的眼神是那么深情。

铁二蛋转过头,两个人的眼神对视,从周围的气氛中都能感觉到甜蜜。

铁二蛋又说:"你就跟我们一起回家吧,我们已经跟双方的父母说好了,以后你就是我们的家人,我们的父母就是你的父母,将来子淳回来了,你就从我们家里出嫁。"

"好,好,我一定跟你们回去。"欧阳铮铮落着泪回答。

自从周子淳走了之后,他们俩就一直处于分别的状态。而从那天开始,她就没有家了。

冷锋突然说道:"对了,你说的周子淳,我已经拜托人查了德国的大学,可是并没有找到这个人,是不是有误啊?我受厂区领导委托,想要帮你联系的。我们厂是很人性化的,不会阻拦有情人终成眷属,你也不要有这么固化的思想。"

"算了吧,说好的不联系。他毕竟是在国外,而我掌握的都是机密。"欧阳铮铮笑着摇头,突然看向电灯,眼泪忍不住又落下。

每当看见身边的人一对又一对地成家,她的心中就格外落寞难受,也不知道什么时候自己才能有一个家。

冷锋说道:"明天一厂区开会,欧阳要是有时间的话,就给我们做一次内刊报道,大家都要了解一下我们的会议精神。虽然我们远在草原,也是要学习的。"

"好,没问题,正好我明天休息。"欧阳铮铮忙不迭地答应。

铁二蛋打了一个哈欠对三嫂说:"三嫂你今晚再好好睡一觉,我们把小娃带回去睡,正好还有牛奶,放心吧。"

这个小娃从此就跟吃百家饭一样,谁有时间谁带,三嫂的身体也渐渐地康复了,恢复了工作。

厂区里有新的生命降临,也有生命在加速逝去。

那是一次实验的间歇休息时间,老宋靠在机床旁边休息。

他不断感叹道:"欧阳啊,铁蛋啊,恐怕我的时间不多了,你们……你们一定要继续努力……去见识那些我未曾目睹的人间景象。"

周子淳拍拍老宋形如枯槁的手,那双手已经瘦得只剩下一把骨头,而且呈现出焦黄的颜色。

"老宋,别这么悲观,我们要相信自己。我们要一起看见实验圆满成功,我们的研究不是在此止步,我们要研发更高级的技术。我们要去月球,美国人能干的事情我们也能干。要知道,上次比赛,我一个人干掉了无数老外,独领风骚。我尚且可以,我们那么多科研人员,一起努力,一定比老外们厉害。"周子淳咳嗽着,却憋着一口气,将心中所愿说出来。

老宋露出了微笑,这笑容中饱含对未来的憧憬。他当然知道,这样美好的愿望终究会实现的。

中国人,几千年来就是有着不屈不挠的精神,有着不服输的精神。

周子淳重新戴上了口罩:"我们一定会看见前所未有的盛世,我们伟大的党会把我们带到另外一个高度,我们相信有这么一天。"

邓教授点点头:"我们都相信会有这么一天。但现在,听我的,轮流休息吧。"

老宋低声说:"那这个月我休息。我得回去把后事交代一下,家里的老婆子还在等着我,孩子也等着我。当年啊,我还答应给太太写一首长诗,这辈子,终究是我对不住她了。"

众人听见老宋的这些话,心中都是酸酸的,不知道用什么话来安慰他。

铁二蛋问了一句:"我也下个月休息结婚可以吗?我只要一个星期。"

"当然可以啊,你是属于车间的,你跟冷锋同志商量。"老宋挥挥手。

铁二蛋看了一眼周子淳:"周……欧阳老师,我希望我们两对新人能一起登记结婚,让我们的学校为我们的爱情做一个见证。"

"好,都快两年没见到她了,不知道她好不好。我们这里的确是不好跟外界联系,不知道她……"周子淳低声道,心中充满了期许。

....

得知了周子淳确切的休假消息,铁二蛋开始不断地怂恿欧阳铮铮休假,希望在这个短暂的时间内让他们两人结婚。

等候与盼望是一件很磨人心的事,也是一件耗费时间的事。一万年太久,只争朝夕。

所以,她能做的,就是帮助两个人在同一时间休假,然后在她的促使下,让两个人见面。

欧阳铮铮手里拿着土豆,还没进门,就听到了三嫂的哭声。

"我生孩子的时候你不在,我坐月子的时候你不在,你现在就回来看一眼,孩子都没见过你,你就不能等孩子睡醒了,看你一眼你再走?"三嫂声泪俱下,将心中的委屈与怨愤都倾泻出来。

三哥的声音洪亮,来回踱步:"淑芬,你就放我出去吧,整个队伍都在等着。我们要出外勤,你也知道。咱们的工作都是最高机密,不能说的,我知道对不起你和孩子,我们当时……"

她看到了三哥,终于知道为什么三哥一直都没有回来了。

原来,她在出外勤的时候见过三哥。他一直都在戈壁里面看守,那个地方非常偏僻,听说是重要部署,不能与外界联系。他们那个地理位置的坐标,只有几个人知道,厂区领导都不一定知道。

和欧阳铮铮点了个头,三哥就像一阵风一样跑走了。三嫂在门口目送,直到看不见他的身影。

这时候,三嫂才转过身擦干眼泪,说道:"不好意思,让你见笑了。半年了,可算是见到他的面。但是回来都没坐下,换了一身衣服又跑了。孩子还在睡觉,他抱了一下就走了,甚至都没等到孩子睁眼看他,你说说……能不气吗?"

"咱们的工作特殊,从一开始进厂区的时候,我们就知道了。但是啊,道理都懂,真正到了自己的那一步,还是难以迈过去。"欧阳铮铮进门,把土豆放在炉子上烤。

三嫂点点头:"不是我不懂事,不识大体。女人啊,总是有脆弱的一面。他说得对,我们把苦都吃完了,将来孩子就只剩下甜了。"

"对,一切都是为了国家,为了我们的下一代,为了后代人。"欧阳铮铮露出了久违的笑容。

三嫂坐下之后,开始把牦牛毛捻成线:"他常年在外,我也帮不了什么大忙,我听说牧民朋友们都是这样做的,我也学学,能给他保暖。"

欧阳铮铮知道,三哥三嫂夫妻俩这种情况,是厂区众多夫妻的缩影。他们虽然那么平凡,但反映了整个厂区所有人的生活状况。

厂区的设备虽然很先进,厂区的人也都非常有技术,可是这个厂区的生活,真是太寻常了。

他们住的地窝子还要靠自己动手挖。想要扩建的话,就要继续往里把土挖出来。这些挖出来的土,还可以再度利用,建成新房子。

突然之间,不知道是谁喊了一声有人要生孩子了,所有人都从地窝子里面冲出来。原来是孟姐。大家赶紧将她送到医院去生孩子。欧阳铮铮到的时候,孩子已经被护士们抱在怀里了。

孟姐叹了一口气,仿佛没事人一样:"之前听三嫂说,生孩子会要半条命,我怎么觉得一点事情也没有啊,我感觉我现在还能去上工。"

"那是因为你年轻,而且你之前比较喜欢锻炼,所以好生。"一旁的护士说道。

她们看见欧阳铮铮进门,连声说道:"孟姐,你不是说要给丈夫报平安吗？让欧阳去，欧阳是邮电所的。你告诉她怎么联系家里人，你生了一个大闺女，白白胖胖的大闺女。"

欧阳铮铮惊讶地看着孟姐，她们是第一次见面。

赵大夫也道："欧阳啊，给小孟帮个忙，一个女人在厂里不容易，咱们能帮则帮。"

"好的，孟姐，你跟我说一下联系方式，我去邮电所排队帮你拍电报。"欧阳铮铮顺手将一点红糖放在桌上。

孟姐正要说话的时候，突然之间喘不上来气，眼睛直勾勾地看着赵大夫。

赵大夫大喊一声："欧阳你先带着孩子出去。快，紧急抢救。"

护士将孩子放进欧阳铮铮的臂弯里将她推了出来，然后关上了病房门。

欧阳铮铮不知所措，看着怀里哇哇大哭的孩子，她一点办法也没有。

幸好一旁路过的大妈看了一眼，说："这是饿了，孩子饿极了，赶紧给她弄点吃的。"

欧阳铮铮愣愣神，把孩子裹在自己的军大衣里，赶紧往东伯利亚走去。

一路上欧阳铮铮的眼泪哗哗落下，她十分担心孟姐的情况，也不知道孟姐会怎样。

刚进三嫂的地窝子，三嫂和花阿姨一看到她就赶紧起身："你这是怎么了？怎么了？"

第三十八章　照拂她的梦

欧阳铮铮从自己的大衣里掏出了一个皱巴巴的婴儿，婴儿睡得很熟。

三嫂吓了一大跳："欧阳，你什么情况？这个孩子怎么回事？"

花阿姨一向是一惊一乍的，看见这个孩子，眼睛瞪得大大的，赶紧从她手里接过孩子，问道："你从哪里捡来一个孩子？当娘的去哪里了？"

"是孟姐的孩子。孩子饿了，医院什么也没有。有吃的吗？"欧阳铮铮惊慌不已。

三嫂赶紧把自己孩子的奶瓶拿过来，一边热牛奶，一边说道："小孟平时身体挺好的啊，生的时候不顺利吗？"

"我也不知道，突然就不行了，我被吓到了。"欧阳铮铮脸色惨白地回答。三嫂又连忙给孩子喂奶。

"刚生下来的孩子，这么轻飘飘的，当爸的又不在身边，这可怎么得了啊。希望小孟没事。真是可怜。"三嫂连连感叹。

花阿姨也不断地往外面看："一会儿孩子吃饱了，我们还是抱回医院去，有孩子在，当妈的好歹能坚持。只要听见孩子的哭声啊，当妈的哪怕是刀山火海也要闯过去。"

欧阳铮铮木讷地点头，她也是第一次看见这样生离死别的事情，心里早已没有了主意。

小小的婴儿根本不知道发生了什么，喝完奶后打了一个饱嗝，又沉沉地睡去了。

"这小孩子多可怜啊,眼睛都没有睁开。走吧,欧阳你裹住她,我在前面挡住风。"花阿姨的眼神之中满是怜悯之意。

欧阳铮铮又将婴儿裹在衣服里,带着她进了医院。

进门的时候,她看见医生和护士的脸上都是阴郁的神色。

看见欧阳铮铮抱着孩子回来,一双双眼睛顿时充满了愧疚和怜悯。

刚进门就感受到了异样的气氛,欧阳铮铮被冻得发紫的脸已经摆不出任何表情,完全麻木了。

赵大夫看见她们来了,很久之后,才缓缓地摇摇头。

"已经没了。让孩子进去看看母亲吧,这是第一次看母亲,也是最后一次了。"赵大夫的眼泪落下。

欧阳铮铮赶紧抱着孩子冲进去看孟姐,她已经闭上了眼睛。

"孟姐,我把孩子带来看你了。对不起,刚刚认识你,你就不在了,还没来得及帮你跟丈夫汇报一下,你们有了一个闺女。"欧阳铮铮轻声说道。

欧阳铮铮抱着孩子的脸贴近孟姐的脸:"好孩子,感受一下在母亲身边的感觉吧,这是你最后一次感受她的体温了。"

小孩子什么都不懂,只是咂巴了一下嘴,突然高声哭起来。

花阿姨柔声说道:"帮孩子跟她母亲道个别吧。以后,这个孩子可怎么办啊?"

冷锋急切地赶来,身后还有铁二蛋他们车间的人。

铁二蛋进了病房,眼泪就无声地落下:"怎么会……为什么……"

"生活太艰苦,以前你们从事的都是高危工作,可能对身体产生了影响,很多种可能性,唉……"冷锋表面上保持冷静,拳头却紧紧地攥着。

铁二蛋进门之后,接过孩子抱在怀里,低声安抚:"不哭了,乖啊,听话啊……"

冷锋让医院的人处理后事,其他人留下来商量,如何照顾孩子的问题。

大家围着桌子商量,花阿姨负责照顾孩子,时间一分一秒地过去。

冷锋先说道:"欧阳,联系孟姐的家属就靠你了。这是具体资料,注意不要外泄,孟姐是涉密人员。"

"好,没问题。"欧阳铮铮说道。

冷锋又道:"花阿姨,你和三嫂就辛苦一点,先帮忙照顾这个孩子,再看看以后该怎么办。"

"好,交给我吧,这么可怜的孩子。"花阿姨一边说一边流泪,如果是自己的小孙女,一定心疼死了。

冷锋看了看四周:"现在最紧要的任务是联系孟姐的家人,孩子是他们的希望啊。"

"我知道了,这就去邮电所办这个事。"欧阳铮铮拿着孟姐的资料赶紧离开了。

她看了一眼时间,知道这不是公事,不是关于科研方面的事情是不允许用地下基地的电台或者有关设备的,只能在上面通过总机联系。

她先找到孟姐以前的单位,可是以前单位的领导却说从来没有孟姐这个人。

一旁的林学长也很惊讶,低声问道:"为什么会没有这个人呢,明明就是东北这个厂过来的人,上面写得清清楚楚。"

"因为工作需要,可能隐瞒了吧。如果你现在打电话去我们学校找我的信息,肯定也说没有我这个人。"欧阳铮铮知道,这是对重要人员的必要保护。

林学长有点迷茫了,上面的信息虽然不少,可是现在工作单位说没有这个人,就找不到更多的信息。

"联系孟姐的家里吧。"欧阳铮铮又说道。

孟姐的家在一个农村里,等到镇子上的人回电报的时候,这才知道,她的家里已经没人了,无法联系。

如此一来,事情就陷入了僵局。冷锋又来问了两次,还是不知道如何往下推进。

次日清晨天刚亮,冷锋就已经在车站等候了。他看见林学长和欧

第三十八章　照拂她的梦　　　　　　　　　　　　　　　　267

阳铮铮下班,赶紧喊道:"我说两位祖宗,你们的行踪也太神秘了啊。我没有联系外界的权限,只能靠你们了。怎样?找到了吗?"

此时,火车正好也来了,这是通勤车,他们坐上了火车之后继续说。

林学长摇头叹气:"也真是奇怪,按理来说,不会有我们找不到的人。可是这一次,根本联系不上孟姐的家里人,她以前的单位说没有这个人。于是我们就试图去联系孟姐的丈夫,那边也说没有这个人。难道孟姐的丈夫也在我们厂?"

"不可能,我查过孟姐丈夫的资料,不在我们厂。孟姐给的信息很少,二蛋说孟姐也是做化工类的工作,一直都在东北厂上班。"冷锋思来想去也找不到头绪,"总院那边说,如果没人来……可能就要火化了。"

欧阳铮铮忍不住内心一颤,火化了,那这个人在这个世界上彻底消失了。

林学长惊呼:"那他们家里人是不是见不到最后一面了?不行,我们再想想办法,看看能不能联系到相关的人。"

"我找了,孟姐之前单位一起来的人,他们说过,孟姐的丈夫是军人,可能……要么就是执行特殊任务,要么也牺牲了,否则……怎么会联系不到。"欧阳铮铮哽咽了,如此一来,真是一点辙都没有。

冷锋着急得一拳打在火车的墙壁上,引起了周围人的侧目。

欧阳铮铮又道:"我还查了邮电所孟姐之前跟家人写信和通电话的记录,很可惜,电话记录已经没了,发电报的电台也没了,没有信号。"

"通信的信息呢?她有了身孕,肯定要和她丈夫说的。"冷锋仿佛看到了希望。

欧阳铮铮看了一眼四周,眼泪在打转:"我已经核对过了,这个信息就是一个代号而已,一般人查不到。那个小小的婴儿,如果找不到家里人,就成孤儿了。"

"冷主任,你不是说你在部队上认识人吗?你可以叫你的战友帮忙想想办法啊。要是这个孩子找不到家里人,以后可怎么办哟。"林学长马上就要当父亲了,对孩子的事情也很是上心。

冷锋思考了一下:"不行的,很多地方我们都不知道的,看来……"后面的话,却让大家都陷入了沉思。

他们回到了冷锋的办公室,众人面面相觑,花阿姨带着孩子也来了。孩子已经睁开了眼睛,在好奇地打量着这个世界,时而又会露出甜甜的笑容。

花阿姨问:"联络上了吗?找到了吗?咱们可怎么办?"

众人不语,落寞的表情已经告诉了花阿姨答案。她的神色也逐渐变得失落、伤感。

冷锋的声音沉重:"我已经跟厂区领导汇报了此事,他们说,如果再联系不到,就进行遗体火化。这个孩子,咱们厂区就先养着。咱们这么大的厂,难道还养不了一个孩子吗?"

大家闻言只能点头。话虽然这么说,可孩子终究得有家人啊。

"我已经让林学长帮忙了,接下来他会继续联系孟姐的家里人,看看能不能联系上。"欧阳铮铮轻声说道。

花阿姨坐下,抱着孩子轻轻地摇晃:"恐怕是不行的,毕竟她丈夫的身份也是机密,真是……唉……可怜了这个孩子……"

"如果组织相信我,就把这个孩子交给我吧,以后我会从工资里拿出一部分,用于抚养她。"欧阳铮铮说道。

大家愣了一下神,纷纷开始表态,都说自己愿意收养这个孩子。

"你这丫头,你自己都没有结婚,你拿什么抚养眼前的这个孩子?我的意思是,你工作那么忙,单单有钱是不够的啊。"花阿姨担忧地说,"你自己都是个孩子,要是再带一个孩子,别人肯定会风言风语的,你以后怎么结婚?"

"我不在乎啊,我相信我未婚夫回国后也会接受她的。我们俩都是孤儿,有个人做伴,我们就是一家人了。"欧阳铮铮没有丝毫犹豫。

铁二蛋也说道:"按理说,这个孩子应该交给我们车间。孟姐是我们的人,我也义不容辞。我和冷锋马上要结婚了,如果冷锋同意,这个孩子就是我们的长女。"

第三十八章 照拂她的梦

她的眼神里是少有的温柔,也是少有的冲动。

良久过后,冷锋露出了一抹笑容:"以后这个孩子就是我和二蛋的长女,姓冷、姓铁都可以。我母亲退休了,可以帮我们抚养这个孩子。"

欧阳铮铮的眼神显现出无比坚定,她把自己的双手放到桌子上,再一次核对上面的信息,那是关于孟姐的所有信息。

"你们俩就喜欢跟我抢,我说得很清楚了,孩子跟我姓,是我的孩子。"欧阳铮铮再次强调。

大家伙也都纷纷说:"可别是你们两家的啊!这个孩子是我们厂区出生的,又长得那么可爱,这孩子自然有我们的份儿,你们可不能独占。"

"对啊,小欧,我们的工资虽然不如你,但养活一个孩子,也有我们的份儿。"

…………

大家正在讨论的时候,铁二蛋又问道:"怎么样,还有什么有用的信息吗?"

"我今天早晨试着让研究所去联系孟姐的学校,可是对方真的太严谨了,什么都没有说,得不到一点有用的信息。"欧阳铮铮叹息道。

冷锋也说:"相关的单位我也问过了,估计她把自己丈夫的名字写成了化名。咱们这群人到厂区来,很多人也是用化名,所以问以前的工作单位或者是学校,很难找到有用信息。"

这一场讨论结束后,花阿姨带着孩子先回去,一切费用由欧阳铮铮先行承担。

因为没有人抢得过欧阳铮铮,就连冷锋和铁二蛋也抢不过,大家拗不过,只好由着她。

厂区的冬天是很难熬的,每个人都害怕过中秋节,因为中秋节一过,意味着身上的衣服要加上一层又一层,把能穿的都穿上。

一场大雪过后,根本看不出来在茫茫草原上还有这么一个基地。

这也是为什么当初领导选址的时候,将基地建在了草原上——草原的地理位置很隐蔽,而且干燥寒冷的环境利于试验品的研发与储藏。

欧阳铮铮和林学长还在研究控制总线路。

夜晚的基站是很清冷的,身边还有一个刚来的小姑娘林芝。据冷锋说,她出身良好,父母都是爱国人士。

林芝昏昏欲睡:"小欧老师,我们整天戴着耳机什么也没有听到,要不我们出去玩玩吧。我听我哥说,草原上可以烤全羊,还有篝火晚会,有时候可以喝酒,一喝就是一整天,我哥在昆仑山当兵的时候就是这么说的。"

"我们都希望有那样的一天,但是我们的工作不允许我们喝酒,我们需要时刻保持清醒。"欧阳铮铮看着眼前这个还不满二十岁的小姑娘,露出了温暖的笑容。

林芝叹了一口气:"我曾经在内蒙古当过兵,十二三岁时就开始了军旅生活了,一直从事通讯工作。实际上,我应该去上大学,可是我爸爸说这里更需要可靠的人,所以我就来了。"

"你很厉害。"欧阳铮铮夸奖道。

一旁的林学长对这位小姑娘却没有什么好脸色,总觉得她是通过关系进来的,并不像他们,是因为专业技术过硬且通过了层层考核才得以进入通讯科。

林学长冷笑了一声:"我们这里并不是说会发电报接收电报就行,还要学会监听与反监听,以及自我升级设备,对密码进行严密的掌握。不是所有人都能来的,通过了五六千人的选拔,也就进来了一个小崔。"

"小崔老师非常谨慎,听说基地的领导有意让他将来接替小欧老师的位置。"林芝没什么心眼,对这个基地的人似乎也没有什么防备之心。

林学长接着说:"帮我把这份电报翻译一下,然后放到二号窗口,二号窗口有密令,注意来取时的口令。"

说完,林学长毫不犹豫地把一张电报单子递给了林芝。

林芝没接过来,而是用求助的眼神看向欧阳铮铮:"小欧老师,我刚来两天,业务还不熟练。"

第三十八章 照拂她的梦

"林芝同志,我帮不了你。从来到这里的第一天起,我们就必须开始执行任务。我们俩现在正忙于监听工作,这些接收与解码的简单工作就交给你了。"欧阳铮铮严肃地说。

林芝噘嘴:"可是……我还没有背下来,我不知道该用哪一套密码本。"

"请尽快完成自己的工作,小欧老师在你刚来的第一天就已经对你进行了相关培训。"林学长有些不满地说,随后又低声补充,"我们的试用期只有三天,如果这三天你不合格,我们会向上级报告。我们这个基地的内部通讯科,宁缺毋滥。"

林芝被林学长的严厉态度吓到了,她甩了甩自己的两根小辫子,生气地拿着电报单子离开了。

欧阳铮铮低声道:"你对她是不是太严苛了?毕竟她还小,可能一直被宠着长大的。"

"不行,我不希望将来别人提起她时会说,她是从我们这里出去的,却什么业务都不懂,那会让我们丢脸。"林学长现在变得十分严苛,甚至有点吹毛求疵。

突然之间,欧阳铮铮敛起笑容说道:"学长,你听,快调整到334频道……快一点……如果我没记错的话,这个月已经是第二次出现这种情况了。"

第三十九章　奇怪的电波

林学长手耳并用,利用自己的专业判断及时调配。

过了一会儿,他的脸色变得铁青:"这不是我们的信号台,但信号如此清晰,肯定是离得很近。"

"之前我以为是厂区的信号,后来我发现这不是我们惯用的手势,倒有点像 A 国的……秦老师在的时候教过我。"欧阳铮铮一边说,一边用笔做下记录。

林学长见状,等到信号消失后目光冷了下来:"必须上报,不允许任何人对我们厂区的电台设备进行监控,这是死命令。"

欧阳铮铮思前想后:"如今上报了也没用,林学长,要不,咱们计划一下,把这个电台揪出来,把这个敌人抓出来。"

"你有什么打算?"林学长只觉得欧阳铮铮的想法不错。

欧阳铮铮低声道:"没有比较成熟的计划。以前领导只让我们避开,尽可能避免让别人知道我们基地的秘密,所以从来不正面交锋,但是这一回,对方有点挑衅的意思了。"

"话虽然如此,我也知道你心里憋屈,觉得应该反击。可是我们不能就这样暴露自己,还是以避开锋芒为主。"林学长思考了一会儿,觉得还是用保守的办法应对比较好。

欧阳铮铮在名义上虽然是领导,可是但凡有问题总会找林学长商量,他们之间已经形成了默契。

林学长比较沉稳,欧阳铮铮比较激进,一静一动,正好形成互补。

秦总工还在的时候就说过,她的左膀右臂就像双剑合璧,很可惜她没法看见了，只能给组织留下两个利器对付敌方。

欧阳铮铮道："他们已经发现了我们，如今一次次挑衅，不过就是想窥探机密嘛，如果我们不反击，他们肯定会变本加厉。"

"小欧，我理解，如果这件事情我们处理得不好，很有可能发生反弹。如今咱们的上空有各国的间谍在监视，唯恐我们生产出强兵利器，对他们造成打击，所以我们……我们还是以保守为主。"林学长说道，"我一直跟着秦老师学习，知道如何巧妙地避开敌人的监控，这一点我是很有经验的，在神不知鬼不觉当中就把电报发到北京去了。"

"可是秦老师教给我的是，只要遇到敌人就打击，不能心慈手软，必须让对方看看我们的决心。"欧阳铮铮站起来据理力争。

一旁的林芝一边哭一边在资料室找相应的密码本，看见他们两个人争得不可开交，哭得更加伤心了。

这一次谁也没有办法说服谁，两个人说话的语气渐渐激烈，气氛顿时紧张了起来。

小崔进门后，听出了一个大概："小欧老师，林老师，能听听我的意见吗？"

"你说，小崔。你来的时间也不短了，咱们三个就是掌握重要密电的人，所做的一切都是要小心谨慎的，否则，一着不慎，满盘皆输，我们现在输不起。"林学长拍着桌子说道。

欧阳铮铮对小崔做了一个请说的手势，自己则坐回工位上，一边监听相关的信号指示。

小崔给他们俩各倒了一杯水，看着他们喝下去之后，才说道："两位老师都是为了我们这个基地好，但是你们的顾虑大家心里都明白。如果没有特别好的办法，我的建议是避其锋芒。咱们只是为了联络，不要引起不必要的斗争。"

"可是……人家在日夜监听我们，如果到了关键时刻，我们必须在特定的时间发电报，怎么办？我们怎么躲？北京来的信号被截获又怎么办？咱们应该居安思危，必须宣示主权。"欧阳铮铮愤愤不平地说，

"那个信号已经出现第二次了,如果有第三次,对方肯定能发现一些什么,不要太小看敌人。"

"但……我们没有更好的办法,不是吗?如今是我们厂区科研的重要阶段,那一组电波也许只是在试探。"林学长再度说道。

小崔看见他们争得面红耳赤。林学长在安全保护方面的经验很丰富,而欧阳铮铮则具有很强的斗争意识。

两人争执不下,小崔也不知道该怎么办才好。

"小崔,你继续监听,那一组电波我已经记录下来了,虽然看起来杂乱无章,但能摸得出是哪个国家的。你分析一下。"欧阳铮铮深吸一口气,他们如今所在的环境真是内外交迫。

要想站起来谈何容易?可是,中国人的骨子里就是有不屈不挠的精神。

欧阳铮铮主张捍卫自己的通讯安全,禁止任何国家以任何手段监控己方的通讯设备。

林学长主张以静制动,毕竟现在这个阶段谁都耗不起,敌退我进,敌驻我扰,发挥优良的作战作风。

小崔觉得两位老师都说得非常有道理,那些都是自己平时很难学到的。他原本只是想来劝解一下,没想到也陷入了矛盾中,不知道该怎么办。

一旁的林芝拿来翻译的母本递给欧阳铮铮,听见他们正在争论的问题,嘴巴张得大大的。

"你们是在说笑话吗?又不是打仗时期,我们国家现在非常和平,哪里来的什么敌人?"林芝觉得不可思议,只觉得两位老师说的这些话是危言耸听。

欧阳铮铮只是看了一眼上面的数字,声音变得很冷:"林芝,全部错了。在我们部门,不允许你犯错,这是我们的老师对我们的教导。我希望,你这辈子只犯这一次错误,记住,只有这一次错误。"

林学长也看了一眼上面的翻译,顿时暴跳如雷,憋着的火终于彻底

第三十九章　奇怪的电波　　　　　　　　　　　　　　　　275

爆发。

"小林同志,如果你不会,你可以过来请教,而不是活在自己的世界里。我们的位置很重要!"林学长站起来劈头盖脸就是一顿责骂。

林芝下意识地看向欧阳铮铮,希望这位年轻的女领导能救一救自己。来到这个单位后,虽然说是重要岗位,但真的感觉自己把这一辈子的骂都挨完了。

林芝双眉紧蹙,脸颊下沉,嘴角向下撇,眼眶的泪水在打转,似乎下一秒就要彻底崩溃。

小崔也不敢说话,按理说,小崔是欧阳铮铮带出来的学生,林芝是林学长带的学生,他们是互不干扰的。

况且,林芝这一次犯的错误确实很大,电码翻译错误,将会耽误很多事情,这是绝对不允许的。

欧阳铮铮的脸阴沉沉的,刚才的争执让她十分郁闷,但她也不会像林学长那样迁怒于人。

"林芝,你必须成长起来,我们这个特殊部门人本身就很少,留下来的都是精英中的精英。如果我们出外勤了,这些事情都交给你一个人,你要掌控全局,还要一只耳朵听着电波,很难很难。"欧阳铮铮苦口婆心。

林芝到底还是个孩子,一直在小声嘀咕:"这有什么难的,不过是你们没有给我时间学习,如果给我两年时间……"

"两年……小林同志,两年时间,不仅设备更新换代,密码更新换代,可能就连人也要更新换代了。如果不能胜任,你最好还是提前跟领导说清楚。"林学长重新戴上耳机,右手敲打着电报机,速度非常快。

林芝撇撇嘴,既不服又委屈。

小崔也无可奈何地摇摇头,坐在欧阳铮铮的身边,小声地跟她交谈,一边记笔记。

过了一会儿欧阳铮铮抬眼说道:"先别委屈了,拿纸笔过来,这些内容要在今天背下,你们的笔记一会儿上交。"

林芝只好站在一旁听欧阳铮铮讲课,这些都是当年秦总工离开的时候跟欧阳铮铮说的内容。

"注意看我的手势以及电波发送的情况,耳朵一定要注意听。"欧阳铮铮拿来一台旧机器做示范,手把手地教眼前的两个年轻人。

当年秦总工也是如此,恨不得将自己所学的内容倾囊相授。

"这是A国的代码发送方式,他们惯用这一套手法。一定要注意的是,如果截获这一套电波,必须上报。这个是紧急按钮,到时候自然会有基地内部的领导出来交涉。"欧阳铮铮再次演示手上的发报内容。

"小崔,你来试试,我看看你能不能模仿,就随便发一组代号。"欧阳铮铮十分有耐心。必须在休假之前教会眼前的这两个人,避免被狡猾的敌人设局诱惑。

小崔深吸一口气,学着欧阳铮铮刚才的手法。她似乎已经掌握了要领,欧阳铮铮会心地点点头。

"小林,你来试试。"欧阳铮铮带着和煦的笑容看向林芝。

林芝蹙眉:"我们自己的电波发送还没学会,为什么要学别的国家的,这是不道德的行为。"

看着眼前这个年轻气盛的孩子,欧阳铮铮只觉得非常有趣,越看林芝越像刚刚到来的自己。

自己刚到厂区的时候,被冷锋安排到各个地方去,心里也是这样的态度,谁也不服。

想着自己是堂堂的名校高才生,又是名师亲自指点推荐到国外读书的好苗子,将来一定能为国争光,为什么要做一些鸡毛蒜皮的琐事。

可失败的次数多了,心中的棱角也被磨平,开始逐渐意识到,不管在什么工作岗位,都一定要做到最好,让看不起自己的人被狠狠地打脸。

"毛主席曾经多次运用知己知彼、百战不殆的战略思想,带领人民走向革命成功的道路。你是部队出来的,这一点兵法不需要我来教吧。只要坐在这个位置上,有异常的电波出现,我们就必须学会判断——它是哪里来的,是什么手法,为什么会出现,这是侦察的基本方式。"欧阳

第三十九章 奇怪的电波

铮铮突然变得声色俱厉。

林芝神色动容，也慢慢地接受教诲并开始学习。

一旁的林学长似乎正在考虑什么。今天晚上，他们这个小组并没有在规定的时间内回去休息。

替换的小组成员已经进来，坐在各自的工位上。

欧阳铮铮趁此机会给大家开会："同志们，你们的手上有一组电波，大家看看有什么异常，已经出现了两次，时间段分别是在凌晨三点、下午四点，就出现了一会儿，被我捕捉到了。"

倪科长看了一会儿，很快就辨认出来："不是我们惯用的手法，是外来入侵的。他们有可能只是过来试探的，但想来是没有截获到任何内容，所以立马就收了。"

"对，我们也是这样认为的。咱们这个基地是隐秘所在，苏联当年参与了选址，很多国家不希望我们进行武器研制，总是想方设法地打听追踪，看看我们研究到哪一步了。"每次说起这件事，欧阳铮铮都愤愤不平。

林芝突然震惊地看向大家："所以……我们这个基地不是生产化肥的吗？不是为了建设大西北的吗？不是来灭鼠的吗？"

她的大脑飞速运转，闪烁的大眼睛朝在场的几人眨巴眨巴，神色既惊讶又害怕，好像是发现了不得了的事情。

小崔和倪科长忍不住笑了，说道："如果真像你说的那样简单就好了，我们何至于背井离乡，瞒着所有人来到这里？"

倪科长是一个与林学长年纪相仿的男子，他是离了婚再过来的。因为这份工作，他的妻子十分不理解，曾以离婚相逼，不承想，他竟然也同意了。

倪科长的上级领导对此颇不认同，也对他进行了劝告。但倪科长却觉得非常值得，为了国家，他时刻准备着牺牲一切。

林芝看向欧阳铮铮："小欧老师，所以，我们是研究什么武器的，重型武器吗？"

"我们研究的是老邱,别的你不需要知道。老邱不许任何人知道,它是中华崛起的神器。"欧阳铮铮简要说道。

林芝对这个话题越来越感兴趣了:"老邱是谁啊?哪位同志,也是开国将领吗,和我父亲比……"

"老邱是我们主要领导,别的不许问,保密条例忘了吗?"林学长怒火冲天。

林芝吐吐舌头,恍然之间,明白了为什么父亲一定要让自己到这个工作岗位上来。

以前一直以为父母想要自己在大草原上吃苦,然后回去就可以有更好的发展,没想到,这里的一切都还在秘密地进行。

欧阳铮铮看了一眼林芝,又继续说道:"现在咱们继续开会。这件事,我和林学长也商量了一下,但是没有讨论出结果。倪大哥,你看看咱们应该如何处理?是反击截获警告呢,还是继续躲避,假装不知晓?"

小崔举起手:"我现在赞成警告,不能让别人这么挑衅。"

林芝也点头:"人不犯我我不犯人,谁要敢来挑衅我们,就让它吃不了兜着走。"

"不行,现在研制处于特殊阶段,不能冒进。"林学长还是坚持自己的想法。

倪科长思考了很久:"这个嘛……我们必须上报的啊。"

得!欧阳铮铮就知道跟倪科长商量不出什么来。倪科长业务水平不错,但是遇到事情总是往后退,或者说没有主见,所以秦总工没有对他进行特别的培养。

小崔看了一眼国外的代码:"小欧老师,那……S 国……的电波方式……"

"等会儿,我有办法了,林学长,倪大哥,你们看看这样行不行……"欧阳铮铮突然神秘一笑。

第三十九章 奇怪的电波

第四十章　双剑合璧

小崔一语惊醒梦中人。听了他的发言,欧阳铮铮突然又有了新的想法。于是,她把计划告诉了大家,征求大家的意见。

林学长的眼睛大放光芒:"我认为没有问题,难怪当时秦总工说你狡猾得就像狐狸,让我们一定要配合你。"

"这个嘛……我觉得可以是可以的嘛,但是……要是被发现了怎么办?"倪科长还是有些犹豫。

林芝站起来:"小欧老师,如果你跟我爸下棋,你一定会赢!你太坏了!不过,我好喜欢。"她脸上带着笑容,这是来到这里后,很久都没出现过的笑容。

欧阳铮铮也笑了:"如果你们觉得没有问题,我就上报了,看看领导们是怎么想的。到时候,林学长防守,我主攻,至少保证我们一个月内不会被别国电台所侵扰。"

"好,你休假期间,就先让小崔顶上。"林学长对小崔的能力还是非常认可的。

欧阳铮铮看了一眼时间,已经是半夜三点。这时,外面的通道上还有人在行走。

只要外面有人,他们就不允许随便出门查看,这些都是秘密行动,不能够泄露一点。

等人走完了以后,欧阳铮铮想打开门,却发现大门已经锁上了。

"现在不是出去的时间,我们这边的管理人员还没把我们单位的门打开。"外面总通讯室的同志说道,"科长,我刚才听见你们在里面聊得热火朝天的,你们都在聊什么内容？"

林芝想都没想就说:"我们发现了一组……"

她还没说完,林学长就从里面直接把自己的杯子砸了出来。哐当,哐当,搪瓷杯子和盖子掉落在地上。大家都看着玻璃窗户里面的林学长,谁也不敢说话。

大家都知道林学长现在是出了名的暴脾气,稍有不慎就会非常疯狂,谁也不敢惹他。

林芝吓得小脸煞白,手都在哆嗦。

林学长呵斥道:"把我的杯子捡进来！"

林芝吓得不敢出声,就连呼吸都是小心翼翼的,唯恐惹怒了里面的林学长。

毕竟在这个通讯科里,除了欧阳铮铮,就只有林学长职位最高,说话最冲。

杯子放在林学长的桌子上,林学长的眼皮子也不抬起来,只是问道:"知道错在哪里了吗？"

"你在针对我是吗？当心我告诉我爸爸。"林芝也不是好惹的。因为她年纪小又是刚来的,所以之前一直都在忍让,现如今也算是忍无可忍。

林学长冷哼一声:"你告诉你爷爷都没用,在这里,规矩说了算,条例才是王道。"

欧阳铮铮只觉得好笑,到底是娇生惯养的小公主,也是一个不懂事的孩子,好好磨砺一下便可以了。

小崔忍不住笑出了声音,在这个厂区里面,最不好使的就是告诉谁谁谁,谁来都没用。

正当他们僵持不下的时候,外面的门开了。欧阳铮铮赶紧出去,在第三个窗户敲了敲,用摩斯密码进行沟通。

过了一会儿,中门打开了,出来一个穿军大衣的人:"欧阳啊,咱们设置了这个通道以后,你从来没有使用过,但凡有点问题都可以内部解

第四十章 双剑合璧

决,也不需要找我们,如今是发生什么事情了吗?"

"领导,是这样的……不好意思,我不知道应该怎么称呼您……我们想跟您汇报一下这几天发生的情况。最近,我们发现了一组异常电波,跟各方面交流后,确认不是我们的电台,应该是别人来试探的。至于手法,我们做过一些甄别,应该是'小男孩'系列。"欧阳铮铮思前想后,用了这么一个代号。

领导听见这样的汇报,惺忪的睡眼立马变得有神,全身紧绷,一点睡意也没有了。

"小男孩",那是某个大国的代号。

"帝国主义亡我之心不死啊,做梦吧他们!要知道,我们中国人可不是那么好欺负的!我们能站起来,也能在短时间内屹立不倒,欧阳,你可是有对策了?进来说吧!"那位六十多岁,看上去十分慈祥,但是不清楚级别的领导让她跟自己进了一间办公室。

欧阳铮铮知道,能唤自己欧阳的人,一定是级别很高,或者是熟识自己一切的人。

欧阳铮铮刚到对面,领导就给她端来了一杯面糊糊:"大半夜的,将就吃点吧。你上任以来,工作一直非常突出,虽然是一个女孩子,每次出外勤也是很积极,不喊苦累。形式上来说,虽然我早就应该见见你,但是你太优秀了,我就觉得没有必要浪费彼此的时间。"

"您过奖了,我只是继承我们科室的优良传统,一定要始终严加保守秘密,将国家利益放在首位。"欧阳铮铮轻声道。

领导继续说道:"那说说你的计划吧,看看是否可行,我相信你。如果没有十足的把握,你也不会通过特殊通道跟我联系。"

欧阳铮铮将刚才商量好的对策说了一遍。她害怕领导听不懂,还特别用手指头蘸了水,在桌子上把计划画了出来。

那位领导始终带着笑容,侧耳倾听,就好像面对自己的孩子一般,还时不时地点点头。

等欧阳铮铮汇报完,那位领导沉默了一会儿,眼神中带着几分赞许。

"江山代有才人出,现在各领风骚的时候已经到了。老秦早就说你能力超群,这一点我是非常赞同的。"领导含笑地微微点头。

欧阳铮铮期待地盯着领导,试探性地问道:"可行否?请指示。"

领导微微点头,表示认可:"一切都由你决定。如果出问题,还有我帮你顶着。当然,你们部门向来做事非常小心,也出不了什么问题,我们都很放心。"

欧阳铮铮站起来:"多谢领导的支持。我先回去进行部署,绝不会有漏网之鱼。"

"小姑娘,我一直听你们学校的老师说你非常聪明。"领导带着些许戏谑的笑容打趣道。

欧阳铮铮摊开手:"我觉得您是想说我狡猾……这一类的词。"

"都好,都好,只要是对我们有利无害的,无条件支持。并且我们最相信你们,你们的一举一动都非常有章法,值得信赖。"领导连连夸奖。

欧阳铮铮这才松了一口气。没想到上面还有人如此关心他们,这让她有点受宠若惊。

临走时,领导又说道:"欧阳啊,听说你要休假了,休假时去一趟北京,最好是下个月9号去北京。"

"有什么重要任务吗?"欧阳铮铮警觉起来。对于领导布置的一切,她都是非常认真的。

领导思忖了一会儿,笑容挂在脸上,颇有几分神秘的模样:"有,很重要的任务,去了就知道了。记住,9号,第九研究所门口,必须在那里等一天。"

欧阳铮铮立马察觉出不对劲儿:"跟我对接的不是直接去……"

"这是我私自派发给你的任务,不可推辞。见了重要人物之后,你就知道任务是什么了。但是有一点,不可以向任何人透露你的身份。"领导再三强调。

欧阳铮铮立刻应下了,毕竟她掌握的是最高级的密码,保密条例她

第四十章 双剑合璧

还是非常清楚的。

"回去吧,就按照你的方案行事,不管结果如何,都要向我汇报。不用书面的,你和你们林德胜一起来就行。听说那个小伙子极度严苛,我很喜欢,严师才能出高徒嘛。"领导站起身,做出了送客的手势。

林德胜,是林学长在学校里面的名字。在这里,没有人知道他的真实姓名,大家都尊称他为"老师"。后来欧阳铮铮来了,大家才跟着她叫林学长。

一个警卫员进来,引导欧阳铮铮通过特殊通道离开,回到了她工作的通讯室。

林学长和其他人已经等了很久,见她回来,紧锁的眉头终于舒展开来:"你可算是回来了,汇报得怎么样?"

"上面同意我们的方案,林学长和我将互相督促执行任务。不管最终结果如何,我们俩完成任务后会一同汇报。"欧阳铮铮再度强调。

林芝激动地搓搓手,兴奋地说:"我真是迫不及待想要加入这一次行动了。"

林学长对林芝的态度仍有些不满:"如果你有这闲心激动,不如花时间去记密码。别等到信号来了,你却没能第一时间接收。如果出了问题,你承担得起吗?"

林芝被这番话吓得无言以对。在如此紧张的环境下,她感到巨大的压力。

欧阳铮铮思忖了一会儿,然后说:"如果你能在今天内掌握二号和三号代码的收发方式,明天起,你就可以参与我们的行动了。"

"真的?"林芝那张阴郁的脸上又露出了光彩。

"嗯。"欧阳铮铮回答,然后回到自己的位子,继续进行重要的工作部署。

下班后,邮电所里许多人正在给家人打电话或发电报、写信。欧阳铮铮和林学长随后登上火车,各自回家。

东伯利亚的地窝子里还是冷冰冰的,一看就知道铁二蛋这两天没有回来。

花阿姨也不在,只有三嫂在隔壁哄孩子。听到欧阳铮铮的声音,她急忙过来打招呼:"你下班啦?今天是小孟的送别日,大家都去了,因为你在工作,所以没有通知你。孩子也跟着去了,厂区领导同意将孩子托付给你抚养,为了孩子的未来,她以后就跟你姓了。"

欧阳铮铮对于这个突如其来的消息又意外又惊喜,没想到厂区领导这么信任她,将一个孩子的抚养权交到了她手上。

三嫂又继续说:"花阿姨说她退休后就不回去了,以后帮我们带孩子。咱们都是一家人,应该互帮互助,纵然有千般不容易,携手就能过去了。"

欧阳铮铮突然间想起了当年的情景,她的父母再三叮嘱周子淳:"要照顾好妹妹啊,以后不管怎样,你们俩一定要互相帮助,不要分开。"

从小,周子淳就牵着她的手。得知她父母去世的消息后,他对她的保护更加细致了。

"从今往后,这个孩子就是我的孩子,我会用我的一生去照顾她。我们没有享受过的幸福,她会替我们享受。"欧阳铮铮坚定地说道。

三嫂与欧阳铮铮相视一笑,她们深知自己参与的项目的重要性,也明白"老邱"研制出来的成果对祖国的意义有多大。

他们非常伟大,每一个在厂区的工作人员都非常伟大。

欧阳铮铮穿戴好了以后,只露出一双眼睛看路。草原上的冬天越来越冷了,如果不是不得已,他们是不会带着小孩出门的。

大雪如同鹅毛一般降临。刚要出门的时候,花阿姨带着一群人回来了,他们的脸上都难掩悲痛的神色。

欧阳铮铮接过这个还没满月的孩子,轻声哄着:"从今天开始,她就是我的孩子,以后跟我姓,谁也不许说她是没妈的孩子。她的妈妈在草原上的厂子工作,她的爸爸在国外留学,以后她就姓周,叫周媛。"

她的话音刚落,在场的人都默默无言,心中对这个年轻姑娘充满了敬佩。

第四十章 双剑合璧

欧阳铮铮环视在场的人，又看向冷锋："冷主任，有一件事情需要麻烦你，孩子的户口问题和相关事宜，还请你帮忙处理。"

冷锋连连点头答应。

"这个孩子有这么多人疼爱，将来一定会过得很好。"花阿姨的脸上带着笑容说道。刚才在葬礼上，她悲痛欲绝，担心这个可怜的孩子没有未来。但现在，听到欧阳铮铮愿意为孩子负责，加上铁二蛋和冷锋的照顾，她相信孩子一定会有一个更好的生活。

铁二蛋坐在炉子旁边，一边将土豆塞进炉子里面烤，一边好奇地问："周媛，这是跟子淳姓吗？为什么叫媛？"

欧阳铮铮露出一个温暖的微笑："我取这个名字，是希望我们母女能尽快与子淳团聚，'媛'字寓意着团圆，希望我们一家人能够团团圆圆。"

在场的众人纷纷表示理解，他们都是背井离乡来到这里的，团圆成了他们共同的心愿。

深夜，欧阳铮铮在日记本上写道：我也不知道怎么的，就把阿媛带回家了，让她成了我和子淳的闺女。我甚至还没来得及询问子淳的意见，就决定让阿媛姓周。现在，整个厂区的人都知道我有一个女儿，她的父亲在国外深造，将来阿媛可以自豪地告诉任何人，她的父母都是为国家作贡献的知识分子。如果将来子淳知道了这一切，我相信他也会感到高兴的。我们一起收养了一个和我们经历一样的孩子，希望阿媛能继承我们的精神，在社会上找到自己的位置，拥有一个充满希望的明天。

第四十一章　心之所归

欧阳铮铮一回到地窝子,就迫不及待地抱起周媛,轻声细语地与她说话。

"周媛,你马上就要满月了,我们要坐火车回一趟北京啦。"欧阳铮铮对周媛充满了耐心。

花阿姨和三嫂连忙问道:"你回北京休假,也要带着阿媛去吗?这么一丁点大的孩子,受不了这么长时间的奔波吧?你看,你要先到甘肃,再转火车,这一来一回,可能就要七八天时间,她还么么小。"

"可是……这儿太冷了,我怕阿媛受不了,我想着……"欧阳铮铮也在犹豫。

欧阳铮铮将阿媛抱在怀里,思前想后都觉得舍不得:"要不,我也不要去北京了,可是不行啊,我还有重要的事情。"

她又想到了领导交代的事情,心中真是矛盾不已。

正当她还在为阿媛的事情烦恼时,林学长火急火燎地跑来:"小欧,我们开始了!趁着现在有机会进入,咱们赶紧走,要不然就会错过。"

"好的,花阿姨,我闺女就拜托你了。"欧阳铮铮拿着大衣就往外面跑。

一路上,林学长带着无限的笑容与欢喜:"林芝这个姑娘现在表现得可真不错,两天两夜没休息,就盯着呢。今天她又发现了异常电波,已经记录下来了。我差不多能推算出是哪个国家的惯用手段了,咱们可以撒网了。"

"小声点,在外面不要说公事。"欧阳铮铮下意识地环顾了一下周围,立刻提醒道。

在厂区的这段时间里,他们会经常进行保密教育培训,特别是对于他们这几个涉密级别最高的人来说,几乎是一个月一次。

林学长连忙闭嘴:"不好意思,我真是太激动了!对了,听说你收养了那个婴儿。如果有需要就跟我说,我让我们家那位把东西寄到研究所,再托人带来。"

"放心吧,我不是下个月就要休假了吗?到时候我会带很多东西回来的。"欧阳铮铮也顺着林学长,把话题转移到孩子身上来了。

一路上,通过了层层关卡,他们终于进到了通讯室。

林芝看见他们来,赶紧汇报自己的工作情况:"只出现了三十秒,但是我可以断定不是我们的电台。您看,这是之前周老师教我们的方法,没想到这么快就派上用场了。"

欧阳铮铮接过林芝纸上的电流记录,和林学长相视一笑。

林学长不知道从何处拿来了一些零部件,林芝疑惑地问道:"林老师,你怎么还藏了一堆垃圾在我们的办公室里面,要是检查的时候被发现了怎么办?我们的办公室不允许放任何与工作无关的物品。"

"这可不是垃圾,是宝贝。你可知道,这是当年秦老师从德国带回来的宝贝。嘿嘿,没想到现在竟然会派上用场。小欧,还是你机灵,看见这些玩意儿就有了思路。"林学长坐在地上,不顾形象地开始组装零部件。

欧阳铮铮也坐在地上,全神贯注地开始组装零部件。

林芝看着两位老师如痴如醉地工作,满心疑惑,她小声地问旁边的倪科长:"倪大哥,他们在做什么啊?我怎么完全看不懂?"

林芝看着地上的那一堆零部件,杂乱无章,根本看不出原本的形态。

倪科长神秘一笑,对眼前的这两个人充满了敬意。他对林芝说:"他们做的这项工作,不是一般人能完成的。他们俩都是学校里的尖子生,这一项技术只有他们的老师掌握了,而且在战争中发挥了极大的作用。可惜的是,那么多学生,那么多届,只有他们两人掌握了这项技能。"

"这么厉害!"林芝感叹道,"难怪我父母一定要我到这里学习。那他们到底在做什么呢?"

倪科长也坐在地上,专注地观察他们组装机器的过程。

小崔在电台旁,眼睛不时地瞥向这边:"林芝,林芝,你过来帮我听一下,我想看看这项失传已久的技能。你知道吗?我在以前的工作单位的时候,就听说过这项技能。自从费老去世以后,我国掌握这项技能的人就变得寥寥无几了。"

"做我们这一行的,费老就是我们的祖师爷。当初,连总理都非常欣赏他,一个收音机就能让他操纵信息,影响视听。"

…………

所有人都趴在窗户上,好奇地看着,欧阳铮铮说道:"让他们进来看吧!当年费老年纪大了,没有教给几个学生,我们是掌握得比较好的。以后我和林学长抽出时间来,肯定会同我们厂区通讯科的同志们好好交流,要是大家都掌握了核心技术才好呢。"

倪科长摇摇头:"可千万别,核心技术还是掌握在你们的手里比较好。他们什么时候通过考核了,进到我们这个办公室,再向你们学习。"

倪科长对欧阳铮铮佩服得五体投地。

林学长始终不说话,一个劲儿地埋头干工作。

这些零碎的部件,很多是现场做的,欧阳铮铮渐入佳境,也不再言语。

倪科长有很多问题想要请教,却不敢在这个时候说话,唯恐打断了他们的思路。

看到兴奋之处,他也不管林芝懂不懂技术,就激动地跟她交流:"看见了吗,他们连电焊技术都自己掌握,真是太了不起了。太精妙了,你看看这一点,相当于接收器,处理得滴水不漏。听说这项技术只有苏联人掌握了,当年费老可是费了很大的力气才学来的。苏联一直想对我

第四十一章 心之所归

们保密,哪曾想,我们费老看了一眼就知道关键所在。"

"这么神奇,我怎么不相信呢?你们说的费老到底是谁?"林芝又问道。

"是我们的祖师爷。当然了,新中国成立之前的名字我们无从得知,毕竟这些都是涉密信息。我们只知道所有人都叫他费老。"倪科长重重地点头,"进入我们部门需要经过严格的考察。"

"这样啊,那我进来岂不是太容易了,我觉得我什么都没做就进了核心部门。"林芝小声地嘀咕,心里有点发虚。

倪科长转过头:"你做了,你投了个好胎。这不,大家都羡慕你。"

林芝不敢作声,也没了之前的傲气。看了今天这惊心动魄的一幕,她觉得自己没有资格在小欧老师和林老师面前张扬。

大约一个小时后,两台微型电报机已经组装成功,虽然还只是雏形,但是关键部位已经安装到位。

"测试……"欧阳铮铮拿起自己的电报机,和对面的林学长进行发送接收测试。

林学长鼓捣了一阵之后,看见信号灯亮了,电波传来,他做出一个手势,露出了会心的笑容:"测试成功!"

欧阳铮铮松了一口气:"果然,德国制造的机子更难一些。如果秦老师在,肯定用不了这么长时间。"

"已经很不容易了。秦老师真牛,这么核心的机子都能搞到。"林学长忍不住赞叹。

小崔看到他们组装完成,赶紧凑过来:"我能摸一下吗?就一下!我早就听说这台机子了,一直无缘得见,这可是国际顶尖水平的机子。"

"对啊,我当时要去留学,学的就是通讯设备的升级。很可惜,我没去成。我们这一行更新换代实在是太快了,我很害怕自己跟不上时代。如果可以,我觉得我们部门还是应该有人出国去学习,以便将来我们厂区能研制出更好的通讯系统。"欧阳铮铮连声感慨。

林学长也说道:"都说我们现在研制的老邱和通讯没有关系,但是我总觉得渊源颇深,我就盼着有那么一天,人也可以上天,用的就是我们研制出来的通讯设备与系统。到时候,全世界都会对我们刮目相看,任何国家提起中国,只有无限的敬佩。"

"相信吧,我们一定会等到那一天。"倪科长充满信心地点头。

看了他们组装出的通讯设备,倪科长觉得这个地方不仅藏龙卧虎,而且斗志昂扬。自己也应当勇往直前。

林芝虽然似懂非懂,但是她的眼睛却一眨不眨地盯着这两台如同破铜烂铁的机器。

"我怎么瞧不出来这玩意儿先进在哪里,不就是跟收音机差不多吗?"林芝依旧看不出名堂来。

小崔识货,瞄了"破铜烂铁"一眼:"顶级的设备,并不是说外观有多牛,而是核心怎么样。我真是来得太晚了,要是我能跟秦老师认识就好了。"

"小欧老师真是厉害啊!以前秦总工会的小欧老师都会,听说,有时候秦总工还会找小欧老师请教。"一旁的倪科长对这两台机子爱不释手。

林学长将机器调试到最佳的状态,对欧阳铮铮说:"咱们准备开始吗?"

"来吧,我负责模仿 S 国信息系统的编码与发射,你利用 A 国的高级系统接收,加密状态……让我想想。"欧阳铮铮启用了代号。

林学长冷笑了一声:"我倒要看看 A 国以后还怎么对我们进行监控,时不时地来打探、探测,咱们现在就是要模仿 S 国,让他们以后都不敢在这一片监控。"

大家听得云里雾里,不是很明白他们俩到底要做什么。

小崔之前的话让所有人都知道,A 国一直在尝试截获基地发出的信号。

欧阳铮铮看向小崔:"你来操作吧,之前 S 国的电报我教过你的,主要注意的是他们的代码。"

"这么重要的任务要交给我？小欧老师，我怕会打乱你们的计划。"小崔担心自己难以胜任，这是在做局，稍有不慎就可能满盘皆输。

小崔连连后退，林芝看得一脸困惑，而且她根本分辨不出来这些信号密码。

倪科长却兴致勃勃："我来吧，咱们要发什么内容出去。"

"第一次发送，不要太明显，也不要太仔细，有点S国的影子就行了。"欧阳铮铮笑道。

倪科长坐在电报机前，向大家展示了一遍，然后小心翼翼地问两位领导："你们看这样成不成？"

"不行，模仿的痕迹太明显了，别人一眼就能看出来是假的，你要这样……"欧阳铮铮再次演示，将加密内容浓缩成两个字。

倪科长恍然大悟，虽然发报看起来简单，但加密条件以及时间信号却非常微妙。

"注意两个时间段，现在十二点发一次，下个十二点发一次，一个星期后再发一次，还是这个时间段。"欧阳铮铮开始布局，就等着鱼儿咬钩。

如此的反侦察策略激起了林芝的兴趣："小欧老师，我想学，我可以学吗？"

"当然可以，尽快将这些背会。明天早上，我们进山里，赶在十二点的时候再发，希望他们能监测到，不要让我们这么被动。"欧阳铮铮已经成竹在胸。

林学长坐回自己的位子上，感到这是他加入通讯科以来参与的最大行动，心中充满了成就感。

就在这时，外面总机室的人突然敲门："周科长，我们刚才截获了一组电波信号，您看看，是不是我们厂区的。"

欧阳铮铮立刻警觉起来："我看看。"

总机室把纸递给欧阳铮铮，她看了一眼后终于放心了："这一组电波你不用管了，我们来处理，以后有相关的内容往我们这里通报即可。"

林学长朝欧阳铮铮会心一笑。

一切都在他们的掌握之中。

次日深夜,他们这个部门只留下小崔和倪科长守在通讯室,另外几个人开车往深山里面去。

迷雾重重的山里,只有司机扎西是本地人,特别熟悉当地的路:"干部们,我们到底要到什么地方去嘛,这里已经很偏远了,一般人根本发现不了。"

"继续走,扎西大哥,你是活地图,就往最里面走,最好是迷宫一般的地方,谁也找不到。就算找到了,他们也没有办法出来。"欧阳铮铮俏皮地说道。

这一次,他们的网撒得很广。

欧阳铮铮和林学长还在用密语研究待会儿的发报方式与发报内容,尽可能不让对方看出端倪。

到了戈壁上,一下车,严寒袭来,戈壁滩上面已经积了一层厚厚的雪。

林芝刚要跑,却被扎西一把拉住:"小姑娘,你想死吗?你怎么可以在这上面乱跑呢?这里是非常危险的地方。"

扎西严肃地说:"接下来,你们必须跟着我的脚印走,谁也不准乱动。要是你们乱动,在这里很容易就没命了。"

于是,欧阳铮铮和林学长赶紧停下来组装设备。天寒地冻的,他们在这里布控,要克服的困难还有很多。

第四十二章　与狼共舞

寒风一阵阵呼啸而过，扎西缩成一团。不一会儿，林芝也受不了了，躲在扎西的身后，想要让他帮自己挡一点风。

欧阳铮铮的衣服和围巾将她包裹得严严实实的，可是戴手套确实比较碍事，很多比较小的零部件都没办法装上。

"好了，林芝，你开始对时间。"林学长说道。

欧阳铮铮戴上耳机："开始测试，一次。"

"收到，一次。"林学长迅速进入了工作状态。

不一会儿，欧阳铮铮又继续说道："测试一次正常，测试二次。"

"收到，二次测试准备。"林学长道。

通过三轮测试之后，欧阳铮铮紧蹙的眉头终于舒展开来，长长地松了一口气。

"现在，咱们就等十二点了。林芝，稍后你发报，按照 A 国高层的指令发。"林学长看向林芝。

林芝瑟瑟发抖，冻得牙齿都在打架，一边嘀咕道："那怎么可以，我还没有学会，林老师你不要开玩笑了，我肯定是做不到的。"

"尿。"林学长十分嫌弃。

林学长喊了一声："对表。"

欧阳铮铮看了一眼手表，斩钉截铁地说："十二点，开始。"林学长开始发电报。

这一封电报发得很慢，好像是故意的，并且将内容发得很长很长。

欧阳铮铮利用另外一部电台进行监听。

她微微含笑:"鱼儿咬钩了。"

林芝瞬间激动了起来,靠在欧阳铮铮的身上,也试着监听:"果然。"

林学长一字一字地对着发,这一次,他是模仿Ａ国给Ｓ国发电报,电报的大致信息都是用代号代替,具体说的是什么,谁也不知道,但是关键词是"小男孩"。

这一个关键词,足以吓到对方。

良久过后,林学长点头:"已经发送完了。"

"撤。"欧阳铮铮冷笑,看见林学长把电台拆了。

林学长把零件用布包起来,背起包裹:"我们走吧。"

正当他们紧随着扎西的步伐要走的时候,却听见了异样的声音,声音刚开始非常轻微,不注意几乎听不见。

"你们听到什么声音了吗?"欧阳铮铮问。他们通讯科的人,耳朵一向都比较灵光,时刻都在准备着接收信息。

林芝蹲下,用耳朵贴近地面,仔细聆听。

欧阳铮铮和林学长面面相觑,不知道此时此刻应该进还是退。

扎西在前面引路:"咱们尽快走,到了车子上,我把车子开得飞快,也许能躲过去。"

扎西信心满满,他一向走习惯了这样的戈壁,凭借经验在前面走得飞快。

可是另外三个人根本不行,地上都是厚厚的积雪,他们一步一滑,完全跟不上扎西的步伐。

林学长的身上还背着一包裹零件,刚走几步就陷进了淤泥里,越是想快点走越是出乱子。

走到远处的扎西大喊:"快,快,我都看见了,乌泱泱的一片就要过来了,咱们几个要是被盯上了,可能连骨头都不剩!"

"林老师陷进泥里面了,快点把他拉上来!"林芝高声大喊。

眼睁睁地看着林学长半截腿已经陷进去,他越是用力,越是往下陷。

第四十二章　与狼共舞　　　　　　　　　　　　　　　295

他们的身后,是沉重的脚步声,看来对方的数量不少,也不知道是什么,几个人的恐惧已经写在了脸上。

"你们都走吧,不用管我,快点走啊。"林学长呵斥道,语气不容置疑。

欧阳铮铮始终不肯离开,雪越下越大,他们深知,也许逃不过这一次劫难了。

林芝和扎西紧紧地拽住林学长的胳膊,不让他再往下陷。

欧阳铮铮保护好那些设备,伺机而动。

突然,出现了一群野牦牛,扎西松了一口气:"还好不是狼。但是,一大群牦牛突然出现,后面肯定是猛兽。咱们不能再拖延下去了,现在这个时间点非常关键。"

林芝这个小小的人儿,也不知道哪里来的那么大的力气,突然狠狠一拽,总算将林学长拉出来了半截。

扎西见状,赶紧上去帮忙,硬生生地将林学长抱了出来。

林学长的腿脚已经冻伤,根本无法走路,扎西毫不犹豫地将他背在背上:"走,快快地走!野牦牛看上去十分慌乱,要是发现了我们,说不定会误伤我们,现在可不敢再停留了。"

欧阳铮铮在前面开路,林芝在后面殿后,林学长的脸色铁青,已经说不出半句话来。

终于,他们走到了车子旁,都上了车,车子却死活打不起火,扎西忍不住骂道:"搞什么鬼,偏偏在这个时候。"

外面,牦牛就像疯了一样,一阵风似的呼啸而过。

欧阳铮铮和林芝第一次见到这样的阵仗,以为这就算完了。

这时,林学长缓过神,突然问道:"小丫头,你的力气怎么这么大?扎西都拉不上来我,你却拉上来了。"

"我随我祖父,天生力气大,但是要有施展空间。刚才要不是扎西大哥拉住我,可能我也陷进淤泥里面了。"林芝相当得意,"以前我在部队的时候,男同志都打不过我。我知道,我刚来就进了核心部门,你们都以为我是仗着父辈的功劳来当花瓶的,完全忽略了我的优点。"

林学长露出了笑容,他怎么也没有想到,最后,自己的救命恩人竟然是这个小姑娘。

说话间,只见一群狼汹涌而来。

扎西紧张得更加打不着火了,汽车完全没有办法发动。

"欧阳铮铮,电报已经发送出去了吗?"林学长猛然间问道。

欧阳铮铮嗯了一声算是回答,她知道,林学长已经渐渐失去了意识,所以才会将自己的真名脱口而出。

林学长闭上双眼:"如果我牺牲了,就算是为国家尽职尽忠了。"

一头狼已经逼近他们,然后发出嚎叫,仿佛是在告诉它的伙伴们,这里有四个活物,够它们饱餐一顿的。

可是,车子依然一点响动也没有。

欧阳铮铮好像想起来了什么:"是不是车子没油了,所以根本没有办法发动。我记得你之前说过,等我们找到地方你就加油。"

"哎呀,我忘记了!可是,前面都是狼,我们怎么办?油在后备厢,要到前面去加油。"扎西狠狠地拍自己的脑门,觉得自己犯了一个致命的错误,这才导致大家都被困在狼堆里。

刚才看见野牦牛,没有被野牦牛攻击,已经算是捡回来一条命,现在……恐怕是难上加难了。

林芝这就想要拉开车门下车,却被欧阳铮铮死死地拽住:"死丫头,干什么呢,咱们先商量对策。这群狼很显然是饿极了,它们的目标不是我们,是刚才过去的野牦牛。"

现在少了谁都不行,对面的狼群已经在虎视眈眈,他们的手上没有任何武器,就连唯一的一把枪也是没有子弹的。

所有人都急得如同被火烧一般,心已经提到了嗓子眼,惊恐地看着狼群。

欧阳铮铮只觉得无能为力,如今的雪越来越大,如果不赶紧走,大雪很可能会把路封了。

第四十二章 与狼共舞

"如果是警卫连的车子,说不定我们现在就有救了,警卫连的车子都会配备武器的。"林芝感叹了一句。

欧阳铮铮的脸上闪烁了光芒,似乎找到了希望:"对了,我以前总是跟车子出外勤,忘记了咱们每辆车子上都有配备的武器,支撑咱们出去加油还是够的。"

欧阳铮铮开始部署:"扎西,你一会儿去后备厢拿油。林芝,你的力气大,就在一旁掩护,要是发现情况不对,立马用柴油烧起火墙,也能吓唬它们一阵,设定时间为两分钟。"

说话间,欧阳铮铮从座椅下面拿出了一些"武器",虽然只是榔头之类的东西,但是完全可以抵抗一阵子。

说完,她数了"一二三",大家分头行动。

欧阳铮铮把一小壶柴油倒在不远处的地上,手中拿着火机;林芝的手里拿着一把麻醉枪,那本是放在座椅下面的,就是为了应对出勤的时候碰见猛兽的情况;扎西开门下车,迅速从后备厢拿到了油桶,然后到前面去加油。

分秒之间,狼群就已经过来了,它们的眼中闪烁着绿光。饿狼的阴寒与杀气,让在场的每一个人不寒而栗。

狼发出了嚎叫,似乎是在示警。看上去,对面的狼群应该有几十只狼。他们这四个人,都不够这些饿狼塞牙缝的。

"狭路相逢勇者胜,如果它们过来,我就要点火了。"欧阳铮铮说话的时候一直在颤抖。

一只狼似乎想要靠近试探,刚准备扑上前,林芝迅速举起麻醉枪,准确击中了狼的心脏。

心脏被麻醉了,身体也就渐渐地不受控制。那只狼倒在地上,抽搐了两下,就一动不动了。

听见枪声响起,扎西迅速将盖子盖上,刚要扔掉汽油桶,却被欧阳铮铮一把抢了过去。

"上车!"扎西喊道。

欧阳铮铮点燃了油桶,往狼群的方向一扔,三个人迅速上车。

扎西发动了车子,将那群狼甩在了身后。

一连跑了十几公里,他们才慢慢地缓过神来。

林芝不断地往后面看,说道:"没有再追来了,兴许是去追那群牦牛了,真是……侥幸啊。"

扎西将车子开得非常快,雪花大朵大朵地落下,车里也非常寒冷。

欧阳铮铮和林芝不断地给林学长按摩,试图让他的双腿暖和一些。

林芝又给他灌了保温壶里面的热水,他终于缓过神来,发现脚上包着扎西的羊毛大衣。

"我已经好很多了,刚才迷迷糊糊的,感觉整个世界都是那么灰暗。我听见狼叫了,后来又没意识了。最后我们到底是怎么逃出来的?真是奇怪。"林学长低声问道,又看看四周,都是白茫茫的一片。

欧阳铮铮笑笑说道:"我们是人,肯定比动物聪明,所以我们逃出来了。你坚持住,我们正往厂区赶,看看今天的结果如何。"

"好,真是对不住,因为我的原因,你们都受苦受难了。"林学长满怀愧疚,他的手仍无法动弹。

林芝松了一口气,看着周围白茫茫的一片,完全分不清方向,便好奇地问扎西:"扎西大哥,我看你也没有指南针,请问你是怎么知道我们正在往哪个方向行驶的呀?你怎么知道这条路就是回去的路?"

"进的山多了,走过的草原多了,心中就有了回去的路。"扎西笑得很坦然,露出了洁白的牙齿,双手紧握方向盘,感觉整个世界都是他的。

回到基地,看看表,正好是可以进出的时间。刚进门,总机室的人就来汇报:"小欧老师,你可算是回来了,我们都等了你一天了!今天我们截获了好几组异常电流,正要进行定位的时候,却发现了异常。由于我们的地理位置比较特殊,所以不敢轻举妄动,只能等你们回来。"

倪科长递过来一组电波数据:"自从你发送电波之后,我们尝试寻找地址,你们隐藏得很巧妙,我们没能找到你们的地址,但意外地找到了S国的地址。大致就在这个范围内,他们已经接收到了你们发送的

第四十二章 与狼共舞

乱码,一切进展得非常顺利。现在他们肯定也在猜测发生了什么。"

欧阳铮铮将倪科长和小崔整理好的信息拿到办公桌前:"你们可以先下班了,剩下的工作我和林芝会进行汇总。明天等林学长来了,我们一起汇报。"

"得嘞。"倪科长哼着歌,换了一身衣服,穿戴好之后带着小崔一起出去了。

欧阳铮铮正在甄别电波,一边做标记,一边给林芝小声地讲解。

"这是S国的电台信号,今后遇到时一定要格外小心,决不能让对方捕捉到任何信息。我们这次是利用他们的力量对抗他们,假装成两国电台进行发送和接收,给监控者制造一种假象,让他们以为两国高层有联系。这样一来,他们就不敢妄动,也不敢在这一区域加强监听。因此,我们可能会有一个多月的安全期。"欧阳铮铮向林芝解释了自己的策略。

"可是,我们为什么要到荒郊野岭去发电报呢?"林芝疑惑地问,对于欧阳铮铮的行为,她还是不懂。

欧阳铮铮一笑:"我担心如果在同一个地点反复发电报,一旦被他们截获或定位,如果我们技术不如他们,就很容易暴露。所以我们选择去山区、戈壁这些地方,即使信号被截获,他们也会认为那是对方国家的活动,不敢轻易采取行动。就算他们有想法,要在戈壁滩上采取行动,那也是他们自寻死路,我自然不会反对。"

林芝恍然大悟:"原来这一切都依赖于你和林老师对对方技术水平的了解,以及对他们惯用密码的掌握。如果换成别人,可能就做不到这一点了。"

"其实,这只是众多密码中的一部分,"欧阳铮铮解释道,"是秦老师留下的宝贵财富。她非常出色,能够通过对方的一小段电波就进行破解,了解他们的加密方式。遗憾的是,秦老师的身体状况不佳。如果她还在这里,我们整个厂区就能更好地潜伏,也能揪出更多的间谍。"

说到秦总工,欧阳铮铮的眼神中充满了敬意和羡慕。

第四十三章　一举得胜

以前的通讯室,非常安静,只能听到两种声音,一种是笔在纸上快速滑动的声音,沙沙沙,另外一种是发电报嗒嗒嗒的声音。现如今,还有一种新的声音,那就是林芝青春洋溢的笑声,真是不可思议。

"在我们这个单位,保密和代号原则是绝对不能忽视的。一旦收到异常电波,必须立即进行汇总分析。我们要不断地学习和提升自己,比如秦老师,她就是凭借接收到的电波成功进行破译。接下来,我会详细地跟你解释一下为什么其他国家会对我们采取严密的防范措施,这一点你务必要高度重视。"欧阳铮铮严肃地告诫道。

林芝虽然拿着小本子记录,但一直不停地看时间。

"今天你可以提前下班,但我有一项重要任务要交给你。我们的内刊即将发行,目前我们的掩护身份是内刊编辑。我需要你编撰一些新闻内容。"欧阳铮铮递给林芝一叠内刊样本。

林芝草草翻阅了几页,疑惑地问:"我们这个厂区究竟在做什么?为什么有这么多讲究?不就生产肥料吗?其他国家也在做,难道还担心别人窃密?"

她嘟囔着,总觉得让她到这里来属于大材小用。但她还是收好内刊样本,收拾东西,准备下班了。

欧阳铮铮翻看着秦总工留下来的重要文件,又思索着她的解题思路,总想从别国的电波中找到一丝丝的端倪,然后加以利用。

人不犯我我不犯人,这是基本原则。现在既然人家都已经找上门了,我们也没有必要害怕。

外面总机室的人突然进门:"小欧老师,有一封加急电报,必须由您亲自发送。这是电报加密内容,刚刚从窗口送进来的。"

欧阳铮铮看了一眼上面勾选的数字,连连点头。

落款处,只见四个大字——欧阳爱国。

又一次看见这个名字。每当这个名字出现的时候,就是有重大事件发生的时候。

遗憾的是,根据规定,她不能打开门去一睹欧阳爱国的真容,去了解为何铁二蛋他们会对这位教授如此敬仰,甚至连冷锋这样的硬汉也对他崇拜有加。

老宋是一个何等骄傲的人,但自从被欧阳爱国同志救了之后,只要有机会,都会说这位同志的英雄事迹。

并且,这一组关键代码,只有欧阳爱国同志才能掌握,可想而知,在这个项目上,他是多么重要的人物。

欧阳铮铮问道:"送电报的人还在外面吗?"

对方摇摇头:"您知道的,我们有规定,不能用语言交流,只能用敲击的方式,所以我不知道对方是否还在外面。"

欧阳铮铮的神情显得有些沮丧。这么长时间以来,欧阳爱国总是神秘莫测,难得一见。很多时候,欧阳铮铮都渴望能有机会与他深入交流。

她迅速将代码转换成了自己的密码,然后往北京研究所发过去。

直到对方接收,发过来两个字,她才将电报拿出去。

那个小小的窗户只能通过一封信件,就算欧阳铮铮想要往外看,也看不出什么来。

她敲击了一下窗户,对方也敲击了两下作为回应,才将电报取走。

这个流程设计得非常严谨,毕竟它涉及的是最高级别的机密。为了防止信息在交流过程中泄露,他们采用的代码都进行了加密处理,这样就能有效防止敌人截获和破译。

总机室的小于露出微笑:"有时候,我觉得我们就像是战时的特工,背负着重大使命,只有完成任务才能生存下去。"

"没错,我们现在就是这样的角色。"欧阳铮铮回应道,"经过一段时间的监听,你们肯定察觉到了一些蛛丝马迹。好好干,我们是厂区安全的最后一道防线。如果我们松懈了,整个厂区将岌岌可危。"

她总是担心同事们会因为地下基地枯燥的生活而感到懒惰和厌倦,因此不时地提醒他们。

突然,她又想到电波中传递的信息量极大,必须逐步拆解,进行横向和纵向的对比分析,总能发现一些线索。

欧阳铮铮有时感到压力巨大。如果秦总工在场,她还能请教一二,或许在她的指导下,能够更快地取得突破。

次日早晨,林学长来上班了。他的双腿被冻伤,走起路来异常艰难。

欧阳铮铮又一次申请开启特殊通道。

这个通道只能从他们的核心办公室进去。进去之后,她又见到了上次的领导,他仿佛一直在这个地下基地。

那位领导也不知道是什么职位,更不知道是从事什么工作的,看上去还是那么和蔼可亲,只不过几天没见,头发又白了不少。

他看见欧阳铮铮和林学长,笑容和煦:"欧阳啊,德胜啊,你们来了,看来昨天的任务完成得非常好,你们俩合作我们是非常放心的,说说吧。"

欧阳铮铮连忙将昨天十二点发电报,然后出现了异常电波截获的事情向领导作了汇报。

领导仔细地听着每一个细节,在最后确认没有出现任何问题后,才郑重其事地说道:"没错,你们就应该这样,学会在悄无声息中主动出击。这一次行动非常好,能让我们在一段时间内不受到侵扰。这段时间是不断跟北京交流的时间啊!马上就是冬天了,北京那边也要运输设备过来,坚决不能走漏风声。"

"请领导放心,我们一定会守住安全线!"欧阳铮铮郑重地说道。

第四十三章 一举得胜

领导又看向林学长:"德胜啊,家里怎么样?听说你们家那位生了,如果需要,可以跟上面申请,孩子百天的时候回去看一看。"

"暂时不用,家里一切都好,您放心。"林学长虽然不知道眼前的这位领导到底是谁,但想来身份很高,这时竟然关心自己的家庭,真是令人感动。

领导点点头:"你们的专业水准非常高,这一点是毋庸置疑的。欧阳啊,你回到北京还要去参加一次学习。有一些刚从国外回来的专家学者,你要多与他们交流。到时候,组织会给你安排一个特殊的身份,避免暴露我们现在的身份。"

"是。"欧阳铮铮应道。

领导又说:"你收养了一个孩子,这很好,我代表组织谢谢你,只不过……有了一个孩子,以后你结婚怎么办?对方家庭可能会介意……"

"请领导放心,她就是我的孩子,谁也无法改变。"欧阳铮铮也感到意外,怎么领导什么都知道。

领导思考了一会儿:"如果你想带孩子回京,下个月有一架专机是运送特殊物资的,我帮你申请一下,看看能否安排你和孩子一起……"

"千万别,我不想搞特殊化。孩子太小,还是不要折腾比较好。"欧阳铮铮连忙道。

领导点点头,对欧阳铮铮更是刮目相看了。

"你们俩好好干,这一次如果两个月内不受到异常电波干扰,我会给你们一个人记一次二等功。"领导鼓励他们,随后起身送客,"欧阳铮铮,别忘了去研究所门口处理那件事。如果……算了,我相信你能自己解决,我们只能提供帮助,但决定权在你。"

他那神秘的笑容,倒是让欧阳铮铮感到好奇,领导究竟给她安排了一个什么不能提前透露的任务。

出了这个特殊通道后,林学长对自己感到信心十足:"你说刚才接见我们的到底是什么人?"

"不知道,反正……能这样见我们的,一定是大首长,我不了解。"欧阳铮铮出了通道，便关上了门。

"我一定要好好干，我一直以为自己是一个微不足道的人，可是经过这一次谈话，我心里突然有底气了。没想到，还有人在各个方面关注着我。小欧，我要努力，我要争取多立功。"林学长信心爆棚，激动得声音都在颤抖。

这一次，欧阳铮铮巧妙地运用了她手中掌握的两套外国通讯密码，给了监视和探听消息的人一个出其不意的打击。然而，这两套密码今后将不能再使用，她必须迅速找到新的对策。在焦急和压力之下，她又与林学长讨论起如果再次遭受侵扰应该怎么办。

一直到了深更半夜，倪科长来换岗的时候，他们才从基地离开。

外面星光璀璨，欧阳铮铮赶回家里，立马抱着自己刚得来的小闺女。

看着孩子们都熟睡了，来帮忙带孩子的花阿姨和刘阿姨也在他们的身边躺下。花阿姨说："欧阳，锅里有稀饭，你赶紧吃上点，好好地睡一觉。你们的工作啊，比我们这些三班倒的难多了，说走就走，二十四小时待命。我们这些质检员还算是好的，你们简直是没日没夜啊。"

欧阳铮铮微微一笑，倒是不觉得有什么，一边吃饭一边写日记。

日记本上清晰地记录着："今天，又有人因为阿媛的事来劝我，他们担心未来的丈夫会不同意。他们不知道，我未婚却有一个女儿，这让我感到无比骄傲。她的母亲是国家的英雄，我相信她的父亲也是一位英雄。作为她的养母，我或许是沾了她的光。为什么他们担心她会成为我的负担呢？如果子淳知道了，我相信他也会为阿媛感到骄傲的。我们都有工作，养活阿媛并非难事。我们心中都有一束光，我们会用一生去爱她，去培养她。我相信阿媛将来也会成为对国家、对人民有用的人。"

她写完之后，花阿姨和刘阿姨已经熟睡。欧阳铮铮也搂着孩子沉沉睡去。

还没等欧阳铮铮睡醒，铁二蛋也下工回来了，同时回来的还有好几个人。

他们的声音比较大,欧阳铮铮迷迷糊糊地醒来。

"你们怎么这时候回来了,别把孩子吵醒了……"欧阳铮铮正絮叨着,却突然看见一个小伙子褪下军大衣,身上血糊糊的一片。

铁二蛋就更不用说了,除了身形能辨认,她的脸已变成了黑炭的模样。

"怎么了?你们怎么了?"欧阳铮铮赶紧穿上衣服,急切地问。

进门的人到处找医药包,另外几个年轻人惊魂未定,坐在门旁一动不动,眼睛直勾勾地盯着前方。

铁二蛋却习以为常:"欧阳,你睡醒了,帮个忙,现在医务室还有厂区医院都挤满了人,我们只好先回来。"

欧阳铮铮迅速起床,找来了医药包,铁二蛋指挥着:"先给那几个小的包扎,我的我自己来,早就受伤成习惯了。"

面对这种事,她们都不问缘由,心照不宣。不问为什么会爆炸,也不问为什么会受伤。

这群人仿佛对这段时间的意外爆炸已经麻木了,一个个都垂头丧气的,始终想不明白到底错在哪里。

铁二蛋把酒精淋在自己的手臂上,又继续用酒精擦拭自己的脸,脑子里却在想着别的事情:"小武,三十分钟后,我们去勘查现场。"

如今这个重要阶段,任何一个环节都不能有问题,否则全盘皆输。

他们一直都在小心翼翼地做排列与提炼,可在关键时候还是爆炸了,真是心有不甘。

另一个年轻人突然说:"下一次,我们必须亲自监督整个流程。我敢肯定,我们的数据和比例都没有问题。但如果这样的产品与大项目结合,可能会导致厂区毁灭,到时候我们可就成罪人了。"

"没错,每个人负责一个环节,回去后我们再仔细复盘。真是令人气愤,总感觉我们就差那么一点点就能成功。这几次非常规爆炸让我们损失惨重。"另一个女生补充道。

花阿姨与刘阿姨听见了这边的动静,她们也来了。刘阿姨忧心忡忡地说道:"孩子们,你们一定要注意安全啊。想想看,如果你们的父母看到你们受伤,他们会多么心疼。哎呀,我现在都开始怀疑了,我们这不是钢铁厂吗?怎么还涉及爆炸实验了呢?"刘阿姨今天开始对自己的认知产生了怀疑。她在厂里工作了两年多,一直以为所有人都在和她一样从事零部件的质量检验,没想到竟然还与炸药有关。

　　花阿姨不断地扯刘阿姨的衣角:"别问,别问,别说,别说,你这个人怎么一点也不听话呢,好奇心害死猫。"

　　她知道这个厂子跟表面上的不一样——一群有志之士在做一项惊天动地的大事。

　　这件大事利国利民,每个人都是干劲十足,所以老花在外面做什么她也不管不问。

　　欧阳铮铮看着他们处理好伤口、吃饱喝足了,才回去睡觉,但心里还是很担心。

第四十四章　我还能背水一战

一大早,花阿姨的大嗓门在地窝子外面响起来:"哎哟喂,这不是老宋吗?你休假回来了,家里咋样了,有没有给我们带礼物啊?"

欧阳铮铮听说老宋回来了,赶紧抱着孩子出门看。

老宋的头发已经掉得光光的。哪怕是在这样大雪的天气,他也不戴帽子,只穿着一身单薄的衣服,背着一个军旅包,慢悠悠地往自己的地窝子走。

"好着,好着。"老宋回答着。声音十分苍老,也十分虚弱。

"宋老师,你回来了,家里怎么样?"欧阳铮铮看见老宋垂垂老矣的模样,心中一颤,脑子轰隆隆的,总觉得老宋是硬撑着的。

老宋抬起眸子,眼睛泛着血丝:"丫头啊,怎么一个月不见,你还有娃娃了呢? 有孩子好,孩子是我们的希望。"

他的脸色苍白,嘴唇没有一丝血色,瘦弱的身子只剩下一把骨头,衣服就好像是罩在他的身上一样。

花阿姨是一个非常感性的人,看见老宋这副模样,立马就落泪了。

"老宋,你说你……你咋不去江苏浙江的大医院里面好好养着呢,明知道我们高原上气候恶劣,不适合你养病,你家里人咋同意的啊?"花阿姨唠叨着,拉着老宋进屋,想给老宋弄点什么吃的。一路上舟车劳顿,老宋显得更加苍老疲倦。

欧阳铮铮指了指柜子说:"开一个罐头吧,我从领导那里顺来的,一直没舍得吃,给老宋煮面吃。"

"这么高的待遇啊,你们别这样看着我,我好着呢。项目一天不完成,我就一天不死,等着你们一个个叫我老不死的。"老宋坐下,将东西放在脚边,从兜里拿出几颗药塞进嘴里,嚼了嚼咽下去。

他苦涩地笑笑,眼神没了光彩,语气却很轻松:"这一次回来,我就再也没有家人了,孑然一身轻轻松松咯。"

可是,这样的笑容带着泪光。说这些话的时候,内心也在流血吧。

欧阳铮铮惊讶地瞪着老宋,一只手抱着孩子,另外一只手拍桌子询问道:"宋老师,你怎么回事?你回去做了什么?"

老宋拿出一个酒瓶子,往嘴里咕咚咕咚灌了点酒。

老宋嘿嘿一笑:"花嫂子,我饿了,饭好了吗?我这次出去什么也没有带回来,就带回来了一个了无牵挂。好啊,好啊……无牵无挂的人可以走天涯……"

最后一句,老宋用戏腔唱出来,嗓音中充满了离愁别绪,显得悲伤不已。

花阿姨做了一碗面给他:"唉,看见你这样,家里人指不定怎么伤心难过呢。你也是,实在不行,打个报告,把妻子带上过来照顾你嘛。"

"没了,都没了,孤零零地来,孤零零地走,舒坦。"老宋大口吃面,一边吃面一边找盐,往面里使劲儿地撒了一些盐。

听说老宋回来了,冷锋也急匆匆地赶来:"宋老师,给你在将军楼腾出来一个位置,你住过去吧。那边有暖气,住着一些科学家,还有随行的高级医生,条件会好很多。"

"不去,我哪里也不去,在我的地窝子待习惯了。"老宋乐呵呵地说,身体疼痛的时候,又喝了一口酒瓶里的酒。

冷锋想要批评他,却欲言又止。别人不知道老宋的情况,他是知道的。

老宋现在完全是靠毅力在支撑。这一次回去,他根本不敢去医院做检查,害怕会被扣下。他已经是病入膏肓了,癌细胞已经全面扩散,如果喝酒能缓解疼痛,那就让他喝吧。

欧阳铮铮看见冷锋来了,赶紧说:"这几天看见二蛋了吗?非正常爆炸,人也受伤了,你……多担待吧。"

"看见了,脸上那么一道大口子,她全然不在乎,说以后就这样了,能结婚就结婚,不能结婚就算了,各自安好吧。"冷锋也比较失落。

如今,每个人的心情都跟这个大雪天一样,都是那么寒冷。

老宋蹙眉:"什么?又爆炸了?看来我走的这一个月,他们的技术难关没有突破啊。二蛋是怎么回事,越活越回去了,一项提纯技术都要搞那么长时间,我待会儿去找她,她在哪里?"

"宋老师,你先回去休息,等你缓过来了,医生检查说你身体没问题了,你再去试验地。"欧阳铮铮说道,眼前的老宋越来越不听话。

老宋恼怒:"什么医生?我就是医生!久病成医,到了最后,自己就是医生,你们别管。"

他将罐头吃完,又喝了一口水,吃下几片药,用凉水拍打拍打脸:"行了,我现在觉得自己好得很,咱们走吧,带我去找铁蛋。"

欧阳铮铮还是想拉住他,却被冷锋拦下来:"算了,让他去吧,工作的时候兴许还能感觉好一点。"

寒风依旧,老宋的衣服早已被洗得发白,在寒风中显得更加单薄。

欧阳铮铮在地窝子门口吼道:"宋建国,你给我站住!"

老宋转过头,嬉皮笑脸地道:"丫头,我叫宋爱国。嘿嘿,我就知道你们肯定会把我的名字叫错,我们厂的人太多了,你们记不住的。"

他笑着,就好像一个老顽童,光头上面落满了雪花,雪花在上面也不融化,反而成了老宋的帽子。

冷锋和欧阳铮铮又气又想笑,对这个老宋真是一点办法也没有。

雪,越来越大,给草原覆盖上了厚厚的一层。天空阴沉沉的,也不知道什么时候才会放晴。

阿媛在地窝子里面睡得正香,突然进来了一个大胡子男人,吓得欧阳铮铮立马拿起身边的菜刀,高声喊道:"你是谁?"

"你是欧阳吧,我是三哥啊,你三嫂不在吗?我们回来做述职,会有一个钟头在家。谁是我家大头?"三哥看了看在床上睡觉的两个孩子,分辨不出哪个是自己的孩子。

欧阳铮铮这才放下心,指了一下睡得正香的大头:"就这个小男孩,能吃能睡,半夜也爱起来折腾。快点抱抱吧,我去给你叫三嫂。"

花阿姨也抱起阿媛,说道:"三哥啊,你可算是回来了,每次都出门那么长时间。等着啊,我们找人去叫三嫂,一家人可算是能团聚一下了。"

欧阳铮铮穿上大衣就要出门,指了指桌上放着的牛奶:"如果饿了就给孩子们热奶喝。大头能多吃一点,阿媛是小女生,吃不了太多,吃饱了记得拍拍孩子的背。"

三哥对这个还没见过的儿子爱不释手,哪里听得进去欧阳铮铮说的是什么,只顾抱着睡着的儿子亲昵。

欧阳铮铮找到了铁二蛋:"给三嫂请一个小时的假,三哥回来了,就在家里待一个小时,让他们一家人好好团聚一下。"

铁二蛋正被老宋骂得狗血喷头,听到这话似乎被解救了一般,终于露出了笑容:"宋总工,我去去就来,你先歇歇,喝点水再骂,铁二蛋就是不长进对吧。"

老宋挥挥手:"快点去,别耽误人家两口子团聚。一家人在一起多么不容易啊,我们厂区百分之八十的人都是背井离乡的,一年到头也见不到亲人一面。"

铁二蛋早就一溜烟地跑没了,别人的脸上要是有伤,恨不得戴上口罩帽子,捂得严严实实的,不许别人看见,更不许别人说。偏偏铁二蛋的心大,她才不管那么多,脸上狰狞的伤口就这么暴露着,别人要是多看两眼,都会发出啧啧的感叹声。

她总说:"这叫挂彩,明白吗?这是荣耀的印记,是我们厂迈向新高度的见证。我怎么样,冷主任心里有数。我嫁给他,那是他的福气。我一个研究型人才,嫁给了这么个粗人,他才是赚大了。"

刚走到地窝子附近,就听到三嫂在里面哭泣:"你怎么这么不小心呢?看看你,浑身是伤,我真是担心死了……"

"怕什么,我受伤是为了保护你们,让你们不受伤。这不正是应了

第四十四章　我还能背水一战　　　　　　　　　　311

当年我娶你的时候说的话,我说我会用我的生命保护你一辈子。"三哥爽朗地笑着说道。

欧阳铮铮进了花家的地窝子,花阿姨正在给孩子喂吃的。

大头也被抱了过来,眼睛滴溜溜地到处看。

三嫂跟三哥短暂地聚了一下,又去上班了,她走之前还不忘记对在襁褓里的大头说道:"你爸不容易,为了我们是用命在拼。妈也要努力,他用命保护我们,我们也要回馈,我们早一点研制出来,他也好早一天回来。"

这一幕,看得她们几个女人都流下了眼泪。

谁也不知道三哥是做什么的,却由衷地敬佩他。

出门之前,三哥在门外大声地喊:"放心吧,我会留一条命回来给你的,你和儿子都给我乖乖的。"

那一声呼喊,让东伯利亚的人心安。有这样的人保卫着,他们都心安。

风雪中,众人正说着老宋的身体情况,他们那辆破旧的皮卡车不知不觉地就到了厂区的二号试验地。

试验地上面还是在进行爆炸实验,时不时有几声震耳欲聋的响声,令人惊心动魄。

欧阳铮铮从车窗往外面看,只听见老宋拿着一个破喇叭高声大骂:"要死啊,我刚才就说过数据不对,你们不撞南墙不回头,现在白炸了,又浪费了啊。这些比粮食还要紧缺的东西不是玩具,是多少人用命换来的,能让你们这群熊孩子炸着玩吗?"

欧阳铮铮将口罩取下来,在冷空气中喷出一口热气:"老宋这两天脾气见长啊,听说他们这个项目中的七八个车间的人,全部被骂了个遍,好几个人被骂完回去还寻死觅活的。"

"确实是啊,他回来后脾气就一直不好,多少人跑来向我投诉。我的工作变得越来越棘手。有些新来的小姑娘不管做什么都被老宋反驳,气得都想回家。他甚至催促这些小姑娘回家结婚生孩子,别在厂区添乱你说,作为一名领导,怎么能这么对后辈说话呢?"冷锋也感到很无奈。这段时间的焦虑和劳累,让他丝毫不比老宋轻松。

上级已经明确指示他和厂区总医院,一定要确保老宋的身体健康,但老宋到处发火,动不动就骂人,让人看得血压直升。

"该死的,你的脑子是不是被779号炸药炸飞了?还是出门的时候忘了带脑子?这么明显的错误都看不出来?小数点啊,小数点!你提供的这个配比,你是想把自己埋进一个泥坑里吗?"老宋毫不留情地对着一个小伙子大吼,场面尴尬至极。

铁二蛋在一旁劝也不是,说也不是,只好不断地给手下的同志们使眼色。

"宋总工,要不……我们先回去研究研究,这里太冷了,同志们在这里也找不出什么名堂来,回去可能就会好很多。"铁二蛋小声地说。

老宋再次举起喇叭,大声呼喊:"生于忧患,死于安乐。只有身处极端恶劣的环境,你们才能深切体会到任务的紧迫性,才能发挥出最好的水平。就在这里,今天不攻克这个难关,谁都不许离开!"

听到老宋的话,周围的十几个年轻人都不禁皱起了眉头。老宋为了成功似乎连命都可以不要,但他们正值青春,生命的光华才刚刚绽放。

回到地窝子,大家对老宋的做法进行了批评。老宋不停地抱怨:"我连后事都安排好了,怎么还是不停地有人来找我的麻烦,唉……"

"够了,老宋,你做得已经过分了。我必须代表组织批评你,你为什么擅自离婚,还自己觉得很得意?给你媳妇介绍对象,教你的孩子叫相亲对象爸爸,那你呢?你自己的位置在哪里?你把这些事情都处理完了,就头也不回地去了火车站,还留下了那么多钱。你……"冷锋说不下去了,靠在墙上生闷气。

欧阳铮铮和铁二蛋被冷锋的话深深震惊了。难怪老宋之前说自己已经了无牵挂,将全身心投入国家的事业中,独自一人奋斗。难怪老宋总是说自己的心里苦,但是没有办法。

"那我现在这副样子,总不能让他们孤儿寡母的以后没有人照顾

第四十四章 我还能背水一战 313

啊。你们不知道,我们家那个……什么都不会,要是不给她安排好未来的事情,我真担心她会伤心过度,到时候也跟着我去了,我可不想这样啊。"老宋靠在椅背上,大口地喘着粗气。

每当想到这些,他的心中就堵得慌,夫妻多年,他也不忍心啊。

欧阳铮铮却冷冷地说:"老宋,你做这些决定的时候,你想过你妻子的感受吗,你问过她是否同意吗?"

女人的想法和男人的想法终究是不一样的,从老宋对妻子的态度来看,就知道他妻子是一个热爱生活的人,也是一个很爱他的人,未必就想像老宋安排的那样,安心地过完余生。

铁二蛋恼火地拍椅子:"老宋,你真不是个东西!如果冷锋要死了,我肯定排除万难,陪他度过最后的日子,你妻子肯定也是这么想的。"

"老宋,情况是这样的,你妻子带着她娘家人守在你原来的单位门口,就等你出现。你的老领导的脸都被你丈母娘抓了好几道,差点闹到派出所去。你妻子放话说,见不到你,她就在你原单位寻死。你的老领导们没办法,通过各种途径联系到了我们。"冷锋尽量用平和的语气告诉他实际情况。

冷锋没有说的是,老宋的妻子为了找到他,已经做出过极端行为,幸亏被救了回来。要不是担心真的闹出人命,老宋的原单位也不会费尽周折地找到他们。

老宋咬了咬牙,强装硬气地说道:"随她去吧,傻女人,只会又哭又闹。没事的,没事的……"

第四十五章　我心荣耀

可是说着说着,老宋又忍不住落泪,哭得像个孩子。这一瞬间,他的心里彻底破防了。

他原本以为,自己努力工作就会忘记家里人,没想到越是不想,越是思念。

他还没来得及再抱抱孩子们,儿子好像长高了,闺女长得越来越像妻子,就连说话的语气神态都很像。

老宋哇哇大哭,完全不顾自己的形象。

冷锋递给老宋一根烟,老宋用颤抖的手接过点燃,狠狠地吸了一大口,一边努力让自己镇定,一边擦着眼泪。

他们从事的是高危职业,但从事这些职业的都是有血有肉有家的人。

老宋又问:"我娘怎样?"

"跟着你妻子一起去单位闹呗,说要是看不见你,她死不瞑目。她们跟上班似的,在单位门口躺着,特别准时,还有人给送饭。"冷锋无奈地笑笑。

老宋也苦涩地笑了起来:"以前老娘和妻子不对付,只要在一起就相互折腾。这回倒好,两个人团结起来了。"

"现在你们原单位领导和厂区领导的解决方案是,对你妻子一家进行审核,如果可以,她也过来,你们一家人团聚,好歹可以好好地照顾你。你愿意吗?"冷锋笑着说道。

他也没有想到厂区的领导会考虑得如此周全,一切都是为了同志考虑，并不是像规定那般冷冰冰的。

"老宋，听我们的，把妻子接过来，你的孩子也可以过来。咱们厂子都是高级知识分子，难道还教不了几个小孩吗？"铁二蛋坐在老宋的身边，拍拍他的肩膀。

老宋叹息了一声："垂垂老矣，黄土埋身，何必徒增伤心呢。要是我走了，她受不了的话，孩子们怎么办？何苦啊……"

"世上安得两全法，国为重，家庭次之，自身再次之。"老宋站起来，脱口唱了出来。

老宋又说道："看见今天咱们吃的是什么了吗，土豆，又是土豆，没有一丁点油水。如果我们这辈人肯吃苦，下一辈人乃至后代人就可以顿顿有肉。铁二蛋，你想吃红烧肉，将来你们的娃娃顿顿都是红烧肉。咱们苦不算什么，今后的岁月长河里，我华夏子孙的日子都是甜的。"

欧阳铮铮被老宋的气势震惊："但……"

"没有但是，我的心交给国家，我的身体交给厂区，我很光荣。我相信，将来我的孩子得知我是为了国家而奋斗，也会感到非常光荣。"老宋放声大笑。

铁二蛋也被老宋的情绪渲染了："老宋，你说得对，我们只管做自己就好了，只要咱们的研制成功了，我们的心也是荣耀的。"

欧阳铮铮看着眼前的这两个人，竟然觉得有点可爱。

那天晚上，她在日记中写道："本来只是一件稀松平常的小事，但到了我们厂区的工作人员这里，却上升到了不一样的高度。老宋不想让妻儿过来，一方面是不希望组织因为他而破例，另一方面也不愿意让妻儿看到自己日渐衰弱的模样。他还想着，或许再坚持一段时间，一切就都会好起来。

老宋不戴帽子，不生火炉，只喝糖水，他这样做，只是希望能在这残酷的世界中，仍能感受到一丝人间的温暖与甜蜜。试想，在厂区成千上万的人，以及整个中国的千千万万人口中，曾有多少人因为战争、贫困和压迫，只体会到了生活的苦涩与酸楚，却从未尝到过甜美的滋味。

如今，我辈能做的事，便是努力研制，效力国家，只有新中国强大起来，后辈们才能永享太平盛世。"

她将日记本合上，看着身边熟睡的阿媛，想起今天三嫂说的话："你说奇怪不，阿媛和大头本来不是亲兄妹，没有血缘关系的，可是两个小家伙如今放在一起养，竟然越来越像了，我的同事来找我，还说他们是双胞胎。"

"本来他们就是亲兄妹嘛，能在这样的环境下一起长大，不是亲兄妹又是什么。"欧阳铮铮笑答。

如今，为了方便照顾孩子，他们的地窝子已经扩建了一部分，跟三嫂他们家中间还特别开了一个门。

进来的刘阿姨操着一口浓重的四川话，高兴得很："我是发现了啊，这俩娃娃越来越像欧阳，不知道的还以为是欧阳的孩子呢。"

阿媛在欧阳铮铮的身边拱了拱，仿佛很熟悉她的味道，直到确认这个味道还在身边，才又沉沉睡去。

....

夜深了，铁二蛋带着一个小姑娘走了进来，说道："随便吃点东西，赶紧休息，明天早上七点就要开工了。我得外出执行任务。"

小姑娘显得有些局促不安。铁二蛋又介绍："欧阳，这以后就是我的徒弟了，你得多关照她。她叫李二嫚，名字和我有点像，都带个'二'字。"

李二嫚看起来二十岁出头，身上散发大学生的气质。她站在角落，显得有些无所适从。

欧阳铮铮搂着孩子睡得正香，胡乱答应了一声又沉沉入睡。

铁二蛋给李二嫚铺了一张床："睡吧，你刚来可能不习惯，慢慢适应就好了。"

凌晨时分，李二嫚的哭声惊动了整个地窝子。

铁二蛋急得直问："为啥哭了？我可没说你啊，以前我带小眼镜的时候，她也没哭啊。你咋了？"

带新人,培养新人,已经成了铁二蛋的工作之一。

李二嫚继续抽噎:"人家是南方人,来到这里根本不习惯,人家想回家。"

大家也醒了,但是他们对这种情况已经见怪不怪了,于是随口安慰了两句:"没事,过两天就好了。"然后继续回去睡觉。

李二嫚见状,哭得更加伤心了。

铁二蛋被哭声惊醒本来就不高兴,现如今只能大喊:"行了,别哭了,没完没了了是不是?"

欧阳铮铮叹了一口气,把灯点亮,爬起来走到李二嫚跟前问道:"大学学的是什么专业?"

"机械。"李二嫚一直在抹眼泪,"姐姐,我想回家。"

"你来多久了?"

"今天刚到,先在省城待了半个月。省城好,要什么有什么,还能领工资。这里不好,风沙大,人也冷漠,什么也没有,还要住在猪窝里。"李二嫚抽噎着。

铁二蛋愤愤不平地翻了个身,恨不得一脚把情绪化的李二嫚给踹出去。

欧阳铮铮听了这话也非常不高兴。住在猪窝?那她们是什么?

李二嫚又放声大哭,孩子们听见哭声,也跟着大哭。

三嫂刚下夜班睡下没多久,被连续的哭声吵醒,开了小门就过来破口大骂:"你家里死人了吗?号什么号?大家都很忙的,小欧出外勤从来不敢休息,铁二蛋已经三天没睡了,刘阿姨为了带两个孩子睡的都是囫囵觉,隔壁的老宋癌症晚期,一直强撑着。你哭什么?再哭就滚出去!"

三嫂一向是非常温柔的,很少看见她这么大动肝火。

李二嫚被吓得不敢再放声大哭,只觉得这里的人非常不友好。

"也不用去什么后勤处了,明天开始跟着我。不是学机械的吗?跟着我,保证你没有时间哭。"三嫂冷声道。

草原上的冬季来得特别快,这还没有立冬,已经完全是一派冬天的景象。

草原上的雪厚厚的,外面的冷空气寒到了骨子里,幸好,她们这个小小的家有这么多人组成、维护,算得上是整个东伯利亚最温暖的地方。

欧阳铮铮刚刚出门,就看见林芝欢天喜地地跑了过来:"小欧老师,可算是打听到你住的地方了。走吧,我们一起去上班。"她又噘嘴说,"对了,我这几天把……不行,在外面不能说工作……我把从扎西大哥家里带回来的肉,给欧阳大哥送过去了,可是欧阳大哥一点都不领情。他生病了,经常要打点滴,但是不愿意接受任何女同志的好意。越是这样,我越觉得这个男人好,怎么办?我怀疑我要恋爱了,可是之前也有人追求过他啊,我不能在一棵树上吊死。"

她就像一个邻家小妹妹一样跟欧阳铮铮说起令自己犯愁的事。

欧阳铮铮仔细聆听,没有半点要取笑她的意思:"看来那个叫欧阳的人非常有人缘,这么多姑娘都对他青睐有加呢。"

"那当然了,王教授的女儿王丽娜喜欢他。他的专业水平非常高,长得也帅,关键是……就像脊梁,能撑起整个项目,以后肯定也能撑起一个家。"林芝的话里话外都透着崇拜与欢喜。

提起那个心仪之人,林芝叽叽喳喳的,有说不完的话。

欧阳铮铮轻声说道:"我有时候很想见见那个叫欧阳爱国的人,为什么大家提起他都是夸奖,就连老宋这样傲气的人也赞不绝口,铁二蛋就更不用说了。"

"你可能见不了,我也是因为住在那边才见过,一般人不允许与那边的人有任何接触。这是规矩,你懂的。"林芝的脸上露出了更加骄傲的神色,因为住的地方不一样,他们接触的人也不一样。

这时,林芝看见了一个正要上火车的人,高声大喊:"小欧老师,快看,那个就是欧阳,那个就是……"

欧阳铮铮赶紧转过头,一直都听说这位神一样的人物,今天总算是可以一睹真容了吗?

第四十五章 我心荣耀

她顺着林芝的手指方向看去，只看到一个背影。

"你看，那个背影就是，很可惜，他没有转过头，还戴着帽子口罩，唉……你要是看见了他，你就知道他有多帅气，多儒雅，多有担当。"林芝的口中满是表扬的话。

命运就是这么捉弄人，拼命想要看见一个人，却始终看不见。

那个欧阳爱国只留下了背影。由于生病，他的身体消瘦，身形也不如之前魁梧，但也能看清楚是身高一米八的大个子。

林芝朝着背影不断地招手："爱国哥哥，爱国哥哥……"

"弄啥嘞，妮儿，恁叫俺呢。"

"干啥？呢啥呢？"

"做啥子嘛？"

…………

欧阳铮铮戴着口罩，看见周围同志们的反应，忍不住哈哈大笑，这一下，她实在是绷不住了。

林芝高声大喊"爱国哥哥"，可是现在正是上下班换班的高峰期，在一片夜幕当中，谁也分不清楚谁是谁。这一声高喊，可是把全国各地的"爱国哥哥"都喊出来了。

有河南的研究人员，有东北的科研专家，还有四川的守备人员……

…………

"小欧老师，有一段电波加了密，请复查。"林芝突然警惕地喊道。

她现在也有了一定的警惕性，一回到办公室，就立马进入工作状态。

欧阳铮铮赶紧接收，与林学长对视一眼，同时记录并且进行破译。

林学长的双眉紧蹙："看出什么端倪了吗？好像不是我们的。"

欧阳铮铮闭目，仔细听了一遍接收到的电波："对，的确不是我们的电波，而是高级电波，我必须马上上报。"

林学长看了一眼外面，赶紧启动了紧急预案。

林芝知道事态的严重性，也承担起了一部分重要工作。

欧阳铮铮又通过特殊通道联系了他们的领导,他还是笑容可掬,一副淡定的模样,仿佛什么都不在乎,仿佛又什么都很在乎。

"领导,这一次的电波光明正大,直接发给我们,但是是密码。"欧阳铮铮直接汇报工作,明明知道领导还在吃饭,她却不等领导吃完,更不会想到跟领导寒暄。

"欧阳啊,别急,这是牧民家中经常喜欢做的熬饭,来点?"领导直接说道。

"领导……这一组电波……"欧阳铮铮心心念念的还是工作。

领导示意她坐下:"我说你们这个通讯科的人也是非常奇怪,果然是老秦带出来的人,也不问问我是谁,一口一个领导就算完事了,以后啊,你们就叫我老李吧。"

"好的,老李。现在这一组电波,很有可能是敌人的试探信号,请您指示,是否要将电台找出来?"欧阳铮铮深吸一口气,根本不把领导当成领导。

老李笑了起来,指了指桌子上的一个本子:"拿去吧,你这傻孩子,真的不吃点?"

"不吃了,老李,这个是新的密码母本?"欧阳铮铮一看便知道了,两只眼睛发光,这一套密码本设置得非常精妙,一看就知道是出自谁的手笔。

老李微微点头。其实他吃的也就是一些野菜根、土豆和粉条熬制成的大杂烩,却吃得津津有味,窸窸窣窣的声音在整个办公室里面响起来。

欧阳铮铮忍不住咽了咽口水,他们这段时间把土豆换着法做,真是说话一股土豆味,放屁也是一股土豆味。

"你看,是不是很巧妙?这个母本非常独特,一般人可做不到。因为这是老秦在临终的那个晚上,倾注了心血制作的,还特意让人送了过来。她……唉……"老李说起以前的老同事,眼中闪烁着泪光。

第四十五章　我心荣耀　　　　　　　　　　　　　　　　321

第四十六章　心怀天下

得知秦总工离世,欧阳铮铮心中一阵慌乱,她在母本上感到了一种莫名的沉重。

"老秦留给你的话,你回去后好好看看吧。"老李叹了口气,继续说道,"想当年,我们一群人马齐全的小组来到这里,满心想着要在这里扎根,闯出一番事业。刚开始,我们住在帐篷里,先解决生产生活问题,然后再进行科技研发。如今,不过两三年光景,剩下的人寥寥无几,老秦也离我们而去了。"

老李回忆起老秦,心中充满了感慨。欧阳铮铮低下了头,黯然回应:"是啊,秦老师其实并不想离开。她的身体状况早就不适合在这里工作了。我本以为回到江南她会好起来,没想到……"

"孩子啊,你们一定要争气,尽快研制成功。"老李放下碗筷,给自己倒了一杯茶,又给另外一个杯子倒了一杯茶,然后将茶水倒在地上。

欧阳铮铮根据母本破译出的密码,发现了秦总工留给她的话语,字里行间透露出严肃与急切:"欧阳铮铮,你站在自己的工作岗位上,必须时刻保持警惕,决不允许有任何懈怠。在工作中,不得掺杂个人情感。通讯科与你同在,即便你不在了,通讯科也不能消失。你要好好培养新人才,认真制作几套密码,以防敌人截获无法应对。所有工作都必须在保密中进行。切记,切记!"

这段话说长不长,说短也不短,却让欧阳铮铮感到肩头的责任重大,顿时压得她喘不过气来。

"孩子,回去吧,从明天零时起,启用这一套密码,回去跟大家传达一下。下个月你回来,我们希望能看见你的新密码。"老李笑笑,挥挥手让她离开了。

欧阳铮铮将密码本带回通讯科,与林学长一同认真学习和记忆。在确保两人都能熟练掌握后,他们将母本彻底销毁。毕竟,不留下任何痕迹,才是确保安全的最佳方式。

二级加密以上的所有东西,他们在上岗之前都会在心中默读一遍,在下班之前再默读一遍,避免忘记。

林芝看他们这样强行记忆一本五六十页的本子,实在是觉得奇怪。"干吗这么费劲儿啊,这本子放在档案室不就行了吗?这么厚,背起来多费劲儿啊,但你们竟然在最短的时间内背完了。"林芝觉得不可思议,随后问道,"以后我是不是也要这样做?"

"是,将来你也需要这样做。现在我和林学长做的一切,将来你和小崔都要负责。或许我们年纪大了,记忆力没有那么好了,我们就会退居二线。"欧阳铮铮重复背诵了一遍,又和林学长对了一遍页码与行数,这才将母本烧毁。

两个人同时背诵的意义就是,避免其中一个人忘记,当年她与秦总工同吃同住,秦总工每天要背的东西更多,算得上是殚精竭虑了。

思考得多,心力交瘁,头发才会越掉越多。

林芝被吓得脸色惨白:"不行啊,我的记忆力非常差,根本不行的。"

"好好训练,从今天开始训练。小崔以后会带着你,每天用一个小时进行记忆训练,头脑风暴。大脑是越用越好的,只要找到了窍门,什么都不用怕。"欧阳铮铮靠在墙上,继续消化今天背下来的内容。

林学长始终一言不发,他的记忆能力不如欧阳铮铮,只能一点点地背,一点点地消化。

欧阳铮铮下班的时候,又是次日了。林芝跟着她一起走,路上不断念叨。

"小欧老师,你帮我想想,还有什么办法可以让欧阳爱国注意到我?下个月他就要休假回去了,要是他未婚妻从国外回来,兴许就没有我什么事了。"林芝心心念念的还是欧阳爱国。

欧阳铮铮也是第一次接触到这么复杂的密码,如今还在脑子里面消化,自己考查自己的背诵情况,完全没有注意林芝在说什么。

欧阳铮铮将密码本全部背完,做了一遍自我检测,这才开始吃饭。

花阿姨接过话头:"三嫂最近可忙了,都两天没有回来了。跟着的李二嫚倒是回来了一次,一回来就躲着哭,哭完又走了,唉……"

"没事,现在大家都在攻克难关,各个阶段都比较忙。很快就要进入严冬,风吹石头跑,如果我们现在不抓紧时间,恐怕就来不及了。"欧阳铮铮说道。

厂区必须在这个月底之前安排好一切,否则来年进度跟不上。

在核心研究室里,老宋带着铁二蛋跟人争得面红耳赤。

"现在,我不管,你们必须把这个技术难关给破了,你们的进度影响着我的进度,明天要是做不到,我肯定死给你们看。"老宋急得上火,嘴上长了几个泡,嗓子也沙哑了。

铁二蛋自不必说,已经好几天没有好好睡觉了,如果这一次没有攻克技术难关,整个进度都会停滞不前。

他们来到研究室开会,希望能从别的地方突破,不能死死地守着一个方向。

周子淳坐在一旁看着材料一言不发。现在确实是遇到了瓶颈,老宋急得如同热锅上的蚂蚁。

"欧阳教授,麻烦您看看,这些都是我们采用过的方案和失败的经验总结,看看能不能从你们物理学上做一个方案合并。"老宋实在是没有办法了,走路的时候吭哧吭哧,差点喘不上气。

他现在是咬着牙关顶着,吃药的频率也越来越高,一个小时就要吃五片止痛片。再这么吃下去,身体可能会对药物产生抗性,到最后根本没有用了。

周子淳看着材料,也理不出一个头绪来:"要不要上报,找全国的专家来开一个座谈会,或者说,有没有已经成功匹配的先例,研究资料,等等？"

"什么都没有，我已经查了所有的资料，俄文我不认识，我也请人给我查了一下，但是没有……明天就是最后期限，实在不行我和铁二蛋就要去新疆守设备了。"老宋愁眉苦脸，这件事情让他非常上火。

铁二蛋也在会议室里面走来走去："该用的办法我们都用了，现在只剩下一些不该用的办法了。"

"要敢于尝试，我虽然在化学研究方面不算精通，但在我负责的车间里，每当遇到技术难题，我都倡导尽一切可能去尝试。把所有可能的方案都摆出来，把能做的事情都做到极致，至于那些看似不可能的，我们更要尽力去攻克。因为真理往往掌握在勇于探索的少数人手中，而科学的答案，往往就隐藏在那些不起眼的细节中。"周子淳屏息凝神，对每一个方案的可能性都在脑袋里仔细推敲。

老宋突然想到了什么，拉着铁二蛋疯狂地敲门："老李，老李，赶紧让我们出去，赶紧带我们出去！我已经想到了，快点，我可能不用去新疆守设备了，我还可以在这里继续做科研！"

厚重的铁门外根本听不见门内的声音，周子淳无奈地站起来，按了一下会议室里面的按钮。

过了一会儿，有人来开门了："现在还不是出入的时间。"

"事急从权，跟老李申请一下，我需要马上回到我的车间，我想到了解决办法！就是一个细节，对，就是一个细节。"老宋语无伦次，着急得要跳起来了。

周子淳冲外面的警卫员说道："辛苦您，跟老李说一说，这件事情事关重要，我们尽快突破这个难关，后面的技术才能跟进。"

警卫员犹豫了一下，还是离开了，过了一会儿，警卫员过来："你们只有三分钟时间离开，出门之后就上专用车。"

"好，好好。"老宋拉着铁二蛋就走，一路上跟铁二蛋复盘之前失败的经验。

周子淳带领项目组继续开会，王教授最近正在休假，下个月才轮到

第四十六章 心怀天下

他休假，而此时，他的手上还挂着吊瓶。

随着寒冷天气来临，他的身体总会发生剧烈的疼痛，那痛楚似乎深入骨髓，宛如无数蚂蚁在啃咬，让人难以忍受。看来，他真的需要一段时间的休息和调养了。

一旁的钟教授看见周子淳的双眉紧蹙，呼吸也渐渐地不那么沉稳，忍不住问道："要不要休息一下？欧阳啊，我看你最近状态很差，要不……去医院看看？"

"不了，忍忍就好，老宋刚才剩下的止痛片，我吃下就好了。咱们继续开会，说说关于老邱的设想以及可能会遇到的难题。"周子淳从老宋的位置拿过止痛片。

钟教授看他这样生生咽下，很是心疼，他们这个项目组，着实危险……

如今坐在会议室的七个人，每个人的身上都有或重或轻的伤，但是他们一直坚守在此。

周子淳靠在椅子上休息片刻："来，咱们继续。如果今天老宋他们真的找到了相关的解决办法，我的建议咱们运用一个量子……"

大家重新进入了激烈的讨论，也许，只有在思考的时候，才会忘记身上的疼痛。

周子淳振奋精神，说道："老师们，我们只要心向黎明，满目都是阳光，老邱成功之日，便是我们庆功之时。"

"来吧，为了老邱。"大家都笑了起来。

周子淳回到将军楼的时候，已经是一天后的中午，温暖的阳光洒在他的背上，缓解了他身上的疼痛感。

林芝蹦蹦跳跳地走到他面前："欧阳教授，终于等到你了，丽娜姐姐不在吧？快点看看，我从我爸爸那里拿来的罐头，很稀有的，快点尝尝。"

"小孩子别来烦我。"周子淳对外人的语气越来越不好。

他现在满门心思都投入了科研，他只知道如果不成功，他们整个核心小组的成员不仅无颜面对江东父老,更是愧对国家。如今是危急存亡之际。

回到宿舍,周子淳的目光落在桌上的《人民日报》上。他习惯每天阅读报纸,将其作为了解时事、放松心情的一种方式。每当国际上发生国与国之间的会谈或谈判,总能吸引他的关注。

他深刻地意识到,必须尽快将老邱研制成功,这样中国才能在国际上拥有话语权,不再受制于人,才能赢得承认和尊重。

"中国要想站起来,就必须有坚实的拳头!"这是周子淳的信念。只有国家的实力足够强大,才能让其他国家不再轻视我们。

他已经下定决心,无论前路如何艰难,他都要勇往直前,务必取得成功。

他轻轻地拍拍桌子,跟着来到宿舍的林芝看见他这副凝神怒气的模样,一时之间竟然不敢出声了。

总是说搞科研的人最后都会变得脾气怪异,万万没有想到,就连一向很淡定从容的欧阳同志也会这般。

王丽娜敲敲门进来,手中端着一碗热乎乎的面糊糊,脸上带着笑容,温柔地说道:"欧阳,你回来了,今天我妈妈做了一点面糊糊,我爸爸吃了点,还有一点让我给你端过来,你可千万不要客气啊,这是我妈妈的心意。"

王丽娜发现林芝也在,手里还拿着罐头,不禁蹙眉:"小人参也来了,你刚到厂区,这么快就熟悉这里了吗?"

周子淳没有接王丽娜的碗,而是冷漠地将两个女同志请了出去。他关上门,躺在床上,拿出来一封信,仔细地读了一遍又一遍,那封信是欧阳铮铮寄来的,已经有一年多了,他时常拿出来看,折叠之处已经有些破损,页面的边角也微微卷起。

周子淳默默流泪,他一想起欧阳铮铮就会落泪。如果说他这一生有什么遗憾或者愧疚,那就只有欧阳铮铮了。

没能与欧阳铮铮及时结婚,也没有告诉她实话。

第四十六章 心怀天下

突然,老李开门进来:"哟,躺着呢,是不是打扰你了?不好意思,事情比较急,忘记敲门了。"

"老李,你来了,坐。"周子淳擦了一把眼泪,将信放在桌子上。

老李坐下,斜眼看着桌子上的信:"你国外的女朋友寄来的?有时候真羡慕你们这样单纯的感情。加油,胜利就在眼前,曙光就在眼前。"

周子淳勉强笑笑:"我们已经一年多没有书信往来,但愿她一切安好。这一次休假回去,我想把钱寄给她,在国外什么都需要钱,她……"

"这样吧,9号那天,你去一趟研究所,就在门口等着,一定要一直等着,到时候有一个重要的人需要你见一见。这是任务,必须完成。"老李露出一个神秘的笑容,这个笑容意味深长,"男儿有泪不轻弹,咋还哭了呢?放心吧,是你的就跑不了。"老李安慰道,心中也为这对苦命鸳鸯感慨万千。

周子淳点头,将信件收起:"好,放心,一定完成任务。和我结婚的人,只能是她,别人都不行。"

老李笑着道:"放心吧,组织上知道。对了,这个是最新发现的,老宋说交给你,你就知道了。这一篇论文刚登出来五六天,是老宋国外的朋友找到的,你看看有没有思路。"

"好的,虽然都是俄文资料,但没问题。请放心,我一定会从中找到线索。"周子淳听到有新的工作任务,刚才的疼痛和疲惫似乎已经缓解了不少。

老李接着说:"我们的创业之路确实艰难,技术上的不足、科研理论上的困境,方方面面都是挑战。我们知道,落后就会挨打。现在我们只能从别人的论文中寻找有用信息,进行验证,一步一步摸索我们自己的研究思路。老邱想要在短时间内取得突破性进展,并不容易。"

"有我们在,请组织放心,无论遇到多大困难,我们都将脚踏实地,全力以赴地进行研究。"周子淳喝了一口水,手里紧握着一支笔,目不转睛地审视着那份复印来的论文。

对于老李这样的高层领导,周子淳的话语中不自觉地流露出了一些客套的应对之辞,便又沉浸在研究之中。老李察觉到了,默默地离开了房间。

在出门之前,他还不忘给周子淳倒一杯热水,并帮他把屋内的炉子清理了,添了些煤炭,确保房间温暖舒适。

第四十七章　星星之火，可以燎原

冬天的夜十分漫长，特别是在草原上。厂区在草原上俨然像一个与世隔绝的地方，他们一旦到了野外试验地，就会感觉比平时更冷，更难熬。

欧阳铮铮被临时指派到老宋和铁二蛋身边当通讯员，时刻注意与北京、长春方面保持联系。

此时，外面下着暴雪，到处都是白茫茫的一片，气温低到了零下二十摄氏度。

欧阳铮铮和林芝在车里还能躲着风，但是老宋他们完全是迎风而战，其余的一切艰苦自不必说，单是老宋的身体，可能就支撑不住。

可是老宋就一件厚厚的军大衣裹在身上，连帽子手套也不戴，不停地指挥着那群孩子。

铁二蛋的手中拿着手电筒，一直在看图纸，同时她也在一旁盯着，负责给老宋递工具。随后，老宋转身看向欧阳铮铮："询问一下长春那边，确定口径是不是三毫米。记得加密。"

欧阳铮铮赶紧去发电报，老宋不时地找人过来传话。

"周老师，宋老师说长春那边的化验组是否确认是二号材料与三号材料的提纯。"

"周老师，五号材料有问题，长春发来的试验品有替代品吗？"

"周科长，请给总部致电，必须要从核物理上有一个论证，到底是用哪个参数比较好。"

……

欧阳铮铮忙得不可开交,一旁的林芝也充当了信息员,不断地给两边传递往来消息。

这个夜晚,就连电报机都发烫了……

老宋突然想起什么,立刻神色凝重地来问:"我们这么频繁地致电,电波被截获,敌人发现后,我们可能会……"

老宋这个问题,倒是让一旁的林芝不知如何是好,她不明所以地看了一眼正在接收电报的欧阳铮铮。

过了一会儿,欧阳铮铮把耳机摘下来,缓缓地说道:"尽管放心,林芝,二级甲码,你给宋老师解释。"

林芝迅速向老宋解释说:"我们使用的都是化肥厂的信号,故意制造这种假象,让外界以为化肥厂正在进行某项试验。这样,即便我们频繁地发送电报,敌人有所察觉,他们也只会捕捉到化肥厂的代号,无法获取更多的信息。"

老宋听完林芝的解释,这才放下心来:"有欧阳这个丫头在,我总是放心不少。得嘞,你们先忙。这是最新的数据对吧,我拿过去。"

欧阳铮铮点头,同时发着电报。

铁二蛋又过来送材料:"欧阳,我口述,你发电报到北京,记得加密。201化工厂,987材料测试三次后,与原设定不符,替代品不利于植物生长,请求种植方法,完毕!"

林芝听得云里雾里的:"小欧老师,我们到底是在研发什么的?为什么他们会喊你欧阳?"

她小心翼翼地询问,欧阳铮铮却闭口不答,只哈哈大笑起来,在这样寒冷的天气,能开怀大笑也是一件幸福的事。

一旁跟班的小武也问道:"对啊,领导,我看着你和我们老师说话,我感到云里雾里,同时我也觉得咱们马上就要在开春研制一样新的植物。"

"如果连你们也骗过了的话,说明我们已经很成功了,咱们的一级代码,也许不会被任何人发现,就算被发现了,也只以为是一种新的植

第四十七章 星星之火,可以燎原

物。"欧阳铮铮信誓旦旦地说道。

关关雎穿着厚重的棉袍跑过来,一脸严肃,甚至比平时还要严肃。经过这一段时间的历练,她已经可以独当一面了,现在也算得上是铁二蛋的得力助手,两人各自负责一个车间,并且连续两个季度都获评优秀。

"小欧老师,我说你发,先给北京方面致电,具体内容如下……"关关雎说的时候卡壳了。

欧阳铮铮已经蓄势待发,忽然看着关关雎踌躇的神色,便笑着说道:"没事,你用你的话说,我进行语言加密,再进行电波加密。"

她瞬间就明白了,关关雎还不会用他们之间的暗语,只能由她代劳。

关关雎连忙说道:"好的好的,别因为我耽误事情。跟北京说,有两个零件没有打磨好,根本用不了,严重耽误进度,现在只能是现场边试边磨,但是会耗费很长时间,请问有没有替代品?跟长春方面致电,说一切都顺利,长春方面可以休息一个小时,组装完成后再试验。"

欧阳铮铮全部进行了加密处理,随后接到了回电,她给关关雎看了一眼,说道:"拿过去给老宋看,看完后马上销毁。这样的东西留在野外,可能会引起大乱子。"

关关雎拿走之后,老宋又吃了一把药,然后靠在一旁闭眼凝神,缓一缓身体带来的疼痛感。

林芝看见了,立马惊呼:"小欧老师,你看看宋老师,是不是要撑不住了?这么冷的天,他帽子手套都不戴,能撑得下去吗?"

"不会的,只要试验不成功,他就不会死,这项试验成功了,还有下一项等着他去研发,我们厂区要做的事情都离不开这些科学家。"欧阳铮铮远远地看着他们的帐篷。由于避嫌,他们通讯组和实验组不能靠得太近,也没有办法知道具体情况。

老宋靠在炉子旁边,身体也逐渐变得虚弱,体力不支,吃了药之后,疼痛有所缓解,那股难受的劲儿却特别钻心。

铁二蛋看得心中难受:"我来做吧,你负责指导。这一次成功以后,你必须住院好好休息一下,不能再这么折腾了,你要是死在了厂区,我们的罪过可就大了。"

铁二蛋开车,老宋坐在前面,他们要到草原的另一头,离这里大约三四公里的地方进行爆炸试验。

林芝的心也激动起来:"小欧老师,终于要爆炸了!今天晚上就为了这一刻,如果成功的话,咱们是不是就可以回去了?"

欧阳铮铮也忍不住握紧自己的手:"是啊,今天晚上所有的努力都是为了这一次爆炸,他们在厂子里缩小比例进行实验失败了无数次,现在是在不得已的情况下才拿出来用原比例做调配,如果不成功……恐怕他们都会失望啊。"

"有电报。"林芝高喊。

欧阳铮铮继续工作,这是厂区领导打来询问的。如今,整个厂区都关注着这片草地,希望能从这边得到好消息。

"就位!点火!"老宋那边拿着喇叭,铁二蛋挥动小旗帜,让这边的人能集中注意力进入状态。

过了好一会儿,一点声音也没有。

关关睢急得要跑过去,却被身边的小武拉住:"小关,你干啥,不能随便过去。真是可恶,又是哑火,太可恶了!到底哪里出了问题,我们的提纯就那么难吗?"

林芝满脸失落,蹙眉抱怨:"又失败了,小欧老师,我们怎么跟上面交代,要说实话吗?"

"注意,厂区的询问电报又来了。"欧阳铮铮戴着耳机。

"育肥小组,请问牛羊如何?"

那是厂区领导给的暗号,他们将这一次老宋的试验称作牛羊,牛羊好,爆炸成功,牛羊乱跑,试验失败。

这两分钟里,他们眼睁睁地看着老宋和铁二蛋的车子往爆炸点开。

铁二蛋看着天上的星辰:"天快亮了,咱们再试试吗?"

第四十七章　星星之火,可以燎原

老宋看着天边的鱼肚白,语气中似乎带着一点绝望:"铁二蛋,你还想试试吗?这个项目我是总负责人,你是第二责任人。天一亮,如果不成功,咱们就解甲归田,你去你的新疆,我就去我的老家找一块山水之地等死吧。"

林芝大喊:"小欧老师,你看看他们那边,咱们要不要过去劝劝,上面的电报又来了。"

看见电报机上面闪烁的指示灯,林芝忍不住说道,不管欧阳铮铮怎么挡怎么瞒,到了天亮,一切都会公之于众。

欧阳铮铮接收到的电报消息是:请回复,急。

"咱们还是不管吗,如果再派人来,咱们可能都撑不到天亮。"林芝小心翼翼地问,知道现在欧阳铮铮处于难以抉择的阶段。

"赌一把,我觉得老宋和铁二蛋不会放弃的,他们的骨子里就没有放弃的基因,他们一定会成功的。"欧阳铮铮从车上下来。

她环顾四周,看着车子徐徐往爆炸点接近,对林芝说道:"你跟上面汇报,就说……一切安好顺利,且等试验进行。"

"可是……我们明明已经进行了试验,试验的结果不如人意,咱们不报吗?"林芝吓得不敢发电报,害怕担责。

她毕竟是转业过来的,以前受到的教育是服从命令听指挥。

欧阳铮铮上车后说道:"不到最后一刻,谁也不准说放弃,我不信老宋和铁二蛋没有办法解决问题。"

她重新安置好电报机,如果这一封电报发出去,对这一次试验结果却没有如实汇报,她会承担很大的责任。

林芝拦住了她:"小欧老师,不可以,咱们这个岗位上不能意气用事。就算是试验不成功,我们也要如实说,他们不成功……"

"林芝,我这一次很想意气用事。你知道吗?老宋为了这个项目,癌症晚期还在拼,铁二蛋浑身都是伤,赵大夫跟我说过,可能……"欧阳铮铮有些哽咽,又指着对面的一大群年轻人,"他们也是,要给他们看到希望,才会有坚持下去的恒心。"

老宋和铁二蛋的车子还没靠近爆炸点,却看见东方红光一片……

那一片光亮与那一声巨大的声音让草原上所有的人都震惊了,不知所措,只能傻傻地站立在原地。

欧阳铮铮只是呆呆地看着,完全忘记了要怎么做,她刚才脑子里面还在思考怎么跟上级交代,现如今脑子只剩下一片空白。

爆炸的声音震耳欲聋,大家的耳朵里只有耳鸣声在回响,目瞪口呆地盯着光亮的地方。

过去十几秒,才有人大声地喊起来:"完了,老宋和铁头还在那边,这么大的爆炸……"

欧阳铮铮只看见草原的那边火光熊熊,也听不见他们在喊什么。

过了好一会儿,她终于反应过来,拉住身边的林芝:"别发愣了,快点救人,快啊,上车……"

他们开着车子到了帐篷跟前,上来几个小伙子。

但是欧阳铮铮突然想到了什么,连忙说道:"不行,咱们不能这么贸然过去,兴许还会有二次爆炸,太危险了。"

小伙子呆在原地,惊愕不已:"小欧老师,那怎么办啊?我们总不能见死不救啊。"

"我开车过去,我之前在医院待过,知道急救措施。你们在一旁看着,我把他们拉过来,你们在这里等。"欧阳铮铮想了一会儿,还是决定自己先上。

"不行,小欧老师,我去,你不能去,你必须跟北京、长春、厂区三个方面联系,我不知道密码,还有这种情况肯定要上报的。"林芝毫不客气地将欧阳铮铮拉下车不小心摔到了地上,自己却开车离开,"小欧老师,如果有机会看见我爸妈,就说我给国家尽忠了,我力气大,胜算大。"

大家陆续反应过来,跟在车子后面跑。此时此刻,没有说让一个通讯科的小丫头上的道理,他们都是堂堂七尺男儿。

可是他们都被刚才那突如其来的爆炸声吓傻了,现在反应过来,却跑不过车子。

第四十七章　星星之火,可以燎原

欧阳铮铮从地上爬起来,这个小丫头下手可真狠啊,一点都不客气的。

"都别乱,目前还不知道是什么情况,等着,医药箱拿出来,火生上。"欧阳铮铮对那群小伙子说。

关关雎还站在原地,突然欢呼雀跃:"我知道了,我知道,哈哈哈哈……"

而在距离爆炸点不远的地方,车子已经被炸得没了形状。

老宋和铁二蛋从一堆泥土中爬起来,老宋的身上都是伤,起来之后愣神道:"我是谁?我在哪儿?我在做什么?"

铁二蛋被炸得晕头转向。

老宋想了想,回过神来,也不管自己身上手上,也不管自己被飞石误伤,突然高声大喊:"我的娘啊,成了……我知道哪里出问题了,成了……铁头,铁蛋,快点醒醒……"

"别喊,别喊,别推,我没有被炸死,也没有被声音搞耳聋,你这么一推一喊一惊一乍的,我心脏病都要犯了。"铁二蛋嘀咕着,她那张脸原本已经有一道疤了,现如今又变得血肉模糊,两只手上的袖子也没有了。

铁二蛋检查了自己的四肢,她对这样的爆炸声早已经习以为常,对这样的爆炸伤害,早已经见怪不怪了。

"真好,四肢还在,还能干。"铁二蛋庆幸道。

老宋也看了一眼自己的手和脚,虽然有血,却还是非常满意的:"我的也还在,还是可以干的,哈哈。"

如此轻松的笑容,是他们劫后余生的慰藉。

"快点,我们去看看残骸里面是不是有什么问题。我们这一次提纯非常大胆,还利用了物理学原理进行催化,这一次是始无前例的,虽然说等了大概十分钟,可也算值得了,真好,好啊。"老宋的语速非常快,挣扎着要起来。

他刚才还是脸色惨白,如今却变得满面红光,满心欢喜。

林芝的车子终于开到了他们车子前,看着两个人挣扎着起来,泪水直流。

　　她之前非常害怕,如果走近看见的是两具尸体,她不知道要怎么跟上级交代,也不知道要怎么去面对两位死者。

　　她更害怕,走近的时候什么也看不见,说明炸药的威力太大,就连尸体都寻不着。

　　幸好,老宋和铁二蛋有车子保护,车子被炸得稀巴烂,但是人没有性命之忧。

　　林芝的力气大,下了车后赶紧把人从地上拉起来。

　　"快点,上我的车……快点上车,小欧老师说如果有二次爆炸就麻烦了。"林芝的心中还想着欧阳铮铮说过的二次爆炸问题。

　　老宋摆摆手,缓了很久才说出一句话:"你带着二蛋先走,我还要去看燃料燃烧的情况。如果跟我设想的一样,天亮,不……中午之前,我一定能给厂区一个完美的答案。"

　　铁二蛋哼了一声,扶住老宋:"我才不回去呢,我要和你一起去。"老宋和铁二蛋两个人互相搀扶着,往爆炸点走,这一次试验是最新的尝试,成功,则是一鸣惊人,失败,那么无数人的心血就白费了。

　　林芝走过去,一手拉住一个,虽然人小,但是力气非常大,将他们拐着走:"有福同享有难同当。今天我就舍命陪君子了,我也尝尝祖父和父亲打江山时候的感觉,他们说真正到了生命的紧要关头时就什么都不怕了,我看看我怕不怕。"

　　她说得很轻松,拉着两个人往前走也非常轻松。实际上,林芝已经大汗淋漓。

第四十八章　黎明将至

远处,欧阳铮铮用望远镜看得心惊胆战的,不停地嘟囔:"他们这么不怕死的吗?都已经炸成那样了还要往前走,要是有二次爆炸怎么办?"

"这是我们必须勘察的,否则就前功尽弃了。我们一会儿还要把他们的数据拿回来进行对比,为了下一次试验的成功率,我们不得不这样做。"小武低声说道。

关关雎已经搓手跃跃欲试了:"他们没事就好,没事就好,等数据回来,我们就可以进行下一步实验,太好了……太好了……"

林芝把两个人都拉到了爆炸点,老宋蹲下来,铁二蛋拿出了笔和纸准备进行记录。

老宋不停地说着专业术语,关键之处还用了英语,铁二蛋都一一记在了带血的笔记本上。

林芝站在一旁,随时准备将两个人拉走。

她的力气大,作战经验非常丰富,想必也不会出问题。

"两位老师,你们尽管放心,就算是有二次爆炸,我能带你们俩逃命,相信我。"林芝信誓旦旦,就连撤退路线都已经计划好了。

老宋和铁二蛋没有时间顾及林芝,一门心思都在残余物质的分析上面。

"铁蛋,你来看看这个,看起来像是经过化学反应后才会被稀释出来。我们带回去仔细研究一下,说不定这就是导致爆炸时间推迟的原因。可能需要等待它完全反应,接触到空气之后,才会……"老宋一步一步地分析着情况。

铁二蛋也不断地记录,本子上密密麻麻的。林芝凑过头去看,竟然一个字也看不懂。

他们将爆炸残余物取走,又根据地上剩下的东西进行分析。

"别担心,孩子,现在已经没有爆炸的危险了,这些物质已经没有危险了。你最好把大家都叫过来,我要给他们讲解一下。如果我以后不在了,恐怕就没有人能像我这样分析得么透彻了。别人学不学无所谓,但关关雎和铁头,她们俩一定要掌握这种分析辨别的方法。"老宋显得非常高兴,他认为这是一次难得的教育机会。

林芝连忙答应:"得嘞,这就去,你们俩好好研究。"

听闻没有了危险,林芝欢天喜地地开车,将帐篷边的人一车一车地拉过来。

关关雎看见残余物质,忍不住将手套和口罩都扔到一旁:"宋老师,这一次爆炸真的非常完美啊,它们都燃烧得很过瘾嘛,就是时间上……"

"我现在怀疑时间问题跟五号有关系,稍后回去三小组进行残余物分析,一小组和二小组还有项目甲组的同志们,咱们根据铁头的记录内容整合后,再次进行实验。"老宋分配任务。

关关雎拿出了相机进行拍照,她的相机是出外勤的时候特意申请的。回去的时候必须报备拍了什么内容,用了几张胶卷。

关关雎仔细研究之后又说:"宋老师,刚才一爆炸,我就想到了五号、七号试验品的化学反应。如果我们在此基础上进行改良,有没有可能避免这个问题?你看看燃烧物,说明我们的思路没有错。"

"回去再说,咱们根据最新思路再做实验成功的话,我们就是老邱的功臣。"老宋完全忘了天气寒冷,也完全忘了自己浑身的伤痛。

材料分析完之后,天色也渐渐亮了起来。

林芝又用车子把他们拉回来,到实验帐篷里重新组装,重新配比做实验。

大家都非常相信老宋说的话,胜利的曙光就在眼前,一定能成功。

于是,大家都忘记了严寒与饥饿,热火朝天地重新投入了工作。

林芝和欧阳铮铮也回到了自己的车上,避免看到属于机密的化学实验。

"电报!电报!"林芝高声大喊。

欧阳铮铮将耳机放在两个人的中间,开始接收信号,调整了电波:"二级丙码,注意接收电波,这是厂区给我们发的电码。"

"你来翻译。"欧阳铮铮看向林芝。

林芝看见这些长长短短的符号就头疼,却还是艰难地翻译了出来。

"黎明将至,课业可完成?"林芝一边读,一边疑惑地看向欧阳铮铮,说完之后又怒了,"又催,又催,刚才命都差点被催没了,现在还来!"

欧阳铮铮笑了:"没办法啊,现在都盼着这个试验成功呢,只能一层一层地往下催,一层一层地往上报。这是林学长和我们的单线联系码,领导可能也非常无奈,才让林学长跟我们联系。"

"看,又来了,还是二级丙码。"林芝又接收了电波,逐字翻译。

"课业若困难,无法完成,及时与兄说,兄自当以一己之力阻挡万难,保证课业完成。"

林芝说完,眼神中透着光芒:"这倒像林老师的口吻,知道我们遇到困难了,所以想帮我们挡一挡,是不是啊?"

"怎么回复?"林芝抬头问道。

欧阳铮铮将这些电码都烧了,露出一个神秘的笑容。

林芝看见她这个笑容,仿佛已经明白了:"我们还是不回复吗?可是厂区的领导们似乎等急了。"

她话音刚落,又看见电报机上面闪烁着光芒,着急地说道:"看见了吗,都快要催命了,又是电报,还是二级丙码。"

"接收。"欧阳铮铮点点头。

林芝很努力地接收,然后进行编码翻译。

"家乡杏子熟,课业如何请告知,托风带消息。"

林芝翻译读出来后，竟然也笑了："真是没想到，我们林老师这么木讷的一个人，发来的电报还有一丝丝浪漫的气息。"

　　"永远不要小瞧科研人，他们是很浪漫的，家乡杏子熟……嗯？就连老李也惊动了吗？"欧阳铮铮靠在椅背上嘀咕着。

　　林芝诧异地问："老李是谁啊？上面没有说老李啊？"

　　"不会无缘无故地提起杏子，杏子李子是在一起的，风……风带消息……锋！"欧阳铮铮自行破译解码。

　　"冷锋要来了，看来对我们还是不放心啊，我们一直没有回具体的消息，他们太着急了，要冷锋过来。"欧阳铮铮直起身体，脑子在飞速运转，"看来这一次不回复是不行了。"

　　林芝的手按在电报机上，问道："怎么回？"

　　"二级乙码回复：带点辣椒好下饭，课业即将完成，毕业后请兄小聚。"欧阳铮铮随口就来。

　　林芝更加惊讶了，完全搞不清楚他们到底在打什么哑谜："为啥要带辣椒啊？还真让冷锋来啊？"

　　"不让人来，才说明我们这边出问题了。傻孩子，你看看老宋，现在完全是有气无力，特别疲惫，糖水已经喝完了，刚才他提出来要带辣椒，能让他舒服一点，咱们不要拒绝。"欧阳铮铮指了指远处的老宋。

　　老宋在设备上，扯着嗓子大喊，脸色发黑，显然已经累到了极致，现在是靠着一股子精神硬撑。

　　林芝点点头，慢慢地发电报，她的业务能力还需要提高，每次在看别人发报的时候，她都觉得自己也行，可是到了真正需要她的时候，又觉得自己一无是处。

　　欧阳铮铮看着她把电报发完，说道："你躺会儿吧。从厂区过来，开车要一个多小时，等冷锋到应该六点钟了，那才是真正的黎明将至。到时候，还不知道这个试验结果最后会如何呢。"

　　"如果上面追究电报不及时发送，不及时汇报的责任，你推我身上。"林芝靠在欧阳铮铮的肩膀上，信誓旦旦地说道，那双眼睛在黑暗中

第四十八章　黎明将至

闪着光芒。

欧阳铮铮看着远方,鱼肚白渐渐露出来了,可是现在还在下雪,这个雪夜可真是不寻常啊。

帐篷那边灯火通明,灯光打到了最亮。

老宋突然被小武扶着往车子的方向走,看见了欧阳铮铮她们,说道:"你们两个孩子怎么还在车里窝着呢,多冷啊,赶紧去帐篷那边吧,他们生了火,快点去吧。"

"不了,按照规定,我们不能去实验组,这是分开的两个部门,我们俩挤在一起也挺暖和。"欧阳铮铮婉拒,不管在什么时候,她们都不会忘记自己的使命。

这与秦总工之前上课时说的一番话有关。秦总工曾经严肃地告诫大家:"并不是我们通讯科的人不近人情、不合群,这样做是有历史原因的。'瓜田李下'这类的话就不必多说了,我们容易让人误解监守自盗。更重要的是,有一次我们外出执行任务,大家是分开行动的。突然间,一枚炸弹从天而降,实验组全体成员都牺牲了。幸好我们通讯组能够及时发送电报求援,这才避免了更大的损失。否则,如果那枚炸弹落到我们头上,我们所有人都可能丧命,那可就是全军覆没了。"

秦总工的话,一直都在欧阳铮铮的耳畔萦绕,每一句话都是生死经验,让她一辈子铭记在心。

林芝已经动摇了,嘟嘴说道:"为什么不过去啊?没关系的啊,他们现在说的几号几号材料,我们根本听不懂,也没人听得懂。"

"我们不过去,为了整个外勤队伍的安全,不能掺和在一起。老宋,你亲自过来可是有什么事情吗?"欧阳铮铮问。

老宋上车后坐在车子的前面,吃了一把止痛片:"刚才看见你们这里的灯光一直亮着,想必是上面又给你发催促的电报了吧?我看见你刚才还烧掉了不少,也不过去通报,就知道我猜得八九不离十了。"

欧阳铮铮说道:"从刚才正式试验开始,厂区、北京、长春,各个方面都非常关心,甚至新疆方面也来了一封电报。"

老宋点点头说:"向上级报告一下,这次的试验虽然未能成功,但我们已经找到了问题的症结。目前我们正在现场进行调整,虽然材料有些短缺,但这不是大问题。我们都是搞化学的,缺什么我们就自己调配什么。等组装工作完成,我们将立即进行第二次试验。"

"听说整个厂区的领导都要来观摩了。我只是说可能会有回复,结果派来了冷主任。别担心,我对你们有信心。"欧阳铮铮嘟囔着。

老宋也叹了一口气:"其实,我也不知道试验能不能成功,不管那么多,至少我们努力过。"

老宋说完便急匆匆地下车盯着,他当然知道,欧阳铮铮顶住了多大的压力为他们隐瞒。

如果上级得知试验未能成功,他们很可能会立即召开会议进行研究。在这段时间内,大家可能会被召回并处于待命状态。毕竟,这次试验已经投入了全部力量,耗尽了物资和材料,大家不得不暂时停下脚步。

老宋焦急地催促道:"铁蛋,让你的人动作快些。天一亮,你家那位可能就要来了。他一来,那些领导很可能会跟着过来。那样的话,我们的试验可能会被叫停。别忘了,厂区里保守派的力量可是相当强大的。"

"明白!你们快点,务必要在冷锋来之前组装好,还有一个小时,缺少什么立马统计,让调配组现场调制。"铁二蛋也慌了神,继续说道,"必须给长春致电,1211号材料的配方只有他们有,我们现在已经用完了。"

"好,我去。"小武连忙去找欧阳铮铮。

老宋也跟着过来:"欧阳,给长春发电报,1211的配方不再是他们独有的,而是属于国家的,必须现在拿来。"

"这……这是他们的成果,他们可以把成果给我们,但是配方……"欧阳铮铮非常犹豫。

"我知道,试试吧,就说是我说的。"老宋说道。

欧阳铮铮赶紧联系长春方面,想要1211材料的配方,可是对方却义正词严地回复了两个字"不可"。

老宋火急火燎,如同热锅上的蚂蚁:"这该如何是好,就差这一点了。哎呀,他们就是抠,当初给试验品的时候也不说多给一点。"

"我找老李吧,老李出面,会快一点,现在我们时间不等人。"欧阳铮铮试探道。

"对对对,找老李,实在不行就找核心小组的欧阳爱国,长春方面是他的导师,肯定会给面子的。"老宋已经急得语无伦次。

林芝转过头问:"联系老李用什么电码?"

"老李我来联系,这是我的单线电码,只能用一次,一次之后就报废。"欧阳铮铮坐在电报机前,给林学长发了一个电报:得到回复后赶紧联系老李。

老李收到电报,立马给了一个消息:请等候。

老宋急得团团转,突然吐出了一口鲜血,落在雪上红艳艳的,十分夺目。

他擦了擦嘴角,敲了敲车窗:"欧阳啊,你要跟老李说,成败在此一举,我们现在就差1211材料,我们厂区想不想抖擞精神,就看这次了。"

那群人忙碌了一个夜晚,如今已经是筋疲力尽了。

大约过了一个小时,老李回复了一句话:"春风带去暖的消息,鸿雁飞过玉门关,此情不渝。"

欧阳铮铮将这首诗读出来,大家都十分惊诧,老宋蹙眉:"都什么时候了,你还跟我在这里炫耀你的情书?脑子里面能不能装点有用的东西啊?"

"怎么一个个脾气那么大啊,难道看不出来吗,这是老李发过来的消息啊,老李给我们外勤组发的,意思是,冷锋会将东西带过来的,这个配方很重要,已经来了,我们的爱国之情至死不渝。"欧阳铮铮连忙解释,眼前的这几个人都已经晕头转向了。

老宋大声地喊起来:"拿来了?哈哈,拿来了……冷锋不是要到了吗,怎么还回去拿东西啊?"

"这个地方只有冷锋知道,不会告诉别人,所以必须冷锋去拿,咱们且等着吧,只是……天亮给交代的这个说法,恐怕要食言了。"欧阳铮铮看着铁二蛋。

铁二蛋不停地看着西方,那是冷锋车子过来的方向:"欧阳,要不你开车去接一下冷锋吧,这么重要的东西他拿着,我害怕……"

"不行,冷锋在交接之前不能与任何人接触,这是规定。并且,只能老宋一个人交接,确保对方的秘密还是秘密。"欧阳铮铮跟着外勤组出外勤的时间比较长,总是知道一些不成文的规定。

第四十九章　东方荣光

大家都翘首以盼,希望在来路能看到一辆汽车出现在雪原中,然后下来一位穿着军大衣的年轻人。

欧阳铮铮等到了将近六点,看了一眼时间,让铁二蛋看手表,铁二蛋会意,从怀里拿出了怀表跟她对时间:"还有五分钟六点,你的时间没错!"

老宋也急了起来:"你再问问老李,是不是把人派来了,还是在跟我说笑话呢?"

欧阳铮铮摇摇头:"我刚才已经询问了,可是对方没有回答,这事儿比较隐秘,我不好问我们通讯科的人。"

又等了十分钟,雪原上还是一派寂静,欧阳铮铮越想越不对,站起身来:"不对,整整两个小时过去了,该来的早就来了。"

"是啊,不对劲,那家伙该不会是拿着机密文件跑了吧,这可是长春那边的命脉啊,如果交给敌人……"老宋感觉心惊肉跳,以为是自己闯了天大的祸。

铁二蛋一听别人这么说,眸光冷凝,声音低沉无比:"老宋,要对说出来的话负责,冷锋不会的,他接受的教育比我们更严格。"

"林芝,你带着电台守在这里,我和老宋去看看,不能再等了。"欧阳铮铮从车上下来,去了另一辆车的驾驶室。

铁二蛋咬牙切齿:"我去吧。"

"不行,避嫌。老宋跟我去,也许是路上遇到什么意外了,我们就远远地看一眼,不靠近。"欧阳铮铮发动汽车,老宋也坐在了副驾驶的位置。

林芝大声地喊道:"要不然,我去吧!我能打能救人。"

"也不行,我们只能去看,一个小时后如果我们还没回来,你们就撤退,从小路撤退。"欧阳铮铮义正词严地交代。

老宋也意识到问题的严重性:"是的,听她的,她经常出外勤,比我们更擅长处理突发情况。"

幸好有那一年的四处历练,欧阳铮铮才能打能扛,冷静地处理各种特殊情况。

铁二蛋带着林芝往帐篷里面走,大家都已经等得不耐烦了。

"不会是厂区领导骗我们吧?还是说,长春方面根本没有答应给1211的材料,或者说,给我们送机密文件的人跑了?"关关雎也是这么猜测。

她说出了大家心中的疑惑,大家都看着铁二蛋,铁二蛋的脸色凝重,自始至终不说一句话,那双眼睛死死地盯着远方。

铁二蛋也在心中期盼,千万不能出问题,冷锋肯定是忠诚于国的,很快就会看见两辆车子出现了。

小武突然大声地喊道:"我去,兔子跑掉了,该死的,我们的庆功宴,我们的野兔,我就打盹儿了一分钟,那只兔子竟然跑了,真是可气。"

"啊?你小子是不是傻,要你有何用。"一个男同志骂道。

在场的人有抱怨的,有不满的,有冷漠的……

林芝抱着电报机心烦不已,不知道这一次到底是福是祸。

大家都在承受着非一般的折磨,这样的折磨对他们来说无疑是一种考验。

看着大家都如此失落,铁二蛋继续说道:"再等等,再等等,一定会有好消息的。"

这句话,最后变成了安慰自己的话。

老宋和欧阳铮铮开了半个小时,终于看见在白茫茫的原野上,一个身影正在慢慢移动。

第四十九章　东方荣光

"老宋,看看那个是不是冷锋?"欧阳铮铮高喊。

老宋将老花镜摘下,喜出望外,惊呼:"可不就是那小子吗,真的是他,哎哎哎,终于找到了……快点,快点……"

加速行驶,欧阳铮铮终于把车停到了距离冷锋不远的地方。

"臭小子,可算是来了,你可知道,我们以为你拿着重要的信息叛变了。"老宋恨不得狠狠地将冷锋打一顿。

冷锋站在那里,喘了几口气才渐渐平复,他连声道歉:"抱歉,真的很抱歉。我第一次出发没走多远,就被一辆车追上,说有紧急任务要召回。第二次出门时,我还带着两名警卫员一起开车,没想到路上结了厚厚的冰,他们的驾驶技术不够熟练,车子失控翻车了。"

冷锋和老宋上了车坐在后面。冷锋递给老宋一张纸条,语气严肃地说:"老李特意交代了,这是一份机密文件,不能通过第三者传递。是长春方面直接发给他个人的。因此,他的电台和密码都需要更换。老宋,你赶快看看,看完了我要确保它被秘密销毁。"

老宋郑重其事地接过冷锋递过来的纸条:"老李这一次为了要这个1211材料的配方,肯定也是顶住了很大压力。放心吧,我们不会辜负大家的信任。"

老宋打开纸条,认真地看了一遍,随后又背了一遍,又看了一遍。

纸条上密密麻麻的,还有些方程式,也不知道长春是怎么通过电报发送过来的。

老宋看着那上面的配比以及相关方案,不由得高呼:"太精妙了,这个思路非常出奇,我怎么没有想到呢。果然山外有山,如果我还有足够长的命,一定要去长春拜访一下专家。剑走偏锋,可是人家还真是走对了。厉害,厉害……"

一到营地,老宋就冲下了车:"赶紧装机。二蛋,你过来给我当助手,其余人在外面等着。"老宋进实验帐篷之前,将手里的纸条给冷锋看了一眼。

冷锋会意,接过来,伺机扔进了火堆。

铁二蛋和老宋带着一些材料进了实验帐篷,其余人在外面一边等着一边组装,欧阳铮铮和林芝回到了不远处的车子上。

林芝激动得不断抹眼泪:"幸好你们回来了。小欧老师,如果你们还没回来,我都不知道该怎么办了。他们都以为你们遇到了危险,甚至要撤离了。"

"咱们给林学长发个电报。"欧阳铮铮收拾了一下心情,越是在紧要关头,越是要冷静对待,平和一些。

厂区那边催促得厉害,欧阳铮铮立马回电:日上三竿必有信。

如此一来,厂区那边只回了一个字:妥。

欧阳铮铮和林芝相视一笑,这一关总算是过去了。接下来,所有的希望都在老宋和铁二蛋的实验上了。

铁二蛋和老宋从实验帐篷出来,脸上露出了得意的笑容。

"已经通过测试,测试了三次都没有问题。现在,咱们开始组装,争取在晌午之前搞定。"铁二蛋的表情从容淡定。可能是一晚上经历了太多事情,她也变得从容不迫、临危不乱。

铁二蛋和老宋一前一后地靠近装置机,这一次不仅做了一个加速装置,还在周子淳的提议下进行了提纯改装。

铁二蛋同时进行数据统计,一边记录一边询问每一号材料的使用率。

老宋做了一遍彻底检查,大约过了一个小时,此时的天依旧是阴沉沉的,太阳并没有要出来的意思,仿佛还有一场更大的雪等着他们。

冷锋看见众人都已经冻习惯了,也没有人闹着要吃东西,他的脸上露出了十分愧疚的神色。

"对不起啊,都是因为我在路上耽误了,要不然,此时大家已经回到厂区食堂吃上一口热乎的饭菜了,真是不好意思。"冷锋跟欧阳铮铮道歉。

"对了,辣椒带来了吗,你看老宋的身体勾成一团,肯定是又疼了。"欧阳铮铮直接问,心想冷锋什么时候也变得这么客气了。

第四十九章 东方荣光

冷锋在口袋里摸索了一番,终于掏出一把鲜艳的干辣椒:"差点忘了,我们车上还有点补给,就是一些干粮。但现在这种情况,去取也不太方便。先等等吧,看老宋那边忙得热火朝天的,似乎也不需要辣椒来缓解什么疼痛了。"

这时,关关雎一路小跑过来,气喘吁吁地说:"小欧老师,宋老师说现在可以向上级汇报了。我们计划在十一点整开始试验,整个试验过程大约需要一个小时。"

"好嘞!"欧阳铮铮将裹在脸上的围巾拿下来,露出了一个大大的笑容。

关关雎做了一个向前冲的手势:"革命总有成功的时候,请君期待。"

老宋和铁二蛋两个受伤的人和这边的同志们对表以后,早早地去了爆炸点,等候最后的时刻。

"要下雪了。我们那儿都说瑞雪兆丰年,可是我们到了这个厂区才知道,千万不要下雪,我们并不是特别希望下雪。"铁二蛋的浑身已经冻得麻木,但心是热乎乎的,她知道成败在此一举。

老宋叹了口气,呼出的热气在寒冷的空气中缓缓凝结成雾:"幸好关关雎提醒了一句要防雪,我们把引线放在了下面。不然的话,又得犯一个低级错误。"

"关关雎已经锻炼出来了,但还有很多年轻同志需要你的指导和培养,你可不能推脱啊。"铁二蛋试图找些话题,虽然一开始她对老宋的狼性教育方式不太认同,但现在这种特殊时期,她也认为这种教育方式在厂区非常适用。

优胜劣汰,能留下来的都是心理素质比较好的,专业上也是愿意有所提升的。

不一会儿,关关雎和小武挥动着红色的小旗,那是他们的暗号。

铁二蛋朗声喊道:"五、四、三、两、一……点火!"

所有在雪原上的人都看着铁二蛋和老宋的方向。老宋的手在颤抖,心也在沸腾。一切都是未知数,不知道这一次能否成功。

点完火,铁二蛋和老宋赶紧开着那辆破车离开。

关关雎紧咬着牙关,强行让自己镇定下来:"放心,放心,一切都好,一切都好。"

董大哥跪在地上,期待地看着爆炸点。

欧阳铮铮和冷锋也不敢说话,唯恐错过任何一秒钟。

一分钟之后,一片红光出现在雪原的上空,那一声巨响惊天动地。

关关雎和小武他们一群科研人员高兴得直打滚,完全不顾及形象。

欧阳铮铮露出了笑容,平日不苟言笑的冷锋竟然也露出了洁白的牙齿。他在车上已经按捺不住了,索性下车,将外套脱下来,放在手上挥舞,那模样特别有意思。

欧阳铮铮也下车,又唱又跳:"东方红,太阳升……"

关关雎他们还在雪原上打滚,刚才的红光,照亮了整个雪原。

渐渐平息之后,老宋和铁二蛋从隐蔽的地方又回到了爆炸点,观测燃烧物的使用情况,他们俩看上去特别平静,没有这边这群人这么高兴,也没有那么不高兴。

欧阳铮铮和冷锋面面相觑,不知道为啥老宋和铁二蛋脸上一点表情也没有,他们还特别用望远镜看了看。

"欧阳……你怎么汇报?"冷锋问道。

欧阳铮铮看着这边的这群人高兴得手舞足蹈,可是正在爆炸点的那两个人竟然脸色沉重,仿佛这个试验没有成功一般。

"我也不知道,所以到底成功没有?你们看,关关雎他们都要高兴得上天了,可是那边很冷静,我都不知道是什么情况了。"欧阳铮铮也是非常郁闷,这样的情况她还是第一次遇到。

林芝还是觉得不可思议:"不就是一个轰隆声吗?在雪原上面炸了一个坑。多点炸药,我都能炸山,这有什么成不成功的?唉,我还以为能炸出花来呢。"

欧阳铮铮看了一眼闪烁着灯光的电报机:"厂区那边的电报来了,

第四十九章 东方荣光

我接收一下。"

"正午阳光如何？"

欧阳铮铮将电报内容读出来，她知道，领导一直在关心。

冷锋摇摇头："先不要回复，等老宋和铁二蛋那边的消息。"

关关雎他们也意识到两位老师的脸色不对，欢呼雀跃的动作仿佛被定格了。

"怎么回事？他们俩怎么好像不高兴，是哪里出错了吗？但是根据经验，我觉得对了呀。"小武低声嘟囔。

"你有个屁的经验，那俩才是有经验的人。"董大哥毫不客气地说道，"看来咱们这个项目是要黄了。"

关关雎白了他们俩一眼："没有到最后一刻，谁也不准有任何消极想法，要不然回去之后，全部给我扫厕所去。各自回到岗位上，准备进行数据统计。试验的成功与失败，不是咱们说了算的，是数据！项目是否进行，也是领导说了算！"

到了关键时刻，还是关关雎的头脑清醒。

老宋和铁二蛋对每一项数据进行测量统计：爆炸范围、爆发时间等等。

过了大概半个小时，他们才将装置拉到车上，缓缓地往回开，两个人一路上一言不发。

铁二蛋是一个铁娘子，哪怕是受伤了，受委屈了，也是毫不在乎。现如今，她的眼泪哗哗地往下流，眼泪流过伤口，钻心地疼，她都觉得无所谓。

老宋在后面紧紧地抱着装置，热泪盈眶。

当车子停到实验帐篷前的时候，大家不约而同地围上来，七嘴八舌地问道："宋总工、铁头，怎么样了？我们的试验是不是成功了？"

大家满脸期待，一双双眼睛充满了希望。

第五十章　星光不负赶路人

大家看见铁二蛋在流泪,老宋也在流泪,刹那间已经知晓了这次试验结果。

关关睢垂头丧气,刚才还存有一丝丝的希望,现如今,看见两位老师的眼泪,就知道希望已经破灭了。

董大哥看了一眼老宋光头上面的累累伤痕,又看看铁二蛋的脸上、手臂上也是斑斑血痕,知道他们两个人肯定没有心气再继续往下进行试验了。

欧阳铮铮和林芝、冷锋也赶了过来,他们迫切地想知道结果,但是看见老宋和铁二蛋的眼泪,一切都不言而喻。

林芝不以为然:"这有啥,哭啥呢,大不了下次多装点炸药就是了,威力更加强大呢。"

欧阳铮铮目不斜视,她依旧风雨不动安如山,等着老宋和铁二蛋的回答。

只有他们俩的回答,才能作为往上报的结果。

老宋终于说话了,还没开口之前,又是一声叹息:"唉……咋说呢,唉……"

"唉……"铁二蛋也在叹气。

他们两人一叹气,刚才还只是猜测,现如今已经可以正式宣判了,大家心中凉凉的,跟这个大雪天气差不多。

"实话实说,你们一个个都是伟大的化学专家,难道都不敢直面自己的失败吗?"欧阳铮铮有些不耐烦,原本特别果断的两个人,现如今变得畏畏缩缩的。

老宋摇摇头:"既然你们要我说实话,那我就不推辞了。铁蛋,我来宣布这次试验的结果,你没有意见吧?"

"没有,完全没有,老宋你来。"铁二蛋点点头,从欧阳铮铮的衣服口袋里面摸了一块手绢出来擦眼泪。

欧阳铮铮看了她一眼,没有理会。

老宋语气沉重:"这一次的试验,非常成功!大家都非常努力,我们为了一个数据奋战日夜,总算是时光不负我们啊!"他转向欧阳铮铮,"你就这么跟上面汇报吧——试验成功,但是耽误了半天,没能在规定时间内完成。"

大家目瞪口呆地盯着老宋。

老宋非常高兴地说道:"我说,我们的试验成功了,就这么简单的一句话,这么难理解吗,真是的。"

这个时候,大家的情绪才再次被点燃。

通讯室里,除了林学长,还有不少人都在等待着。

有厂区的书记,有老李,还有一些叫不上名字但是看上去非常严肃的人,他们的目光紧紧地盯着林学长。

林学长此时此刻倍感压力,只觉得汗流浃背,一天一夜不眠不休地被盯着。

那些干部不吃不喝,他也不好意思动,一直守在原地,什么也不敢说,什么也不敢做。

现如今,林学长将接收到的一个字放在他们的手上,那一个"成"字,立刻让在通讯室等候的众人脸上出现了宽慰的笑容。

"成了,成了,总算是成了。既然如此,咱们就等着他们回来,他们回来了,一切就好了。"老李又看了看林学长,"小林啊,累了一个晚上了,走特殊通道回去休息吧,剩下的就交给年轻人。辛苦辛苦,大家都辛苦。"

"那我回项目组汇报一下,可以按照我们的设想继续往下推进。"

"我也回厂区做一个批复工作,要谢谢长春那边的大力支持。"

....

所有人都从老李安排的特殊通道离开,这是一条秘密通道。

林学长从来都不知道基地的下面另有乾坤,还以为就是巴掌大的地方,却不承想,下面竟然还有小火车,完全就是一个地下世界。

但他也不敢左顾右盼,只能跟着老李的警卫员往前走,直到上了一节小火车。上去之后,也不知道是通向什么地方。

从那个地方出来走了一段路,这才到了东伯利亚的房子。

林学长往回看的时候,竟然不知道他是从哪里出来的,眼前一片白茫茫的,仿佛是无人走过的草原。

林学长忍不住感慨了一句:"可真是太神秘了,我明明就是走这条路的啊。"

"别看了,小伙子,这是专门设计的,一般人找不到路。"一起回来的厂区书记神秘地一笑,那双眼睛看上去更加神秘了。

林学长只能点头,心中所想所感,却不敢再说出来。

欧阳铮铮与老宋他们将草原上的一切都收拾好,开车往回走。路上,大家都累得睡着了。

雪越来越厚了,那辆卡车装上了防滑铁链,走得很慢。

冷锋看了一眼欧阳铮铮:"回去之后肯定还有一场研讨会,过了这个星期,咱们也该准备回去了。"

"是啊,这一个月过得好慢好慢,最近总是梦见以前的熟人,该回去看看了。"欧阳铮铮也很累,却强行撑着。

车子回到厂区的时候已经是傍晚四点,厂区的领导在门外迎接,看见他们回来,恨不得放炮欢迎,只是现在条件有限,一切都从简。

"大家辛苦了,你们都是我们厂区的英雄!"书记激动地对大家说,"同志们,这次试验对我们来说至关重要,它关系到我们的生死存亡。你们可能还不知道,从昨天到今天,有多少电报往来,有多少人在关注这件事。就连北京方面也发来电报询问情况,将军都高度重视,特地派人全程跟踪。"

书记一见到他们,就迫不及待地讲述了这一天一夜的紧张和惊心动魄。

老宋却一脸平静,微微点头,揉揉惺忪的睡眼:"没事,这对我们项目组来说就是一个小实验,我们完全能把握得住。"

"辛苦辛苦,英雄们,祝贺你们凯旋。现在你们有一个小时的时间吃饭休息,食堂给你们准备了热乎的饭菜,稍后咱们开总结会。"厂区领导马上布置任务。

欧阳铮铮正要离开的时候,厂区领导抓住了她:"你也先不要回去,跟着一起参加,对会议内容做速记,随后加密发给研究所。这是一项重要的实验,也是一项伟大的实验,我们厂可是率先做出来的,很厉害,要跟兄弟单位探讨经验。"

"好的,我知道了,这就去吃东西,然后将电台背过去。"欧阳铮铮答应着。

她没有去食堂,而是陪着铁二蛋去了卫生所处理伤口。

食堂里,将近二十个人吃得呼呼啦啦的,一连吃了两盆面条,几十个窝窝头。

今天厂区领导高兴,为了犒劳他们,真的是舍得放血:"英雄的同志们,你们一定要好好吃饭,千万不要客气,稍后还有鱼汤啊,你们多吃点,多吃点。"

所以,他们就放开了吃,那些熬鱼汤的原材料,就是从青海湖里面抓来晒干存放好,只有年节才舍得拿出来的鱼干。

会议室里,冷锋已经准备好了一切,看见铁二蛋进来,还特意在她的座位上放了一个柔软的腰枕。

欧阳铮铮会心一笑,也许,经历过考验的感情才是更坚定的。

第五十一章　星辰大海

老宋突然看了一眼冷锋："我看见你兜里有辣椒，拿两个给我。"

"如果身体不舒服就回去休息吧，医院那边我已经打好招呼了，马上派车子送您过去。"冷锋站起来，将兜里的辣椒拿出来递给老宋。

老宋摆摆手，五官拧成一团，很显然又是被疼痛困扰了。

"不用，放心吧，我最近还死不了。"老宋嘿嘿一笑，吃了一口辣椒，鼻尖开始冒汗。

总结大会还在继续，欧阳铮铮的电报机嘀嘀作响。

不一会儿，北京方面回电。"北京方面说有几个技术层面上的问题，可是在电报里面不能说，需要一个人去北京当面汇报。"

"二蛋马上就休假了，这事儿让她去，你不也要去北京开会吗，你们俩一起去。"老宋当即拍板，可是看见身边厂区领导还在，又看着他们，"领导，你们说成吗？"

"这是你们项目组的总结大会，我们只是旁听，重要决议还是你做。"厂区领导笑笑。

会议对今天试验的所有环节进行复盘，包括第一次试验失败的原因，都被关关雎整理成册，形成绝密档案交给厂领导。

会议结束之后，已经是半夜两点钟了。回到东伯利亚的房子，孩子们已经熟睡，三嫂也刚刚回到家。

"听说了，祝贺成功！铁头，你们这个项目组可真是好样的，下次给我们传授一下成功经验呗！"三嫂激动地拉着铁二蛋让她说一说具体情况。

铁二蛋也激动得睡不着,在众人面前,她表现得非常镇定。可是她的内心很高兴,这么重要的一次试验,他们成功了。

铁二蛋和三嫂有说不完的话,而欧阳铮铮回到了地窝子,就不再是那个在电波里狡猾的狐狸,而是一个慈祥的母亲。

她蹑手蹑脚地躺在阿媛的身边,轻轻地拍拍她。

阿媛也往她的身边蹭蹭,仿佛知道妈妈回来了。

次日早晨,白雪茫茫,天空又下起了大雪。

欧阳铮铮在阿媛的脸蛋上亲了亲,赶紧踩着厚厚的雪去上班了。

雪下得很厚很厚,意味着他们不会出外勤了,这样一来,她的工作也轻松了不少。

傍晚回去的时候,林芝看着开动的列车,大声地喊起来:"小欧老师,你快点看,那个就是欧阳爱国老师!虽然他裹得严严实实的,可是我看一眼就知道是他!好帅气啊!"

欧阳铮铮循声看去,只看见火车里面黑压压的一片,根本分不清谁是谁。

"看来我和你们的欧阳爱国同志非常没有缘分。一直听说这个人,可是从来没有真正见过他,一直想要给他写点什么,但是不能当面采访。"欧阳铮铮惋惜地说道。

林芝笑笑:"这个任务交给我吧,肯定能完成任务。"

林芝又很崇拜地继续说:"小欧老师,你不知道欧阳爱国老师有多好,其实像他们这样重量级的人物,是可以走特殊通道的。"

夜晚,周子淳被紧急安排乘坐飞机,从兰州直飞北京。

他的手上一直挂着点滴,却还是在午夜时分突然呼吸困难,即使吸氧也未能缓解症状。无奈之下,只好在夜色中紧急坐车赶往兰州,随后搭乘载有设备的飞机飞往北京。

老李还特意找了一下欧阳铮铮:"欧阳啊,马上就有飞机飞北京,你如果带着孩子,可以跟着乘飞机。"

"不行,我三天后才能走。我手头上的工作还要做交接,新版密码母本我和林学长还没有更新完成。"欧阳铮铮婉拒了好意。

老李欲言又止:"行吧,原本想给你行个方便的,没关系,你按照你的计划来,记住9号,我特别交代给你的任务啊。"

"好,放心吧,组织交代的任务,保证完成。"欧阳铮铮起身,从老李的办公室出来了。

回到东伯利亚的房子,看见冷冰冰的四周,就算是将炉子烧得很旺,地窝子里面还是阴冷阴冷的。

欧阳铮铮思前想后,最终决定将周媛带上一起去北京。花阿姨非常舍不得,说:"这么远的路,刚满月的小娃娃,你带回去做什么啊?"

"这里条件太艰苦了,三嫂不也委托铁二蛋将孩子送回去了吗?天寒地冻的,咱们又缺衣少食,孩子受不了啊。"欧阳铮铮做出了决定。

几天后,一起踏上回北京火车的,有五个大人两个孩子。

三哥特意请假回来送大头,堂堂七尺男儿一个劲儿地落泪:"算算时间,这个孩子我也就见了三面,但他这马上就要被送回去了,下一次见面也不知道是什么时候,唉……"

"三哥,别难过,等我们这里建设好了,就把孩子们接来,所以咱们要更加努力地搞好建设啊。"欧阳铮铮安慰道。

第五十二章　团团圆圆

　　火车渐渐地驶过了西安,终于走出西北,踏上了去往北京的路途。
　　到了北京,下火车后,他们分别上了两辆车,欧阳铮铮和冷锋、铁二蛋一辆车,其余人一辆车。
　　刚上车,车上的男子就开始自我介绍:"两位领导同志,我是咱们厂区北京办事处的小艾。这一次你们回来,除了休假,还有别的安排,具体内容我稍后会给两位做详细汇报。"
　　"好。"欧阳铮铮也顾不得旅途的疲惫。
　　"目前我们是以研究所的名义行动,所以对外,你们的身份是研究所的研究员,一直都在国外深造。"小艾迅速将工作证分发给他们,"有了这些工作证,你们在行动上会更加便利。"
　　"多谢了,我9号有事。"欧阳铮铮连忙说道,"其余时间都可以。"
　　"对,这个领导做了说明,您有一个讲座需要参加,一个交流会要去。冷主任,您可能比较忙,要面试好几个引进的人才,他们的政审材料已经准备好了。还有铁二蛋老师,有一个国外的化学专家来讲课,二蛋老师可以假装成学校的教员,一起探讨一下相关内容。"小艾一连串地说出来。
　　他们到这里是各自进行工作的,并非只是休假那么简单。
　　难怪,老李和厂区领导非要给他们安排休假不可。
　　他们入住的地方是研究所新建的宿舍,花阿姨和刘阿姨赶紧去托儿所报到,并且熟悉环境。
　　孩子们安顿好了,欧阳铮铮回到自己的宿舍,开始安排接下来这段时间的计划。

阿媛唯一能依靠的人就是欧阳铮铮,但休假的这段时间,欧阳铮铮却要做很多事。

阿媛软绵绵地靠在欧阳铮铮的身上,天大地大,只有她们俩在一起的时候,才能互相取暖。

欧阳铮铮轻声说道:"小阿媛,以后你就要在北京生活了。妈妈一年只能来看你一次,等到春暖花开的时候,就把你接到草原,看看草原的风景,好吗?"

阿媛听不懂,一直笑呵呵的。

"不知道你的爸爸有没有从国外回来啊,明天我们要去学校看看,打听打听,你还没见过你的爸爸呢。"欧阳铮铮轻声说道。

其实,她的心中也在打鼓,子淳能不能接受阿媛呢?

突然,铁二蛋敲门进来,脸上带着十分喜悦的神色。终于等到了今天,她憋了很久很久的秘密,是不是马上就可以说了?

"阿媛在这儿呢,最近她特别依赖你,看来她已经知道你是她的妈妈了。"铁二蛋走进门,在阿媛的脸上轻轻吻了一下。

欧阳铮铮将这两年给周子淳做的衣服放好,露出了笑容:"别看我们阿媛小,她可是个聪明的好孩子。"

铁二蛋连忙说道:"对了对了,我已经打听到了,子淳马上就会回来,咱们算的时间非常准。欧阳啊,都快两年了,你终于可以见到子淳了。"

"真的吗?你从哪里打听到的,我还以为我再也见不到他了,毕竟……我的身份特殊,他又是海外归国,我们……那阿媛呢,你觉得他会接受阿媛吗?还有……"欧阳铮铮顿时紧张了起来,不知道该怎么解释所有的事情。

一个谎言,总要用无数个谎言来圆。

铁二蛋看着阿媛:"子淳是个善良的人,知道你收养了阿媛,一定会理解的。再说了,当时那种情形之下,阿媛的亲生母亲只能托付给你。"

"可是……如果他回来了,要跟我分手怎么办?如果他带了在国外认识的妻子回来怎么办?"欧阳铮铮没有任何头绪。

铁二蛋摇摇头:"我也不知道,但是……他肯定是等着你的,我们相信他。"

"最近每次出门,我总是感觉有人在盯着我,这让我非常不安。"欧阳铮铮压低声音,略带忧虑地说。

铁二蛋安慰她:"你可能是觉得没有安全感吧,以后出门带着阿媛还是比较方便的。"

"我现在要去大学听讲座了,等子淳回来了,我一定第一个联系你。"铁二蛋换了一身连衣裙,外面穿了一件大衣,看上去非常像大学里面的教员。

出门之前她留下一些钱:"我把我奶奶和爸妈接来了,住在招待所。如果我不在,你就帮忙接待一下。"说完,她风一样地跑出去,楼道里,传来咚咚咚的脚步声。

欧阳铮铮的目光落在阿媛身上,想了想,换了一身衣服,然后带着阿媛出门了。

北京还是秋天,不像草原上那么冷,出门感觉一切正好。

在车上的冷锋看着欧阳铮铮抱着阿媛出门,对身边的小艾说道:"不知道他们最后能不能在一起,9号那天,都安排好了吗?"

"老李嘱托的事情,我们当然要安排好了。放心吧,他们俩的婚书都准备好了,我都有点羡慕呢。"小艾在一旁笑着说。

冷锋也笑笑,愿天下有情人终成眷属。

欧阳铮铮带着孩子回到学校,如今,认识她的只剩下学校里的一些老师了。

而另外一边,周子淳和王丽娜住进了同一家医院。

周子淳的医生看着他:"欧阳教授,请问,您的家属来了吗?"

"没有,我没有家属。"周子淳回答。

医生又道:"您的病情,我们只跟家属说。"

"跟我说也是一样的,如果辐射指数在正常范围内,不影响周围的人,我希望……不要跟上级汇报。"周子淳再三请求道。

医生思索了片刻,终于又道:"欧阳教授,我会跟上级建议,您不能再回到原来的工作地点了,那里不适合您身体的状况,而且,您的病情非常不乐观,已经危及生命了。"

"我的身体我知道,放心吧,不管什么样的病,我必须回到自己的工作岗位上。"周子淳目不斜视,丝毫没有畏惧。

从他知道自己接触的是核武器开始,就预料到会有这一天。

突然,王丽娜推开门进来,脸上挂满泪水:"莫叔叔,您说的是真的?他的病很严重吗?"

"很严重!很危急,你们看……"医生拿出了详细的检测报告,"欧阳先生,您现在必须听我们的话,去江苏的医院治疗吧,然后休养一段时间,一定会好起来的。"

王丽娜闻言,不禁慌了。

"那……我这就去安排,我们马上坐火车去江苏,不行就去广州……欧阳,只有你的身体逐渐康复了,我们才会安心。"王丽娜变得非常温柔,这一次为了回来,她牺牲了太多。

周子淳看着医生和王丽娜郑重其事的脸,又看看玻璃窗中反射的自己的惨白的脸。

"不……我就在北京,我哪里也不去。"周子淳想都没有想便做出了决定。

王丽娜有点恼火:"你一直留在这儿,是不是为了她?你这一次休假回来也是为了她,对吗?"

面对王丽娜这么直白、这么犀利的责问,周子淳闭上双眼:"王丽娜同志,谢谢你的好意。我的事情,从来不需要别人为我做主。"

医生无奈地说:"行吧,那我们就转到上级医院治疗。"

一辆专车来接周子淳,工作人员上车后汇报说:"我们本以为您今天不会前往,正准备电话上报情况。今天现场预计会聚集众多记者,欧

第五十二章　团团圆圆

阳老师,建议您保持低调。我们可以在角落里观察,尽量避免公开发言。如果您认为某些记者的言论或观点值得交流,我们可以事后为您安排单独交流。"

"好。"周子淳松了一口气。

工作人员又说道:"9号那天,您需要去第九研究所找王书记,拿到资料后交给门口守着的一位同志。"

周子淳点头,看向车窗外。在熟悉的街道上,他经过熟悉的学校,看见熟悉的校友,却无法下车打招呼。

欧阳铮铮那一边,依旧抱着阿媛到处忙碌,不仅要参加交流会议,听讲座,还要去黑市淘换一批零件。

陪同前往黑市的冷锋着实不理解:"你一个正儿八经的姑娘,怎么知道这种地方,还抱着阿媛来。要不是二蛋坚持让我陪你来,你说说你……"

欧阳铮铮的穿着非常得体,她假扮成一名归国华侨,故意说着一口生硬的中文。

"你这就不懂了,这是秦老师跟我讲的。她说,我们用的很多设备都是爱国人士从国外辛苦搜集来的,这些设备屏蔽性好,发射速度快。但问题是,这些零件在国内根本找不到,也不可能专门为我们生产,所以我们只能去黑市上碰碰运气。上次秦老师还在黑市上淘了一台德国产的设备呢。"欧阳铮铮嘿嘿地笑了起来,接着压低声音,"这可是违反规定的,你千万不能对任何人说。"

冷锋第一次涉及这样违规的行动,他担忧地劝说道:"欧阳,你这么做风险太大了,很容易暴露的。如果被发现了……"

"要是被发现了,我就说是冷主任怂恿我这么做的,快点走吧。"欧阳铮铮抱着阿媛,还时刻记着两个小时喂她一次吃的,不时就要换尿布。

阿媛很乖巧,不管到了什么地方,大眼睛滴溜溜地到处看,不哭也不闹。

正是因为阿嫒这样的性格,反而让欧阳铮铮不管去哪里都想带上她,以享受这来之不易的亲情时光。

欧阳铮铮找到了一家拍卖行,故意用非常生硬的、不顺畅的中文问一位老年人:"我想要最新的电报机,有没有呢?"

"哎哟,来到我们这儿你就来对地方了,我们有特殊渠道,什么样式的都有,进来瞧瞧。"老年人引领着进去。

冷锋不断地拉拽欧阳铮铮:"回去吧,一看就是骗人的,这个地方怎么可能有最新的电报机。"

"不看一下怎么知道。"欧阳铮铮低声说道,抱着阿嫒走了进去。

老年人仿佛对各色各样的人都习惯了:"太太,孩子多大了?长得可真像您呐!这个是最新的电报机,一个老外卖的,价格比较高。"

欧阳铮铮进了店里的一间房子,发现里面有各式各样的机器,还有各种各样的零件。

冷锋非常警惕地问:"老外来你这里卖电报机?他该不会是什么坏人吧,想要窃取我们国家的机密?"

"那我就不知道了,这……这……"老年人看见冷锋的模样,又看看欧阳铮铮。

欧阳铮铮继续用不太流畅的中文说:"您不要担心,他是雇佣兵,是我先生留下来的警卫员。"

老年人还是不太放心,欧阳铮铮看了一眼最新的机器,又试了试,触摸里面的零件:"多少钱?"

"不要钱……"老年人低声说道。

欧阳铮铮不理解:"你说什么?"

"要粮票,有吗?"老年人继续说道。

冷锋赶紧回答:"多少粮票。"

老年人说了一个数,冷锋赶紧将粮票拿出来凑了凑,这可是他们这段时间在北京的花销。

老年人笑逐颜开:"太太您发财,发财啊。"

第五十二章　团团圆圆

他们拿着电报机迅速离开,在胡同里七拐八绕了好几圈才上车。

回到宿舍,冷锋惊讶地问:"这一台电报机是真的假的?"

"这东西三分真七分假,虽然是组装的,但核心技术还是德国的。我主要是看上了那个接收器,设计得太巧妙了。"欧阳铮铮说着,将阿媛轻轻放在床上,"至于那些粮票,我回去后会先预支给你。你马上要结婚,很多地方都需要用钱。"

"我们这次聚会主要是两家人一起吃个饭,粮票的事情不急,你有需要就拿去用。"冷锋匆匆忙忙地往外走,"我还要去火车站接二蛋的家人,感觉有点紧张。二蛋去上课了,也不知道什么时候能回来。"

"没事,就在隔壁饭店吧?我稍后就带阿媛过去。你父母呢?"欧阳铮铮出乎意料地有些紧张。二蛋脸上的伤还没好,不知道冷锋的爸妈会怎么想。

第五十三章　别具一格的婚礼

欧阳铮铮还是第一次参加这么特殊的婚礼。

铁二蛋和冷锋都是厂区的关键人物,不好大操大办,一切都要低调行事。

铁二蛋的家里人对冷锋非常满意。

"哎哟,这么个高高大大的小伙子,我们二蛋可真是有福气啊。跟二蛋是一个单位吗?是不是二蛋的领导啊?"见到了冷锋,铁奶奶对铁二蛋的抱怨才变得不那么大。

要不然,她总觉得自己娘家的小伙子才是最优秀的,穿一件衬衫就能帅到家了,即便下面穿大棉裤的邋遢也可以忽略不计。

冷锋的模样还有性格,的确是非常讨喜的。他一口一个奶奶,叫得铁奶奶心花怒放。

铁奶奶握着冷锋的手继续说道:"你不要嫌弃我们二蛋啊,我们二蛋胖,哎呀……"

"二蛋呢,这孩子真是的,公公婆婆都来了,她咋还不过来,太不像话了!亲家啊,不要怪她,她一向马马虎虎,回头我说她。"铁奶奶看见亲家竟然是这般的体面人,跟他们这些庄稼人完全不一样,唯恐失了面子。

"二蛋还在忙工作。虽然这段时间是休假,但是也有工作要做。"欧阳铮铮赶紧说道。

冷妈妈通情达理地说道:"没关系没关系,我们坐一会儿。孩子们忙于工作,这是好事啊。"

欧阳铮铮终于放松了下来,而冷锋的爸爸则试图找些话题来打破尴尬氛围,他问:"欧阳,你的工作是与通讯相关的,对吧?我年轻时在德国留学,学的也是这个专业。最近德国推出了一款非常先进的接收器。"

"是的,我有所耳闻。"欧阳铮铮回答道,"德国经历过工业革命,技术方面确实领先我们一大截。我们想要超越他们,就必须持续学习和进步。实际上,我今天在黑市上也淘到了一台特殊的机器,应该是德国工厂淘汰的设备,我准备研究研究它。"冷爸爸的话让欧阳铮铮找到了共同话题,避免了原本可能的尴尬局面。

冷爸爸突然对冷妈妈说:"看吧,当时我就知道学校有个高才生在儿子单位,让儿子抓紧时间追求,可是这高才生没看上你的大老粗儿子。"

"你哪是找儿媳妇,完全是给你找一个接班人。"冷妈妈嗔道。

欧阳铮铮突然看见铁二蛋在外面徘徊,立马出门:"怎么了?我刚才看见一个身影就知道是你。为什么不进去?害怕了?"

铁二蛋只能乐呵呵地进门:"冷首长好,冷阿姨好。"

一进门,铁二蛋的父母和奶奶,冷家的父母,都用一种非常怪异的眼神打量着铁二蛋,似乎在盯着她脸上的伤疤。

屋子里陷入了难以言表的沉默。

冷锋大气都不敢出,不知道为什么长辈们会沉默至此,铁二蛋被这么一看,也感觉到了不自在。

欧阳铮铮为了打破沉默,连忙说道:"这是铁二蛋,我们厂最优秀的业务骨干,她……"

还没等欧阳铮铮的话说完,冷妈妈就拉着冷爸爸出去了。

他们出去的速度非常快,根本来不及反应。

冷锋站在原地非常尴尬:"这个……大家先坐着吧……我……"

他走也不是,留下来也不是,无助地看向欧阳铮铮。

铁二蛋的奶奶觉得很没面子,本来看着冷锋父母来的时候气势不一样,就觉得低人一头,现在更觉得是自己孙女配不上冷锋了。

铁奶奶上前拍了一下铁二蛋:"你看看你搞得那么狼狈,现在可好,你去哪里弄的,人家能看得上你吗?还有你的工作,你不是说在北京吗,刚才又说在什么海边,现在又说偏远到天边的地方。你就别干了,老老实实跟我们回去。"

看着铁奶奶的模样,根本不像重病,看来之前都是为了骗铁二蛋回去结婚装的。

冷锋赶紧拉住了铁奶奶:"奶奶,你别这样,二蛋她……"

铁爸爸思忖了一会儿,终于说道:"冷锋啊,要不然这桩婚事就算了吧,我不想我们二蛋嫁过去被人瞧不起。铁二蛋,你脸上的伤是怎么来的?是不是做坏事了?"

"女孩子变成你这副鬼模样还嫁得出去吗?这真是丢人……"铁奶奶没完没了地说着,铁二蛋的眼泪扑簌簌地往下掉。

冷锋将铁二蛋挡在身后:"奶奶,要跟铁二蛋结婚的是我,已经打过报告了,上级领导已经批准了,明天是周一,我们这就去领证,没有人能阻拦。"

众人看向门口,只见冷锋的爸爸和妈妈拿着一堆东西站在门外,气喘吁吁地看着屋里的人,两个人像是跑着上来的。

冷妈妈的手伸出来,但实在是太累了,没有办法说话。

冷锋抱怨道:"冷首长,廖政委,你们还会回来呢?我还以为你们逃避了呢!"

"住嘴,不要这么阴阳怪气的。大家都坐好,老太太,不许你再打小铁头了,请坐。"冷家父子俩长得像,威严的时候也非常像,大家都不敢言语。

冷锋看上去十分严肃,毫不客气地朝父母说道:"爸,妈,二蛋我是娶定了,我们俩结婚的事情已经跟组织打了报告,不管是谁都无法阻止我们在一起,否则……就是……"

话音刚落,就听见冷爸爸非常赞许地看着自己的孩子说道:"好样的,历练了一段时间,越来越能扛事儿了。"

铁二蛋坐在冷妈妈的身边,冷妈妈抚摸着铁二蛋脸上的伤口:"对不起,刚才看见你脸上的伤痕,我十分震惊,想着之前小锋叫我们托人买去疤痕的药,就赶紧去车子里面拿药了。好孩子,受苦了,真是好样的。"

"果然是像我们家的人,不怕苦不怕累,不怕牺牲,这种大无畏的精神就是我们家敬佩的精神。放心吧,以后你到我们家,有谁看不起你,我就揍死他。"冷爸爸豪迈地说道,对铁二蛋十分认可。

冷锋和铁二蛋相视一笑,总算是过关了。

一旁的铁奶奶不明所以:"啥啊,你们咋就同意了呢,这孩子……现在工作也不知道做的什么,脸上还有伤疤,你们咋就同意了呢,这不是……"

"奶奶,你坐下吧,铁二蛋不管做什么工作,都是非常光荣的,值得学习。铁二蛋身上受的伤,是为了事业,我们也是非常敬佩的。"冷爸爸笑出了声,有这么一个英雄家人,他们高兴还来不及。

欧阳铮铮也笑了,看着旁边的两位阿姨,她们都在擦眼泪。

冷妈妈则不停地叮嘱:"工作的时候一定要懂得保护自己,如果任何方面有需要,就给家里打电话,我们会寄过去。这些药都是用来去疤痕的,你回去后一定要试试看。"

"谢谢阿姨……"铁二蛋接过那些药说道。

冷妈妈笑着嗔道:"以后要改口了,咱们都是从事革命工作的,没有必要办那么花里胡哨的婚礼。等你们的事业成功了,可以公开了,我们做父母的再给你们补办,好不好?"

"不用办,听说爸妈在一起的时候,也没有举办婚礼,就是请政委做个见证。组织已经批准我们结婚,领了结婚证,我们就是一家人了。再说了,我们的工作比较特殊,最好还是不要留下照片,不要兴师动众。"铁二蛋明事理地说道。

冷爸爸又笑着对铁奶奶说道:"亲家老太太,明天啊,我安排你们在北京好好逛一下。孩子们的工作特别忙,咱们尽量不要打扰。欧阳啊,你要是得空,跟着冷锋、二蛋一起回家吃饭,我有好东西给你看看。那是从国外带回来的,你一定会喜欢的。"

"好啊,正好想要跟首长交流一下。"欧阳铮铮非常愉快地说道。

铁二蛋和冷锋的婚礼就这样简单地完成了,他们成了一家人,成了阿媛的干爸和干妈。

冷锋喝了两杯酒,紧紧地握住铁二蛋的手:"对不起,今天让你受委屈了,我……"

"没有啊,我觉得爸妈都很好,你对我也很好。我没有想到,你的态度那么坚决,这样一来,我就放心了。"铁二蛋笑得很灿烂,扯到了脸上的伤口,"不行,我现在一定要注意表情,不能有大动作,但是……我还是很高兴啊。"

大家都哈哈大笑起来,铁二蛋却隐隐担忧:"欧阳啊,也许子淳已经回来了,但是……"

千言万语,却真的不知道该怎么说才好,只能这样试探。

欧阳铮铮笑笑说道:"我已经打听好了,11号,有国外的飞机回来,也许就是11号吧,但是,如果他从上海回来就不一样了。"

铁二蛋看向冷锋,两个人微微摇头。

在医院里,周子淳也遇到了同样的问题。

"小艾,我目前面临一个难题。"周子淳在医院接受治疗的同时,向小艾提出了请求,"我听说11号有一班飞机从国外飞回来,我猜想我的未婚妻可能就在那趟航班上。由于我的身份比较特殊,我不确定是否允许我与从海外回来的人员接触。如果不行的话,能不能请示一下,至少让我远远地看一眼,就一眼也好。"

小艾笑了笑:"这个事情,我得跟上级汇报一下。"

周子淳露出了笑容,下意识地从怀中拿出了欧阳铮铮的照片,心中竟然充满了期待。

两年没见,一年多没有联系,不知道她过得好不好?没有自己的消息,她会不会着急?也不知道自己寄过去的钱收到了吗?

所有人,都在期待9号那一天的到来。

周子淳突然叫住了王丽娜:"王丽娜同志,我有话要跟你说。"

王丽娜笑得十分灿烂。周子淳从来没有主动叫过她,她是那么惊喜,那么意外。

"欧阳,我在呢。"王丽娜转过身,那双眼眸中充满了期盼。

周子淳问道:"我的病情如何?为什么最近都没有医生来跟我说病情了?"

王丽娜的目光转移开去,眼中却含着泪光:"只要好好休养,身体就能恢复的。但你总是那么忙,不愿意花时间去调理。没关系的,以后厂区有我呢,我已经跟医生学了一些护理知识,你身体状况,我会观察的。"

周子淳紧紧地盯着王丽娜看,总觉得她有事瞒着自己。

"看来,我的病已经很严重了。"周子淳苦涩地笑笑,对自己的病情有了大概的猜测。

王丽娜转过头来,露出一个甜美的笑容:"没有你说的那么严重,只是……我方便照顾你而已。你的未婚妻,到底是从国外回来的,在我们厂区肯定不方便,政审方面也很难通过,所以……欧阳同志,为了你的身体,也为了我们的项目能顺利进行,我希望你能慎重地考虑我,我可以照顾你。"

她的这些话,都是发自肺腑,并且经过深思熟虑的。

如果周子淳真的是出于对良心的坚持,选择了等待远从国外归来的未婚妻,那么他回到厂区后,身体可能难以承受工作的重压。他的未婚妻,毕竟也有自己的生活和工作,不太可能长期照顾他的生活起居。

面对王丽娜的坚持,周子淳已不想再回应,他微微闭上双眼,不由得叹了一口气:"欧阳铮铮,你现在在哪里?知不知道,我特别想念你。如果11号我在飞机场见到你,我该怎么跟你讲述我的行踪呢?"

这些都是不能再逃避的问题啊。

周子淳望向天空。

第五十四章　执子之手

欧阳铮铮果然跟着冷锋他们去了冷家,冷爸爸冷妈妈非常热情地招待了她。

铁二蛋在新家也非常适应,看来一家人相处得很好。

冷爸爸将一个小机器拿出来:"看看,这是我的侄子,冷锋的堂哥从国外想办法带回来的。带这个小玩意儿还费了不少事呢,又是火车又是轮船,辗转了不少国家。我准备拿给相关科技人员进行研究,希望我们也能造出这样先进的设备来。"

大家都围着这个小玩意儿看,铁二蛋一脸茫然:"这个就不是我的专业了。欧阳,这玩意儿是啥啊,看上去就是一堆破铜烂铁。"

"新型的微型电报机,没想到……可以缩小得如此精美,不像是一台机器,像一个艺术品。"欧阳铮铮拿在手里试了试重量。

如果有了这个东西,以后出外勤的时候就方便了很多,哪怕是遇到特殊情况,也可以及时将实验结果汇报上去。

"果然是识货的,不愧是秦老师的得意门生。这个机器是她特别托我带回来的,她希望我可以和你一起研究。"突然,门外进来了一个青年人,看上去非常激动。黑框眼镜将他包装得像一个学者,可是一身笔挺的西装,让他看上去又像一个富家子弟。

"冷铭,你来了。看看,这个欧阳同志可是个专家啊,上次我们聊得非常投机。"冷爸爸连声招呼。

冷铭跟冷锋长得有点像,除了穿着打扮比较西式,他的专业知识非常扎实。

"我早已听闻欧阳同志的大名,是秦老师的得意门生。秦老师临终前还一直挂念着欧阳同志,称赞你的记忆力出众,爆发力惊人。"冷铭一边说,一边向欧阳铮铮伸出手,友好地问候,"很高兴认识你,我是从事通讯工作的冷铭。"

"你好,我现在叫周与欧。"欧阳铮铮笑笑。

冷铭突然问了一句:"欧阳同志结婚了吗?如果没有结婚,可以考虑一下我啊,咱们在一起肯定有共同语言。"

"咳咳……让你过来是一起研究这个微型电报机的,不是让你来找女同志谈情说爱的。"冷爸爸黑着一张脸。

冷铭嬉笑,带着几分调皮:"顺便,顺便嘛。"

欧阳铮铮三下五除二地将电报机拆开,一边研究,一边做记录。

她完全没有听到冷铭说了什么、要做什么,满心满眼只有这个最新的微型电报机。

"如果这个电报机能屏蔽一些寻常电波,选择性地将电波送达对方就好了,这样一来对我们的工作可是大大有利。"欧阳铮铮一边研究一边低声说道。

冷锋和铁二蛋看着她这副模样:"行了,咱们今天跟她是说不上话了,只要是干起活来,旁若无人的。"

"没关系,你们今天难得休息,我特别准备了点白面,我们包饺子吧!回到家里,总是要吃上一两顿好的,不过……只能吃素菜馅的,现在物资紧张,没有什么肉。"冷妈妈和蔼地说道。

冷爸爸和冷铭也参与了欧阳铮铮的拆解活动,三个人埋头在桌子上搞研究。

"看看这个……可能这个就是最关键的东西,也不知道我们国家什么时候才能生产出来,有没有派人专门去学这个技术?"欧阳铮铮将一枚芯片放在桌子上,拿放大镜仔细地查看。

冷铭笑笑:"在下不才,在德国学的就是这个,现在正在研发。如果研发成功的话,希望欧阳同志能第一时间帮我们试用。但是我还是想冒昧再问一句,你在哪里上班?回头研制出来,我们给您送过去。"

冷爸爸在冷铭的头上敲了一下:"少把你在外国学的那些不良习气带回国,不许瞎打听。你们单位要是真的能研发出来,先给我们试试。如果没问题,我们自然会给欧阳的。"

欧阳铮铮一点点地做好记录,甚至将什么时候生产的什么型号的零部件也做了非常详细的记录。

冷铭感到非常惊讶:"不会吧,你连这些都知道,都记录下来了?"

"嗯,我马上就会去参加一个关于全世界通讯技术的交流会。我现在先做功课,回头好请教一些专家,要不然就白去了。"欧阳铮铮将东西归置好以后,又在笔记本的另外一面列出了很多问题。

冷爸爸认同地点头:"我们国家的通讯事业发展还是比较慢啊。欧阳,你回头跟冷铭一起去,如果有相关问题你不方便问,就让冷铭问,他是这方面的学者,身份比较正式。"

欧阳铮铮写了一个电话号码:"这是我暂住地方的电话号码。我9号、11号有事,明天可以去研讨会看看。如果可以的话,冷铭同志,麻烦你跟我一起去。"

"那当然,我明天开车去接你。"冷铭激动地说道。

欧阳铮铮又说:"我有一个女儿,还没满两个月,我必须带着她,她很乖巧的。"

"女儿?"冷铭的眼中出现了落寞的神色,原来,一切都是他想多了。

欧阳铮铮连声说道:"对啊,我的女儿,我的唯一。"

"那……我觉得如果这个设置用成美国刚刚生产出来的CZ20比较好,不知道欧阳同志有没有了解过呢?"冷铭将心思放在了工作上,另起话题。

虽然是在饭桌上,可是只能听到他们讨论的声音。

冷锋和铁二蛋相视一笑,他们都知道关于周子淳和欧阳铮铮的秘密,却不能言说,只能用这样的方式默默帮她守护着那份弥足珍贵的感情。

第五十四章 执子之手

....

1962年的深秋,枫叶红了,风吹过,叶子吹落在地,以待来日,化作春泥。

欧阳铮铮抱着阿媛从研讨会出来,阿媛还是那么乖巧,吃饱喝足就睡觉。

有时候会遇到熟人,欧阳铮铮倒是会大大方方地打招呼。

"你和我弟还有我弟媳是不是一个工作单位的,总觉得你们的工作神神秘秘的,也不知道每天都在做什么,还不让问。"冷铭突然说道,对他们相当好奇。

欧阳铮铮笑道:"革命的分工不同,我们的工作也有所不同。"

一转眼就到了9号。9号的早晨,欧阳铮铮随便穿了一身衣服,带着阿媛背着一个包包要出门,却被铁二蛋拦住了。

"你就打算这样出去吗?也不打扮一下?"铁二蛋拦在门外,"还有,今天你也要把阿媛带去吗?"

"怎么了?我就是去工作而已,并且……有阿媛在不会被人怀疑,也不会被人跟踪。"欧阳铮铮笑道,"再说了,我们母女马上就要分别了,还不让我好好陪伴一下吗?"

铁二蛋顿时无语:"这是冷锋妈妈给你带的衬衣,根据你的尺寸连夜做的。还有这件呢子外套,是冷锋妈妈以前穿过的,多好看的颜色,红色,喜庆,还有……"

铁二蛋将包包里的东西一样一样地拿出来,放在桌子上:"快点去收拾一下自己。冷铭的车子在外面等你,他非要来接你,我也没有办法。"

铁二蛋又从包里拿出来一个帽子:"你戴上这个帽子吧,看看你那头发,跟我这个鸟窝有得一拼。你为了进现在的单位啊,连头发都剪了,那么长的头发,乌黑油亮的,你也舍得。"

铁二蛋就像一个含辛茹苦的母亲,为了欧阳铮铮好好打扮一番,让她能在众人面前眼前一亮。

冷铭在楼下车子里嘀嘀嘀地直按喇叭:"领导,还没好吗? 你们不是说他们八点钟上班吗,你们就不怕去晚了?"

欧阳铮铮警惕地看着铁二蛋:"你们是不是知道什么?"

"没有……那个小艾跟我们说的,要我们监督你一定要把材料拿好,千万不能耽误了,那个材料对厂区非常重要,只能经过你一个人的手。"铁二蛋找了个借口,顺便把衣服给她套上。

欧阳铮铮听铁二蛋这么说,虽半信半疑,但也不再说什么了。

而在医院里,周子淳还是跟平常一样,不慌不忙、有条不紊地准备出门。

手表、笔记本、眼镜、工作证……

王丽娜进来,递给他一条围巾:"今天的天气有点变了,你把围巾戴上,这是我织的,你不要嫌弃。"

"不用了,我有。"周子淳还是跟以前一样拒绝了她的好意。

两年的时间里,周子淳从来没对她有一句温和的话,都是恭恭敬敬、客客气气地叫一声王丽娜同志,拒人于千里之外。

思及此,王丽娜更是跟随在后,想知道周子淳去了哪里。

周子淳进了第九研究所,找到王书记拿了资料,然后赶紧到第九研究所门口等着,也不知道为什么老李将一个传达资料的任务交给自己。

如果是学术之类的研讨活动,他可能信手拈来,哪怕是乔装打扮也会好好地去听,去讨论。

周子淳在门外徘徊了很久很久,始终没有看见有人出现,便在一棵树下坐着,将随身携带的报纸拿出来阅读。

大约九点钟,冷铭将车子开到第九研究所门口,给欧阳铮铮开车门,好让她抱着阿媛下车,宛如一家三口般缓缓走向研究所的大门。

"阿媛,干爸在这里呢,今天也要乖乖的。你妈妈有事情呢,不要哭闹好不好?"冷铭对阿媛非常有耐心,总是细声细语地说话。

欧阳铮铮忍不住笑了起来:"她还听不懂呢,只要有吃有玩,她就会非常乖巧的。"

第五十四章 执子之手

说话间,欧阳铮铮突然顿在原地,她注意到第九研究所门口穿着一身中山装的男子,正在认真地看报纸,仿佛不想浪费任何一点闲暇时间。

欧阳铮铮不禁有些鼻酸,难道老李说的人是他?

是厂区的领导,特意安排他们见面吗?

周子淳抬起眼眸,也看到了不远处抱着孩子的女人,身影那么熟悉。是欧阳铮铮吗? 他的眼角也忍不住湿润了。

此时王丽娜从身后过来,给周子淳披上了一件大衣,眼中的神情是那么温和:"瞧你,出门的时候没穿大衣,明知道现在是换季,要是感冒了可怎么得了,一点也不爱护自己。"

"谢谢。"周子淳很惊诧王丽娜的出现,却没表现出来,只生硬地对王丽娜说道。可是他的眼神却一刻也没有离开抱着孩子的女人。

这是他们分别后第一次见面。他们一直过着天各一方,却心怀彼此的日子。没有一天不想念着彼此。如今……近在咫尺,却思绪万千。

冷铭看着欧阳铮铮,很细心地帮她拂去头发上的落叶:"怎么不走了?"

同时,周子淳也注意到了欧阳铮铮旁边的男人,她怀中还抱着孩子,他心中咯噔了一下。

刚才的喜悦、欢愉、期待,像被浇了一盆冷水似的。

周子淳忍不住思考:她身边的男人是她在国外的丈夫吗? 开着汽车,还有了孩子……那……也许国外的日子艰难,她希望有一个人照顾吧……现在,要不要过去呢?

欧阳铮铮看见给周子淳送衣服的女人的眼神里充满了爱慕。

这两年里,周子淳已经找到了相伴一生的伴侣了吗? 也许在国外太孤独了,有个知冷知热的人也好……

此时此刻,两人之间好像隔着千山万水,任凭眼前人来人往,他们的眼神却离不开彼此。

欧阳铮铮还在犹豫,要不要过去打个招呼。难道今天给自己送资料的人也是他？或者说，一切都是巧合？

周子淳也认为这一切都是巧合，只不过是在这里偶然遇见了欧阳铮铮。

两个人的心中都在思忖。

他已经娶了贤妻。

她已经嫁作人妇。

他们，终究是有缘无分吗？

冷铭在一旁又温柔地问道："怎么了？"

欧阳铮铮眼含热泪，回头对冷铭说："你在车里等我吧。"

"对不起，对不起，忘记了你们工作的特殊性，我还想着在你身边可以照顾你和阿媛。"冷铭赶紧转过身回车上去。

欧阳铮铮深吸一口气，打定主意，哪怕是过去打个招呼也行。

对，就是打个招呼而已，哪怕他有妻子了，她作为与他从小一起长大的旧识，难不成还不可以打个招呼吗？

欧阳铮铮又看向怀里的阿媛："对不起，阿媛，我一直以为会给你找到爸爸，不过现在好像比较困难了，回去之后，我们把名字改了，以后姓欧阳吧。"

阿媛动动小嘴，根本不知道妈妈心中掀起了多大的波澜，翻江倒海。

第五十五章　又远又近的距离

欧阳铮铮犹豫再三,终于迈出了脚步。

周子淳也往前一步,他的内心满是矛盾与纠结。

可是仔细想想,这么多年的相依为命,他总是要上前打个招呼的。

还没等他思考清楚,欧阳铮铮已经走到他的跟前,脸上带着笑容,眼眸中却含着热泪:"子淳,好久不见,真的是好久好久没见。"

周子淳伸出手,可是马上又缩回去,露出了一个温暖的笑容:"铮铮,最近可好?一切都好吗?"欧阳铮铮的右手却握住了周子淳要缩回去的手,紧紧地握住。

也许,这就是执手相看泪眼,竟无语凝噎。

千言万语,千头万绪,在此时此刻却什么也说不出来,他们的眼神之中什么都有,失望、高兴、落寞、无言……

紧紧握住对方的手,足足有五分钟之久,一句话不说,就这样彼此看着。也许,这对于他们来说,是最幸福的时刻吧。

在他们身后的王丽娜被眼前的一幕打得措手不及,等她反应过来,立刻走上前,脸上带着如沐春风的笑容:"欧阳,你怎么不给我介绍介绍这位女同志是谁啊?"

欧阳铮铮赶紧松开手,意识到自己失态了,讪讪地笑笑:"欧阳?这……"

"哦,这是王丽娜同志,是我的同事。这位是我的……"周子淳想了很久,原本下意识地想要说一句未婚妻,可是,人家现在抱着孩子,丈夫的车子就在对面等着,不能给欧阳铮铮带来困扰。

"我们从小一起长大,我现在在国外念书,这是我的女儿,叫阿媛……"欧阳铮铮唯恐王丽娜误会,都不敢看王丽娜,连忙解释。

他们俩以前一直都盼望有一个女儿,欧阳铮铮当初收养阿媛的时候,也是基于这样的考虑。

"王丽娜同志,请你到别的地方等我,可以吗?我们俩叙旧,你不用在一旁盯着。"周子淳的心中有一股莫名其妙的怒火。

王丽娜讪讪地后退一步:"那……我在对面的茶馆等你,可以吗?"

欧阳铮铮更加不理解,难道他对自己妻子的称呼是那么客气的吗?

王丽娜赶紧离开。

"这是我们……对,这是我的孩子,女孩,叫周媛,不过,从今天开始,也许会叫欧阳媛媛。"欧阳铮铮目光如炬地盯着周子淳。

有那么一瞬间,她没有办法控制自己的情绪,很想就地爆发:为什么,为什么你不等着我?说好一起结婚,你却有了别人,你个骗子!

她一直都控制着自己的情绪,希望不要爆发,给周子淳留下一个好印象。

…………

深秋,研究所门口的梧桐叶纷纷落下,欧阳铮铮和周子淳看着彼此,眼中的不舍,还有随时都有可能爆发的不明所以的怒火。

欧阳铮铮转过头:"那个……子淳,我还有事,我就先走了,你忙……"

"好……再见……不,也有可能是再也不见。"周子淳的怨念十分重,道出了这么一句话。

欧阳铮铮低声嘀咕:"谁要跟你见啊……"

她直接坐在树下,虽然忍不住哭泣,但是还不能忘记完成任务,坐着等。老李说过,哪怕等一天,也要等,等别人给她材料。

她背过身哭得很伤心,心中在抱怨,愤怒……

周子淳坐到了另外一棵树下,忍不住吃了一颗药,眼神却离不开欧阳铮铮,他的心中也不好受。

第五十五章 又远又近的距离

"小骗子,从小就是骗子。说好等我回来娶你,你连孩子都有了,是不是早就不耐烦我管你了?"周子淳自言自语,明知道没有办法改变结果,却又非常无奈。

铁二蛋和冷锋开车在另一旁等着,小艾也在车上。

小艾忍不住大骂:"这俩是不是读书读傻了?我还以为接头接上了呢……哎呀呀,老李交代的是什么任务嘛……急死我了。"

冷锋却非常镇定地说道:"看见了没,刚才握手的时候我就知道他们俩之间还是有感情的。要不然,欧阳的那个脾气,谁要是跟她握手超过十秒钟,肯定要甩脸子,唉……我也是后面才发现的,他们俩竟然是未婚夫妻,竟然还在我们厂区,但是我们有规定,不能说啊。"

"我才难受呢,有重要项目的时候跟欧阳爱国合作,晚上回去跟欧阳铮铮共处一个地窝子,明知道他们俩牵挂着彼此,可是我又不能说,这不……才想到了让他们同时休假的办法,没想到,领导还特意安排了见面。"铁二蛋会心地笑了起来。

小艾恼火地说:"要不……我过去跟他们说得了,让他们赶紧接头,在那里干站着算怎么回事?"

"这是违反规定的,这是他们俩的任务。还有,你知道欧阳爱国手里的材料是什么吗?有可能是涉密级别最高的。"冷锋非常冷静地说道,不许任何人上去帮忙。

小艾点点头:"对,对,我还是大意了。"

"唉……好不容易给他们安排了这一次机会,他们该不会要浪费了吧。要是就这么错过,太可惜了。"铁二蛋急得好像热锅上的蚂蚁。

冷锋摇摇头:"不会的,他们刚才可能是太突然了,完全忘记了任务的事情,等他们回过神来,就什么都知道了。现在他们俩的情绪和大脑还处于混乱状态。"

"没想到,欧阳爱国还有混乱的时候,我一直以为他时刻保持冷静呢。"铁二蛋叹了一口气。

冷锋在她头上轻轻拍了一下:"都是人,怎么可能没有情绪?"

小艾急得直拍方向盘:"哎呀……哎呀……你说说,之前老李或者老张也交给我这样的任务啊,让夫妻俩见面。可毕竟厂区里面敏感,不好安排,到了北京,就可以再续前缘,弥补遗憾,哎呀呀……就没有他们这么费劲的,我都要哭了。"

"着什么急,等着,实在不行了,我们再想办法。"冷锋依旧镇定,"咱们跟来这里,已经不妥当了,可不敢再轻举妄动。"

冷锋如此一说,大家只能在这儿干着急,说什么也不能轻举妄动,就连把车子上的帘子撩起来也不敢,就这么悄悄地透过缝隙看着。

阿媛哭的时候,欧阳铮铮有条不紊地应对,低声哄着:"阿媛乖,我的小周媛乖乖哦,不哭,吃饱饱。"

她找门卫要了热水给阿媛泡奶,不远处的周子淳想要上前帮忙,却始终迈不出这个脚步。

铁二蛋急得不得了:"他们就不能好好说句话吗,非要这样,真是急死我了。"

"别急,别急,这才中午,还有很长时间呢。"冷锋也按捺不住了,不停地搓手缓解自己的紧张。

小艾气得一个劲儿地抽烟,将烟雾吐出窗口:"要不,我过去提醒一下吧,反正你们都看着,我也做不了什么事,对吧?"

"不行,欧阳爱国拿着重要文件,你要是上前去了,以后也不好交代,就这样吧。"冷锋依旧按兵不动。

阿媛吃饱后,打了一个嗝,又沉沉地睡着了,根本不知道身边发生了什么事情。

欧阳铮铮不时用眼睛瞟向周子淳,周子淳一直在看着自己,他们俩的眼神充满了太多的无奈和心酸。

谁都不愿意迈出第一步,谁也不肯向对方走去。

都在想,反正你身边已经有别人陪伴了,为什么还需要我在呢?

欧阳铮铮看看手表,已经是中午十二点,研究所里面的人已经陆陆续续地下班了,但没有一个人前来接头,心中不免疑惑。

第五十五章 又远又近的距离

周子淳也看着来来往往的人群,没有发现一个人是主动上前对暗号的,更是觉得惊讶,不知道老李的葫芦里卖的什么药。

铁二蛋气得靠在椅背上:"我还指望着周子淳和欧阳来一出鹊桥相会,然后中午请我们吃顿好吃的。现在看来,我们都得陪着他们饿肚子,真是好生气啊。"

大约到一点钟的时候,周子淳仿佛想到了什么,缓缓地走向欧阳铮铮,欧阳铮铮看见他走过来,忍不住站起来,两人四目相对。

面对欧阳铮铮,周子淳总不能冷着一张脸,终究还是心软的,露出了跟以前一样的笑容:"饿了吗?你的先生不给你送饭过来吗?对了,我看见你在研究所门口站了很久,为什么不进去?你是来找人吗?"

欧阳铮铮白了他一眼:"我先生?什么意思?我肚子饿了,你要请我吃饭的吗?我有事,你别管我,找你家丽娜同志去。"

她面对周子淳的嘲讽,很任性地生气了。

周子淳尴尬地笑笑:"王丽娜同志真的只是我的同事……"

"是吗?刚才那位先生的确也是先生,但不是我的先生,请你注意你的措辞,周教授。"欧阳铮铮的语气中充满了火药味,这一次是真的生气了。

互相不打扰就行了,周子淳非要过来自讨不痛快,语气还阴阳怪气的,她可受不了。

周子淳看了一眼欧阳铮铮怀中的阿媛,语气里有藏不住的激动:"难道刚才那位先生不是你女儿的父亲吗?"

"周子淳!"欧阳铮铮跺脚,生气地瞪着他,情绪非常激动,声音也有点颤抖,"刚才那位先生只是好心来送我的。"

欧阳铮铮忍不住发起脾气,不争气的眼泪哗哗落下。

周子淳仿佛听出了一股酸溜溜的意味,上前轻轻地拍拍她的肩膀,递过去一块手帕:"怎么这么生气呢?都不像你了。我跟王丽娜同志只是同事,现在充其量算个病友,她的父亲跟我在一个项目……不,一个学校里面,她的父亲是导师,所以难免跟她走得近一点。"

欧阳铮铮转过头,看向满脸笑容的周子淳,他的笑容还是那么温暖:"真的?她不是你的妻子?那……为什么会给你送外套,为什么……"

"铮铮,我们是一起住院的。我出门太急,忘记带外套了,她就给我送来了。当然,她不止一次说想要跟我过后半辈子,被我毫不留情地拒绝了。"周子淳走到她的身边,轻轻地帮她拂去身上的落叶,又忍不住看了一眼怀中的阿媛。

欧阳铮铮这才破涕为笑,那张有些黝黑的脸上也出现了笑容:"真的吗?你……"

"对,我一直在等你。我说过,就算你去国外读书五年十年,我都会等你的。咱们很年轻,以后的日子还很长,对吗?"周子淳轻轻地拍着她的脑袋,看见阿媛,又看向那边的车辆,"欧阳铮铮,你现在能解释这个孩子是怎么回事吗?你结婚生子了,为什么不告诉我,我给你随一份大礼。"

这一次,轮到周子淳忍不住发问了。

他一直都拒人于千里之外,孤独地等欧阳铮铮。天知道草原上的冷有多冷,草原上的夜有多黑。他就这么看着欧阳铮铮的照片,看着欧阳铮铮的信件,一天天地数着日子熬过来了,却不承想,心中的女孩已嫁作人妇。

欧阳铮铮故意挑眉说道:"子淳,你看见阿媛是不是不开心了呀?阿媛,这是你的爸爸呀,我一直跟你说的爸爸……"

周子淳的脸色阴沉沉的,刚才是生气,现在是懊恼:"欧阳铮铮,你觉得这样好吗?"

他攥着拳头,身体忍受着巨大的疼痛。

他所做的一切,就是希望能早一天见到欧阳铮铮,早一天跟自己心爱的人结婚,可现在,欧阳铮铮竟然给了他一份天大的"礼物"。

他们分别两年,现在她带回来一个不满两个月的孩子,说是他的孩子,还让那个孩子叫他爸爸,当他是傻子吗?

第五十五章 又远又近的距离

欧阳铮铮瞪大眼睛,一时之间还没明白周子淳为什么会生气,他一向是温文尔雅,从来不生气的人啊。

看见阿媛的时候,欧阳铮铮才恍然大悟,赶紧将阿媛塞进周子淳的怀里:"你抱着她,我跟你解释,她叫作周媛。"

车里的小艾看着俩人的互动忍不住感叹:"这样的夫妻,我见过太多了。两口子都是在涉密单位的,明明就是一个大厂,两个分厂,但是始终不得见,我们领导就安排他们同一时间段休假,这也算是尽力补偿了。"

第五十六章　大国小家

周子淳的脸上依旧是阴沉沉的，乌云密布一般，欧阳铮铮解释道："阿媛不是我亲生的，是我同……同学的孩子，我同学去世了，所有人都找不到她的丈夫和其他家人，所以……我想……我和你都是没了家人的，不能让孩子也没家人，当年我没有你照顾，我可能就……"

提及那些辛酸往事，欧阳铮铮不禁泪眼婆娑，满怀真情地凝视着周子淳："子淳，我的那位同学是为了国家的利益而献出了生命，她……我想要……你也能接纳阿媛，因此我给她取名为周媛，寓意着我们家庭的团圆，让她跟随你的姓氏，她就像是我们的孩子一样。我们这么努力，一定能把她抚养得非常好，不是吗？"

周子淳听罢欧阳铮铮的真诚坦白，不禁感动，他伸出手轻轻擦去她的泪水："铮铮，你做得非常好。古人云，'富则兼济天下'，我们虽然不算富有，但我们会尽己所能去做好每一件事。从今往后，阿媛就是我们共同的孩子。"

欧阳铮铮和周子淳一直坐在树下，周子淳的怀中抱着阿媛，三个人才像是真正的一家人。

倒是另外一辆车上的冷铭觉得不可思议："搞什么鬼？他们认识吗？早知道我就不来了……"看到那一幕他自觉没趣，开车离开了。

周子淳和欧阳铮铮相视一眼，只觉得这个世界是如此美好，只希望时间能停留在这一刻。

"铮铮，能与你见面，得知我们俩有了孩子，我的心里非常欢喜，哪怕让我去死，我也死而无憾了。见到你，一切就足够了。"周子淳紧紧地握住欧阳铮铮的手,满脸的笑容。

欧阳铮铮也抬起头,看看周子淳,又看看阿媛:"子淳,我也心生欢喜,可能以后陪你的时间不多,但是,有这一刻就足够,我的人生也圆满了。"

周子淳轻轻在她的额头上亲吻了一下,突然想到了什么:"你饿不饿?要不,我抱着阿媛,你去买点吃的来?"

"不……我抱着阿媛,你去买吃的吧。"欧阳铮铮嘿嘿一笑。

随后,两个人异口同声地说了一句:"我不饿……"

只好各怀心思地在树下坐着继续等,他们俩倒是觉得没什么,两只手紧紧握在一起,享受这一刻的甜蜜与温暖。

更重要的是,他们俩都以为还没有见到要见的人,所以一刻也不愿意离开,唯恐错过前来交接的人,错失了时机。

这时,周子淳终于能仔细打量一番欧阳铮铮了,看着她清瘦黝黑的模样,不免心疼:"你不是在国外读书吗,为什么又黑又瘦?是不是吃得不够,还是穿得不暖和?如果实在难受,就回来吧。"

"我……那个……"欧阳铮铮顿时语塞,不知道要怎么解释自己又黑又瘦的原因。总不能说,在大草原上吃得不好,还经常要出外勤风吹日晒?

欧阳铮铮连忙解释道:"可能是最近总是跟朋友一起去各地考察,所以晒黑了,再加上回国的时候一堆事情……"

"以后还是要注意一点,我寄给你的钱收到了吗?我现在跟着导师搞科研项目,每个月都会有不少补贴。"周子淳总是那么耐心、那么温和地跟欧阳铮铮说着生活和工作上的琐事。

欧阳铮铮笑笑:"我知道你给我寄钱了。我寄回福利院了,那里那么多孩子呢。还有一部分,我委托老师帮我们存着了,将来阿媛上学都需要钱。"

不管怎样,只要看见欧阳铮铮在,一切都是最好的安排。

欧阳铮铮靠在周子淳的肩膀上,就好像还在上学的时候,笑意盈盈:"子淳,过几年,等过几年我毕业了,我们的国家越来越好了,我们在江南找一处住所,一起抚养阿嫒,还让阿嫒跟你一起学习,好不好?"

"好,过几年,过几年我们就在一起再也不分开了。现如今,百废待兴,我们要主动承担起责任,向我们的父辈致敬。"周子淳燃起了斗志。

他再看欧阳铮铮的时候,轻轻抚摸欧阳铮铮那张皲裂的脸,还有一些"高原红":"欧阳,如果有一天你发现我欺骗了你,你会生气吗?"

"看是什么事情了,如果事出有因,为了理想与信念不得不说谎,我当然不会生气啊。但如果是做了坏事,我肯定要生气的。"欧阳铮铮心虚,赶紧说了一句。

周子淳心中舒服了很多:"放心吧,不管身在何方,我的心里只有你,还有我们的小家。"

欧阳铮铮抬起眼眸望着这个男人。只有在周子淳的身边,她才不会有任何戒备心:"我也一样。如果为了理想,我们不能去上学,你会怎样选择呢?"

"国家至上,家庭次之,个人利益居末,那时的我并不理解这句话的深意。但现在,我明白了。铮铮,我们从小就经历了不少苦难,未来绝不能让阿嫒步我们的后尘。新时代的孩子们,理应生活在光明与希望之中,无须担忧任何琐事,只需专注于学业,追求真理。"周子淳的语气低沉而充满激情。

欧阳铮铮听周子淳这么一说,也有了信心,她从事的事业以另外一种方式得到了认可。

周子淳接着说:"尽管新中国已经成立,但我们的国际地位尚未得到应有的认可,其他国家总认为我们发展滞后。然而,历史告诉我们,落后就意味着被动。作为知识青年,我们更应该挺身而出,走在时代的前沿,发挥引领作用。"

"子淳,我知道了,我会用我所学去做力所能及的事。"欧阳铮铮双眼里温柔的笑意越发浓重。

"子淳,你一定要发奋读书,我们国家正需要像你这样的人才。这几天参加会议，我深刻感受到高级知识分子和专业技术人员是多么稀缺。如果我们能够回国，将所学知识投入国家的建设，就能为祖国贡献更多的力量，也就不会辜负国家对我们的培养和期望。"欧阳铮铮激动地站起来，她的情绪高涨到了极点。

到时候子淳回国，她一定会跟厂区领导和老李推荐子淳，子淳是专门研究核物理的，对于厂区来说是雪中送炭。

大约下午四点钟的时候，欧阳铮铮突然问道："对了，子淳，你怎么会在这里？为什么会在这里一待就是一整天？"

"我……我……研究所让我送东西，说是今天会有人来取，不许我离开，就在门口等。你呢？抱着孩子在这里待一整天？"周子淳拍拍脑袋，意识到自己幸福得差点忘记了最重要的事情，虽然他的眼睛一直盯着门外来来往往的人，却始终没有等到那个人。

欧阳铮铮支吾着，难以启齿，毕竟现在说是偶遇，然后带着孩子在门口等上一天，似乎有些不太合理。

"我……那个……其实是……对了，我的导师让我去研究所门口取一份重要资料，应该是我们大学和研究所合作的项目文件。"欧阳铮铮心里清楚，周子淳聪慧过人，在他面前很难蒙混过关，于是她尽力编造一个看似合理的解释。

周子淳目瞪口呆，盯着欧阳铮铮看了很久很久，心中忽然意识到了什么。

"9号，第九研究所，门口，一整天，送材料，见重要的人。"周子淳重新说了一遍关键词。

欧阳铮铮也跟着说道："是的啊，给我通知也是——9号，第九研究所，必须等到送材料的人出现，材料非常重要，不能有任何闪失，一直等拿到材料为止。"

"是你吗？我真没想到。"周子淳再三确认，害怕材料交给了别人，造成失误，"是姓李的一个人嘱咐你们导师吗？"

"是啊，一个叫老李的人。"欧阳铮铮重重点头，十分确定。

周子淳这才将怀里的一份材料拿出来,郑重其事地递给欧阳铮铮,热泪盈眶,心中五味杂陈。

周子淳这一刻终于知道,老李与组织费尽心思,也许就是为了让他和欧阳铮铮见面,圆了他的梦。

他的心中满怀感激,只觉得这两年来的付出是值得的。

不管怎么受伤,不管多么辛苦,不管条件有多艰难,周子淳只觉得心中有了极大的安慰与释然。

他的组织,他的工作单位,给了他极大的信心。

欧阳铮铮也有相同的感觉,万万没有想到,老李这么费尽心思安排,就是为了让他们俩见面。

他们……终于见面了。

欧阳铮铮接过材料,忍不住想哭,不仅是为了有一个温暖的组织与集体,而且还是因为同周子淳的团圆。

他们的心中五味杂陈,不知道该如何表达,只能在心中默默感恩。

小艾在车上用力地拍打方向盘:"终于接上头了,我还以为要到晚上呢。好……好!"

周子淳松了一口气,却不敢多问,害怕问得多了,自己会露馅。

欧阳铮铮知道自己在周子淳跟前肯定会原形毕露,干脆什么都不说了。

所以,他们俩变得非常有默契,什么都不说,只是笑,一个劲儿地笑。

阿媛醒来后,周子淳怀抱着她,笑容里洋溢着满满的父爱:"阿媛,我是爸爸哦。虽然我和妈妈不是你的亲生父母,但我们对你的爱丝毫不亚于亲生父母。从今以后,阿媛就有爸爸了。爸爸的工作和学习很忙碌,但等一切都稳定下来,爸爸一定会回来教你学习。你以后要乖乖的,要听妈妈的话,好好照顾妈妈。"

阿媛似乎很高兴,周子淳也高兴起来:"看见了吗?阿媛答应了。铮铮,我最近身体不好,一直住在医院。你住哪里?"

"我住一个研究所的宿舍楼,要去我家看看吗?"欧阳铮铮兴奋地说道。

周子淳点头:"走,我们回家,终于有家了。"

"嗯,有你和阿媛在的地方,就是我们的家。"欧阳铮铮按捺不住内心的喜悦与兴奋,眼中透出了闪闪的光芒。

周子淳抱着阿媛,欧阳铮铮牵着周子淳的手,一起往前走。

周子淳突然说道:"我的身份特殊,所以我们结婚要上报,等审批了我们俩才能领结婚证。铮铮,我们明天就去上报结婚,好不好?"

"好,我愿意。"欧阳铮铮立马答应。

她也要经过汇报审批才能结婚啊,周子淳这么一说,正好合了她的意。

周子淳笑笑:"你真是的,也不矜持一下,哪有我一说,你马上就同意结婚了?"

"可是,按照西式的礼仪,你是不是得买个戒指并单膝跪地啊?这才算正式求婚,你刚才不算,重新来。"欧阳铮铮笑道,不管怎样,她一定会嫁给子淳的,这就是一句玩笑而已。

周子淳却非常认真:"好,我今天回去就准备戒指,明天重新求婚,好吗?"

"好,我等你。"欧阳铮铮满意地笑了,不管她提出什么样的要求,周子淳总是无条件答应。

欧阳铮铮一边上楼一边说:"这是我暂住的地方,也是托了朋友和老师的关系。毕竟我也算是公派出国的,回来的待遇还算是比较好。"

"嗯,条件倒是不错,阿媛不会受苦。以后呢?阿媛是跟你出国还是在国内托付给别人?咱们都没有家人,要不然,就交给老人照顾了,这恐怕是最好的选择。"周子淳边走边道,看着怀中的阿媛,就好像看见以前的欧阳铮铮。

欧阳铮铮想了想:"还是在国内吧,这个研究院有托儿所。"

"没有亲人,阿媛也……"周子淳还是不放心,当初欧阳铮铮还有他照顾,阿嫒没人照顾,多可怜啊。"

冷锋和铁二蛋随后跟着上楼:"谁说阿嫒没亲人,我们俩就是亲人啊。放心吧,我跟我爸妈说好了,阿嫒以后可以经常回家,我们家也有人照顾她。"

"铁二蛋……你们怎么来了?"周子淳的心中一咯噔,唯恐铁二蛋说漏嘴。

他不断地盯着铁二蛋,想要给她使眼色,可是铁二蛋自始至终都不正眼看他一眼。

铁二蛋比他们两人还要高兴,一进门就抱着阿嫒开始张罗:"你们俩可真是不容易啊,好不容易能在一起。说说吧,什么时候结婚,咱们都等着呢!冷锋爸妈还说如果不介意,就到家里吃一顿饭,你们两人的箱子拿到一处,就算是结婚了,你们愿意不?"

"我们没有箱子。我倒是觉得,我们俩在一起,就已经算结婚了。还有,毕竟我们都是公派出国留学的,并且从事的是涉密级别很高的研究与学习,我们结婚必须要打报告。"周子淳找了一个借口,害怕铁二蛋的嘴快。

欧阳铮铮也柔声说道:"对啊,我们还要打报告呢,不着急。再说了,现在子淳身体不好,还在住院,等他身体好点了再说吧……"

"看见你和阿嫒住的地方都很好,我就放心了。晚上要吃点什么?我去给你做。"周子淳在欧阳铮铮这里,从来不把自己当外人。

第五十七章　一纸婚书

周子淳立马就到宿舍的厨房里忙碌,冷锋赶紧过去帮忙。

两个大男人都不敢聊别的,只是聊一聊天气,聊一聊学校。

欧阳铮铮和铁二蛋抱着阿媛欢呼雀跃的,她们终于跟上学时候说的那样,看着对方成家了。

铁二蛋又说道:"对了,你去拿的材料,你最好赶紧看,趁机背下来,我帮你带阿媛,不能因为你现在休假了,业务不熟练了,回头老林肯定要怪我。"

"是啊,是啊,我真是太高兴了,竟然能在这里遇见子淳,他也没想到会碰到我。这都要感谢老李,回去后我非得请老李喝上一杯好茶,好好表达我的谢意。"欧阳铮铮一边说着,一边拿着材料走进了卧室。

欧阳铮铮打开了材料,却看见了一张婚书,上面写了欧阳铮铮和周子淳的名字,还有主婚人证婚人,非常详细。

章已经盖好了,意思是,如果他们俩愿意的话,以后欧阳铮铮和周子淳就是夫妻了。

她吓了一大跳,忍不住惊呼了一声:"天啊……"

冷锋和周子淳赶紧从厨房里面出来,看见从卧室冲出来的欧阳铮铮和她手里的婚书,都觉得非常奇怪。

铁二蛋走过去一看:"欧阳铮铮24岁,周子淳26岁,自愿结婚,经审查,合于《中华人民共和国婚姻法》关于结婚的规定,特发此证。上面还有红色的印章。哎哟,你们俩速度可真是够快的。"

铁二蛋念完结婚证书上面的内容,十分喜悦地看着大家:"你们的学校领导太贴心了,知道你们这一次回来很不容易,如果能结婚是最好的结果了,这不,提前准备好了,都不用申请了,真是太好了。"

欧阳铮铮和周子淳忍不住脸一红,没有想到这一切来得那么突然。

阿媛被隔壁的花阿姨抱走了,她知道这些都是重要人物,不敢往跟前凑,唯恐听到了什么消息。

周子淳需要保持头脑冷静,所以拒绝一切可能麻痹自己的东西,一口酒都没喝。

四个人围在一张桌子,桌子上放着花生米、酒和茶,头顶上的灯泡发出微弱的光芒。

欧阳铮铮靠在周子淳的肩膀上,面若桃花:"我好像从小就发誓,一定要嫁给子淳。不管怎样,我们俩都是要在一起的,如果不在一起,那才是意外。"

"放心,我会照顾你一辈子。"周子淳满脸真诚,时不时地用手摸摸欧阳铮铮的头发。

铁二蛋喝了两杯酒,有些晕乎乎的,忍不住说道:"子淳,欧阳,我对不起你们,我其实……"

冷锋立刻用手捂住她的嘴,把人拉走了。

欧阳铮铮和周子淳看着那一纸婚书,不停地抚摸,爱不释手。

"子淳,我终于实现了我毕生的愿望。我今天很高兴啊,见到了你,又跟你结了婚。你是真心高兴吗?"欧阳铮铮对着灯,仔细地打量结婚证书,心中无限欢喜。

周子淳在她的额头上轻轻一吻:"我也很高兴,万万没有想到,我们今天就这么结婚了,来得那么突然,却又那么曲折。"

是的,他们结婚了。这么一纸结婚证书,就认证了他们的感情,是那么简单,那么朴素。

两个人只是领了结婚证,没有婚礼,窗台上的喜字还是刘阿姨刚才贴起来的。

没有三媒六聘,更没有盛大的婚宴,只有他们对彼此的浓情蜜意。

次日早晨,周子淳回到医院,看到哭红了眼睛的王丽娜。

"王丽娜同志,请回到你的病房,这里是我的病房。"周子淳蹙眉。

"你昨天晚上去哪里了?"王丽娜轻声问道,"昨天,抱着孩子的那个女人,是不是跟你关系不一般?欧阳爱国同志,你别忘了你的身份和任务,你可以跟一个有孩子的人关系那么好吗?"

"王丽娜同志,请不要用这样的字眼侮辱我和我的妻子!我马上就要出院了,请你理解,也希望你今后能找到属于自己的归宿。"周子淳说起自己的妻子,是那么骄傲,那么自豪。

他现在可以给欧阳铮铮一个实实在在的名分了。

对,她就是他的妻子,他们还有一个孩子叫周媛。

王丽娜听得一头雾水,看向周子淳:"你昨天出去……到底是干什么去的?你不是说,你的未婚妻11号才坐飞机回来吗?为什么……"

"一切都是组织安排的,我非常感谢组织。"周子淳将东西收拾好了之后,对王丽娜也不再隐瞒,"组织上已经给我们俩准备了结婚证书,说明……老李非常关心每一个在厂区的工作人员,希望每一个工作人员都没有后顾之忧地安心工作,我很感动,也很激动。王丽娜同志,你也会得到组织的关爱。"

王丽娜眼巴巴地看着周子淳要走,心中却不断地祈愿,这一切都是一个玩笑。

周子淳拿起行李:"王丽娜同志,如果你不介意的话,希望晚上你能来参加我们的家宴。"

他刚要出门,却被医生拦住了:"欧阳同志,你昨天晚上去哪里了?我们找你有很重要的事。快点坐下。欧阳爱国同志,我们要紧急对你进行身体检查,因为……我们怀疑你可能……得了白血病……当然,还需要进一步的检查。上一次你们一起进医院治疗的几个专家,他们相继出现了白血病症状,现在在江苏的医院治疗,你的血常规也很有可能……所以……"

"好,我配合。请问,如果确诊后,治愈的可能性大不大?"周子淳问道，木讷地坐回病床上。

本来想着，东西一收拾，就回到欧阳铮铮临时的家，他也能过几天有家人，老婆孩子热炕头的生活，感受人间烟火气。但是现在看来，仿佛是不可能了。

医生却道了一句："爱国啊，你一定要相信科学，一定不要灰心气馁，医学是会有奇迹的。"

"我还能活多久？"周子淳抬起头，他的眼神非常坚定，只想知道答案。

"也许不超过一年，这是根据经验，但也有可能因为……"医生犹豫了一下，还是决定据实以告。

周子淳喃喃自语："也许坚持不到下一次见面了吗？所以，就这么几天，夫妻缘分就尽了。"

他转过头，泪水在眼眶里面打转。

他知道上次检查时结果有异常，所以非常积极地配合隔离治疗，也一直在锻炼，却万万没有想到会是今天这样的结果。

昨天晚上，他还和欧阳铮铮山盟海誓，说以后要过怎样的生活，分别是暂时的。

…………

周子淳只觉得，这辈子最对不起的人就是欧阳铮铮。

"我申请尽快回到厂区，完成我没有完成的工作。"周子淳站起来，眼圈红红的。

男儿有泪不轻弹，现如今他哭了。不是因为怕死，而是觉得自己辜负了要照顾一辈子的女孩。

当一个人被判了死刑之后，心里的压力是巨大的，仿佛每天醒来都会遇见死神。

医生叹了口气离开了病房，周子淳将自己的行李放回原处。

"王丽娜同志，我必须再出去一趟，我要给妻子和我的朋友们一个交代。"周子淳苦涩地笑着。

生命马上就要走到尽头了,妻子……也许从今天晚上开始,就不是妻子了。

昨天就知道周子淳的检查结果,王丽娜觉得天都要塌了。此刻看着故作镇定的周子淳,她反而冷静了,拉住周子淳:"我陪你一起去吧。"

周子淳犹豫了一下,重重地点头,心中却不是滋味。

每走一步,总觉得是踩在棉花上面,头重脚轻,不敢再面对欧阳铮铮。

宿舍里,欧阳铮铮高兴得不知所措,今天要办婚宴,她特意穿上了一身漂亮的衣服。

铁二蛋连连感叹:"冷锋妈妈都说,你的身材好,跟她年轻时候一样。你看看这件红色呢子大衣你穿着多合适啊,真漂亮,子淳一定会非常喜欢的。"

"二蛋二蛋,我真是太高兴了,我竟然结婚了,我已经结婚了!你说说,组织怎么对我们那么好呢,知道我和子淳都是互相喜欢,将对方当成唯一的依靠,马上就给我们安排结婚了,结婚证都办好了。"欧阳铮铮依旧沉浸在喜悦当中,笑得合不拢嘴,"子淳说,从医院将东西搬到我这里,以后我们就要过小日子了!二蛋,我做梦都是跟子淳成为夫妻,我们在一起生活,一起抚育我们的孩子。虽然只有几天,但是,我也满足了……"

"嗯,放心吧,来日方长,你们都年轻,现在的分别是为了以后更好地团聚。你看看,你们都一年多没有联系,可是你们再见面的时候,感情还是那么好,以后你们也会越来越好的。"铁二蛋安慰道,转头看向窗,大叫,"哎哎哎,子淳来了!他怎么身边还有一个女的?什么情况?"

欧阳铮铮的心沉了一下,嘴上却说:"昨天我也看见那个女的了,说是他的同事,毕竟是我们结婚了,有个朋友来祝贺也是正常的。"

但她知道,那个王丽娜对子淳的爱慕之情溢于言表。

铁二蛋打开窗户高声喊:"子淳你在下面做什么呢,赶紧上来啊,都什么时候了。"

周子淳抬头往上看,眼神中带着忧郁。欧阳铮铮与他的目光对视那一刻,她的手在颤抖,她已经预料到有事情发生了。

王丽娜看着周子淳:"上去吧。"

"我再想想,再想想。我与铮铮从小一起长大的情分,就算我明天就死,她也会陪我到最后一刻的。"周子淳犹豫道。

王丽娜第一次看到如此优柔寡断的周子淳,忍不住劝道:"要不,跟她说实话,你生病了,看看她怎么说?如果可以,我们就申请带她去厂区,让她陪着你。"

"不行,她是公派出国留学的,不能随便辍学,这是不负责任的行为。"周子淳当即便否定了,"况且,我不能耽误她,既然给不了她想要的生活,就不要耽误她。"

欧阳铮铮正慢慢地下楼,心绪百转千回,猜测周子淳肯定是遇到什么大事了,所以才会这么纠结。

第五十八章　不负国家，唯有负卿

周子淳跟着欧阳铮铮上了楼，两人一言不发地进了房间。屋子里没有争吵声，没有哭泣声。

没一会儿，周子淳在阿媛的脸上亲了亲："阿媛宝贝，以后代替我照顾好妈妈。我永远都是你的爸爸，以后告诉同学们，你的亲生父亲是个诗人。"

他又转向铁二蛋："二蛋，对不起，这辈子，是我对不起她，如果可以，那就下辈子再补偿吧。我明天就回厂区了。"

离开前，他深深地看着紧闭的房门，他知道，这一次见过面以后，他们两人就是永别了。

他周子淳顶天立地，不负国家，如今，唯有负卿。

房间里，铁二蛋看着被撕碎的结婚证书，目瞪口呆："到底发生了什么？周子淳怎么说？结婚证书是谁撕烂的？"

"他撕的，他说，这辈子注定要对不住我，如果可以，那就下辈子吧……"欧阳铮铮眼泪哗哗落下。

欧阳铮铮蹲下来，将撕碎的结婚证书一点点地捡起来，放进小匣子里。

深秋的北京是那么凉，一阵风刮过，卷起树叶，抹去了周子淳来过的痕迹，仿佛他不曾来过。

欧阳铮铮若无其事地回到冷家，一口一个饺子，不断地说很香，可惜子淳尝不到了。

"子淳的工作特殊，如果被敌人知道他有家人，可能就不允许他在国外读书了。我们这样挺好的,大家知道今天晚上是我们的婚宴就好,心中认为我是他妻子就好。"欧阳铮铮笑笑,尽量把最温暖的一面展现给大家。

众人惊讶地看着欧阳铮铮,难道不是应该伤心难过吗?

冷爸爸却被她这样的心态所感动。

"对嘛,人生都应该向前看,往好的地方看,日子才不会过得太苦。欧阳啊,稍后你和冷铭来我书房一下,我这几天去听德国人的课,颇有心得啊,咱们一起交流交流。"冷爸爸赶紧转移话题,给在场的其他人都递了一个眼神,让他们不要再提起周子淳的事。

周子淳,也就匆匆而来,匆匆而去,仿佛在她的世界中没有出现过。

以后的每段时光,欧阳铮铮都不敢当别人面提起他,只是在心中默默思念。

欧阳铮铮拿到了最新的密码母本,准备当天夜里乘飞机回厂区。

冷锋和铁二蛋前来相送:"真是的,你的假期还没有休完呢,马上又回去。"

"记得帮我照顾好阿媛,高寒地区对孩子不太好,我们又那么忙,辛苦叔叔阿姨了。"欧阳铮铮最舍不得的就是阿媛了。

…………

欧阳铮铮回到了厂区。远远看去,草原上一片白茫茫,根本察觉不到这里有一个秘密基地。

她回来后,带来了不少吃的和用的,地下基地通讯科的同仁们欢呼雀跃。

欧阳铮铮赶紧跟林学长道歉:"对不起啊,学长,本来说是要去看看嫂子和孩子的,可是我的假期提前结束了。所以,我只好拜托冷主任他们去了。"

"没关系,任务非常紧急。近期,我们监测到了好几起不明电波,这是相关的记录。"林学长语气严肃,一边说着,一边递过文件,"因此,我们也希望你赶快回来商讨对策。这个地方的保密工作至关重要,这里不仅有价值连城的重要机械设备,而且聚集了全国各地的精英人才。这一点,你必须清楚。"

欧阳铮铮也坐下,赶紧将最新的密码本拿出来,进行分类。

"一级码甲乙丙三个,这是我和林学长需要掌握的。二级码,林芝和小崔必须掌握。剩下的普通码,发放给总机处。"欧阳铮铮马上分配了任务。

欧阳铮铮看了一眼关于异常电波的记录,又问道:"林学长,你是怎么看的?这一次,咱们怎么进行应对?"

"目前我没有一个思绪,但是老李说,要想办法破解他们,如果是在我国境内,就必须抓住他们!"林学长似乎是忍无可忍了。

欧阳铮铮冷笑一声:"咱们国家进行老邱的研究,多少国家阻拦,唯恐我们成功了,他们就没有可欺负的人了,我们举全国之力对老邱进行研究与开发,绝对不是说说而已。"

"新代码在本月19号启用,我和林学长商量一下,咱们应该怎么处理特殊电波的事情。"欧阳铮铮闭上双眼,脑海里全都是关于电波的东西,完全忘记了其他的事情。

老李知道她回来了,又找她进行了一番谈话。

老李披着一件军大衣,身上还带着雪气,很显然是刚从外面回来。

"欧阳啊,既然已经回来了,在外面发生的任何事情就不要再想了。你要相信,你的身后还有一个很大的厂。如果有机会,我会帮你问清楚原因的。当然了,如果你有合适的人选,我们也同意你重新寻找新的生活。"老李语重心长地说道。

欧阳铮铮抿嘴一笑:"老李,我已经结婚了。由于我们都从事特殊的学习与研究,暂时不能在一起,这我都知道,我更相信子淳的人品。别的都不提了,咱们说正事吧。"

"好,好,你有这样的度量和觉悟就好。咱们说正事。这几组电波绝对不是捕风捉影啊。上次咱们利用特殊代码,让他们吃了一回哑巴亏,的确是消停了几个月,但是这一次,你是怎么想的?"老李倒了一杯热茶给欧阳铮铮。

欧阳铮铮画了一个示意图："您看，他们用的不是我们通常用的电码，而是一组非常怪异的电码，这就说明，他们还在试探。既然是试探，我倒是认为无所谓。咱们现在这个厂对外宣称是化肥厂，没有人知道它具体是研究什么的。但是如果我们穷追不舍，反而会引起怀疑，所以这件事只能暗查。"

"是的，那该怎么个暗查法呢？"老李又问。

欧阳铮铮拿出来一个小东西："这是我这一次出去的收获，可以根据电波进行一个大体范围的定位，是相关单位最新研制出来的。我们还进行了一系列的加工，相对来说比较安全。我想，要不咱们试试，如果可行，就进行推广研发。"

"好，好，你们这一次出去还是收获比较大的，很好。"老李也非常认可，随后又继续说道，"技术方面我不懂，但是啊，欧阳，不管做什么实验性的研究都不能在厂区，知道吗？避免暴露我们的位置。"

"知道，我打算带着林芝去昆仑山进行实验研究。您尽管放心，我们会做好信息安全措施的。"欧阳铮铮再三强调。

老李露出笑容，语气中充满了信任："交给你我一百个放心，毕竟你是老秦亲手培养出来的优秀人才。欧阳，你放心，你的事情我们一直都放在心上。如果下次子淳放假，我们会及时通知你，你们俩最好能面对面地沟通一下，毕竟误会总是需要及时解除的。"

"嗯，我知道，子淳很好。"欧阳铮铮笑着说道。

老李又说："安心工作，不要因为感情的事情影响你的工作。"

雪积得很厚很厚，整个厂区看不到一个人，只剩下白茫茫的一片。

欧阳铮铮和林芝匆忙从基地赶回地窝子。她计划着为冷锋和铁二蛋腾出一间房，自己则搬到隔壁去住。

"这是你一直想要的香皂。"欧阳铮铮递给林芝一块香皂，脸上带着温暖的笑容。

随后，欧阳铮铮等到炉火生起，便赶紧躺到床上，裹紧厚厚的被子

第五十八章 不负国家，唯有负卿

开始默记密码。林芝看到这一幕,也不好意思继续懒散,便也坐下来开始背诵。欧阳铮铮似乎已经习惯了这样的节奏,仅仅二十多分钟就几乎背完了一整页,而且能够准确无误地复述出来。林芝十分羡慕:"小欧老师,我什么时候才会有你这样的好记性啊,唉……你赶紧从下面调几个人来吧,我们最近的工作压力特别大,好像很多兄弟单位都来找我们,都是涉密的,这几天,你看看我的手……"

欧阳铮铮露出满意的笑容:"我们厂区的项目已经取得了阶段性的成功。记得上次跟老宋和铁二蛋外出执行任务,回来后我们还受到了表彰,铁二蛋更是戴上了大红花。这份光荣让我们倍感自豪。当然,作为兄弟单位,他们都渴望能到我们厂区参观交流,吸取我们的经验。"

"那可不行,我们厂区特别严格,每个人都要经过严格的政审。"林芝连忙说道。

欧阳铮铮扔过去一颗糖:"对,我们的人现在警觉性都很高了。老宋呢?这一次回来怎么没有看见老宋?以前我们一回来,他可是第一个敲门要吃的。"

林芝摇摇头:"不知道,我最近很少来你们东伯利亚这边。太冷了,上完班我就回家窝着。"

欧阳铮铮不放心,赶紧起身:"走,我们找老宋去。把那个红色的袋子拿上,里面是给老宋带的药。"

林芝穿上大衣,紧紧地跟随在后:"最近确实没有听见关于老宋的消息。咱们去看看吧,可千万别出意外。"

"又胡说,老宋不会有事的。"至少欧阳铮铮是这么认为的,如果没有研制成功,老宋死不瞑目。

欧阳铮铮敲响老宋地窝子的门,出来的人是关关雎和另外一个学生。

"小欧老师,你可算是回来了,我们还等着你呢!宋老师最近又有突破性的进展,能把一个技术提升到另外一个高度。这样一来,爆发性更强……"关关雎说了一大堆的专业术语,嘴巴快得不得了。

老宋连续咳嗽了几声,嗓音有些沙哑:"是不是我们家的丫头回来了?快点儿,快点儿,我这几天特别想吃肉。昨天我去了牧民家里,买了些野牦牛肉回来。那些牧民真是好心,坚决不收我的钱,我就把带的干粮都送给他们了。快点进来尝尝,这可是独一无二的好味道。"

欧阳铮铮听见他疲惫的声音,就知道他的身体状况不好。

老宋坐在火炉旁边,看着欧阳铮铮拿过来的翻译材料,更加兴奋:"这是给我的?"

"对啊,应该是比较有用的资料,还有一些是二蛋开会的时候拿回来的,你看看有没有参考价值。"欧阳铮铮笑笑,也坐在火炉旁边,慢悠悠地煮着奶茶。

老宋哑巴了一口酒瓶子里的东西,谁也不知道是什么。他这个人喜欢往酒瓶子里面倒一些糖水之类的东西,假装是喝酒。

欧阳铮铮又把一袋子白糖放在桌子上:"这是刘阿姨给你买的。"

他们刚在地窝子里喝了几口奶茶,就听见外面说出事了,声音特别大。几个人面面相觑,赶紧跟着出去。

林芝低声问道:"能出什么事?这么大冷天,还下着大雪,会出什么事啊?"

他们都穿上军大衣,围上厚厚的围巾,裹得严严实实的,跟着一起跑。

"怎么回事?"欧阳铮铮抓住其中一个人问道。

那个人摇摇头:"不知道,听说是一个地方爆了,里面还有一个车间的人,非常危险,赶紧去抢救吧,救人要紧。"

只看见远处火光满天,将整个草原都被照亮了。

关关雎大声地吼道:"我的天!是刚运送来的试验品,非常危险!"

大家都往前跑,爆炸的是实验仓库的隔壁车间,大约有三十多个人被埋在里面了。

所有来救援的人拼命往里面挖:"快点啊,快点啊,三十多个人都在里面,如果晚了,就来不及了。"

第五十八章 不负国家,唯有负卿

第五十九章　山河无恙

电话不断,电报不断,但凡知道这件事的都过来问消息,欧阳铮铮和林芝也是手忙脚乱。

几个人低声讨论着:"天都要亮了,我们那么多人挖了三个小时,现在连根毛都没有看见。是不是那些人已经没了呀?那么大的爆炸,可能都炸成肉泥了。"

"对啊,一个人都没有看见。咋突然就爆炸了呢,还那么大的雪。"

"听说几十个人埋在下面,可怜啊……"

欧阳铮铮听得不是滋味,只能来回踱步,他们都是平凡渺小的人,可是,他们也是有理想抱负的人啊。她绝不相信!

他们这群人挖累了,又换了一批人上前挖。

大家都累了,可是手还在重复着机械的动作,即便是希望渺茫,他们也要尽最大的努力。

厂区书记拿着一个喇叭高声大喊:"有班的赶紧回去洗洗休息,然后去上班,工作不能停!没班的同志继续辛苦一下,三十多个人呢,活要见人,死……要见尸。"

尽管他不愿意相信人死了,可还是说出了最后一句话。

毕竟,已经过去四个小时了。如果是被深埋在地底下,四个小时……后果不堪设想。

厂长看着欧阳铮铮不停地发电报,跟上级汇报,一切抢救工作也都紧张有序地进行着。

三十多条人命,是谁都担不起的责任。

欧阳铮铮不敢说话,只是不断地发电报,跟各个部门汇报。

一个电话结束之后,来了一个工作人员:"小欧老师,这是0776车间三十多个人的名单,包括姓名、年龄、工种等等。"

欧阳铮铮盯着这上面的名单,一直觉得不对劲儿:"等会儿……小安子的名字是叫赵平安吗?还有我们住在一起的姚师傅是不是叫姚建中?"

"是啊。"厂长实在是承受不住等待的压力,恨不得也要上场挖人,但他要在指挥部坐镇。

哪怕找出来一个人,他们也能安心一点啊。

现在是活不见人死不见尸的,时间越长越是让人着急。

欧阳铮铮仿佛想到了什么,咳嗽了两声,站到外面去喊:"小安子,小安子,赵平安同志……"

大家听见欧阳铮铮出来叫人,也跟着叫。

不一会儿,一个黑不溜秋的小伙子从人堆的另一面出来了。"小欧姐,我们正齐心协力,把埋在下面的人挖出来。"小安子累得气喘吁吁,在一片烟雾中,只能看见他满脸黑乎乎的。

欧阳铮铮仿佛发现了什么,赶紧对林芝说道:"林芝,先不要发电报,情况有变。"

欧阳铮铮又继续大喊:"姚师傅,姚建中师傅……"

欧阳铮铮拿着那三十多个人的名单继续念,大喇叭也在喊人,不一会儿,帐篷的外面已经聚集了三十多个人。

"没事,没事,真是太好了,他们没事。"欧阳铮铮跟厂长高声大喊。

厂长终于明白了是怎么回事,挨个拥抱那些工人。

可是那些工人却非常茫然:"什么情况啊?"

欧阳铮铮这才解释道:"你们的确是爆炸仓库一旁的车间对不对?"

"对啊,我们听见有异常的声音,就全部撤退了啊,远远地看着,一直到大爆炸,我们还在草原的另外一端啊。咋回事儿呢?"小安子不明所以地看着在场的人。

厂区书记几乎要哭出声音来:"你说说你们,搞了那么大的一个乌龙!刚才天黑,大家伙一个劲儿地挖人,根本来不及确认谁是谁。等到天亮了,每个人都是黑乎乎的长得差不多,就更加分不清了。"

林芝低声问道:"小欧老师,所以,那三十多个人一点事儿也没有,对吗?"

姚师傅也回过神来:"那我们在这里挖了那么久,敢情就是在挖我们自己吗?哈哈哈哈,闹了那么大一个误会。"

"可是……你们明明都在车间里面啊,怎么跑得那么快?"厂长还是不敢相信,连忙问道。

"是小安子,小安子的鼻子特别灵,再加上我们这里新安装的报警器也响了,我们一下子就警觉不对劲。咱们干的这行,风险系数都比较高,所以一听到警报声,我们就立刻撤离,尽快躲到安全的地方去。"车间主任解释道,语气中带着一丝后怕,又接着说,"说实话,当时真是把我们吓坏了。我们知道肯定有什么东西泄漏了,但就是找不到具体位置。为了大家的安全,我们只能先撤离,没能及时采取措施减少损失。"

"好好好,都安全就好。为了确保万无一失,还是要把附近几个车间的人数彻底清点一遍,确认确实没有人员伤亡。这个消息,可以说是我今年,不,是我有生以来听到的最好的消息了。"厂区书记激动得热泪盈眶,喜悦之情让他几乎哽咽。

忙活了一个晚上的大家都在抱头痛哭。庆幸这一次没有人员伤亡,也庆幸彼此都逃过了这一劫。

欧阳铮铮协助厂长一起清点附近车间的人数,幸好,大家都在。

众人又哭又笑地回去洗洗休息。厂区书记盯着欧阳铮铮看了很久很久:"欧阳啊,我真是不知道该怎么谢谢你。我们这一次能躲过这一劫,下次就不一定了,唉……刚才可是把我紧张死了,以后必须注意安全,一定要安全生产。"

接下来,厂长和书记也不能立马就走,还有一系列的扫尾工作需要他们来做。

老花的腿一直在不由自主地颤抖,他知道在这起事故中,自己要承担主要责任。作为安全负责人,他万万没有想到仓库中尚未卸载的货物会发生爆炸,这无疑是他在检查过程中的疏忽。

天刚刚亮的时候,一个警卫员走过来:"小欧老师,今天咱们要去昆仑山。请您准备一下,我们大约一个小时后出发。"

林芝崩溃:"唉,我还想睡一会儿呢,马上就去昆仑山了。"

这样的天气去昆仑山无疑是非常辛苦的,他们一路上坐着大卡车,在卡车的后面呼呼大睡。

欧阳铮铮的手中拿着经过冷铭改造的德国新款追踪电台,看看能不能追踪到相关的电台位置,截获那些异常电波。

一旁警卫连通讯科的小伙子也竖起耳朵在听,一口一个小欧老师地向她请教。

小伙子名字叫作尕娃,是甘肃过来的,一直从事通讯联络工作。

突然,车子咯噔响了一下,尕娃赶紧下车:"你们在车上等着,注意安全。"

他是经常往昆仑山走的,这一次听说要去执行特殊任务,说什么也要主动请缨。

另一边,在厂区里,大家还在为爆炸的事情愁眉不展,不停地寻找原因。

王丽娜返回厂区后,四处寻找却不见欧阳爱国的踪影,心中不禁感到焦虑。然而,由于她的父亲王教授也出现了相同的病症,她不得不将全部的精力转移到照顾父亲上来。

王教授不肯离开厂区,每天还是要到核心车间转一转,摸摸那些珍贵的机床与设备,毕竟这都是他们费尽千辛万苦自主研发并制作的。

苏教授也得了相同病症,但是他比较乐观,仍然坚守在厂区。

他们俩巡查了一遍,随后做出决定——要跟欧阳爱国一样,终其一生,都要把自己奉献给核事业。

如果他们退缩了,后来人怎么会迎难而上?

他们俩达成了共识,并撰写了一封长达上万字的信件,呈交给张将军和李将军。在信中,他们表达了自己渴望能够继续参与科研工作的意愿,并向两位领导保证,他们将竭尽全力,不给组织带来任何麻烦。

与此同时,老宋似乎精神焕发,他经常去核心车间,主持研讨会。每次他都兴奋地分享自己的重大发现或创新成果,并将其与核事业的发展紧密联系起来。

所有人看见老宋的第一句话是:"天啊,老宋,还活着?"

"老宋,昨天听说有人在抢救,我还以为是你。"

…………

对于这样的玩笑或惊叹,老宋早已司空见惯。起初,他还颇为介意,但渐渐地,他觉得,既然连死亡都不惧怕,这种不吉利的话又算得了什么?

与此同时,老宋不得不思考两件事:要么是医学创造了奇迹,要么就是误诊。

"我们这些人,心中总怀揣着一丝信念,那就是希望看到国家山河无恙,未来的所有烟火都是为了庆祝,而非战争。所以,既然我已经身患重病,无法给家人一个安稳的后半生,那就努力为他们创造一个全新的纪元吧。"老宋说完,目光投向草原上那一片银白的景色。

铁二蛋接着说:"我去看过嫂子和孩子们了,他们一切都好。嫂子依然在精心照料你的父母,她说她在等你回家,一起见证我们共同创造的这个繁荣昌盛的新纪元。"

老宋紧握拳头,不知道心中在想什么。

当欧阳铮铮从昆仑山归来时,厂区已经发生了翻天覆地的变化,呈现出日新月异的景象。昆仑山之行耗时约半个月,当她回到厂区时,已经是1963年的年初。

过去的一年里,经历了无数变迁,欧阳铮铮和铁二蛋都在成长,林芝也逐渐体会到工作带来的满足感和幸福感。

欧阳铮铮一回来,就立刻去探望了老宋。老宋在新厂区负责培养新人,指导新的项目开发,忙碌而充实,乐在其中。

铁二蛋突然从地下车间上来，穿着隔离服，满头大汗："老宋，快来，这次项目进行得非常顺利。我刚才检查的时候，数据精准无误，咱们这次可能要立下大功了。"她也看见了欧阳铮铮，问道："欧阳，你怎么在这时候回来了？"

"我回来了。铁二蛋，你以后尽量别去那些危险的地方，下面全是烟尘。老宋，你也应该说说她。"欧阳铮铮一边说着，一边赶紧拿出手帕帮铁二蛋擦去脸上的灰尘。

铁二蛋显得满不在乎："没事，没事。你放心，我和冷锋商量过了，暂时不打算要孩子，没关系的。"

老宋这时才恍然大悟："哦，对对对，我光顾着项目组里都是男同志，完全忽略了这方面的事情。二蛋，如果需要特别关照，一定要及时告诉我们。"

欧阳铮铮仿佛想到了什么，脸色惨白："老宋，我今天就不跟你巡视了，我……有事……就先走了，你们忙，放心吧，这个汇报稿我会写好的，到时候请你过目。"

看着她面色异样地离开，铁二蛋突然慌了神，问道："怎么回事，我是不是说错话了？"

"对，有点不舒服，我可能要去一趟医务室，你……你别跟过来，我怕……"欧阳铮铮心绪不宁。

"矫情什么啊，走，不舒服就要说。"铁二蛋揽着欧阳铮铮走。

到了医务室，检查结果确实让她们大吃一惊。

"我之前就觉得像，但是又不确定，这……先不要跟别人说，二蛋，千万不要跟别人说。"欧阳铮铮彻底乱了神。

铁二蛋只好答应，心中也混乱不已："要不……我想办法联系子淳吧。我应该可以联系上的，我们最近有一个项目和他……所在的国家合作。"

"算了吧，结婚证书都被他撕了，说了又有什么用，别说了。"欧阳铮铮心烦意乱地来回走动。

第五十九章　山河无恙

第六十章　鱼和熊掌不可兼得

她万万没有想到会发生这样的事情,心中焦灼不安,不知道该怎么办才好。

铁二蛋非常不悦,林芝却急匆匆地进来:"小欧老师,可算是找到你了,赶紧的,紧急外勤。一个实验组需要即刻把数据送到敦煌,密码是刚使用的,只有你知道。"

"好的。去哪里,装备拿了吗?"欧阳铮铮穿上军大衣就走。

林芝低声说道:"比较远,可能需要十多天,最好多带点东西。"

"不行,欧阳,你不能去,他们的实验组我知道,去的地方不安全,随时都有可能发生雪崩,你现在身体……"铁二蛋却拦住了,"要不咱们找老李说说,我相信我们的组织。"

"不行。二蛋,你知道的,当我们踏上这片土地的时候,工作就应当永远放在第一位。"欧阳铮铮推开了铁二蛋。

林芝看见她们两个你推我搡的模样,不禁问道:"小欧老师,你的身体怎么了?如果实在不行,可以跟林老师调班,但是林老师要到明天才回来。"

"没事,我的身体很好,不用调班。赶紧走吧,别让项目组等太久了。"欧阳铮铮拉着林芝就跑,铁二蛋在后面追都追不上。

铁二蛋回去之后不由得跟冷锋生闷气,气得连饭都吃不下。

他们的新家还是在地窝子里,里面的陈设比较简陋,一张床,一张桌子,一个灶台,一个炉子。

"周子淳,哦不是,欧阳爱国同志回来了吗?我找他有急事。"铁二蛋思前想后,觉得这么重要的事,只能跟周子淳商量。

"他前两天才刚回来,这两天一直在总院接受治疗。总的来说,情况不太乐观。在敦煌的时候,他过度劳累,但现在他根本不怕死,总是选择用最冒险的方式来完成那些最容易成功的实验。上级对此都有所不满了。"冷锋的语气中充满了担忧。

医院位于县城,铁二蛋没有丝毫迟疑,手持自己的身份证明,径直穿过了医院的大门,直奔封闭的住院部而去。

这家医院由来自北京的专家团队组建,与厂区的医务中心截然不同,一直以来都遵循着常态化的医疗操作流程。

住院部是三层的小楼,铁二蛋找到了二楼,隔着窗户看见周子淳一个人在病房里面。他正挂着药水,另外一只手拿着笔,非常快速地在纸上写着什么。

"欧阳怀孕了。"铁二蛋冲进病房鼓起勇气说了出来。

周子淳的眼睛瞬间亮了,情不自禁露出了笑容,可是这样的笑容马上又黯淡了下去:"二蛋,你不要骗我,你是怎么知道的?她不是出国了吗?"

"我也是接到信才知道的,根据时间算出来的。"铁二蛋连忙找了一个借口敷衍过去。

周子淳有点激动,又有点害怕:"真的?这是真的吗?我自己的孩子,我就要当爸爸了,跟阿嫒不一样的孩子。我真希望是个女孩,这样阿嫒就有伴了。"

铁二蛋看见周子淳的反应,她是发自内心地高兴。

可周子淳又突然开始流泪,一个大男人就这样默默落泪:"二蛋,我的身体……"

"我已经了解了情况,在你紧急赶赴敦煌的时候,我也去了医院,想方设法查到了你的病历。但我没有告诉欧阳,我担心她会太伤心,毕竟她还有更为重要的学业任务要完成。"看着眼前这个七尺男儿在自己面前流露出脆弱,铁二蛋心中也涌起了一股难以名状的滋味。

第六十章　鱼和熊掌不可兼得

周子淳的心中充满矛盾:"孩子生下来可怎么办呢?要不……你跟欧阳说,这个孩子还是不要了吧,毕竟……我……唉……"

他的内心波涛汹涌,实在是不知道该怎么办才好。

从自私的角度来说,他是希望在这茫茫人间留下一个自己的后代,可以代替自己陪伴欧阳铮铮。

从无私的角度来说,如果欧阳铮铮生下孩子,她以后要是有了更合适的伴侣,孩子又该如何自处?

他陷入了两难的境地。果然,自古以来,鱼和熊掌不可兼得。

"不管怎么说,我尊重铮铮的一切决定。"他突然下定了决心,庄重地从上衣的口袋里取出一张单据,递给了铁二蛋,"这是我的遗嘱,交给你我最为放心。我身后的一切都将归我的妻子欧阳铮铮和女儿阿媛所有……"

铁二蛋忍不住落泪,本来是来兴师问罪的,可是现在这一刻又不忍。

而欧阳铮铮上了吉普车,也不知道车子开向什么地方,他们都不能多问。

老李坐在欧阳铮铮的身边,身上还披着一件棉大衣。

一路上,所有人都没有说话,车子开得飞快,在山路上晃来晃去的。

良久之后,老李才缓缓地说道:"欧阳啊,你今天的脸色不太对,是不是遇到什么困难了,你可以跟我说,我们可以一起解决。"

"没什么,就是身体不太舒服。"欧阳铮铮找了一个借口。

如果跟领导说实话,领导肯定不会让她参与本次任务。

他们的车子前后还跟着好几辆解放军的车,看来这一次是执行非常特殊的任务。

"这一次外勤很重要,是我们迈出的第一步。所以,你们通讯科必须跟着,而且是要用最隐秘的代号,这是老邱的雏形啊。"老李感叹了一句,给欧阳铮铮交了个底,"所以,不管怎样,你一定要打起十二分的精神,好好地完成这一次任务。"

欧阳铮铮连连点头:"请组织放心,我一定不辱使命,顺利完成任务。"

她又将一份材料拿出来进行翻译,老李斜眼看了一下:"俄文的?"

"对,老宋他们项目组需要各种各样的材料,可是我们厂区懂俄文的人才太少了,他们很大一部分都在进行核心研究。所以,老宋就找到了我。现在,我有空余时间的话,就会帮他们翻译。"欧阳铮铮头也不抬,在文字的下方空白处开始写字。

抵达兰州火车站后,他们再次登上火车。这一次,专门为他们预留了一节车厢。

"原本我们是计划乘飞机离开的,但飞机需要优先运送更为重要的物资。相比之下,我们这些人就不那么紧急了,只能将就一下。正好,你给我讲讲,你们在昆仑山的那次行动中,抓到了几个间谍的故事吧。"老李显得兴致勃勃。

欧阳铮铮的脸色惨白,以前坐车从来不晕车,这一次竟然晕得一塌糊涂。

老李想让随行的医生来看看,却被她义正词严地拒绝了。

火车疾驰,三天后他们才到了一个不知名的小站,换乘一辆大卡车,继续往山里走。

关关睢闭着眼睛跟车子一起摇晃,口中却说道:"我们以后的实验,辐射性会比较大,为了老百姓能正常生活,我们只能找无人区进行实验,这样就不会对庄稼、人畜造成危害。"

也不知道车子摇晃了多久,只知道,他们在车上吃了两顿饭,在一个荒无人烟的地方休息了两次,这才到达目的地。

目的地是在一片高原之上,一眼望不到边,除了雪就是尘土。

林芝和欧阳铮铮下车后吐得稀里哗啦的,这一路上难行不说,还耽误了不少时间。

老李看了她们一眼:"年轻人,你们的身体素质不行,回去要多多地锻炼。我现在要开会,你们暂时在帐篷里休息。这几天先不要动用设备,需要的时候会跟你们说。"

五六顶帐篷围成一个小圈,这是他们工作人员和科研人员的临时宿舍。外围的十来个帐篷是警卫连和当地保护人员的临时驻地。

在不远处,还有一个连,专门看管重要物资,至于是什么物资,不得而知。

欧阳铮铮喝了一口水,差点要吐出来:"这是什么鬼地方,怎么比我们东伯利亚的水还要难喝,有一股生涩的苦味。"

"不仅是这里的水难喝。你猜猜,外面现在是什么情况?沙尘暴肆虐,紧接着又开始下起了冰雹。后勤组的同志们给我们准备了土豆炖粉条,权当是对我们这一路风尘仆仆的慰藉吧。"林芝从外面走进来,身上沾满了沙尘,还夹杂着一些杂草。

欧阳铮铮捂着肚子,心中特别不是滋味,矛盾不已。

听着外面的风声,还有噼里啪啦下冰雹的声音,她的内心更加矛盾了。以后这样的外勤还有很多,她真的能照顾好自己和孩子吗?

晚上又下起了暴雪,每个帐篷里都生冷生冷的。

不一会儿,大雪没过了膝盖,关关雎脸色大变:"这样的天气,不知道实验还能不能顺利进行?"

"小欧老师,麻烦你帮我联络各部门,我们需要紧急开会,看看天气等不可抗拒因素,是否会影响到各部门的正常运作。"关关雎的手还在计算,稿纸上都是密密麻麻的公式。

欧阳铮铮答应着,挨个儿去联络。

老李显得有些焦虑:"欧阳,我们原计划是两天后开始汇报工作。现在最好不要暴露我们的位置。接下来的两天,我们要坚定不移地调试机器。你通知大家,到临时指挥部开会。"

迄今为止,他们谁都不知道这一次外勤的工作内容是什么。

而老李看似知道,实则也不清楚。他就是一个牵头的联络人,这件事只有负责主要工作的将军和关关雎知道具体的情况。

欧阳铮铮列席会议,依旧感觉这个会议开得非常神秘。

老李只是说了一句:"同志们,咱们现在开始开会。"

从开始到结束,就只有这一句话,就好像是在高原上做买卖。交易时,双方会将手伸进衣物或袖子中,买家通过特定的手势提出一个价格,卖家摸一摸以示确认。如果卖家不同意,便用手势提出新的价格,买家再摸一下以示回应。整个过程中,双方始终保持沉默。

这种交易完全依赖于手势的交流,而这些手势的含义是私密的,只有交流的双方清楚是什么意思。

他们的会议也同样遵循这种传统,从头到尾都是通过手势进行交流。唯一的声音,是桌子中央的一杯水,会议中某人会沾点水在桌上写下一串数字,这些数字成了他们沟通的桥梁。

这串数字代表什么,只有他们少数的几个人知晓。

若是同意或者有意见,就用手势沟通解决。

欧阳铮铮看得一头雾水,完全不明白什么意思。

也不知道做了多少手势之后,老李挥挥手,大家就各自分散了,这个紧急会议算是结束了。

若非今天亲眼所见,谁能知道,他们开会是不说话的呢。

"小欧老师,接下来的两天你就好好休息吧。我们会相当忙碌,打算进行几个小型实验来验证数据的准确性。这些实验数据是内部的,需要保密,不能外传。"关关雎边走边对欧阳铮铮说道。

恰好,她们在中间区域看到了警卫连后勤组正在做饭,便被邀请去尝尝味道。没想到,这一尝,她们俩各自吃下了两大碗土豆炖粉条。

"肉,有肉!我的天,师傅,你哪里来的肉?"关关雎站起来,看见那块肉,差点哭出声来。

她端着碗,眼泪涟涟:"我都已经一年多没吃到肉了。老宋总是说给我吃,可我希望他多吃点,身体养好了,才能带我们进行下一步的研究。"

欧阳铮铮抱抱她:"傻孩子,等咱们研究成功了,生活水平变好了,我们天天吃肉,都不带重样儿的。"

第六十章 鱼和熊掌不可兼得

大师傅见状,在锅里挑了挑,又找到了一块肉放进关关雎的碗里:"好孩子,不哭啊,我再给你找一块肉,别哭了。"

"这肉是哪里来的?该不会是从老百姓家里偷的吧?这年月,谁都吃不起饭。"关关雎边吃边说。

大师傅笑出了声,这孩子怎么这么有意思啊。

欧阳铮铮也觉得奇怪:"对啊,咱们在这荒山野岭的,后面是大山,前面是戈壁,师傅们从哪里找到的肉?可别做坏事,老李严格着呢,一直说不能拿群众的一针一线。"

大师傅身边的一个警卫员小祁,脸蛋红扑扑的,一说话就笑,露出了洁白的牙齿,看上去憨厚极了。

"领导们放心吃,我们没有违反规定,这个野猪是我们自己打的。实话!真真的!"小祁唯恐她们不相信,赶紧解释了一遍,最后两个词加重了语气。

接下来的几天,欧阳铮铮和林芝不能参与实际工作,只好跟着小祁去打猎,目的是改善大家的伙食。

而关关雎的小实验,并非那么顺利。

第六十一章 失败的从来不是人

大约过了半个小时,关关雎红肿着眼睛,声音沙哑地走了出来:"这个数据确实有些模糊不清。我们走吧,去试验场看看。就算这次小实验没有成功,我相信有那么多教授的支持和指导,后续的实验一定能成功。"

"没事,小关啊,这是你第一次单独做实验,我们都是相信你的,咱们也是期待着长江后浪推前浪。"老李鼓励道。

关关雎苦涩地笑笑,赶紧往试验场走去。

大家都忧心忡忡地看着她,试验场已经有不少人在等着,他们对实验结果并不是很看好。

"也不知道老宋还有核心实验组是怎么想的,弄了个小丫头糊弄我们。亏得我们从全国各地过来,还想要学习一下。"

"是啊,都说221最厉害,他们是不是故意藏着掖着啊?"

"我看那个小姑娘不简单。之前机器故障,人家一眼就看出来了,我们几个老家伙还打算把说明书拿出来看看呢。"

……

关关雎将这些话都听进去了,心中打鼓,却还是上前:"换个思路再试一次,我们之前在厂区的时候实验非常成功,不可能换了一个地方就水土不服了。"

"行嘞,小关,咱们再试试。这个实验是你们厂做出来的,我们相信你是有经验有能力的。"大家都一心一意想要将实验做成功,于是又进入了下一轮研究。

两天后的晌午,一阵紧急铃声响起,大家赶紧到临时指挥中心开会。

看得出来,他们那些科研人员都没有休息,愁眉不展的脸上充满了疲惫。

老李看了一眼时间对欧阳铮铮说道:"下午四点钟开始调试设备,看看各方面是否能正常接收。之前咱们确定的时间都不准确,今天晚上七点,才是真正的试验时间。"

老李又看向关关睢:"小关,那个先行测试还是不行吗?"

"尽管我们尝试了各种方法,结果依然不尽如人意。我确实感到担忧,这次试验牵动着全国四个核心部门的心,大家都在实时关注着进展情况。"尽管如此,关关睢此刻却显得异常平静。

"你们先在这里休息吧。晚上七点,咱们准时开始。不管结果如何,重要的是数据。"老李也知道,不是每一项实验都是百分百成功的。

如果真的那么容易成功,别国不会用了整整六年时间去做研究。

老李语气坚定地继续说道:"之前我给你们施加压力,是希望激发你们的斗志,背水一战。但现在,我不希望你们再承受任何不必要的压力。我们追求的是数据的准确性。你们都好好休息,养精蓄锐。五点钟,我们在场地集合,七点钟,准时开始。"

大家都点头,纷纷坐在原地闭目养神。在进行大型试验之前,他们一般不会离开指挥中心太远。

欧阳铮铮趴在桌子上,心中想的是,如果这一次试验不成功,老宋应该会非常失望吧。

其他的几个科研人员并未准备休息,他们还在做数据测算以及序列排布。

眼看着就到了五点钟,欧阳铮铮迅速将设备放好,发电机也安装好,对林芝点点头。

林芝也做好了一切准备工作,她们汇报道:"通讯工作准备就绪,请指示。"

老李看了一眼自己的手表,说:"开始联络各部门,然后用最高级别密码联系厂区小林,告诉他现在我们遇到的情况。让他请示上级,试验是否继续?"

"好,收到。"欧阳铮铮迅速投入工作。

林芝则开始整理记录来自各方的消息和密码。

没过多久,欧阳铮铮将一张纸条递给了林芝。

林芝迅速地看了纸条后,立即汇报:"领导,刚刚接到厂区的通知,试验按计划进行。现在关注我们的不只是221厂,全国各地的分厂也在关注着我们。如果试验成功,那是大家共同努力的成果;如果失败,那也意味着我们所有人都要继续努力。"

老李这才放心了一些,看着这些科研人员:"去吧,同志们。结果是次要的,我们要的是过程。一切内部实验,要的都是数据。"

关关雎带领着团队驱车前往戈壁滩的中心地带。由于这次试验的辐射性较强,他们选择了一个远离人群的地点,同时也要确保便于观察。

大家心里都清楚,这次试验的成功率并不像项目报告书上写的那么高——百分之八十。实际上,如果能达到百分之四十,就是相当不错的结果了。

有了这样的认识,大家反而感到释然,心理压力也减轻了许多。

绿色的布被掀开了,里面的油纸又被掀开了,团队开始一点点拆卸机器。

林芝远远地看着,都惊呆了:"小欧老师,这个圆圆的东西到底是什么啊?"

"老邱的雏形吧,还是老邱的儿子小邱,不知道。这是他们上万个人一起研发出来的心血。老邱要研制成功,这是第一步。"欧阳铮铮也是第一次看见这个东西,虽然什么都不清楚,但是觉得非常厉害。

老李在一旁也连连感叹:"不允许拍照,不允许有任何文字资料外传。"

林芝嘟囔着:"老李,我们没有带相机。进入这个基地之前,我们都

第六十一章 失败的从来不是人

被搜查了一次。"

老李看了一眼林芝:"警卫连做得对,这是高度保密的试验,不许对外宣传,也不许有影像记录。"

关关雎亲自带头对所有准备工作进行了一次彻底检查,随后兴奋地走到老李面前说:"老李,一切都准备好了。我之前还挺忐忑的,但当我看到这个即将启动的大项目时,心里踏实了许多。我有信心,这次的成功率可以达到项目报告书中提及的水平。我们的研究人员非常细心、严谨,已经做了多方面的准备。"

"那太好了,太好了。告诉大家,试验的成功与否并不是最重要的,关键是采集参考数据。"老李看起来比平时更加紧张,但他的话语中透露出对试验价值的深刻理解。

半个小时后,戈壁滩中间有旗帜在挥动。

老李看了看时间:"欧阳,给那四个部门报告,我们已经准备就绪,请等待具体时间。"

欧阳铮铮赶紧趴在电报机跟前发电报。

欧阳铮铮感到手心不断渗出汗珠,这是她第一次参与如此关键的试验,与以往的小规模实验不同,这次需要实时记录和汇报每一个细节,还需要负责信息的上传下达。

眼看着就要七点钟了,老李跟身边的警卫员说:"各部门准备,做好最后一轮检查。"

警卫员立马挥动旗帜,将信号传出。

大约十分钟后,警卫员又报告道:"报告,各部门检查完毕,一切正常,请指示。"

老李掐着时间点:"五、四、三、二、一……启动。"

老李拿着望远镜,欧阳铮铮还是在发电报。

突然,一声巨响,所有人都往戈壁滩的方向看去。

老李屏息凝神,心已经悬到了嗓子眼,不知道试验的结果如何。

欧阳铮铮的手悬在空中,等待对面的人摇动旗帜。

林芝将脖子伸得长长的,翘首以盼,希望能传来好消息。

警卫连的警卫们虽然不知道发生了什么事情,却都在暗暗祈祷,希望试验能顺利进行,千万不要出任何岔子。

老李的警卫员看了一眼对面,嘀咕道:"怎么还没有摇晃旗帜?都已经过去三分钟了。"

"小欧老师,上次咱们去一号场地进行试验的时候,是不是也是这样的情况?声音挺大的,但是并没有什么好结果。"林芝在一旁嘀咕,恨不得自己会飞,飞到现场去看。

在戈壁上的关关雎带领着一群科研人员正在统计数据。

大家的神色都非常凝重,刚才爆炸的声音倒是非常大,可是并没有如项目书上面写的那样,达到预期效果。

他们需要进一步判断,这一次试验是否成功,该怎么定义。

大约十分钟过后,老李终于按捺不住了:"坐上摩托车,咱们过去看看,他们一群人围在那里做什么呢?"

"林芝,你也跟着去,我先给四个方面简要汇报事情的经过。"欧阳铮铮挥挥手,让林芝也上了摩托车。

他们刚刚到试验场地,老李就问:"小关,你们怎么回事,那么长时间没有回应?试验结果如何?"

关关雎和其他研究人员还在对照项目书,一点点地统计数据,有些公式需要当场计算,每个人的分工各有不同。

"不是成功那就是失败了?这没什么可说的。林芝,你赶紧让欧阳汇报结果,别让那边等着急了。"老李给这次试验定了一个结果。

可是关关雎不愿意承认失败:"不,我们每项数据都是正确的,只是没有出现蘑菇云,所以,这次试验只能说成功了百分之七十,还有百分之三十是……"

"小关啊,我们先承认失败,没有什么丢人的,没有完成的部分,我们还可以努力。"老李的骨子里是中国人的坚定,今天的失败,不等于明天的失败。

关关雎的眼泪落下了:"可是,也没有失败啊,只是试验结果不理想而已。"

戈壁滩上又下起了雪,这样说变就变的天气,极其影响工作。

可是,十几个人的项目组丝毫没有退缩,一直坚守在自己的岗位上。

林芝回来之后,连声说道:"老李说,跟上面汇报,试验失败,未出现蘑菇云。相关数据正在统计,请随时接收。"

欧阳铮铮点头,思索了一些一级甲码的代号,这是只有四个方面的联络人才知道的密码。

欧阳铮铮看见老李在外面抽烟,任凭风雪吹打,脸色十分凝重,忍不住又问了一句:"老李,我们就按照您刚才说的给四个方面发送了可以吗?"

"发吧,别犹豫了,都在等着呢。"老李终于下定决心,如今承认失败,是为了将来能顺利成功。

欧阳铮铮根据刚才的话将结果发送出去。

刚发出去没过三分钟,四个方面询问的电报接踵而至。

"林芝,目前收到的电报信息量较大,我需要先将其翻译出来。你把翻译后的内容拿给老李过目。至于如何回复,我们需要听从老李的指示。"欧阳铮铮一边接收信息,一边在纸上做着长短不一的标记。接着,她依据这些标记和自己记忆中的密码本进行翻译,最后将翻译好的内容传给了林芝。

林芝拿去给在外面抽烟的老李:"老李,北京方面让描述具体内容。需要把关关雎叫过来吗?"

"叫吧。关关雎过来汇报,其余人统计数据,千万别耽误了。现在得知试验失败,各方面都很关心。这个老邱的雏形,是好几个厂子共同努力的结果,并非只有我们厂。"老李将烟头扔在地上,赶紧进来。

"欧阳,你的脸色不太好,刚才让人给你炖了点骨头汤,你喝完了还是要辛苦工作,可能一直要到明天才能休息了。这些数据,大家都非常重视。"老李仿佛已经接受了这个结果,开始布局接下来的事情。

欧阳铮铮点头:"没事,谢谢老李。放心吧,我们这个团队是打不死的。"

"留得青山在,不怕没柴烧。我也相信他们很快就会从失败中走出来。"老李笑笑,可是笑起来比哭还要难看。

正说话的时候,关关雎红着眼睛进来了:"报告,我来汇报工作。"

老李将手中的电报递给关关雎,指示道:"开始吧,欧阳。你发电报的时候,记得这些资料要一式四份,我们必须尽快通知所有人。如果可能的话,邀请各位专家到场,我们需要一起研讨,找出没有达到预期结果的原因。"

"好,我这就通知。"欧阳铮铮说完就开始发电报。

关关雎在一旁描述,林芝负责记录下来,然后欧阳铮铮根据林芝的记录发出去。

"本次试验结果具体描述如下:一、爆炸物燃烧完毕,无残余物;二、爆炸时声音响亮,未见蘑菇云⋯⋯"关关雎拿出了自己的记录,再进行了语言重组,一条一条地往下说。

欧阳铮铮也一条一条地发出去。她们三个有条不紊地忙碌着。

不一会儿,一个研究员进来说:"这是第一组数据的结果,我们正在探究第二组。"

欧阳铮铮的速度极快,基本上核对一遍就发送了,有时候内容涉及数据,还启用了一级乙码。

老李在一旁想插话,却不敢打扰三个姑娘,唯恐会有错漏。

转瞬之间就到了半夜,戈壁上灯火通明,研究员们还在继续开会。

四个方面也没有人休息,不断进行数据交换,厂区和北京研究所已经联合起来,正在开研讨会。

欧阳铮铮突然问老李:"我们回去大概需要多长时间?这次试验失败引起了上面的高度重视,他们希望进行面对面交流,并举行一次研讨会。届时,将有来自各领域的专家对数据进行分析,以确保我们不再犯同样的错误。"

"我们可能需要三天时间才能回去,但现在我们确实脱不开身,还有很多数据需要整理和统计。这样吧,等我们完成所有数据的分析后,我和关关雎以及实验组的成员一起去北京进行工作汇报。届时,各个厂的负责人和工程师都会出席,我们的统计数据分析结果也能及时得到他们的反馈。你觉得这个计划如何?"老李提出了一个相对合理的方案。

关关雎表示赞同:"对,电报发的只是一些可以公开的数据。还有些不能公开的数据,必须当面说,只能让少数人知道。"

欧阳铮铮点头:"好,那我就这样回复了。"

做数据又用了三天时间。这三天时间,欧阳铮铮的手指头几乎都要僵硬了。她不断发送数据,每一个数据都要发送三遍,以防出现错漏。

第六十二章　相爱是一条遥遥的路

三天后,现有的密码母本作废,欧阳铮铮需要再次去北京,启用新的密码。

警卫连将爆炸的残余物密封保存起来,又在戈壁滩上挖了很大的一个坑,掩盖住做过试验的痕迹。

一切工作完成之后,他们才返程,并且再三叮嘱当地政府——不允许任何人和牲畜靠近这个戈壁,甚至要求附近百里以内,不允许有人和动物居住。

他们又坐着卡车摇摇晃晃地出了戈壁,出了沙漠。

关关睢异常沮丧,她垂头丧气地靠在车窗上,对欧阳铮铮说:"你说,我怎么就这么笨呢?这个实验我们已经做过很多次了,此前类似实验,每一项数据、每一项研究都做得非常精准。老宋都说,这项实验简单到闭着眼睛都能成功。但到了我手上,却变成了这样,我真是难以接受。"

他们终于抵达了机场,虽然分辨不出是哪个机场,但知道有一架飞机正在等待他们。他们急忙登上了飞机。

老李吩咐道:"趁着飞机还没起飞,欧阳,你赶紧发一份电报,通知他们我们今天到达,其他四个部门必须在明天之前赶到。我们明天晚上开会,彻底探讨所有问题,不允许有任何延误。再次提醒,这次会议是内部交流,严禁任何信息泄露。"

"好。"欧阳铮铮立刻把电报机装好发电报。

电报发送完,收到回应以后,飞机才缓缓地起飞。

想到马上又能飞回北京了,欧阳铮铮的内心非常激动。回北京能拿到最新的母本,还能回去看看阿媛,也不知道小家伙长大了没有。

老李一下飞机就赶紧去汇报工作了,欧阳铮铮和林芝则悄悄地跑去看阿媛。

阿媛已经长大了不少,小小的人儿被照顾得极好,可见平时花阿姨和刘阿姨十分用心,冷家的父母也将她当成亲孙女对待。

冷爸爸和冷妈妈看见她们到来,真是喜出望外。

饺子端上来的时候,欧阳铮铮下意识地呕吐了一下,冷妈妈立马就知道了:"你是不是有了?"

欧阳铮铮也没有否认,点点头:"对,有了,但是我现在还没有想好,到底要不要。您也知道我们厂区的特殊性,动不动就出外勤,我不希望因为自己耽误工作。"

"胡扯,这叫耽误工作吗?这个孩子必须留下来,必须好好养着!老婆子,你明天就去买一点营养品给她带回去。"冷爸爸眼中噙着泪,一个铁血男儿竟然流露出这样的表情。

冷妈妈也点头:"是啊,孩子,你听叔叔的话,孩子既然已经来了,就一定要留下,这是缘分啊!在冷锋之前,我们是有一个女儿的,可是我……那时条件不好,我们一直都在行军,路上太艰难,就没了……"

她也忍不住哽咽了,在场的人都沉默了。

刚刚回到研究院,欧阳铮铮就接到了电话,让她们这几天原地待命,随时可能回厂区。

次日清晨,欧阳铮铮拿到了最新的密码母本,马上找老李想说明情况。

老李的心情明显有所好转,一进门,他就对欧阳铮铮说:"欧阳,你来了。我们连续开了几天的研讨会,大家不眠不休地分析原因。虽然这次任务没有成功,但我们及时发现了很多问题,这是件好事。失败乃成功之母,现在我们找到了问题的根源,之前的颓势已经被扭转了,大家都挺兴奋的。我已经知道你怀孕的事情了,你这段时间就不用跟着忙活了。厂区的内刊已经拖欠了好几期,你好好休息、养胎,专心编写内刊,同时培养一下新人。我们通讯科不能只靠你们几个人,得有更多的力量加入。"

话都让老李说完了,欧阳铮铮不知道要说点什么才好:"我还在考虑,这个孩子不知道要不要……因为……子淳……"

老李从抽屉里拿出了一份诊断书,上面并没有写名字,他递给了欧阳铮铮:"欧阳啊,这就是上次为什么他对你这么绝情。是他不愿意拖累你。"

欧阳铮铮看见白纸黑字,泣不成声,她是真的没有想过是这样的原因。

老李又说:"也许就是一年两年,但是如果能等到好的药,可以活更长的时间。我们一直托人在国外寻找特效药,苏联和美国之前也有不少患了职业病的科学家,但是现在也都好好的。所以,我们正在寻找办法。"

"那……他现在怎样?"欧阳铮铮忍不住问道。

老李沉思了片刻,缓缓说道:"他是个很好的人,为了我们国家的繁荣昌盛,他勤奋学习、刻苦研究、不断锻炼自己。只是,他非常想念你,他会把你的照片放在胸口的口袋里……"

老李描绘得非常细致,这样的描述,却让欧阳铮铮忍不住蹲在地上泪如雨下。

欧阳铮铮终于下定决心:"请组织转告子淳,我和孩子等着看爸爸建功立业。"说完,她起身离开。虽然相隔千万里,可是他们的心是在一起的。

老李看着落寞离开的欧阳铮铮,一瞬间真是忍不住想将周子淳就在厂区的消息告诉她。可是,这又不符合规定。

一个人掌握着联络密码,一个人掌握着最机密的核心技术成果。

如果他们俩起了异心,恐怕……他不能冒险。

欧阳铮铮走着走着突然笑了起来,仰望着天空,也许,这样才是最

第六十二章 相爱是一条遥遥的路

好的陪伴吧。

回到厂区,已经是三天之后。核心项目组的全体成员都前往北京,准备开展下一阶段的研究开发工作,老宋和铁二蛋也一同前往。

尽管如此,欧阳铮铮的工作负担并未减轻。不过,外出勤务方面的工作,现在由林学长一人承担了。

林芝也渐渐掌握了二级密码,成为一个很努力有追求的办事人员。

…………

欧阳铮铮在众人的保护下,生下了一个男孩。男孩取名叫周怀,意思是周子淳在怀念祖国与家乡,还有他们这些亲人。

孩子生下来后的第十天,上面又派发了一项非常重要的任务,林学长急匆匆地来到地窝子寻欧阳铮铮。

一年多的历练,林学长变得非常沉稳,成了通讯科的副科长。他来的时候,手中还提着牛奶和糖。

自去年以来,厂区一直秉持着自给自足的原则,虽然物资供应依然紧张,但日常生活的基本需求还是能够得到保障的。

林学长坐下后,帮忙照看孩子的蒲阿姨递上了一杯茶,并将周怀带走了。蒲阿姨刚退休不久,就在厂区充当起了临时妈妈的角色,除了周怀,还照顾着另外两个一岁多的孩子。

林学长喝了一口茶,有些歉意地说:"欧阳,真的很抱歉,这个时候过来打扰你。你还在月子期间,应该好好休息。但是工作这边确实很紧急,我也没有其他帮手,现在能处理一级码的只有我们两个。"

"没关系,我现在可以承担外勤工作了。"欧阳铮铮急忙回答,她担心自己母亲的角色会让大家对她有特殊的照顾。

林学长点头:"还是上次你们去的地方,这一次是老邱的孩子——邱小姐。我们自己先做测试,然后再进行分析,看看有什么不足。"

"好,这一次我去。好几个月了,上次试验没有成功,真是所有人心中的痛。我们一直都在想,什么时候能扳回一局。"欧阳铮铮想都不想就答应了。

林学长会意,赶紧出了门,在门上敲了几下,欧阳铮铮读出来了,那是他们的密码,翻译出来是——"都在等。"

夜晚,阿怀睡得很安稳。他一直都是非常乖巧的孩子,从来不给大人添麻烦,大部分时间都在睡觉,睡醒吃饱后就自己玩,和阿媛非常像。

欧阳铮铮在日记本上倾诉衷肠:"我一直是将自己毫无保留地奉献给事业的人,从未想过自己会拥有血脉相连的至亲。阿媛的到来,让我体会到责任的重大;阿怀的降临,则让我感受到家庭的温暖。在未来的岁月里,我愿用我全部的力量去爱护他们,我和子淳的一儿一女,恰好拼成了一个'好'字。愿我们的未来,也能如同这个字一样,事事如意,美满幸福。"

夜晚,蒲阿姨带着周怀安然入睡,欧阳铮铮却缓缓起身,穿好了衣服,悄悄地留下字条:"吾爱吾子,吾更爱国。"

她穿好衣服就赶紧出了门,害怕在一旁的铁二蛋发现她的动静。

她偷偷地跑出来,隔了这么久,终于可以参加工作了,夜晚的草原非常寒冷,但她的心情大好。

林学长已经等候多时,他手中拿着一件皮大衣,说道:"快点,车子在外面等你。你离开之后,我也马上要去新疆,到时候咱们再联系。一级丙码,别忘记了。"

"放心吧,到死也忘记不了。记住咱们的联络时间点。"欧阳铮铮也再三交代。

来到大门口,老李亲自在车子跟前等着:"欧阳啊,欢迎你归队。"

刚上车,老李也跟他们坐在后面。车上黑乎乎的,老李打亮了手电,又看向了车上的其他人,似乎是松了一口气。

"欧阳啊,是这样的。我们这一次任务比较艰巨,不仅要克服上次出现的难关,还要有所突破。这一次是举全国之力做的预测性试验,邱小姐能不能成功,就要看这一次了。上级非常重视,所以咱们还是跟上次一样,一级保密,事后我们内部先开会讨论,然后再到北京上报。"老

第六十二章 相爱是一条遥遥的路

李语重心长地说道。

他又看向欧阳铮铮:"这一次,你们通讯组跟着我驻扎在一起,不能随便出去,要随时待命。另外,科研组也跟着来了,他们是老张的队伍。你们之间,不能串门,这是纪律。"

欧阳铮铮会意,这一次事关重大,出了问题,谁也承担不起责任。

欧阳铮铮吸吸鼻子:"巧克力,是糖,我闻到了甜甜的味道。"

"你可真是属小狗的。"林芝笑了。

车厢里的其他人也笑了。

她不知道,这一次出行的卡车有五辆,小车有四辆。而周子淳,就在最前面那辆卡车上。

车子疾驰,经过戈壁,跨过长河。除了领头的车,谁也不知道下一步会去哪里。

欧阳铮铮已经习以为常,这样的外勤任务肯定是夜以继日地赶路,而每辆车都会配四个司机轮班。

车上,周子淳指示跟随的警卫员在卡车内部安装了电灯,还搬来了一张桌子。七八个人围坐在一起,开始热烈地讨论。

关关雎轻声对周子淳说:"欧阳老师,铁老师特别叮嘱我,让您一定要按时服药,保重身体。我们项目组已经失去了三位重要成员,现在就依赖您了。"

"放心吧,二蛋告诉我,我有了儿子,这让我非常开心,我会努力保重身体,坚持下去。"周子淳最近的心情格外愉快,尽管与外界暂时失去了联系,但每当铁二蛋带来关于欧阳铮铮和孩子的消息时,他总是兴奋不已,激动难耐。

灯光亮起后,周子淳主持了会议。尽管他最近依靠药物维持身体,状况不算理想,但也没有恶化。

西行的车队停下原地休息时,已经是黑夜了,只有在夜半的时候,他们才能暂时停下,靠边休息。

欧阳铮铮要下车活动,一旁的医生却不允许:"太冷了,对你的身体恢复可不好。老李已经下了严格的命令,我必须好好照顾你。"

在车上,她看着车子外面的人忙忙碌碌,还有一辆车里灯火通明,听说是在开会。

后勤组已经支起大锅,准备做一顿热乎的饭菜给大家吃。

最终,欧阳铮铮还是没听劝忍不住下车走走,被在车上的周子淳看见了。

第六十三章　相爱隔山海

周子淳在黑板上列出了公式——风速、温度、湿度……一切客观因素与非客观因素都写得清清楚楚。

卡车内灯火通明,外面是一层幕布。他能清楚地看见外面,外面的人却看不清楚他们。

周子淳看见一个身影从卡车后面经过,心中为之一振——那个身影是那般熟悉。

她剪了短发,身上裹得厚厚的,戴着厚厚的围巾。就算是在人群中,周子淳也知道,这一次他绝对没有看错!

那是他朝思暮想的人,只是一眼就确定了。

根据铁二蛋说的,欧阳铮铮刚生完孩子,现在的她比较丰腴,五官也变得更加柔和了。

周子淳隔着幕布看着,盯着……

关关雎和一位刚刚归国的赵教授一直在争辩,他这个主持会议的人反而一点也听不进去了。

周子淳内心强烈地想要下车与欧阳铮铮相认,但理智告诉他,自己的身份不允许,欧阳铮铮可能也是如此。为了不给他们两人带来麻烦,他紧紧地攥住拳头,硬生生地抑制住了下车的冲动。

赵教授在关关雎面前显得有些招架不住,他急忙呼唤:"欧阳爱国老师,请您发表一下意见,评评理,现在谁的方案更胜一筹?我主张这样做,您看看我的数据,我刚才进行了初步推算,这样我们可以节省不少的材料,不是吗?"

"我不认为节省材料就得采取这样的做法。我们现在要做的很简单,那就是将材料的质量提升到最佳……"关关雎对自己的方案充满信心,始终坚信自己的观点。

周子淳眼中噙着泪一直看着欧阳铮铮,直到她离开了视野。

如果欧阳铮铮与自己在同一厂区的话,那么生下的孩子,是不是也在同一个厂区呢?

周子淳彻底走神,欧阳铮铮的出现,让他心绪不宁。

车队继续前行,一路上是无尽的颠簸。

渐渐地,人烟越来越稀少,随后又是无尽的戈壁和沙地。

随行的小崔实在忍耐不住了:"咱们的车子都开了两天了,到底什么时候能到目的地啊?我觉得我一直在车上躺着坐着,脚都要肿了。"

林芝非常有经验:"如果我猜得没有错的话,估计今天晚上就能到。只是奇怪,这一次,我们怎么没有看见运设备的车。"

"肯定是飞机来运啊!设备是最重要的,那些调试设备的钱,都能买下一个小国家了。那是我们全国人民省吃俭用研制出来的东西,自然非常宝贝。"小崔说道。

两个人在车上有一句没一句地说话,欧阳铮铮却打着手电在翻译材料。

有时候欧阳铮铮会指挥小崔和林芝组装机器:"这一次你们动手,看看这段时间的业务能力怎样,咱们办公室刚来的小周很厉害,很快就能掌握二级代码了。"

"这个技巧我一直掌握不了,尤其是冷铭最近送来的那台机器,难度极高。他们还宣传说这台机器配备了灵敏的反侦察系统,但我没能体会到它的灵敏究竟体现在哪里。"林芝抱怨道。

欧阳铮铮笑了:"你怎么跟林学长一模一样,一边干活一边絮絮叨叨的。"

"谁让我是他教出来的呢?我倒是想跟你学,可是你太严格了,给我吓得……"林芝俏皮地笑了笑。

第六十三章 相爱隔山海

过了一会儿,小崔将机器放在欧阳铮铮的面前:"小欧老师,这次是我们共同努力的成果。这台机器不仅是电报机,还具备了反向定位功能,非常先进。真难以想象冷铭先生的头脑中装的是什么,我觉得这太不可思议了。上一次林老师带我们去实地试验时,我们确实取得了重大突破。"

欧阳铮铮一边检查一边说:"他们都是高科技人才,我们现在只管用吧,以后再去系统地学习理论。"

戈壁滩上,各辆车内都非常忙碌。仅凭着几张图纸、一块黑板,车队与厂区保持着联系。厂区根据项目组的新方案实验成功后,再将数据反馈回来。

次日早晨九点钟,所有人都已经累得精疲力竭,一拿到重要数据便呼呼大睡。

车子缓缓地出发了。老李信心倍增,总觉得曙光就在前方。

一天半以后,他们才到达目的地。通讯组还是驻扎在车上,与别的车距离稍远。

欧阳铮铮呼呼大睡,心中却想着自己的小不点,也不知道他吃饱了没有,没有妈妈是不是睡得好。

等她猛然惊醒的时候,发现老李正在摇她:"欧阳啊,咱们已经将所有的数据都对完了。根据规定和要求,你们的设备暂由我保管,需要发电报的时候,我会让秘书送过来的。"

"好,明白。"欧阳铮铮答道。

"还有,这一次任务比较特殊,你们不能跟以前一样随意走动,不可以靠近我们的试验点。"老李再三强调,"毕竟,你们掌握着唯一的对外联络技术,这一点是必须遵守的。"

"好,了解。"欧阳铮铮连连答应。

周子淳下车之后,被安排在老李帐篷的边上。他忍不住问身边的关关雎:"小关,通讯组在哪里?"

"根据以往的规定,通讯组距离我们都会比较远。"这个地方海拔很高,常年都有雪,关关雎看了看四周,白茫茫的一片。

周子淳点头:"那我们是不是不能跟通讯组联络?"

他以前从来没有关心过这些,从来都是按照规矩办事,但是现在……若对方是欧阳铮铮,她刚生了孩子,他的一切行动都源于内心深处的关怀。

关关雎点头:"当然啊,这一次我们出门之前就说过了,我们这群核心人员,不能擅自离开,更不能随便交流。"

周子淳再次环顾四周,却依旧没有看见通讯组的身影。他知道一切都是按规矩办事,心里不免安定了一些。

戈壁滩上一片冷清,除了他们并没有任何人,甚至连一只野生动物也没有。

外勤处能找到这样一个地方做试验也着实不容易。

周子淳神色严峻,带着研究人员进了一个搭好的帐篷,将那块绿色的布掀开。

一旁还有好几个警卫员监督。

不一会儿,这个大家伙周围就围满了人,来自各个小组的成员都在忙碌地做各项准备工作。

老李抱着电报机急匆匆地赶过来:"我原以为要等到最后才能用上这个设备,没想到现在就要派上用场了。你们两个赶紧把它组装好,我们要立即向上级汇报情况,并且要求他们在明天之前给出答复。"

"好。"欧阳铮铮一骨碌地从座位上爬了起来。一直都躲在车里,她们确实有些无聊。

直到电报机嘀嘀嘀地响起,欧阳铮铮才说道:"该去北京的人已经去北京汇报情况了,试验数据跟预测的几乎一模一样,偏差是一个百分位。所以,他们还在等北京研究所的相关报告。"

到了下午,最终的方案还是没有得到回复,老李在她们的车里越来越着急,就一个劲儿地在外面抽烟,又不时进来问:"怎么样,厂区那边有回复了吗?"

第六十三章　相爱隔山海

"还没,现在就是一片安静。"欧阳铮铮很无奈。

到了晚上,老李带着关关雎以及项目组好几个负责人站在外面,风雪打在他们的脸上。

关关雎咳嗽了两声,对身边的科研人员说:"这么冷的天气,昼夜温差也那么大,我们欧阳老师非说要来,幸好被我们给拦住了。"

"没错,我们必须拦住他和老宋。他们当年为了一个关键的零部件——那个零部件对整个厂区的存亡至关重要——他们在辐射最强的地方不惜生命进行制作。这种精神是我们每个人都应该学习的。因此,我们一定要好好照顾他们,这一点毫无疑问。"

一旁的老爷子留着白色的胡须,胡须上还有被烧焦的痕迹,可能是做实验时留下的。

关关雎仔细打量了一下眼前的人,惊道:"吴教授,您也来了吗?天啊,我只是上学的时候看见过您的照片。"

"嘘,小声点,我这次是以监管人员的身份过来的。你们提出的最新方案我很赞同,我认为这对我们厂区来说是一个关键性的步骤。这次的方案,让我感觉我们已经走上了正轨。我总有一种预感,如果这次试验成功,我们离最终的成功就不远了。"吴教授戴着一顶羊皮帽,身穿一件大褂。

可想而知,这一次临时改组有多难。他们也知道最新的方案肯定是正确的,但是又害怕试验不成功,所以一直不停地验证。

到了半夜,出外勤的那些人已经冻成一团。

欧阳铮铮按照老李的要求一连发了多次电报,可是都没有人回应,她甚至焦虑得以为机器坏了。

凌晨时分,电报机的信号灯终于闪烁起来,欧阳铮铮赶紧接收电报。

林芝也连忙出去通知老李:"有一个新的电报来了,但具体内容是什么还不知道。"

"太好了,太好了,咱们这个晚上没有白等啊。"大家纷纷都说。

在实验基地,周子淳他们也急得如同热锅上的蚂蚁:"也不知道他们最后的讨论结果如何。再这么等下去,恐怕咱们也没有机会改组了,这一次升级任务若是失败,恐怕又要等一年。"

"是啊,别人可以等,但是我可能一年的时间都等不了啦。到时候可真的应了那句话,家祭无忘告乃翁。"老宋在一旁忍不住掏出一根烟。

刚要点燃,就被周子淳夺了下来:"咱们现在距离基地那么近,不能用明火。"

老宋叹了口气:"我都急糊涂了。"

通讯组灯火通明,欧阳铮铮正在接收电报,老李上车之后也不敢打扰,只是认真地看着她。

直到欧阳铮铮将电报接收完毕之后,老李才开口询问:"北京方面有确切的消息吗?厂区领导有最新的消息吗?"

"目前还没有。不过,我刚才问了一下林学长,厂区领导的态度还是有所动摇的。毕竟,能将原计划提前好几年,就算失败了,也是一次经验教训。他们还在斟酌,已经在开大会研究了。"欧阳铮铮喝了一口水,眉头紧紧蹙在一起。

老李松了一口气:"等了一个晚上,得到的就是这个结果,大家的情绪都非常不稳定。"

欧阳铮铮犹豫了一下,下定决心说道:"老李,我有个想法,不知道该不该说。"

"说吧,都这时候了,我现在真是左右为难。"老李下意识地点燃了一根烟,但看到欧阳铮铮后,又立刻将烟掐灭。

欧阳铮铮眨了眨眼睛:"常言道,将在外,军令有所不受。现在,我们可能真的需要采取事急从权的做法。如果我没猜错的话,明天下午应该是我们预定的时间。但是,如果北京和厂区最终不同意呢?如果我们还是按照原计划、原方案进行,那等着升级做的工作不就等于白费功夫吗?我们还是得回去按新方案进行研究。"

"这一点,我不是没有想过,只怕到时候……"老李摇摇头,心中还

第六十三章 相爱隔山海

是有所担忧。

欧阳铮铮拍拍自己："你怕受到处分吗？一旦有了处分,可能就不能往上升了？"

"胡闹,我干革命是为了往上升吗？咱们这次出外勤的人那么多,一旦没有按照指示办事,咱们那么多人,包括你,都将受到很严重的处罚。"老李站起身,可是车子的顶又不够高,他只好低着头。

欧阳铮铮笑笑："反正我是一点也不害怕的。既然已经出来了,试验的成功比较令人心动。"

"我再考虑考虑吧,现在的确是要人承担后果的时候。"老李走到外面,点燃一根烟。

他出去之后,那群人一窝蜂地围上来："老李,有结果了吗？我们去改装了,行不行？"

"老李,你是我们的领导,老张也是我们的头儿。要不……你去跟老张谈谈,现在这个节骨眼上,如果我们还是按照原来的思路进行试验,那这个试验的意义就不大了。难道我们只是为了听到一声'试验成功',为了那一瞬间的响动吗？这么多人的这么多时间和心血,我想,不应该只是为了一个结果,而是为了更有效地进行试验。"吴教授也走上前来,希望采取更为激进的做法。

车子里欧阳铮铮又思索了一会儿,毅然站起身。小崔连忙阻止她："小欧老师,如果你不发送这个电报,这件事就不会和你有直接关系。但如果你发出去了,整个责任就在你身上了。"

"我想过了,现如今,稳定军心最重要。"欧阳铮铮深吸一口气,她知道乱传电报将会产生什么样的后果,有可能自己的工作不保,也有可能会受到严重的处分。

但是,事急从权,并且,只有升级后进行的试验,才算是真正的有意义。

这个责任与其让整个外勤组一起承担,不如她一力承担。

她知道,整个厂区都离不开老李,也离不开这些科研人员。但是,可以离得开她。

她的心一横,大声冲车外说:"刚才厂区来电报了,同意执行我们的升级方案,请大家放手去做,千万不要有什么顾虑。"

欧阳铮铮第一次自作主张,此时此刻,她的心都在颤抖,浑身上下都发麻。

老李打开车门劈头盖脸就是一通大骂:"欧阳,你太莽撞了!这件事情你承担不起责任的!"

欧阳铮铮擦了擦额头上的汗,她紧张得说不出话来。刚刚鼓起勇气传达指令时,她还觉得自己像个英雄。但现在,她后悔了,心里想,为什么非要主动去承担这份责任呢?

第六十四章　平凡之路

外面下起了大雪。远处,在一片灯光之中,大家都干得热火朝天,每一个部门都非常认真执着地在做自己的工作。

老李坐在车子上一根又一根地抽着香烟,欧阳铮铮看着远处的一切,心也渐渐平静了下来。

欧阳铮铮盯着电报机的指示灯:"老李,你别急,咱们不是还有机会吗?厂区的最后命令没有下来。"

"胡闹,这不是打时间差的问题,我知道你比任何人都关心咱们的进展……"可老李又何尝不是如此呢?

欧阳铮铮喝了一口苦涩的水:"老李,你跟老宋熟不熟?"

"当然熟啊,他的事迹在全厂那是出了名的。上次医生说他只能活半年,现在都不知道过了多少个半年了,怎么了?"老李对厂区的很多人了如指掌,因为大多数都是通过他审核进来的。

欧阳铮铮笑笑,继续说道:"我从刚进厂就认识他,还跟着他一起工作了一段时间。谁都说他是老不死,病不死,打不死,气不死,就连阎王爷都不愿意收留他。可是,只有我知道,他是在硬撑。厂区有很多像他一样硬撑的工作人员,他们硬撑的目标,就是希望我们能取得成功。"

"是啊,很多人都是带病上岗,很多人也是为了那一线希望,在不断地坚持,坚持。"老李又点燃了一根烟。

欧阳铮铮突然变得很坦然:"就在三分钟之前,我还觉得后悔。可是现在想想老宋他们,我就不觉得后悔了。就当是为了他们争取一点时间,让他们能提前几年看见我们的成功。老李,从我得知这一项实验的真实面貌的那一天开始,我就发誓,我要为之付出所有,哪怕是生命,我也在所不惜。"

老李也颇为动容:"岁月长河能记住我们的付出。"

林芝也喝了一口苦涩的水,若有所思地说道:"爸,你之前非要我来厂区学习,说哪怕是学不了东西,也要求我过来。现在我总算明白你的苦心了,这样的情况下,我没有理由置身事外。"

欧阳铮铮诧异地看着林芝:"林芝你说什么?"

"我……我什么也没说。"林芝意识到自己说漏嘴了,赶紧捂住自己的嘴巴,不敢再言语半句。

老李咳嗽了两声,实在是掩饰不住自己的尴尬,笑了笑:"欧阳啊,真是见笑了。林芝是我的女儿,她来我们厂区也是我极力推荐的。这个孩子跟着你学了不少,渐渐上道了,我很欣慰。"

林芝连忙解释:"小欧老师,我来厂区的时候身份已经很高了,并不是因为父亲的关系,你可千万别说我利用关系如何如何。"

十点钟,厂区发来了一封电报。

欧阳铮铮和老李都急坏了,看见信号灯闪烁,就感觉看见了亲人一样,这应该是厂区与北京研究所商量的最终结果了吧。

但这时,欧阳铮铮反而不敢接收电报了。她看了一眼小崔,说道:"你去吧,我怕结果不尽如人意,我可能会崩溃。"

小崔在机器上操作了大概三分钟,才接收到电报。

电报接收完之后,欧阳铮铮连忙在脑海中进行翻译。还没形成文字的时候,老李就已经按捺不住心中的焦虑。

"欧阳,怎么说,厂区那边最后的命令怎么说?"老李紧张地问道。

老李看见欧阳铮铮阴沉的脸色,就知道电报的结果,于是又出去抽了一根烟。

他们这一次做了一个非常大胆而鲁莽的决定,这个决定对其他所有人都很好,但是对他们却不好。

周子淳在忙碌的同时,向老李汇报情况:"我们小组已经完成了升

第六十四章 平凡之路

级改造,现在正在等待其他小组。最后我们会进行一次测试,如果测试的结果数据接近预期,我们就会按照昨天商量的方案进行。您放心吧。"

"好的,爱国,你知道,这对所有人来说都极其重要。我不妨告诉你,为了支持你们的升级改造,我和通讯组做出了一个极其严肃的决定。你们必须成功,否则,我们很可能会被送上军事法庭,这可不是开玩笑的。"老李故意把后果说得非常严重,以此来给他们施加压力。

周子淳惊呆了:"可是我刚才听关关雎他们说,是厂区下达的命令,难道是通讯组……"

"没错,通讯组的同志们都清楚这次升级试验的重要性,所以才会采取非常手段,包括假传电报。通讯组的负责人……算了,现在提这些也没有意义。我们还是集中精力把试验做好吧。"老李语气深沉,他几次想要透露欧阳铮铮的真实身份,但话到嘴边又想起他们的保密原则。

周子淳也是几次欲言又止,想问问那个通讯组的负责人到底是不是欧阳铮铮,是不是自己的妻子。但是几次话到嘴边,又咽了回去。

有一种幸福,就是远远地观望,知道她安好,自己便心安。

他们都是宇宙中渺小而平凡的个体。

"老李,我们一定会竭尽全力。"周子淳赶紧再去召集开会,决定进行第三次测试。

这时,欧阳铮铮在不断地看向外面:"真是奇怪,老李可真是沉得住气,竟然没有来问我们结果怎么样。"

小崔也是百思不得其解:"小欧老师,你就不要卖关子了,现在可以告诉我了吗?厂区领导最后是怎么做决定的?"

"厂区领导说,经过多个部门两天来夜以继日地研究、实验、测试、验算,我们外勤组提出来的升级方案风险比较小,成功率也高,是迈向总试验成功的重要一步。在不耽误实验进度的情况下,是允许进行升级的。如果有任何后果,厂区一力承担。"欧阳铮铮慢慢悠悠地将电报内容叙述出来。

小崔和林芝兴奋地叫了起来。

欧阳铮铮在自己的日记本上写道:"这一次,我知道自己不是侥幸,是发展的必由之路。我深信,党和人民会理解我们升级试验的初衷。没有人比我们更渴望成功,邱小姐的问世,是我们毕生之心血。"

果然,老李还是忍不住又骑着摩托车过来,打开车门便道:"欧阳,现在可以通知你确切的时间。今天晚上七点,我们准时进行试验。晚上九点,数据要全部清晰复盘,然后跟各部门汇报。你们小组的任务还是比较艰巨的,现在好好休息。"

老李只字不提厂区最终指示的事,反而是来说接下来的工作流程。

倒是欧阳铮铮实在忍不住了:"老李,你太沉得住气了,你就一点也不好奇吗?"

老李看向欧阳铮铮,眼神之中略带戏谑:"如果传来的消息真是那么不好,你还能在这里喝茶翻译材料吗?是不是马上就要找我商量对策了?好了,开始办正事。跟厂区汇报,已经进行改组升级,会在规定时间内完成试验。"

欧阳铮铮连忙戴上耳机,迅速发电报,一分钟就完事了。

"厂区说收到。"欧阳铮铮说了一句。

也许是因为他们的心情都非常好,天气也逐渐变得晴朗。太阳在空中逐渐西沉,余晖带着点热乎气,大家都欢呼起来。

小崔过来说道:"小欧老师,汇报厂区,一切准备就绪,在规定时间内完成升级,所有数据正常。"

"收到。"欧阳铮铮沉浸于工作之中。

不一会儿,关关雎带着相关资料过来了。

"小欧老师,这些数据全部发给厂区。"关关雎将一页写满数据的纸递了过来。

欧阳铮铮点头,把电报机敲打得极快,一个数据打三次。

小崔小心翼翼地问道:"全部都是数字,我们厂区那边知道对照的方法吗?"

第六十四章 平凡之路

"这是我们之间的联络方式,看一眼就知道从上到下的顺序分别是什么,参数模板都刻在我们的脑子里,就好像你们的密码母本一样。"关关雎连忙解释。

过了一会儿,又一个人来上报数据:"通讯科长,麻烦把这个数据上报厂区,根据字面意思照打就行了。"

欧阳铮铮忙得马不停蹄,根本停不下来。

不一会儿,已经积压了三四张数据纸,都是要上报厂区的。

厂区也及时召开了会议,对数据进行了检测。直到六点半,所有的数据都已经接收并检测完毕,厂区给出了具体回复:"准时进行试验,数据及时汇报。"

欧阳铮铮立即让小崔去送厂区的指示。而此刻,累得筋疲力尽的团队成员正围在这个大家伙周围吃饭。他们每个人的铁饭盒里,都有一份土豆和一个馒头。

"大家先委屈一下,等试验完成,我们能开火了,就给大家做上一顿粉条。现在先吃冷餐吧,水还是热乎的。"后勤组负责人在一旁招呼着。

大家的心思根本不在吃饭上面,不管吃的是冷餐还是热餐,只要填饱肚子就行。

老李一直盯着自己的手表,等着七点钟的到来。

六点五十分的时候,所有人都已经就位,用望远镜远远地看着。

老李再三问身边的人:"爱国啊,老宋啊,你们项目组的合作已经很长时间了,你们有把握吗?"

周子淳的回答非常保守:"根据这几天的数据运算,以及多次验算和微型实验,我们是非常有把握的。当然,不敢保证百分之百的成功。但是这一次试验的数据,足够让我们更上一层楼。"

"行,有收获就行。"老李依旧非常担忧。

对面已经挥动红色的旗帜,老李朝身边的信号员说了一句:"好,开始吧……"

果不其然,远方已经开始试验。

这一次点火的是老宋，他倍感光荣，重要的任务交到了自己的手上。

信号员挥动旗帜，老宋明白，赶紧过去点火。

机器响动了起来，老宋迅速离开。

众人屏息凝神，等着那一声巨响，有些人已经笑呵呵地捂上了耳朵，有些人躲在帐篷里，害怕威力太大会伤害到自己。

可是，大约过了三十秒，声音还没响起来。

老李顿时意识到肯定是出事了，连忙问身边的周子淳："是不是哪里错了……"

在远处的老宋脸色立刻阴沉，没有听到那个声音，看不见想要的试验反应，他几乎瘫软在地。

正当所有人都害怕，不断说完了完了的时候，一声巨响轰然而动。

巨大的爆炸在空中呈现了别样的风景。

老李咳嗽了一声："爱国，这样……这样是不是就完了？"

"对，目测试验成功！看见了吗？我们的铀已经开始发挥作用了，看见了吗？"周子淳的声音颤抖着。

一旁的人看不出名堂来，就等着"成功"两个字。而看得出门道的几个专家，早已经泣不成声。

"没错，确实是这样。苏联在最后一次试验时，得到的就是我们这样的爆炸结果。核物理的原理得到了充分的验证，就是这样……于是，苏联的试验一成功，随后的每一项实验都取得了持续进展。我们的思路是正确的，而且我们只用了短短几年时间，而美国用了十年。"吴教授激动得声音都有些哽咽。

周子淳的手颤抖着，他说："走，过去看看最终的试验数据，我们需要那个最后的答案。对了，刚才录像了吗？"

"录了，特别破例提供的录像机。整个厂区就这么一台，相关人员已经过来录像了。录好后不能带走，必须马上上交，这是绝密级别的。"关关雎急切地解释道。

他们一窝蜂似的赶往试验场,刚刚靠近的时候,老宋满脸堆笑:"值得了,值得了,一切都值得了!我什么都不求,只要试验成功,我死了都愿意。"

"你还死不了!且活着呢!苏教授不在了,王教授又病重,我们俩更要好好活着。"周子淳给了老宋一个热情的拥抱,也算是安慰吧。

老宋很是激动:"你说,我们以后算不算是青史留名了?毕竟这项伟大的工程是我们一起研发的。"

"那可不一定,我们也许会被历史的洪流湮没。当年我们进来的时候,可是发过誓,即便不能青史留名,也要付出一切。"周子淳依旧清醒。

老宋拉着周子淳一同前往试验爆炸后的现场,去检查残余物。他们都穿上了非常厚重的防辐射服装。

老宋一边走一边说道:"在我们这个实验小组里,算起来我和你的运气最好,真是无情!我们把家里的一切都抛诸脑后。今天看到爆炸试验成功,我觉得一切都值得了。将来我的孩子也会理解这一切,会觉得我们所做的一切都是值得的。"

"老宋,我也有孩子了,我的孩子也会为我骄傲的。"周子淳平时是没有那么多话的,今天试验成功,就忍不住多说了两句。

"对,对,对。"

所有人井然有序地用镊子夹取残余物,然后迅速到一旁刚刚搭建的帐篷里进行实验分析。

研究人员马上根据试验数据进行参数对比记录,老宋的化工小组非常紧张,他们的数据是全国数据的参照,所以一点都不能有误差。

周子淳戴着口罩,在爆炸物核心的地方提取化验物。

一旁的吴教授赶紧拉住:"欧阳,你的身体还没好,这里面的辐射强度最大,不应该往里面去的。"

"只能是我去,反正我也是在勉强维持,为什么不发挥最后的光和热呢?好了,别多说废话,我来说,你记录,别浪费时间,这个时候的数据是最准确的。"周子淳皱着眉头,他在工作时从不愿与人多费口舌。

这一次试验成功,让他们缩短了三到五年的研究时间。

老李叹了一口气,老宋正好进来说道:"化工组的数据,我也是刚才才知道。赶紧找医生给爱国同志进行全面身体检查!他刚进了最中心的地方提取空气以及辐射物。这孩子……唉……根本没把自己的生命当回事,可是……我们的实验必须由英雄来完成啊。"

"什么?他一个人进去的,就穿成刚才那样?"老李突然着急了起来。

老宋重重点头:"刚刚完成的爆炸试验,现在的数据是非常准确的。我们下一步想要成功,就必须获取一手数据,所以他就赶紧进去了。"

老李连忙招呼身边的警卫员:"快,去找随行医生,马上给欧阳爱国同志做身体检查,不能耽误。"

"接触他的同志最好也要穿上防辐射服。"老宋推己及人,他们已经被辐射了,希望大家都好好的,"欧阳爱国就是英雄啊!你去找通讯组发电报的时候,一定要汇报这件事。英雄的奉献精神,是我们厂区每个人都要学习的。"

第六十五章　生命如歌

一直到第二天凌晨,欧阳铮铮才将手头上的数据全部发送出去。此时,整个外勤组也在往回赶。

接下来,老李带着欧阳铮铮回北京,其余人都要回到厂区开会。

最高级别的密码只要是用过,欧阳铮铮都要回北京启用最新的一套密码,这是她的职业要求。一切都是不怕一万只怕万一。

周子淳回到厂区的第一件事不是开会,而是马上到医院做血检和尿检,然后进行隔离。

大约隔离了半个月,周子淳才出去。出来的第一件事,就是根据他所打听到的,去找欧阳铮铮,悄悄地看他们母子一眼。

周子淳来到厂区已经好几年了,还从来没有独自在整个厂区行走过。如今看着这一片厂区,他心中感慨万千。

刚来的时候,真是一片黄土,什么都看不见。现如今有厂房了,也渐渐有宿舍了,改变可真是大啊。

很多人都说起东伯利亚地窝子如何如何,周子淳也从来没有感受过草原上的人间烟火,只是知道有这么一个地方而已。

真是想不到,欧阳铮铮和自己的孩子会在这里出生。

询问起欧阳铮铮的住所时,有些人知道,有些人却不知道,问及铁二蛋和关关雎的住所时,那倒是非常多的人知道。

周子淳看着巷道里面的人,每家每户都是当成宿舍住着,有些是夫妻俩的,也就是凑合住下来。

这里的条件比较差,远不如将军楼的条件。

"大嫂,我们家今天炖了土豆粉条,今天晚上尝尝吧。"

"我们从老家带来了鱼干,我妈攒了一个冬天的,今晚上一起吃啊。"

"小刘子和李珠宝今天晚上结婚,我们这里也不讲究什么了,咱们把东伯利亚的朋友们,以及不上工的同志们,叫到一起,晚上吃点花生瓜子,一人说一句吉祥话,就算是给他们祝福,好不好?"

....

到处都传来这样那样的声音,每个声音都是那么欢喜,那么愉快。

老宋突然出现在周子淳的跟前:"哟,真是难得啊!欧阳教授,你怎么来了?"

周子淳四处看看:"听说,你们这边也有一个叫欧阳的人?"

"对,大家也叫她小欧,反正名字只是一个代号而已。在我们厂区,同名同姓的太多了。"老宋招呼着。

周子淳突然问了一句:"她住在哪里?我……"

"那我可不能说,除非你有条子。你也知道,每个人的身份都不一样。尽管我和你关系非常好,但是你也不能瞎打听的。"老宋突然变得严肃起来。

欧阳铮铮现在的身份实在是太重要了,有些人知道,有些人却不知道。

周子淳连连点头:"那……我听关关睢说,你们这一片最近出生了一个孩子。你也知道,我想念我儿子想得厉害,所以,想来看看。"

老宋思忖了半天,摇摇头:"她带着孩子回北京了呀。她回北京参加培训,正好把孩子带回北京了。"

老宋话音刚落,周子淳眼含热泪转头就走,不管老宋在后面怎么叫怎么喊,他都听不进去。一面都见不到了吗?

....

东伯利亚说大不大,说小也不小,但是里面住着几千人。

周子淳没见到欧阳铮铮和孩子,心中真是五味杂陈。

他来之前都想好了,如果能找到,就悄悄地在外面看看他们,绝对不去打扰。前几天做全身检查的时候,医生说他已病入膏肓,若是想实

第六十五章　生命如歌　　　　　　　　　　　　　　　　451

现没能完成的愿望,要尽快。

周子淳思前想后,现如今,最大的愿望就是能看看欧阳铮铮和孩子,将他们拥入怀中好好告别。可是他没有告别的勇气,只想悄悄看看。

周子淳走在巷道里,正想着这些事情的时候,却听见了一声尖叫。

他下意识地寻着声音的方向找去,在一间地窝子里看见了铁二蛋。

铁二蛋看见他,就好像看见了救命稻草:"子淳,不是,爱国,你怎么在这儿……我……我可能要生了……"

周子淳见铁二蛋状况不对,二话不说,抱着铁二蛋往医院的方向跑。

铁二蛋的身子很重,还没走多远,铁二蛋却高声喊道:"爱国,先别去医院了,我感觉,好像要出来了……"

天色已经昏暗了下来,草原上的冬天天黑得快。

周子淳也管不了那么多,立刻将铁二蛋抱到了右手边的地窝子里。好不容易找到一个人,还是个没有结婚的小伙子。

他立马跑到铁二蛋身边。

"铁头,你怎么在这里?生孩子那么大的事情,你怎么……我们要去医院。"那个小伙子,着急地说,"我要去打个电话,将冷主任叫回来。"

"去你大爷的,老子都要生出来了,现在叫谁都没用。你们赶紧准备酒精、剪刀,听我指挥……"铁二蛋真是觉得天旋地转,现在只能靠自己了。

小伙子一听说马上就要生出来了,脸都要吓绿了,看着这个地窝子冷冷清清的,几乎要昏死过去。

"生孩子不找医生不去医院,就我们两个男人,这可如何是好?这……"小伙子带着哭腔。

周子淳心中焦急,可是现在事急从权,连忙说道:"二蛋,我倒是看过相关的书籍,你现在是急产,确实是不能挪动了,你要是信得过我……"

话音刚落,铁二蛋就感觉到阵痛频繁。周子淳把火升起来,小伙子在屋子里翻找,看看能不能找到纱布、酒精、剪刀,这些都是必备品。

他们都是工人,经常会遇到这样那样的外伤,是备有医药包的。

突然一声,铁二蛋高喊:"欧阳教授,帮我把脐带剪断,然后清洗孩子。炉子上有热水,我还要将胎盘……"

"好,你别急。"周子淳低声道。

小伙子赶紧递过去热水,周子淳将婴儿倒立拿着,拍了拍脚心。

他慌了神,只感觉到眼前一片黑暗:"这孩子怎么不哭啊?"

铁二蛋看着婴儿,虚弱无力地昏过去了。

此时,一声响亮的哭声响彻了静谧的东伯利亚地窝子。

这一片草原上,又有一个孩子降生了,被称为核二代。

周子淳松了一口气,推了推铁二蛋,连声说道:"二蛋,二蛋,快点醒醒!别着急,孩子哭了,你看,哭声响着呢!你和冷锋的孩子,你给冷锋生了一个大胖小子。"

铁二蛋微微睁开眼睛,看见一个皱巴巴的孩子在自己的身边,突然放声大哭了起来。

不一会儿,冷锋带着寒风进来了:"二蛋,二蛋……吓死我了,所有人都找不到你,我还以为出事了。"

冷锋看见周子淳和那个小伙子,又看见铁二蛋躺着,一脸茫然。

周子淳的嘴角自然而然地扬起了笑意,拉着小伙子默默地退出他们的房间,将时间与空间留给了铁二蛋和冷锋。

冷锋急道:"我们这里的条件实在是太差了,幸好我们的孩子会选择时机出生,现在天气还不算太冷。你还记得蓉姐吗?我之前没敢告诉你,前段时间她生了,但孩子没能保住,她全家都非常伤心。所以我一直非常担心我们的孩子,幸好,幸好……"

很快,来了一辆车子,将他们送到了医院。

周子淳在回去的路上,任凭寒风吹打自己,慢慢变得清醒了起来。

他在楼下正好看见了老李下车,手中拿着一堆材料,神情愉悦地跟身边的秘书说话。

老李也看见了周子淳,连忙招呼道:"欧阳爱国,你出院了吗,医生怎么说?我还没来得及看你的身体检查报告。"

他们一起走向将军楼,周子淳决定不再隐瞒,他清了清嗓子,说道:"我刚出院,医生说我的情况不太乐观,让我想吃就吃,想喝就喝。你知道,我最大的愿望就是能见到我的妻子和孩子。所以我不顾命令,悄悄去了地窝子。"

"哎呀,你已经知道了吗?她现在叫周与欧。抱歉,这件事我应该早点告诉你的。现在,欧阳和孩子已经回北京了。眼看冬天就要来临,孩子在这里根本无法忍受。我们这里物资匮乏,没有人照顾,而且,厂区毕竟……你也懂,孩子最好不要跟着我们受罪了。孩子是无辜的。"老李带着悲悯的语气说道。

周子淳应道:"对。我本想悄悄看一眼,悄悄抱抱孩子,也就心满意足了,可我没见到他们。碰巧遇到了铁二蛋急产,帮了忙。看到二蛋刚出生的孩子,我就想起了自己的。转眼间,我们都成了父辈。生命给了我很多启示,即使将来有一天我死了,也能安心闭上眼睛。领导,我申请加入邱小姐的核心工程。"

老李对周子淳的决定肃然起敬,双手都在颤抖,眼中一片模糊。刹那间,不知道说什么才好。

周子淳以为老李不答应,连忙说道:"领导,这是我到厂区以后的第一个请求,希望您能批准。如果不批,我回去就写申请报告,直接交给张将军。"

"不,不,爱国,你有牺牲精神,我是十万个同意的,我为你骄傲也为你感动。只是,你知道邱小姐核心工程的危险性有多高吗?我们……我们不忍心……"老李顿了顿,说这些话的时候哽咽了。

谁都知道,要奋斗总是会有牺牲的。

"等欧阳回来,我会安排你们见面的,只是……你不能说你的身份,你的身份至关重要。"老李知道,周子淳最大的心愿就是跟欧阳铮铮和孩子见面。

周子淳摇了摇头:"我只要远远地看看她就好,能看看孩子的照片我就满足了。不需要见面,我已经是风中残烛,能贡献出最后的光和热,我就心满意足了。不要打扰他们平静的生活。我给她留了一封信,如果我不在了,请领导转交给她。她和阿怀、阿媛,是我在这世上最后的亲人了。"

如果有人愿意进入核心工程,那对于整个邱小姐来说,无疑是又迈进了一步。

周子淳今天到地窝子走这一趟,已经完完全全地改变了心中的一些看法。

一天后,老宋和周子淳在将军楼后面的地道里见面,同行的还有另外两个年纪比较大的研究员,其中一个是吴教授。

吴教授看见他们俩都来了,什么话都没说,直接上去给了一个紧紧的拥抱。

"好,很好,你们都是英雄,都是英雄啊。"吴教授哽咽道。

老宋却抱住吴教授:"老吴头,你都快八十岁了,怎么还跟我们一起到一线去?你的身体会吃不消的。"

"胡说八道,你才八十岁了,我刚刚满七十五,好吗?"吴教授嘿嘿地笑道。

另外一个研究员也是六十出头的教授。这么看上去,这一次真是老中青三代都有,是一个很好的组合。

老李交代完了以后,带着大家一起通过一条长长的隧道,那是他们建立之初专门预留的逃生通道。

"我来厂区这么多年了,一直不知道还有一条地道。没想到,我们的地下工程也是那么宏大。"吴教授一边走一边说。

"是啊,当时我们选址的时候,敌人已经得到风声了。为了防止某些人对我们这个项目进行阻挠,我们不得不做万全的准备。下面的地道四通八达,还有火车,如果某个地方发生了意外,我们可以尽快撤离,这也是不得已而为之啊。"老李边走边说。

第六十五章　生命如歌

第六十六章　功在千秋

随后,他们上了一列火车,火车在隧道里面疾行。

老李严肃地说道:"我们对外只有邮电所那一个出口,上班时间也是错开的。很多核心研究员至今都不知道我们这个厂是做什么研究的,都说是开矿、搞肥料,还有些人说我们是要在这里建立一个工业小镇,振兴草原。"

"一切都安排得非常恰当,真是难为你们了。最初来的时候,就是两顶军用帐篷,现在真是越来越好了。"老宋感叹了一句。

"那是你们的宿舍,这辆车是你们的专车,前面就是你们的研究点,辛苦各位了。"老李郑重地说道。

"此去经年,应是良辰好景虚设。"老宋忍不住唱起来。

周子淳只道了一句:"我要的东西呢?"

老李顿了顿,看向周子淳:"你要什么东西?"

"照片,妻子和孩子的照片。"周子淳笑笑,这是他唯一的动力了。

现在他们一行人,就好像是敢死队,虽都是老弱病残,却都有非常专业的知识。他们自发成立了这个一线研究组,就是希望尽快突破困难,取得成功。

老李会竭尽全力满足他们的愿望,于是赶紧将照片递给周子淳:"这可是北京紧急寄来的,好不容易才骗得他们拍照。"

周子淳迫不及待地打开信封,从里面拿出了一张照片。

照片上是三个人,欧阳铮铮坐在椅子上,一手抱着一个孩子。

头发扎了揪揪的是阿媛,她长得胖乎乎的,脸上带着灿烂的笑容,手中还拿着一个苹果。另外一个孩子尚在襁褓中,可是小脸蛋十分清秀,咧开嘴笑着,画面十分温馨。

周子淳却道:"如果我也在就好了,这张照片就可以说是非常完美了。"

老李哽咽:"有机会,还有机会。"

老宋走了过来,看了一眼,惊讶地说:"咦,这不是欧阳吗?她是你妻子?……这算不算是造化弄人呢?这丫头以前是我的徒弟,当年在我的车间锻炼了几个月,她通晓俄语、德语和英语,是一个非常优秀的女孩。我本来打算好好培养她的,没想到被老秦看中了,坚持要让她当接班人。老秦的身体状况不佳,我们也不好意思和她争,只能随她去了。"

周子淳感到非常意外,再次感慨人生无常:"她还在你的手下锻炼过?真是没想到。如果还在你们部门,也许我们能早一天见到。"

"没关系,等我们成功了,还是有机会的。那么多研究人员背水一战,这一次我们要是不成功,可真是天理不容啊。"老宋对自己特别有信心。

欧阳铮铮忙完工作后,极其不舍地将两个孩子留在了冷家。回北京坐月子的铁二蛋跟她一起,两人又登上了前往西北的火车。两个孩子还小,还需要哺乳,分别的时候他们哭得让人心碎。

欧阳铮铮和铁二蛋也忍不住流泪,冷妈妈和冷爸爸在一旁不停地安慰:"别哭,别哭,姑姑和妈妈都退休了,现在也不用送孩子们去托儿所。你们单位的那两位老同事专门在附属的托儿所照顾你们厂区的孩子,一切都好,这又不是不回来了。"

场面一度混乱,在一片哭声中,她们上了车。

可一上车,铁二蛋就跟变了一个人似的,分秒必争地看手中的材料,甚至还有些激动。

铁二蛋的笔在纸上唰唰地写道:"回去我就申请去一线。欧阳,你知道我的志向不在结婚生子,而是在我的事业上。"

第六十六章　功在千秋

欧阳铮铮深表认同,其实她以前也一心一意地想着工作,可是自从有了阿媛,她就开始学会保护自己。有了阿怀,她更加知道自己不能有事。

铁二蛋一边计算公式一边说道:"欧阳,我回去之后就要顶替老宋,当总车间的负责人了,我一定要努力。"

"嗯,加油,我是支持你的。"欧阳铮铮也知道,回去之后要全情投入工作,整个厂区都要高速运转,她们也会因为数据的发送而忙碌。

铁二蛋几次欲言又止:"欧阳,你知道给我接生的是谁吗?"

"医生啊,难道你还是在家里生的,总不能是冷锋给你接生吧?"欧阳铮铮拿出一沓厚厚的翻译材料,心不在焉地说。

铁二蛋叹了一口气,不再说话,她不知道该怎么跟欧阳铮铮交代周子淳的事情。

当得知周子淳和老宋丝毫不顾及自己的安危,主动请缨成立了一线工作组,还跟几个专家去了特殊的研究基地,她都有点想去了。

两个人回到厂区后,铁二蛋全身心地投入工作,想将休息时落下的工作尽快完成。

欧阳铮铮也回到了自己的工作岗位上。林芝和小崔已经成了她的左膀右臂,林学长经常出外勤,她也自然而然地开始培养新人。其实,她还有一点私心,就是和老宋一样,去一线工作。

欧阳铮铮看见厂区领导,将申请书递了上去,露出了一个笑容:"我申请到一线工作,两年时间内,我帮助老宋翻译了无数材料,他们需要专业的翻译人员和专业的通讯人员。"

"不行,你的工作非常重要,现在没有人能替代你,你不能到一线去,你要考虑整个厂区,要有大局观念。"厂区领导立马拒绝。

欧阳铮铮将申请书和两封长长的信放在桌子上:"反正我不管,我去一线,表面上是申请,实际上是来通报一声,如果你们不同意,我就直接跟北京申请。只有早日成功,厂区的千千万万人才能早日与家人团聚。"

申请去一线,是欧阳铮铮想了很久很久的,她也舍不得阿媛和阿怀,也害怕有一天周子淳回来看不见她。

她的内心也做了长时间的思想斗争,国和家的抉择。从小父母就教育她,只有国好,家才能富,所以,她写下了申请书和两封长长的信。

一封信给上级,说明自己的意图。一封信留给了两个孩子和周子淳,希望将来有一天,亲人们都知道她这么选择的理由。

在等待组织决定的时候,秋风瑟瑟,转眼就是秋天了,草地又变成枯黄枯黄的,今年最好的一点就是大家能填饱肚子,都非常满足。

一天,欧阳铮铮被临时叫到了办公楼汇报情况,正好在办公楼的门口看见了王丽娜。王丽娜的手臂上还系着一片黑纱,神色十分哀恸。

王丽娜一抬眼,竟然看见了欧阳铮铮,着实愣了一下。她盯着欧阳铮铮看了很久很久,一直以为自己认错人了。

欧阳铮铮也盯着王丽娜看了许久,一旁的林芝小声地说道:"小欧老师,这个就是王丽娜,王教授的女儿,一直在警卫连当参谋。你们俩……认识吗?怎么这么看着对方?"

王丽娜走到欧阳铮铮的面前,欧阳铮铮本来打算假装不认识,没想到她直接叫住了自己。

"欧阳同志,麻烦你等一等。请问,你怎么会在这里?可是他出什么事情了吗,你还跟通讯科的在一起?"王丽娜上前就问。

王丽娜刚回去安葬了父亲王教授,此时看见欧阳铮铮,以为是欧阳爱国出事了,所以通讯科的人将她叫来。

欧阳铮铮一脸茫然地看着王丽娜,实在听不懂她说的话是什么意思。

林芝在一旁笑出了声:"丽娜姐,你说什么呢?这是我们的科长,我们是来找厂区领导汇报工作的。"

"你一直在我们厂区工作?你是通讯科的科长?你……你竟然是我们厂区的?"王丽娜实在是无法相信,喃喃自语,"你怎么会在我们单位工作呢,真是太不可思议了……"

第六十六章 功在千秋

林芝也惊讶地问道:"丽娜姐,你怎么来厂区了?"

"我申请来这边工作了,领导让我到东伯利亚找个住的地方。"王丽娜黯然答道。父亲的去世给了她不小的打击,但也因此认识到父亲工作的重要性和伟大,于是决心到基层锻炼自己。

欧阳铮铮从她的手中接过了行李,然后走在前面:"我的隔壁一直是空着的,要是实在没有地方住,就住我隔壁吧。"

王丽娜惊讶地看着她:"你不讨厌我吗?毕竟我喜欢……"

"我为什么讨厌你?喜欢一个人又没有错。而且在一个厂工作,我们从事的事业是什么,咱们心中都清楚。你的父亲王教授是值得尊重的科学家,我们应该照顾你。"欧阳铮铮说道。

王丽娜哽咽了,好几次想要说起欧阳爱国的事,话到嘴边,又不知道从何说起,也害怕违反了规定。

和林芝分开后,她们来到地窝子,王丽娜看着这里的一切,觉得十分新鲜。

欧阳铮铮的地窝子看上去很凌乱,实则很整洁。

两张大大的桌子上面摆满了各种各样的资料,一部分是关于科研的翻译,一部分是关于电讯的教材编写。

床上有几张厚厚的被子,还有一件婴儿的衣服,一件幼儿的衣服。她知道,那是一双儿女的衣服,欧阳铮铮用这样的方式来寄托自己的思念。

当了母亲之后,才知道工作与家庭很难两全。

王丽娜打量了一下四周:"为什么都没有他的照片,也没有你孩子们的照片?很多人都喜欢将全家福挂在墙上。"

"我们的工作性质比较特殊,不适合把家人的照片公开。再说,他在国外读书,也从事相关的研究工作。说得不好听一点,如果有人知道他的家属在国内的保密单位工作,说不定他的工作会受到影响。当初他想要和我分开,也是这个原因。"欧阳铮铮走到另一间地窝子,帮王丽娜整理东西。

王丽娜心中一阵感动,泪眼婆娑。

欧阳铮铮竟然还不知道欧阳爱国跟她在一个厂区工作,也不知道他们其实只有一墙之隔。

如果有一天他们都发现了,不知道会多么心痛,多么遗憾。

可是,保密规定时刻在王丽娜的脑海中萦绕,不该说的话一句都不能说,这是保护他们俩最好的方式。

王丽娜在自己住的地方打量了一圈:"你们住的条件的确不如我们,但是你们将生活经营得非常好。"

"对啊,子淳以前经常跟我说,不管在哪里都要好好地生活。我们都是读书人,读书人是讲究体面的。"欧阳铮铮笑道。

王丽娜心中惊诧:"他的名字叫子淳?真是个好名字,原来他之前改名换姓,是用了她的姓氏。终究,我是多余的那个,他们才是天造地设的一对,他们互相都放不下彼此。"

地下研究室里,好几个高危车间都属于一线工作组。

到了晚上,他们在研究新报送上来的申请书。

老宋一直在咳嗽:"我们都是一线研究员,也是骨干成员。此外,还有很多仁人志士也想要加入我们,提交了申请书。咱们抓紧时间审核一下,赶紧调任吧。"

吴教授坐在椅子上:"我们这几天丝毫不恐惧困难危险,每一天都有突破性的成功啊,这一点非常好。"

"看看,这个老余也想来。这家伙绝对不行,专业水平不够,就算是有心也不行,我们得保证安全。"老宋说话比较直,一边审核材料一边说道。

周子淳也在翻看申请书和简历:"铁二蛋就算了,刚生完孩子,我们不能自私。关关雎还是没有成家的小姑娘,全家都靠她养活,也算了。这个小武专业不行,再历练几年也许可以……"

"王大强专业不行,等我们成功了,派他回炉重造一下,可堪大用。曹小超也不行啊,九代单传,家里还有个八十岁的老娘。"老宋摇摇头。

第六十六章 功在千秋

周子淳翻到一份材料的时候,顿时沉默了。

他站起来,盯着那份材料看了很久,轻轻地放在桌子中间,声音很低很低:"这个人,非常符合我们的要求,因为我们急需这样的人才。只是,我个人认为她不该来,就算不参与高危工作,也不能将她放到一线。"

吴教授和其他几个人很诧异,赶紧将资料拿到手中看。

老宋连连点头:"是,周与欧同志。"

吴教授盯着看了一会儿,问道:"请问爱国同志,这个人你认识吗?"

"她是我的妻子。"周子淳一字一句地说道,"我个人的建议是不通过,我们夫妻俩都在一线项目组的话,不符合规定。"

"可是,她真的很优秀,我们后期会需要很多材料啊,但是我们分身乏术,不能专门派一个一线技术人员去搞翻译。"吴教授也觉得为难。

老宋思前想后:"我认为,不该让小欧到我们项目组来,先搁置吧。"

"既然如此,那就先搁置吧。"吴教授觉得非常惋惜,"这是个好苗子,可惜了。"

第六十七章　爱你所爱的世界

周子淳又错过了跟欧阳铮铮见面的机会，也将欧阳铮铮的一线申请书驳回了。

当欧阳铮铮接到驳回的通知时，不由得吓了一大跳，毫不客气地质问老李："凭什么啊？就因为我是两个孩子的母亲，就不允许我进步了吗？"

"我们主要是考虑到你有孩子需要照顾，而且，现在通讯科根本离不了你。你看，你这两年来重视培养新人，通讯科的外勤也安排得多了。"老李看见欧阳铮铮气鼓鼓的模样，连忙解释道。

"不好意思，周科长，这个岗位已经交给我了。男儿应当勇于奋斗，上面综合考虑之后，觉得我的条件比较好，还可以充当苦力。"林学长进了地下办公室，笑得十分灿烂。

"你……你不是有老婆孩子要照顾吗？你父母年纪都大了，还有弟妹要读书。"欧阳铮铮反问道。

林学长也不甘示弱："对，正是因为如此，我才要去一线，每个月多八十块钱的补贴。虽然说我的想法很功利，动机不纯，可是我们家缺钱，孩子有他妈照顾，父母有弟妹照顾，我挣钱最好。"

林学长的一席话，倒是让欧阳铮铮无言以对。

地下的一线车间正紧锣密鼓地运行。

经过一个月的布置与隔离，他们的这个一线车间已经拥有五六百平方米的空间，里面的设施比上面车间的还要完备，一线人员逐渐充实，研究员们开始了紧张有序的工作。

在地下车间的工作比上面还要繁忙,二十四小时待命。

吴教授充当一线车间的总指挥,他是参与过苏联核武器研究工作的人,对所有设备都了如指掌。

其余的人各司其职,每天下午都会装载邱小姐。一次次的实验,一次次的计算,枯燥而高危。

车间的四周是十分厚重的钢板,每一面墙的结构都很复杂,为的就是防止里面发生核泄漏,损害大家的健康。

车间的门非常非常重,大约有三千斤,里面灌满了铅。光是那一扇门的禁令就有两个,进门之前需要密码,进门之后还需要密码。

密码锁是厂区的技术人员改制的,能杜绝一切想要进来的无关人员,也能防止一切东西外泄出去。

⋯⋯⋯⋯⋯⋯

大家还在外面讨论得热火朝天,殊不知里面已经发生了新的情况。

吴教授和老宋还在监测数据,正在进一步讨论。周子淳和赵教授在另外一侧排压,时刻监控着所有数据的变化。

周子淳突然说道:"吴老,您看看那边的数据正确吗?我们这边大数据好像正在一点点地往下掉,目前还没有找出具体原因。"

吴教授赶紧过来看,然后从脑海中测算出一个参数来:"这种情况之前是从来没有过的,不知道是哪里出问题了。你们赶紧检查一下各个关口,是不是材料泄漏,如果是材料泄漏就麻烦了。"

他负责监控总数据,其余的三个人在这个巨大的设备前不断检查检验,核对手中的数值表。

老宋突然听到了轻微的声音,过去一看,那个地方已经有了细小的裂缝,如果这个裂缝继续崩裂,极有可能发生大爆炸。

他们正在做的实验非常危险,一旦这个地下车间发生爆炸,将会引起整个草原的爆炸。核武器的威力有多大,他们的内心一清二楚。

老宋毫不犹豫地用手捂住了裂缝,先让数值稳定下来,他要钻进去将压力阀门转到最小值。把这部分的阀门关闭,才能更换管道,防止核泄漏,这是冒着生命危险的任务。

老宋看了一下眼前的人,吴教授,欧阳爱国,赵教授。

"爱国,赵教授,你们赶紧出去找维修工。吴老,你帮他们开门。"老宋无法顾及别的情况,果断说道。

周子淳和赵教授赶紧出来,他们出来的同时,吴教授也被老宋一脚踹了出来,因为老宋的手需要捂住那条细小的裂缝。

"吴老,带着年轻人先走,整个厂区都需要撤离。钢管有裂缝,里面的核燃料要泄漏了,我自己修补,你们先撤离。"老宋毫不犹豫地从里面关上了大门,任凭外面的人怎么开,也开不了。

他看上去是那么镇定从容,吴教授也知道这意味着什么,如果核泄漏发生了爆炸,整个厂区都将不复存在。

"撤离,将紧要文件拿上立马撤离。爱国,你赶紧打电话通知领导,其他人先撤离。"吴教授连声说道。

关键时刻,这些科研人员想着的是自己手中的材料,并没有及时离开,而是回去将材料拿出来,然后再将一些重要的试验品拿到手里,这才离开。

周子淳赶紧去打电话:"总机,一线小组紧急汇报,一号基地必须在三分钟内全部撤离,不得耽误。"

"老李,一号基地全部撤离,发生了泄漏事件,老宋正在抢修。"

"老张,一号基地发生故障,所有人员需要紧急撤离。"

....

电话全部打完之后,周子淳和赵教授抱住了会议室的所有材料,迅速离开。

而在上面的通讯科和紧急部门得到通知后,纷纷从应急通道撤离。

欧阳铮铮刚才接电话的时候,还觉得奇怪,听说是紧急汇报,马上聚精会神地处理事情:"通讯科,全部撤离,通知邮电所和运输处,必须马上走。"

林芝赶紧过来抱住了一台电报机,其他人也各自抱起了手上的电

第六十七章 爱你所爱的世界

报机,跟演习的时候一样,从各自的撤离通道撤退。

通讯科的十个人都跟在欧阳铮铮后面,老李也从自己的地下办公室出来,和欧阳铮铮他们一起走。

"什么情况,是演习吗?还是真的发生意外了?"欧阳铮铮蹲着身子,从其中一个通道慢慢往上走。

在建设整个地下厂区的时候,已经预留了防空洞,那是最安全的地方,四周都是用钢板加固的,不管外面发生了多大的爆炸,里面都能承受得住。

老李一脸严肃:"如果真是演习就好了。你们赶紧把电报机连接上,随时跟厂区联系。所有人都要到防空洞等着,没有消息不许出来。现在是紧急时刻,你知道该启用什么密码的。"

"知道,厂区一级密码,只有我和林学长以及各个部门负责人知道。"欧阳铮铮即刻连接电报机,时刻准备着接收消息。

厂区那边也是乱成一团,这是第一次启用防空洞。

老李深吸一口气:"还是老张想得周到,当时花了大价钱,大力气修了防空洞。这是很多人都不知道的,我们当时也不明白,好端端地为什么花数倍的钱修建一个备用的东西。却不知,这个地方能够在关键时刻,拯救我们整个厂区的几千人。"

防空洞通道比较狭小,只能通过两个人。警报拉响之后,各部门负责人带着各部门的员工有序地进了防空洞。灯光亮了起来,他们都在等待爆炸的声音出现。

老李十分焦躁不安,不停让欧阳铮铮给各处发电报,看看是否发生了什么意外情况。

而刚刚到防空洞的一线小组成员,更是不安,默默等待着,祈祷着……

周子淳和赵教授更加焦虑,他们被莫名其妙地推了出来,至今都不知道发生了什么情况。他们很担心老宋,都想要下去看看。

吴教授却在一旁默默流泪,狠狠地捶打自己……

在昏暗的灯光中看见吴教授这般自责的模样,大家都觉得奇怪,纷纷问道:"吴老,老宋到底怎么了?你跟我们说句实话。"

"老宋发现一个地方出现了裂痕,要修补那个地方,就必须先关闭阀门。在修补的过程中,管道里残留的核燃料会泄漏出来,他将直接面对辐射,而且是强烈的辐射。可能……可能……不知道他能够坚持多久……"吴教授悲痛得泣不成声,"这都是我的责任,我太疏忽了。今天我应该更加仔细地检查才对。"

"是我不好,我下去看看吧。如果还能帮得上忙就好了,如果帮不上……"周子淳认真地说道,"我会把损失减到最小。"

"我也跟你一起去,那个装置是我们一起研制出来的,我们知道该怎么办。"赵教授也站了起来。

他们却被吴教授拦住了:"你们现在下去也没有用了。老宋已经从里面锁住了大门。我们之前有过约定,一旦出现紧急情况,必须防止爆炸发生。我们会自行锁闭在里面,然后进行紧急抢救。如果抢救成功,我们会从里面打开大门。如果不幸失败……也不会引发大规模爆炸,因为周围都是加固的钢板,这样至少可以减小损失。"

吴教授痛心疾首:"都是我们操作不当。最近的每一项实验都成功了,让我放松了警惕,只想着加快速度,尽快成功,忘记了要安全生产,我的错啊……"

"那……只能等着了吗?没有更好的对策了吗?"赵教授不甘心。

周子淳根本坐不住,可是这里面很狭小,只有半人高,他坐也不是站也不是,蹲着更难受。

林学长见状,赶紧打开电报机。

一线小组很少跟外界联系,平时林学长也就是负责资料管理以及会议记录。现在,林学长觉得自己终于有了用武之地,连忙问道:"所有部门都在询问具体情况,我们要不要告知大家?"

吴教授摇摇头:"让各部门安心待着,一个小时后会给详细报告。"

他看见众人错愕的模样,连忙说道:"处理那个问题,一个小时足够

第六十七章 爱你所爱的世界　　　467

了。如果一个小时还没有发生意外,咱们就下去看看,可不能再出什么问题了。咱们成功在即,不能出问题啊,希望老宋也没事啊。"

这一个小时,所有部门的人都如坐针毡。

老李和欧阳铮铮等人坐在防空洞里等着,他们都想知道具体发生了什么情况,可是始终联络不上。

老李突然问了一句:"如果咱们厂区因为核泄漏发生了爆炸或者是辐射,你们最想做的是什么?"

"回家,看看孩子。"有人说道。

又有人说:"把钱寄回家,然后找个地方默默离开。"

"欧阳,想子淳吗?当初是他对不起你。"老李又问道。

欧阳铮铮只是苦涩地笑笑:"想,更想孩子们。我们生在这个年代,有太多的无奈。我打算参加一线工作组的时候,就已经写了遗书。我见不到的未来,就由孩子们帮我看看吧。"

老李摸摸林芝的脑袋:"把你安排到这里,你后悔吗?"

"不后悔。我昨天看见小欧老师写了一篇关于赵教授的内刊纪实,他不到二十岁就敢为人先,我是我爸的闺女,我又怎么能贪生怕死?此生不悔入华夏!"林芝的神色坚定,"我相信,中国人不屈不挠的精神不会因为一个小小的核泄漏就被击倒的。"

"好孩子。"老李对林芝很是赞许,别人的孩子能来,他的孩子也能来。

小崔轻声说道:"也不知道一线小组怎么样了?唉……他们可真难啊,在一线,得时刻为所有人考虑。"

老李也一再催促:"欧阳,你赶紧问问,那边到底什么情况?我们在防空洞里,什么都不知道,外面是不是爆炸了?我们一点消息也没有,唉……要不我出去看看吧。"

"行,我跟你一起出去看看。最好能到一线车间看一下到底什么情况,如果说发生了意外,我们也需要应急。"欧阳铮铮站起身,大脑嗡嗡作响,眼前一片黑暗。

老李重重点头:"让哪个男同志带上电报机跟我一起去吧。你们女同志在里面待着。"

对于防空洞的路,老李熟记于心。

欧阳铮铮和林芝等人一直在等着,心里越来越不安。

一个小时后,周子淳带着赵教授往一线车间走去,刚刚到最底下的车间,就看见老宋满脸鲜血地躺在门口。

周子淳和赵教授赶紧去扶住老宋,连声道:"老宋,老宋,你没事吧,你怎样?听得到我们说话吗?"

老宋努力地想睁开眼睛,可是怎么也睁不开,只能闭着眼睛,艰难地说道:"我想去打电话告诉你们的,可是我实在爬不过去了。一切安好,请党放心。"

第六十八章　乘风归去

周子淳的眼泪落下，有道是男儿有泪不轻弹，但他现在已经无法控制自己的情绪，只能抱着浑身都是鲜血的老宋，止不住地哭泣。

在高压的环境下，老宋身体都是伤痕，没有一处完好的地方。

"老宋，你等着，我们这就带你去找医生，我们这就去找医生。"赵教授也止不住地悲伤。

老宋笑笑："不必了。爱国啊，以后你就带着大家继续干。我好像已经看见曙光了，如果有成功的一天，一定要再告诉我。"

"老宋，老宋，别睡着，你肯定还有救的！我们去找医生，你还等着看我们将来的成功，我们会开很大很大的庆功宴，到时候你还要戴着大红花啊。"赵教授大声喊着，老宋轻轻摇摇头。

老宋将沾着鲜血的手轻轻地放在赵教授的手上："值得了，我已经从老天那里偷来了将近两年的时间。赵教授，好好干，你将梦到我所梦见的明天，也将继续写下我们这辈人即将写完的英雄诗篇。只要邱小姐成功，我死而无憾。"

周子淳紧紧握住老宋的手："你不是说你上次大难不死必有后福吗？你且活着呢。"

"够了，活够了，累了。爱国，你要好好活下去，一定要好好活下去，欧阳……在等你……"老宋的气息渐渐微弱，刹那间就没了气息。赵教授还在哭个不停。

周子淳顾不上悲伤，他迅速打开厚重的门，里面的设备运行一切正常，加工的材料已经摆放在桌子上，材料上还有血迹。

可以想象，老宋是在竭尽全力地加工这些材料，修复了裂缝。他所承受的辐射强度和高压环境，都是常人难以忍受的，但老宋坚持一步步完成了这些工作。

周子淳将材料拿好，再一次检验设备以及数据，保证都没有问题后，这才关上门，出去通知所有人，一切安好。

厂区又恢复了运转，至于发生了什么事情，大家都不得而知。

此后，每当有人来问，老李都是笑笑："这是演习，演习你们懂吗？测试各部门的反应能力。哪里有什么一线车间，不要造谣啊，造谣的后果非常严重。"

欧阳铮铮知道情况肯定不是老李说的那么简单，但不能过问太多，一切都应该是按照保密条例进行的。

深夜，老李心事重重地走进欧阳铮铮的办公室："欧阳，收拾一下，穿上外套，你和林芝跟我走。"

"好。"欧阳铮铮以为是出外勤，赶紧背上设备带上林芝，跟在老李的后面。

在地下通道七拐八绕，又上楼到了厂区的一个小礼堂里，老李让她们站在一边等着。

林芝小声地问："我们要做什么？"

"一会儿你就知道了，今天的事情一定要严格保密。"老李的声音非常冷漠。

这时有几个警卫员抬着一副担架进来了，跟着进来的是冷锋和铁二蛋，还有几个原来核心组的成员。

屋子里不过也就十个人，大家都是临时接到通知赶过来的。

铁二蛋走过来，小心翼翼地问："今天怎么突然想到要搞演习，我们都被吓了一大跳。没想到我们这个厂区还有那么多的防空洞，安全措施做得真是不错，我都不知道。"

"对啊，我今天也是吓了一大跳。"欧阳铮铮敷衍着。

她们还在窃窃私语的时候，冷锋走到担架旁边，声音十分沉重："同志们,非常感谢你们百忙之中来参加追悼会。由于各方面的因素,我们今天只是小范围地召开追悼会,希望大家好好地送一送老宋。老宋也希望,在人生的最后一程,我们这些好友能送送他。"

"老宋?怎么可能?他不是去新疆参加一线工作了吗?怎么回来了?"林芝首先不可置信地问道。

"老宋?你是在开玩笑吗?他的病不是好了吗?上次去检查,医生还说可能上次重病只是辐射作用,抵抗力好的人能熬过去,现在他熬过来了,就是老不死了。"铁二蛋赶紧走上前,想要掀开那块白布一看究竟,伸出手的时候,又缩了回去。

欧阳铮铮的眼睛瞪得大大的,悲痛地看向一旁哀恸不已的老李,只觉得精神有些恍惚。

铁二蛋看着冷锋:"你胡说什么?好端端地别诅咒人。老李,你说句话。"

老李的眼眶通红,他的表情已经说明了一切。

欧阳铮铮的鼻子一酸,这个亦师亦友的同志就这样离开了。他们才分别了不到一个月,再次相见,已是生死相隔。

冷锋继续说道:"我们也不希望这是老宋……老宋为了拯救整个厂区的人,牺牲了自己。我们简单地开一个追悼会然后就要将遗体火化,咱们还是抓紧时间吧。"

这一夜,铁二蛋和欧阳铮铮围着火炉,回忆着与老宋相处的点点滴滴,用自己的方式缅怀老宋。

两个月后,欧阳铮铮竟然又得到一个噩耗,王丽娜在执行任务时不幸牺牲。令人意外的是,她给欧阳铮铮留了一封遗书:

"执行任务之前,领导让我们写一封信交给家人或者爱人。但是,我没有家人了,也没有爱人。现在,我能够信任的人似乎只有你了,欧阳。我如此羡慕你和子淳,你们为了爱情可以坚守自己的内心,也坚守彼此的感情。我对子淳有着深深的爱慕,将他视为我心中永不磨灭的信念。我曾经以为,没有了你,我就可以守护在他的身边。但我错了,没有你,他就失去了快乐。如果他知道你们有了儿子,他一定会非常高兴。

  和你一起生活的这几天,我逐渐理解了你们的感情,那是一种超越生死、超越时空的深情。我只想在我们共同奉献青春的地方守护我曾经的那份感情。我即将离去,请将我带回厂区吧。看到你们还在为理想和信念奋斗,我的内心充满了喜悦和欣慰。"

  那一封信,字迹潦草,可以看得出来是在匆忙之中写就的,欧阳铮铮将信件收起来。

  就在草原上的一块地方,有不少墓碑,厂区的英雄们都安息于此。欧阳铮铮找到了王丽娜的墓碑,深深地鞠了一躬,将王丽娜的勋章埋在土里。

  欧阳铮铮看上去成熟稳重了很多,因为,这一年来经历的生离死别太多了。

  厂区的实验正在紧要阶段,所有人都在为此付出心血,有些人更是甘愿冒险。

  今天说是哪里爆炸了,明天又说是实验没有成功。而她以前熟识的,在地窝子的邻居们一个个离开,又一个个回来。

  离开的时候还是有血有肉活生生的人,回来的时候,有的只剩下了一件衣衫,有的只剩下了一个骨灰盒子。

  一天下午,冷锋突然来找欧阳铮铮,两个人站在寒风中,任凭夹带雪粒的风打在脸上。

  看着越来越空旷的东伯利亚,欧阳铮铮突然开口:"别走了,留下来吧。二蛋昨天刚去了一线研究中心,那里越来越缺人了,她都不知道什么时候回来,你又要走,孩子怎么办?"

  "有你,我很放心。欧阳,我和二蛋都说过,哪怕有一天,我们都牺牲了,只要有你在,我们都很放心。"冷锋苦涩地笑笑。

  冷锋在第二天便从厂区消失了,谁也不知道他去了哪里。

  偌大的厂区,熟人变得越来越少。

  在办公室里,林芝也主动写申请:"小欧老师,我也想申请去一线,

第六十八章 乘风归去

听说一线的人越来越少了,林老师病重,回北京了……"

老李的办公室还是设置在地下,那是一个交通要塞,联络上下两层基地的地方。

"爸,你以前不是说过吗,我们要用生命来报效国家,回馈人民。现在正是需要我们上一线出力的时候,我力气大,林老师能干的活儿我也能干。你就让我去吧,小欧老师的情况不同,她现在家里有三个孩子,还在等待丈夫回国。我们……"林芝紧紧拉住老李的手,第一次在工作场合这样称呼父亲。

欧阳铮铮也不甘落后:"老李,关键时刻要讲党性,不能徇私啊。按照级别来说,我是正科级干部,只有当领导的一马当先的说法,没有让部下先走的。"

老李很犹豫,他知道,现在一线研究中心扩建,需要更多的人,但是资源很少,什么防辐射服都不说了,昨天又抬出来两个人,一边隔离一边治疗,那里面的艰苦环境可想而知。

林芝是老李唯一的孩子,当年只是想要锻炼她才让她参军,才让她来厂区。没想到这个丫头还是挺厉害的,现在已经能独当一面了。

林芝又说:"老李,关键时刻真不能徇私!不要因为我是你的女儿,你就让我在舒服的岗位上待着,别叫我看不起你。"

老李这段时间也老了很多,两鬓斑白,眼神也不如从前好使,双眉紧紧蹙在一起。

很多当年他和老张亲自挑选出来的专家、科研人员,都已经牺牲或者重病,他怎么能不发愁。

总说死有重于泰山,也有轻于鸿毛。可是真正到了生死时刻,谁也不能泰然处之。

老李想了很久,喝了一杯水,地下基地是不能吸烟的,要不然他肯定会吸烟。

欧阳铮铮继续说道:"我掌握了一级密码。老李,你知道的,业务能力有多重要。"

"我也可以掌握一级密码,我的业务能力这两年也很好啊,小欧老师不也说我可以独当一面了吗?"林芝骄傲地抬起头。

终于,老李做出了决定:"林芝同志,请你尽快收拾东西,与家人告别,参与一线研究中心的工作。希望你不负使命,平安归来,爸爸等着你。"

"是,老李。"林芝喜出望外,赶紧去收拾东西。

欧阳铮铮却非常不满:"你疯了吗?你明知道那个地方危险,你还让你的亲生女儿去,万一……"

"没有万一,欧阳同志,你还有更重要的使命。从组织培养你的第一天开始,就绝对不是让你当个科长那么简单的。你的工作任务非常重要,你先回去待命。"老李转过身,心绪不宁,将亲生女儿送到一线,这一点是他自己也没有想到的。

欧阳铮铮拖着沉重的脚步离开,心想,难道还有比去一线中心更加重要的任务吗?她一点也不相信。

林芝跟着老李来到研究中心,打开了新世界的大门:"我没有想到,在我们工作地点的下面,还有三层地下中心,而且那么大,还有电梯和火车。"

"孩子,一定要注意安全。不管怎样,我们在家等你回来。"老李连连说道。

第六十九章　你好，邱小姐

这里的一切都非常新奇，林芝眼花缭乱。里面有大大小小的三十多个车间，每个人负责一个车间。而在中心区域，就是传说中的邱小姐。邱小姐一直都在这儿进行最终调配装载。

经过这几年的历练，铁二蛋竟然也变瘦了，与刚来的时候判若两人。那双眸子充满了智慧，一身白色的衣服十分显眼。

铁二蛋将一沓厚厚的图纸拿在手中，粗略地看了一遍："好像这个方案比较有戏，我们可以试试啊。走，咱们现在就试试，一刻也不要耽误。"

也就在十天后的中午，欧阳铮铮突然接到了紧急通知，立刻出外勤。

在一辆很大的卡车上，欧阳铮铮终于见到了很久都没有见到的铁二蛋和赵教授。

猛然间看见好友，她的鼻子泛酸。这么长时间了，一点消息也没有。

重逢的两个人紧紧抱在一起，眼中都带着泪光。

"欧阳，什么都别问，我很思念你和孩子们。冷锋怎么样，孩子们怎么样？"铁二蛋擦了一把眼泪问道。

欧阳铮铮放开铁二蛋："都好，都好，我前几天回北京特意去看了一下孩子们，三个孩子就跟小牛一样壮实。你们家那小胖子已经学会嚷嚷了，声音很大，我稍后给你看照片。"

铁二蛋又仔细地打量欧阳铮铮："你这段时间是怎么了，怎么那么瘦？压力很大吗？"

"没有，没有……那个，冷锋……不知去了……然后……"欧阳铮铮有很多话都不知道该不该说，猛然间看见铁二蛋，她一时之间语无伦次。

铁二蛋点头："我知道，我们那天晚上商量好了。分别之后，我去一线，老宋不在了，我要接替他的工作。冷锋也知道那边特别需要人，所以去了那儿。"

"你知道就好，就好。"欧阳铮铮的心在颤抖，想想马上就要进行最新一次试验了，谁都不能分心。

"快给我看看孩子们。"铁二蛋激动地说。

欧阳铮铮从怀里拿出了照片，照片上面是三个孩子，阿媛已经长大了，还会照顾两个弟弟了。

铁二蛋将照片放在自己的怀里："没收了。欧阳，你一个人也要好好的啊。如果有一天我不在了，帮我照顾孩子和老人。这个世界上我能托付的人只有你了，不管怎么样，你一定要帮我照顾好他们。"

"知道，知道。"欧阳铮铮转过头，心中一阵发涩。

她不敢告诉铁二蛋，就在前天，传来了冷锋牺牲的消息，他临终前最放心不下的就是二蛋和孩子，遗书上面都是血迹，已经模糊不清。

冷锋不愿意占用公家资源，在哪里牺牲就埋在哪里，他说他的灵魂会找到回家的路。

欧阳铮铮守在电报机前，每次看见这样的消息，就要承受一次很大的打击。

那个青年，喜欢戴着墨镜耍帅，又非常温柔的青年，再也回不来了。

这几个月来，欧阳铮铮最害怕收到电报。每次电报传来，总是有人牺牲，而且都是她认识的人、熟悉的人，当年以内刊编辑的身份采访过的人，在地窝子里一起感受人间烟火气的人。

这一路上，欧阳铮铮和铁二蛋紧紧依靠在一起，就像大学时那样，在宿舍里，两个女孩子一起闹一起笑，一起憧憬未来。

第六十九章 你好，邱小姐

那时的她们从来没有想过,自己的未来会是这样的,会跟国家的命运紧紧联系在一起。

欧阳铮铮在日记本上记录道:"再次见到铁二蛋时,她已经不再是当年那个刚进厂时心直口快的胖女孩,而是一个威严的研究员,她的每一言每一行都符合她的身份。她的身后跟着一群学生,她成了被学生们敬重和爱戴的导师。然而,我还是更喜欢那个傻乎乎的女孩。有许多话我不敢告诉二蛋,担心她会因此分心。现在,我这里成了存放秘密的地方,所有那些不能对亲人说的话,要留下的遗言,都交到了我这里。最近我甚至不敢熟睡,害怕醒来后,接到的消息都是令人心痛的消息。"

铁二蛋突然将一封信交给欧阳铮铮:"很多个夜里,我都在写这封遗书,本来想用点优美的辞藻与华丽的词汇彰显我是个文化人,但我一个理科生,实在是太为难了。"

欧阳铮铮笑了起来:"今年很流行写遗书吗?怎么那么多人要把遗书交给我?你们都可以安全回来的,相信我。"

"好,相信你,相信我们自己。"铁二蛋靠在欧阳铮铮的身上,"年少时期的梦想,我们已经完成了。也就四五年的时间,我们都经历了沧桑变化,我们的厂区也发生了巨变,这一切都是来之不易的。欧阳,我做梦也没想过,我会成为一名母亲,我会成为一个国家项目的业务骨干,也没有想过,我这辈子能跟你在一起并肩作战。"

"是啊,刚坐火车来的时候,你还记得吗?我们俩互相撒谎,特别心虚。一路上互相欺骗,那种战战兢兢的模样,我现在还记得呢。"欧阳铮铮突然笑了起来。

也不知道车子开了多久,他们终于到达了目的地。铁二蛋和赵教授一下车就进入了工作状态,所有人都异常忙碌。

欧阳铮铮还是跟往常一样,带着组里的新人朝阳守在车里,时刻准备着发送电报。

这一次,出来的都是比较陌生的人,欧阳铮铮不熟悉,干脆躲在车子里翻译材料,一直没有出去。

朝阳一边看一边记录，也不敢问太多，只是默默记录下来。

欧阳铮铮坐在电报机跟前，将每个数据都录入三遍，一旁的朝阳也按部就班地记录了下来。

不想，欧阳铮铮却一把抢过她的笔记本，扔进了车外的火堆里："不可以有任何文字方面的记录留下来。我们所看所听，必须牢牢记在脑子里。"

"好。"朝阳小心翼翼地应道。

等到厂区那边的林芝给了具体回复之后，她又传达给一旁的铁二蛋。铁二蛋赶紧去部署二号试验品，一次又一次都命悬一线。

朝阳看向欧阳铮铮："小欧老师，我一直都不明白，为什么我们要举全国之力做一个爆炸试验？难道有了这个试验，别的国家就能高看我们一眼吗？"

"当然不会因为一个试验而高看谁一眼，但是有了这项重要成果，说明我们国家的科技正在进步。别的国家能做的事情，我们国家也可以，甚至可以做得更好。我们求的不是被人高看一眼，而是提升我们的综合国力，你看美国已经有什么探月工程了，我相信，以后我们也会有这样的一天。甚至有一天，人也可以住到月亮星星上面去。"欧阳铮铮一直是这样教育年轻人的。

只要对国家有希望，大家就有信心战胜一切困难。

朝阳的短发在寒风中飘扬，突然注意到远处闪现一片红光。她惊恐地抓住欧阳铮铮："小欧老师，快看！那边发生了什么？这次的爆炸怎么和之前的不一样？我刚才看到有人被炸飞了，这究竟是怎么回事？"

欧阳铮铮立即站起来，拿起望远镜，迅速朝那个方向望去。那一幕景象，她这一生都无法忘记。

远处的戈壁滩白茫茫一片，在这里或者在沙漠中进行试验，是厂区的常规操作。这样做是因为在这些地方能见度较高，可以更清楚地观察试验结果。

然而,就在那片戈壁滩上,爆炸后留下的痕迹清晰可见,让人心生惊骇。

朝阳正要往那边跑的时候,却被欧阳铮铮拉住了,她的内心有些混乱:"不,朝阳,根据我们的工作要求,我们不能参与那边的任何工作,这是工作原则,谁也不能参与。"

"可是,那边需要救援呀。"朝阳不管不顾,还是要往那边跑。

欧阳铮铮再次拉住她:"不,出外勤一切都要听从指挥!如果我们过去了,再次发生爆炸,我们都没了,谁收拾残局,难道要等敌人来吗?冷静点,等着,不要轻举妄动。"欧阳铮铮强忍着内心的痛苦,她以为再次看见这样的场景应该会麻木,可是没有。

朝阳顿时站在原地,不敢轻举妄动:"那……那我们怎么办?总不能见死不救啊。"

"朝阳,听我说,你留在原地不要动。我过去看看情况,十分钟内我会摇动旗子。根据我们之前的约定,如果半个小时内你没有看到旗子摇动,必须立即向厂区汇报情况,并对爆炸现场进行紧急处理。至于如何处理,我在之前的培训中已经教过你,你还有印象吗?"

"记得,老师,我记得。"朝阳还是一个二十出头的小姑娘,刚遇到这样的场面就要独自应对,已经泣不成声。

欧阳铮铮穿上了白色的防辐射服,赶紧往爆炸点走去。

距离爆炸点比较远,她开了一辆摩托车过去。刚刚到那里的时候,就能闻到空气中弥漫着一股奇怪的味道,有血腥味,有芒硝味,还有一股臭鸡蛋的味道。

地上的景象,让她看得一阵心痛。

那些都是她的战友,都是她朝夕相处的伙伴,她不知道该用怎样的心情去面对,也没有时间去考虑那么多了。

她赶紧来到最中心的位置,找到了赵教授,只见他趴在地上,浑身都是鲜血。

"赵教授,赵教授,你快点醒醒,赶紧醒醒。"欧阳铮铮催促道。

可是赵教授已经没了气息,身边的几个工作人员也都没了气息。

医疗组一赶到,就悄无声息地把人抬到一旁。

"上面有人吗,还有人吗?"

一个声音不知道从哪里传出来。

听见这个声音,他们都快要哭出声来。

"谁啊,谁啊,你在哪里?我们都在上面,你们怎么样?"欧阳铮铮不停地干呕,巨大的压力和浓烈的血腥味,让她已经难受得到了崩溃的状态。

欧阳铮铮和医疗组的赵大夫赶紧往下挖,另外一个医疗组的成员也继续往下挖。

突然,在另一个空间里发现了三个人。

"二蛋,二蛋,你还活着,你还活着真是太好了。"欧阳铮铮放声大哭。

铁二蛋赶紧上来,看着周围的一切,顿时愣在原地,甚至是忘记了呼吸,眼中的泪水哗啦啦地落下。

铁二蛋猛地扑倒在他们的身边,情绪失控地大声呼喊:"怎么回事?到底发生了什么?赵教授,你快醒醒,你说过这次该我上去的。你为什么这么做?你以为自己能够承担一切吗?"

"你们,还有你们……凭什么替我做这样的选择?我为什么不能上去?是你们替我赴死的,这个决定是我做的,你们不应该这样。赵教授,你快点醒醒。"铁二蛋悲痛欲绝,放声大哭,久久地蹲在原地,全身麻木,哭泣到忘记了自我。

不一会儿,赵大夫过来汇报:"一共牺牲六名同志,还有一名重伤,可能……也不行了,接下来怎么办?"

"要不,我们往回撤吧。只是我们的试验也没有办法继续往下进行了,回去做汇报比较好。"欧阳铮铮强迫自己冷静下来。

铁二蛋带着剩下的两个工作人员过来:"不行,我们不能往回撤,不要折腾了,一切都按照原计划进行。"

第六十九章 你好,邱小姐

"是的,我们不能再耽误时间了,按照原计划进行。剩下的三个试验,我们三个人来完成。我们商量好了,一个人主导一个辅助,保证接下来的任务能顺利完成。"另外一个研究员说道。

欧阳铮铮深深地吸了一口气,心中郁结难受:"行,咱们就按照原来的计划进行,总之,一定要确保试验顺利进行。"

铁二蛋看了一眼那些牺牲的同志:"麻烦你们处理一下后事,跟上面汇报。我们还要开会,看看接下来的三个试验应该怎么做,如何完成。"

"好,交给我们。"欧阳铮铮回答。

他们所有人表现得非常平静,尽量不去想刚才发生了什么。

欧阳铮铮赶紧挥动了一下旗子,给朝阳传递了安全信号。

朝阳在那边等着,看见旗子有动作了,这才松了一口气。

不一会儿,赵大夫过来了:"那位同志也牺牲了……我们现在的条件有限,抱歉。"

"处理后事,然后进行汇报吧。接下来还有三个试验,还要在这里三天,我们不能垮了,坚持下去。"欧阳铮铮努力让自己提起精神。

一起看守在远处的警卫连的七八个同志也赶过来处理后面的事务,欧阳铮铮赶回去跟厂区汇报具体情况。

吴教授和周子淳得知了外勤的消息,在会议室里沉默了很久。

"赵教授和另外几名同志牺牲了,是我们的工作不到位啊,他们都是英雄。"吴教授痛心疾首,每次传来这样的消息,无疑是对他最大的打击。

周子淳只能叹气:"铁二蛋说要继续试验。还有三个试验品,必须测出来哪一个比较好,比较有用。装载进邱小姐的,必须是最好的,然后才能进行最后的试验。"

吴教授也跟着叹气:"真是难为他们了。同志们牺牲,对他们心理的打击很大,但是还得继续进行试验。"

办公室里笼罩着一团阴霾,他们都在为逝去的同志默哀,为正在进行试验的同志祈祷，希望一切平安顺遂。

接下来的三个试验在铁二蛋的主导下进行，成功了两个，失败了一个。之后他们踏上了回去的路程。

这一次在回程的车上，所有人都不说话，即便是取得了最终的成功，他们也高兴不起来。

回到厂区，一切重新开始。欧阳铮铮却被调离221厂，去了另一个神秘的地方。

第七十章　盛世如君所愿

欧阳铮铮到新单位报到的时候,已经是五月份了,暖风吹化了雪山。她与老李一同前来之处,曾是很多人都不愿意来的地方,现在又是很多人争先恐后要来的地方。

只有在这个地方,他们才可以更加接近成功之路。

铁二蛋带着自己的团队也跟着来了,她日渐消瘦,头发大把大把地掉落,性格也越来越古怪。

铁二蛋对欧阳铮铮说得最多的一句话就是:"邱小姐在装配,跟各部门说一下,这是我们今天的重要任务。"

欧阳铮铮立马点头,看着铁二蛋又急匆匆地穿了一身衣服进去。

那是一个地下一百五十米的车间,是属于邱小姐的。现在进行试验的,都是邱小姐的替代品。

进装配车间的人,大部分都是赤条条来,赤条条走,不允许从车间里面带走只言片语和任何一个零部件。

于是,欧阳铮铮在外面给厂区的一线研究中心发电报,也就是林芝所在的地方发电报。

"邱小姐住下房。"

这是他们的暗号,也是他们用一级密码加暗号进行交流。

铁二蛋带着研究员在装配间,林芝又在周子淳的指导下发来电报询问。

"邱小姐是否在穿衣?"

这个意思是,邱小姐是否在进行装配。

欧阳铮铮询问后连忙回答:"是。"

………………

他们一直用这样的方式进行交流。每次装配车间里装载邱小姐,铁二蛋都非常忙碌,有时两三天不睡觉。累了,就打个盹儿,困了,就吃点辣椒提提神,这是以前老宋用的办法。

如果缺少什么零部件或者遇到了任何困难,铁二蛋就会找到欧阳铮铮,请求她务必让厂区在多少天之内将东西拿过来。

一次,欧阳铮铮在外勤的地方看到了老李。老李最近也非常迷茫,千头万绪全部在他这里。

老李点燃一根烟:"欧阳啊,咱们现在在新疆罗布泊。我们现在是打前站,等到铁二蛋那边一旦有了消息,我们的大部队就会过来,还会带着很多装备过来。到时候,就是真正考验我们的时候了。全国人民都看着呢,我们现在是真的一点也不能懈怠啊。"

"原来我们在新疆,我一直以为还在青海,在青海的某个戈壁滩呢。"欧阳铮铮也点燃了一根烟。

铁二蛋过来,也点燃一根烟,抽烟提神,是她现在经常干的事,完全不顾及形象了。

用铁二蛋的话说就是,我现在就是一个寡妇,我要体面给谁看?我要是再嫁,就是把自己嫁给老邱。

"二蛋,怎么样,这一次有没有信心?每次看见你们跟邱小姐住下房,我的心都悬着。你们工作的环境中放射材料很多,一切都是重中之重。"老李每每看见这群科研人员装配的时候,总是在门外看着,这一次试验承载了太多的期盼。

铁二蛋将烟掐灭:"这一次,我很有信心。我们是踏着无数人的牺牲走上来的,我们没有理由不成功。"

"走了,跟厂区说,相关材料必须在最短时间内找人送过来。还有,我们在这里开展工作有两个月了,我认为已经到了见真章的时候,跟厂区申请吧,所有人都调过来。"铁二蛋转身,用力地咳嗽,有时候觉得浑

第七十章 盛世如君所愿

身难受。

她知道,很多事情必须抓紧时间。如果不抓紧时间,恐怕就会……

直到有一天,铁二蛋跟欧阳铮铮说道:"欧阳,发报,告诉厂区,邱小姐住上房。"

她这么一说,整个外勤工作部的人都欢呼雀跃起来,有些人激动得流下眼泪来。

老李一个七尺男儿,还是军人出身,经历了那么多风风雨雨,听到铁二蛋的这个消息后,竟然也会热泪盈眶,紧紧地握住拳头,面向东方,看着太阳:"好,好啊,终于等到这一天了。欧阳,告诉他们,大部队可以过来了,邱小姐住上房。"

欧阳铮铮连忙发电报:邱小姐住上房。

意思是,原子弹在塔上密闭空间,时刻准备着接受第一次检验。

新疆罗布泊,他们很早就选好了这个地址,为的就是最后的试验。下房是装配间,上房是塔上密闭空间。

这个塔也倾注了很多人的心血,包括设计师和研究员。

当欧阳铮铮把消息发送给林芝的时候,林芝高兴得欢呼起来,欢呼声在地下车间一声声地回荡。

周子淳将拳头狠狠地砸在桌子上:"老宋、赵教授、老王、老苏,你们看见了吗?我们终于可以出去做试验了,邱小姐已经住到上面去,世界就要看我们的了。"

吴教授浑身都在颤抖,声音也在抖,他比任何人都要激动:"快,快打电话给老张!对了,我们还要跟研究所汇报,具体数值需要他们去检测,只要检测成功,我们就可以梳辫子,穿衣,上花轿,我们的邱小姐就可以出嫁了!"

"对对对,我赶紧连线,我一直以为我这辈子等不到那一天了。"周子淳赶紧摇电话,刚要拨号的时候连忙将电话递给林芝,笑道:"不好意思,我真是太高兴了,我根本不知道电话号码。"

林芝连忙过来拨号,吴教授激动地向上面汇报。

汇报结束后,吴教授果断地说:"我们必须立刻前往新疆,去一线实地查看。刚才的工作人员说得对,我们不能有任何失误,因为这关系到几万人的努力和心血。我们还要与各个专业组的专家召开研讨会,确保所有数据与标准参照数值完全一致。在确认数据无误后,我们还要进行模拟试验,以确保万无一失。最近二蛋似乎有些急躁,追求速度而忽略了细节,我们现在就出发。"吴教授的这番话体现了他对工作的严谨态度和对团队成员的关心。

一线工作组的人员全部进行了身体检测,确认体内放射性元素不会伤害到别人之后,才将他们放行。

然而,周子淳必须留下来治疗一段时间,直到隔离结束后才能走。

吴教授感叹道:"你也不要着急,林芝会留下来陪你们。你们几位同志经常进入 102 车间,先医治一下也是比较好的。"

于是,吴教授先带着团队去新疆,剩下的人留在医院观察治疗等通知。

一直到九月份,周子淳才带着结束隔离的人前往新疆罗布泊基地。此时,他们的装载任务已经完成,但是铁二蛋已经不在了。

吴教授在这几个月时间里已经老了很多,可还是拿着喇叭在塔上工作,跟每个项目小组和实验小组努力协调。

欧阳铮铮躲在属于自己的角落里,林芝看见她,紧紧抱住她,然后忍不住哭了起来。

"好了,傻丫头,别哭了。这一年来,我们经历的风风雨雨已经够多了,不哭了,不好的日子总会过去,剩下的都是好日子。"欧阳铮铮轻声安慰,她真的已经麻木了。在新疆短短几个月时间里,她看过了太多生死。

林芝泣不成声:"我万万没想到,铁头也走了。我们认识的那么多人,都走了,剩下的好友真的不多了。"

"是啊,她活得实在太痛苦了。我亲眼看着她日渐憔悴,被病魔无情地折磨,不得不服用最苦的药物。到了最后,药物已经失去了效果,只能依靠打针来维持,但每次打针之后,她都变得异常虚弱。她决定不再接受治疗,但她走的时候很安详。"欧阳铮铮仰望天空,心中坚信,在那浩瀚的星空之中,总有一颗星星是属于铁二蛋的,她在另一个世界里找到了安宁。

林芝擦了一把眼泪:"小欧老师,我决定了。我还年轻,等咱们这个项目结束之后,我想去学化工,学核物理,我也要为国家做贡献。"

"不管在哪个岗位上,都是在为国家做贡献啊。"欧阳铮铮忍不住回想起铁二蛋离开时候的场景。

铁二蛋与欧阳铮铮手牵手坐在戈壁滩上,凝望着布满天空的星辰,仿佛回到了大学时代。

"欧阳,我可能要失约了,无法陪你走到明天。孩子们就交给你了,将来,让他们学习化学,学习核物理,我未能完成的使命,就由他们去完成吧。我真的很想,很想再好好看看这满天的星星,和冷锋手牵手一起唱歌、跳舞,但我知道这已经不可能了。天意难违,欧阳,那个我看不见的明天,你要替我好好看着,那个我无法梦见的未来,你帮我梦到吧。"铁二蛋第一次用如此温柔的声音说话,她已经没有太多的力气,话语中充满了不舍与寄托。

欧阳铮铮咬着袖子落泪,一句话也说不出来。

"我突然明白了生孩子的意义,不仅是生命的传承,也是理想的延续。欧阳,我走之后,就把我埋在这里吧。冷锋也是在这儿走的,我们俩就替厂区守着这片土地,我们等着看你们的成功。"铁二蛋说话的声音越来越轻,呼吸也越来越浅。

欧阳铮铮轻轻地"嗯"了一声。

铁二蛋微微闭上双眼:"山河无恙,我终究是看不见了。欧阳,给我唱首歌吧,就好像我们上学时候的那样。"

"好,我唱……五星红旗迎风飘扬,胜利歌声多么响亮,歌唱我们亲爱的祖国,从今走向繁荣富强,歌唱我们亲爱的祖国,从今走向繁荣富强……"欧阳铮铮带着哭腔,断断续续地唱着。

铁二蛋走了,跟着冷锋一起,他们终于能携手永远活在罗布泊,他们……终于见面了……

林芝听欧阳铮铮说完,更是泣不成声:"小欧老师,我总感觉他们好像没走,还在我们的身边,和我们一起盼望着,盼望着我们试验成功的一天,跟我们一起看万家灯火。"

"对,他们从来没有离开过,一直都在,我们都深爱我们的祖国,我们都深爱我们的事业。"欧阳铮铮笑笑,深吸一口气,看着天边的月亮,仿佛看见了很多亲友的脸。

他们不在了,他们未离开,一直都在注视着核试验的最后成果。

1964年10月16日早晨。

欧阳铮铮已经三天没休息了,眼睛一直盯着监控设备,不断地跟厂区,跟研究所汇报试验的进展与内容。

"林芝,发电报,邱小姐住下房,上梳妆台。"

"好,已经汇报,原子弹在装配间,准备上塔。"

"林芝,发电报,梳辫子完毕,开始穿衣。"

"好,已经汇报,原子弹正在插接雷管,开始装部件。"

"林芝,发电报,邱小姐穿好嫁衣去上房。"

"好,已经汇报,原子弹装配完毕,准备上塔密闭空间。"

……

她们一个用暗语,一个用明语,配合得天衣无缝,大家都等着这一天的到来。

"上面询问,邱小姐穿好嫁衣了吗?"

"邱小姐穿好嫁衣去上房,时刻准备上花轿。"

……

下午三点,欧阳铮铮和林芝还在等待指示。不久,只听见一声巨响,她们远远地看去,一朵蘑菇云腾空而起。

大家都在外面欢呼,都在高喊万岁。

欧阳铮铮和林芝不管不顾地冲到外面,也跟着高呼万岁,拥抱在

第七十章 盛世如君所愿

一起。

这时,周子淳和吴教授一行人又接到了电话,说是出现蘑菇云后的试验地,是最值得勘察的现场。爆炸后的数据,是他们要第一时间掌握的第一手资料。

欧阳铮铮还在大声地跟身边的同志们高喊:"成功了,成功了,太好了,太好了。"

不知道为什么,突然走过来一个男人,满脸黑灰,二话不说地紧紧抱住了欧阳铮铮。

欧阳铮铮只顾着跟同志们击掌欢喜,被拥抱了也只是认为高兴。

她完全没有注意到,那个人是刚刚从蘑菇云里回来的周子淳。

而周子淳,却始终注意着她。一个紧紧的拥抱,他已经很是满足。分开的这段时间,他就希望能再次拥抱这个心中挂念的人。

周子淳放开欧阳铮铮,深深地看了她一眼,又赶紧离开,因为还要进行数据的整理研究汇报。

"中国从此成为继美国、苏联、英国、法国之后,世界第五个拥有核武装的国家。"

现场广播:同志们,我们试验成功的消息传到北京了!周总理来电话,代表党中央、毛主席和国务院,向参加这次试验的全体同志祝贺!

大家都把帽子、衣服,往天上抛,等着回去,等着开庆功宴。

某日下午,221厂区的礼堂将召开表彰大会。

周子淳一直在咳嗽,他看着老李:"要不,我就不去参加表彰大会了吧?"

"去吧,之后还有重要的任务需要你去做。我们虽然成功了,但这一切只是开始。"老李深吸一口气,听着礼堂里面的歌声,于心不忍。

而在台上,欧阳铮铮正在激情高昂地主持表彰大会。

她身着一件红色的衣服,脸上洋溢着自豪的神情:"我们花费了五年的时间,成功研制出了我国历史上第一颗原子弹。希望孩子们能够继承我们的事业,书写我们没有完成的诗篇。我们的试验将会推向更高的层次,历史将永远铭记那些为了这次试验牺牲和奉献的同志。"

她念了很多很多名字,直到一个名字出现的时候,她的大脑里嗡了一声:"下面,请欧阳爱国同志代表一线研究中心的同志们接受表彰。"

欧阳铮铮看见那位传说中的欧阳爱国同志时,先是一惊,然后脸上的笑容逐渐凝固在脸上。

只看见周子淳从礼堂的外面,缓缓地往里面走,一步一步,步履坚定。

这一条路是那么长,长到他们就在彼此身边,却始终没有相遇。

这一条路是那么近,近到只有三五米的距离,却不能相认。

欧阳铮铮的眼泪不自觉地流了下来。他瘦了,没有以前壮实了,他看上去苍老了。自己老了吗?他还能认出来吗?

一上台,周子淳就给了欧阳铮铮一个拥抱,欧阳铮铮也紧紧地抱住了他。不管台下领导、同志们有没有在看着,他们等这个拥抱,等了太长时间。

"铮铮,谢谢你,孩子们让你辛苦了,你永远都是我最深爱的妻子。"周子淳在她耳畔说道。

欧阳铮铮紧紧握住他的手:"子淳,我等你,我和孩子们等你回来,永远等着你。"

他们没有相认,多年的工作经历,让他们相知相见却不能相认。

周子淳领完奖章后,又被接走了,欧阳铮铮强颜欢笑地主持完大会,赶紧找到了老李。

"老李,他呢?他去哪里了?"欧阳铮铮急切地问。难道多年的消失,一个拥抱就结束了吗?

老李站起来:"欧阳,你冷静一点。子淳……子淳病重,已经安排去治病了。我们也只能尽人事,听天命。你……你最好还是做好心理准备。"

欧阳铮铮缓缓地走出会堂,刚才的见面只有短暂的两三分钟,就好像做梦一样。

第七十章 盛世如君所愿

她在日记本上写道:"与你相约,与你相拥,与你共盼,盛世无恙,人间共安。"

....

2019年,袁子丹翻阅外祖母欧阳铮铮留下的那本日记和笔记本时,看见笔记本上娟秀的字,早已经泪流满面。

后来,他们终究是错过了。

但是,他们的故事没有结束。接下来为了研究氢弹,又发生了惊天地泣鬼神的故事,中国第一代科学家在221厂区树立了不畏强权、艰苦奋斗、奋发图强、团结拼搏、保家卫国的爱国主义精神。

天上的卫星,是周媛、周怀、周念他们一起写下的诗篇……

"两弹一星"的精神,就这样代代相传。

笔记本上清楚地记录的每一个字,都是东方红的故事。

那一份钻研的遗志,一直传承至今。

> 中国人,不屈不挠的中国人,
> 中国故事,永远流传的中国故事,
> 就像五星红旗迎风飘扬,
> 胜利歌声多么响亮……

歌唱着,歌唱着,盛世如愿。先辈们,你们听到了吗?